CHONGWENGUAN

读古人书　友天下士

百余年前，崇文书局于武昌正觉寺开馆刻书，成晚清四大书局之一。所刻经籍，镌工精雅，数量众多，流布甚广，影响巨大。为赓续前贤，昌明国学，弘扬文化，本社现致力于传统典籍的出版。既专事文献整理，效力学术，亦重文化普及，面向大众。或经学，或史论，或诸子，或诗词，各成系列，统一标识，名之为"崇文馆"。

崇文馆

CHONGWENGUAN

中国古典诗词校注评丛书

苏轼词全集 【汇校汇注汇评】

谭新红　编著

长江出版传媒　崇文书局

中国古典诗词校注评丛书
编撰委员会

前　言

如果说代表 11 世纪上半期的作家是欧阳修,那么,苏轼则是继欧阳修之后领袖一代的文坛巨擘。苏轼(1037—1101),字子瞻,号东坡居士,四川眉山人。嘉祐二年(1057)进士,官至翰林学士。富有政治才能,他在杭州、密州、徐州、湖州任地方官时,灭蝗救灾,抗洪筑堤,政绩卓著。为人刚直敢言,不随时俯仰,故仕途坎坷,一生屡遭贬谪。苏轼融合了儒释道的思想,既执著于人生而又能超然物外,这种人生态度使他坚定、沉着、乐观、旷达,在逆境中依然能保持浓郁的生活情趣和旺盛的创作活力。他天才纵逸,诗、词、文、赋、书法、绘画无所不能,宋代的诗、词、文都在他手里达到了高峰。

一

在北宋词坛上,理论上有以苏轼为代表的"自是一家"说和以李清照为代表的"别是一家"说的并立。苏轼认为诗词一体,词是"诗之苗裔"(朱弁《风月堂诗话》卷上),从诗词同源的角度提高了词体的地位;李清照则认为词不同于诗,诗词有别,从词体出发确立了词的独立文学地位。在创作实践中,相应地就有苏轼的"以诗为词"和李清照维护词体特征的不同取径。在当时,苏轼的理论与实践不但不被多数人认同,反而受到了很多人的批评和指责。以今天的眼光考量,正是苏轼的努力实现了词坛的革新与突破,为词的发展赢得了生机。

词至柳永而一变,至苏轼又一变,他们都开创了词的新局面。苏轼对词的变革主要体现在以下几个方面:开拓词的题材内容,改变词的风格,提升词的品位以及在形式技巧上的创新。

就题材内容而言,除了闺怨恋爱、感时伤事和羁旅行役等传统题材外,苏轼填词是"无意不可入,无事不可言"(刘熙载《艺概》卷四)。举凡咏史怀古、伤别悼亡、谈玄说理、赠答酬和、山水田园等惯用诗歌表现的题材,无一不被他写进词里,极大地扩大了词的表现功能,开拓了词的艺术境界。苏轼在词的题材内容方面的开拓在以下三个方面最值得注意。

一是用词抒写豪情壮志。词以表现男女柔情为主调,而到了苏轼手里,豪放词昂首步入词坛,一片闺音的词坛格局终被打破,给宋代词坛带来一股刚健雄风。如《江城子·密州出猎》:

> 老夫聊发少年狂。左牵黄。右擎苍。锦帽貂裘,千骑卷平冈。为报倾城随太守,亲射虎,看孙郎。　　酒酣胸胆尚开张。鬓微霜。又何妨。持节云中,何日遣冯唐?会挽雕弓如满月,西北望。射天狼。

作品描绘了打猎的壮观场面,抒发了自己杀敌报国、建功立业的雄心壮志。全词境界壮阔,节奏明快,开启了南宋辛派词人的先河。此外如《南乡子》(旌旆满江湖)、《阳关曲》(受降城下紫髯郎)等词也都通过从军将士的形象,抒发了自己的壮怀。

二是描写山水风光和田园生活。"若乃山林皋壤,实文思之奥府。"(刘勰《文心雕龙·物色》)受山水田园诗的影响,山水田园也成为唐宋词的重要内容。早在敦煌曲子词中就出现了以自然风光为主要描写对象的作品,但受"缘情而绮靡"观念的影响,山水田园词的发展一直比较缓慢。直到苏轼出现,山水田园词才有了突破性的进展,举凡雄川大山、清风明月、溪雨岸花、收麦赛神、缫丝煮

茧等,都被他一一写进词中。如作于黄州的《西江月》:

> 照野弥弥浅浪,横空暖暖微霄。障泥未解玉骢骄。我欲醉眠芳草。　　可惜一溪明月,莫教踏破琼瑶。解鞍欹枕绿杨桥。杜宇一声春晓。

微风吹拂下,月光在草丛木叶之上浮动,犹如波浪;天空中,月亮在淡淡的薄云中时隐时现。醉眼蒙眬的词人,不忍马蹄踏碎溪中明月,于是醉眠芳草。在东坡笔下,自然山水犹如瑶池仙境,静美异常。这首山水词洒落有致,将苏轼潇洒旷达的神采表现得淋漓尽致。

苏轼善于描写清新秀丽的农村田园风光,这是以前的词人从未关注过的领域。在任徐州太守时,苏轼到石潭谢雨,用定格联章的形式,写了五首《浣溪沙》,描绘乡村之景与农家之乐,涉及农村生活的多个方面。如第二首写他前往石潭社庙行谢雨典礼时的热闹场景,极富生活气息:

> 旋抹红妆看使君。三三五五棘篱门。相挨踏破茜罗裙。老幼扶携收麦社,乌鸢翔舞赛神村。道逢醉叟卧黄昏。

乡村女子朴野、热情、好奇的性格特征跃然纸上。又如第四首:

> 簌簌衣巾落枣花。村南村北响缲车。牛衣古柳卖黄瓜。酒困路长惟欲睡,日高人渴漫思茶。敲门试问野人家。

将农村繁忙的劳动场景和古朴的生活情调渲染得风味十足。苏轼的田园词,将农村的自然风光、村民形象、生活习性、农事活动等方面都表现得鲜明生动,极大地丰富了田园词的表现力。

三是在词中诉说亲情友情。词虽以抒情见长,但在苏轼之前,所抒却多儿女私情,亲情友情这类庄重的情感还较少进入词的世界。苏轼对亲人、对朋友情真而意深,如他和胞弟苏辙感情甚笃,《水调歌头》(明月几时有)就是中秋"兼怀子由"而创作的名篇。苏轼的原配王弗,卒时年仅 27 岁,十年后,苏轼在密州写了悼亡词《江城子》(十年生死两茫茫)。在词中,词人用深情的语言表达了对亡妻永难忘怀的真挚感情,沉痛悲切,感人至深。

除了亲情,苏轼也非常重视友情。他送别友人、怀念朋友的词真挚感人,如在密州雪中送文安国还朝写的《满江红》(天岂无情)。类似的作品还有很多,如《南乡子》中说:"回首乱山横,不见居人只见城。谁似临平山上塔,亭亭,迎客西来送客行。"又如《浣溪沙》中说:"门外东风雪洒裾,山头回首望三吴。不应弹铗为无鱼。"都抒发了对友人的拳拳深情。

苏轼的哲理词似不食人间烟火之语,更是提高了词的品味。350 多首苏词中,蕴含着作者对宇宙、自然、人生、生命的睿智思考的,不少于 50 首。如果说苏轼把词带向"诗言志"的境界,是在晚唐五代至北宋前期词人韦庄、李煜、柳永、范仲淹、张先、晏殊、欧阳修、王安石等人词作言志基础上的进一步开拓,那么他将词提升到形而上的哲理诗的境界,则是更大胆也更独到的创新。① 名作《水调歌头》为其中的代表,作者以天仙化人之笔,勾勒出一种皓月当空、美人千里、孤高旷远的境界氛围,抒发了自己外放无侣的孤独情怀。作者俯仰古今变迁,感慨宇宙流转,厌倦宦海风波,揭示了睿智的人生理想。全词挥洒自如,不假雕琢,而浩然之气,超凡绝尘,体现了作者"逸怀浩气,超然乎尘垢之外"(胡寅《酒边词序》)的哲思。又如作于黄州的《定风波》:

---

① 陶文鹏.苏轼诗词艺术论.上海古籍出版社 2001 年版,第 170 页.

莫听穿林打叶声。何妨吟啸且徐行。竹杖芒鞋轻胜马。谁怕？一蓑烟雨任平生。　　料峭春风吹酒醒。微冷。山头斜照却相迎。回首向来萧瑟处。归去。也无风雨也无晴。

这首词富有哲思理趣，表现了词人超然达观的人生态度。苏轼的哲理词超凡脱俗、出神入化，极大地提升了词的审美境界和艺术品味。

除以上几类，苏轼词在内容上的开拓还涉及许多方面，举凡咏史怀古、咏物节序、贺寿游仙、登临游赏等等，无不被他写进词中。在苏轼之前，词的内容不外乎美女与爱情。李煜的亡国之音、柳永的秋士易感，算是对这种狭隘格局的两次突破。但这只是他们的遭遇在词中的一种连带反应，而不是有意识地要为词的题材内容开疆拓土。至苏轼出现，才自觉地用这种合乐而歌的形式，抒写自己的襟抱志意和社会生活，使词从"小道末技"上升为一种与诗等量齐观的抒情文体。

苏轼在词史上的另一贡献是创造了新的风格。苏轼之前的词以婉约为主，苏轼则有意识地突破这一传统，开创了豪放词风。他在《答陈季常书》中说："又惠新词，句句警拔，诗人之雄，非小词也。但豪放太过，恐造物者不容人如此快活，一枕无碍睡，辄亦得之耳。""诗人之雄，非小词"的说法，表明苏轼高度认同豪放风格的词。苏轼填词较晚，大约始于 37 岁任杭州通判时。38 岁知密州，写了《江城子》(老夫聊发少年狂)和《水调歌头》(明月几时有)这两首最早的豪放词代表作，从而在词坛上树起"自是一家"的旗帜。44 岁因乌台诗案贬居黄州五年，更是创作了《念奴娇·赤壁怀古》这样的豪雄之词。他把对自然山水的观照与对历史、人生的反思结合起来，在雄奇壮阔的自然美中融入深沉的历史感和人生感慨。类似作品在东坡词中并不鲜见，如"雪浪摇空千顷白，觉来满眼是庐山，倚天无数开青壁"(《归朝欢》);"有情风、万里卷潮来，无情送潮归。问钱塘江上，西兴浦口，几度斜晖"(《八声甘州》);"上殿云霄生羽翼，论兵齿颊带风霜，归来衫袖有天香"(《浣溪沙》)等等。

豪放词在东坡词中尽管只是少数，却改变了唐宋词徒具阴柔之美的单一格局，阳刚之美始昂首进入词的世界。苏轼开创并确立的新词风在当时和后世虽然屡遭非议，却也不乏追随者和支持者。从创作层面看，在北宋有晁补之、黄庭坚等传人，南宋有叶梦得、陈与义、张元干、张孝祥、陆游、辛弃疾、陈亮、刘克庄等继承发扬，辛弃疾攀登至最高峰。从批评角度言，自从明人张綖在《诗余图谱·凡例》中提出婉约、豪放二分法后，豪放词取得了与婉约词并肩的地位，到了清代，王士禛、徐釚更称豪放词为英雄之词，均可见出其对后世的影响。

在表现手法上，苏轼"以诗为词"，将诗的创作手段移入词中，主要表现在以议论为词、摆脱音乐束缚以及用题序、用典等方面。

要之，令词自二晏、欧阳修以降，已达至高潮，若不生变化，词的发展势必走向末路。柳永、苏轼遂应运而生。柳永发展了慢词长调，增强了词的表现能力。苏轼则扩充了词的情感内涵，丰富了词的表现方式，使词朝着独立抒情诗体的方向发展。其豪放词风更是打破了狭窄的樊篱，为长短句歌词注入了新的生命，成为词史上永不衰竭的优良传统。

二

苏轼究竟有多少首词？迄今还是个见仁见智的问题。自南宋绍兴初傅干《傅干注坡词》在杭州刊行以来，千年来为苏轼词编集代不乏人，现存的约有三十种左右，如(为省篇幅，正文中出现以下书名时只用简称):

南宋傅干《傅干注坡词》,巴蜀书社 1993 年版,收词 242 首,另有 30 首存目缺词或部分缺文。

南宋曾慥辑《东坡先生长短句》二卷拾遗一卷。刊行于绍兴二十一年(1151)。原刊本今已不存,幸赖明人吴讷《唐宋名贤百家词》以传。吴本又分天一阁钞《唐宋名贤百家词》(简称百本)和紫芝漫钞《宋元名家词》(简称紫本)两种。百本卷上收东坡词 140 首,卷下收 157 首,拾遗词 40 首,中有误入及重收者 11 首。

元延祐七年(1320)叶曾云间南阜草堂刻《东坡乐府》二卷,是今存东坡词集的最早刻本,世称元延祐本或云间本,简称元本。上卷凡 41 调 115 首,下卷 17 调 166 首,共收词 281 首。

明人茅维编《苏东坡全集》本《东坡词》(简称明刊全集),共 73 调 316 首词。

明人焦竑编《苏长公二妙集》所收《东坡诗余》二卷(简称二妙集),收词 336 首。

明人毛晋编《宋六十名家词》所收《东坡词》十一卷,共 72 调 328 首。

朱祖谋编《彊村丛书》本《东坡乐府》三卷,收词 340 首。

龙榆生《东坡乐府笺》,收词 344 首。

唐圭璋《全宋词》本《苏轼词》收词 351 首。

曹树铭校编《东坡词》(简称曹本),香港万有图书公司 1968 年出版,收词 319 首。

石声淮、唐玲玲《东坡乐府编年笺注》(简称石唐本),华中师范大学出版社 1990 年出版,收词 348 首。

薛瑞生《东坡词编年笺证》(简称薛本),三秦出版社 1998 年版,收词 360 首。①

---

① 以上统计据保苅佳昭《历代苏轼年谱、词集苏词一览表》,《苏词研究》,线装书局 2001 年版.

邹同庆、王宗堂《苏轼词编年校注》(简称邹王本),中华书局2002年版,收词350首,其中互见词和可疑词19首。

以上所举只是较有代表性的苏轼词集,书名不一,体例有别,收词也或多或少。可见为苏轼词编集,何者该入集?何者该剔除?是一件难度极大的工作。

现当代学人在编苏轼词集时,有两种态度值得注意:

一是宁缺毋滥。如曹本共收36首误入词,其中许多是以"意境与东坡词不类"而列为误入词。

二是宁多勿缺。如薛本收词360首,编者在"凡例"中即言"为目前收东坡词最多者"。而朱靖华、饶学刚、王文龙、饶晓明编《苏轼词新释辑评》(中国书店2007年版,简称朱饶本)在"凡例"中亦云:"本书共收词410首,是目前收词最多者。"编者将诗中词、歌词及民间小乐府等全都收入集中。

两种态度均有利有弊。宁缺毋滥型能最大限度地保持东坡词的纯度,可无疑也会因此而有遗珠之憾。特别是如果仅以风格意境而不是以文献为取舍标准的话,难免会遗漏许多苏词,因为一位词人的风格往往是多样而非单一的。宁多勿缺型在尽可能多地保存作家的作品时,当然避免不了滥竽充数。那种把骚体辞、乐府诗、歌词、乐语等长短句诗都说成是词的态度,也并不被学界看好。①

本编以唐圭璋编纂、王仲闻参订、孔凡礼补辑《全宋词》(中华书局1999年版)本《苏轼词》为底本,而略有增删。《全宋词》共收苏轼词351首,其中《奉安神宗皇帝御容赴景灵宫导引歌词》、《迎奉神宗皇帝御容赴西京会圣宫应天禅院奉安导引歌词》、《全宋词》

---

① 参曾枣庄《需"提倡一些文体分类学"——评〈新近发现东坡词考辨补证〉》,《乐山师范学院学报》2005年第10期.

录自《东坡内制集》卷二、卷四。此两首内制导引歌词,本编删而不取。《菩萨蛮》(湿云不动溪桥冷)一词,《全芳备祖》前集卷一"梅花门"署名苏轼作,《全宋词》据此录入,并注云:"按此首亦见朱淑真《断肠词》。但《断肠词》颇多讹误,疑以《备祖》所载为是。"然《全宋词》在第五册"订补附记"中又列作朱希真存目词,注曰:"朱淑真作,见《断肠词》。"可知《全宋词》最后订补时,已确认此词既非苏轼作,亦非朱希真作,而属朱淑真词。唐先生《宋词互见考》就云当以朱淑真词为是。本编不录。《阮郎归》(歌停檀板舞停鸾)一词,《全芳备祖》后集卷二十八"茶门"署名苏东坡作,《全宋词》据此录入,并注云:"按此首别作黄庭坚词,见《豫章黄先生词》。别又误作张先词,见《张子野词》卷一。"然唐先生《宋词互见考》云此词"唯《全芳备祖》作东坡词,第东坡词集不载,当以山谷为是"。今不录。《踏莎行》(山秀芙蓉)一词,《全宋词》据《咸淳毗陵志》卷二十三录入,并注云:"按此首别又作贺铸词,见东山词卷上。惟咸淳毗陵志以外,明沈敕荆溪外纪卷十二亦作苏轼词,未知孰是。"邹王本认为这首词是贺铸的作品,因为自宋以来《东山词》均收,却不见于东坡词集,且《毗陵志》录此词时漏署作者姓名,而此词前为苏轼《菩萨蛮》(买田阳羡),以致后人误以为是苏轼所作。本编亦不收。

以上五首,《全宋词》录而本编删,另有两首《全宋词》不录而本编收存。《全宋词》收有《临江仙》:"九十日春都过了,贪忙何处追游,三分春色一分愁。雨翻榆荚阵,风转柳花球。 阆苑先生须自责,蟠桃动是千秋。不知人世苦厌求。东皇不拘束,肯为使君留。"而另一首《临江仙》和这首词的上片全同,唯下片作"我与使君皆白首,休夸少年风流。佳人斜倚合江楼。水光都眼净,山色总眉愁"。这首《临江仙》,《全宋词》未收。傅本将下阕附注于熙宁九年四月一日密州作同调词之后,并云:"人在惠州,改前词云(词略)。"朱本、龙本、薛本、邹王本等都视其为不同的两首词,今补录。《玉

9

楼春》(乌啼鹊噪昏乔木)《全宋词》未收。然唐先生《宋词互见考》云:"案此首苏轼词,见《东坡志林》,《花草粹编》误引作郭生词。此词盖东坡为郭生作,非郭生自作也。"曹本据王文诰《苏诗总案》卷二二引《外集》增补,调作《木兰花令》。今亦补录。故本编共收词348首。

<h1 style="text-align:center">三</h1>

对作品进行编年,是深入了解该作品思想内涵的前提,也是系统研究作家的基础。给苏轼词编年,其实从南宋就开始了,当时的一些苏轼年谱率先对苏词进行系年。如王宗稷《东坡先生年谱》就给苏轼24首词编了年,傅藻《东坡纪年录》更是编了85首。然而由于当时更重视苏诗苏文,为苏词编年的数量还很有限,因而此时期可称是苏词编年的萌芽期。它们成为近现代苏轼词编年时最直接的参考成果。元明两代,人们虽然乐于为苏词编集,却都不是按时间顺序编排,因此苏词编年陷入停滞期。到了清代中期,王文诰编《苏文忠公诗编注集成总案》(简称《苏诗总案》),他在考订苏轼诗文的创作年月并对它们进行编年时,也给119首词进行了编年。到了清末民初,朱祖谋就在王宗稷《东坡先生年谱》、傅藻《东坡纪年录》和《苏诗总案》的基础上,编成了第一部编年体苏轼全集——《东坡乐府》三卷,前两卷为编年词,共204首,卷三为未编年词,仍按词调编次,计136首,给当代学者继续为苏词编年奠定了良好的基础。

其后,苏轼词编年取得了丰硕的成果。1936年龙榆生《东坡乐府笺》编年206首,1968年曹树铭《东坡词》编年250首,孔凡礼《苏轼年谱》(简称孔《谱》)编年144首,石唐本编年241首,薛本编年317首,邹王本编年292首,朱饶本更是对苏轼词"实行全部编年"(见朱饶本凡例)。

在这些编年中,朱本与曹本是最值得重视的两大成果。朱祖谋被誉为苏轼词编年的始创者,曹树铭总结了他编年的八条原则与技巧。而曹本则以地名、地理位置、形势和东坡行迹相印证,从情感、意境、词题文法的启示等方面寻找线索,和诗文对读,从而使许多词的创作年代变得清晰起来。后来出现的许多编年多取法于此。

此外还有许多单篇论文对苏词进行了编年,计有(为省篇幅,正文中出现以下论文时只给出作者和篇名,不再注明刊物名称和出版时间):

宗典《苏轼卜居宜兴考》,《中华文史论丛》1979年第一辑。

张志烈《苏轼由杭赴密词杂议》,《东坡词论丛》,四川人民出版社1982年版。

林冠群《苏轼〈西江月〉写作的时间和地点》,《东坡词论丛》,四川人民出版社1982年版。

刘尚荣《钞本〈注坡词〉考辨》,《东坡词论丛》,四川人民出版社1982年版。

邱俊鹏《苏轼〈水龙吟·次韵章质夫杨花词〉琐谈》,《东坡词论丛》,四川人民出版社1982年版。

曾枣庄《东坡词中的朝云》,《东坡词论丛》,四川人民出版社1982年版。

村上哲见著、杨铁婴译《东坡词札记》,《文学遗产增刊》十六辑,中华书局1983年版。

张志烈《苏词三首系年辨》,《中华文史论丛》1983年第3辑。

王水照《评久佚重见的施宿〈东坡先生年谱〉》,《中华文史论丛》1983年第3辑。

刘崇德《苏词编年考》,《河北大学学报》1984年第3期。

丁永淮《苏轼黄州活动年月表》,《东坡研究论丛》,四川文艺出版社 1986 年版。

吴雪涛《苏词编年订误三题》,《河北师范学院学报》1987 年第 2 期。

高培华《苏轼〈雨中花慢〉是悼朝云》,《文学遗产》1987 年第 6 期。

吴雪涛《苏词四首系年商兑》,《河北师范大学学报》1988 年第 1 期。

王文龙《苏词五首作年考》,《盐城师专学报》1989 年第 3 期。

吴雪涛《苏词五首杂考》,《河北师范大学学报》1989 年第 3 期。

吴雪涛《苏词三首考证》,《河北师范大学学报》1992 年第 1 期。

刘崇德《苏轼"杨花词"系年考辨》,《文学评论丛刊》第十八辑。

吴雪涛《苏词编年考辨两则》,《河北师范大学学报》1993 年第 1 期。

孙民《关于十三首东坡乐府的编年》,《辽宁大学学报》1994 年第 2 期。

吴雪涛《苏词编年辨证——东坡乐府编年笺注献疑之一》,《文史》1995 年第四十辑。

刘焕阳《苏轼初始作词时间考》,《烟台师范学院学报》1996 年第 2 期。

邹同庆、王宗堂《苏词辨伪》,《中州学刊》1996 年第 2 期。

朱靖华《论苏轼词始作于嘉祐初年》,《黄冈师范学院学报》1999 年第 5 期。

保苅佳昭《苏轼与杨绘有关之词》,《苏词研究》,线装书局 2001 年版。

张志烈《苏词二首系年略考》,《黄冈师范学院学报》2002 年第 1 期。

吴洪泽《〈洞仙歌〉〈冰肌玉骨〉公案考索》,《四川大学学报》2002 年第 2 期。

曾枣庄《去伪存真，后出转精》，《古籍整理出版情况简报》2003年第2期。

王文龙《读东坡词札记二题》，《惠州学院学报》2003年第4期。

闫小芬《苏轼〈洞仙歌〉杂考》，《商丘师范学院学报》2003年第6期。

钱建状《〈东坡词〉误收之〈青玉案〉作者考》，《文学遗产》2004年第5期。

张承凤《苏轼艳词三首辨正》，《文学遗产》2004年第6期。

龙吟《苏轼词作编年新说》，《中国苏轼研究》第二辑，学苑出版社2005年版。

保苅佳昭《苏轼词编年考》，《新兴与传统——苏轼词论述》，上海古籍出版社2005年版。

马小青《磁州窑瓷枕上书写的苏东坡词》，《收藏界》2006年11月。

邹同庆、王宗堂《苏轼词编年问题与龙吟先生商榷》，《中国苏轼研究》第三辑，学苑出版社2007年版。

王宗堂、邹同庆《〈苏轼词编年校注〉重印后记》，《中国苏轼研究》第四辑。

李小龙《东坡词补考》，《南阳师范学院学报》2007年第5期。

胡建升《苏轼〈浪淘沙·探春〉编年补正》，《文学遗产》2008年第3期。

李世忠《苏轼〈蝶恋花·春景〉作时考》，《咸阳师范学院学报》2008年第5期。

沈松勤《苏轼词编年补证》，《国学学刊》2009年第1期。

胡小林《〈青玉案·和贺方回韵〉作者考》，《江海学刊》2009年第3期。

有些苏轼词选本也涉及编年，如曾凡礼《苏东坡词选释》（内蒙古人民出版社1981年版）、于培杰、孙言诚《苏东坡词选》（花山文艺出版社 1984 年版）、王水照选注《苏轼选集》（上海古籍出版社 1984 年版）、陈迩冬《苏轼词选》（人民文学出版社 1986 年版）、刘乃昌《苏轼选集》（齐鲁书社 2005 年版）等就都有对作品创作时间和地点的分析，也可视为一种特殊的编年本。

这些编年成果的取得，极大地推进了苏轼词研究，许多作品的创作时间已经有了比较一致的看法。当然，也有不少词的作年众说纷纭，有多少学者编年就有多少种说法。这些歧见成为今后进一步研究的基础，自有其存在的价值。因此本编不避繁冗，在撰写"题解"的过程中，将每首词历年出现的编年的主要观点一一列举出来，希冀给苏词爱好者特别是苏词研究者提供苏轼每一首词编年的历史演进过程，并为今后的研究提供线索。

本编注释只注作品中的用典、名物，一般性语词不注，各版本间的异文也尽量加以注明。主要参考傅本、朱本、龙本、薛本、邹王本，也参考了张公弛《苏轼词注释疑》（《中华文史论丛》1980 年第四辑）、王松龄《东坡乐府笺补正》（《上海师范大学学报》1986 年第 3 期）、陈永正《东坡词笺注补正》（《南京师范大学文学院学报》2002 年第 4 期）、马里扬《苏轼词解读辨正六则》（《乐山师范学院学报》2008 年第 1 期）等论文。在这些笺注中，择其善者而从之。此外，我自己也偶有愚见，如《如梦令·春思》中"手种堂前桃李"，与欧阳修《朝中措》中"手种堂前垂柳，别来几度春风"，《江城子》中"手捻花枝，谁会两眉颦"与秦观《画堂春》中"柳外画楼独上，凭阑手捻花枝。放花无语对斜晖，此恨谁知"在句型上相似，《蝶恋花》中"角声吹落梅花月"与晏几道《鹧鸪天》"舞低杨柳楼心月，歌尽桃花扇影风"在意境上也有相近之处，本编不避浅漏，一一加以补注。

谭新红

2011 年中秋于泰国曼谷

凡　例

一、本编以唐圭璋编纂、王仲闻参订、孔凡礼补辑《全宋词》(中华书局 1999 年版)本《苏轼词》为底本而略有增删,共收词 348 首,残句 12 句。

二、本编以创作年代的先后为顺序编排,在广泛搜集前人及时贤编年研究成果的基础上,共有 316 首编年词,另 32 首为未编年词。

三、本编苏轼词正文标点依《全宋词》,即韵脚处用句号。

四、本编注释只注作品中的用典、名物,一般性语词不注,各版本间的异文也尽量加以注明。主要参考了傅本、朱本、龙本、薛本、邹王本及一些单篇论文。

五、本编参用书籍及简称如下:《苏轼文集》简称《文集》,《苏轼诗集》简称《诗集》,傅藻《东坡纪年录》简称《纪年录》,王文诰《苏文忠公诗编注集成总案》简称《总案》,傅干《傅干注坡词》简称傅本,曾慥辑《东坡先生长短句》简称曾本,天一阁钞《唐宋名贤百家词》本简称百本,紫芝漫钞《宋元名家词》本简称紫本,元延祐七年(1320)叶曾云间南阜草堂刻《东坡乐府》简称元本,茅维编《苏东坡全集》本《东坡词》简称明刊全集,焦竑编《苏长公二妙集》所收《东坡诗余》二卷简称二妙集,毛晋编《宋六十名家词》所收《东坡词》简称毛本,朱祖谋编《彊村丛书》本《东坡乐府》简称朱本,龙榆生《东坡乐府笺》简称龙本,曹树铭校编《东坡词》简称曹本,石声淮、唐玲玲《东坡乐府编年笺注》简称石唐本,薛瑞生《东坡词编年笺证》简称薛本,邹同庆、王宗堂《苏轼词编年校注》简称邹王本。

六、本编"题解"主要介绍历来学界对词创作年代的研究成果，以期了解该作品之创作时间及背景，为进一步分析作品之内容及情感内涵打下基础。凡作品有多种编年者，皆不惮其繁，一一罗列，以见学术递嬗之轨迹。唯对少数仅凭主观推测、不见任何考证功夫的编年则弃而不取。

七、本编"汇评"多取自吴熊和先生主编《唐宋词汇评》，亦间有参酌薛本、邹王本之处。多取评价作品艺术特点及思想内容的条目，亦颇多选录涉及作品历史地位的评语。

目　录

甲编　知密州前的词作

乙编　知密、徐、湖至贬黄州之前的词作

4

丙编　贬居黄州时的词作

丁编　离开黄州之后的词作

戊编　作年不详词及残句

甲编

知密州前的词作

浣溪沙

山色横侵蘸晕霞^①。湘川风静吐寒花^②。远林屋散尚啼鸦^③。　　梦到故园多少路，酒醒南望隔天涯。月明千里照平沙^④。

【题解】

此词傅本、元本及今存宋人所作的多种苏轼年谱（何抡、施宿、王宗稷、傅藻）均不载，孔《谱》也未载。最早见于曾慥《东坡词拾遗》，明刊全集、二妙集、毛本、朱本、龙本、《全宋词》、石唐本、薛本均承曾慥本。曹本、曾枣庄《苏词研究序》（保苅佳昭《苏词研究》，线装书局 2001 年版）、邹王本均因词中有"湘川风静吐寒花"句，而苏轼一生从未涉足湘川，遂定此词为他人之词而误入苏词者。邹王本进而考证说应为苏轼好友张舜民的作品。

朱本、龙本、石唐本未编年。薛本编认为系苏轼嘉祐五年（1060）正月，作于荆州，是他 25 岁为母亲守丧期满从眉州返回汴京"路过荆州北行出陆之时"而作，并认为是苏轼最早的词作。朱靖华《论苏轼词始作于嘉祐初年》辨薛本之非，认为该词作于嘉祐四年（1059）十月苏轼在故里服母丧毕与父洵、弟辙沿江东行返朝途中，即十一月"将至荆州地域的长江舟中"。他认为"湘川"并非专指湖南湘水，也泛指古荆州地域。龙吟《苏轼词作编年新说》则认为"此词恰是苏轼所作，时间却在绍圣元年（1094）九月过岭南时"，理由是"湘川泛指韶州（今广东韶关）江川"，"古人没有今天这样清晰的地理观念，时常将发源于衡岳南部的曲江视作湘水支流"。邹同庆、王宗堂《苏轼词编年问题与龙吟先生商榷》辨龙氏之非，仍坚持此词为张舜民词。沈松勤《苏轼词编年补证》认为苏轼于绍圣四年（1097）五月，曾"忽至"湘川地域。《诗集》卷四十一有作于绍圣四年五月的《吾谪海南，子由雷州，被命即行，了不相知，至梧乃闻其尚在藤也，旦夕当追及，作此诗示之》，诗云:"九疑联绵属衡湘,苍梧独在天一方。孤城吹角烟树里,落月未落江苍茫。幽人拊枕坐叹息,我行忽至舜所藏。江边父老能说子,白须红颊如君长。"所述即为自惠州赴儋州途中,"忽至"九嶷山一带追访苏辙之情景。词中所叙月下之"山色"、"湘川",即指九嶷山及湘水上源而言;而"南望隔天涯"云云,则又指行将南往渡海至琼州天涯一岛也。故订此词为绍圣四年(1097)五月间作。今暂依薛本。

【注释】

①横:原作"红",二妙集、毛本作"横"。

②寒花:张协《杂诗》:"寒花发黄采,秋草含绿滋。"

③啼鸦:李贺《过华清宫》:"春月夜啼鸦,宫帘隔御花。"

④平沙:李华《吊古战场文》:"浩浩乎平沙无垠。"

华清引①

感　旧

平时十月幸莲汤②。玉甃琼梁③。五家车马如水,珠玑满路旁④。　　翠华一去掩方床⑤。独留烟树苍苍。至今清夜月,依前过缭墙⑥。

【题解】

朱本、龙本、曹本未编年。曾凡礼《苏东坡词选释》说:"这首词大约是由京城汴梁去凤翔途经骊山作的。"于培杰、孙言诚《苏东坡词选》、石唐本、孙民《关于十三首东坡乐府的编年》,薛本、邹王本均认为编于治平元年(1064),孙民、邹王本还定此词为苏轼最早的词作。邹王本云:"本词主旨,系咏玄宗与杨贵妃游骊山事,当为作者游骊山时有感而作。考苏轼游骊山,时在治平元年,《苏轼诗集》卷五《骊山三绝句》王文诰案:'公罢(凤翔签判)任至长安,与陈睦游骊山,饮于朝元阁上,乃赋诗时也。'据《苏诗总案》卷五'作骊山诗'条引本集《送陈睦知潭州》诗'二十三年真一梦'云云,《送陈睦》诗作于元祐元年丙寅(1086),逆数二十三年,恰为治平元年甲辰。公以是年罢凤翔任,过长安,游骊山,作《骊山三绝句》诗,《华清引》词亦应作于此时。"龙吟《苏轼词作编年新说》批评其推断错误,他从词题"感旧"入手,云:"'感旧'一词于现存苏轼诗文中凡十一次,皆为感叹自身旧时所历之事","据苏轼诗文习惯,恰证此词为二十三年后回忆当年曾在骊山相遇的'感旧'之作,是年苏轼五十一岁,刚从登州任上调赴朝廷,任起居舍人,而陈睦则是新派人物,于前不久,被遣出京,出知潭州……元祐元年初,苏轼返京之时,旧党刚复,新党始黜,吕惠卿尚未落职,陈睦辞别'故旧',苏轼应景唱酬,实在情理之中。""此词藻华格弱,意索趣乏,凑泊毕现,与苏轼治平元年过骊山所写的三首绝句及前期诗文毫无相近之处。"邹同庆、王宗堂《苏轼词编年问题与龙吟先生商榷》辨龙氏之非,"如果这首词是送别陈睦之作,就应该像《送陈睦知潭州》诗那样,多少有点惜别的内容。而这首词既不含惜别的味道,也无一字涉及陈睦,可见与送别陈睦无关"。"(此词)与《骊山绝句三首》主旨全同,应为同时期作,故应把它和《骊山绝句三首》一同编在治平元年"。今暂依邹王本。

【注释】

①华清引:元本误作"华胥引"。

②莲:元本作"兰"。莲汤:乐史《杨太真外传》卷下:"华清宫有端正楼,即贵妃梳洗之所,有莲花汤,即贵妃澡沐之室。"

③郑处诲《明皇杂录》卷下:"玄宗幸华清宫,新广汤池,制作宏丽。安禄山于范阳,以白玉石为鱼龙凫雁,仍为石梁及石莲花以献,雕镌巧妙,殆非人工。上大悦,命陈于汤中,又以石梁横亘汤上,而莲花才出于水际。上因幸华清宫,至其所,解衣将入,而鱼龙凫雁皆若奋鳞举翼,状欲飞动。上甚恐,遽命撤去。其莲花至今犹存。又尝于宫中置长汤屋数十间,环回甃以文石,为银镂漆船及白香木船,置于其中,至于楫橹,皆饰以珠玉。"甃:本指井壁,此指温泉浴池池壁。

④《旧唐书》卷五一《杨贵妃传》:"(太真)有姊三人,皆有才貌,玄宗并

封国夫人之号:长曰大姨,封韩国;三姨,封虢国;八姨,封秦国……再从兄铦,鸿胪卿;锜,侍御史,尚武惠妃女太华公主,以母爱,礼遇过于诸公主,赐甲第,连于宫禁。韩、虢、秦三夫人与铦、锜等五家,每有请托,府县承迎,峻如诏敕,四方赂遗,其门如市。""玄宗每年十月幸华清宫,国忠姊妹五家扈从,每家为一队,著一色衣,五家合队,照映如百花之焕发,而遗钿坠舄,琴瑟珠翠,灿烂芳馥于路。"傅注:"五家,谓铦、锜、国忠、韩、虢是也,时秦国已早亡矣。"

⑤翠华:傅注:"翠华,天子之旗,以象华盖也。相如赋:'建翠华之旗',注:'以翠羽为旗,上葆耳。'禄山之乱,明皇西幸,华清宫无复至矣。"方床:即匡床或筐床。《商君书·策画》:"是以人主处匡床之上,听丝竹之声,而天下治。"

⑥前:毛本作"旧"。缭墙:杜牧《华清宫三十韵》:"绣岭明珠殿,层峦下缭墙。"钱易《南部新书》:"骊山华清宫毁废已久,今所存者,唯缭垣耳。"

【汇评】

《钦定词谱》卷五:此词止此一词,平仄当遵之。

一斛珠①

洛城春晚。垂杨乱掩红楼半②。小池轻浪纹如篆。烛下花前,曾醉离歌宴。　　自惜风流云雨散③。关山有限情无限④。待君重见寻芳伴。为说相思,目断西楼燕⑤。

【题解】

此词傅本、元本不载,朱本、龙本、曹本未编年。石唐本未编年,然在注释"洛城"时说:"苏轼少年曾出仕凤翔,自开封出发,经过洛阳。这首词是以后追忆在洛城聚会过的旧友。"薛本编熙宁三年庚戌(1070),云:"词云'洛城春晚',必作于三月游洛阳时……此次游洛,非熙宁三年庚戌,即熙宁四年辛亥。时公在朝,而洛阳为宋之西京,差事往来必伙。然熙宁四年辛亥,会在朝与王安石以政事不合反复争论于朝,屡上书乞郡,似无由至洛,故暂编熙宁三年庚戌,以俟详考。"刘焕阳《苏轼初始作词时间考》、朱靖华《论苏轼词始作于嘉祐初年》均考证此词为嘉祐元年(1056)闰三月苏轼第一次途经洛阳时作,内容是对新婚妻子王弗的怀念。龙吟《苏轼词作编年新说》认为此词作于熙宁十年(1077):"乃苏轼 42 岁时作于汴京……作于送范镇赴洛之晚宴上,时间必在三月初一至三月初三之间。'洛城春晚'乃想象之词。"沈松勤《苏轼词编年补证》对此词编年同于龙说。邹同庆、王宗堂《苏轼词编年问题与龙吟先生商榷》辨其非,认为词的前三句写的是眼前实景,如果是想象之辞,决不会这样细致、逼真、形象、生动。此外,乌台诗案中,当局者逼迫苏轼交待和他关系密切的官员以及他们反皇上、反新法的言行,苏轼在《供状》中交待他在熙宁十年三月一日至三日在汴京和王诜、范镇的交往非常具体,内中并没有范镇赴洛阳曾设宴送行,更无作词相赠之事。保苅佳昭《苏轼词编年考》则认为这首词不写于洛阳,而是熙宁二年(1069)晚春三月,苏轼在开封和苏辙一起喝酒时为怀念洛阳的歌女而作的。

由于此词最早见于曾慥《东坡词拾遗》,此书所收四十首词中已发现十余首为重收或误收,多有可疑,故也有学者怀疑此词非苏轼之作。曾枣庄《去伪存真,后出转精》即云:"既然此词内容与苏轼行踪如此不合,加之此词傅本、元本不载,又何必一定要为之编年呢?即使不入误入词,是否可入存疑词呢?"邹同庆、王宗堂《苏轼词编年问题与龙吟先生商榷》也怀疑此词是否为苏轼作,认为有可能是张舜民于元丰六年(1083)赴郴州贬所"春晚"时途经洛阳时所作。如果此词为苏轼所作,则只能作于嘉祐元年(1056)五、六月至熙宁二年(1069)二月这十四年间。

【注释】

①一斛珠:即醉落魄。

②红楼:李白《侍从宜春苑奉诏赋龙池柳色初青听新莺百啭歌》:"东风已绿瀛洲草,紫殿红楼觉春好。"白居易《秦中吟十首·议婚》:"红楼富家女,金缕绣罗襦。"

③王粲《赠蔡子笃》："风流云散，一别如雨。"杨炯《送东海孙尉诗序》："徒以士之相见，人之相知，必欲轩盖逢迎，朝游夕处，亦常烟波阻绝，风流雨散。"

④关山：王勃《滕王阁序》："关山难越，谁悲失路之人；萍水相逢，尽是他乡之客。"

⑤西楼：庾信《奉和春夜应令诗》："春醪对芳洲，珠帘新上钩。烧香知夜漏，刻烛验更筹。天禽下北阁，织女入西楼。月皎疑非夜，林疏似更秋。水光悬荡壁，山翠下添流。讵假西园燕，无劳飞盖游。"燕：江淹《杂体·李都尉从军》："袖中有短书，愿寄双飞燕。"

【汇评】

沈际飞《草堂诗余续集》卷下：苍逸。

南歌子

楚守周豫出舞鬟，因作二首赠之①

绀绾双蟠髻，云欹小偓巾。轻盈红脸小腰身。叠鼓忽催花拍、斗精神②。　　空阔轻红歇，风和约柳春。蓬山才调最清新③。胜似缠头千锦、共藏珍④。

【题解】

朱本、龙本、曹本未编年。石唐本编元丰八年(1085)九月苏轼由常州赴登州知州任时过楚州作。孔《谱》编元祐七年(1092)三月由颍守移扬守过楚州作，龙吟《苏轼词作编年新说》同意此说："苏轼平生多次过楚州，唯独元祐七年在三月春晚，与遍地飘絮正相吻合……此二词前有'风和约柳春'，后有'柳絮风前转，梅花雪里春'，分明是晚春如雪之境，与晚秋十月可谓风马牛不相及。"薛本、邹王本均系年于熙宁四年辛亥(1071)十月，为苏轼由汴京赴杭州通判任途经楚州时,太守设宴并出舞鬟佐饮时而作。邹同庆、王宗堂《苏轼词编年问题与龙吟先生商榷》考证石唐本编年肯定有误,因为元丰八年(1085)知楚州者为田待问;认为孔《谱》及龙吟仅以词有"风和约柳春"、"柳絮风前转,梅花雪里春"而定论为不妥,因为这些句子并非实写自然之景,而是描写歌妓的歌舞情态。今从薛本、邹王本之说。

【注释】

①傅本无题。元本无"因作二首赠之"六字。周豫:《宋人传记资料索引》:"周豫,治平三年以集贤校理出知洪州,迁太常博士。"《北宋经抚年表》:"治平三年,集贤校理周豫知洪州。"

②傅注:"今乐府,大鼓则有叠奏之声,曲拍则有花十八、花九之数。盖舞曲至于叠鼓、花拍之际,其妙在此,故曰斗精神。"

③蓬山:傅注:"汉之图书,悉聚东观。是时文学之士,称东观为老氏道藏来蓬莱山。盖蓬莱海中神山,而仙府幽径秘篆皆在焉。"才调:才气风范。李商隐《贾生》:"宣室求贤访逐臣,贾生才调更无伦。"

④缠头:《太平御览》卷八一五引《唐书》:"旧俗,赏歌舞人以锦彩置之头上,谓之缠头。"杜甫《即事》:"笑时花近眼,舞罢锦缠头。"

【汇评】

傅本:今乐府,大鼓则有叠奏之声,曲拍则有花十八、花九之数。盖舞曲至于叠鼓、花拍之际,其妙在此,故曰"斗精神"。

南歌子

同　前①

琥珀装腰佩②,龙香入领巾③。只因飞燕是前身④。共看剥葱纤手⑤、舞凝神。　　柳絮风前转,梅花雪里春。鸳鸯翡翠两争新。但得周郎一顾⑥、胜珠珍。

同前首。

【注释】

①傅本、元本无题。

②张华《博物志》卷四《药物》引《神仙传》："松柏脂入地,千年化为茯苓,茯苓化为虎魄。虎魄一名江珠。"虎魄即琥珀。

③段成式《酉阳杂俎》前集卷一八《木篇》："龙脑香树,出婆利国,婆利呼为固不婆律。亦出波斯国。"周嘉胄《香乘》卷五引《稗史汇编》："诸香中龙涎最贵重,系香中禁榷之物,出大食国。"乐史《杨太真外传》："乾元元年,贺怀智又上言曰:'昔上夏日与亲王棋,令臣独弹琵琶,贵妃立于局前观之。上数枰子,将输,贵妃放康国猧子上局乱之,上大悦。时风吹贵妃领巾于臣巾上,良久回身方落。及反归,觉满身香气,乃御头帻贮于锦囊中。今辄进所贮帻头。'上皇发囊,且曰:'此瑞龙脑香,吾曾施于暖池玉莲朵。再幸,尚有香气宛然,况乎丝缕润腻之物哉?'遂凄怆不已。"

④因:傅本、元本、毛本作"应"。飞燕:汉成帝皇后赵飞燕。伶玄《赵飞燕外传》:"(飞燕)善行气术,长而纤便轻细,举止翩然,人谓之飞燕、合德,膏滑出浴不濡。善音辞,轻缓可听,二人皆出世色。"

⑤《古诗为焦仲卿妻作》:"指如削葱根,口如含朱丹。"白居易《筝》:"双眸翦秋水,十指剥春葱。"

⑥《三国志》卷五四《吴书·周瑜传》:"周瑜字公瑾……瑜少精意于音乐,虽三爵之后,其有阙误,瑜必知之,知之必顾。故时人谣曰:'曲有误,周郎顾。'"

临江仙

冬夜夜寒冰合井①,画堂明月侵帏。青钅工明灭照悲啼②。青钅工挑欲尽,粉泪裹还垂。　　未尽一尊先掩泪,歌声半带清悲③。情声两尽莫相违。欲知肠断处④,梁上暗尘飞⑤。

【题解】

朱本、龙本未编年。薛本云"似作于扬州钱公辅席上",因附编于《临江仙》(尊酒何人怀李白)后,认为作于辛亥(1071)。朱饶本认为作于元丰六年(1083)十二月,与《西江月》(别梦已随流水)意境类似,疑似苏轼为徐君猷侍女胜之离黄去姑苏前惜别之作。邹王本未编年。于培杰、孙言诚《苏东坡词选》与邹王本均认为此词是檃括李白《夜坐吟》而成。李诗曰:"冬夜夜寒觉夜长,沉吟久坐坐北堂。冰合井泉月入闺,金釭青凝照悲啼。金釭灭,啼转多,掩妾泪,听君歌。歌有声,妾有情,情声合,两无违。一语不入意,从君万曲梁尘飞。"

【注释】

①傅注:"井泉温,非盛寒则不冰。"《后汉书·五行志》三:"灵帝光和六年冬,大寒,北海、东莱、琅邪井中冰厚尺余。"

②紫本、百本、毛本"釭"作"缸"。王融《咏幔》:"但愿置樽酒,兰釭当夜明。"

③陆机《拟西北有高楼》:"闲夜抚鸣琴,惠音清且悲。"

④傅注:"唐武宗疾笃,迁便殿。孟才人以笙歌获宠者,密侍其右。上目之曰:'吾当不讳,尔何为哉?'指笙囊泣曰:'请以此就缢。'上恻然,复曰:'妾尝艺歌,愿对上歌一曲,以泄其愤。'上以其恳,许之。乃歌一声《河满子》,气亟立殒。上令医候之,曰:'脉尚温而肠已断。'"

⑤《文选》卷三十陆机《拟古诗》:"一唱万夫叹,再唱梁尘飞。"李善注引《七略》曰:"汉兴,善歌者鲁人虞公,发声动梁上尘。"

减字木兰花

寓　意①

云鬟倾倒。醉倚阑干风月好。凭仗相扶。误入仙家碧玉壶②。　　连天衰草③。下走湖南西去道。一舸姑苏。便逐鸱夷去得无④。

【题解】

朱本、龙本未编年,曹本编于熙宁七年(1074),邹王本从之。薛本云:观其词末两句,必作于过苏州时。考苏轼凡八经苏州,而"下走湖南西去道"之"湖"当指太湖,八过苏唯辛亥倅杭十一月过苏取道湖州至杭,与"连天衰草。下走湖南西去道"相符,故编于熙宁四年辛亥(1071)倅杭十一月过苏州时作。

【注释】

①傅本、元本、朱本、龙本、曹本无题,百本作"写意"。

②葛洪《神仙传》卷九"壶公":壶公者,不知其姓名。其卖药口不二价,治百病皆愈。常悬一空壶于坐上,日入之后,公辄转足跳入壶中,人莫知其所在。唯长房于楼上见之,知其非常人也。长房乃日日自扫除公座前地,及供馔物,公受而不谢,如此积久。公知长房笃信,语长房曰:"至暮无人时更来。"长房如其言而往。公语长房曰:"卿见我跳入壶中时,卿便随我跳,自当得入。"长房承公言为试,既入之后,不复见壶,但见楼观五色,重门阁道,见公左右侍者数十人。公语长房曰:"我仙人也,忝天曹职,所统供事不勤,以此见谪,暂还人间耳。"

③胡曾《黄金台》:"若问昭王无处所,黄金台上草连天。"

④《史记》卷一二九《货殖列传》:"范蠡既雪会稽之耻,乃喟然而叹曰:

12

‘计然之策七,越用其五而得意。既已施于国,吾欲用之家。’乃乘扁舟泛于江湖,变名易姓,适齐为鸱夷子皮,之陶为朱公。朱公以为陶天下之中,诸侯四通,货物所交易也。乃治产积居,与时逐而不责于人。故善治生者,能择人而任时。十九年之中三致千金,再分散与贫交疏昆弟。此所谓富好行其德者也。”

荷华媚

荷　花①

霞苞电荷碧②。天然地、别是风流标格③。重重青盖下,千娇照水,好红红白白。　　每怅望④、明月清风夜,甚低迷不语,妖邪无力⑤。终须放、船儿去,清香深处住,看伊颜色⑥。

【题解】

薛本未编年。孔《谱》、邹王本编于熙宁五年(1072),与《双荷叶》(双溪月)创作于同时,亦赠贾收小妓双荷叶。

【注释】

①傅本存目缺词。元本题作“湖州贾耘老小妓号双荷叶”。朱本注:“盖涉双荷叶词误衍。”

②电:二妙集、毛本作“霓”,《钦定词谱》卷一三作“露”。

③标格:风范、风度。《抱朴子外篇》卷四《重言》:“吾特收远名于万代,求知己于将来,岂能竟见知于今日,标格于一时乎?”杜甫《奉赠李八丈判官曛》:“早年见标格,秀气冲星斗。”

④怅:毛本作“恨”。

⑤妖邪:婀娜多姿。一作“夭邪”。白居易《和春深二十首》其二十:“杭州苏小小,人道最夭斜。”

⑥《词律》卷九恩锡、杜文澜校注："'清香深处住,看伊颜色'二句,万氏以'住'字为句。王氏云:'住'应作'任',属下句。甚当。盖前结亦五字,应照改。"《钦定词谱》卷一三作"任",属下句。

【汇评】

李调元《雨村词话》:东坡《荷花媚》词有句云:"妖邪无力。"按:"妖"应作"夭",音歪。出白乐天《长庆集》诗自注。今俱作"妖",刻误也。

刘熙载《艺概》卷四:东坡《定风波》云:"尚余孤瘦雪霜姿。"《荷华媚》云:"天然地、别是风流标格。"雪霜姿、风流标格,学坡词者,便可从此领取。

行香子

过七里滩①

一叶舟轻②。双桨鸿惊。水天清、影湛波平③。鱼翻藻鉴④,鹭点烟汀。过沙溪急,霜溪冷,月溪明。　　重重似画,曲曲如屏⑤。算当年、虚老严陵⑥。君臣一梦,今古虚名⑦。但远山长,云山乱,晓山青。

【题解】

傅藻《东坡纪年录》:"元丰七年甲子(1084)十二月,同泗州太守游南山,过七里滩,作《行香子》。"王文诰《苏诗总案》卷九:"熙宁六年癸丑(1073)二月,自新城放櫂桐庐过严陵濑作《行香子》词。"朱本卷一:"案词正赋子陵故事,王说较合,从之。下阕疑同时作。"孔《谱》卷十二云:"《行香子》调下注:过七里濑。见《东坡乐府》卷下,有'霜溪冷'句,为十月景象。不详其年。"苏轼于熙宁六年任杭州通判时曾巡视富阳、新城诸地,词中又写严子陵事,故从王说。

【注释】

①滩:傅本作"濑"。元本无题。七里滩:《一统志》:"严州府七里濑,一

14

名七里滩,亦名七里泷。在桐庐县严陵山西。"

②韩愈《湘中酬张十一功曹》:"休垂绝徼千行泪,共泛清湘一叶舟。"

③可朋《赋洞庭》:"水涵天影阔,山拔地形高。"

④杜甫《绝句六首》之四:"隔巢黄鸟并,翻藻白鱼跳。"

⑤《太平寰宇记》卷七十五:"《舆地志》云:桐庐有严陵山,境尤胜丽,夹岸是锦峰绣岭。"傅注:"罗邺《金陵诗》:'江山入画图。'辛黉逊诗:'远岫如屏横碧落。'"

⑥虚老:毛本作"空老"。严陵:《后汉书》卷八三《逸民列传》:"严光字子陵,一名遵,会稽余姚人也。少有高名,与光武同游学。及光武即位,乃变名姓,隐身不见。帝思其贤,乃令以物色访之。后齐国上言:'有一男子,披羊裘钓泽中。'帝疑其光,乃备安车玄纁,遣使聘之。三反而后至。舍于北军,给床褥,太官朝夕进膳。司徒侯霸与光素旧,遣使奉书。使人因谓光曰:'公闻先生至,区区欲即诣造,迫于典司,是以不获。愿因日暮,自屈语言。'光不答,乃投札与之,口授曰:'君房足下:位至鼎足,甚善。怀仁辅义天下悦,阿谀顺旨要领绝。'霸得书,封奏之。帝笑曰:'狂奴故态也。'车驾即日幸其馆。光卧不起,帝即其卧所,抚光腹曰:'咄咄子陵,不可相助为理邪?'光又眠不应,良久,乃张目熟视,曰:'昔唐尧着德,巢父洗耳。士故有志,何至相迫乎!'帝曰:'子陵,我竟不能下汝邪?'于是升舆叹息而去。复引光入,论道旧故,相对累日。帝从容问光曰:'朕何如昔时?'对曰:'陛下差增于往。'因共偃卧,光以足加帝腹上。明日,太史奏客星犯御坐甚急。帝笑曰:'朕故人严子陵共卧耳。'除为谏议大夫,不屈,乃耕于富春山,后人名其钓处为严陵濑焉。建武十七年,复特征,不至。年八十,终于家。"李贤注引顾野王《舆地志》:"七里濑在东阳江下,与严陵濑相接,有严山。桐庐县南有严子陵渔钓处,今山边有石,上平,可坐十人,临水,名为严陵钓坛。"

⑦虚名:傅本、元本作"空名"。此从毛本。韩偓《招隐》:"时人未会严陵志,不钓鲈鱼只钓名。"傅注:"滕白《严陵钓台》诗:'只将溪畔一竿竹,钓却人间万古名。'"

【汇评】

黄苏《蓼园词选》:沈际飞曰:……东坡升沉去住,一生莫定,故开口说

15

梦。如去"人间如梦""世事一场大梦""未转头时皆梦""古今如梦,何曾梦觉""君臣一梦,今古虚名",屡读之,胸中鄙吝,自然消去。

祝英台近①

挂轻帆,飞急桨②,还过钓台路。酒病无聊,欹枕听鸣橹。断肠簇簇云山③。重重烟树,回首望、孤城何处。　　间离阻。谁念萦损襄王,何曾梦云雨④。旧恨前欢,心事两无据。要知欲见无由,痴心犹自,倩人道、一声传语。

【题解】

紫本、傅本、元本、百本不载。薛本、邹本均编于熙宁六年(1073)二月,疑与《行香子》(一叶舟轻)作于同时。如此,当为苏轼任杭州通判时,视察富阳、新城、风水洞、桐庐过严陵濑并返杭时作。《全宋词》注:"按此首草堂诗余新集卷三误作明商辂词。"

【注释】

①毛本有词题"惜别"。

②刘孝绰《钓竿篇》:"敛桡随水脉,急桨渡江湍。"

③韩愈《祖席》:"野晴山簇簇,霜晓菊鲜鲜。"

④宋玉《高唐赋》:"昔者楚襄王与宋玉游于云梦之台,望高唐之观。其上独有云气,崒兮直上,忽兮改容,须臾之间,变化无穷。王问玉曰:'此何气也?'玉对曰:'所谓朝云者也。'王曰:'何谓朝云?'玉曰:'昔者先王尝游高唐,怠而昼寝。梦见一妇人,曰:妾巫山之女也,为高唐之客。闻君游高唐,愿荐枕席。王因幸之。去而辞曰:妾在巫山之阳,高丘之阻,旦为朝云,暮为行雨,朝朝暮暮,阳台之下。旦朝视之,如言。故为立庙,号曰朝云。'"

【汇评】

沈际飞《草堂诗余新集》卷三:不独至人无梦。未到此难以言情。

江神子

江　景①

凤凰山下雨初晴②。水风清。晚霞明。一朵芙蕖③，开过尚盈盈④。何处飞来双白鹭，如有意，慕娉婷⑤。　　忽闻江上弄哀筝。苦含情。遣谁听。烟敛云收，依约是湘灵⑥。欲待曲终寻问取，人不见，数峰青⑦。

【题解】

朱本、龙本、曹本均编此词于熙宁七年（1074）。孔《谱》编熙宁六年（1073）七、八月间，薛本考证云："甲寅（1074）全年无与张先酬和诗。至乙卯（1075）作《和张子野见寄三绝句》时，东坡已在密州，此后再无与张先唱和诗。然三绝其一题曰《竹阁见忆》，足证东坡在杭确曾与张先同游过西湖，且有赴孤山竹阁瞻仰白居易祠堂之行。查《诗集》卷十一有《孤山二咏》，其一即咏竹阁。此诗作于癸丑（1073）六七月间，当是《竹阁见忆》所'忆'的同游时间。"故此词作于熙宁六年癸丑（1073）六、七月间，邹王本从之。

至于此词本事，除傅本所载外，另有二说：张邦基《墨庄漫录》卷一云："东坡在杭州，一日游西湖，坐孤山竹阁，前临湖亭上，时二客皆有服，预焉。久之，湖心有一彩舟渐近亭前，靓妆数人，中有一人尤丽，方鼓筝，年且三十余，风韵娴雅，绰有态度。二客竟目送之。曲未终，翩然而逝。公戏作长短句云。"袁文《瓮牖闲评》卷五云："东坡倅钱塘日，忽刘贡父相访，因拉与同游西湖。时刘方在服制中。至湖心，有小舟翩然至前，一妇人甚佳，见东坡，自叙'少年景慕高名，以在室无由得见。今已嫁为民妻，闻公游湖，不避罪而来。善弹筝，愿献一曲，辄求一小词，以为终身之荣，可乎？'东坡不能

17

却,援笔而成,与之。其词云:……(词略)。此词不更奇于《卜算子》耶?"疑皆为附会之说。

【注释】

①傅本、朱本、龙本、曹本题作"湖上与张先同赋,时闻弹筝"。元本、二妙集、毛本无"时闻弹筝"四字。此据紫本。周密《齐东野语》卷一五:"本朝有两张先,皆字子野。其一博州人,天圣三年进士,欧阳公为作墓志;其一天圣八年进士,则吾州(湖州)人也。二人名姓字偶皆同,而又适同时,不可不知也。"谈钥《吴兴志》卷一七:"张先,字子野,登进士第。诗格清丽,尤长于乐府。有'云破月来花弄影''浮萍破处见山影''无数杨花过无影'之句,时号为张三影。"

②凤凰山:在浙江杭县城南。《方舆纪要》:"山岩壑逶迤,左瞰大江,如凤凰欲飞,故名。"

③芙蕖:紫本与百本作"芙蓉"。《尔雅》卷下《释草》:"荷,芙蕖……其花菡萏,其实莲。"郭璞注:"别名芙蓉,江东呼荷。"

④盈盈:《古诗十九首》之二:"盈盈楼上女,皎皎当窗牖。"

⑤娉婷:婉容曰娉,和色曰婷,合指姣美貌。辛延年《羽林郎》:"不意金吾子,娉婷过我庐。"

⑥湘录:张华《博物志》:"尧之二女,舜之二妃,曰湘夫人。舜崩,二妃啼,以涕挥竹,竹心斑。"

⑦唐钱起《湘灵鼓瑟》:"曲终人不见,江上数峰青。"

瑞鹧鸪①

城头月落尚啼乌。朱舰红船早满湖。鼓吹未容迎五马②,水云先已漾双凫③。　　映山黄帽螭头舫④,夹岸青烟鹊尾炉⑤。老病逢春只思睡,独求僧榻寄须臾。

傅本、元本不载。《苏轼诗集》载此词,题云:"寒食未明至湖上,太守未来,两县令先在。"时杭州太守为陈襄,《乾道临安志》卷三:"熙宁五年五月乙未,以知陈州尚书刑部郎中知制诰陈襄知杭州。熙宁七年六月己巳,徙知应天府。本传:字述古,福州人,有学行。所至务先学校,至亲为讲解,好荐达人才,喜愠不形于色,为政多慕古人所为。"《宋史》卷三二一有传。两县令:指钱塘县令周邠、仁和县令徐畴。薛本据《苏轼诗集》、邹王本据王文诰《苏诗总案》卷九编于熙宁六年(1073)。

【注释】

①紫本无题。龙本据《苏轼诗集》补题"寒食未明至湖上,太守未来,两县令先在"。

②五马:世称太守为五马。应劭《汉官仪》:"四马载车,此常礼也。惟太守出则增一马,故称五马。"

③双凫:指二县令。《后汉书》卷八二《方术传上》:"王乔者,河东人也。显宗世,为叶令。乔有神术,每月朔望,常自县诣台朝。帝怪其来数,而不见车骑,密令太史伺望之。言其临至,辄有双凫从东南飞来。于是候凫至,举罗张之,但得一只舄焉。乃诏尚方㑉视,则四年中所赐尚书官属履也。"

④黄帽:指船夫。《史记》卷一二五《佞幸传》:"邓通,蜀郡南安人也,以濯船为黄头郎。"螭:《说文》:"螭,若龙而黄。"

⑤鹊尾炉:叶廷珪《海录碎事》卷六:"香炉有柄曰鹊尾炉。"

【汇评】

田汝成《西湖游览志余》卷十:子瞻守杭日,春时,每遇休暇,必约客湖上,早食于山水佳处,饭毕,每客一舟,令队长一人,各领数妓,任其所适。晡后,鸣锣集之,复会望湖楼,或竹阁,极欢而罢。至一二鼓,夜市犹未散,列烛以归城中,士女夹道云集而观之。故其诗云:"游舫已妆吴榜隐,舞衫初试越罗新。"(见《有以官法酒见饷者,因用前韵,求述古为移厨饮湖上》)又云:"映山黄帽螭头舫,夹道青烟雀尾炉。"诚熙世乐事也。

王文诰《苏文忠公诗编注集成》卷九:此二句(首二句)定是词体,必非诗体，宋人有谓公词似诗者，当由此词牵误。又：一结平淡，公往往不脱此意，故能晚年肆力于陶。

菩萨蛮

歌　妓①

绣帘高卷倾城出②。灯前潋滟横波溢。皓齿发清歌。春愁入翠蛾③。　　凄音休怨乱。我已先肠断④。遗响下清虚⑤。累累一串珠⑥。

【题解】

朱本、龙本、石唐本、薛本未编年，孔《谱》未载。曹本编熙宁六年(1073)夏："细玩此词下片，与诗集《席上代人赠别三首》之一首句'凄音怨乱不成歌'之意境相合，考东坡诗集闻歌之反映，以此诗为最。在本集中，又以此词为最。两者必同时所作。唯一则席上代人赠别，一则自抒所感。今从诗集移编熙宁六年癸丑。"邹王本从之。沈松勤《苏轼词编年补证》(《国学学刊》2009年第1期)编于熙宁六年十一月秀州钱颛席上。是月，苏轼自杭赴常、润两州赈饥，道经秀州，钱颛设宴招待，苏轼作《钱安道席上令歌者道服》，诗云："如今且作华阳服，醉唱侬家七返丹。"本词所谓"遗响下清虚"，即道士步虚歌讽之意。"翠蛾"作歌如"下清虚"，即知其为"歌者道服"而唱"七返丹"修炼之词，且"累累一串珠"也。

【注释】

①傅本、元本、朱本、龙本、曹本无题。

②绣帘高卷倾城出：《汉书》卷九十七上《外戚传·李夫人》："延年侍上起舞，歌曰：'北方有佳人，绝世而独立，一顾倾人城，再顾倾人国。宁不知倾城与倾国，佳人难再得。'"柳宗元《浑鸿胪宅闻歌效白纻》："翠帷双卷出

倾城,龙剑破匣霜月明。"

③愁:百本无,明刊全集、二妙集、毛本作"山"。

④先:傅本、元本作"无"。此句明刊全集、二妙集、毛本作"我已先偷玩"。

⑤此句明刊全集、二妙集、毛本作"梅萼月窗虚"。清虚:清天。

⑥累累:《礼记·乐记》:"故歌者,上如抗,下如坠,曲如折,止如槁木,倨中矩,句中钩,累累乎端如贯珠。"

瑞鹧鸪

观　潮①

碧山影里小红旗②。侬是江南踏浪儿。拍手欲嘲山简醉③,齐声争唱浪婆词。　　西兴渡口帆初落④,渔浦山头日未敧⑤。侬欲送潮歌底曲,尊前还唱使君诗。

【题解】

王文诰《苏诗总案》卷十:"熙宁六年癸丑(1073),八月十五日观潮,题诗安济亭上,复作《瑞鹧鸪》词。"并案云:"是日似与陈襄同游,故落句及之耳。"孔《谱》、薛本、邹王本均从之。

【注释】

①傅本、元本无题。吴自牧《梦粱录》卷四"观潮":"临安风俗,四时奢侈,赏玩殆无虚日。西有湖光可爱,东有江潮堪观,皆绝景也。每岁八月内,潮怒胜于常时,都人自十一日起,便有观者,至十六、十八日倾城而出,车马纷纷,十八日最为繁盛,二十日则稍稀矣。十八日盖因帅座出郊,教习节制水军,自庙子头直至六和塔,家家楼屋,尽为贵戚内侍等雇赁作看位观潮。"《武林旧事》卷三:"方其远出海门,仅如银线。既而渐近,则玉城雪岭,际天而来。大声如雷霆,震撼激射,吞天沃日,势极雄豪。"

②小红旗:吴自牧《梦粱录》卷四"观潮":"杭人有一等无赖不惜性命之徒,以大彩旗或小清凉伞、红绿小伞儿,各系绣色缎子满竿,伺潮出海门,百十为群,挚旗泅水上,以迓子胥弄潮之戏,或有手脚挚五小旗浮潮头而戏弄。"

③《晋书》卷四三《山涛传》:"(涛子)简字季伦。性温雅,有父风,年二十余,涛不之知也……简优游卒岁,唯酒是耽。诸习氏,荆土豪族,有佳园池,简每出嬉游,多之池上,置酒辄醉,名之曰高阳池。时有童儿歌曰:'山公出何许,往至高阳池。日夕倒载归,茗芋无所知。时时能骑马,倒著白接篱。举鞭向葛疆,何如并州儿?'疆家在并州,简爱将也。"

④西兴:祝穆《方舆胜览》卷六《浙东路·绍兴府》:"西兴渡,在萧山县西十二里,本名西陵,吴越武肃王以非吾语,改西兴。"

⑤渔浦:祝穆《方舆胜览》卷六《浙东路·绍兴府》:"渔浦,在萧山县西二十里,对岸则为杭之龙山。"

【汇评】

胡仔《苕溪渔隐丛话》后集卷三十九:苕溪渔隐曰:"唐初歌辞,多是五言诗,或七言诗,初无长短句。自中叶以后,至五代,渐变成长短句。及本朝,则尽为此体。今所存,止《瑞鹧鸪》、《小秦王》二阕是七言八句诗并七言绝句诗而已。《瑞鹧鸪》犹依字易歌,若《小秦王》必须杂以虚声,乃可歌耳。"此《瑞鹧鸪》也。"济南春好雪初晴。行到龙山马足轻。使君莫忘雪溪女,时作阳关肠断声。"此《小秦王》也。皆东坡所作。

临江仙

风水洞作①

四大从来都遍满②,此间风水何疑。故应为我发新诗③。幽花香涧谷,寒藻舞沦漪④。　　借与玉川生两腋⑤,天仙未必相思。还凭流水送人归。层巅余落日。草露已沾衣⑥。

傅藻《东坡纪年录》:"熙宁六年癸丑(1073),公在杭州……八月望,观潮作诗。又,再游风水洞作诗并《临江仙》。"王文诰《苏诗总案》卷十:"(癸丑八月)再游风水洞作《临江仙》词。"薛本、邹王本从之。

【注释】

①风水洞:施谔《淳祐临安志》卷九:"风水洞一名恩德洞。《祥符经》云:钱塘县旧治五十里,在杨村慈严院。洞极大,流水不竭。顶上又有一洞,过立夏,清风即自内出,立秋则止,故名风水洞。"

②四大:傅注:"释氏以地、水、风、火为四大。"

③诗:原作"词"。

④沦漪:《诗·魏风·伐檀》:"河水清且沦漪。"毛传云:"沦,小风水成文,转如轮也。"柳宗元《南涧中题》:"羁禽响幽谷,寒藻舞沦漪。"

⑤卢仝号玉川子,其《走笔谢孟谏议寄新茶》:"一碗喉吻润,两碗破孤闷,三碗搜枯肠,唯有文字五千卷。四碗发轻汗,平生不平事,尽向毛孔散。五碗肌骨清,六碗通仙灵。七碗吃不得也,唯觉两腋习习清风生。蓬莱山,在何处?乘此清风欲归去。"

⑥杜甫《西枝村寻置草堂地夜宿赞公土室二首》之一:"层巅余落日,草蔓已多露。"

江神子

公自序云:陈直方妾嵇,钱塘人也。丐新词,为作此。钱塘人好唱陌上花缓缓曲,余尝作数绝以纪其事矣①

玉人家在凤凰山②。水云间。掩门关③。门外行人,立马看弓弯④。十里春风谁指似⑤,斜日映,绣帘斑。　　多情好事与君还。悯新鳏⑥。拭余潸。明月空江,香雾著云鬟⑦。陌上花开春尽也,闻旧曲,破朱颜⑧。

【题解】

朱本编此词于甲寅(熙宁七年,1074),并注云:"此词似为甲寅前在杭州作,酌编于此。"薛本从之。孔《谱》编元祐五年(1090)春末。吴雪涛《苏词编年辨证》编于熙宁六年癸丑(1073)九月,作于杭州,邹王本从之。词题中所云"钱塘人好唱陌上花缓缓曲,余尝作数绝以纪其事矣"中之"数绝"指《清平调引》三首:"陌上花开蝴蝶飞""陌上山花无数开""生前富贵草头露"。而这三首作品作于熙宁六年八月,词当作于其后不久。故暂从吴文编年。

【注释】

①陈直方:陈珪,时任杭州司户。参吴雪涛《苏词编年辨证》(《文史》第四十辑)。丐:元本作"求"。

②凤凰山:参《江神子》(凤凰山下雨初晴)注②。

③关:元本作"闲"。

④弓弯:指舞姿。沈亚之《异梦录》:"(邢凤)梦一美人,古装,高髻长眉,执卷而吟。凤发其卷,美人曰:'君必欲传之,无过一篇。'取彩笺传其《春阳曲》。其词曰:'长安少女踏春阳,何处春阳不断肠。舞袖弓弯浑忘却,罗衣空换九秋霜。'凤曰:'何谓弓弯?'美人曰:'妾傅年父母使教妾为此舞。'乃起,整衣张袖,舞数拍,为弓弯状以示凤。"

⑤杜牧《赠别二首》之一:"春风十里扬州路,卷上珠帘总不如。"

⑥鳏:《尚书正义》卷二《尧典第一》:"有鳏在下,曰虞舜。"传:"无妻曰鳏。"

⑦香雾著云鬟:杜甫《月夜》:"香雾云鬟湿,清辉玉臂寒。"

⑧春尽:百本、毛本作"看尽"。闻:百本作"问"。

【汇评】

陈秀明《东坡诗话录》:陈直方之妾,本钱塘妓人也,丐新词于苏子瞻。子瞻因直方新丧正室,而钱塘人好唱《陌上花缓缓曲》,乃引其事以戏之,其词则《江神子》也。

天仙子

　　走马探花花发未①。人与化工俱不易。千回来绕百回看,蜂作婢。莺为使。谷雨清明空屈指②。　　白发卢郎情未已③。一夜剪刀收玉蕊④。尊前还对断肠红⑤,人有泪。花无意。明日酒醒应满地。

【题解】

　　朱本、龙本、邹王本未编年。薛本云:若视此词纯为咏花之作,则多有不可解者。若视此词为借咏花而咏张先买妾事,则一通百通矣。《诗集》卷十一载《张子野年八十五,尚闻买妾,述古令作诗》,盖全用张氏故事戏之,词又用卢郎故事戏之矣。故词与诗可视为同时之作,编癸丑(1073)十月。陈永正《东坡词笺注补正》云:"观其词意,当以'白发卢郎'自喻,剪花以自赏,亦流连春光之意。若为咏张先买妾事,则绝不应作'断肠'、'有泪'之语。薛氏据以编年亦非。"今暂依薛本。

【注释】

　　①探:傅本作"采",此从元本。皮日休《奉和鲁望春雨即事次韵》:"野客正闲移竹远,幽人多病探花稀。"

　　②谷雨、清明:《逸周书·周月》:"春三月中气:雨水、春分、谷雨。"傅注:"二十四气,清明之后谷雨。盖谷雨为三月之候,正花发之时,故《牡丹记》云:洛花以谷雨为开候。"

　　③白发卢郎:钱易《南部新书》丁卷:"卢家有子弟,年已暮而犹为校书郎,晚娶崔氏子。崔有词翰,结缡之后,微有慊色。卢因请诗以述怀为戏。崔立成诗曰:'不怨卢郎年纪大,不怨卢郎官职卑。自恨妾身生较晚,不见

卢郎年少时。'"

④玉蕊:康骈《剧谈录》卷下:"上都(长安)安业坊唐昌观,旧有玉蕊花甚繁,每发,若琼林瑶树。"

⑤断肠红:伊世珍《琅环记》卷中引《采兰杂志》:"昔有妇人思所欢不见,辄涕泣,恒洒泪于北墙之下。后洒处生草,其花甚媚,色如妇面,其叶正绿反红,秋开,名曰断肠花。"

行香子

冬　思①

携手江村。梅雪飘裙。情何限、处处消魂。故人不见,旧曲重闻。向望湖楼②,孤山寺③,涌金门④。　　寻常行处,题诗千首,绣罗衫、与拂红尘⑤。别来相忆,知是何人。有湖中月,江边柳,陇头云。

【题解】

朱本、孔《谱》、薛本、邹王本均编于熙宁七年甲寅(1074)正月元日。时苏轼以杭州通判身份奉命赴常州、润州(今江苏镇江)、苏州、秀州(今浙江嘉兴)等地赈济灾民,正月初一,经过丹阳时填此词。邹王本云,此词乃作者回忆自己与述古熙宁六年(1073)正月在西湖寻春的情景和自己对述古的怀念。

【注释】

①紫本与百本、毛本题作"冬思",傅本、元本题作"丹阳寄述古"。丹阳:《元和郡县图志》卷二五《江南道·润州》:"丹阳县,本旧云阳县地,秦时望气者云有王气,故凿之以败其势,截其直道,使之阿曲,故曰曲阿。武德五年,曾于县置简州,八年废。天宝元年,改为丹阳县。"述古:《苏轼诗集》

卷八《和陈述古拒霜花》查注引《古灵先生行状》："公名襄,字述古,文惠公尧佐长子。庆历二年进士及第。熙宁中除知制诰,不数月,出知陈州,未期,改知杭州。"

②望湖楼:《乾道临安志》卷二"楼"门:"望湖楼,一名看经楼,乾德五年(《杭州图经》云七年)忠懿王钱氏建,去钱塘门一里。"

③孤山寺:田汝成《西湖游览志》卷二"孤山三堤胜迹"门:"广化寺,或云即孤山寺,陈天嘉初建,名永福,宋时改为广化。"

④涌金门:《一统志》:"杭州城周三十五里有奇,门十,正西曰涌金,西南曰清波,西北曰钱塘,皆近湖。"

⑤绣罗衫、拂红尘:吴处厚《青箱杂记》卷六:"世传魏野尝从莱公游陕府僧舍,各有留题。后复同游,见莱公之诗已用碧纱笼护,而野诗独否,尘昏满壁。时有从行官妓,颇慧黠,即以袂就拂之。野徐曰:'若得常将红袖拂,也应胜似碧纱笼。'莱公大笑。"

【汇评】

卓人月《古今词统》卷十一:前后三句结语自然。

浣溪沙

送梅庭老赴潞州学官①

门外东风雪洒裾。山头回首望三吴②。不应弹铗为无鱼③。 上党从来天下脊④,先生元是古之儒。时平不用鲁连书⑤。

【题解】

朱本、龙本、石唐本、曹本未编年,孔《谱》未载。薛本暂编元祐六年(1091)二月知杭州时。邹王本云:"词有'山头回首望三吴'句,当作于通判杭州或守杭之时。今暂编元祐五年(1090)，以俟详考。"沈松勤《苏轼词编年补证》(《国学学刊》2009 年第 1 期)认为此词为熙宁七年(1074)正月润州送梅庭老之作。今暂依沈说。

【注释】

①傅本存目缺词。元本题"潞州"作"上党"。"潞州"与"上党"为同地异称，即北宋隆德府，属于河东路，今山西长治市。

②三吴：龙笺："《指掌图》以苏、常、湖为三吴。"《图经》："汉高祖得天下，分会稽为吴郡，与吴兴、丹阳为三吴。"此处乃泛指江浙一带。

③弹铗：见前《满庭芳》(归去来兮)注⑤。

④上党：《汉书》卷二八《地理志》："上党郡，秦置，属并州。"天下脊：《史记》卷七十《张仪列传》："张仪既出，未去，闻苏秦死，乃说楚王曰：'……(秦)主明以严，将智以武，虽无出甲，席卷常山之险，必折天下之脊，天下有后服者先亡。'"《索隐》："按：常山于天下在北，有若人之脊背也。"

⑤鲁连书：《史记》卷八十三《鲁仲连传》："燕将攻下聊城，聊城人或谗之燕，燕将惧诛，因保守聊城，不敢归。齐田单攻聊城岁余，士卒多死而聊城不下。鲁连乃为书，约之矢以射城中，遗燕将……燕将见鲁连书，泣三日，犹豫不能自决。欲归燕，已有隙，恐诛；欲降齐，所杀虏于齐甚众，恐已降而后见辱。喟然叹曰：'与人刃我，宁自刃。'乃自杀。聊城乱，田单遂屠聊城。归而言鲁连，欲爵之。鲁连逃隐于海上，曰：'吾与富贵而诎于人，宁贫贱而轻世肆志焉。'"

昭君怨

送　别①

谁作桓伊三弄②。惊破绿窗幽梦③。新月与愁烟。满江天④。　　欲去又还不去。明日落花飞絮。飞絮送行舟。水东流。

傅藻《东坡纪年录》:"熙宁七年(1074)甲寅,金山送子玉作《昭君怨》。"孔《谱》、薛本、邹王本均编于此年二月。熙宁六年(1073)十一月,苏轼到常州、润州等地赈济灾民,次年正月到润州,留月余方离去。柳瑾柳子玉往监舒州灵仙观,与苏轼相遇于京口(今镇江)。二月,二人在金山分别,苏轼作此词以送别。《苏轼诗集》卷十一有《子玉以诗见邀同刁丈游金山》:"君年甲子未相逢,难向人前说老翁。更有方瞳八十一,奋衣矍铄走山中。"

【注释】

①紫本题作"冬思",傅本、元本题作"金山送柳子玉"。金山:《元和郡县图志》卷二五《江南道》:"氐父山,在(丹徒)县西北十里。晋破苻坚,获氐贼,置此山下,因以为名。今土俗亦谓之金山。"王象之《舆地纪胜》卷七"镇江府·景物上":"金山,在江中,去城七里。旧名浮玉,唐李锜镇润州表名金山,因裴头佗开山得金,故名。"柳子玉:《苏轼诗集》卷六《次韵柳子玉见寄》查注:"柳子玉,名瑾,吴人。与王介甫同年,集中有诗。又梅圣俞有《送柳瑾秘丞》诗及《柳秘丞赴大名知录》诗。"王文诰案:"柳瑾,丹徒人。其子仲远,为中都公婿,公之妹婿也。"

②《晋书》卷八一《桓宣传》附桓伊传:"伊性谦素,虽有大功,而始终不替。善音乐,尽一时之妙,为江左第一。有蔡邕柯亭笛,常自吹之。王徽之赴召京师,泊舟青溪侧。素不与徽之相识。伊于岸上过,船中客称伊小字曰:'此桓野王也。'徽之便令人谓伊曰:'闻君善吹笛,试为我一奏。'伊是时亦贵显,素闻徽之名,便下车,踞胡床,为作三调,弄毕,便上车去,客主不交一言。"

③绿窗:张祜《杨花》:"无端惹著潘郎鬓,惊杀绿窗红粉人。"

④愁烟、江天:孟浩然《宿建德江》:"移舟泊烟渚,日暮客愁新。野旷天低树,江清月近人。"

【汇评】

陈廷焯《云韶集》卷二:"'新月'二语,意有六层,凄清绝世。"

少年游

润州作^①

去年相送,余杭门外^②,飞雪似杨花。今年春尽,杨花似雪^③,犹不见还家。　　对酒卷帘邀明月^④,风露透窗纱。恰似姮娥怜双燕^⑤,分明照、画梁斜^⑥。

【题解】

王文诰《苏诗总案》卷十一:"公以去年十一月发临平(今杭州东北),及是春尽,犹行役未归,故托为此词耳。"孔《谱》编熙宁七年(1074)四月。薛本认为与《蝶恋花》(雨后春容清更丽)作于同时。苏轼熙宁七年二月在京口,旋游宜兴,三月赴常州,故词作于二月底。

【注释】

①傅本、元本、朱本、龙本、曹本题"润州作,代人寄远"。此据紫本、百本、毛本。润州:《一统志》:"镇江府,隋开皇十五年置润州,唐天宝元年改丹阳郡,宋仍曰润州丹阳郡,开宝八年改镇江军。"

②吴自牧《梦粱录》卷七"杭州":"杭城号武林,又曰钱塘,次称胥山……城北门者三:曰天宗水门,曰余杭水门,曰余杭门,旧名'北关'是也。"

③《世说新语·言语》:"谢太傅寒雪日内集,与儿女讲论文义。俄而雪骤,公欣然曰:'白雪纷纷何所似?'兄子胡儿曰:'撒盐空中差可拟。'兄女曰:'未若柳絮因风起。'公大笑乐。"何逊《范广州宅联句》:"洛阳城东西,却作经年别。昔去雪如花,今来花似雪。"

④李白《月下独酌四首》之一:"举杯邀明月,对影成三人。"

⑤姮娥:百本作"嫦娥"。《淮南子》卷六"览冥训":"羿请不死之药于西

王母,姮娥窃以奔月。"高诱注:"姮娥,羿妻。羿请不死之药于西王母,未及服之,姮娥盗食之,得仙,奔入月中,为月精也。"双燕:江淹《杂体诗三十首》其二《李都尉陵从军》:"袖中有短书,愿寄双飞燕。"

⑥宋玉《神女赋》:"其始来也,耀乎若白日初出照画梁;其少进也,皎皎若明月舒其光。"

【汇评】

李家瑞《述云阁诗话》:李诗"举杯邀明月,对影成三人",东坡喜其造句之工,屡用之。

沈雄《古今词话·词辨》上卷"少年游"条:《古今词谱》曰:黄钟宫曲,林君复、苏东坡俱有之,亦不一体,其更变俱在换头也。东坡词换头云:"卷帘对酒邀明月。"非对酒卷帘也,刻误。落句云:"恰似姮娥怜双燕,分明照,画梁斜。"异矣。耆卿换头云:"薄情慢有归消息,鸳鸯被,半香消。"异矣。小山换头云:"可怜人意,薄于云水,佳会更难重。"则又异矣,余则俱同,当以美成词为正。

卜算子

感　旧①

蜀客到江南,长忆吴山好②。吴蜀风流自古同,归去应须早。　　还与去年人,共藉西湖草③。莫惜尊前仔细看,应是容颜老。

【题解】

孔《谱》编熙宁七年(1074)三月。王文诰《苏诗总案》云:"三月常润道中有怀钱塘寄陈襄诗。"即《苏轼诗集》卷十一《常润道中有怀钱塘寄述古五首》。诗作于苏轼从京口(今镇江)返回钱塘的途中。其一有"细雨晴时一百六"之句,知在寒食或清明前后。薛本认为词与诗作于同时,故从诗编甲寅(熙宁七年,1074)三月。苏诗陈襄有和作,题为《和子瞻沿牒京口忆西湖寒食出游见寄》,见《淳祐临安志》卷十。

【注释】

①紫本、百本、毛本题作"感旧",傅本、龙本题作"自京口还钱塘,道中寄述古太守"。元本无题。钱塘:《一统志》:"秦置钱唐县,后汉省入余杭县,隋为余杭郡治,唐改'唐'曰'塘',为杭州治,五代及宋初因之。"

②吴山:《淳祐临安志》卷八:"吴山,《祥符图经》云:在城中钱塘县旧治南六里。按《史记》,吴人怜伍子胥以忠谏死,为立祠于江上,因命曰胥山。"《西湖游览志》卷一二:"吴山,春秋时为吴南界,以别于越,故曰吴山。或曰,以伍子胥故,讹伍为吴,故郡志亦称胥山,在镇海楼之右。"

③藉:孙绰《游天台山赋》:"藉萋萋之纤草,荫落落之长松。"李善注:"以草荐地而坐曰藉。"

醉落魄

述　怀①

轻云微月。二更酒醒船初发②。孤城回望苍烟合。公子佳人③,不记归时节。　　巾偏扇坠藤床滑。觉来幽梦无人说。此生飘荡何时歇。家在西南,长作东南别④。

【题解】

傅藻《东坡纪年录》:"熙宁七年甲寅,离京口呈元素作《醉落魄》、《诉衷情》。"薛本据此编于熙宁七年(1074)二月底,邹王本编于是年四月。

【注释】

①傅本、元本题作"离京口作"。此据紫本。

③公子佳人：元本、朱本、龙本、曹本作"记得歌时"。当指歌妓。

④傅注："公家在西蜀，而游宦多在江南。"

减字木兰花

得　书①

晓来风细②。不会鹊声来报喜③。却羡寒梅。先觉春风一夜来④。　　香笺一纸。写尽回文机上意⑤。欲卷重开。读遍千回与万回。

【题解】

朱本、龙本、曹本、石唐本未编年。薛本编于熙宁七年甲寅(1074)正月一日，认为是"远别得夫人书而作"。邹王本从之，并据孔《谱》以其作于丹阳。沈松勤《苏轼词编年补证》云此词实为绍圣元年(1094)岁末或次年年初(1095)作。词谓"却羡寒梅""写尽回文机上意"，当有回文咏梅之词。考回文《西江月·咏梅》之词，即此词所云"写尽回文机上意""读遍千回与万回"者也。

【注释】

①傅本、元本无题。此据毛本。

②梁元帝《夜宿柏斋》："风细雨声迟，夜短更筹急。"

③傅本引《西京杂记》："干鹊噪而行人至。"王仁裕《开元天宝遗事·灵鹊报喜》："时人之家闻鹊声，皆为吉兆，故谓灵鹊报喜。"

④李白《早春寄王汉阳》："闻道春还未相识，走傍寒梅访消息。"

⑤《晋书》卷九十六《列女传·窦滔妻苏氏》："窦滔妻苏氏，始平人也，名蕙，字若兰。善属文。滔，苻坚时为秦州刺史，被徙流沙，苏氏思之，织锦

为回文诗以赠滔。宛转循环以读之,词甚凄惋,凡八百四十字。”

蝶恋花

送　春①

雨后春容清更丽②。只有离人,幽恨终难洗。北固山前三面水③。碧琼梳拥青螺髻④。　　一纸乡书来万里。问我何年,真个成归计。白首送春拚一醉⑤。东风吹破千行泪。

【题解】

傅藻《东坡纪年录》:“熙宁七年甲寅,得乡书作《蝶恋花》。”邹王本据之编于熙宁七年(1074)春。薛本另依王文诰《苏诗总案》载,知苏轼甲寅二月在京口,编此词于熙宁七年二月底。孔《谱》编熙宁七年三月。

【注释】

①紫本、百本、毛本题作“送春”,元本、朱本、龙本、曹本作“京口得乡书”。京口:《元和郡县图志》卷二五“江南道·润州”:“本春秋吴之朱方邑,始皇改为丹徒。汉初为荆国,刘贾所封。后汉献帝建安十四年,孙权自吴理丹徒,号曰京城,今州是也。十六年迁都建业,以此为京口镇。”

②后:毛本作“过”。

③北固山:在镇江北,北峰三面临水,形容险要,故称。《元和郡县图志》卷二五“江南道·润州”:“北固山,在(丹徒)县北一里。下临长江,其势险固,因以为名。”《太平寰宇记》卷八九“江南东道·润州”条引《南徐州记》:“城西北有别岭,斜入江,三面临水,号云北固。”

④碧琼梳:指长江。青螺髻:喻北固山。

⑤拚:张相《诗词曲语辞汇释》卷五“判”字条:“判,割舍之辞,亦甘愿之辞。自宋以后多用拚字或拚字。”

浣溪沙

即　事①

画隼横江喜再游②。老鱼跳槛识清讴③。流年未肯付东流。　　黄菊篱边无怅望④,白云乡里有温柔⑤。挽回霜鬓莫教休。

【题解】

此词诸本未编年。薛本以此词与《浣溪沙》(倾盖相看胜白头)(炙手无人傍屋头)同韵,疑为同时作。或回杭之后,陈述古和其前两首,东坡又以此词再和之耳。故编于甲寅(1074)。

【注释】

①傅本、元本无题,紫本、百本、毛本题"即事"。

②傅注:"画隼盖画鸟隼之旗也。《周官·司常》九旗名物曰:'鸟隼为旟。'又曰:'州里建旟。'则今之为州者,建隼旟宜矣。柳耆卿《上杭守》词云:'隼旟前后。'盖用此事。"

③《韩诗外传》卷六:"淳于髡曰:夫子亦诚无善耳,昔者瓠巴鼓瑟,而潜鱼出听;伯牙鼓琴,而六马仰秣。鱼马犹知善之为善,而况君人者也。"李贺《李凭箜篌引》:"老鱼跳波瘦蛟泣。"

④檀道鸾《续晋阳秋》:"陶潜九日无酒,乃于宅篱边菊丛中,摘菊盈把而坐,怅望久之,见白衣人至,乃太守王弘送酒使也,即便就酌,醉而后归。"

⑤《庄子·天地》:"千秋厌世,去而上仙,乘彼白云,至于帝乡。"伶玄《赵飞燕外传》:"嫕(赵飞燕姑妹)因进言飞燕有女弟合德,美容体,性淳粹,可信,不与飞燕比。帝即令吕延福以百宝凤毛步辇迎合德……(宣帝时)合德(听)嫕计,是夜进合德。帝大悦,以辅属体,无所不靡,谓为'温柔乡'。

语嫚曰：'吾老是乡矣，不能效武皇帝求白云乡也。'嫚呼万岁，曰：'陛下真得仙者。'上立赐嫚鲛文万金锦二十四疋，合德尤幸，号为赵婕好。"

菩萨蛮

杭妓往苏迓新守①

玉童西迓浮丘伯②。洞天冷落秋萧瑟③。不用许飞琼，瑶台空月明④。　　清香凝夜宴。借与韦郎看⑤。莫便向姑苏⑥。扁舟下五湖⑦。

【题解】

傅藻《东坡纪年录》："熙宁七年甲寅，杭妓迓新守杨元素，寄规父，作《菩萨蛮》。"孔《谱》、薛本、邹王本均编于熙宁七年(1074)七月，作于杭州。时杭州知州陈襄将罢任，新任知州杨绘正在赴杭途中，杭妓前往苏州迎接。苏轼填此词寄苏州太守王规甫。

【注释】

①元本题"杭妓往苏迓新守杨元素，寄苏守王规甫"。傅本无"新守"二字。明刊全集、二妙集、毛本题作"杭妓往苏"。此据紫本、百本。王规甫：名晦。范成大《吴郡志》卷一一"题名"：王晦于熙宁年间，以朝散大夫、尚书司勋郎中知苏州。

②浮丘伯：又称浮持有公，古仙人。《列仙传》卷上："王子乔者，周灵王太子晋也。好吹笙，作凤凰鸣。游伊洛之间，道士浮丘公接以上嵩高山。"

③洞天：《茅君内传》："大天之内，有地之洞天三十六所，乃真仙所居。"

④孟棨《本事诗·事感第二》："诗人许浑尝梦登山，有宫室凌云，人云此昆仑也。既入，见数人方饮酒，招之，至暮而罢。赋诗云：'晓入瑶台雾气清，坐中唯有许飞琼。尘心未断俗缘在，十里下山空月明。'"

⑤韦应物《郡斋雨中与诸文士燕集》:"兵卫森画戟,宴寝凝清香。"

⑥姑苏:龙笺引《吴越春秋》:"越进西施于吴,请退师。吴得之,筑姑苏台,游宴其上。"《史记》卷三一《吴太伯世家》:"越因伐吴,败之姑苏。"《集解》引《越绝书》云:"阖庐起姑苏台,三年聚材,五年乃成,高见三百里。"《索引》:"姑苏,台名,在吴县西三十里。"

⑦《国语》卷二一《越语下》:越灭吴,"反至五湖,范蠡辞于王曰:'君王勉之,臣不复入越国矣。'……遂乘轻舟以浮于五湖,莫知其所终极。"

【汇评】

郑文焯《手批东坡乐府》:李东川有《送人携妓赴任》诗,此词又记杭妓往苏迎新守。是知唐宋时,赴任迎任,皆有官妓为导之例。此风盖自元明以来,微论废绝,国朝且悬为厉禁,著之律条,并饮酒挟妓亦有罪已,古今风气之硕异如是。

虞美人

本事集云:陈述古守杭,已及瓜代。未交前数日,宴僚佐于有美堂,因请二车苏子瞻赋词,子瞻即席而就,寄摊破虞美人①

湖山信是东南美②。一望弥千里③。使君能得几回来。便使尊前醉倒、且徘徊。　　沙河塘里灯初上④。水调谁家唱⑤。夜阑风静欲归时。惟有一江明月、碧琉璃。

【题解】

傅藻《东坡纪年录》:"熙宁七年甲寅(1074),述古将去,作《虞美人》。"孔《谱》、薛本、邹王本均编于是年七月,作于杭州。关于此词本事,傅干《注坡词》卷八引《本事集》云:"陈述古守杭,已及瓜代,未交前数日,宴僚佐于有美堂。侵夜,月色如练,前望浙江,后顾西湖,沙河塘正出其下。陈公慨然,请二客苏子瞻赋之,即席而就。"盖杭州知州陈襄陈述古任职期满即将离职,宴僚佐于有美堂,杭州通判苏轼即席填此词。

陈襄,字述古,侯官人。《乾道临安志》卷三:陈襄,熙宁五年(1072)五月乙未,以知陈州、尚书刑部郎中、知制诰知杭州,熙宁七年六月己巳,徙知应天府。

【注释】

①元本、朱本、龙本、曹本题作"有美堂赠述古"。傅本题作"为杭守陈述古作"。此从紫本,百本、毛本略同。

②魏万《金陵酬李翰林谪仙子》:"湖山信为美,王屋人相待。"宋仁宗《赐梅挚知杭州》:"地有湖山美,东南第一州。"

③弥:傅本作"须"。

④傅注:"沙河塘,钱塘繁会之地。"潜说友《咸淳临安志》卷三八《山川·塘》:"沙河塘,《唐书·地理志》:在钱塘县旧治之南五里,潮水冲击钱塘江岸,奔逸入城,势莫能御。咸通二年刺史崔彦曾开三沙河以决之。曰外沙、中沙、里沙。"

⑤郭茂倩《乐府诗集》卷七九"近代曲辞一·水调":"《乐苑》曰:'水调,商调曲也。'旧说,《水调》、《河传》,隋炀帝幸江都时所制。曲成奏之,声韵怨切。王令言闻而谓其弟子曰:'但有去声而无回韵,帝不返矣。'后竟如其言。"

诉衷情

送述古迓元素①

钱塘风景古来奇。太守例能诗②。先驱负弩何在③,心已誓江西。　　花尽后,叶飞时。雨凄凄。若为情绪,更问新官,向旧官啼④。

傅藻《东坡纪年录》:"熙宁七年甲寅,送述古迓元素作《诉衷情》。"王文诰《苏诗总案》谓甲寅七月"杨绘自应天来代,作《诉衷情》词"。孔《谱》、薛本、邹王本均编于熙宁七年(1074)七月,作于杭州。

【注释】

①元素:《乾道临安志》卷三:"熙宁七年六月己巳,以知应天府、翰林侍读学士、尚书礼部侍郎杨绘知杭州。"《宋史》卷三二二"杨绘传":杨绘字元素,绵竹人。少而奇警,读书五行俱下,名闻西州。进士上第,通判荆南。神宗立,召修起居注、知制诰、知谏院,擢翰林学士,为御史中丞。时安石用事,行免役法,绘陈十害,遂罢为侍读学士、知亳州,历应天府、杭州,年六十二,卒。有集八十卷。

②太守例能诗:傅注:"白乐天为杭州太守,以诗名。初乐天为苏守,刘禹锡以诗寄乐天云:'苏州太守例能诗,西掖吟来替左司。'"

③负弩:《汉书》卷五十七下"司马相如传":"拜相如为中郎将,建节往使……至蜀,太守以下郊迎,县令负弩矢先驱,蜀人以为宠。"

④孟棨《本事诗·情感第一》:"陈太子舍人徐德言之妻,后主叔宝之妹,封乐昌公主,才色冠绝。时陈政方乱,德言知不相保,谓其妻曰:'以君之才容,国亡必入权豪之家,斯永绝矣。傥情缘未断,犹冀相见,宜有以信之。'乃破一镜,人执其半,约曰:'他日必以正月望日卖于都市,我当在,即以是日访之。'及陈亡,其妻果入越公杨素之家,宠嬖殊厚。德言流离辛苦,仅能至京,遂以正月望日访于都市。有苍头卖半镜者,大高其价,人皆笑之。德言直引至其居,设食,具言其故,出半镜以合之,仍题诗曰:'镜与人俱去,镜归人不归。无复嫦娥影,空留明月辉。'陈氏得诗,涕泣不食。素知之,怆然改容,即召德言,还其妻,仍厚遗之。闻者无不感叹。乃与德言、陈氏偕饮,令陈氏为诗,曰:'今日何迁次,新官对旧官。笑啼俱不敢,方验作人难。'遂与德言归江南,竟以终老。"新官,杨绘。旧官,陈襄。

醉落魄

席上呈元素①

　　分携如昨。人生到处萍飘泊②。偶然相聚还离索③。多病多愁，须信从来错。　　尊前一笑休辞却。天涯同是伤沦落④。故山犹负平生约⑤。西望峨嵋，长羡归飞鹤⑥。

【题解】

　　傅藻《东坡纪年录》："熙宁七年甲寅，离京口，呈元素，作《醉落魄》。"朱本、曹本、石唐本、薛本、邹王本均据此认为是在京口（润州）和杨绘分手时所作。薛本云："盖元素还朝，公赴密，同行至京口而别，作此词。"孔《谱》所云与此有异："杨绘（元素）知杭州。十七日，天竺山送桂花，分赠绘，作诗。作《醉落魄》赠绘。"保苅佳昭《苏轼与杨绘有关之词》（《苏词研究》，线装书局2001年版）也认为这首词不是在苏轼赴密州任的路上送别杨绘之时所作，而是杨绘到了杭州不久，苏轼与杨绘都尚未知改任之命的时候所作的。《苏轼诗集》卷二十一《次韵答元素并引》："余旧有赠元素词云：'天涯同是伤流落。'元素以为今日之先兆，且悲当时六客之存亡。六客盖张子野、刘孝叔、陈令举、李公择及元素与余也。"施注："元素姓杨氏，名绘。东坡在杭三年，将去，而元素来守杭，席上作《醉落魄》词。"施注与孔《谱》所言相合，从之。

【注释】

　　①紫本、百本无题，元本题作"席上呈杨元素"。此据傅本。
　　②傅注："萍无根，逐流而已，岂复有定居？"
　　③离索：《礼记·檀弓》："子夏投其杖而拜，曰：'吾过矣，吾过矣。吾离群索居，亦已久矣。'"注："群，谓同门朋友也。索，犹散也。"

④白居易《琵琶行》:"同是天涯沦落人,相逢何必曾相识。"

⑤白居易《寄王质夫》:"因话出处心,心期老岩壑……去处虽不同,同负平生约。"

⑥《神仙传》卷九《苏仙公传》:"苏仙公者,桂阳人也,汉文帝时得道……先生洒扫门庭,修饰墙宇。友人曰:'有何邀迎?'答曰:'仙侣当降。'俄倾之间,乃见天西北隅紫云氤氲,有数十白鹤,飞翔其中,翩翩然降于苏氏之门,皆化为少年,仪形端美,如十八九岁人,怡然轻举。先生敛容逢迎。乃跪白母,曰:'某受命当仙,被召有期,仪卫已至,当速色养,即便拜辞。'……耸身入云,紫云捧足,群鹤翱翔,遂升云汉而去。""有白鹤来止郡城东北楼上,人或挟弹弹之,鹤以爪攫镂板似漆,书云:'城郭是,人民非,三百甲子一来归,吾是苏君弹何为?'至今修道之人,每至甲子日,焚香礼于仙公之故第也。"

江神子

孤山竹阁送述古①

翠蛾羞黛怯人看。掩霜纨②。泪偷弹。且尽一尊,收泪唱阳关③。漫道帝城天样远④,天易见,见君难。　　画堂新构近孤山⑤。曲阑干。为谁安。飞絮落花,春色属明年。欲棹小舟寻旧事,无处问,水连天。

【题解】

傅藻《东坡纪年录》:熙宁七年甲寅(1074),"送述古赴南都作《江神子》"。王文诰《苏诗总案》卷一二:"熙宁七年甲寅,七月,与陈襄放舟湖上,燕于孤山竹阁,作《江神子》词。"薛本、邹王本从之。孔《谱》编是年八月。

【注释】

①山:原缺。二妙集、毛本题"述古去余杭,为去思者作"。竹阁:《乾道

临安志》卷二:"白公竹阁在孤山,与柏堂相连。"《苏轼诗集》卷十《竹阁》查注:"《传灯录》:鸟窠禅师,富阳潘氏子,九岁出家。后见秦望山有长松,枝叶繁茂,盘屈如盖,遂栖止其上。元和中,白居易出守兹郡,因入山礼谒,乃起竹阁于湖上,迎师居之。"

②《文选》卷二七班婕妤《怨歌行》:"新裂齐纨素,鲜洁如霜雪。裁为合欢扇,团团似明月。"

③唱:元本、朱本、龙本作"听"。阳关:王维《送元二使安西》:"渭城朝雨浥轻尘,客舍青青柳色新。劝君更尽一杯酒,西出阳关无故人。"后歌入乐府,以为送别之曲,谓之《阳关曲》,又名《渭城曲》《阳关三叠》。

④《晋书》卷六"明帝纪":"明皇帝讳绍,字道畿,元皇帝长子也。幼而聪哲,为元帝所宠异。年数岁,尝坐置膝前,属长安使来,因问帝曰:'汝谓日与长安孰远?'对曰:'长安近。不闻人从日边来,居然可知也。'元帝异之。明日,宴群僚,又问之。对曰:'日近。'元帝失色,曰:'何乃异间者之言乎?'对曰:'举目则见日,不见长安。'由是益奇之。"

⑤构:元本、朱本、龙本、曹本作"刡",二妙集、毛本、《全宋词》作"构"。

【汇评】

顾从敬《类选笺释续选草堂诗余》卷下:日近长安远,此天易见而人难见乎?

冯振《诗词杂话》:东坡词句云:"漫道帝城天样远,天易见,君难见。"笔意深折。

菩萨蛮

西　湖①

秋风湖上萧萧雨。使君欲去还留住②。今日漫留君。明朝愁杀人。　　佳人千点泪③。洒向长河水④。不用敛双蛾。路人啼更多。

【题解】

傅藻《东坡纪年录》:"熙宁七年甲寅(1074),送述古赴南都作《菩萨蛮》。"王文诰《苏诗总案》卷十二:"甲寅七月,与陈襄放舟湖上燕于孤山竹阁作《江神子》词,再作《菩萨蛮》词。"孔《谱》、薛本、邹王本从之。

【注释】

①紫本、百本、毛本题"西湖"。傅本、元本题"西湖送述古"。

②使君:汉代太守或刺史的称呼。《陌上桑》:"使君从南来,五马立踟蹰。"

③佳人:明刊全集、二妙集、毛本作"尊前"。

④令狐挺《题鄜州相思铺》:"只应自古征人泪,洒向空川作浪波。"

菩萨蛮

述古席上①

娟娟缺月西南落。相思拨断琵琶索②。枕泪梦魂中。觉来眉晕重③。　　华堂堆烛泪。长笛吹新水④。醉客各西东。应思陈孟公⑤。

【题解】

紫本、傅本、毛本词题均与送别陈襄有关。王文诰《苏诗总案》故系此词于甲寅(熙宁七年,1074),龙本、孔《谱》、薛本、邹王本从之,并云是年七月作于杭州。朱本依元本题作"灵壁寄彭城故人",并注云:"案本集《灵壁张氏园亭记》为元丰二年三月二十七日作,公至灵壁在是时也。"故编元丰二年己未(1079)三月。龙本云:"察词中情意,似与代妓送述古较合,改编甲寅。"

【注释】

①紫本、百本、傅本题"述古席上",毛本题"代妓送陈述古",元本题"灵

壁寄彭城故人"，龙本依《西湖游览志余》题"西湖席上代诸妓送述古"。

②陶毅《风光好》："琵琶拨尽相思调，知音少。"

③梅尧臣《车螯蛤蜊》："娇女巧收殻，燕脂合眉晕。"

④新水：傅注："乐府有中吕调《新水曲》。"

⑤《汉书》卷九十二《游侠传》："陈遵字孟公，杜陵人也……遵嗜酒，每大饮，宾客满堂，辄关门，取客车辖投井中，虽有急，终不得去。""时列侯有与遵同姓字者，每至人门，曰陈孟公，坐中莫不震动，既至而非，因号其人曰陈惊坐。"

【汇评】

沈际飞《草堂诗余》续集卷上：以孟公方述古，今成滥套。

鹊桥仙

七　夕①

缑山仙子②，高情云渺，不学痴牛骏女③。凤箫声断月明中④，举手谢、时人欲去。　　客槎曾犯，银河微浪，尚带天风海雨⑤。相逢一醉是前缘，风雨散、飘然何处⑥。

【题解】

朱本、龙本编于熙宁七年甲寅(1074)九月，与词意不合，所谓"高情云渺，不学痴牛骏女"，明显是言七夕。薛本、邹王本即编于是年七月七日，时东坡在杭州。孔《谱》云："熙宁七年(1074)七月七日，赋《鹊桥仙》赠陈舜俞(令举)。时舜俞专程来杭相别。"《苏轼文集》卷六十三《祭陈令举文》："予与令举别二年而令举没。"王文诰《苏诗总案》卷十四："(熙宁九年五月)闻陈舜俞没，公甚悼之。"

【注释】

①紫本、百本、毛本题作"七夕"，傅本、元本、朱本、龙本、曹本作"七夕

送陈令举"。陈令举:《宋史》卷三三一《陈舜俞传》:"熙宁时,有陈舜俞、乐京、刘蒙,亦以役法废黜。舜俞字令举,湖州乌程人。博学强记。举进士,又举制科第一。熙宁三年,以屯田员外郎知山阴县,诏俟代还试馆职。舜俞辞曰:'爵禄名器,砥砺多士,宜示以至神,乌可要期如付剂契?'缴中书帖上之。青苗法行,舜俞不奉令,上疏自劾曰:'略'。奏上,责监南康军监酒税,五年而卒。舜俞始尝弃官归,居秀之白牛村,自白牛居士。已而复出,遂贬死。"

②《元和郡县图志》卷五:"缑氏山,在(缑氏)县东南二十九里(今属河南偃师)。王子晋得仙处。"刘向《列仙传》卷上:"王子乔者,周灵王太子晋也,好吹笙,作凤凰鸣,游伊洛之间,道士浮丘公接以上嵩高山,三十余年。后求之于山上,见桓良曰:'告我家,七月七日待我于缑氏山巅。'至时,果乘白鹤驻山头。望之不得到,举手谢时人,数日而去。"

③痴牛、骏女:龙注引《荆楚岁时记》:"天河之东有织女,天帝之子也,年年机杼劳役,织成云锦天衣。天帝怜其独处,许嫁河西牵牛郎,嫁后遂废织纴。天帝怒,责令归河东,唯每年七月七日夜,渡河一会。"卢仝《月蚀诗》:"痴牛与骏女,不肯勤农桑。徒劳含淫思,旦夕遥相望。"

④应劭《风俗通义》卷六"声音":"箫,《尚书》:'舜作,箫韶九成,凤凰来仪。'其形参差,像凤之翼,十管,长一尺。"

⑤犯:原作"泛"。张华《博物志》卷十"杂说下":"旧说云,天河与海通。近世有人居海渚者,年年八月有浮槎去来,不失期。人有奇志,立飞阁于槎上,多赍粮,乘槎而去,十余日中,犹观星月日辰,自后芒芒忽忽,亦不觉昼夜。去十余日,奄至一处,有城郭状,屋舍甚严,遥望宫中多织妇,见一丈夫,牵牛渚次饮之。牵牛人乃惊问曰:'何由至此?'此人具说来意,并问:'此是何处?'答曰:'君还至蜀郡,访严君平则知之。'竟不上岸,因还如期。后至蜀,问君平,曰:'某年月日,有客星犯牵牛宿。'计年月,正是此人到天河时也。"

⑥王粲《赠蔡子笃》:"风流云散,一别如雨。"

【汇评】

陆游《跋东坡七夕词后》(《渭南文集》卷二十八):昔人作七夕诗,率不免有珠桄绮梳惜别之意。惟东坡此篇,居然是星汉上语,歌之曲终,觉天风海雨逼人。学诗者当以是求之。

清平乐

秋　词①

清淮浊汴。更在江西岸②。红旆到时黄叶乱③。霜入梁王故苑④。　　秋原何处携壶。停骖访古踟蹰。双庙遗风尚在⑤,漆园傲吏应无⑥。

【题解】

傅藻《东坡纪年录》:"熙宁七年甲寅(1074),送述古赴南都作《清平乐》。"薛本、邹王本从之,编于是年七月,作于杭州。孔《谱》:熙宁七年八月。另有《江城子》与《菩萨蛮》二首为陈襄送行。

【注释】

①紫本、百本、毛本题"秋词",元本、朱本无题,傅本作"送述古赴南都"。南都:《元丰九域志》卷一:"南京,应天府,睢阳郡。唐宋州。梁宣武军节度。后唐改归德军。皇朝景德三年升应天府,大中祥符七年(1014),升南京。"即今河南省商丘市。

②江西:傅本作"西南"。

③红旆:太守仪仗。

④梁王故苑:即梁苑、梁园,又称兔园、东苑、竹园。《史记》卷五十八《梁孝王世家》:"孝王筑东苑,方三百余里。广睢阳城七十里。大治宫室,为复道,自宫连属于平台三十余里。得赐天子旌旗,出从千乘万骑。东西驰猎,拟于天子。出言跸,入言警。招延四方豪杰,自山以东游说之士莫不毕至。"

⑤双庙:《新唐书》卷一九二《忠义中·张巡传》:"大中时,图巡、远、霁云像于凌烟阁。睢阳至今祠享,号'双庙'云。"

⑥《史记》卷六十三《老庄申韩列传》:"庄子者,蒙人也,名周。周尝为蒙漆园吏,与梁惠王、齐宣王同时……楚威王闻庄周贤,使使厚币迎之,许以为相。庄周笑谓楚使者曰:'千金,重利;卿相,尊位也。子独不见郊祭之牺牛乎?养食之数岁,衣以文绣,以入大庙。当是之时,虽欲为孤豚,岂可得乎?子亟去,无污我。我宁游戏污渎之中自快,无为有国者所羁,终身不仕,以快吾志焉。'"郭璞《游仙诗》:"漆园有傲吏,莱氏有逸妻。"

南乡子

送述古

回首乱山横。不见居人只见城①。谁似临平山上塔②,亭亭。迎客西来送客行。　　归路晚风清。一枕初寒梦不成。今夜残灯斜照处,荧荧。秋雨晴时泪不晴③。

【题解】

傅藻《东坡纪年录》:"熙宁七年甲寅(1074),送述古赴南都作《南乡子》。"王文诰《苏诗总案》卷一二:"熙宁七年甲寅,七月,追送陈襄移守南都,别于临平舟中,作《南乡子》。"薛本、邹王本从之。孔《谱》编熙宁七年八月十三日,追送陈襄至临平,再赋词赠别。

【注释】

①欧阳詹《初发太原途中寄太原所思》:"驱马觉渐远,回头长路尘。高城已不见,况复城中人。"

②《淳祐临安志》卷九:"临平山,《祥符经》云:去仁和县旧治五十四里,山高五十三丈,周围十八里……山上有塔。"

③刘禹锡《竹枝词》:"东边日出西边雨,道是无晴却有晴。"

【汇评】

胡仔《苕溪渔隐丛话》后集卷三十八引《复斋漫录》:鲁直记江亭鬼所题词,有"泪眼不曾晴"之句。余以此鬼剽东坡乐章"秋雨晴时泪不晴"之语。

陆游《入蜀记》卷一:临平者,太师蔡京葬其父准于此。以钱塘江为水,会稽山为案,山形如骆驼,葬于驼之耳,而筑塔于驼之峰。盖葬师云:驼负重则行远也。然东坡先生乐府固已云:"谁似临平山上塔,亭亭。迎客西来送客行。"则临平有塔亦久矣,当是蔡氏葬后增筑,或迁之耳。

唐圭璋《唐宋词简释》:此首,上片,送述古途中之景;下片,述归来怀念之情。文笔飘洒,情意真挚。"回首"两句,记送行之远。"谁似"三句,记山塔也知送行,极有情味。"归路"两句,记归路风清及归来之无寐。"今夜"三句,记入夜之悲哀,雨晴泪不晴,语意甚新。

诉衷情

琵琶女①

小莲初上琵琶弦②。弹破碧云天③。分明绣阁幽恨,都向曲中传。　　肤莹玉,鬓梳蝉④。绮窗前⑤。素娥今夜⑥,故故随人,似斗婵娟⑦。

【题解】

朱本、龙本、曹本未编年。傅藻《东坡纪年录》:"熙宁七年甲寅,离京口呈元素作《醉落魄》、《诉衷情》。"吴雪涛《苏词四首系年商兑》考证傅藻所云"《诉衷情》"即此首。盖苏轼所作《诉衷情》凡三首,其一"钱塘风景古今奇"乃作于熙宁七年七月杨元素代陈述古守杭州之时。其二"海棠珠缀一重重"为咏物之作,与离情无涉。下片云"如花似叶,岁岁年年,共占春风",显系作于春天。而苏轼自杭移密过京口时,乃在九月。此二词显然都不是傅藻所说的《诉衷情》。其三即本词。词中描写了一位"肤莹玉,鬓梳蝉"的乐妓,坐于绮窗之前,弹奏琵琶乐曲,此即点明乃在筵席之上。"分明绣阁幽恨,都向曲中传"进而以乐妓弹奏忧伤之曲,传达心中幽恨,说明此乃离筵。下片"素娥今夜,故故随人,似斗婵娟",明言乐妓可与嫦娥比并,以见其姿色之美,实则暗寓乐妓注目词人,饱含惜别之意,写出作者不忍离去之惆怅情怀。凡此种种,悉与《纪年录》所云"离京口,呈元素"相合,因知傅氏所指必为此词。故可编熙宁七年甲寅(1074)九月。邹王本也考证傅氏所云《诉衷情》即此首,故编于熙宁七年(1074)十月,作于润州。薛本云此词与作于庚戌十月的《宋叔达家听琵琶》诗似为一时之作,故编于熙宁三年庚戌(1070)十月。

【注释】

①傅本、元本、朱本、龙本、曹本无题,毛本题"琵琶女"。

②《北史》卷十四《后妃传》下:"冯淑妃名小怜……慧黠能弹琵琶,工歌舞。"《太平御览》卷九七五《果部·莲》引《三国典略》云:"冯淑妃,名小莲也。"

③郑还古《赠柳氏妓》:"冶艳出神仙,歌声胜管弦。词轻白苎曲,歌遏碧云天。"

④崔豹《古今注》卷下《杂注》:"魏文帝宫人绝所宠者,有莫琼树、薛夜来、田尚衣、段巧笑四人,日夕在侧。琼树乃制蝉鬓,缥缈如蝉翼,故曰蝉鬓。"白居易《妇人苦》:"蝉鬓加意梳,蛾眉用心扫。"

⑤绮:毛本作"依"。

⑥素娥:谢庄《月赋》:"引玄兔于帝台,集素娥于后庭。"李周翰注:"常娥窃药奔月,月色白,故云素娥。"

⑦斗婵娟:李商隐《霜月》:"青女素娥俱耐冷,月中霜里斗婵娟。"

【汇评】

沈际飞《草堂诗余别集》卷一:后段夸女飞宕。

南乡子

梅花词和杨元素

寒雀满疏篱。争抱寒柯看玉蕤①。忽见客来花下坐,惊飞。踏散芳英落酒卮②。　　痛饮又能诗③。坐客无毡醉不知④。花尽酒阑春到也,离离。一点微酸已著枝。

【题解】

朱本编于熙宁七年(1074)九月,龙本、曹本因之。陈尔冬《苏轼词选》云"熙宁七年冬作",邹王本从之。薛本云"似应作于甲寅(1074)八月"。

【注释】

①傅注:"梅花缀树,葳蕤如玉。"戎昱《早梅》:"一树寒梅白玉条,迥临村路傍溪桥。应缘近水花先发,疑是经春雪未销。"

②王质《金谷园花发怀古》:"繁蕊风惊散,轻红鸟踏翻。"傅注引为皇甫冉诗,误。

③《世说新语·任诞》:"王孝伯言:'名士不必须奇才,但使常得无事,痛饮酒,熟读《离骚》,便可称名士。'"

④《晋书》卷九十《吴隐之传》:"(吴隐之)以竹篷为屏风,坐无毡席。"《新唐书》卷二〇二《郑虔传》:"(郑虔)在官贫约甚,澹如也。杜甫尝赠以诗曰:'才名四十年,坐客寒无毡。'"

【汇评】

胡仔《苕溪渔隐丛话》后集卷二十一:苕溪渔隐曰:东坡《梅词》云:"花谢酒阑春到也,离离。一点微酸已著枝。"《张右史集》有《梅花十绝》,《后山集》有《梅花七绝》,陈无己七绝乃文潜十绝中诗,但三绝不是,未知竟谁作者。其间有云:"谁知檀萼香须里,已有调羹一点酸。"用东坡语也。

渔家傲

送台守江郎中^①

送客归来灯火尽。西楼淡月凉生晕^②。明日潮来无定准^③。潮来稳。舟横渡口重城近。　　江水似知孤客恨。南风为解佳人愠。莫学时流轻久困^④。频寄问。钱塘江上须忠信^⑤。

【题解】

《苏诗总案》卷三十二以为"江郎中"指江公著,将此词编元祐五年(1090)五月,"送江公著赴台州作",并加案云:"江公著,字晦叔,明年正月复至杭州,公有送江公著知吉州诗,考此词作于五月,是晦叔由台徙吉也。又《次韵江晦叔诗》,公自注云:'往在钱塘,尝语晦叔陆羽茶颠,君亦然。'(见诗集卷四五《次韵江晦叔兼呈器之》诗)可为江郎中即晦叔之证。"朱本亦认为"江郎中"即江公著,但又认为"公著未为台守,'台'当作'吉',形近而误",遂改词题作《送吉守江郎中》,将此词编于元祐六年在杭州送江公著知吉州作。龙本、曹本、石唐本、薛本、孔《谱》均依朱本。吴雪涛《苏词编年辨证》引李兴元修、顺治十七年刻本《吉州府志》卷三《秩官表·宋吉州知州事》云:"哲宗元祐二年李琮。四年,江公著。"提出:"由此可见江公著知吉州,事在元祐四年。""故可断定,此词当作于元祐四年八月。"邹王本从之,在杭州送江公著守吉州作。

其后,王宗堂、邹同庆在《〈苏轼词编年校注〉重印后记》一文中否定了以上诸说。明万历刊《重编东坡先生外集》(《四库全书存目丛书》本)卷八十四载此词,题作"送江宽,宽知台州"。《外集》出自南宋人之手(参见余嘉锡《四库提要辨证》卷二二《集部三·别集类七·东坡全信集》),专为搜罗苏轼遗文,用二十四种流行于南宋前期而后人难以见到的苏轼诗文集,详加校订,去伪存真而成,共收诗、文、词、赋等一千多首。刘尚荣《东坡外集杂考》认为此书有"补众本之遗缺""校诸本之疏误""提供编年之助"等作用。嘉定《赤城志》卷九《秩官门二·本朝郡守》云:熙宁七年七月十一日,江宽以比部郎中知,十年二月六日替。王宗堂、邹同庆《〈苏轼词编年校注〉重印后记》据此认为,朱本改"台"为"吉"是误入歧途,此词应为熙宁七年(1074)九月初江宽由真州转台州途经杭州时,苏轼送行之作,这正和词之末章"钱塘江上须忠信"相印证。今从之。

【注释】

①台守:傅本、元本、百本、二妙集、明刊全集、毛本、四印斋刻本作"台守"。朱本作"吉守"。外集题作"送江宽,宽知台州"。

②李煜《乌夜啼》:"无言独上西楼,月如钩。"《史记》卷二十七《天官书》:"日月晕适,云风,此天之容气也。"《集解》引孟康曰:"晕,日旁气也。"凉生晕,谓时令已秋。王褒《关山月》:"天寒光转白,风多晕欲生。"

③《苏轼诗集》卷二十四《和田仲宣见赠》查注:"《乾鑿度》:潮者,水气往来,行险而不失其信者也。"

④《史记》卷六十九《苏秦列传》:"苏秦出游数岁,大困而归。兄弟嫂妹窃皆笑之,曰:'周人之俗,治产业,力工商,遂什二以为务。今子释本而事口舌,困,不亦宜乎!'"

⑤傅注:"《列子》:孔子自卫至鲁,息驾于河梁而观焉,有悬水三十仞,圜流九千里,鱼鳖弗能游,鼋鼍弗能居。有一丈夫,方将能游。孔子使人并涯止之曰:'此悬水三十仞,圜流九千里,鱼鳖弗能游,鼋鼍弗能居也。意者难可以济乎?'丈夫不以措意,遂渡而出。孔子从而问之:'巧乎!有道术乎!所以能入而出者何也?'对曰:'始吾之入也,先以忠信,及吾之出也,又从以忠信。忠信错吾躯于彼流,而吾不敢用私,所以能入而出者,此也。'孔子谓弟子曰:'二三子识之,水者犹可以忠信诚身亲之,而况人乎!'""钱塘江险恶,多覆行舟,故云。"傅注牵强。忠信指钱塘潮。《临安志》引《高丽图经》:"潮汐往来,应期不爽,为天下之至信。"顾恺之《观涛赋》:"期必来以知信。"

南乡子

和杨元素[①]

东武望余杭。云海天涯两杳渺[②]。何日功成名遂了,还乡[③]。醉笑陪公三万场[④]。　　不用诉离觞。痛饮从来别有肠[⑤]。今夜送归灯火冷,河塘。堕泪羊公却姓杨[⑥]。

【题解】

傅藻《东坡纪年录》:"熙宁七年甲寅(1074),移守密,和元素《南乡子》。"王文诰《苏诗总案》:"甲寅九月,再饯别于湖上作《南乡子》词。"孔《谱》、薛本、邹王本从之。保苅佳昭《苏轼与杨绘有关之词》说这首词表达了苏轼将要离开杭州到密州去的事情和杨绘留在杭州送苏轼的悲哀。从词题"和杨元素,时移守密州"看,苏轼已得知奉调到密州去。词的开头两句设想苏轼到密州以后回头看杭州的情形,结尾三句描写了杨绘送苏轼后回家的情形。苏轼和杨绘一起离开杭州之前,还有一段苏轼已知调到密州之命,杨绘尚未知改任的时间,此词即写于这一期间。

【注释】

①傅本、元本、朱本、龙本、曹本题作"和杨元素,时移守密州",此据紫本。密州:今山东诸城。《一统志》:"莱州府,高密县。后魏置高密郡,治高密;北齐徙郡治东武;隋属高密郡;唐属密州。"

②渺:傅本作"杳"。

③《老子·运夷》:"功成,名遂,身退,天之道。"

④李白《襄阳歌》:"百年三万六千日,一日须倾三百杯。"白居易《对酒》:"人生一百岁,通计三万日。"

⑤刘义庆《世说新语》下卷上《任诞》:"王孝伯言,名士不必须奇才,但

使常得无事,痛饮酒,熟读《离骚》,便可称名士。"

⑥《晋书》卷三四《羊祜传》:羊祜有政声,卒,"襄阳百姓于岘山祜平生游憩之所建碑立庙,岁时飨祭焉。望其碑者莫不流涕,杜预因名为堕泪碑。荆州人为祜讳名,屋室皆以门为称,改户曹为辞曹焉。"

浣溪沙

菊　节①

缥缈危楼紫翠间②。良辰乐事古难全③。感时怀旧独凄然。　　璧月琼枝空夜夜④,菊花人貌自年年⑤。不知来岁与谁看。

【题解】

傅藻《东坡纪年录》:"熙宁七年甲寅(1074),答元素《浣溪沙》。"邹王本从之,薛本进一步考证说:"观其词意,乃惜别之作,宜编甲寅九月离杭赴密时。"保苅佳昭《苏轼与杨绘有关之词》认为这首词与《浣溪沙》(白雪清词出坐间)作于重阳节前一天。与《南乡子》(东武望余杭)一样,都写于苏轼已知密州之命而杨绘还没有接到还朝之命之时。

【注释】

①紫本与百本题"菊节",傅本无题,毛本题"菊节别元素"。元本、朱本、龙本、曹本"自杭移密守,席上别杨元素,时重阳前一日"。

②杜牧《早春阁下寓直萧九舍人亦直内署因寄书怀四韵》:"千峰横紫翠,双阙凭栏干。"

③谢灵运《拟魏太子邺中集诗八首序》:"天下良辰、美景、赏心、乐事,四者难并。"

④璧月:《陈书》卷七《后妃传》:"后主每引宾客并贵妃等游宴,则使诸

54

贵人及女学士与狎客共赋新诗,互相赠答,采其尤艳丽者以为曲词,被以新声,选宫女有容色者以千百数,令习而歌之,分部迭进,持以相乐。其曲有《玉树后庭花》、《临春乐》等,大指所归,皆美张贵妃、孔贵妃之容色也。其略曰:'璧月夜夜满,琼树朝朝新。'而张贵妃发长七尺,鬒黑如漆,其光可鉴。琼枝:屈原《离骚》:"溘吾游此春宫兮,折琼枝以继佩。"洪兴祖补注:"琼,玉之美者。传曰,南方有鸟,其名为凤,天为生树,名曰琼枝,高百二十仞,大三十围,以琳琅为实。"

⑤傅注:"戎昱诗:'菊花一岁岁相似,人貌一年年不同。'"

浣溪沙

重九旧韵①

白雪清词出坐间②。爱君才器两俱全。异乡风景却依然。　　可恨相逢能几日,不知重会是何年。茱萸仔细更重看③。

【题解】

朱本卷一:"案韵同前首,疑同时答元素作也。"孔《谱》、薛本、邹王本从之,编熙宁七年甲寅(1074)。

【注释】

①元本、朱本、龙本、曹本无题,百本、毛本题"重九",

②宋玉《对楚王问》:"其为《阳春白雪》,国中属而和者,不过数十人。"

③宗懔《荆楚岁时记》"九月九日四民并籍野饮宴"条:"按:杜公瞻云:'九月九日宴会,未知起于何代。然自汉至宋未改,今北人亦重此节,佩茱萸、食饵、饮菊花酒,云令人长寿。近代皆宴,设于台榭。'"

劝金船①

和元素韵自撰腔命名②

无情流水多情客。劝我如曾识③。杯行到手休辞却④。这公道难得⑤。曲水池上,小字更书年月。还对茂林修竹,似永和节⑥。　　纤纤素手如霜雪。笑把秋花插。尊前莫怪歌声咽。又还是轻别。此去翱翔,遍赏玉堂金阙⑦。欲问再来何岁,应有华发。

【题解】

王文诰《苏诗总案》卷一二云:"熙宁七年甲寅(1074),九月,告下,公以太常博士直史馆权知密州军州事,罢杭州通守任……二十日往别南北山道友,同杨绘、鲁有开、陈舜俞至下天竺题壁。杨绘饯别于中和堂。和韵作《劝金船》词。"曹本、石唐本、邹王本均据此编年。孔《谱》则编熙宁七年(1074)十月。薛本考证云:"案张先有《劝金船》词,题作'流杯堂和翰林主人元素自撰腔',已明称元素为'翰林主人',且东坡词中又有'遍赏玉堂金阙'句,故知此词写于元素入为翰林告下尚未离任时,应为东坡饯别元素或新守沈起饯东坡与元素,而非如王案谓元素饯别东坡也。"

保苅佳昭《苏轼与杨绘有关之词》则辨薛说之非。他认为这首词是苏轼与杨绘都已知改任之命以后,在杨绘饯别苏轼的酒筵上所作,而不是如薛本所云"东坡饯别元素或新守沈起饯东坡与元素"时所写。词的上片写苏轼自己离开杭州之时的心情,下片则吟咏杨绘还朝的事情。"此去翱翔,遍赏玉堂金阙"两句,意味着杨绘进京为翰林学士。

【注释】

①元本、朱本、龙本、曹本作"泛金船"。

②傅本作"和元素。自撰腔命名,亦作泛金船"。元本、朱本、龙本、曹本题作"流杯亭和杨元素"。

③曾:元本、朱本、龙本、曹本作"相"。

④韩愈《赠郑兵曹》:"杯行到君莫停手,破除万事无过酒。"

⑤元本、朱本、龙本、曹本作"似轩冕相逼"。

⑥似永和节:傅本作"永和时节",元本衍"时"字。《晋书》卷八十《王羲之传》引《兰亭序》:"永和九年,岁在癸丑,暮春之初,会于会稽山阴之兰亭,修禊事也。群贤毕至,少长咸集。此地有崇山峻岭,茂林修竹,又有清流激湍,映带左右,引以为流觞曲水,列坐其次。虽无丝竹管弦之盛,亦足以畅叙幽情。"

⑦赏:元本、朱本、龙本、曹本作"上"。应劭《汉官仪》:"侍中秩千石,黄门有画室署、玉堂署,各有长一人。"《汉书》卷七五《李寻传》:"臣寻位卑术浅,过随众贤待诏,食太官,衣御府,久汙玉堂之署。"师古注:"玉堂殿在未央宫。"宋淳化中,赐翰林"玉堂之署"四字,宋太宗有诗曰:"翰林承旨贵,清净玉堂中。"自此,玉堂之称,专指翰林。

【汇评】

焦循《雕菰楼词话》:毛大可称词本无韵,是也。如苏轼……《劝金船》用客(陌)、识(职)、月(月)、却(药)、节(屑)、插(洽)……按唐人应试用官韵,其非应试,如韩昌黎赠张籍诗,以城、堂、江、庭、童、穷一韵,则庚、青、江、阳、东通协,不拘拘如律诗也。至于词,更宽可知矣。

万树《词律》卷一三:前后相同。"却"字乃坡老借韵,非不叶也。

南乡子

公旧序云:沈强辅雯上出犀丽玉作胡琴,送元素还朝,同子野各赋一首①

裙带石榴红。却水殷勤解赠侬。应许逐鸡鸡莫怕②,相逢。一点灵犀必暗通③。　　何处遇良工。琢刻天真半欲空。愿作龙香双凤拨，轻拢。长在环儿白雪胸④。

【题解】

熙宁七年甲寅（1074）九月作于湖州。朱本卷一云："案二词（本词与《南乡子》（旌旆满江湖））一赋胡琴，一送元素，所谓'各赋一首'也。"郑文焯《手批东坡乐府》则云："此词题当分为二，以'胡琴送元素还朝'为第二题。"薛本驳二说之非云："此词约作于九月下旬。时公赴密州任，过吴兴。杨绘到杭不暖席，内调为翰林学士，故二人同离杭过吴兴。沈强辅（天隐）为主人，设宴为二公钱别，席上出文丽玉、犀丽玉鼓胡琴作歌佐酒，张子野为陪客。张词题序中所谓'送客过余溪'之'客'，即指苏、杨二公也。公题中'送元素还朝'，乃客中送客也。词意甚明，毋庸置疑。"陈永正《东坡词笺注补正》云："朱氏言是，此词纯赋胡琴。文犀、丽玉，即有纹理的犀角与美好的玉石，均为胡琴上的饰物。词云'琢刻天真半欲空'即'作胡琴'之意。郑、薛谓为妓名，非。"

【注释】

①傅本无"云"，毛本、龙本、曹本无"公旧序云"，元本无题。

②葛洪《抱朴子内篇》卷四《登涉》："得真通天犀角三寸以上，刻以为鱼，而衔之以入水，水常为人开，方三尺，可得烑息水中。又通天犀角，有一赤理如缍，自本彻末。以角盛米，置群鸡中，鸡欲啄之，未至数寸，即惊却退。故南人或名通天犀为骇鸡犀。"

③李商隐《无题》："身无彩凤双飞翼，心有灵犀一点通。"

④郑处诲《明皇杂录》："有中官白秀贞自蜀使回，得琵琶以献。其槽以逻逤檀为之，温润如玉，光辉可见，有金镂红文，蹙成双凤。贵妃每抱是琵琶，奏于梨园，音韵凄清，飘出云外。"

定风波

送元素

千古风流阮步兵。平生游宦爱东平①。千里远来还不住。归去。空留风韵照人清。　　红粉尊前添懊恼②。休道。怎生留得许多情③。记得明年花絮乱。须看。泛西湖是断肠声。

【题解】

此词约有三种说法:一、朱祖谋《东坡乐府》卷一云:"案张子野送元素、送子瞻词,皆同此韵,当在二公过湖州时作。元素守杭未久,即内召,子野词有'诏卷促归'语,与此词'千里远来还不住'情事正合。'明年花絮'与子野之'黄莺相识晚'又俱谓元素去之速也。"夏承焘《张子野年谱》亦云熙宁七年(1074)九月作于湖州。曹本、石唐本、邹王本从之。二、孔《谱》认为此词是熙宁六年(1073)"杨绘(元素)自知郓州来杭,旋别去,赋《定风波》送行"之时所作。三、薛本则编熙宁七年(1074)九月苏轼离杭赴密时。保苅佳昭《苏轼与杨绘有关之词》认同第一种说法,而认为薛本和孔《谱》的说法都有问题。他认为苏、杨在一起离开杭州的情况下,苏轼不会写"送元素"的词,所以薛本所云"作于熙宁七年甲寅九月公将离杭赴密时"不确。针对孔《谱》所云,保苅佳昭认为,词的上片将杨绘比作阮籍,阮籍"拜东平相。籍乘驴到郡,坏府舍屏障,使内外相望,法令清简,旬日而还",相当于杨绘知杭州而亦不久还朝。"东平"不是指山东郓州应天府,而是指杭州,所以孔《谱》的解释也不恰当。因此,这首词是熙宁七年调到知密州去的路上,在湖州沈氏为杨绘举行的饯行酒筵上所作。

【注释】

①千古:元本、朱本、龙本、曹本作"今古",此据傅本、毛本。《晋书》卷

四十九《阮籍传》："籍容貌环杰,志气宏放,傲然独得,任性不羁,而喜怒不形于色……及文帝辅政,籍尝从容言于帝曰:'籍平生曾游东平,乐其风土。'帝大悦,即拜东平相。籍乘驴到郡,坏府舍屏障,使内外相望,法令清简,旬日而还。"

②添:傅本、毛本作"深",元本、朱本、龙本、曹本作"添"。

③怎生:毛本作"怎生",元本、朱本、龙本、曹本作"如何";得:傅本、元本、朱本、龙本、曹本作"取"。

减字木兰花

过吴兴,李公择生子,三日会客,作此词戏之①
惟熊佳梦②。释氏老君亲抱送。壮气横秋。未满三朝已食牛③。　　犀钱玉果④。利市平分沾四坐。多谢无功。此事如何到得侬。

【题解】

傅藻《东坡纪年录》:"熙宁七年甲寅(1074),过吴兴,李公择生子,作《减字木兰花》。"孔《谱》、薛本、邹王本从之。是年九月,苏轼赴密州途中经过湖州,时李常李公择任湖州知州,苏轼参加李常的洗儿宴时填此词。

【注释】

①元本、朱本、龙本、曹本题作"秘阁古《笑林》云:晋元帝生子,宴百官,赐束帛。殷羡谢曰:'臣等无功受赏。'帝曰:'此事岂容卿有功乎?'同舍每以为笑。余过吴兴,而李公择适生子,三日会客。求歌辞,乃为作此戏之。举坐皆绝倒"。李公择:秦观《故龙图阁直学士中大夫知成都军府……李公行状》:南康军建昌县李常,字公择。皇祐中,登进士甲科,授防御推官权江州军事判官丁昌源郡。神宗即位,诏大臣举馆职,鲁宣公以公应诏,召试学

士院,除秘阁校理,改右正言。是时王荆公辅政,始作新法,谏官御史论不合者辄斥去。公上疏力抵其非,而其论青苗尤为激切,至十余上不已。于是落职,通判滑州。岁余复职,知鄂州,徙知湖州,迁尚书祠部员外郎,赐五品服,徙知齐州。公去国十五年,还朝,士大夫喜见于色,以谓正人复用也。”

②《诗经·小雅·斯干》:“吉梦维何,维熊维罴……大人占之,维熊维罴,男子之祥。”梦见熊罴是生男孩的吉兆。

③杜甫《徐卿二子歌》:“君不见徐卿二子生绝奇,感应吉梦相追随。孔子释氏亲抱送,并是天上麒麟儿。大儿九龄色清澈,秋水为神玉为骨。小儿五岁气食牛,满堂宾客皆回头。”

④犀钱玉果:龙注:“谓洗儿钱,以犀角为之者也。”孟元老《东京梦华录》卷五“育子”条:“至满月,则生色及绷绣钱,贵富家金银犀玉为之,并果子,大展洗儿会。亲宾盛集,煎香汤于盆中,下果子彩钱葱蒜等,用数丈彩绕之,名曰‘围盆’。”吴自牧《梦粱录》卷二十“育子”条:“至满月,则外家以彩画钱或金银钱杂果,及以彩段珠翠囡角儿食物等,送往其家,大展‘洗儿会’。亲朋俱集,煎香汤于银盆内,下洗儿果彩钱等,仍用色彩绕盆,谓之‘围盆红’。”

【汇评】

胡仔《苕溪渔隐丛话》前集卷三十八:《温叟诗话》:“东坡最善用事,既显而易读,又切当。”若……贺人洗儿词云:“犀钱玉果。利市平分沾四坐。多谢无功,此事如何到得侬。”南唐时,官中赐洗儿果,有近臣谢表云:“猥蒙笾数,深愧无功。”李主曰:“此事卿安得有功?”尤为亲切。

南乡子

席上劝李公择酒

不到谢公台①。明月清风好在哉②。旧日髯孙何处去③,

61

重来。短李风流更上才④。　　秋色渐摧颓。满院黄英映酒杯。看取桃花春二月，争开。尽是刘郎去后栽⑤。

【题解】

傅藻《东坡纪年录》云："是年……过齐州，公择守齐，席上作《南乡子》。""是年"指熙宁十年丁巳（1077），轼自密州移知河中府而过齐州（今山东济南市）之时。朱本、龙本、曹本因之，薛本、邹王本均辨其非。王文诰《苏诗总案》卷一二云："公既发（按谓自杭州出发将赴密州），杨绘复远送之，而陈舜俞、张先皆从，遂同访李常于湖州……席上劝李常酒，再作《南乡子》词。""词有'髯孙'、'短李'句，亦湖州作。"王氏谓此词乃作于熙宁七年甲寅（1074）九月，地点亦非齐州，而在湖州（今浙江省湖州市）。孔《谱》编年同此。吴雪涛《苏词四首系年商兑》（《河北师范大学学报》1988 年第 1 期）考证傅说为非：一、时令不合。苏轼于熙宁十年过齐州时正在正月，与词中"秋色渐摧颓。满院黄英映酒杯"不合。二、孙觉平生未尝知齐州亦未尝至齐州，苏轼此词若作于齐州，则"旧日髯孙何处去"为无的放矢。三、苏轼平生凡两过齐州，熙宁十年春，自密州移知河中府，一过齐州。其后元丰八年自登州召赴京师，再过齐州。本词若熙宁十年作于齐州，则其时实乃首过齐州，前此盖未尝一至，词中"重来"一语无法坐实。吴文认为王说正确。熙宁七年甲寅（1074），苏轼自杭州通判移知密州，九月离杭，十一月三日到密，此行过湖州时正在九月。当时的州守恰为李常。而前此熙宁四年辛亥（1071）苏轼自京师出任杭州通判过湖州时，太守为孙觉。词中"旧日髯孙何处去。重来，短李风流更上才"二句，即谓苏轼此次再过湖州，前守孙觉已他去不可见，而新守李常则风流飘逸，才华出众。下片开头两句"秋色渐摧颓，满院黄英映酒杯"，与苏轼九月过湖之时令亦合。末二句"看取桃花春二月，争开，尽是刘郎去后栽"，虽有"春二月"字样，却并非写时令，而是借前人典故，抒发政治牢骚。盖熙宁初神宗起用王安石实行新法，朝中元老旧臣纷纷辞去，反变法派官僚递遭斥逐，朝廷所用则尽为新进之人。薛本、邹王本所考略同于此。

①傅注："谢公台在维扬。"维扬即今扬州。

②好在：傅本作"安在"。好在，存问之辞，犹言无恙。白居易《履道池上》："家池动作经年别，松竹琴鱼好在无。"

③《三国志》卷四七《吴书·吴主传第二》注引《献帝春秋》："张辽问天降人：'向有紫髯将军，长上短下，便马善射，是谁？'降人答曰：'是孙会稽。'"此代指孙觉。孙觉于熙宁四年十一月知湖州，熙宁六年移知庐州，李公择由鄂州来代。

④短李：晚唐诗人李绅，为人短小精悍，时号"短李"。白居易《编集拙诗成一十五卷因题卷末戏赠元九李二十》："一篇长恨有风情，十首秦吟近正声。每被老元偷格律，苦教短李伏歌行。"此代指李常。

⑤孟棨《本事诗·事感第二》："刘尚书（禹锡）自屯田员外左迁朗州司马，凡十年始徵还。方春，作《赠看花诸君子》诗曰：'紫陌红尘拂面来，无人不道看花回。玄都观里桃千树，尽是刘郎去后栽。'其诗一出，传于都下。有素嫉其名者，白于执政，又诬其有怨愤。他日见时宰，与坐，慰问甚厚。既辞，即曰：'近者新诗，未免为累，奈何？'不数日，出为连州刺史。"

菩萨蛮①

天怜豪俊腰金晚②。故教月向松江满。清景为淹留。从君都占秋。　　身闲惟有酒。试问清游首③。帝梦已遥思④。匆匆归去时。

【题解】

朱本卷一："案本集《书游垂虹亭记》：'吾昔自杭移守高密，与杨元素同舟，而陈令举、张子野皆从吾过李公择于湖，遂与刘孝叔俱至松江。'词必是时作。"孔《谱》、薛本、邹王本均编于熙宁七年甲寅（1074）九月。孔《谱》云：

"(苏轼)与杨绘、陈舜俞、张先、李常、刘述至松江,夜置酒垂虹亭上。(张)先赋《定风波令》(六客词),沈强辅作胡琴,苏轼赋《南乡子》,(张)先赋《木兰花》赠周、邵二妓;轼和舜俞词(按即此词)。"

【注释】

①傅本、元本题作"席上和陈令举"。紫本、百本、毛本无题。

②《世说新语·尤悔》:"王大将军起事,丞相兄弟诣阙谢,周侯深忧。诸王始入,甚有忧色,丞相呼周侯曰:'百口委卿。'周直过不应,既入,苦相存救。既释,周大说,饮酒。及出,诸王故在门,周曰:'明年杀诸贼奴,当取金印如斗大,系肘后。'"《宋史》卷一五三《舆服志》五:"带,古惟用革,自曹魏而下始有金、银、铜之饰。宋制尤详,有玉、有金、有银、有犀,其下铜、铁、角、石、墨玉之类,各有等差。""太宗太平兴国七年正月,翰林学士承旨李昉等奏曰:奉诏详定车服制度,请从三品以上服玉带,四品以上服金带。"此词为和陈舜俞词,陈氏举进士时,熙宁初曾知山阴县,后弃官归,故谓"腰金晚"。

③清游:傅本作"遨游"并注云:"成都风俗,以遨游相尚,绮罗珠翠,杂沓衢巷,所集之地,行肆毕备,须得太守一往后方盛,土人因目太守为遨头云。"

④傅注:"高宗梦傅说,使以像求之,立以为相。"

阮郎归

苏州席上作①

一年三度过苏台②。清尊长是开。佳人相问苦相猜。这回来不来。　　情未尽,老先催。人生真可咍③。他年桃李阿谁栽。刘郎双鬓衰。

熙宁七年(1074)十月作于苏州。傅藻《东坡纪年录》:"熙宁七年甲寅,赴密过苏,有问'这回来不来'者,其色凄然。苏守嘉之,令求词,作《阮郎归》。"王文诰《苏诗总案》卷一二:"熙宁七年甲寅,十月至金阊,饮于王诲席上,时已三过苏台。诲令歌者求公词,因作《阮郎归》词。"孔《谱》、薛本、邹王本从之。时知苏州为王诲,字规甫,镇定人,以朝散大夫尚书司勋郎中知苏州。《隆平集》卷六有传。

【注释】

①元本、朱本、龙本、曹本题作"一年三过苏,最后赴密州时,有问'这回来不来',其色凄然。太守王规父嘉之,令作此词"。

②王文诰《苏诗总案》卷一二:"词云'一年三度'者,自(熙宁)六年十一月计至(熙宁)七年十月为一年三度也。"熙宁六年十一月苏轼以转运司檄往常、润、苏、秀赈济饥民,十二月至苏,七年五月末又至,此次为第三次。苏台:即苏州姑苏台。

③哈:屈原《九章·惜诵》:"行不群以巅越兮,又众兆之所哈。"王逸注:"哈,笑也。楚人谓相唰笑曰哈。"

醉落魄①

忆　别②

苍颜华发。故山归计何时决。旧交新贵音书绝③。惟有佳人,犹作殷勤别。　　离亭欲去歌声咽。潇潇细雨凉吹颊。泪珠不用罗巾浥。弹在罗衣,图得见时说。

【题解】

朱本卷一:"案此与前调疑同时作。"编熙宁七年(1074)十月,作于苏州。龙本、曹本、薛本、邹王本均从之。

【注释】

①《全宋词》注："又按此首别见黄庭坚豫章先生词。"

②傅本、元本题"苏州阊门留别"。此据紫本。阊门：陆广微《吴地记》："阖闾城，周敬王六年，伍子胥筑。大城周回四十二里三十步，小城八里二百六十步。陆门八，以象天之八风；水门八，以象地之八卦。《吴都赋》云：'通门二八，水道六衢'是也。西，阊、胥二门；南，盘、蛇二六；东，娄、匠二六；北，齐、平二门。不开东门者，为绝越之故也。阊门亦号破楚门，吴伐楚，大军从此门出。"

③《汉书》卷五十《郑当时传》："先是下邽翟公为廷尉，宾客亦填门，及废，门外可设爵罗。后复为廷尉，客欲往，翟公大署其门曰：'一死一生，乃知交情；一贫一富，乃知交态；一贵一贱，交情乃见。'"

【汇评】

沈际飞《草堂诗余别集》卷二：止有佳人惜别可悲，既有佳人惜别可慰。墨香犹喷。

冯振《诗词杂话》：(东坡词)云："泪珠不用罗巾浥。弹在罗衫，图得见时说。"似从武则天"不信比来长下泪，开箱验取石榴裙"而来。

菩萨蛮

感　旧①

玉笙不受朱唇暖②。离声凄咽胸填满。遗恨几千秋③。恩留人不留。　　他年京国酒④。泫泪攀枯柳⑤。莫唱短因缘⑥。长安远似天。

【题解】

傅藻《东坡纪年录》："熙宁七年甲寅(1074)，润州和元素《菩萨蛮》。"孔

66

《谱》、薛本、邹王本从之。时苏轼自杭州赴密州任所,杨绘自杭州还朝,二人同船行至润州(今镇江),据傅本题"润州和元素"可知,此词乃苏轼和杨绘而作。

【注释】

①紫本题作"感旧",傅本、元本、朱本、龙本、曹本、薛本、邹本作"润州和元素"。

②朱:明刊全集、二妙集、毛本、朱本、龙本、邹本作"珠"。应劭《风俗通义》卷六《声音·笙》:"《世本》:'随作笙。'长四寸,十二簧,像凤之身,正月之音也,物生,故谓之笙。"

③秋:傅本作"愁"。

④《晋书》卷六七《郗超传》:"(桓)温恒云:'京口酒可饮,兵可用。'"京口即宋润州。京口为三国时吴国国都,故称京口酒为京国酒。

⑤《晋书》卷九八《桓温传》:"温自江陵北伐,行经金城,见少为琅邪时所种柳,皆已十围,慨然曰:'木犹如此,人何以堪!'攀枝执条,泫然流涕。"

⑥《太平广记》卷三四九引《纂异记》:"鲍生者,有妾二人。遇外弟韦生有良马,鲍出妾为酒,劝韦,韦请以马换妾。鲍许以抱胡琴者,仍命歌以送韦酒。既而妾又歌以送鲍酒。歌曰:'风飐荷珠难暂圆,多生信有短因缘。西楼今夜三更月,还照离人泣断弦。'"

减字木兰花

赠润守许仲涂,且以"郑容落籍、高莹从良"为句首①

郑庄好客②。容我尊前先堕帻③。落笔生风④。籍籍声名不负公⑤。　　高山白早⑥。莹骨冰肌那解老⑦。从此南徐⑧。良夜清风月满湖。

傅藻《东坡纪年录》云:"熙宁七年甲寅(1074),赠润守许仲途作《减字木兰花》。"朱本据此编甲寅,薛本谓此编"断可信"。而《嘉定镇江志》卷一四"太守"门则云:"许遵,朝议大夫,元丰壬戌(五年)守润。"《孔谱》与邹王本均据此编此二词于元丰七年(1084)。邹王本云:"直至元丰七年甲子,苏轼自黄移汝途经润州时,许遵仍为润守。"王文诰《苏诗总案》卷二四:"(元丰七年八月)十九日发仪真,滕元发乘小舟破浪来迎,执手涕下。而许遵、秦观亦至,遂会于金山,作倡和诗。""倡和诗"即《苏轼诗集》卷二四《次韵滕元发、许仲途、秦少游》,《苏诗编注集成》编元丰七年,据知此词即作于润守许仲途等人迎接苏轼的宴会上。

对此,薛瑞生《于细微处见文心——评邹同庆、王宗堂〈苏轼词编年校注〉》(《南阳师范学院学报》2004年第7期)辨云:然《宋史·许遵传》但谓"许遵字仲途,泗州人。第进士,又中明法……熙宁间,出知寿州,再判大理寺,请知润州,又请提举崇福宫。寻致仕,累官中散大夫。卒,年八十一"。究竟《宋史·许遵传》正确,还是《嘉定镇江志》正确?且看《续资治通鉴长编》卷四一〇之记载:元祐三年(1088)五月庚午,"中散大夫许遵卒"。据此,知许遵生于大中祥符元年(1008),元丰七年(1084)已七十七岁。依宋制七十致仕之例,熙宁十年(1077)许已致仕矣,元丰七年焉能守润耶?或谓七十致仕乃常例,特例则不在此限。此理固然,但终宋之世,惟宋初文武百官致仕无常例,日久则弊生,尸位素禄者日多,故至真宗咸平年间(998—1001),即诏令文武百官年七十致仕。后日见其严,至仁宗朝,则规定不自请致仕者乃诏令致仕,且日渐形成以自请致仕为荣之士风。许遵既非执政官,自然不在特例之列,且立朝有节,七十岂能不致仕哉?即是不自请致仕,亦诏令迫使致仕矣。据此,知傅藻《东坡纪年录》谓"熙宁七年甲寅,赠润守许仲途,作《减字木兰花》"不误,误的倒是《嘉定镇江志》。今从薛说。

【注释】

①此词毛本题作"自钱塘被召,林子中作郡守,有会,坐中营妓出牒,郑容求落籍,高莹求从良。子中呈东坡。东坡索笔为《减字木兰花》书牒后,时用'郑容落籍、高莹从良'八字于句端也,兼赠润守许仲途。"毛本此说当

出自胡仔《苕溪渔隐丛话》后集卷四十引《东皋杂录》，胡仔加按语云："《聚兰集》载此词，乃东坡赠润守许仲涂，且以'郑容落籍，高莹从良'为句首，非林子中也。"许仲涂：紫本作"许仲途"，误。

②《史记》卷一二〇《郑当时传》："郑当时者，字庄，陈人也……郑庄以任侠自喜，脱张羽于厄，声闻梁楚之间。孝景时，为太子舍人。每五日洗沐，常置驿马长安诸郊，存诸故人，请谢宾客，夜以继日，至其明旦，常恐不遍。"

③《晋书》卷五十《庾峻传》：庾峻子敳，字子嵩，长不满七尺，而腰带十围，雅有远韵……时刘舆见任于越，人士多为所构，惟敳纵心事外，无迹可间。后以其性俭家富，说越令就换钱千万，冀其有吝，因此可乘。越于众座中问于敳，而敳乃颓然已醉，帻堕机上，以头就穿取，徐答云：'下官家有二千万，随公所取矣。'舆于是乃服。越甚悦，因曰：'不可以小人之虑度君子之心。'"

④李白《赠刘都使》："吐言贵珠玉，落笔回风霜。"杜甫《寄李十二白二十韵》："笔落惊风雨，诗成泣鬼神。"

⑤李白《赠韦秘书子春》："高名动京师，天下皆籍籍。"

⑥刘禹锡《苏州白舍人寄新诗有叹早白无儿之句因以赠之》："雪里高山头早白，海中仙果子生迟。"

⑦宋玉《神女赋》："晔兮如华，温乎如莹。"《庄子·逍遥游》："藐姑射之山，有神人居之，肌肤若冰雪，绰约若处子。"

⑧南徐：即润州。晋南渡后，侨置徐州于京口，宋改为南徐。

【汇评】

叶申芗《本事词》卷上：子瞻好以文为戏，虽云作谑，亦佳话也。

南歌子

别润守许仲涂①

欲执河梁手②，还升月旦堂③。酒阑人散月侵廊。北客明朝归去、雁南翔。　　窈窕高明玉,风流郑季庄④。一时分散水云乡⑤。惟有落花芳草、断人肠⑥。

【题解】

朱本卷一云:"案此词仍赋高、郑事,因类编之。"编熙宁七年甲寅(1074),薛本从之。孔《谱》云:"云'北客明朝归去、雁南翔',以将北去临汝。"编元丰七年(1084)八月。邹王本编元丰七年甲子八月,作于润州。吴雪涛《苏词编年辨证》(《文史》第四十辑)编元丰八年(1085)五月,苏轼从南都去常州,经润州作。今从朱本。

【注释】

①守:毛本作"州"。涂:紫本、傅本、元本、百本均误作"途"。

②《文选》卷二九载李陵《与苏武》三首之三:"携手上河梁,游子暮何之。"后世多用"河梁"为送别之词。

③《后汉书》卷六八《许劭传》:"初,劭与靖俱有高名,好共覈论乡党人物,每月辄更其品题,故汝南俗有'月旦评'焉。"后称品评人物为"月旦"。

④高明玉:傅注:"莹也。"郑季庄:傅注:"容也。高莹、郑容皆南徐之名妓。"

⑤傅注:"江南地卑湿而多沮泽,故谓之水云乡,亦谓之水国。"

⑥曹操《蒿里行》:"生民百遗一,念之断人肠。"

采桑子

润州多景楼与孙巨源相遇①

多情多感仍多病,多景楼中。尊酒相逢②。乐事回头一笑空。　　停杯且听琵琶语③,细捻轻拢。醉脸春融④。斜照江天一抹红。

傅藻《东坡纪年录》："熙宁七年甲寅（1074），多景楼与孙巨源相遇作《采桑子》。"邹王本因之。《嘉定镇江志》卷十二《丹徒县·多景楼》："东坡先生，熙宁甲寅岁自杭过润，与孙巨源、王正仲会于此，赋'江天斜照'，传于乐府。"

【注释】

①傅本、元本、朱本、龙本、曹本题作"润州甘露寺多景楼，天下之殊景也。甲寅仲冬，余同孙巨源、王正仲参会于此。有胡琴者，姿色尤好。三公皆一时英秀，景之秀，妓之妙，真为希遇。饮阑，巨源请于余曰：'残霞晚照，非奇才不尽。'余作此词。"多景楼：《太平寰宇记》卷八九："多景楼在甘露寺内。"王象之《舆地纪胜》卷七《镇江府·景物下》："甘露寺在北固山，唐李德裕建。时甘露降此山，因名……中兴以来，郡守陈天麟作'多景楼'于其上。"孙巨源：《宋史》卷三二一《孙洙传》：孙洙字巨源，广陵人。未冠擢进士。包拯、欧阳修、吴奎举应制科，进策五十篇，指陈政体，明白剀切。韩琦读之，太息曰："恸哭流涕，极论天下事，今之贾谊也。"王安石主新法，多逐谏官御史，洙知不可，而郁郁不能有所言，但力求外补，得知海州。

②韩愈《赠郑兵曹》："尊酒相逢十载前，君为壮夫我少年。尊酒相逢十载后，我为壮夫君白首。"

③白居易《琵琶行》："今夜闻君琵琶语，如听仙乐耳暂明。"

④白居易《长恨歌》："玉楼宴罢醉和春。"

【汇评】

陈廷焯《云韶集》卷二：语亦别致，诗情画景。只此七字（指"斜照江天一抹红"句），便写出晚江景色来。

浣溪沙

忆　旧①

长记鸣琴子贱堂②。朱颜绿发映垂杨。如今秋鬓数茎霜。　　聚散交游如梦寐，升沈闲事莫思量。仲卿终不避桐乡③。

【题解】

朱本卷一："案《诗集》甲寅（熙宁七年，1074）十月，《次韵陈海州书怀》诗：'酒醒却忆儿童事，长恨双凫去莫攀。'自注：'陈尝令乡邑。'词当是同时作。"薛本、邹王本从之。时苏轼赴密州知州任途中路过海州，如据傅本、元本所题，则此词为苏轼赠海州知州陈某而作。孔《谱》则编元丰元年（1078）。

【注释】

①此据紫本、百本、毛本。傅本、元本题作"赠陈海州。陈尝为眉令，有政声"。陈海州：海州知州陈某，名佚。

②吕不韦《吕氏春秋》卷二一《开春论第一·察贤》："宓子贱治单父，弹鸣琴，身不下堂，而单父治。巫马期以星出，以星入，日夜不居，以身亲之，而单父亦治。巫马期问其故于宓子。宓子曰：'我之谓任人，子之谓任力；任力者故劳，任人者故逸。'宓子则君子矣。"

③《汉书》卷八九《循吏传》："朱邑字仲卿，庐江舒人也。少时为舒桐乡啬夫，廉平不苛，以爱利为行，未尝笞辱人，存问耆老孤寡，遇之有恩，所部吏民爱敬焉。迁补太守卒史，举贤良，为大司农丞，迁北海太守，以治行第一入为大司农……初邑病且死，属其子曰：'我故为桐乡吏，其民爱我，必葬我桐乡。后世子孙奉尝我，不如桐乡民。'及死，其子葬之桐乡西郭外，民果

共为邑起冢立祠,岁时祠祭,至今不绝。"

更漏子

送孙巨源

水涵空,山照市。西汉二疏乡里①。新白发,旧黄金。故人恩义深。　　海东头,山尽处。自古客槎来去。槎有信,赴秋期。使君行不归。

【题解】

王文诰《苏诗总案》卷一二系于熙宁七年十月《次韵陈海州乘槎亭》和《次韵陈海州书怀》诗之后,据此当为熙宁七年(1074)作于海州。孔《谱》即编熙宁七年十月,作于海州。朱本系于《醉落魄》(席上呈杨元素)之前,以此词于熙宁七年(1074)作于润州,龙本、曹本从之。邹王本考证其非,认为此词乃苏轼于熙宁七年十月作于楚州。保苅佳昭《苏轼词编年考》亦云:"我们一看这首词,就会觉得这是苏轼在海州送别孙巨源将离开海州的时候作的。但是笔者认为,这首词不一定是在海州作的。苏轼在这首词里使用乘槎的典故……肯定遵守这个典故的'秋天'的季节……但是苏轼和孙巨源熙宁七年在润州见面之时,季节已是冬天。因为苏轼是熙宁七年九月下旬离开的杭州。那,苏轼为何在冬天特意使用秋天的典故来作这《更漏子》词呢? 那就是因为这《更漏子》并不是苏轼在海州面临巨源将要离开海州而作的,而是在别的地方想象巨源曾经离开海州的场面而写的。"石唐本则据词中"西汉二疏乡里",认为当是送孙洙赴海州时作。

【注释】

①《汉书》卷七一《疏广传》:"疏广字仲翁,东海兰陵人也……地节三年,立皇太子,选丙吉为太傅,广为少傅。数月,吉迁御史大夫,广徙为太

傅，广兄子受字公子，亦以贤良举为太子家令……顷之，拜受为少傅。父子并为师傅，朝廷以为荣……广遂称笃，上疏乞骸骨。上以其年笃老，皆许之，加赐黄金二十斤，皇太子赠以五十斤。公卿大夫故人邑子设祖道，供张东都门外，送者车数百两，辞决而去。及道路观者皆曰：'贤哉二大夫！'或叹息为之泣下。广既归乡里，日令家共具设酒食，请族人故旧宾客，与相娱乐。数问其家金余尚有几所，趣卖以供具。"

沁园春①

孤馆灯青，野店鸡号②，旅枕梦残。渐月华收练，晨霜耿耿③，云山摛锦④，朝露漙漙⑤。世路无穷，劳生有限，似此区区长鲜欢。微吟罢，凭征鞍无语，往事千端。　　当时共客长安。似二陆初来俱少年⑥。有笔头千字，胸中万卷⑦，致君尧舜⑧，此事何难。用舍由时，行藏在我⑨，袖手何妨闲处看。身长健，但优游卒岁⑩，且斗尊前。

【题解】

傅藻《东坡纪年录》："熙宁七年甲寅（1074）十月赴密州，早行马上作《沁园春》。"王文诰《苏诗总案》卷一二："公时由海州赴密，不复绕道至齐一视子由，故其词如此耳。"薛本、邹王本因之。孔《谱》编熙宁七年十一月，作于自杭州北上赴密州途中，时苏辙授齐州（今山东济南）书记。

【注释】

①原紫本、百本、毛本无题，元本题作"赴密州早行马上寄子由"。傅本只存"有笔头千字"以下部分。子由：《宋史》卷三三九《苏辙传》："苏辙字子由，年十九，与兄轼同登进士科，又同策制科……崇宁中，蔡京当国，又降朝请大夫，罢祠，居许州，再复太中大夫致仕。筑室于许，号颍滨遗老，自作传

万余言,不复与人相见。终日默坐,如是者几十年。政和二年卒,年七十七。"

②温庭筠《商山早行》:"鸡声茅店月,人迹板桥霜。"

③耿耿:明亮貌。谢朓《暂使下都夜发新林至京邑赠西府同僚》:"秋河曙耿耿,寒渚夜苍苍。"

④摛锦:如锦缎展开。班固《西都赋》:"若摛锦布绣,烛耀乎其陂。"

⑤泠泠:露多貌。元本作"团团"。《诗经·郑风·野有蔓草》:"野有蔓草,零露泠兮。"

⑥《晋书》卷五四《陆云传》:"(陆云)少与兄机齐名,虽文章不及机,而持论过之,号曰'二陆'。"

⑦杜甫《奉赠韦左丞丈二十二韵》:"读书破万卷,下笔如有神。"

⑧杜甫《奉赠韦左丞丈二十二韵》:"致君尧舜上,再使风俗淳。"

⑨《论语·述而》:"子谓颜渊曰:'用之则行,舍之则藏,惟我与尔有是夫。'"

⑩《左传·襄公二十一年》引诗:"优哉游哉,聊以卒岁。"

【汇评】

《遗山先生文集》卷三十六《东坡乐府集选引》:绛人孙安常《注坡词》:就中"野店鸡号"一篇,极害义理,不知谁所作,世人误为东坡。而小说家又以神宗之言实之,云:"神宗闻此词,不能平,乃贬坡黄州,且言教苏某闲处袖手,看朕与王安石治天下。"安常不能辨,复收之集中。如"当时共客长安……闲处看"之句,其鄙俚浅近,叫呼衔鬻,殆市驵之雄,醉饱而后发之。虽鲁直家婢仆且羞道,而谓东坡作者,误矣。

永遇乐

寄孙巨源①

长忆别时,景疏楼上②,明月如水。美酒清歌,留连不住,月随人千里③。别来三度,孤光又满,冷落共谁同醉。卷珠帘,凄然顾影,共伊到明无寐。　　今朝有客,来从淮上④,能道使君深意。凭仗清淮,分明到海,中有相思泪。而今何在,西垣清禁⑤,夜永露华侵被。此时看,回廊晓月,也应暗记。

【题解】

傅藻《东坡纪年录》:"熙宁七年甲寅,海州寄巨源作。"朱本据此编于甲寅(熙宁七年,1074),并云作于十一月十五日,龙本、曹本、石唐本、孔《谱》从之。王文诰《苏诗总案》卷一三系此词于熙宁八年乙卯(1075)正月,并案:"此词有'别来三度,孤光又满'句,乃与巨源相别三月而客至东武,为道巨源寄语,故作此词……此词作于乙卯,确不可易。"薛本从之,并云傅本所引的"公自序"(见注①)"错乱无绪"、"绝非公自撰",疑为后人妄传,好事者又以公自序名之","因公十一月三日已至密州",因此,这首词是"十月"后的三个月,即熙宁八年正月在密州所作。张志烈《苏轼由杭赴密词杂议》则云:"本词词序是可靠的。其唯一错谬,在于后人于'十'字下误添'一'字,变成'十一月十五日到海州',以致产生许多混乱。倘去'一'字,则全序全词与苏、孙行踪皆可吻合无间;孙以八月十五日离海州回老家扬州,东坡九月下旬离杭,二人相会润州,然后同舟北上,至楚州分别;东坡十月十五日到海州,与新任知州、原曾为眉山县令的陈某相会于景疏楼,其后作此词寄孙。"故断此词为熙宁七年十月十五日作于海州,邹本认为此说较为可信,故从之。

保苅佳昭《苏轼词编年考》则从词的正文寻找编年的头绪。他从词的下片,认为"使君"当时在开封,苏轼在沿海地区,季节是秋天或冬天。这正与傅本引"公自序"相合。"十一月十五日"是冬天,"海州"是沿海的地方。"孙巨源以八月十五日离海州,已经不在海州,而在开封担任同修起居注、知制诰。所以苏轼作了这首词,'以寄巨源。'"至于苏轼到密州任所的时间,孔《谱》曾提出新说,根据苏轼《与通长老》的两封信和《苏诗佚注》引施注,认为苏轼到密州任所是十二月三日。保苅佳昭另寻证据,即《采桑子·

76

润州多景楼与与孙巨源相遇》词的《傅注》引《本事集》的记载:"润州甘露寺多景楼,天下之殊景。甲寅仲冬,苏子瞻、孙巨源、王正仲参会于此。""甲寅仲冬"即熙宁七年十一月,苏轼尚在润州,可证苏轼不可能十一月三日到任密州,而只能是十二月三日。苏轼十一月初离开润州,然后经过扬州、高邮、楚州,十五日到海州,十二月三日到密州任所。因此,这首词是熙宁七年十一月在海州所作的。

【注释】

①傅本题作:"公自序云:孙巨源以八月十五日离海州,坐别于景疏楼上,既而与余会于润州,至楚州乃别。余以十一月十五日至海州,与太守会于景疏楼上,作此词以寄巨源。"元本、朱本、龙本、曹本无"公自序云"。海州:《九域志》:"淮南东路海州,治朐山县。北至密州四百五十里。"

②景疏楼:宋人叶祖洽因仰慕汉人疏广、疏受而建。

③谢庄《月赋》:"美人迈兮音尘阙,隔千里兮共明月。"

④淮上:毛本作"淮上",元本、朱本、龙本、曹本作"滩上"。滩:通"睢"。《括地志》:"睢水首受浚仪县浪荡渠水,东经临虑县入泗。"

⑤西垣:中书省别称西台、西掖、西垣。刘桢《赠徐干诗》:"谁谓相去远,隔此西掖垣。"清禁:皇宫。《风俗通义》卷五《十反》:"臣愿陛下思周旦之言,详左右清禁之内,谨供养之官,严宿卫之身。"

乙编 ｜

知密、徐、湖至贬
黄州之前的词作

雨中花^①

今岁花时深院,尽日东风,荡飏茶烟^②。但有绿苔芳草,柳絮榆钱^③。闻道城西,长廊古寺,甲第名园。有国艳带酒,天香染袂^④,为我留连。　　清明过了,残红无处,对此泪洒尊前。秋向晚,一枝何事,向我依然。高会聊追短景^⑤,清商不暇余妍^⑥。不如留取,十分春态,付与明年。

【题解】

傅藻《东坡纪年录》:"熙宁八年乙卯(1075),以旱蝗斋素,方春,牡丹盛开,不获赏,九月忽开一朵,雨中特置酒,作《雨中花》。"孔谱即云:熙宁八年九月,密州咏秋日牡丹。

【注释】

①毛本调作《雨中花慢》。傅本调下有题注:"公初至密州,以累岁旱蝗,斋素累月,方春,牡丹盛开,遂不获一赏。至九月,忽开千叶一朵,雨中特为置酒,遂作此词。"元本、朱本、龙本、曹本删"公"及"此词"三字,变题注为词序。二妙集、毛本改作"初至密州,以旱蝗,斋素者累月。方春,牡丹盛开,不获一赏,至九月,忽开千叶一朵,雨中为置酒作。"明刊全集题作"牡丹菊"。

②杜牧《题禅院》:"今月鬓丝禅榻畔,茶烟轻飏落花风。"

③柳絮:杨伯嵒《臆乘》:"柳花与柳絮迥然不同。生于叶间成穗作鹅黄色者,花也;迨花既开,就蒂结实,其实之熟,乱飞如绵者,絮也。古今吟咏,往往以絮为花,以花为絮,略无分别,可发一笑。"杜甫《绝句漫兴九首》之五:"颠狂柳絮随风去,轻薄桃花逐水流。"榆钱:《本草纲目》卷三五《木·榆》:"(榆)未生叶时,枝条间先生榆荚,形状似钱而小,色白成串,俗呼榆

钱。"庾信《燕歌行》:"桃花颜色好如马,榆荚新开巧似钱。"

④李濬《松窗杂录》:"明皇殿内赏牡丹,问侍臣曰:'牡丹诗谁为首?'奏曰:'李正封诗曰:国色朝含雨,天香夜染衣。'帝谓妃子曰:'妆台前宜饮一紫金盏酒,则正封之诗可知矣。'"

⑤短景:秋日之景。杜甫《从驿次草堂复至东屯二首》之二:"短景难高卧,衰年强此身。"

⑥清商:秋风。张载《七哀诗二首》之二:"秋风吐商气,萧瑟扫前床。"《文选》注:"王逸《楚辞注》曰:'商风,西风也,秋气起,则西风急驰。'"潘岳《悼亡诗三首》之二:"清商应秋至,溽暑随节阑。"

【汇评】

刘熙载《艺概》卷四:词有尚风,有尚骨。欧公《朝中措》云:"手种堂前杨柳,别来几度春风。"东坡《雨中花慢》云:"高会聊追短景,清商不假余妍。"孰风孰骨可辨。

河满子

湖州作①

见说岷峨凄怆②,旋闻江汉澄清。但觉秋来归梦好,西南自有长城③。东府三人最少④,西山八国初平⑤。　　莫负花溪纵赏⑥,何妨药市微行⑦。试问当垆人在否⑧,空教是处闻名。唱著子渊新曲⑨,应须分外含情。

【题解】

朱本编熙宁七年甲寅(1074),薛本、邹王本均考证其非,认为熙宁九年丙辰(1076)秋作于密州。孔《谱》编熙宁九年四月二十三日,时苏轼知密州,非湖州作。熙宁九年四月,冯京知成都,兼成都利州路安抚使。十月,京迁知院。此词乃贺冯京知成都作。

【注释】

①紫本、百本、毛本题"湖州作"。傅本题"湖州作,寄益守冯当",当夺"世"字。元本题"湖州寄南守冯当世"。邹王本云:"冯京(当世)确曾知成都府,时在熙宁九年四月至十月之间。此时作者任密州知府,不在湖州,故'湖'当为'密'之讹。"冯当世:《宋史》卷三一七《冯京传》:"冯京字当世,鄂州江夏人。少隽迈不群,举进士,自乡举、礼部以至廷试,皆第一……试知制诰。避妇父富弼嫌,拜龙图阁待制、知扬州。改江宁府,以翰林侍读学士召还,纠察在京刑狱。为翰林学士,知开封府……数与安石辩论,又荐刘攽、苏轼掌外制。"

②杜甫《剑门》:"珠玉走中原,岷峨气凄怆。"仇兆鳌注:"民苦须索,故愁怨结而山含凄怆。"

③《新唐书》卷九三《李勣传》:"(李勣)治并州十六年,以威肃闻。帝尝曰:'炀帝不择人守边,劳中国筑长城以备虏。今我用勣守并,突厥不敢南,贤长城远矣!'"此指冯京。

④东府:宋代以中书门下掌管政务,称东府;以枢密院专管军政,为西府,合称二府,为最高国务机关。《宋史》卷一六二《职官志》二:"宋初,循唐、五代之制,置枢密院,与中书对持文武二柄,号为'二府'。院在中书之北,印有'东院'、'西院'之文,共为一院,但行东院印。"熙宁三年九月,冯京拜参知政事,年五十,此时韩绛五十九岁,王安石五十岁,三人之中以冯京与王安石为最少,故称"东府三人最少"。

⑤《新唐书》卷一五八《韦皋传》:"韦皋字城武,京兆万年人……贞元初,代张延赏为剑南节度使……蛮部震服……于是西山羌女、诃陵、南水、白狗、逋租、弱水、清远、咄霸八国酋长,皆因皋请入朝……乃诏皋统押近界诸蛮、西山八国、云南安抚使。"

⑥傅注:"西蜀游赏始正月上元日,终四月十九日,而浣花溪为最盛集。"

⑦《方舆胜览》卷五一《成都府路·风俗》:"五月鬻香药于观街者号药市。"傅注:"益州有药市,期以七月,四远皆集。其药物品甚众,凡三月而

罢,好事者多市取之。"按陆游《老学庵笔记》卷六云:"成都药市以玉局化为最盛,用九月九日。杨文公《谈苑》云七月七日,误也。"

⑧《汉书》卷五七《司马相如传》:"文君夜亡奔相如,相如与驰归成都。家徒四壁立……相如与俱之临邛,尽卖车骑,买酒舍,乃令文君当垆。相如身著犊鼻裈,与庸保杂作,涤涤器于市中。"

⑨《汉书》卷六四《王褒传》:"王褒字子渊,蜀人也……益州刺史王襄欲宣风化于众庶,闻王褒有俊材,请与相见,使褒作《中和》、《乐职》、《宣布诗》,选好事者令依《鹿鸣》之声习而歌之。时汜乡侯何武为僮子,选在歌中。久之,武等学长安,歌太学下,转而上闻。宣帝召见武等观之,皆赐帛,谓曰:'此盛德之事,吾何足以当之。'褒既为刺史作颂,又作其传,益州刺史因奏褒有轶材。上乃徵褒。"

减字木兰花

本事集云:钱塘西湖,有诗僧清顺①居其上,自名藏春坞。门前有二古松,各有凌霄花②络其上,顺常昼卧其下。子瞻为郡,一日屏骑从过之,松风骚然。顺指落花觅句,子瞻为赋此词③

双龙对起。白甲苍髯烟雨里。疏影微香,下有幽人昼梦长。　　湖风清软,双鹊飞来争噪晚。翠飐红轻④。时下凌霄百尺英。

【题解】

王文诰《苏诗总案》据杨绘《本事集》所载编此词于元祐五年庚午(1090),朱本、龙本、石唐本、薛本均从之。邹王本辨其非,认为熙宁七年甲寅(1074)夏作于杭州。孔《谱》则编熙宁六年(1073)。

①《苏轼文集》卷七十二《可久清顺》:"祥符寺可久、垂云、清顺三阇梨,皆予监郡日所与往还诗友也。清介贫甚,食仅足,而衣几于不足也,然未尝有忧色。老矣,不知尚健否?"《冷斋夜话》:"西湖僧清顺,字怡然,清苦多佳句,东坡亦与游,多唱和。"

②龙笺引《本草图经》:"凌霄花多生山中,人家园圃亦或种莳。初作藤依大木,至其颠而有花,色黄赤,夏中乃盛如锦绣,不可仰望,露滴目中,有失明者。"

③傅本此注在词末。元本、毛本删去"本事集云"四字。元本改"居其上自名"为"所居"、"子瞻为郡"作"时余为郡"、"觅句"作"求韵"、"子瞻为赋此词"作"余为赋此"。朱本、龙本、曹本从元本。

④轻:傅本作"倾",元本注:"一作倾。"翠颭:《诗经·小雅·苕之华》:"苕之华,其叶青青。"颭:《说文》:"风吹浪动也。"红轻:吴融《杏花》:"粉薄红轻掩敛羞,花中占断得风流。"

蝶恋花

密州上元①

灯火钱塘三五夜②。明月如霜,照见人如画。帐底吹笙香吐麝。此般风味应无价③。　　寂寞山城人老也。击鼓吹箫,乍入农桑社④。火冷灯希霜露下。昏昏雪意云垂野。

【题解】

傅藻《东坡纪年录》:"熙宁八年乙卯(1075),公在密州,上元作《蝶恋花》。"孔《谱》、薛本、邹王本从之。苏轼熙宁七年(1074)十二月来到密州知州任所,次年正月十五日,苏轼在元宵节时填此词怀念杭州时的生活。

①《资治通鉴》卷二五七《唐纪·僖宗光启三年》:"郑杞、董瑾谋因中元夜,邀高骈至其第建黄箓斋。"胡三省注:"道书以正月十五为上元,七月十五为中元,十月十五为下元。"

②《古诗十九首》之十七:"三五明月满,四五蟾兔缺。"

③元本、朱本、龙本、曹本作"更无一点尘随马"。

④《周礼注疏》卷一二:"以雷鼓鼓神祀,以灵鼓鼓社祭。"注:"社祭,祭地祇也。"

江神子

公之夫人王氏先卒,味此词,盖悼亡也①

十年生死两茫茫。不思量。自难忘。千里孤坟②,无处话凄凉。纵使相逢应不识,尘满面,鬓如霜。　　夜来幽梦忽还乡③。小轩窗。正梳妆。相顾无言,惟有泪千行。料得年年断肠处,明月夜,短松冈④。

【题解】

傅藻《东坡纪年录》:"熙宁八年乙卯(1075),(正月)二十日,记梦作《江神子》。"王文诰《苏诗总案》卷一三:"词注谓公悼亡之作,考通义君卒于治平二年乙巳(1065),至是熙宁八年乙卯正十年也。"苏轼妻王弗,眉州青神人,治平二年五月卒于京师,时年二十七岁。次年六月,归葬于眉州彭山县安镇乡可龙里苏轼父母墓侧。见《苏轼文集》卷十五《亡妻王氏墓志铭》。

【注释】

①傅本不载。元本题作"乙卯正月二十日记梦"。此据紫本。元本调作《江城子》。

②《苏轼文集》卷十五《亡妻王氏墓志铭》："治平二年五月丁亥,赵郡苏轼之妻王氏,卒于京师。六月甲午,殡于京城之西。其明年六月壬午,葬于眉之东北彭山县安镇乡可龙里先君先夫人墓之西北八步。轼铭其墓曰:君讳弗,眉之青神人,乡贡进士方之女。生十有六年,而归于轼。有子迈。"

③李商隐《银河吹笙》："重衾幽梦他年断,别树羁雌昨夜惊。"

④孟棨《本事诗·征异第五》："开元中有幽州衙将姓张者,妻孔氏,生五子,不幸去世。复娶妻李氏,悍怒狠戾,虐遇五子,日鞭棰之。五子不堪其苦,哭于其葬,母忽于冢中出,抚其子,悲恸久之,因以白布巾题诗赠张,曰:不忿成故人,掩涕每盈巾。……欲知肠断处,明月照孤坟。"

【汇评】

唐圭璋《唐宋词简释》:此首为悼亡之作。真情郁勃,句句沉痛,而音响凄厉,诚后山所谓"有声当彻天,有泪当彻泉"也。起言死别之久。"千里"两句,言相隔之远。"纵使"二句,设想相逢不识之状。下片,忽折到梦境,轩窗梳妆,犹是十年以前景象。"相顾"两句,写相逢之悲,与起句"生死两茫茫"相应。"料得"两句,结出"肠断"之意。"明月""松冈",即"千里孤坟"之所在也。

江神子

猎 词①

老夫聊发少年狂。左牵黄。右擎苍②。锦帽貂裘,千骑卷平冈。为报倾城随太守③,亲射虎,看孙郎④。 酒酣胸胆尚开张。鬓微霜。又何妨。持节云中,何日遣冯唐⑤。会挽雕弓如满月,西北望,射天狼⑥。

【题解】

《苏轼文集》卷五十三《与鲜于子骏》："近却颇作小词,虽无柳七郎风味,亦自是一家。呵呵。数日前,猎于郊外,所获颇多。作得一阕,令东州壮士抵掌顿足而歌之,吹笛击鼓以为节,颇壮观也。写呈取笑。"傅藻《东坡纪年录》:"熙宁八年乙卯(1075)冬,祭常山回,与同官习射放鹰,作诗《和梅户曹会猎铁沟》,又作《江神子》。"

【注释】

①紫本题"猎词"。傅本题"密州出猎"。

②《南史》卷三一《张充传》:"充字延符,少好逸游。绪尝告归至吴,始入西郭,逢充猎,右臂鹰,左牵狗。遇绪船至,便放绁脱鞲拜于水次。"

③《诗经·郑风·叔于田》:"叔于田,巷无居人。"

④《三国志》卷四七《吴书·吴主传》:"(建安)二十三年十月,权将如吴,亲乘马射虎于庱亭(今江苏丹阳东)。马为虎所伤,权投以双戟,虎却废,常从张世击以戈,获之。"

⑤云中:《元和郡县图志》卷四:"云中故城,在(榆林)县东北四十里。"今内蒙古自治区托克托县及山西北部。冯唐:《汉书》卷五十《冯唐传》:"愚(冯唐)以为陛下法太明,赏太轻,罚太重。且云中守尚坐上功首虏差六级,陛下下之吏,削其爵,罚作。繇此言之,陛下虽得李牧,不能用也。臣诚愚,触忌讳,死罪。文帝说。是日,令唐持节赦魏尚,复以为云中守,而拜唐为车骑都尉,主中尉及郡国车士。"

⑥《史记正义》:"狼一星,参东南。狼为野将,主侵掠。"《楚辞·九歌·东君》:"青云衣兮白霓裳,举长矢兮射天狼。"

减字木兰花

送东武令赵晦之①

贤哉令尹。三仕已之无喜愠②。我独何人。犹把虚名玷搢绅。　　不如归去。二顷良田无觅处③。归去来兮④。待有良田是几时。

傅藻《东坡纪年录》:"熙宁八年乙卯(1075),送东武令赵晦之归海州作《减字木兰花》。"孔《谱》、邹王本从之。《苏轼诗集》卷十三有《送赵寺丞寄陈海州》云:"莫忘冲雪送君时。"词亦当作于是年冬。

【注释】

①傅本题作"送东武令赵晦之失官归海州"。元本、朱本、龙本、曹本题作"送东武令赵昶失官归海州"。东武:今山东诸城。《元和郡县图志》卷一一:"诸城县,本汉东武县也,属琅邪郡……隋开皇十八年,改东武为诸城县。"赵晦之:名昶,本蜀人,因其父棠曾官南海(今广州市),遂为南海人。曾任楚州团练判官,后以大理寺丞知藤州。时罢东武令归涟水,苏轼作此词及《送赵寺丞寄陈海州诗》送行。

②《论语·公冶长》:"令尹子文三仕为令尹,无喜色;三已之,无愠色。"

③《史记》卷六九《苏秦列传》:"苏秦喟然叹曰:'此一人之身,富贵则亲戚畏惧之,贫贱则轻易之,况众人乎!且使我有洛阳负郭良田二顷,吾岂能佩六国相印乎!'"

④陶渊明《归去来兮辞》:"归去来兮,田园将芜,胡不归?"

减字木兰花

送赵令①

春光亭下。流水如今何在也②。岁月如梭③。白首相看拟奈何。　　故人重见。世事年来千万变。官况阑珊④。惭愧青松守岁寒⑤。

【题解】

朱本、龙本未编年,曹本编元祐七年(1092)自颖州赴扬州任所途中,三月十二日抵泗州，赵晦之从海州来迎时所作。石唐本编元丰八年(1085)六月起知登州，十月过海州涟水，送赵令晦之作。薛本云元祐六年(1091)四月，自杭还朝过高邮，赵晦之为高邮令，词当作于是时。刘崇德《苏词编年考》编熙宁八年(1075)岁末，是作给赵伯成而非赵晦之的。吴雪涛《苏词编年考辨两则》编熙宁八年冬，孔《谱》编熙宁八年十一月，与《减字木兰花》(玉觞无味)编于同时。邹王本考证为熙宁八年冬在密州送赵晦之罢诸城令归海州作，保苅佳昭也经过详细考证后认为词是熙宁八年冬苏轼在密州送别赵晦之时所作，今从之。

【注释】

①傅本题作"送赵令晦之"。此据紫本、百本、元本、毛本。

②杜牧《题安州浮云寺楼寄湖州张郎中》："当时楼下水，今日知何处？"

③魏文帝《善哉行》："今我不乐，岁月其驰。"钱起《伤秋》："岁去人头白，秋来树叶黄。"

④李中《吉水县依韵酬华松秀才见寄》："官况萧条在水村，吏归无事好论文。"

⑤《论语·子罕》："岁寒，然后知松柏之后凋也。"

蝶恋花

密州冬夜文安国席上作①

帘外东风交雨霰②。帘里佳人，笑语如莺燕。深惜今年正月暖。灯光酒色摇金盏。　　掺鼓渔阳挝未遍③。舞褪琼钗，汗湿香罗软。今夜何人吟古怨。清诗未就冰生砚④。

【题解】

王文诰《苏诗总案》卷一四："熙宁九年丙辰(1076)，正月春夜文勋席上，作《蝶恋花》词。"薛本、邹王本因之。孔《谱》：熙宁九年正月十三日。词云："深惜今年正月暖"，词题"冬夜"或为"春夜"之误，盖已近新年上元矣。

【注释】

①元本、朱本、龙本、曹本题作"微雪，有客善吹笛击鼓者。方醉中，有人送苦寒诗求和，遂作此答之"。文安国：名勋，庐江人。陶宗仪《书史会要》卷六："文勋，字安国，不知何许人，官至太府寺丞，善论难剧谈。其篆画方严劲正，未尝妄作一笔。"苏轼《文勋篆赞》："世人篆字，隶体不除。如浙人语，终老带吴。安国用笔，意在隶前。汲冢鲁壁，周鼓秦山。"

②《诗经·小雅·頍弁》："如彼雨雪，先集维霰。"郑笺："将大雨雪，始必微温。雪自上，下遇温气而抟谓之霰。"

③《后汉书》卷八十《祢衡传》："融既爱衡才，数称述于曹操。操欲见之，而衡素相轻疾，自称狂病，不肯往，而数有恣言。操怀忿，而以其才名，不欲杀之。闻衡善击鼓，乃召为鼓吏，因大会宾客，阅试音节。诸史过者，皆令脱其故衣，更著岑牟单绞之服。次至衡，衡方为《渔阳》参挝，蹀躞而前，容态有异，声节悲壮，听者莫不慷慨。"李贤注："挝及挝并击鼓杖也。参挝是击鼓之法。"

④就：元本、朱本、龙本、曹本作"了"。

满江红

正月十三日送文安国还朝①

天岂无情，天也解、多情留客。春向暖、朝来底事，尚飘轻雪。君过春来纤组绶②，我应归去耽泉石③。恐异时、杯酒忽相思，云山隔。　　浮世事，俱难必。人纵健，头应白。何辞更一醉，此欢难觅。欲向佳人诉离恨，泪珠先已凝双睫。但莫遣、新燕却来时，音书绝④。

《孔谱》编熙宁九年(1076)正月十三日。薛本也认为与前阕作于同时。文勋,字安国,庐江人。历瑞金县尉、缙云令,元祐末官至太府寺丞。善画山水,其篆书尤有名。黄庭坚《豫章文集》卷十四有《文勋真赞》。时以事至密州。

【注释】

①傅本夺"三"字。傅本、元本、朱本、龙本、曹本"日"后多"雪中"二字。紫本误"文"作"姜"。二妙集无"安"字。

②组绶:古代官员佩玉为饰,系玉之丝带称组绶。《礼记正义》卷三十《玉藻》:"天子佩白玉而玄组绶,公侯佩山玄玉而朱组绶,大夫佩水苍玉而纯组绶。"

③《梁书》卷三十《徐摛传》:"摛年老,又爱泉石,意在一郡,以自怡养。"

④《艺文类聚》卷九九引《田俅子》:"少昊之时,赤燕一羽而飞集少昊氏之户,遗其丹书。"江淹《杂诗》三十首之二《拟李陵》:"袖中有短书,愿寄双飞燕。"

一丛花①

今年春浅腊侵年②。冰雪破春妍。东风有信无人见,露微意、柳际花边。寒夜纵长,孤衾易暖,钟鼓渐清圆。　　朝来初日半含山。楼阁淡疏烟。游人便作寻芳计,小桃杏、应已争先。衰病少情,疏慵自放③,惟爱日高眠。

【题解】

朱本、龙本未编年,曹本编熙宁六年(1073)春,作于杭州。陈迩冬《苏轼词选》认为是元丰六年(1083)初作于黄州。刘崇德《苏词编年考》云:"词

92

题云‘初春病起’，词中又有‘衰病少情’句，明言作者早春曾一度患病。苏轼有《立春日，病中邀安国，仍请率禹功同来。仆虽不能饮，当请成伯主会，某当杖策倚几于其间，观诸公醉笑，以拨滞闷也》二诗，王文诰于此诗编年时提到：‘《续资治通鉴长编》载熙宁八年闰四月，其下年立春适在岁除之时。’据此，上年逢闰，立春日延至腊底，故熙宁九年恰为词中所说‘今年春浅腊侵年’。诗第二首云：‘斋居卧病禁烟前，辜负名花已一年。此日使君不强喜，早春风物为谁妍。’其一云：‘孤灯照影夜漫漫，拈得花枝不忍看。’写卧病，惜花，与词意亦相符合，用韵也一致。综合上述，此词当作于熙宁九年(1076)早春。”邹王本从之，薛本亦云作于此时“确不可移”。

【注释】

①紫本无题，傅本、元本、朱本、龙本、曹本有题“初春病起”。

②张说《晦日》：“晦日嫌春浅，江浦看湔衣。”

③白居易《闲夜咏怀因招周协律刘薛二秀才》：“世名检束为朝士，心性疏慵是野夫。”

【汇评】

沈际飞《草堂诗余新集》卷三：清圆说钟鼓，奇。

陈廷焯《云韶集》卷一二：闲雅不趋时俗。

王昶《明词综》卷二引《古今词话》：《一丛花》咏初春云：“东风有信无人见，露微意、柳际花边。”尤觉妥帖轻圆也。

俞陛云《唐五代两宋词选释》：春初病起，信笔书怀，当此花边柳际，裙屐争赴春游，而自放者日高犹卧，有此淡逸之怀，出以萧散之笔，遂成雅调。

殢人娇

戏邦直①

别驾来时②，灯火荧煌无数。向青琐、隙中偷觑③。元来便是，共彩鸾仙侣④。方见了，管须低声说与。　　　百子流苏⑤，千枝宝炬⑥。人间有、洞房烟雾⑦。春来何事，故抛人别处。坐望断，楼中远山归路。

朱本卷一编熙宁九年丙辰(1076)春，作于密州："案《诗集》，丙辰春，有《和(当为答)邦直诗》，施注：邦直名清臣，魏人。居高密时，以京东提刑按部至密也。又《次韵李邦直感旧诗》注：感旧诗有'入梦'、'还乡'之戏。东坡又为长短句云'谁教幽梦里，插池花'，亦此意也。"薛本、邹王本从之。

【注释】

①《苏轼诗集》卷十四《答李邦直》施注："李邦直，名清臣，魏人……邦直早以词藻受知人主，然志于利禄，谋国无公心，一意欲取宰相，故操持悖谬，竟不如愿以死。后追治其罪，贬雷州司户。邦直居高密时，以京东提刑行部至密也。"

②别驾：汉置官名，为州刺史之佐吏，亦称别驾从事史。从刺史行部别乘传车，故谓之别驾。历代因之。隋、唐尝改别驾为长史，旋复为别驾。宋改置诸州通判，近似别驾之职。

③《世说新语·惑溺》："韩寿美姿容，贾充辟以为掾。充每聚会，贾女于青琐中看见寿，说之，恒存怀想，发于吟咏。后婢往寿家，具述如此，并言女光丽。寿闻之心动，遂请婢潜修音问，及期往宿。"

④傅注引《传奇集》："大和末，有书生文箫游钟陵，因中秋许仙君上升日，吴蜀楚越士女骈集，生亦往焉。忽遇一姝，风韵出尘，吟诗曰：'若能相伴陟仙坛，应得文箫驾彩鸾。自有绣襦并甲帐，琼台不怕雪霜寒。'生曰：'吾姓名其兆乎？此必神仙之俦侣也。'夜四鼓，姝与三四辈，独秉烛登山。生潜蹑其后。姝觉，回首曰：'岂非文箫邪？'至绝顶，乃知其为女仙矣。彩鸾与生有凤契，遂同归钟陵，仅十载，后至会昌间，遂入越王山，各乘一虎，登仙而去。"

⑤程大昌《演繁露》卷一三"百子帐"："唐人昏礼多用百子帐。"傅注："《倦游录》：流苏者，乃盘线绘绣之球，五色错为之，同心而下垂者是也。今

此谓流苏者,乃百子帐之流苏也,盖昔人以流苏系帐之四隅为饰耳。"

⑥李贺《河阳歌》:"觥船饫口红,宝炬千枝烂。"

⑦杜甫《郑附马宅宴洞中》:"主家阴洞细烟雾,留客夏簟清琅玕。"

望江南

暮　春①

春未老,风细柳斜斜。试上超然台上看②,半壕春水一城花。烟雨暗千家。　　寒食后③,酒醒却咨嗟。休对故人思故国,且将新火试新茶④。诗酒趁年华。

【题解】

傅藻《东坡纪年录》编于熙宁八年乙卯(1075),薛本、邹王本均辨其非,认为熙宁九年丙辰(1076)春作于密州。孔《谱》亦编是年。此词与后首一言"春未老",一言"春已老",盖为同时作。超然台,在密州郡圃之北,因城以为台。苏轼《超然台记》末署"熙宁九年三月三日东武两斋书"。后一首"春已老"中"寒食后"、"且将新火试新茶"很明显是言寒食、清明节。

【注释】

①傅本作"超然台作",毛本无题。此据紫本。

②超然台:《苏轼文集》卷十一《超然台记》:"余既乐其风俗之淳,而其吏民亦安予之拙也,于是治其园圃,洁其庭宇,伐安邱、高密之木以修补破败,为苟完之计。而园之北,因城以为台者旧矣,稍葺而新之。时相与登览,放意肆志焉……方是时,余弟子由适在济南,闻而赋之,且命其台曰超然。以见余之无所往而不乐者,盖游于物之外也。"

③宗懔《荆楚岁时记》:"去冬节一百五日,即有疾风甚雨,谓之寒食,禁火三日,造饧大麦粥。据历,合在清明前二日,亦有去冬至一百六日者。

《琴操》曰：'晋文公与介子绥俱亡，子绥割股以啖文公。文公复国，子绥独无所得。子绥作龙蛇之歌而隐。文公求之，不肯出，乃燔左右木，子绥抱木而死。文公哀之，令人五月五日不得举火。'"

④胡仔《苕溪渔隐丛话·前集》卷四六引《学林新编》："茶之佳品，造在社前；其次则火前，谓寒食前也；其下则雨前，谓谷雨前也。"

【汇评】

俞陛云《唐五代两宋词选释》："春水"两句，超然台之景宛然在目。下阕故人故国，触绪生悲，新火新茶，及时行乐，以此易彼，公诚达人也。

望江南

暮　春①

春已老，春服几时成②。曲水浪低蕉叶稳③，舞雩风软纻罗轻④。酣咏乐升平⑤。　　微雨过，何处不催耕⑥。百舌无言桃李尽⑦，柘林深处鹁鸠鸣⑧。春色属芜菁⑨。

【题解】
同上首。

【注释】
①傅本、元本、朱本、龙本、曹本无题。此据紫本、毛本。

②《论语·先进》："莫春者，春服既成，冠者五六人，童子六七人，浴乎沂，风乎舞雩，咏而归。"

③曲水：古代习俗，于农历三月上旬巳日，在水滨宴乐，以袚除不祥，称为曲水。

④《水经注》卷二五《泗水》："沂水北对稷门，亦名高门，亦曰雩门。门南隔水，有雩坛，坛高三丈，曾点所欲风舞处也。"

⑤咏：傅本作"歌"。宋之问《寒食还陆浑别业》："野老不知尧舜力，酣歌一曲太平人。"

⑥古有官吏催耕之制。《周礼·鄹长》："鄹长各掌其鄹之政令……趣其耕耨，稽其女功。""里宰掌其邑之众寡……以治稼穑，趣其耕耨，行其秩叙，以待有司之政令。"

⑦《虫会》："鸣禽，伯劳之一种，一名反舌，似伯劳而小……鸣声圆滑，人或畜之，至冬则死。"杜甫《百舌》："百舌来何处，重重只报春。"

⑧陆玑《毛诗草木鸟兽虫鱼疏》下"宛彼鸣鸠"："鹘鸠，灰色，无绣项，阴则屏逐其匹，晴则呼之。语曰'天将雨，鸠逐妇'是也。"杜甫《题省中院壁》："落花游丝白日静，鸣鸠乳燕青春深。"

⑨韩愈《感春三首》之二："黄黄芜菁花，桃李事已退。"

满江红

东武会流杯亭①

东武南城，新堤固、涟漪初溢②。隐隐遍、长林高阜③，卧红堆碧。枝上残花吹尽也，与君更向江头觅④。问向前，犹有几多春，三之一。　　官里事，何时毕。风雨外，无多日。相将泛曲水，满城争出。君不见兰亭修禊事，当时坐上皆豪逸⑤。到如今、修竹满山阴，空陈迹。

【题解】

陈元靓《岁时广记》卷十八《乐新堤》条引《古今词话》："东坡自禁城出守东武，适值霖潦经月，黄河决流，漂溺巨野，及于彭城。东坡命力士持畚锸，具薪刍，万人纷纷，增塞城之败坏者。至暮，水势益泅，东坡登城野宿，愈加督责，人意乃定。城不没者一板。不然，则东武之人尽为鱼鳖矣。坡复用僧应言之策,凿清冷口积水入于古废河,又东北入于海。水既退,坡具利害,屡请于朝,筑长堤十余里以拒水势。复建黄鹤楼以厌之。堤成,水循故道分流。城中上巳日,命从事乐成之,有一妓前曰:'自古上巳旧词多矣。未有乐新堤而奏雅曲者,愿得一阕歌公之前。'坡写《满江红》曰'东武城南(词略)'。俾妓歌之,坐席欢甚。"

傅藻《东坡纪年录》:"熙宁九年丙辰(1076)上巳日,流觞于南禅小亭作《满江红》。"王文诰《苏诗总案》卷一四:"三月三日流觞于南禅小亭作《满江红》词。"孔《谱》、薛本、邹王本从之。

【注释】

①元本、朱本、龙本、曹本题下有"上巳日作。城南有坡,土色如丹,其下有堤,壅郏淇水入城"。东武:密州诸城县。流杯亭:《苏轼诗集》卷十四《别东武流杯》查注引《名胜志》:"诸城县有柳林河,出石门山,流经县西北,入于扶淇,密人为上巳被除之所。"

②固:傅本作"畔",元本、朱本、龙本、曹本作"就"。涟漪:元本误作"郏淇",朱本、龙本、曹本作"郟淇"。

③隐隐遍:元本、朱本、龙本、曹本作"微雨过"。高:元本、朱本、龙本、曹本作"翠"。

④更:傅本、元本、朱本、龙本、曹本作"试"。头:傅本作"边"。

⑤王羲之《兰亭集序》:"永和九年,岁在癸丑,暮春之初,会于会稽山阴之兰亭,修禊事也。群贤毕至,少长咸集。此地有崇山峻岭,茂林修竹,又有清流激湍,映带左右,引以为流觞曲水,列坐其次。虽无丝竹管弦之盛,一觞一咏,亦足以畅叙幽情。"

【汇评】

方回《瀛奎律髓》卷二十六陈与义《对酒》诗"官里簿书何时了,楼头风雨见秋来"。方回评:此诗中两联俱用变体,各以一句说情,一句说景,奇矣。坡词有云:"官里事,何时毕。风雨处,无多日。"即前联意也。

卓人月《古今词统》卷十二:("三之一"句)胜马庄父"十分春色今无几"。

李廷机《新刻注释草堂诗余评林》卷三:三分春色止留一分,非春暮而何?

　　陈廷焯《云韶集》卷三:风雅疏狂,声流弦外,措词饶有姿态,如灵和殿柳,三起三眠。

临江仙①

　　九十日春都过了,贪忙何处追游。三分春色一分愁②。雨翻榆荚阵③,风转柳花球④。　　阆苑先生须自责⑤,蟠桃动是千秋⑥。不知人世苦厌求。东皇不拘束⑦,肯为使君留。

【题解】

　　据傅本题序可知,熙宁九年(1076)四月一日,苏轼和密州通判赵庾、邓公谨在密州邵家园藏春馆赏残花而填此词。孔《谱》、薛本、邹王本即据此编年。

【注释】

　　①紫本无题。傅本题作"熙宁九年四月一日,同成伯、公谨辈赏藏春馆残花,密州邵家园也"。元本题作"惠州改前韵"。成伯:赵成伯,名庾。时任密州通判。《苏轼文集》卷十一《密州通判厅题名记》:"始,尚书郎赵君成伯为眉之丹棱令,邑人至今称之。余其邻邑人也,故知之为详。君既罢丹棱,而余适还眉,于是始识君。其后余出官于杭,而君亦通守临淮,同日上谒辞,相见于殿门外,握手相与语。已而见君于临淮,剧饮大醉于先春亭上而别。及移守膠西,未一年,而君来倅是邦。""君既故人,而简易疏达,表里洞然,余固甚乐之。而君又勤于吏职,视官事如家事,余得少休焉。"公谨:苏轼《小饮公谨舟中》:"坐观邸报谈迁叟,闲说滁山忆醉翁。"公自注云:"邓,滁人也。是日坐中观邸报云:'迁叟已押入门下省。'"

　　②叶道卿《贺圣朝》:"三分春色,一分愁闷,一分风雨。"

　　③《初学记》卷三《春》引《氾胜之书》:"三月榆荚雨,高地强土可种禾。"

④傅注:"柳絮风滚如球。"

⑤《汉书》卷六五《东方朔传》:"伏日,诏赐从官肉。大官丞日晏不来,朔独拔剑割肉,谓其同官曰:'伏日当早归,请受赐。'即怀肉去。大官奏之。朔入,上曰:'昨赐肉,不待诏,以剑割肉而去之,何也?'朔免冠谢。上曰:'先生起自责也。'朔再拜曰:'朔来!朔来!受赐不待诏,何无礼也!拔剑割肉,壹何壮也!割之不多,又何廉也!归遗细君,又何壮也!'上笑曰:'使先生自责,乃反自誉!'复赐酒一石,肉百斤,归遗细君。"

⑥《汉武内传》:"以来盘盛仙桃七颗,大如鸭卵,形圆青色,以呈王母。王母以四颗与帝,三颗自食,桃味甘美,口有盈味。帝食,辄收其核。王母问帝,帝曰:'欲种之。'母曰:'此桃三千年一生实,中夏地薄,种之不生。'帝乃止。"

⑦东皇:《尚书纬》:"春为东皇,又为青帝。"

水调歌头

丙辰中秋,欢饮达旦,大醉。作此篇,兼怀子由

明月几时有,把酒问青天①。不知天上宫阙,今夕是何年②。我欲乘风归去③,又恐琼楼玉宇④,高处不胜寒⑤。起舞弄清影⑥,何似在人间。　　转朱阁,低绮户,照无眠。不应有恨,何事长向别时圆⑦。人有悲欢离合,月有阴晴圆缺。此事古难全。但愿人长久,千里共婵娟⑧。

【题解】

据词题可知,此词为熙宁九年丙辰(1076)中秋作于密州,时苏轼于超然台宴饮达旦。马里扬《苏轼词解读辨正六则》认为"琼楼玉宇"乃隐居之代称,"何似"当解为"何如""不如",而"人间"则代指出仕。此词写作一年

后,苏轼在另一首《水调歌头》(安石在东海)的《序》中说:"余去岁在东武,作《水调歌头》以寄子由。今年,子由相从彭城百余日。过中秋而去,作曲以别余,以其语过悲,乃为和之。其意以不早退为戒,以退而相从之乐为慰云耳。"所谓"以不早退为戒"即"何似在人间"的言外之意。

【注释】

①李白《把酒问月》:"青天有月来几时,我今停杯一问之。"

②《诗经·唐风·绸缪》:"今夕何夕,见此良人。"韦瓘《周秦纪行》:"再三邀余作诗。余不得辞,遂应命作诗曰:'香风引到大罗天,月地云阶拜洞仙。共道人间惆怅事,不知今夕是何年。'"

③《列子》卷上《黄帝》:"(列子)随风东西,犹木叶幹殻,竟不知风乘我邪,我乘风乎。"

④段成式《酉阳杂俎·前集》卷二:"翟天师名乾祐,峡中人……曾于江岸与弟子数十玩月,或曰:'此中竟何有?'翟笑曰:'可随吾指观。'弟子中两人见月规半天,琼楼金阙满焉,数息间不复见。"

⑤傅注:"《明皇杂录》:八月十五夜,叶静能邀上游月宫,将行,请上衣裘而往。及至月宫,寒凛特异,上不能禁。静能出丹二粒,进上,服之乃止。"

⑥李白《月下独酌》:"我歌月徘徊,我舞影零乱。"

⑦司马光《温公续诗话》:"李长吉'天若有情天亦老',人以为奇绝无对。曼卿对'月如无恨月长圆',人以为劲敌。"

⑧谢庄《月赋》:"美人迈兮音尘阙,隔千里兮共明月。"曾季狸《艇斋诗话》云:"东坡《水调歌头》'但愿人长久,千里共婵娟',本谢庄《月赋》'隔千里兮共明月'。"

【汇评】

陈元靓《岁时广记》卷三十一引《复雅歌词》:元丰七年(1084),都下传唱此词。神宗问内侍外面新行小词,内侍录此进呈。读至"又恐琼楼玉宇,高处不胜寒",上曰:"苏轼终是爱君。"乃命量移汝州。

胡仔《苕溪渔隐丛话》后集卷三十九:中秋词自东坡《水调歌头》一出,余词尽废。

张炎《词源》卷下：词以意趣为主，要不蹈袭前人语意。如东坡中秋《水调歌头》云：(略)。此数词皆清空中有意趣，无笔力者未易到。

李冶《敬斋古今注》卷八：东坡《水调歌头》："我欲乘风归去，只恐琼楼玉宇，高处不胜寒。起舞弄清影，何似在人间?"一时词手，多用此格。如鲁直云："我欲穿花寻路，直入白云深处，浩气展虹霓。只恐花深里，红露湿人衣。"盖效坡语也。近世闲闲老人亦云："我欲骑鲸归去，只恐神仙官府，嫌我醉时真。笑拍群仙手，几度梦中身。"

沈际飞《草堂诗余正集》卷三：谪仙再来。

杨慎《草堂诗余》卷三：中秋词古今绝唱。

卓人月《古今词统》卷十二：画家大斧皴，书家擘窠体也。

江顺诒《词学集成》卷七：如冠九都转心庵词序云："明月几时有"，词而仙者也；"吹皱一池春水"，词而禅者也。仙不易学，而禅可学。

刘熙载《艺概》卷四：词以不犯本位为高，东坡《满庭芳》"老去君恩未报，空回首，弹铗悲歌"，语诚慷慨，然不若《水调歌头》"我欲乘风归去，又恐琼楼玉宇，高处不胜寒"，尤觉空灵蕴藉。

黄苏《蓼园词选》：按通首只是咏月耳。前阕是见月思君，言天上宫阙，高不胜寒，但仿佛神魂归去，几不知身在人间也。次阕，言月何不照人欢洽，何似有恨，偏于人离索之时而圆乎?复又自解，人有离合，月有圆缺，皆是常事，惟望长久共婵娟耳。缠绵悱恻之思，愈转愈曲，愈风愈深。忠爱之思，令人玩味不尽。

先著、程洪《词洁》卷三：凡兴象高，即不为字面碍。此词前半，自是天仙化人之笔。惟后半"悲欢离合""阴晴圆缺"等字，苛求者，未免指此为累。然再三读去，转捥运动，何损其佳？少陵《咏怀古迹》诗云："支离东北风尘际，漂泊西南天地间。"未尝以风尘、天地、西南、东北等窒塞，有伤是诗之妙。诗家最上一乘，固有以神行者矣，于词何独不然？题为中秋对月怀子由，宜其怀抱俯抑，浩落如是。录坡公词若并汰此作，是无眉目矣。亦恐词家疆宇狭隘，后来作者，惟堕入纤秾一队，不可以救药也。后村二调亦极力能出脱者，取为此公嗣响，可以不孤。

陈廷焯《云韶集》卷二：落笔高超，飘飘有凌云之气。谪仙而后，定以髯苏为巨擘矣。

陈廷焯《词则·大雅集》卷一：纯以神行，不落骚雅窠臼，太白之诗，东坡之词，皆是异样出色。

王闿运《湘绮楼词评》：大开大阖之笔，亦他人所不能。才子才子，胜诗文字多矣。

王国维《人间词话》：东坡《水调歌头》，则仁兴之作，格高千古，不能以常调论也。

郑文焯《手批东坡乐府》：发端从太白仙心脱化，顿成奇逸之笔。

画堂春

寄子由

柳花飞处麦摇波。晚湖净鉴新磨①。小舟飞棹去如梭。齐唱采菱歌。　　平野水云溶漾，小楼风日晴和。济南何在暮云多②。归去奈愁何。

【题解】

朱本卷一："案《颍滨遗老传》：张文定知淮阳，以学官见辟，从之三年。授齐州掌书记；复三年……考子由以癸丑九月，自陈至齐，迨丙辰九月，三年成资罢任，即以上书还京。词必于是时寄之，故有'济南'、'归去'等语。前段则追述辛亥（熙宁四年）七八月同游陈州柳湖事。"编熙宁九年丙辰（1076），薛本从之，邹王本考证为是年十月。吴熊和师《唐宋词汇》编熙宁七年（1074）三月。

【注释】

①指陈州柳湖。《诗集》卷六《次韵子由柳湖感物》查注："《名胜志》：柳湖在陈州城北。"

②杜甫《春日怀李白》："渭北春天树,江东日暮云。"

江神子

前瞻马耳九仙山①。碧连天。晚云闲。城上高台,真个
是超然②。莫使匆匆云雨散,今夜里,月婵娟。　　小溪鸥鹭
静联拳③。去翩翩。点轻烟。人事凄凉,回首便他年。莫忘
使君歌笑处,垂柳下,矮槐前。

【题解】

傅藻《东坡纪年录》:"熙宁九年丙辰(1076),十二月移知徐州,东武道
中作《江神子》。"王文诰《苏诗总案》卷十四:"熙宁九年丙辰,十月,晚登超
然台望月作《江神子》词。"又云:"公《和周玶寄雁荡山图》诗,自注已有'将
赴河中'之语,而作此词尤有去意,信为是年冬后所作。"孔《谱》、薛本、邹王
本从之。

【注释】

①马耳:陈沂《山东志》:"马耳山,在诸城县西南六十里。"郦道元《水经
注》卷二六《潍水》:"马耳山,山高百丈,上有二石并举,望齐马耳,故世取名
焉。"九仙山:龙笺引《一统志》:"青州府九仙山,在诸城县西南九十里,潮河
出此,山势高耸摩空,尝有仙人居之。"

②张淏《云谷杂记》卷三:"按北台在密州之北,因城为台,马耳与常山
在其南。东坡为守日,葺而新之,子由因请名之曰超然台。"

③杜甫《漫成一首》:"沙头宿鹭联拳静,船尾跳鱼拨剌鸣。"

江神子

冬　景^①

相逢不觉又初寒^②。对尊前。惜流年。风紧离亭,冰结泪珠圆。雪意留君君不住^③,从此去,少清欢。　　转头山下转头看^④。路漫漫。玉花翻^⑤。银海光宽^⑥,何处是超然。知道故人相念否,携翠袖,倚朱阑。

【题解】

傅藻《东坡纪年录》:"熙宁九年丙辰(1076),十二月,东武雪中送章传道,作《江神子》。"薛本、邹王本从之。孔《谱》编熙宁九年正月十三日,以为所送之客或为文勋。

【注释】

①紫本作"冬景"。元本题作"东武雪中送客"。

②逢:元本、朱本、龙本、曹本作"从"。

③不:紫本作"且"。

④下:元本、朱本、龙本、曹本作"上"。转头山:明嘉靖《青州府志》:"(诸城)县南四十里为转头山。"

⑤苏舜钦《小酌》:"寒雀喧喧满竹枝,惊风淅沥玉花飞。"

⑥银:元本、朱本、龙本、曹本作"云"。光:元本注:"一作天。"《苏轼诗集》卷一二《雪后书北台壁二首》之二:"冻合玉楼寒起粟,光摇银海眩生花。"王注厚曰:"《道经》以项肩骨为玉楼,眼为银海。"

阳关曲

李公择①

济南春好雪初晴。才到龙山马足轻②。使君莫忘雪溪女③,还作阳关肠断声。

【题解】

施宿《东坡先生年谱》:"熙宁十年丁巳,先生正月发潍州,过青、齐二州,李公择为齐守,留月余始去。"朱本、薛本、邹王本均编于熙宁十年(1077)正月,作于济南。

【注释】

①《苏轼诗集》作"答李公择"。紫本、傅本、元本、百本、毛本无"答"字。李公择:李常,黄庭坚之舅,南康建昌人,时知齐州。

②才:《苏轼诗集》作"行"。龙山:《一统志》卷一六三《济南府·古迹》:巨里城,一名巨合城,在历城县东七十里,宋改为龙山镇。

③雪溪女:《太平寰宇记》卷九四:"雪溪在(乌程)县东南一里,凡四水合为一溪。自溪玉山曰苕溪,自铜岘山曰前溪,自天目山曰余不溪,自德清县前北流至州南兴国寺前曰雪溪,东北流四十里,入太湖。"《苏轼诗集》卷十五是诗施注:"公择选知湖州,自湖州移济南,故东坡以'雪溪女'戏之。"

【汇评】

郑文焯《手批东坡乐府》:是阕第三句第五字,以入声为协律,盖仿于"劝君更尽一杯酒"也。

浣溪沙

有　感^①

傅粉郎君又粉奴^②。莫教施粉与施朱^③。自然冰玉照香酥^④。　　有客能为神女赋,凭君送与雪儿书^⑤。梦魂东去觅桑榆^⑥。

【题解】

朱本、龙本、曹本未编年。薛本从"有客能为神女赋"考证此词是写给其挚友鲜于侁的,时间是熙宁十年丁巳(1077)二月,作于郓州。邹王本亦云:苏轼于熙宁九年九月由密州太守迁祠部员外郎移知河中府,年底离密,十年二月至郓。他的挚友鲜于侁时任京东路转运使,留苏轼饮于新堂,出家妓侑酒,词当作于此时。词中"傅粉郎君"、"能为神女赋"之"客"指鲜于侁,"粉奴"、"雪儿"指侑酒之家妓即其诗《和鲜于子骏〈郓州新堂月夜〉二首》之一所言"佳人如桃李"者。"梦魂东去觅桑榆"当是作者自谓,意为希冀在京东之地(案:郓州治须城县,距东京五百二十里)能觅一"桑榆"之所(可供饱暖的职位),则可与好友鲜于侁常相过从矣。陈永正《东坡词笺注补正》则云:"此词当为王定国作,傅粉郎君指王定国,粉奴指其歌儿柔奴,冰玉、香酥,犹《定风波》词'常羡人间琢玉郎,天应乞与点酥娘'意。同作于王定国南迁初归时。'有客'句,薛笺谓'非鲜于侁莫属',按,当为东坡自谓。'梦魂'句,薛笺引李隆基《续薛令人题壁》:'若嫌松桂寒,任逐桑榆暖。'谓'薛令之,长溪人,故云梦魂东去'。按,此句当喻王定国还京。"

【注释】

①傅本、元本无题,紫本、百本、毛本题"有感"。

②《世说新语·容止》:"何平叔(晏)美姿仪,面至白,魏明帝疑其傅粉。

正夏月与其汤饼,既啖,大汗出,以朱衣自拭,色转皎然。"宋璟《梅花赋》:"俨如傅粉,是谓何郎。"

③宋玉《登徒子好色赋》:"著粉则太白,施朱则太赤。"

④《庄子·逍遥游》:"藐姑射之山,有神人居焉,肌肤若冰雪,淖约若处子。"

⑤雪儿:《唐诗纪事》卷七一《韩定辞》:"雪儿者,李密之爱姬,能歌舞,每见宾僚文章有奇丽入意者,即付雪儿叶音律以歌之。"

⑥李隆基《续薛令之题壁》:"若嫌松桂寒,任逐桑榆暖。"《全唐诗》题下注引《本事诗》:"开元中,东宫官僚清淡,薛令之题诗自悼,有'无以谋朝夕,何由保岁寒'句。上幸东宫,览之,索笔题其旁云云,令之遂谢病归。"

殢人娇

王都尉席上赠侍人①

满院桃花,尽是刘郎未见②。于中更、一枝纤软。仙家日月,笑人间春晚。浓睡起,惊飞乱红千片③。　　密意难传,羞容易变④。平白地、为伊肠断⑤。问君终日,怎安排心眼。须信道,司空自来见惯⑥。

【题解】

王文诰《苏诗总案》卷一五:"熙宁十年丁巳(1077),三月二日寒食,与王诜作北城之游,饮于四照亭上,作《殢人娇》词。"朱本、薛本、邹王本均从之,邹王本云作于汴京郊外。《乌台诗案》:"熙宁十年二月到京。三月初一日,王诜送到简帖,约来日出城外四照亭中相见。次日,轼与诜相见,令姨媱六七人斟酒下食。有情奴问轼求曲子,遂作《洞仙歌》一首、《喜长春》一首与之。"朱本疑《喜长春》为《殢人娇》别名。

【注释】

①王都尉:指王诜。《苏轼诗集》卷一八《作书寄王晋卿忽忆前年寒食北城之游走笔为此诗》施注:"王晋卿,名诜,太原人,徙开封。自少志趣不群,能诗善画,以选尚魏国贤惠公主……晋卿慕东坡,相与游从,为晋卿作《宝绘堂记》。多蓄法书名画,及自制丹青,每为题咏。"

②刘禹锡《元和十年自朗州至京戏赠看花诸君子》:"玄都观里桃千树,尽是刘郎去后栽。"

③李贺《将进酒》:"况是青春日将暮,桃花乱落如红雨。"

④传:紫本作"窥"。变:紫本作"见"。

⑤程大昌《演繁露》卷一五:"李太白《越女词五首》曰'白地断肝肠',此东坡长短句所取以为'平白地、为伊肠断'。"

⑥孟棨《本事诗·情感第一》:"刘尚书禹锡罢和州,为主客郎中、集贤学士。李司空罢镇在京,慕刘名,尝邀至第中,厚设饮馔。酒酣,命妙妓歌以送之。刘于席上赋诗曰:'鬓鬓梳头宫样妆,春风一曲杜韦娘。司空见惯浑闲事,断尽江南刺史肠。'李因以妓赠之。"

【汇评】

潘游龙《精选古今诗余醉》卷一二:后半一段,神姿举动,反显出唐诗高雅。

叶申芗《本事词》卷上:似此体物绘情,曲尽其妙,又岂皆铜琶铁板之雄豪欤?

洞仙歌

咏　柳①

江南腊尽,早梅花开后。分付新春与垂柳。细腰肢②、自有入格风流③,仍更是、骨体清英雅秀。　　永丰坊那畔,尽日无人,惟见金丝弄晴昼④。断肠是,飞絮时,绿叶成阴⑤,无个事、一成消瘦。又莫是、东风逐君来,便吹散眉间,一点春皱⑥。

【题解】

傅藻《东坡纪年录》:"熙宁十年丁巳,三月一日,与王诜会四照亭,有情奴者求曲,遂作《洞仙歌》《喜长春》与之。"王文诰《苏诗总案》:"熙宁十年……三月初一日,王诜送到简帖,来日约出城外四照亭中相见。次日,轼与王诜相见,令姨媪六七人出,斟酒下食,数内有情奴,问轼求曲子,轼遂作《洞仙歌》一首、《喜长春》一首与之。"朱本云:"元本、毛本皆无此二词(按指《洞仙歌》《喜长春》),疑《喜长春》为《殢人娇》别名。今据王说编丁巳(按指《殢人娇》),而以《洞仙歌》列于次焉。"孔《谱》、薛本、邹王本即编于熙宁十年(1077)三月。

朱本卷一:"毛本题(即《咏柳》)与纪年未合,然细绎词意,与《殢人娇》词略同,非止赋物也。"邹案:朱说近是。此词以柳比兴而写闺愁,似为代妓咏怀。

【注释】

①元本、朱本、龙本、曹本无题。

②庾信《和人日晚景宴昆明池诗》:"上林柳腰细,新丰酒径多。"杜甫《绝句漫兴九首》之九:"隔户杨柳弱袅袅,恰似十五女儿腰。"

③《南史》卷三一《张绪传》:"绪吐纳风流……刘悛之为益州,献蜀柳数株,枝条甚长,状若丝缕。时旧宫芳林苑始成,武帝以植于太昌灵和殿前,常赏玩咨嗟,曰:'此杨柳风流可爱,似张绪当年时。'其见赏爱如此。"李商隐《赠柳》:"见说风流极,来当婀娜时。"

④孟棨《本事诗·事感第二》:"白尚书(居易)姬人樊素善歌,妓人小蛮善舞,尝为诗曰:'樱桃樊素口,杨柳小蛮腰。'年既高迈,而小蛮方丰艳,因为杨柳之词以托意,曰:'一树春风万万枝,嫩于金色软于丝。永丰坊里东南角,尽日无人属阿谁。'及宣宗朝,国乐唱是词,上问谁词,永丰在何处,左

右具以对之。遂因东使,命取永丰柳两枝,植于禁中。"

⑤杜牧《叹花》:"自恨寻芳到已迟,往年曾见未开时。如今风摆花狼
藉,绿叶成阴子满枝。"

⑥傅注引辛寅(当作夤)逊《柳》诗:"才闻暖律先开眼,直待和风始
展眉。"

浣溪沙①

缥缈红妆照浅溪。薄云疏雨不成泥。送君何处古台
西②。　　废沼夜来秋水满,茂林深处晚莺啼。行人肠断草
凄迷。

【题解】

傅藻《东坡纪年录》:"元丰元年戊午(1078),公在徐州,送颜、梁作《浣
溪沙》。"朱本云:"案,《纪年录》戊午送颜、梁,作浣溪沙。集中无是题,疑则
是词。古台,戏马台也。颜、梁,谓颜复、梁吉。"龙本、曹本、石唐本、薛本从
之。邹王本考其非,编于熙宁十年丁巳(1077)七月,认为此词是"熙宁十年
七月颜、梁离徐时的送行之作"。保苅佳昭《苏轼词编年考》也认为朱本的
猜测之语证据不足,因为找不到苏轼在元丰元年同时送别颜复、梁吉两人
的记录。这首词是苏轼知徐州时某年秋天的送行之作。苏轼知徐州共过
了两个秋天:熙宁十年(1077)、元丰元年(1078),苏轼在这两年的秋天共送
10人,熙宁十年七月有梁焘、颜复,八月有苏辙、李清臣、杨奉礼,元丰元年
七月有梁交、胡公达、王巩、闾丘公显、傅禓。在这十人中,只有梁焘,找不
到苏轼送别诗词,这很不自然。因此这首词就是熙宁十年七月送别梁焘时
写的。同时苏辙作有《雨中陪子瞻同颜复长官送梁焘学士舟行归汶上》诗,
和词作有不少类似点:一、两首作品写的都是秋天;二、词描写了傍晚"君"
要走时,雨停夕阳照起来的风景,诗则云:"客去浩难追,落日平西浦。"三、

诗和词都是咏苏轼送别从徐州开舟而走泗水的人。因此,词与诗都是熙宁十年七月苏轼在徐州送别梁焘时所作的。

【注释】

①紫本、百本、傅本、毛本未收此词。

②古台:谓戏马台。《元和郡县图志》卷九《河南道·徐州》:"戏马台在(彭城)县东南二里。项羽所造,戏马于此。宋公九日登戏马台即此。"

阳关曲

中秋作　本名小秦王,入腔即阳关曲①

暮云收尽溢清寒。银汉无声转玉盘②。此生此夜不长好,明年明月何处看。

【题解】

傅藻《东坡纪年录》:"元丰元年戊午(1078),公在徐州,作《阳关词》。"按本集《书彭城观月诗》云:"余十八年前中秋夜,与子由观月彭城,作此诗,以《阳关》歌之。今复此夜,宿于赣上,方迁岭表,独歌此曲,聊复书之。"苏轼南迁过赣,在绍圣甲戌(1094),上推至丁巳为十八年。若云戊午中秋,子由已在南京签判任矣。故当编熙宁十年(1077)。薛本、邹王本即均考证其非,并编熙宁十年丁巳(1077)中秋,作于徐州。

【注释】

①元本脱"即《阳关曲》"四字,傅本脱"曲"字。

②玉盘:李白《古朗月行》:"小时不识月,呼作白玉盘。"

【汇评】

杨万里《诚斋诗话》:五、七字绝句最少,而最难工,虽作者亦难得四句全好者……东坡云:"暮云收尽溢春寒(略)。"四句皆好矣。

胡仔《苕溪渔隐丛话》前集卷二十三:古人赋中秋诗,例皆咏月而已,少有著题者,惟王元之云:"莫辞终夕看,动是隔年期。"苏子瞻云:"暮云收尽溢清寒(略)。"盖庶几焉。

郑文焯《手批东坡乐府》:"不"字律,妙句天成。

水调歌头

公旧序云:余去岁在东武,作水调歌头以寄子由。今年,子由相从彭门百余日,过中秋而去,作此曲以别余。以其语过悲,乃为和之。其意以不早退为戒,以退而相从之乐为慰云耳①

安石在东海,从事鬓惊秋②。中年亲友难别,丝竹缓离愁③。一旦功成名遂,准拟东还海道,扶病入西州④。雅志困轩冕⑤,遗恨寄沧洲⑥。　　岁云暮,须早计,要褐裘⑦。故乡归去千里,佳处辄迟留。我醉歌时君和,醉倒须君扶我。惟酒可忘忧⑧。一任刘玄德,相对卧高楼⑨。

【题解】

傅藻《东坡纪年录》:"熙宁十年丁巳(1077),子由过中秋而别,作《水调歌头》。"孔《谱》、薛本、邹王本均编是年。

【注释】

①紫本有"公旧序云"四字,元本、毛本、朱本、龙本、曹本无。东武:密州(今山东诸城)。彭门:紫本作"彭城",即今江苏徐州。作此曲以别余:紫本作"作曲以别余"。

②《晋书》卷七十九《谢安传》:"谢安字安石……寓居会稽,与王羲之及高阳许询、桑门支遁游处,出则渔弋山水,入则言咏属文,无处世意……安妻,

刘惔妹也，既见家门富贵，而安独静处，乃谓曰：'丈夫不如此也？'安掩鼻曰：'恐不免耳。'及万（安弟）黜废，安始有仕进志，时年已四十余矣。"

③《晋书》卷八十《王羲之传》："谢安尝谓羲之曰：'中年以来，伤于哀乐，与亲友别，辄作数日恶。'羲之曰：'年在桑榆，自然至此。顷正赖丝竹陶写，恒恐儿辈觉，损其欢乐之趣。'"

④《晋书》卷七九《谢安传》："安虽受朝寄，然东山之志始末不渝，每形于言色。及镇新城，尽室而行，造泛海之装，欲须经略粗定，自江道还东。雅志未就，遂遇疾笃。上疏请量宜旋旆……诏遣侍中慰劳，遂还都。闻当舆入西州门，自以本志不遂，深自慨失，因怅然谓所亲曰：'昔桓温在时，吾常惧不全。忽梦乘温舆行十六里，见一白鸡而止。乘温舆者，代其位也。十六里，止今十六年矣，白鸡主酉，今在岁在酉，吾病殆不起乎？'"

⑤《庄子·缮性》："今之所谓得志者，轩冕之谓也。轩冕在身，非性命也，物之傥来寄也。"张九龄《商洛山行怀古》："避世辞轩冕，逢时解薜萝。"

⑥沧洲：水滨，隐者所居之处。谢朓《之宣城郡出新林浦向板桥》："既欢怀禄情，复协沧州趣。"

⑦《诗经·豳风·七月》："无衣无褐，何以卒岁。"《杨子法言·寡见篇》："大寒然后索衣裘，不亦晚乎？"

⑧《晋书》卷六八《顾荣传》："（顾荣）恒纵酒酣畅，谓友人张翰曰：'惟酒可以忘忧，但无如作病何耳。'"曹操《短歌行》："何以解忧，惟有杜康。"

⑨《三国志》卷七《陈登传》："陈登者，字元龙，在广陵有威名。又掎角吕布有功，加伏波将军，年三十九卒。后许汜与刘备并在荆州牧刘表坐，表与备共论天下人，汜曰：'陈元龙湖海之士，豪气不除。'备谓表曰：'许君论是非？'表曰：'欲言非，此君为善士，不宜虚言；欲言是，元龙名重天下。'备问汜：'君言豪，宁有事邪？'汜曰：'昔遭乱过下邳，见元龙。元龙无客主之意，久不相与语，自上大床卧，使客卧下床。'备曰：'君有国士之名，今天下大乱，帝主失所，望君忧国忘家，有救世之意，而君求田问舍，言无可采，是元龙所讳也，何缘当与君语？如小人，欲卧百尺楼上，卧君于地，何但上下床之间邪？'表大笑。"

临江仙

赠王友道①

谁道东阳都瘦损②,凝然点漆精神③。瑶林终自隔风尘④。试看披鹤氅⑤,仍是谪仙人。　　省可清言挥玉麈⑥,真须保器全真⑦。风流何似道家纯。不应同蜀客,惟爱卓文君。

【题解】

朱本、龙本、石唐本、曹本、邹王本未编年。孔《谱》未载。薛本疑"王友道"乃"王道友"之误,为苏轼一姓王的道友,并暂系建中靖国元年(1101)。孔凡礼《三苏年谱》从其说,认为苏轼王姓道友有名景纯字仲素者,并系此词于熙宁十年(1077)八月,作于徐州。沈松勤《苏轼词编年补证》云此词当作于元祐八年(1093)九月以前,或更早在元祐七年(1092),因元祐八年九月前作各诗所叙丹元子有谪仙风气,与词句"仍是谪仙人"相合,而词题所谓"王友道"即诗中"丹元子"或"丹元姚先生"。今暂从孔《谱》。

【注释】

①傅本、元本、外集不载此词。

②《南史》卷五十七《沈约传》:"沈约,字休文……隆昌元年,除吏部郎,出为东阳太守……初,约久处端揆,有志台司,论者咸谓为宜。而帝终不用,乃求外出,又不见许。与徐勉素善,遂以书陈情于勉言己老病:'百日数旬,革带常应移孔,以手握臂,率计月小半分。'欲谢事,求归老之秩。"李商隐《韩冬郎即席为诗相送……因成二绝寄酬兼呈畏之员外》:"为凭何逊休联句,瘦尽东阳姓沈人。"自注云:"吾虽无东阳之才,有东阳之瘦矣。"

③《世说新语·容止》:"王右军见杜弘治,叹曰:'面如凝脂,眼如点漆,此神仙中人。'时人有称王长史形者,蔡公曰:'恨诸人不见杜弘治耳!'"

④《世说新语·赏誉》上:"王戎云:'太尉(王衍)神姿高彻,如瑶林琼

树，自然是风尘外物。'"

⑤《晋书》卷八十四《王恭传》："（恭）尝被鹤氅裘，涉雪而行。孟昶窥见之，叹曰：'此真神仙人也！'"

⑥省可清言：休要清谈。《世说新语》上卷下《文学》："丞相（王导）自起解帐带麈尾，语殷（浩）曰：'身今日当与君共谈析理。'既共清言，遂达三更。"挥玉麈：《世说新语》下卷上《容止》："王夷甫容貌整丽，妙于谈玄，恒捉白玉柄麈尾，与手都无分别。"《通鉴》卷八十九《晋纪·孝愍皇帝》下："（王）浚遗（石）勒麈尾。"注："麈，鹿属，尾能生风辟蝇蚋，晋王公贵人多执麈尾，以玉为柄。"

⑦《易·系》下："君子藏器于身，待时而动。"《庄子·盗跖》："子之道狂狂汲汲，诈巧虚伪事也，非可以全真也，奚足论哉！"《汉书》卷三十《艺文志》："神仙者，所以保性命之真，而游求于其外者也。"

浣溪沙

赠闾丘朝议，时还徐州①

一别姑苏已四年②。秋风南浦送归船。画帘重见水中仙③。　　霜鬓不须催我老，杏花依旧驻君颜④。夜阑相对梦魂间⑤。

【题解】

王文诰《苏诗总案》卷一五："熙宁十年丁巳（1077）八月，闾丘公显过彭城，作《浣溪沙》词。"薛本、邹王本从之。

【注释】

①傅本无题。闾丘朝议：《苏轼诗集》卷十一《苏州闾丘、江君二家，雨中饮酒，二首》查注："范成大《吴郡志》：'闾丘孝终，字公显，郡人。尝守黄

州,既挂冠,与诸名人耆老为九老会。东坡经从,必访孝终,赋诗为乐。'"
还:紫本作"过"。

②姑苏:苏州别称。朱本卷一:"案公甲寅(1074)有《苏州阊丘江君二
家饮酒》诗,至丁巳,故云'一别四年'也。"

③司马承祯《天隐子·神解》:"在天曰天仙,在地曰地仙,在水曰水仙,
能通变之曰神仙。"周密《武林旧事》卷三《西湖游幸》:"(湖中)歌妓舞鬟,严
妆自炫,以待招呼者,谓之'水仙子'。"

④葛洪《神仙传》卷十:"董奉者,字君异,侯官人也。吴先主时,有少年
为侯官县长,见奉年三十余,不知其有道也。罢官去后五十余年,复为他
职,行经侯官,诸故吏人皆老,而奉颜貌一如往日。问言:'君得道耶?吾昔
见君如此,吾今已皓首而君转少,何也?'奉曰:'偶然耳。奉居庐山不种田,
日为人治病,亦不取钱。重病愈者使栽杏五株,轻者一株。如此数年,计得
十万余株,郁然成林。奉在人间三百余年乃去,颜状如三十时人也。'"

⑤杜甫《羌村三首》之一:"夜阑更秉烛,相对如梦寐。"

临江仙

送王缄①

忘却成都来十载②,因君未免思量。凭将清泪洒江阳③。
故山知好在,孤客自悲凉。 坐上别愁君未见,归来欲断
无肠。殷勤且更尽离觞。此身如传舍④,何处是吾乡。

【题解】

朱本、龙本未编年。牟巘《陵阳先生集》卷十七《跋东坡帖》:"东坡翁赋
此词,送其乡人,复自书而遗之。盖自治平丙午(三年,1066)去蜀,至熙宁

117

乙卯(八年,1075)为十年,此当是自密移徐时,年恰四十,然字画比前遒劲。'故山应好在,孤客自悲凉'之语,诵之凄然,使人益重故乡之思也。"按,苏轼去蜀,乃熙宁元年戊申(1068),故从第一句"忘却成都来十载"可知词作于熙宁十年(1077)。孔《谱》即编于此年。曹本编元祐五年庚午(1090)。邹王本辨其非,亦编熙宁十年丁巳(1077),作于自密移徐途中。

【注释】

①曹本作"箴"。朱本疑是东坡妻弟王箴之误。牟巘《牟氏陵阳集》卷一七《跋东坡帖》云:"东坡翁赋此词送其乡人,复自书而遗之。盖自治平丙午去蜀,至熙宁乙卯为十年,此当是自密移徐时。"邹王本据此认为"王箴"为苏轼同乡。

②施宿《东坡先生年谱》:"治平三年丙午,宫师(指苏洵)卒于京师,先生护丧舣蜀。""熙宁元年戊申,秋七月,除宫师丧,冬,出蜀。"自戊申苏轼出蜀,至熙宁十年丁巳离蜀十载。

③江阳:傅注:"江阳,江北也,水北为阳。"

④《汉书》卷四三《郦食其传》:"沛公至高阳传舍,使人召食其。"师古曰:"传舍者,人所止息,前人已去,后人复来,转相传也。"

【汇评】

王若虚《滹南遗老集》卷三九《诗话中》:东坡送王缄词云:"坐上别愁君未见,归来欲断无肠。"此未别时语也,而言"归来",则不顺矣。"欲断无肠",亦恐难道。

菩萨蛮

有 寄①

城隅静女何人见。先生日夜歌彤管②。谁识蔡姬贤③。江南顾彦先④。　　先生那久困。汤沐须名郡⑤。惟有谢夫人。从来见拟伦。⑥

【题解】

朱本、龙本未编年。孔《谱》编元丰三年(1080)七夕,作于黄州朝天门。薛本编元丰七年(1084),谓词中"先生"即东阳滕元发。石唐本编熙宁九年(1076)八月十五日,在徐州为孔周翰作。沈松勤《苏轼词编年补证》认为此词为熙宁七年(1074)五月写赠苏州闾丘孝终的。熙宁六年(1073)十一月,苏轼自杭赴常、润赈饥,次年五月由润返杭,途经苏州,饮闾丘孝终家,作有《苏州闾丘、江君二家,雨中饮酒二首》诗。诗云:"五纪归来鬓未霜,十眉罗列坐生光。唤船渡口迎秋女,驻马桥边问泰娘。曾把四弦娱白傅,敢将百草斗吴王。从今却笑风流守,画戟空凝宴寝香。"所叙与本词相吻合。其中"唤船渡口迎秋女"与词"城隅静女何人见"意同;"曾把四弦娱白傅"与词"谁识蔡姬贤"意合。诗首句"五纪归来鬓未霜",言其未衰,故词有"先生那久困"之句,而"汤沐须名郡"及上片"先生日夜歌彤管"、"江南顾彦先"诸句,则亦与诗末"从今却笑风流守,画戟空凝宴寝香"所叙闾丘孝终尝守黄州,后退居江南名郡苏州之名位及生活情形相合。

刘崇德《苏词编年考》云:孔周翰曾题诗于邸园,对孀妇表示敬佩。苏轼在熙宁十年(1077)离密赴徐后作有《和孔周翰二绝》,其中《再观邸园留题》云:"小园香雾晓蒙笼,醉守狂词未必工。鲁叟录诗应有取,曲收彤管邶鄘风。"赵夔注此诗云:"尝闻高密老儒之言曰:邸氏有贤妇,其节甚高,故公此诗用《静女》彤管有炜,《柏舟》共姜自誓,邶鄘二风之事也。"这首《菩萨蛮》词的内容、背景与赵夔解诗所言邸园孀妇事恰相一致。词里用了蔡姬、谢夫人来比照邸园孀居贤妇。"城中静女何人见,先生日夜歌丹管"亦与诗句"曲收彤管邶鄘风"相同,可见"歌彤管"的"先生"即诗中的"鲁叟"——孔周翰。词的上片言当年孔周翰在邸园题诗,象"日夜歌彤管"那样赞颂邸园贤妇。又言只有才识可比顾彦先(荣)的孔周翰始能识蔡姬之贤。下片写今天,用《晋书》会稽太守刘柳访问孀居之谢夫人故事,设想今之太守孔周翰如访问邸园贤妇,她也一定落落大方,慷慨陈词似当年的谢夫人。《编年考》故编此词于熙宁十年丁巳(1077),是寄给孔周翰的,作于徐州。邹王本从之。

【注释】

①傅本、元本无题,紫本、百本、毛本题作"有寄"。

②静女、彤管:《诗经·邶风·静女》:"静女其姝,俟我于城隅。爱而不见,搔首踟蹰。静女其娈,贻我彤管。彤管有炜,悦怿女美。"

③蔡姬:《后汉书》卷八十四《列女传·董祀妻传》:"陈留董祀妻者,同郡蔡邕之女也,名琰,字文姬。博学有才辩,又妙于音律。适河东卫仲道,夫亡无子,归宁于家。兴平中,天下丧乱,文姬为胡骑所获,没于南匈奴左贤王,在胡中十二年,生二子。曹操素与邕善,痛其无嗣,乃遣使者以金璧赎之,而重嫁于祀。"

④顾彦先:《晋书》卷三十八《顾荣传》:"顾荣字彦先,吴国吴人也,为南土著姓……荣机神朗悟,弱冠仕吴,为黄门侍郎、太子辅义都尉。吴平,与陆机兄弟同入洛,时人号为'三俊'……元帝镇江东,以荣为军司,加散骑常侍,凡所谋画,皆谘焉。时南土之士未尽才用,荣上书言:'陆士光、甘季思、殷庆元……凡此诸人,皆南金也。'书奏,皆纳之。"

⑤汤沐:傅注:"《汉书·外戚传》:'邓皇后母新野君,汤沐邑万户。'颜师古注:'凡言汤沐邑者,谓以其赋税供汤沐之具也。'"

⑥《晋书》卷九十六《王凝之妻谢氏传》:"王凝之妻谢氏,字道韫,安西将军奕之女也。聪识有才辩……自尔蒸居会稽,家中莫不严肃。太守刘柳闻其名,请与谈议。道韫素知柳名,亦不自阻,乃簪髻素褥坐于帐中,柳束修整带造于别榻。道韫风韵高迈,叙致清雅,先及家事,慷慨流涟,徐酬问旨,词理无滞。柳退而叹曰:'实顷所未见,瞻察言气,使人心形俱服。'"

满庭芳①

香霭雕盘②,寒生冰箸③,画堂别是风光。主人情重,开宴出红妆。腻玉圆搓素颈④,藕丝嫩、新织仙裳⑤。双歌罢,虚檐转月,余韵尚悠飏⑥。   人间,何处有,司空见惯,应谓寻常。坐中有狂客,恼乱愁肠。报道金钗坠也,十指露、春笋纤长⑦。亲曾见,全胜宋玉,想像赋高唐⑧。

【题解】

朱本编元祐二年丁卯(1087)六月,龙本、曹本、石唐本、薛本从之,孔《谱》考其非,并据刘克庄《西园雅集图跋》,编熙宁十年丁巳(1077)春,作于京师王诜席上。邹王本从之,考证云:王晋卿西园雅集有两次,第一次是在熙宁十年春,雅集者有苏轼、孙沔、王晋卿及其家妓转春莺等。第二次雅集在元祐二年,雅集者有苏轼、米芾等16人,李公麟为此次雅集作《图》,米芾为做《图记》。对第一次雅集,刘后村《跋》曰:"此图布置园林水石,人物姬女,小者仅如针芥,然比之龙眼墨本,居然有富贵态度,画固不可以设色哉。二附马既贤,而坐客皆天下士。世传孙巨源'三通鼓',眉山公'金钗坠'之词,想见一时风流蕴藉,为世道太平极盛之候。未几而乌台谳诗案矣,宾主俱谪,而转春莺辈亦流落他人矣。"所谓"眉山公'金钗坠'之词",即指《满庭芳》(香叆雕盘)词,因其中有"报道金钗坠也"句。此则充分证明此词作于熙宁十年而非元祐二年。张宗橚《词林纪事》卷五亦云:"此阕当在王都尉晋卿席上,为啭春莺作也。"

此词也有记载非苏轼作者,费衮《梁溪漫志》卷九即云:"程子山敦厚舍人跋东坡《满庭芳》词云:予闻之苏仲虎云:一日,有传此词以为先生作,东坡笑曰:吾文章肯以藻绘一香篆槃乎?然观其间如'画堂别是风光'及'十指露'之语,诚非先生肯云。子山之说,固人所共晓。"

【注释】

①紫本无题,二妙集、明刊全集、毛本题作"佳人"。

②叆:浓云密布的样子。马总《意林》卷一《晏子》:"星之昭昭,不如日月之叆㬠。"萧统《七契》:"瑶俎既已丽奇,雕盘复为美玩。"

③王仁裕《开元天宝遗事·冰筋》:"冬至日大雪,至午雪霁,有晴色,因寒,所结檐溜,皆为冰条。妃子使侍儿敲下二条看玩。帝自晚朝视政回,问

妃子曰：'所玩何物耶？'妃子笑而答曰：'妾所玩者，冰筯也。'"

④搓：傅本作"瑳"。柳永《昼夜乐》："层波细翦明眸，腻玉圆搓素颈。"

⑤李贺《天上谣》："粉霞红绶藕丝裙，青洲步拾兰苕春。"

⑥双歌：元本作"歌声"。《列子·汤问》："昔韩娥东之齐，匮粮，过雍门，鬻歌假食。既去而余音绕梁欐，三日不绝，左右以其人弗去。过逆旅，逆旅人辱之，韩娥因曼声哀哭，一里老幼悲愁，垂涕相对，三日不食。遽而追之，娥还，复为曼声长歌，一里老幼喜跃抃舞，弗能自禁，忘向之悲也，乃厚赂发之。故雍门之人，至今善歌哭，放娥之遗声。"

⑦韩愈《酒中留上襄阳李相公》："银烛未销窗送曙，金钗半醉座添春。"傅注："张祜客淮南幕中，赴宴时，杜紫微为支使，南座有属意之处，索骰子赌酒，牧微吟曰：'骰子逡巡裹手拈，无因得见玉纤纤。'祜应曰：'但知报道金钗落，仿佛还应露指尖。'"

⑧傅注："楚襄王梦与神女接，且以告宋玉，且言其神女之妙丽，宋玉因为《高唐赋》云。"

【汇评】

沈际飞《草堂诗余正集》卷三：以名公绮语织成，风华酣至。

李攀龙《新刻题评名贤词话草堂诗余》卷四：种种风流情绪，且以当时诸公绮语织成一篇词曲，字字句句见之，真如佳人歌舞于目中。

张綖《草堂诗余后集别录》：乘兴率意之作，苦无思致，不录可也。

贺裳《皱水轩词筌》：陆务观《王忠州席上作》曰："欲归时司空笑问，微近处丞相嗔狂。"笑啼不敢之致，描勒殆近。较东坡"司空见惯，应谓寻常。座中有狂客，恼乱柔肠"，岂惟出蓝，几于点铁矣。升庵以为不减少游，此几于以乐令方伯仁也。

蝶恋花

佳　人①

一颗樱桃樊素口②。不爱黄金，只爱人长久③。学画鸦儿犹未就④,眉尖已作伤春皱⑤。　　扑蝶西园随伴走。花落花开,渐解相思瘦。破镜重圆人在否⑥。章台折尽青青柳⑦。

【题解】

朱本、龙本、邹王本未编年。薛本云词咏西园事,似与《满庭芳》(香叆雕盘)作于西园雅集时,故编于元祐二年(1087)。然《满庭芳》(香叆雕盘)薛本编年有误,当作于熙宁十年丁巳(1077)春,今暂移编熙宁十年。

【注释】

①傅本存目缺词。元本、外集题"代人赠别"。

②《本事诗·事感第二》:"白尚书姬人樊素,善歌,妓人小蛮善舞,尝为诗曰:'樱桃樊素口,杨柳小蛮腰。'"

③爱:元本、外集作"要"。

④鸦儿:即却月眉,亦名月稜眉,以其形似鸦,故名。

⑤尖:元本作"间",外集作"峰"。

⑥见前《诉衷情》(钱塘风景古来奇)注④。圆:元本、外集作"来"。

⑦《全唐诗话》:"世传(韩)翃有宠姬柳氏,翃成名,从辟淄青,置之都下。数岁,寄诗曰:'章台柳,章台柳,颜色青青今在否?纵使长条似旧垂,也应攀折他人手。'柳答曰:'杨柳枝,芳菲节,可恨年年增离别。一叶随风忽报秋,纵使君来岂堪折。'后果为蕃将沙叱利所劫。翃会入中书,道逢之,谓永诀矣。"

【汇评】

沈际飞《草堂诗余续集》卷下:言爱人长久合定,知坡笔幽性微传。

南乡子

赠　行①

旌旆满江湖②。诏发楼船万舳舻③。投笔将军因笑我④,

迁儒。帕首腰刀是丈夫。　　　粉泪怨离居。喜子垂窗报捷书⑤。试问伏波三万语⑥，何如。一斛明珠换绿珠⑦。

【题解】

朱本云："二词一赋胡琴（按指《南乡子》'裙带石榴红'），一送元素，所谓'各赋一首'也。元素典兵，史无明文。张子野送元素云：'浴殿词臣亦议兵，禁中颇牧党羌平。'或当时有是命，寝而未行。"认为词是在湖州送杨绘时所作。龙本、曹本、薛本、邹王本均据此编于熙宁七年甲寅（1074）九月。邹王本云"当为于湖州送元素还朝作"，薛本云作于"离杭赴密时"。石唐本则云："根据词意，是送武将出征。上首《浣溪沙》有'诏书催发羽书忙'，这首词有'诏发楼船万舳舻'，应为同时所作。"故与《浣溪沙》（怪见眉间一点黄）同编于元丰元年（1078）在徐州送梁交之时。保苅佳昭《苏轼与杨绘有关之词》也认为此词与杨绘无关。词的上片正是石唐本所云的"送武将出征"的场面。今暂从石唐本。

【注释】

①傅本、元本、朱本、龙本、曹本无题。

②《周礼》："全羽为旞，析羽为旌。"《尔雅》："继旐曰旆。"

③傅注："《汉纪》'舳舻千里'注：'舳，船后也；舻，船前头也。'"

④《后汉书》卷四七《班超传》："（班超）家贫，常为官佣书以供养。久劳苦，尝辍业投笔叹曰：'大丈夫无它志略，犹当效傅介子、张骞立功异域，以取封侯，安能久事笔砚间乎？'左右皆笑之。超曰：'小子安知壮士志哉！'"

⑤《尔雅注疏》卷九《释虫》："蟏蛸，长踦。"郭璞注："小蜘蛛长脚者，俗呼为喜子。"《西京杂记》："蜘蛛集而百事喜，故俗以蜘蛛为喜子。"

⑥伏波：汉代将军名号。《后汉书·马援传》："马援字文渊，扶风茂陵人也……于是玺书拜援伏波将军。"

⑦刘恂《岭表录异》卷上："绿珠井，在白州双角山下。昔梁氏之女有容貌，石季伦为交趾彩访使，以珍珠三斛买之。梁氏之居，旧井存焉。耆老传云：汲饮此水者，生女必多美丽。闾里有识者，以美色无益于时，遂以巨石

镇之。尔后虽时有产女端丽,则七窍四肢多不完全。"

临江仙

冬日即事①

自古相从休务日②,何妨低唱微吟③。天垂云重作春阴。坐中人半醉④,帘外雪将深。　　闻道分司狂御史,紫云无路追寻⑤。凄风寒雨是骎骎⑥。问囚长损气⑦,见鹤忽惊心⑧。

【题解】

朱本卷一:"案《诗集》,元丰元年(1078)正月,有《送李公恕赴阙》诗。词编戊午(1078)。"孔《谱》、薛本、邹王本从之。陈尔冬《东坡词选》云:"熙宁十年(1077)冬作。时李公恕为京东转运使,被召赴京。"

【注释】

①紫本题"冬日即事",傅本、元本、朱本、龙本、曹本均题"送李公恕"。李公恕:《苏轼诗集》卷十六《送李公恕赴阙》施注:"李公恕时为京东转运判官,召赴阙。公恕一再持节山东,子由亦有诗送行云:'幸公四年持使节,按行千里长相见。'"

②徐坚《初学记》卷二十《假第六》:"休假亦曰休沐。《汉律》:'吏五日得一休沐。'言休息以洗沐也。"叶廷珪《海录碎事》卷一二《簿书门休假附》:"《汉律》:五日一赐休沐,得以归,休沐出谒。《世说》:车武子为侍中,每休沐,与东亭诸人,期共游集。"

③傅注:"世传陶榖学士,买得党太尉家故妓,过定陶,取雪冰烹团茶。谓妓曰:'党家应不识此。'妓曰:'彼粗人,安有此景?但能于销金暖帐下,浅斟低唱,吃羊羔儿酒耳。'陶默然,愧其言。"曹丕《燕歌行》:"短歌微吟不能长,明月皎皎照我床。"

④卢思道《后园宴诗》："欲眠衣先解，半醉脸愈红。"韩愈《酒中留上襄阳李相公》："银烛未销窗送曙，金钗半醉座添春。"

⑤孟棨《本事诗·高逸第三》："杜（牧）为御史，分务洛阳时，李司徒（愿）罢镇闲居，声伎豪华，为当时第一。洛中名士，咸谒见之。李乃大开筵席，当时朝客高流，无不臻赴。以杜持宪，不敢邀置。杜遣座客达意，愿与斯会。李不得已，驰书。方对花独酌，亦已酣畅，闻命遽来。时会中已饮酒，女奴百余人，皆绝艺殊色。杜独坐南行，瞪目注视，引满三厄，问李云：'闻有紫云者，孰是？'李指示之。杜凝睇良久，曰：'名不虚得，宜以见惠。'李俯而笑，诸妓亦皆回首破颜。杜又自饮三爵，朗吟而起曰：'华堂今日绮筵开，谁唤分司御史来。忽发狂言惊满座，两行红粉一时回。'意气闲逸，傍若无人。"

⑥是：傅本作"有"，元本、二妙集、毛本、朱本、龙本、曹本作"更"。骎骎：原义马疾行貌，此指时日匆匆。萧纲《纳凉诗》："斜日晚骎骎，池塘半生阴。"

⑦苏轼《熙宁中轼通守此郡除夜直都厅囚系皆满日暮不得返舍因题一诗于壁》："除日当早归，官事乃见留。执笔对之泣，哀此系中囚。小人营糇粮，堕网不知羞。我亦恋薄禄，因循失归休。不须论贤愚，均是为食谋。谁能暂纵遣，闵默愧前修。"

⑧忽：二妙集、明刊全集、毛本作"总"。庾信《小园赋》："龟言此地之寒，鹤讶今年之雪。"

蝶恋花

暮　春①

簌簌无风花自亸②。寂寞园林，柳老樱桃过。落日多情还照坐③。山青一点横云破。　　路尽河回千转柂④。系缆渔村，月暗孤灯火。凭仗飞魂招楚些⑤。我思君处君思我。

【题解】

傅藻《东坡纪年录》:"熙宁十年丁巳过齐,时公择守齐,席上作《南乡子》,又作《蝶恋花》别公择。"朱本据此编丁巳。薛本、邹王本均辨其非。王文诰《苏诗总案》卷一六云:"元丰元年戊午,三月寒食日,李常来访,公方出督城工,李常招以三绝,还作和诗。"诰案:《东都事略》:李常时由齐州徙淮南西路提点刑狱,其来乃罢齐州任赴提刑时也。"孔《谱》、薛本、邹王本据此认为此词应为元丰元年戊午(1078)三月末李常离徐时,苏轼的送行之作。

【注释】

①紫本题作"暮春"。二妙集、毛本、龙本、曹本作"暮春别李公择"。元本无题。

②簌簌:元稹《连昌宫词》:"又有墙头千叶桃,风动落花红簌簌。"靬:下垂。元本、朱本、龙本、曹本作"堕"。

③多:元本、朱本、龙本、曹本作"有"。

④千:元本作"人"。柂:此本作"拖"。

⑤宋玉《招魂》句尾皆用"些"字为语气助词,故词人沿称"楚些"。沈括《梦溪笔谈》卷三《辩证》一:"今夔、峡、湖、湘及南、北江獠人,凡禁咒句尾皆称'些',此乃楚人旧俗。"

【汇评】

邵博《邵氏闻见后录》卷十九:东坡《别李公择》长短句"凭仗飞魂招楚些。我思君处君思我",退之《与孟东野书》"以余心之思足下,知足下悬悬于余"之意也。

沈际飞《草堂诗余别集》卷二:"落日"二句,敲空有响。

陈廷焯《词则·别调集》卷一:语浅情长,笔致亦超迈。

蝶恋花

送潘大临①

别酒劝君君一醉②。清润潘郎,又是何郎婿③。记取钗头新利市。莫将分付东邻子④。　　回首长安佳丽地⑤,三十年前⑥,我是风流帅。为向青楼寻旧事,花枝缺处余名字。

【题解】

关于本词,赵令畤《侯鲭录》卷一说是苏轼在徐州"送郑彦能还都下"而作:"东坡在徐州,送郑彦能还都下。问其所游,因作词云:'十五年前,我是风流帅,花枝缺处留名字。'记坐中人语,尝题于壁。后秦少游薄游京师,见此词,遂和之,其中有'我曾从事风流府'。公闻而笑之。"曾慥云是"送潘大临",吴曾《能改斋漫录》卷十六云是苏轼在黄州"送潘邠老赴省试作"。朱本据吴说疑作于元丰六年癸亥(1083),龙本、曹本从之。薛本亦认为作于是年,但不可能是"送潘邠老赴省试作",词中"三十年前"应为"二十年前"之误。吴雪涛《苏词四首系年商兑》考证朱本编年有误。苏轼于元丰三年二月一日至黄州贬所,元丰七年四月初离黄。宋时礼部每三年一试进士,谓之"省试",在春季举行,故又称"春试"。省试之上年,各州府试举人,谓之"乡试",均在秋季举行,故又称"秋试"。凡获得应省试资格的举子,均于秋试结束后即由各州府贡举京师。查《宋史·神宗本纪》,元丰二年、八年礼部试进士,苏轼均不在黄州。苏轼在黄州期间,仅元丰五年礼部试进士,可见苏轼若在黄州确曾送潘邠老赴省试,则仅能于元丰四年秋送其赴京应五年春试,盖苏轼元丰七年虽仍在黄,然四月初即离去,其时乡试尚未举行,潘邠老纵有可能于元丰八年应礼部试,而轼亦不得送之矣。因此,本词若果如吴曾所云乃"送潘邠老赴省试作",亦自当作于元丰四年,而非元丰六年。如若作于元丰四年,与词中所写内容又有矛盾。苏轼于嘉祐元年丙申(1056)首至京师,次年丁酉(1057)与弟辙同中进士第。词中云"回首长安佳丽地,三十年前,我是风流帅",以元丰四年上溯三十年,为皇祐四年壬辰(1052),苏轼其时尚未曾至京师,何得为"长安"之"风流帅"?

因此,此词的本事应以与苏轼同时的赵令畤《侯鲭录》所记为准。苏轼于熙宁十年丁巳(1077)四月至徐州任,元丰二年己未(1079)三月即离徐赴湖州,因此,他在徐州送郑彦能之官,必为此三年中事。苏轼熙宁十年到徐州任数月,即遇黄河决口,次年即元丰元年(1078)乃募集民工,增设堤防,并修葺城上旧楼,名曰"黄楼",以为游宴之所。苏轼有《送郑户曹》即送郑彦能赴大名府司户参军诗一首,云:"河从百步响,山到九里回。山水自相激,应声转风雷。荡荡清何壖,黄楼我所开。……迟君为坐客,新诗出琼瑰。楼成君已去,人事固我乖。他年君倦游,白首赋归来。登楼一长啸,使君安在哉?"前四句写大水迫城之状,后半则云黄楼始成,彦能即去,颇道留恋感慨之情,这说明,郑彦能赴大名府司户参军在元丰元年(1078),词即作于此时。苏轼又有作于元丰元年的《中秋月三首》,第三首云:"郑子向河朔,孤舟连夜行。"句下自注云:"郑仅赴北京(按即大名府)户曹。"可见郑彦能离徐赴大名在中秋节前不久。

综上可知,此词并非在黄时送潘邠老赴省试作,而是在徐州送郑彦能赴北京户曹作,时在元丰元年(1078)八月。词云"清润潘郎"盖用晋潘岳典故,以言郑彦能容貌清丽,非谓所送即潘姓之郎。邹王本也取赵说,编于元丰元年戊午(1078)八月。

孔《谱》编元丰四年(1081)。

【注释】

①傅本、元本不载此词,见毛本,题"送潘大临"。赵令畤《侯鲭录》卷一题作"送郑彦能还都下。"潘大临:字邠老,闽人,后家黄州,因无人知其才而振之于困厄,年未五十客死于蕲春。苏轼居黄州时求得其叔潘丙(字彦明)土地东坡,并于其上营雪堂。

②劝:吴曾《能改斋漫录》卷一六作"送"。

③《晋书》卷五五《潘岳传》:"岳美姿仪,辞藻绝丽,尤善为哀诔之文。少时常挟弹出洛阳道,妇人遇之者,皆连手萦绕,投之以果,遂满车而归。"

《世说新语·容止》:"何平叔(晏)美姿仪,而至白。魏明帝疑其傅粉,正夏月,与热汤饼。既噉,大汗出,以朱衣自拭,色转皎然。"注:"《魏略》曰:'晏性自喜,动静粉帛不去手,行步顾影。'按此言则晏之妖丽,本资外饰。且晏养自宫中,与帝相长,岂复疑其形姿待验而明也。"

④东邻子:宋玉《登徒子好色赋》:"天下之佳人莫若楚国,楚国之丽者莫若臣里,臣里之美者莫若臣东家之子。东家之子,增之一分则太长,减之一分则太短;著粉则太白,施朱则太赤;眉如翠羽,肌如白雪,腰如束素,齿如含贝;嫣然一笑,惑阳城,迷下蔡。然此女登墙窥臣三年,至今未许也。"

⑤杜甫《秋兴八首》之六:"回首可怜歌舞地,秦中自古帝王州。"

⑥赵令畤《侯鲭录》作"十五年前"。

【汇评】

赵令畤《侯鲭录》卷一:东坡在徐州,送郑彦能还都下,问其所游,因作词云:"十五年前,我是风流帅。""花枝缺处留名字。"记坐中人语,尝题于壁。后秦少游薄游京师,见此词,遂和之,其中有"我曾从事风流府"。公闻而笑之。

宋翔凤《乐府余论》:其词(按指此词)恣亵,何减耆卿。是东坡偶作,以付伎席。使大雅,则歌者不易习,亦风会使然也。

浣溪沙

徐门石潭谢雨道上作五首①

照日深红暖见鱼。连溪绿暗晚藏乌②。黄童白叟聚睢盱③。　　麋鹿逢人虽未惯,猿猱闻鼓不须呼④。归家说与采桑姑。⑤

【题解】

傅藻《东坡纪年录》:"元丰元年戊午,公在徐州。三月……春旱,置虎头石潭中,作《起伏龙行》。谢雨道中,作《浣溪沙》。"孔《谱》、薛本从之,邹王本认为五首词中"收麦社"、"响缲车"、"卖黄瓜"等均属农村初夏景象,故应作于是年初夏。

【注释】

①傅本、元本、朱本、龙本、曹本题后尚多"潭在城东二十里,常与泗水增减,清浊相应"十七字。门:傅本作"州"。石潭:《苏轼诗集》卷一八《起伏龙行叙》:"徐州城东二十里,有石潭。父老云:'与泗水通,增损清浊,相应不差,时有河鱼出焉。'元丰元年春旱,或云置虎头潭中,可以致雷雨。"

②溪:元本、朱本、龙本、曹本作"村"。绿暗:傅本作"暗绿"。

③韩愈《元和圣德诗》:"黄童白叟,踊跃欢呀。"睢盱:傅注引《唐韵》云:"睢盱,仰目视也。睢音隳,盱音吁。"又《易经·豫》:"六三,盱豫,悔,迟有悔。"孔颖达疏:"盱,谓睢盱。睢盱者,喜说(悦)之貌。"

④傅注:"野人如麋鹿猿猱。"

⑤家:元本、朱本、龙本、曹本作"来"。

浣溪沙

旋抹红妆看使君。三三五五棘篱门。相挨踏破茜罗裙①。 　老幼扶携收麦社②。乌鸢翔舞赛神村③。道逢醉叟卧黄昏。

【题解】

同前首。

【注释】

①挨:元本、朱本、龙本、曹本作"排"。茜罗:傅注:"蒨罗,红罗也。"龙笺:"蒨,与茜通。"

②傅注："里社相与以收麦。"

③傅注："乌鸢以下有所搏食，故翔舞于其上。"

【汇评】

俞平伯《唐宋词选释》卷中：上片似乎白描，亦有所出。杜牧《村行》："篱窥蒨裙女。"这里将一句化作三句，而意态生动。

浣溪沙

麻叶层层苘叶光①。谁家煮茧一村香。隔篱娇语络丝娘②。　　垂白杖藜抬醉眼，捋青捣㸌软饥肠③。问言豆叶几时黄。

【题解】

同前首。

【注释】

①苘：罗愿《尔雅翼》卷八："苘，枲属，高四五尺，或六七尺，叶似苎而薄，实大如麻子。今人绩以为布及造绳索。"

②语：紫本作"女"。络丝娘：罗愿《尔雅翼》卷二五："莎鸡，振羽作声，其状头小而羽大，有青褐两种，率以六月振羽作声，连夜札札不止，其声如纺丝之声，故一名梭鸡，一名络纬，今俗人谓之络丝娘，盖其鸣时，又正当络丝之候。"

③捋：元本作"扶"。㸌：傅注："㸌，干粮也，以麦为之，野人所食。《汉书》曰：'小麦青青大麦枯。'则青者已足捋，而枯者可为㸌矣。软：饱。苏轼《发广州》："三杯软饱后，一枕黑甜余。"自注："浙人谓饮酒为软饱。"

132

浣溪沙

簌簌衣巾落枣花。村南村北响缫车①。牛衣古柳卖黄瓜②。　　酒困路长惟欲睡,日高人渴漫思茶③。敲门试问野人家④。

【题解】

同前首。

【注释】

①缫车:缫丝车。王建《田家行》:"五月虽热麦风清,檐头索索缫车鸣。"

②牛衣:傅本作"牛依",曹本作"半依"。《汉书》卷七六《王章传》:"章疾病,无被,卧牛衣中,与妻决,涕泣。"颜师古注:"牛衣,编乱麻为之,即今俗呼为龙具者。"

③漫:傅本作"谩"。皮日休《闲夜酒醒》:"酒渴漫思茶,山童呼不起。"

④《左传·僖公二十三年》:"晋公子重耳之及于难也……出于五鹿,乞食于野人,野人与之块。"

【汇评】

曾季貍《艇斋诗话》:东坡在徐州作长短句云:"半依古柳卖黄瓜",今印本作"牛衣古柳卖黄瓜",非是。予尝见东坡墨迹作"半依",乃知"牛"字误也。

胡仔《苕溪渔隐丛话》前集卷五十六引《高斋诗话》:东坡长短句云:"村南村北响缫车。"参寥诗云:"隔林仿佛闻机杼,知有人家住翠微。"秦少游云:"菰蒲深处疑无地,忽有人家笑语声。"三诗大同小异,皆奇句也。

沈际飞《草堂诗余续集》卷上:村落图。

钱允治《类选笺释续选草堂诗余》卷上:枣花落、缫车响、黄瓜卖,四月天气也。

王士祯《花草蒙拾》:"牛衣古柳卖黄瓜",非坡仙无此胸次。

浣溪沙

软草平莎过雨新①。轻沙走马路无尘。何时收拾耦耕身②。　　日暖桑麻光似泼,风来蒿艾气如薰③。使君元是此中人。

【题解】
同前首。
【注释】
①《楚辞·招隐士》:"青莎杂树兮,薠草靃靡。"洪兴祖补注:"《本草》云:莎,古人为诗多用之。此草根名香附子,荆襄人谓之莎草。"
②《论语·微子》:"长沮桀溺耦而耕,孔子过之,使子路问津焉。"郑注:"耜,广五寸,二耜为耦。"
③薰:香气。江淹《别赋》:"闺中风暖,陌上草薰。"

浣溪沙

徐州藏春阁园中①
惭愧今年二麦丰②。千畦细浪舞晴空③。化工余力染夭红④。　　归去山公应倒载⑤,阑街拍手笑儿童⑥。甚时名作锦薰笼⑦。

傅藻《东坡纪年录》:"元丰元年戊午(1078),公在徐州……作《浣溪沙》。"孔《谱》编元丰元年四月,乃"庆二麦丰收"。薛本、邹王本从之。

【注释】

①元本无题。

②惭愧:难得、幸喜。元稹《杏花》:"惭愧杏园行在景,同州园里也先开。"二麦:谓大麦、小麦。《宋书》卷六《孝武帝纪》:"今二麦未晚,甘泽频降。"

③畦:元本作"歧"。

④化工:贾谊《鵩鸟赋》:"且夫天地为炉兮,造化为工。"

⑤公:百本作"翁"。山公:指山简,山涛之子。参《鹧鸪天》(碧山影里小红旗)注三。

⑥街:紫本作"御"。李白《襄阳歌》:"襄阳小儿齐拍手,拦街争唱《白铜鞮》。傍人借问笑何事,笑杀山公醉似泥。"

⑦《苏轼诗集》卷三三《次韵曹子方龙山真觉院瑞香花》查注引《咸淳临安志》:"今东西马塍,瑞香最多,大者名锦薰笼。"杨慎《升庵诗话》卷一一"瑞香花诗":"瑞香花,即《楚辞》所谓露甲(当为申)也。一名锦薰笼,又名锦被堆。"

浣溪沙

有　赠①

惟见眉间一点黄②。诏书催发羽书忙③。从教娇泪洗红妆。　　上殿云霄生羽翼④,论兵齿颊带风霜⑤。归来衫袖有天香⑥。

【题解】

朱本、龙本未编年。曹本、薛本编戊午（1078），孔《谱》、邹王本编于是年七月，作于徐州。此词傅本题"彭门送梁左藏"。梁左藏：《苏轼诗集》卷十六有《和子由送将官梁左藏仲通》、《与梁左藏会饮傅国博家》，引合注云："梁左藏，即梁交。左藏，官名。"傅国博，国子博士，时为徐州通判。

【注释】

①紫本题作"有赠"，元本、朱本无题。

②惟：傅本、元本、二妙集、朱本、龙本、曹本作"怪"。一点黄：《太平御览》卷三六四《人事·额》引《相书占气杂要》："黄气如带当额横，卿之相也。有卒喜，皆发于色，额上面中年上，是其候也。黄色最佳。"韩愈《郾城晚饮奉赠副使马侍郎及冯李二员外》："城上赤云呈胜气，眉间黄色见归期。"傅注："相者以眉间黄色为喜色。"

③傅注："诏书，天子之召命也。羽书，兵檄必插羽以示其急。"龙笺引《汉书·高帝纪》注："檄者以木简为书，长尺二寸，用徵召也，有急事则加以鸟羽插之，名曰羽书。"

④《管子·霸形》："寡人之有仲父也，犹飞鸿之有羽翼也。"

⑤《苏轼诗集》卷四十《寄高令》："诗成锦绣开胸臆，论极冰霜绕齿牙。"

⑥杜甫《奉和贾至舍人早朝大明宫》："朝罢香烟携满袖，诗成珠玉在挥毫。"

千秋岁

湖州暂来徐州重阳作①

浅霜侵绿。发少仍新沐。冠直缝②，巾横幅③。美人怜我老，玉手簪黄菊④。秋露重，真珠落袖沾余馥。　　坐上人如玉⑤，花映花奴肉⑥。蜂蝶乱，飞相逐。明年人纵健，此会应难复⑦。须细看,晚来月上和银烛。

【题解】

傅藻《东坡纪年录》:"元丰元年戊午(1078),公在徐州,九月……又作《千秋岁》。"薛本、邹王本从之,薛本进而考证说"戊午九月九日写于徐州逍遥堂,赠王巩"。《苏轼文集》卷五十一《与王定国(十二)》:"重九登栖霞楼,望君凄然,歌《千秋岁》,满座识与不识,皆怀君。遂作一词云:'霜降水痕收……明日黄花蝶也愁。'其卒章,则徐州逍遥堂中夜与君和诗也。"

【注释】

①元本题作"重阳作徐州"。此据紫本。

②《礼记·檀弓上》:"古者冠缩缝,今也衡(横)缝。"注云:"缩,从(纵)也。"

③《晋书》卷二五《舆服志》:"巾,以葛为之,形如帕而横著之。"

④黄:傅本、元本、朱本、龙本、曹本作"金"。周密《武林旧事》卷三《重九》:"都人是日饮新酒,泛萸簪菊。"

⑤《诗经·秦风·小戎》:"言念君子,温其如玉。"

⑥南卓《羯鼓录》:"汝南王琎,宁王子也,咨(姿)容妍美,秀出藩,玄宗特钟爱焉。自传授之,又以其聪悟敏慧,妙达音旨,每随游幸,顷刻不舍。常戴砑绡帽打曲,上自摘红槿花一朵,置于帽上笪当是檐宇处,二物皆极滑,久之方安。遂奏舞山香一曲,而花不堕落。上大喜,笑赐琎金器一厨,因夸曰:'真花奴(盖琎小字)姿质明莹,肌发光细,非人间人,必神仙谪堕也。'"杜甫《暮秋枉裴道州手札》:"忆子初尉永嘉去,红颜白面花映肉。"

⑦杜甫《九日蓝田崔氏庄》:"明年此会知谁健,醉把茱萸仔细看。"

永遇乐

公旧注云:夜宿燕子楼,梦盼盼,因作此词。一云:徐州

梦觉此登燕子楼作^①

明月如霜^②，好风如水^③，清景无限。曲港跳鱼，圆荷泻露，寂寞无人见。纵如三鼓^④，铿然一叶^⑤，黯黯梦云惊断^⑥。夜茫茫，重寻无处，觉来小园行遍。　　天涯倦客，山中归路，望断故园心眼^⑦。燕子楼空，佳人何在，空锁楼中燕。古今如梦，何曾梦觉^⑧，但有旧欢新怨。异时对，黄楼夜景^⑨，为余浩叹。

【题解】

王文诰《苏诗总案》卷一七：元丰元年戊午（1078）八月十一日黄楼成，十月十五日"观月黄楼，席上次韵。梦登燕子楼。翌日往寻其地，作《永遇乐》词"。针对此词的题序，龙本引郑文焯语曰："燕子楼未必可宿，盼盼更何必入梦？东坡居士断不作此痴人说梦之题，亟宜改正。"并云"题当从王案"。认为《总案》之说可信。薛本、邹王本即据《总案》编元丰元年十月。

【注释】

①毛本无"公旧注云"。傅本、元本略同原题注，惟傅本"徐州"下衍"夜"字，无"北"字。元本"公旧注云"作"彭城"，"徐州"下衍"夜"字，"北"作"此"。朱本、龙本题同元本，惟删去"一云"以下十三字。燕子楼：白居易《燕子楼三首序》："徐州故张尚书有爱妓曰盼盼，善歌舞，雅多风态。予为校书郎时，游徐、泗间。张尚书宴予，酒酣，出盼盼以佐欢。欢甚，予因赠诗云：'醉娇胜不得，风袅牡丹花。'一欢而去。尔后绝不相闻，迨兹仅一纪矣。昨日司勋员外郎张仲素缋之访予，因吟新诗，有《燕子楼三首》，词甚婉丽。诘其由，为盼盼作也。缋之从事武宁军累年，颇知盼盼始末，云：'尚书既殁，归葬东洛，而彭城（徐州）有张氏旧第，第中有小楼名燕子。盼盼念旧爱而不嫁，居是楼十余年，幽独块然，于今尚在。'"

②李频《八月十五夜对月》："坐无云雨至，看与雪霜同。"

③傅注："清风如水。宋玉曰：'其风也，清清泠泠。'"

④《晋书》卷九十《邓攸传》："郡常有送迎钱数百万，攸去郡，不受一钱。"

百姓数千人留牵攸船,不得进,攸乃小停,夜中发去。吴人歌之曰:'纨如打五鼓,鸡鸣天欲曙。邓侯拖不留,谢令推不去。'"

⑤韩愈《秋怀诗十一首》之九:"霜风侵梧桐,众叶著树乾。空阶一片下,琤若摧琅玕。"

⑥见《祝英台近》(挂轻帆)注④。

⑦杜甫《春日梓州登楼二首》之二:"天畔登楼眼,随春入故园。"

⑧《庄子·内篇·大宗师》:"吾特与汝,其梦未始觉者邪。"

⑨秦观《黄楼赋引》:"太守苏公守彭城之明年,既治河决之变,民以更生;又因修缮其城,作黄楼于东门之上。以为水受制于土,而土之色黄,故取名焉。"

【汇评】

胡仔《苕溪渔隐丛话》后集卷二十六:子瞻佳词最多,其间杰出者,如……"明月如霜,好风如水,清景无限",夜登燕子楼词……凡此十余词,皆绝去笔墨畦径间,直造古人不到处,真可使人一唱而三叹。若谓以诗为词,是大不然。

王奕清《历代词话》卷五引曾慥《高斋词话》:少游自会稽入都见东坡,东坡曰:"不意别后公却学柳七作词!"少游曰:"某虽无学,亦不如是。"东坡曰:"销魂当此际,非柳七语乎?"坡又问别作何调,少游举"小楼连苑横空,下窥绣毂雕鞍骤。"东坡曰:"十三个字,只说得一个人骑马楼前过。"少游问公近作,乃举"燕子楼空,佳人何在,空锁楼中燕。"晁无咎曰:"只三句,便说尽张建封事。"

先著、程洪《词洁》卷五:"野云孤飞,去来无迹",石帚之词也。此词亦当不愧此品目,仅叹赏"燕子楼空"十三字者,犹属附会浅夫。

邓廷桢《双砚斋词话》:(此词)能簸之揉之,高华沉痛,遂为石帚导师。

沈祥龙《论词随笔》:词当意余于辞,不可辞余于意。东坡谓少游"小楼连苑横空,下窥绣毂雕鞍骤"二句,只说得车马楼下过耳,以其辞余于意也。若意余于辞,如东坡"燕子楼空,佳人何在,空锁楼中燕",用张建封事,白石"犹记深宫旧事,那人正睡里,飞近蛾绿",作寿阳事,皆为玉田所称,盖辞简而余意悠然不尽也。

郑文焯《手批东坡乐府》:公以"燕子楼空"三句语秦淮海,殆以示咏古之超宕,贵神情,不贵迹象也。

南乡子

自　述①

凉簟碧纱厨②。一枕清风昼睡余③。睡听晚衙无一事④,徐徐。读尽床头几卷书。　　搔首赋归欤⑤。自觉功名懒更疏⑥。若问使君才与术,何如。占得人间一味愚。

【题解】

朱本将此词与后一首系于《南乡子》(东武望余杭)之后并注云:"案二词题调皆同前首,似是一时唱和之作。"认为于熙宁七年甲寅(1074)九月作于杭州,是送别时的唱和之作。薛本编是年八月。孔《谱》编元丰元年(1078)作于徐州,邹王本从之,认为此词乃自述情怀之作,非送别之词。据"凉簟"、"清风",知作于秋天。今暂从孔《谱》、邹王本之说。

【注释】

①紫本、百本、毛本题"自述",傅本题作"和元素",元本、朱本、龙本、曹本题作"和杨元素"。

②王建《赠王处士》:"松树当轩雪满地,青山掩障碧纱厨。"

③苏轼《睡起闻米元章冒热到东园送麦门冬饮子》:"一枕清风值万钱,无人肯买北窗眠。"

④白居易《舒员外游香山寺大夸胜事题长句以赠之》:"白头老尹府中坐,早衙才退晚衙催。"

⑤《论语·公冶长》:"子在陈曰:'归欤,归欤。'"王粲《登楼赋》:"昔尼父之在陈兮,有'归欤'之叹音。"

⑥傅注："嵇叔夜(康)不步(当为'涉')经学,性复疏懒;孔文举才疏意广,卒无成功。"

阳关曲

军　中①

受降城下紫髯郎②。戏马台南旧战场③。恨君不取契丹首,金甲牙旗归故乡④。

【题解】

傅藻《东坡纪年录》："元丰元年戊午,公在徐州,又作《阳关词》。"薛本、邹王本从之。

【注释】

①原题作"军中",傅本、元本无题,《苏轼诗集》作"赠张继愿"。

②受降城:《苏轼诗集》施注:"《汉书·匈奴传》:令因杅将军(按指公孙敖)筑受降城。"查注:"《旧唐书》:神龙三年,张仁愿于河北筑三受降城,首尾相应,以绝南寇之路。自是突厥不敢度山放牧。《元和郡县志》:东受降城,汉云中郡地,在榆林县东北八里。中受降城,本汉五原郡地,今为天德军。西受降城,在丰州西北八十里,盖汉朔方郡地。"紫髯郎:见《南乡子》(不到谢公台)注③,此借指张继愿。

③戏马台:见《浣溪沙》(缥缈红妆照浅溪)注②。傅注:"刘、项尝战此地,故曰'旧战场'。"《苏轼诗集》王注:"自春秋以来,乃用武之处。春秋郑伯取宋彭城,而汉高祖、项羽皆起于此,后汉吕布自下邳相持,筑城于彭城。"

④张衡《东京赋》:"戈矛若林,牙旗缤纷。"薛综注:"兵书曰:牙旗者,将军之旌。谓古者天子出建大牙旗,杆上以象牙饰之,故云牙旗。"

141

南歌子

有　感①

笑怕蔷薇罥②，行忧宝瑟僵③。美人依约在西厢④。只恐
暗中迷路、认余香。　　午夜风翻幔，三更月到床⑤。簟纹如
水玉肌凉。何物与侬归去、有残妆⑥。

【题解】

朱本、龙本、邹王本未编年。《诗集》卷十六有《章质夫寄惠崔徽真》，作
于元丰元年正月。薛本认为崔徽事与莺莺事略同，东坡在本词及后两首词
中因此及彼，两事合用，故将这三首词与诗编于同年，作于元丰元年
(1078)。王文龙《读东坡词札记二题》认同薛说，并进一步分析说，本词写
张生从赴约到幽会归来，通篇作张生(也可以说包括裴敬中)口吻来写。上
片侧重写张生偷期的隐秘心理——封建道德压抑下某种人性的不自觉的
外露，描摹了这个男子要与心上人幽会时唯恐被人撞破，以及在暗中摸索
前进时特有的心态。下片写幽会与归去时的感觉，尽管作者只是从旁点
染，而将有关情事推到幕后，但表述的大胆、真率，还是足以使封建时代道
貌岸然的正统人物咋舌，而青年男女对爱情自由勇敢而热烈的追求表现具
足。较之前一首词，后两首《雨中花慢》词侧重表现热恋中的青年男女在爱
情波折和离别相思中的彷徨和苦痛。二词同是从张生一方着笔，不过叙述
方式作了转换，由第一人称改为第三人称，描叙的重点也有所不同。前一
首详写赴约前后的曲折过程，上片重在写张生相思无奈的心态，下片写张
生恋爱生活中的波折、苦涩以及偷会幽期的喜慰之情。后一首上片则写因
外出而暂时中断联系，给张生带来的烦恼、孤独和忧伤，下片写观画忆人，
显然转换成了崔徽与裴敬中的爱情悲剧，从相思离别一侧面深化了男女
青年爱情生活中的精神创痛。

【注释】

①傅本、元本无题。

②怕：紫本、百本作"拍"。胃：傅本作"骨"。颜师古《隋遗录》卷下："(隋炀)帝幸月观，烟景清朗，中夜独与萧妃起临前轩，帘栊不开，左右方寝。帝凭妃肩说东宫时事。适有小黄门映蔷薇花丛调宫婢，衣带为蔷薇胃结，笑声吃吃不止。帝望见腰支纤弱，意为宝儿有私。帝披单衣亟行擒之，乃宫婢雅娘也。"

③《汉书》卷六八《金日磾传》："日磾视其(莽何罗)志意有非常，心疑之，阴独察其动静，与俱上下。何罗亦觉日磾意，以故久不得发。是时上(汉武帝)行幸林光宫，日磾小疾卧庐，何罗与通及小弟安成矫制夜出，共杀使者，发兵。明日，上未起，何罗亡何从外入。日磾奏厕必动，立坐内户下。须臾，何罗袖白刃从东箱上，见日磾，色变，走趋卧内欲入，行触宝瑟，僵。"

④元稹《会真记》记崔莺莺诗云："待月西厢下，迎风户半开。拂墙花影动，疑是玉人来。"

⑤《会真记》："是夕，旬有八日也。斜月晶莹，幽辉半床。"

⑥《会真记》："张生飘飘然，且疑神仙之徒，不谓从人间至矣。有顷，寺钟鸣，天将晓。红娘促去。崔氏娇啼宛转，红娘又捧之而去。终夕无一言。张生辨色而兴，自疑曰：'岂其梦邪？'及明，睹妆在臂，香在衣，泪光荧荧然，犹莹于茵席而已。"

【汇评】

沈际飞《草堂诗余别集》卷二：强自慰，亦誉美人，至矣。

卓人月《古今词统》卷七：末句即《会真记》"靓妆在臂"之意。

雨中花慢

邃院重帘何处，惹得多情，愁对风光①。睡起酒阑花谢，蝶乱蜂忙。今夜何人，吹笙北岭，待月西厢②。空怅望处，一株红杏,斜倚低墙③。　　　羞颜易变,傍人先觉,到处被著猜防④。谁信道,些儿恩爱。无限凄凉。好事若无间阻,幽欢却是寻常。一般滋味,就中香美,除是偷尝。

【题解】

这两首《雨中花慢》紫本、傅本、元本、明刊全集不载,最早见于外集,二妙集、毛本、朱本、龙本、《全宋词》均载。朱本凡例云此词与另一首《雨中花慢》(嫩脸羞蛾)"不类坡词,苦无显证"。曹本因此词意境与东坡之人格不类而列误入词类,邹王本列存疑词类。薛本编年同前首,盖歌咏唐传奇中张生与崔莺莺的爱情故事。

【注释】

①《会真记》记张生谓红娘语:"昨日一席间,几不自持。数日来,行忘止,食忘饱,恐不能逾旦暮,若因媒氏而娶,纳采问名,则三数月间,索我于枯鱼之肆矣。"

②元稹《莺莺传》:"张大喜,立缀《春词》二首以援之。是夕,红娘复至,持彩笺授张,曰:'崔所命也。'题其篇曰《明月三五夜》。其词曰:'待月西厢下,迎风户半开。拂墙花影动,疑是玉人来。'张亦微喻其旨。"

③《会真记》:"是夕,岁二月旬有四矣。崔之东有杏花一株,攀援可逾。既望之夕,张因梯其树而逾焉。达于西厢,则户半开矣。"吴融《途中见杏花》:"一枝红杏出墙头,墙外行人正独愁。"

④《会真记》写张生来到莺莺住处,莺莺数落张生道:"兄之恩,活我之家,厚矣。是以慈母以弱子幼女见托。奈何因不令之婢,致淫逸之词。始以护人之乱为义,而终掠乱以求之。是以乱易乱,相去几何? 诚欲寝其词,则保人之奸,不义。明之于母,则背人之惠,不祥。将寄于婢仆,又惧不得发其真诚。是用托短章,愿自陈启。犹惧兄之见难,是用鄙靡之词,以求其必至。非礼之动,能不愧心。特愿以礼自持,毋及于乱。"

江神子①

墨云拖雨过西楼。水东流。晚烟收②。柳外残阳,回照动帘钩③。今夜巫山真个好,花未落,酒新篘④。　　美人微笑转星眸。月华羞,捧金瓯。歌扇萦风,吹散一春愁。试问江南诸伴侣,谁似我,醉扬州。

【题解】

朱本、龙本未编年。曾凡礼《苏东坡词选释》定此词为苏轼"五十七岁(元祐七年,1092)任短暂的扬州太守时的作品"。刘崇德《苏词编年考》则认为,苏轼一生倅杭、知密、知湖、量汝、返朝(元丰八年五月)凡五过扬州,又于元祐七年正月至七月知扬州。从"花未落"、"吹散一春愁"句看,词当作于春末。查苏轼倅杭过扬州为熙宁四年(1071)十月,知密过扬为熙宁七年初冬,皆与词中所叙时令不合,而苏轼自徐赴湖州任过扬州时正值暮春三月,中年时期更易有杜牧风流之思,故编于自徐州赴湖州任过扬州时的元丰二年己未(1079),邹王本从之。薛本编元祐七年壬申(1092)自湖州移扬州时的作品。

【注释】

①傅本、元本不载此词。
②唐太宗《赋得白日伴西山》:"晚烟含树色,栖鸟杂流声。"
③杜甫《落日》:"落日在帘钩,溪边春事幽。"
④计有功《唐诗纪事》卷六五"杜荀鹤"条:"荀鹤曾得诗一联云:'旧衣灰絮絮,新酒竹篘篘。'"

江神子

天涯流落思无穷。既相逢。却匆匆。携手佳人,和泪折残红②。为问东风余几许,春纵在,与谁同。　　隋堤三月水溶溶③。背归鸿。去吴中④。回首彭城,清泗与淮通。寄我相思千点泪⑤,流不到,楚江东。

【题解】

王文诰《苏诗总案》卷一八:己未(元丰二年,1079)三月,"告下,以祠部员外郎直史馆知湖州军州事,留别田叔通、寇元弼、石坦夫,作《江神子》词"。薛本、邹王本从之。时苏轼自徐州移知湖州,为留别之作。

【注释】

①此词傅本存目缺词。元本、朱本、龙本、曹本题"别徐州"。此据紫本。

②王建《宫词一百首》:"树头树底觅残红,一片西飞一片东。"

③白居易《隋堤柳》:"隋堤柳,岁久年深尽衰朽……大业中年炀天子,种柳成行夹水流。西至黄河东至淮,绿阴一千三百里。"

④吴中:湖州。鸿雁春天北归,作者由徐州南移湖州,故曰北归鸿。

⑤张君房《丽情集》:"灼灼,锦城官中奴,御史裴质与之善。裴召还,灼灼每遣人以软红绢聚红泪为寄。"

【汇评】

杨慎《草堂诗余》:结句从李后主"恰似一江春水向东流"转出,更进一步。

李廷机《新刻注释草堂诗余评林》:伤别之意,至矣,尽矣。

陈廷焯《云韶集》卷二:语极沉着,一往情深。

黄苏《蓼园词选》:彭城即徐州,泗水、汴水皆在焉。其形胜东接齐鲁、北属赵魏,南通江淮,西控梁楚。意此时东坡于彭城遇旧好、又别之而赴淮扬,临别赠言也。先从自己流落写起,言旧好遇于彭城,又匆匆折残红以泣别,别后虽有春,不能共赏矣。隋堤,汴堤也,通于淮,言我沿隋堤而下维扬,回望彭城,相去已远,纵泗水流与淮通,而泪亦寄不到,为可伤也。楚江东,谓扬州,古称"吴头楚尾"也,故曰吴中,又曰楚江东。

减字木兰花

送　别①

玉觞无味。中有佳人千点泪②。学道忘忧③。一念还成不自由④。　　如今未见。归去东园花似霰⑤。一语相开。匹似当初本不来。

【题解】

朱本、薛本、邹王本均编元丰二年己未(1079)三月,将别徐州时作。孔《谱》则编元丰元年(1078)。

【注释】

①傅本、元本、朱本、龙本、曹本作"彭门留别"。此据紫本。

②中:紫本、百本作"巾"。

③《汉书》卷六六《杨恽传》:恽报孙会宗书曰:"君子游道,乐以忘忧;小人全躯,说以忘罪。"

④傅注:"释氏以邪心、正性,皆生乎一念。"

⑤梁元帝《春别应令诗四首》之一:"昆明夜月光如练,上林朝花色如霰。朝花夜月动春心,谁忍相思今不见。"

木兰花令

经旬未识东君信^①。一夕薰风来解愠^②。红绡衣薄麦秋寒^③,绿绮韵低梅雨润^④。　　瓜头绿染山光嫩。弄色金桃新傅粉^⑤。日高慵卷水晶帘^⑥,犹带春醪红玉困^⑦。

【题解】

此词傅本、元本、百本、明刊全集本不载,据明刊外集、二妙集、毛本(调作《玉楼春》)、朱本、龙本、全宋词、曹本补。朱本、龙本、邹王本未编年。薛本云:"考先生于己未(元丰二年,1079)三月十日抵南都,过张方平乐全堂,访吕熙道,以病留南都半月,时吕为南都守。《文集》卷五九《与吕熙道二首》其一曰:'既至治下,谓当朝夕继见,而病与人事夺之,又迫于行,匆遽舍去,可胜叹也。'其二曰:'南都住半月,恍然如一梦耳。'又,《文集》卷十一《灵壁张氏园亭记》云:'余自彭城移守吴兴,由宋登舟,三宿而至其下。'文末署曰'元丰二年三月廿七日记',以此,知公离南都则在三月廿四日也。十日到、廿四日离,刚好半月。《诗集》卷十八《罢徐州,往南京,马上走笔寄子由五首》其四有句云:'前年过南京,麦老樱桃熟。今来旧游处,樱麦半黄绿。'词云'经旬',盖整言之,即南都卧病半月,故'未识都君信'耳。'麦秋寒'亦即'樱麦半黄绿'时也,原之时令、事实、词意,盖离南都时友人(张方平或吕熙道)送别,伶人佐酒,作此词。暂系己未三月直旬,待详考。"

【注释】

①未识:外集、二妙集缺。东君:司春之神。成彦雄《柳枝词》之三:"东君爱惜与先春,草泽无人处也新。"

②薰风:《史记》卷二四《乐书》:"昔者舜作五弦之琴,以歌《南风》。"郑玄注:"《南风》,长养之风也,言父母之长养也。"王肃曰:"《南风》,育养民之诗也。其辞曰:'南风之薰兮,可以解吾民之愠兮。'"

③麦秋:《礼记·月令·孟夏之月》:"是月也,聚蓄百药,靡草死,麦秋
至。"蔡邕《月令章句》:"百谷各以其初生为春,熟为秋,故麦以孟夏为秋。"
指阴历四月麦熟时节。

④绿绮:傅休弈《琴赋序》:"楚庄王有鸣琴曰绕梁,司马相如有琴曰绿
绮,蔡邕有琴曰焦尾,皆名器也。"《文选》卷三十张孟阳《拟四愁》:"佳人遗
我绿绮琴,何以赠之双南金。"梅雨:《初学记》卷二引梁元帝《纂要》:"梅熟
而雨曰梅雨。"注:"江东呼为黄梅雨。"陈善《扪虱新话》卷一三:"今江湖二
浙,四五月之间,梅欲黄而雨谓之梅雨。"

⑤金桃:《旧唐书》卷一九八《西戎传》:"武德十一年,(康国)又献金桃、
银桃,诏令植之于苑囿。"《种树书》谓柿接桃,则为金桃。傅粉:《世说新语》
下卷上《容止》:"何平叔(晏)美姿仪,面至白,魏明帝疑其傅粉。正夏月,与
热汤饼,既噉,大汗出,以朱衣自拭,色转皎然。"

⑥宋之问《明河篇》:"云母帐前初泛滥,水精帘外转逶迤。"

⑦春醪:陶渊明《和刘柴桑》:"谷风转凄薄,春醪解饥劬。"红玉:刘歆
《西京杂记》:"赵后(飞燕)体轻腰弱,善行步进退,女弟昭仪不能及也。但
昭仪弱骨丰肌,尤工笑语,二人并色如红玉,为当时第一,皆擅宠后宫。"

木兰花令①

高平四面开雄垒②。三月风光初觉媚。园中桃李使君
家,城上亭台游客醉。　　歌翻杨柳金尊沸③,饮散凭阑无限
意④。云深不见玉关遥⑤,草细山重残照里。

【题解】

朱本、龙本未编年。曹本云:"考此词首句,高平在宋为泗州临淮郡。
至于'四面开雄垒',即临淮关向为南北交通孔道之形势。又此词次句,明
言作词之时令。考东坡一生,多次经过临淮,故诗集《淮上早发》有'此生定

向江湖老,默数淮中十往来'之句。王案(卷三五)详注此'淮中十往来'句之年月,文长不录。其中仅元祐七年壬申三月由颍移扬途中,十二日抵泗州之一次,能与此词次句相合。"故编元祐七年壬申(1092)三月,作于泗州。邹王本从之。薛本认为,在苏轼十过泗州中,己未(1079)与壬申(1092)两次在时间上与词中"三月风光初觉媚"相合。然壬申过泗,因久旱不雨,流民载道,公屏去吏卒,入乡吊民,唯去大圣普照王之塔祈雨,无其他游踪,亦无游兴,何言"三月风光初觉媚"?而元丰二年己未(1079)过泗赴湖州与此词相合。是年三月初告下,以祠部员外郎直史馆知湖州军州事,三月十日抵南都,以病留半月,二十四日别南都,二十七日至灵壁,四月二十日至湖州任。经过泗州当在三月二十八、九日数日间。是年二月有旱情,三月则久旱逢雨,正是"风光媚"之时,"初"字也有了着落。其时泗守为孙奕孙景山,词中"园中桃李使君家"即指孙奕。

【注释】

①紫本、傅本、百本、元本、明刊全集不载。毛本调作《玉楼春》。

②据《汉书》卷二十八上《地理志》载,临淮郡辖县二十九,高平为其一,即宋之泗州。

③白居易《杨柳枝词八首》之一:"古歌旧曲君休听,听取新翻《杨柳枝》。"

④曹唐《小游仙诗》十四:"酒酽春浓琼草齐,真公饮散醉如泥。"

⑤《后汉书》卷四十七《班超传》:超自以久在绝域,年老思土,上疏曰:"臣不敢望到酒泉郡,但愿生入玉门关。"注:"玉门关属敦煌郡,今沙州也。去长安三千六百里。"李白《子夜吴歌》:"秋风吹不尽,总是玉关情。"

南歌子

湖州作①

山雨潇潇过,溪桥浏浏清②。小园幽榭枕蘋汀③。门外月华如水④、彩舟横。　　苕岸霜花尽⑤，江湖雪阵平。两山遥指海门青⑥。回首水云何处、觅孤城。

【题解】

王文诰《苏诗总案》卷一八云："十三日钱氏园送刘拐赴余姚并作《南歌子》词。本集湖州调寄《南歌子》词云：'山雨潇潇过……'《南柯子》，集中作《南歌子》。《施》注以墨迹刻石，此为送刘拐词。后题元丰二年五月十三日吴兴钱氏园作。"《苏轼诗集》卷一八《送刘拐寺丞赴余姚》施注："刘寺丞，名拐，字行甫，长兴人……后七载，公守湖州，行甫自长兴道郡城赴余姚，公既赋此诗，又即席作《南柯子》词为饯，首句云'山雨潇潇过'者是也。后题'元丰二年五月十三日吴兴钱氏园作'。今集中乃指他词为送行甫，而此词第云'湖州作'，误也。真迹，宿皆刻石余姚县治。"朱本卷一："别有'日出西山雨'一首，题作《送行甫赴余姚》，即施注所谓他词者，疑与是词题互误。"薛本、邹王本从之。故此词为元丰二年（1079）五月十三日，苏轼在湖州的钱氏园送别离开湖州去杭州任官的刘拐而作。孔《谱》则编元丰元年（1078）。

【注释】

①湖州：龙笺引《一统志》："湖州府，《禹贡》扬州之域，三国吴始于乌程置吴兴郡，唐置湖州，宋曰湖州吴兴郡。"

②潇潇：元本、朱本、龙本、曹本作"萧萧"。桥：元本、朱本、龙本、曹本作"风"。浏浏：潘岳《寡妇赋》："雪霏霏而骤落兮，风浏浏而夙兴。"谢惠连《泛湖归出楼中玩月》："亭亭映江月，浏浏出谷飙。"王逸《楚辞注》曰："浏，风疾貌。"

③枕：《汉书》卷六四上《严助传》："会稽东接于海，南近诸越，北枕大江。"颜师古注："枕，临也。"

④谢庄《月赋》："柔祇雪凝，圆灵水镜。"《文选》注："柔祇，地也。圆灵，天也。"

⑤苕：苕溪。《太平寰宇记》卷九四《江南东道·湖州·乌程县》："苕溪在县南五十步大溪西，西从浮玉山，东至兴国寺，以其两岸多生芦苇，故名

苕溪。"

⑥海门:傅注:"钱塘江海门,两山对起。"

双荷叶

即秦楼月①

双溪月②。清光偏照双荷叶。双荷叶。红心未偶,绿衣偷结③。　　背风迎雨流珠滑④。轻舟短棹先秋折。先秋折。烟鬟未上,玉杯微缺。

【题解】

傅藻《东坡纪年录》、朱本、曹本、龙本、石唐本、薛本都认为是元丰二年(1079)五月。孔《谱》卷十一则认为,熙宁五年(1072),苏轼在杭州通判任,奉转运使檄'相度捍堤'事,十二月至湖州,"晤邵迎、贾收……尝赋《双荷叶》、《荷花媚》赠收妾双荷叶"。邹王本从之。龙吟《苏轼词作编年新说》认为孔《谱》有误,薛氏《笺证》将《双荷叶》系于元丰二年苏轼知湖州时作,较为准确。保苅佳昭《苏轼词编年考》则以孔《谱》为是。苏轼在元丰二年五月写过一首《乘舟过贾收水阁,收不在,见其子三首》诗,诸书即以此为据将词编于同年。《编年考》认为,此词是戏弄贾收要娶很年轻的"双荷叶"的谐谑词,从词题和内容看,是贾收将要娶双荷叶时所写,而诗歌则写于贾收已娶双荷叶之后,因此词只能作于元丰二年之前。苏轼在这年之前见过贾收的是熙宁五年十二月,当时苏轼通判杭州,因公务去了湖州。他见贾收并写了《和邵同年戏赠贾收秀才三首》诗,其中"朝见新荑出旧槎"一句吟咏老人(贾收)要娶年轻的女子(双荷叶),其谐谑与词《双荷叶》相合。所以此词不是元丰二年五月所写,而是熙宁五年十二月苏轼以公务过湖州时所作的。

【注释】

①紫本、百本调下注"即秦楼月",无题。元本题作"湖州贾耘老小妓名双荷叶"。谈钥《吴兴志》:"贾收,字耘老,有诗名,喜饮酒,其居有水阁曰'浮晖'。李公择、苏子瞻为州,与之游,唱酬极多……收素贫,东坡每念之,尝写古木怪石,书其后以赠耘老云:'今日舟中霜寒,十指如悬槌,适有人致嘉酒,遂独饮一杯,醺然径醉。念贾处士贫甚,无以慰其意,为作古木怪石一纸,每遇饥时,辄一开看,饱人否? 若吴兴有好事者,能为君月致米三石、酒三斗终君之世者,当便以赠之。不尔,可令双荷叶收掌(原注:双荷叶,耘老侍姬),须添丁长,以付之也(原注:添丁,耘老之子)。'苏去,公作亭,以'怀苏'名之。有诗一编,号《怀苏集》。"

②双溪:谓苕溪和霅溪。胡仔《苕溪渔隐丛话》前集卷五九:"贾耘老旧有水阁,在苕溪之上,景物清旷,东坡作守时屡过之,题诗画竹于壁间。"

③《诗经·邶风·绿衣》:"绿兮衣兮,绿衣黄裳。"毛《传》谓《绿衣》为妾僭夫人之诗,故后世以绿衣代指妾。

④流:毛本、百本作"泪",元本、朱本、龙本、曹本作"流"。

【汇评】

郑文焯《大鹤山人词话》:集中《双荷叶》,本耘老侍儿小名,公即以为曲名,且词中以荷叶贴切,尤尽清妙之致。此犀丽玉并姓字亦曲曲写出,独可疑乎?

朱本卷一:案是调为《忆秦娥》,或公易以新名。

渔家傲

七　夕①

皎皎牵牛河汉女。盈盈临水无由语②。望断碧云空日暮③。无寻处。梦回芳草生春浦④。　　鸟散余花纷似雨⑤。

汀洲蘋老香风度⑥。明月多情来照户⑦。但揽取。清光长送人归去⑧。

【题解】

朱本卷一："案词有'汀洲蘋老'语，疑在湖州时作。公在湖州遇七夕，惟元丰己未（1079）也。"薛本、邹王本从之。

【注释】

①二妙集、毛本无题。紫本、傅本、元本、百本题作"七夕"。

②《古诗十九首》之十："迢迢牵牛星，皎皎河汉女……河汉清且浅，相去复几许。盈盈一水间，脉脉不得语。"

③江淹《杂诗三十首》之三十："日暮碧云合，佳人殊未来。"

④谢灵运《登池上楼》："池塘生春草，园柳变鸣禽。"《南史》卷一九《谢惠连传》："惠连年十岁能属文，族兄灵运嘉赏之，云'每有篇章，对惠连辄得佳语'。尝于永嘉西堂思诗，竟日不就，忽梦见惠连，即得'池塘生春草'，大以为工。"

⑤谢朓《游东田》："鱼戏新荷动，鸟散余花落。"李贺《将进酒》："况是青春日将暮，桃花乱落如红雨。"

⑥宋玉《风赋》："夫风起于地，生于青蘋之末。"

⑦陆机《拟明月何皎皎诗》："安寝北堂上，明月入我牖。"

⑧陆机《拟明月何皎皎诗》："照之有余辉，揽之不盈手。"

贬居黄州时的词作

临江仙

龙丘子自洛之蜀，载二侍女，戎装骏马。至溪山佳处，辄留，见者以为异人。后十年，筑室黄冈之北，号静安居士。作此记之[①]

细马远驮双侍女[②]，青巾玉带红靴。溪山好处便为家[③]。谁知巴峡路，却见洛城花[④]。　　面旋落英飞玉蕊[⑤]，人间春日初斜。十年不见紫云车[⑥]。龙丘新洞府，铅鼎养丹砂[⑦]。

【题解】

王文诰《苏诗总案》卷二十："元丰三年庚申（1080），正月一日公挈迈出京（赴黄州）……二十五日将赴歧亭，山上有白马青盖疾驰来迎者，则歧下故人陈慥季常也。相从至其家……为留五日，作'昨日云阴重，东风融雪汁'诗，并赠《临江仙》词。"孔《谱》、薛本、邹王本从之。

【注释】

①傅本、元本"辄留"后有"数日"，"后"前有"其"，"号"后有"曰"。"作此记之"：傅本作"乃作《临江仙》以纪之"，元本作"作此词赠之"。龙丘子：清《一统志》卷三四一《黄州府·山川》："龙丘在黄冈县北一百二十里，宋陈慥居此，以地为号。"《苏轼文集》卷十三《方山子传》："方山子，光、黄间隐人也。少时慕朱家、郭解为人，闾里之侠皆宗之。稍壮，折节读书，欲以此驰骋当世。然终不遇，晚乃遁于光、黄间曰歧亭。庵居蔬食，不与世相闻。弃车马，毁冠服，徒步往来山中，人莫识也。见其所著帽，方屋而高，曰：'此岂古方山冠之遗像乎？'因谓之方山子。余谪居于黄，过歧亭，适见焉。曰：'呜呼，此吾故人陈慥季常也，何为而在此？'方山子亦矍然问余所以至此者。余告之故，俯而不答，仰而笑，呼余宿其家。环堵萧然，而妻子奴婢皆

有自得之意。"

②细马：良马。李白《对酒》："蒲萄酒,金叵罗,吴姬十五细马驮。"

③《苕溪渔隐丛话》前集卷五十七引可士《送僧》："是山皆有寺,何处不为家。"

④欧阳修《洛阳牡丹记·花品序》："(牡丹花)出洛阳者,为天下第一。"

⑤面旋：曾巩《雪亳州》："繁英飞面旋,艳舞起翩跹。"

⑥张华《博物志》卷八："汉武帝好仙道,祭祀名山大泽,以求神仙之道。时西王母遣使乘白鹿告帝当来,乃供帐九华殿以待之。七月七日夜漏七刻,王母乘紫云车而至。"杜牧《张好好诗》："聘之碧瑶珮,载以紫云车。"

⑦葛洪《抱朴子内篇》卷四《金丹》："刘元丹法：以丹砂内玄水液中,百日紫色,握之不污手。又和以云母水,内管中漆之,投井中百日,化为赤水,服一合得百岁,久服长生也。"

【汇评】

李调元《雨村词话》卷一：毛文锡《西溪子》云："娇妓舞衫香暖,不觉到斜晖。马驮归。"东坡《临江仙》云："细马远驮双侍女。""驮"字本此。

郑文焯《手批东坡乐府》：词句亦飘飘欲仙。

卜算子

黄鲁直跋云：东坡道人在黄州时作,语意高妙,似非吃烟火食人语。非胸中有万卷书,笔下无一点尘俗气,孰能至是①

缺月挂疏桐,漏断人初静②。时见幽人独往来③,缥缈孤鸿影。　　惊起却回头,有恨无人省。拣尽寒枝不肯栖④,枫落吴江冷⑤。

从黄庭坚跋及傅本题可知,此词乃苏轼贬谪黄州寓居定惠院时所作。定惠院:明弘治《黄州府志》卷四:"定惠院,在府治东南,苏子瞻尝寓居,作海棠诗以自述。"至于具体年份,王文诰《苏诗总案》卷二一云作于元丰四年与五年之内。朱本、龙本、曹本据之编元丰五年十二月。吴雪涛《苏词四首系年商兑》考证以上诸本编年之非,云:"苏轼于元丰三年庚申(1080)二月一日到黄州贬所,寓居定惠院僧舍未久,即迁于濒临大江的临皋亭,直至元丰七年甲子四月离黄,始终居于临皋亭。本词既题'黄州定惠院寓居作',则必作于迁居临皋亭之前。王文诰《苏诗总案》卷二十云:'(元丰三年庚申)二月一日到黄州贬所……寓定惠院……(五月)二十九日,迁居临皋亭。'因知本词必作于是年五月之前。"吴文认为此词与作于元丰三年二月的《定惠院寓居月夜偶出》诗中所写的物事、心境相似,疑作于同时。元丰四年、五年,苏轼尽管坎坷不遇、有志难酬的痛苦与愤激依然耿耿于怀,但其时已结识郡守、通判乃至当地士子多人,赋诗饮酒,时相游从,忘情山水,放浪形骸,与词中所见之孤寂幽愤心境已大不相类。孔《谱》、薛本、邹王本所考略同。

【注释】

①本词傅本题作"黄州定惠院寓居作"。元本同,唯"惠"误作"慧"。毛本调下云:"惠州有温都监女,颇有色,年十六,不肯嫁人。闻坡至,甚喜。每夜闻坡讽咏,则徘徊窗下。坡觉而推窗,则其女逾墙而去。坡从而物色之,曰:'吾当呼王郎,与之子为姻。'未几而坡过海,女遂卒,葬于沙滩侧。坡回惠,为赋此词。"毛说当为附会之说。

②许慎《说文》:"漏,以铜受水,刻节,昼夜百刻。"

③《易·履卦》:"履道坦坦,幽人贞吉。"孔颖达疏:"既无险难,故在幽隐之人,守正得吉。"

④李元操《鸣雁行》:"夕宿寒枝上,朝飞空井傍。"

⑤铜阳居士《复雅歌词》作"寂寞吴江冷",俞文豹《吹剑录》作"寂寞沙洲冷"。陈鹄《耆旧续闻》卷二引顾禧《补注东坡长短句》云:"余顷于郑公实处见东坡亲迹,书《卜算子》断句云'寂寞沙洲冷',今本作'枫落吴江冷',词

意全不相属。"

【汇评】

黄庭坚《豫章黄先生文集》卷二十六《跋东坡乐府》：东坡道人在黄州时作，语意高妙，似非吃烟火食人语。非胸中有万卷书，笔下无一点尘俗气，孰能至此。

铜阳居士《复雅歌词》："缺月"，刺明微也。"漏断"，暗时也。"幽人"，不得志也。"独往来"，无助也。"惊鸿"，贤人不安也。"回头"，爱君不忘也。"无人省"，君不察也。"拣尽寒枝不肯栖"，不偷安于高位也。"寂寞吴江冷"，非所安也。此词与考槃诗极相似。

王之望《汉滨集》卷十五《跋鲁直书东坡卜算子词》：东坡此词出《高唐》、《洛神》、《登徒》诸赋之右，以出三界人游戏三界中，故其笔力蕴藉超脱如此。山谷屡书之，且谓非食烟火人语，可谓妙于立言矣。盖东坡词如《国风》，山谷跋如小序，字画之工，亦不足言也。

曾丰《知稼翁词集序》：本朝太平二百年，乐家名家纷如也。文忠苏公文章妙天下，长短句特绪余耳，犹有与道德合者。"缺月疏桐"一章，触兴于惊鸿，发乎情性也。收思于冷洲，归乎礼仪也。黄太史相多，尤以为非口食烟火人语。余恐不食烟火之人，口所出仅尘外语，于礼义遑计欤。

俞文豹《吹剑录》：杜工部流离兵革中，更尝患苦，诗益凄怆，《忆舍弟》、《孤雁》诗，其思深，其情苦，读之使人忧思感伤。东坡《卜算子》词亦然。文豹尝妄为之释："缺月挂疏桐"，明小不见察也；"漏断人初静"，群谤稍息也；"时见幽人独往来"，进退无处也；"缥缈孤鸿影"，悄然孤立也；"惊起却回头"，犹恐谗慝也；"有恨无人省"，谁其知我也；"拣尽寒枝不肯栖"，不苟依附也；"寂寞沙洲冷"，宁甘冷淡也。

张炎《词源》卷下：清丽舒徐，高出人表。

王士祯《花草蒙拾》：坡孤鸿词，山谷以为不吃烟火食人语，良然。铜阳居士云："（略）。"村夫子强作解事，令人欲呕……仆尝戏谓坡公命宫磨蝎，湖州诗案，生前为王珪、舒亶辈所苦，身后又硬受此差排耶。

黄苏《蓼园词评》：此词乃东坡自写在黄州之寂寞耳。初从人说起，言如孤鸿之冷落。第二阕专就鸿说，语语双关。格奇而语隽，斯为超诣神品。

陈廷焯《词则·大雅集》卷二：寓意高远，运笔空灵，措语忠厚，是坡仙独至处，美成、白石亦不能到也。

南歌子

感　旧①

寸恨谁云短，绵绵岂易裁②。半年眉绿未曾开。明月好风闲处、是人猜。　　春雨消残冻③，温风到冷灰④。尊前一曲为谁哉。留取曲终一拍、待君来。

【题解】

朱本、龙本、曹本未编年。薛本编于元丰三年庚申（1080）二月，为苏轼乌台诗案出狱之后，初到黄州贬所之作。东坡于己未（1079）年底出狱，庚申正月一日即与长子迈赴贬所黄州，二月一日至黄，二月中旬苏辙送同安君王闰之等苏轼家小赴黄，五月底至黄。邹王本从之。

【注释】

①原题"感旧"，傅本、元本无题。

②韩愈《感春五首》之二："孤吟屡阕莫与和，寸恨至短谁能裁。"白居易《长恨歌》："天长地久有时尽，此恨绵绵无绝期。"

③孟浩然《泝江至武昌》："残冻因风解，新正度腊开。"

④《礼记·月令》："季夏之月……小暑之日，温风始至。"

菩萨蛮

新　月①

画檐初挂弯弯月。孤光未满先忧缺②。遥认玉帘钩③。天孙梳洗楼④。　　佳人言语好。不愿求新巧⑤。此恨固应知。愿人无别离。

【题解】

《东坡纪年录》、《苏诗总案》失载,朱本、龙本未编年。曹本、刘崇德《苏词编年考》、薛本、邹王本均编元丰三年庚申(1080)七夕。苏轼元丰二年己未七月二十八日在湖州任所,为御史台吏追摄,与王夫人匆匆别离,直至元丰三年五月二十九日始经苏辙伴送,到达黄州,重行聚合,是年七夕作此词。

【注释】

①紫本题作"新月",元本作"七夕朝天门上作",傅本作"七夕,黄州朝天门上二首"。

②杜甫《桔柏渡》:"孤光隐顾盼,游子怅寂寥。"

③鲍照《玩月城西门廨中》:"始出西南楼,纤纤如玉钩。"

④天孙《史记》卷二七《天官书》:"织女,天女孙也。"梳洗楼:傅注:"唐连昌宫有梳洗楼,乃天宝中为杨贵妃所建也。"

⑤宗懔《荆楚岁时记》:"是夕(七夕),人家妇女结彩缕,穿七孔针,或以金银鍮石为针,陈瓜果于庭中以乞巧,有喜子网于瓜上,则以为符应。"

菩萨蛮①

风回仙驭云开扇②,更阑月堕星河转③。枕上梦魂惊。晓檐疏雨零④。　相逢虽草草⑤,长共天难老。终不羡人间。人间日似年。

【题解】

同前首。

【注释】

①紫本、元本题"七夕",今从傅本。

②仙驭:太阳神坐的车,喻指太阳。唐太宗《赋秋日悬清光赐房玄龄》:"仙驭随轮转,灵乌带影飞。"

③堕:毛本作"坠"。杜甫《阁夜》:"五更鼓角声悲壮,三峡星河影动摇。"

④傅注:"世俗以牛女相会之夕,必有微雨,以明会遇之征。"

⑤杜甫《送长孙九侍御赴武威判官》:"问君适万里,取别何草草。"

定风波

重　阳①

与客携壶上翠微②。江涵秋影雁初飞。尘世难逢开口笑。年少。菊花须插满头归。　酩酊但酬佳节了③。云峤。登临不用怨斜晖。古往今来谁不老。多少。牛山何必更沾衣④。

【题解】

朱本、龙本、曹本未编年。薛本编元丰三年庚申（1080），为苏轼贬黄州重阳节登高时所作。邹王本从之。

【注释】

①傅本题作"重阳括杜牧之诗"。此据紫本、百本、傅本、元本。杜牧《九日齐安登高》："江涵秋影雁初飞，与客携壶上翠微。尘世难逢开口笑，菊花须插满头归。但将酩酊酬佳节，不用登临恨落晖。古往今来只如此，牛山何必独沾衣。"

②《文选》卷四左太冲《蜀都赋》："郁菶菶以翠微，崛巍巍以峨峨。"李善注："翠微，山气之轻缥也。"

③《水经注》卷二八《沔水》中："襄阳侯习郁鱼池……是游宴之名处也。山季伦之镇襄阳，每临此池，未尝不大醉而还。恒言此是我高阳池，故时人为之歌曰：'山公出何去？往至高阳池。日暮倒载归，酩酊无所知。'"

④傅注引《列子》："齐景公游于牛山，北临其国城而流涕曰：'美哉国乎！郁郁芊芊，若何滴滴去此国而死乎。使古无死者，寡人将去斯而之何。'史孔梁丘据从之泣。晏子独笑于旁。公雪涕而顾晏子曰：'寡人今日之游悲，孔与据皆从而泣，子之独笑何也？'晏子对曰：'使贤者常守之，则太公、桓公将常守之矣；使有勇者而常守之，则庄公、灵公将常守之矣；数君者将守之，吾君方将被蓑笠而立乎畎亩之中，惟事之恤，何暇念死乎？此臣之所以独窃笑也。'景公惭焉。"

【汇评】

王士祯《花草蒙拾》：词中佳语，多从诗出。如顾太尉"蝉吟人静，斜日傍小窗明。"毛司徒"夕阳低映小窗明"，皆本黄奴"夕阳如有意，偏傍小窗明"。若苏东坡之"与客携壶上翠微"，贺东山之"秋尽江南草木凋"，皆文人偶然游戏，非向《樊川集》中作贼。

水龙吟

赠赵晦之吹笛侍儿①

楚山修竹如云②，异材秀出千林表。龙须半剪，凤膺微涨，玉肌匀绕③。木落淮南，雨晴云梦，月明风袅④。自中郎不见⑤，桓伊去后⑥，知孤负、秋多少。　　闻道岭南太守，后堂深、绿珠娇小⑦。绮窗学弄，梁州初遍，霓裳未了。嚼徵含宫，泛商流羽，一声云杪⑧。为使君洗尽，蛮风瘴雨，作霜天晓。

【题解】

此词作年有如下诸说：傅藻《东坡纪年录》谓熙宁八年乙卯（1075）在密州赠赵晦之吹笛侍儿，朱本、龙本从之；傅本、百本、明刊全集、二妙集、毛本均谓为闾丘公显后房懿卿作，曹本从之，编熙宁八年乙卯（1075）；王文诰《苏诗总案》卷一一谓熙宁七年甲寅（1074）五月，苏轼任杭州通判，因事至金阊（苏州），饮于闾丘公显家，赠懿卿作。按此说的最早源头是黄昇《唐宋诸贤绝妙词选》卷二："太守闾丘公显致仕，居故苏，公饮其家，出后房佐酒。有懿卿者，善吹笛，公因赋此以赠。"龚明之《中吴纪闻》卷五亦云："闾丘孝终字公显。东坡谪黄州时，公为太守，与之往来甚密。未几，挂其冠而归，与诸名人为九老之会。东坡过苏，必见之。今苏集有诗词各二篇，皆为公作也。公后房有懿卿者，颇具才色。诗词俱及之。东坡尝云：'苏州有二丘，不到虎丘，即到闾丘。'"张志烈《苏词三首系年辨》、吴雪涛《苏词三首考证》均认为此词不是写给闾丘公显而是写与赵晦之的，张文认为作于元丰四年或稍后，吴文认为作于元丰五年；薛本编元丰八年（1085）十月，为苏轼赴登州经涟水时，赵晦之从岭南太守（指赵昶知藤州。藤州，今广西藤县）任上新归，故顺笔及之耳。孔《谱》卷十九从元延祐本词题，编元丰三年

（1080）十一月，作于黄州。孔《谱》云："赵昶（晦之）知藤州，简昶忧南方兵事。昶在藤馈丹砂，报以蕲笛，赋《水龙吟》赠昶侍儿。"邹王本从其说。今暂从孔《谱》之说。

【注释】

①紫本题注作"咏笛材。公旧序云：时太守闾丘公显已致仕居姑苏，后房懿卿者，甚有才色，因赋此词。一云赠赵晦之"。毛本题作"岭南太守闾丘公显，致仕居姑苏。东坡每过必留连。尝言过姑苏，不游虎丘，不谒闾丘，乃二欠事。其重之如此。一日，出其后房佐酒。有懿卿者，甚有才色，善吹笛，因作《水龙吟》赠之。一云赠赵晦之吹笛侍儿"。此据元本、朱本、龙本、曹本。

②傅注："今蕲州笛材，故楚地也。"明弘治《黄州府志》卷二《土产》："蕲竹亦名笛簟，以色莹者为簟，节疏者为笛，带须者为杖。"

③傅注："笛制取良簳通洞之，若于首颈处，则存一节，节间留纤枝，剪而束之。节以下若膺处则微涨，而全体皆要匀净。若《汉书》所谓生其窍厚均者，断两节间而吹之。审如是，然后可制，故能远可通灵达微，近可以写情畅神。谓之龙须、凤膺、玉肌，皆取其美好之名也。"

④傅注："善吹笛者，必俟气肃天清，风微月亮，聊作一二弄，遂臻其妙。"

⑤傅注："蔡邕初避难江南，宿于柯亭之馆，以竹为椽。邕仰而盼之，曰：'此良竹也。'取以为笛，奇声独绝，历代传之至于今。邕尝为中郎将。"

⑥傅注："晋桓伊喜音乐，为江左第一，有蔡邕柯亭笛，常自吹之。王徽之赴召京师，泊舟青溪侧。徽之素不与伊相识，伊于岸上过船中，称伊小字曰：'桓野王也。'徽之便令人谓伊曰：'闻君善吹笛，试为我一奏。'伊是时已贵显，素闻徽之名，便下车踞胡床，为作三调。弄毕，便上车去，宾主不交一言。"

⑦《晋书》卷三三《石崇传》："崇有妓曰绿珠，美而艳，善吹笛。"

⑧傅注："诸乐器中，唯笛有穿云裂石之声。"

【汇评】

孔平仲《孔氏谈苑》卷二《赵昶婢善吹》：朝士赵昶有两婢，善吹笛。知藤州日，以丹砂遗子瞻，子瞻以蕲笛报之，并有一曲，其词甚美，云："木落淮南，雨晴云梦，日斜风袅。"又云："自桓伊不见，中郎去后，知孤负秋多少。"断章云："为使君洗尽蛮风瘴雨，作清霜晓。"昶曰："子瞻骂我矣。"昶，南雄州人，意谓子瞻以蛮风讥之。

张侃《拙轩词话》：李义山《锦瑟》诗云："锦瑟无端五十弦，一弦一柱思华年。庄生晓梦迷蝴蝶，望帝春心托杜鹃。沧海月明珠有泪，蓝田日暖玉生烟。此情可待成追忆，只是当时已惘然。"读此诗俱不晓。苏文忠公云："此出古今《乐志》。锦瑟之为器也，其弦五十，其柱如之。其声也，适怨清和。考李诗'庄生晓梦迷蝴蝶'，适也；'望帝春心托杜鹃'，怨也；'沧海月明珠有泪'，清也；'蓝田日暖玉生烟'，和也。"孙仲益为锡山费茂和说苏文忠公《水龙吟》，曲尽咏笛之妙，其词曰："楚山修竹如云，异林秀出千林表"，笛之地也。"龙须半剪，凤膺微涨，绿肌匀绕"，笛之材也；"木落淮南，雨晴云梦，月明风袅"，笛之时也；"自中郎不见，桓伊去后，知孤负，秋多少"，笛之怨也；"闻道岭南太守，后堂深，绿珠娇小"，笛之人也；"绮窗学弄，《梁州》初遍，《霓裳》未了"，笛之曲也；"嚼微含宫，泛商流羽，一声云杪"，笛之声也；"为使君洗尽，蛮烟瘴雨，作《霜天晓》"，笛之功也。"予恐仲益用苏文忠读《锦瑟》诗，以释《水龙吟》耳。

张炎《词源》卷下：东坡词如《水龙吟》咏杨花、咏闻笛，又如《过秦楼》、《洞仙歌》、《卜算子》等作，皆清丽舒徐，高出人表。

卓人月《古今词统》卷十七：二百余字，堪与马融《长笛赋》抗衡。

先著、程洪《词洁》卷五：非无字面芜累处，然丰骨毕竟超凡。玉田云"清丽舒徐"，未敢轻议也。

菩萨蛮

回文夏闺怨①

柳庭风静人眠昼。昼眠人静风庭柳。香汗薄衫凉。凉衫薄汗香。　　手红冰碗藕。藕碗冰红手。郎笑藕丝长②。长丝藕笑郎。

【题解】

同前首。

【注释】

①傅本、元本无题。

②孟郊《去妇》:"妾心藕中丝,虽断犹牵连。"

菩萨蛮

回文秋闺怨①

井桐双照新妆冷②。冷妆新照双桐井。羞对井花愁③。愁花井对羞。　　影孤怜夜永。永夜怜孤影。楼上不宜秋。秋宜不上楼④。

【题解】

同前首。

【注释】

①傅本、元本、朱本、龙本、曹本无题。

②桐:毛本作"梧"。魏明帝曹睿《猛虎行》:"双桐生空井,枝叶自相加。"

③《本草》:"井花水,平旦第一汲者,令人好颜色。"

④秋:紫本、毛本作"愁"。

168

菩萨蛮

回文冬闺怨①

雪花飞暖融香颊。颊香融暖飞花雪。欺雪任单衣。衣
单任雪欺。　　别时梅子结。结子梅时别。归不恨开迟。
迟开恨不归②。

【题解】
同前首。

【注释】
①傅本、元本、朱本、龙本、曹本无题。
②傅本、元本作"归恨不开迟。迟开不恨归"。

菩萨蛮

回　文

落花闲院春衫薄。薄衫春院闲花落。迟日恨依依。依
依恨日迟。　　梦回莺舌弄。弄舌莺回梦。邮便问人羞。
羞人问便邮①。

【题解】
朱本、龙本、石唐本、邹王本未编年。孔《谱》未载。薛本编元丰三年
(1080)所作《菩萨蛮》"四时词"之后。曹本云三词乃文字游戏之作,与东坡

词意境不同,故列为可疑词。邹王本云:三首回文词诸本均载,仅以意境不类而列为可疑词,证据不足。沈松勤《苏轼词编年补证》云三首词为贬岭南时所作。第一首"羞人"、第二首"晚妆"等有关女性的描写,乃就同伴朝云言之,故各词当作于绍圣元年(1094)十月至岭南以后、朝云逝世之前。至于苏轼此种"文字游戏",盖在贬居中因闲闷无聊而作也。

马小青《磁州窑瓷枕上书写的苏东坡词》云:《中国文物报》1999 年 6 月 6 日第四版曾有文介绍广州西汉南越下幕博物馆杨永德捐的《菩萨蛮》词枕,估计此词作于 1072—1073 年间,认为是苏轼学词阶段,任杭州通判时所作,"颇有柳词韵味,没有他写词成熟之后,特别是居黄州后那种游侠人间、脾睨一切的自负豪纵之笔"。

【注释】

①王迈《祭海丰宰颜养智文》:"怀此美人,在天一方。物色便邮,将寄双鲤。"

【汇评】

邹祗谟《远志斋词衷》:词有檃括体,有回文体。回文之就句回者,自东坡、晦庵始也。其通体回者,自义仍始也。近来吾友公阮、文友有一首回作两调者。文人慧笔,曲生狡狯,此中故有三昧,匪徒乞灵窦家余巧也。

谢章铤《赌棋山庄词话》卷一一:词之回文体,有一句者,有通阕者,有一调回作两调者,虽极巧思,终鲜美制。魏善伯(祥)曰:"诗之有回文,犹梅之有腊梅,种类不入品格。"(《伯之文集》)诗犹然也,而况词乎?

菩萨蛮

夏景回文①

火云凝汗挥珠颗②。颗珠挥汗凝云火。琼暖碧纱轻。轻纱碧暖琼③。　　晕腮嫌枕印。印枕嫌腮晕。闲照晚妆残。残妆晚照闲。

同前首。

【注释】

①傅本、元本、朱本、龙本、曹本无题。

②岑参《送祁乐归河东》:"五月火云屯,气烧天地红。"

③王仁裕《开元天宝遗事》卷下"暖玉鞍":"岐王有玉鞍一面,每至冬月则用之,虽天气严寒,则在此鞍上坐,如温火之气。"

菩萨蛮

回 文①

峤南江浅红梅小②。小梅红浅江南峤③。窥我向疏篱。篱疏向我窥。　　老人行即到。到即行人老。离别惜残枝。枝残惜别离。

【题解】

同前首。

【注释】

①傅本题作"红梅赠别",元本、朱本、龙本、曹本无题。

②《后汉书》卷二四《马援传》:"援将楼船大小二千余艘,战士二万余人,进击九真贼征侧余党都羊等,自无功至居风,斩获五千余人,峤南悉平。"注:"峤,岭峤也。"即岭南。

③《尔雅·释山》:"(山)锐而高,峤。"邢昺疏:"言山形纤峻而高者曰峤。"

蝶恋花

春　景①

花褪残红青杏小②。燕子飞时,绿水人家绕③。枝上柳绵吹又少。天涯何处无芳草④。　　墙里秋千墙外道。墙外行人,墙里佳人笑。笑渐不闻声渐悄,多情却被无情恼⑤。

【题解】

此词朱本、龙本未编年。其后诸家编年有异。曹本云:"细玩此词上片之意境,与本集《满江红》(东武城南)之上片相似。而本词下片之意境,复与本集《蝶恋花》(帘外东风交雨霰)之上片相似。以上二词,俱作于熙宁九年丙辰密州任内。铭颇疑此词亦系在密州所作,志以待考。"薛本、邹王本均据《冷斋夜话》所载王朝云在惠州贬所曾唱此词及苏轼惠州时期的诗文里惯用此词中出现的"天涯"一词而系于绍圣二年(1095)春,作于惠州。陈迩冬《苏轼词选》也怀疑这首词是"谪岭南时期的作品"。张志烈《苏词二首系年略考》认为此词是苏轼罢定州任谪知英州启程南下时的寄托之作,是他绍圣元年(1094)闰四月离定南行路途触景而发。词的上片写残春景象寓托着对朝局变换、元祐人士遭遇的感叹,"柳绵吹又少"寓元祐诸人络绎遭贬、被驱逐殆尽的事实,"天涯何处无芳草"感叹诸同仁普遍被谪外地。下片写墙外行人和墙里佳人的"多情"和"无情"、"笑"和"恼"的对比,正是他多年来对宋王朝一片忠心却遭贬谪的最恰当写照。李世忠《苏轼〈蝶恋花·春景〉作时考》则据词中"青杏"、"燕子"、"柳绵"意象断定此词必不作于苏轼贬惠期间,据其所表述的思想情感看,当作于苏轼贬谪黄州时期,但没有具体编年。今依李说暂编元丰三年(1080)。

【注释】

①傅本存目缺词,元本无题。

②小：毛本作"子"。白居易《微之宅残牡丹》："残红零落无人赏。"

③飞：二妙集、毛本作"来"。绕：元本作"晓"。

④《离骚》："何所独无芳草兮，尔何怀乎故宇。"

⑤张相《诗词曲语辞汇释》卷五："恼，犹撩也……言墙里佳人之笑，本出于无心情，而墙外行人闻之，枉自多情，却如被其撩拨矣。"却被：反被。

【汇评】

魏庆之《诗人玉屑》卷二十一引《词话》：予得真本于友人处，"绿水人家绕"作"绿水人家晓"。"多情却被无情恼"，盖行人多情，佳人无情耳。此二字极有理趣，而"绕"与"晓"自霄壤也。

俞彦《爰园词话》：古人好词，即一字未易弹，亦未易改。子瞻"绿水人家绕"，别本"绕"作"晓"，为《古今词话》所赏。愚谓"绕"字虽平，然是实境；"晓"字无皈着，试通咏全章便见。

王士禛《花草蒙拾》："枝上柳绵"，恐屯田缘情绮靡，未必能过。孰谓坡但解作"大江东去"耶？髯直是轶伦绝群。

李佳《左庵词话》卷下：此（按指词之下片）亦寓言，无端致谤之喻。

黄苏《蓼园词选》："柳绵"自是佳句，而次阕尤为奇情四溢也。

俞陛云《唐五代两宋词选释》：絮飞花落，每易伤春，此独作旷达语。

南乡子

春 情①

晚景落琼杯。照眼云山翠作堆。认得岷峨春雪浪②，初来。万顷蒲萄涨渌醅③。 暮雨暗阳台④。乱洒高楼湿粉腮⑤。一阵东风来卷地，吹回。落照江天一半开。

【题解】

朱本卷一据《纪年录》编熙宁七年甲寅(1074)，作于润州。龙本卷一从之,然附考云:"此词傅注本既作黄州临皋亭作,则当编辛酉(元丰四年,1081年),时先生年四十六,方寓居临皋亭也。"孔《谱》卷二十、薛本也均编于是年春。曹本、刘尚荣《钞本〈注坡词〉考辨》则编于元丰三年(1080)。今从龙、孔、薛之说,苏轼于元丰三年五月由定惠院迁居临皋亭,第二年春作此词。

【注释】

①紫本题"春情",傅本题作"黄州临皋亭作",元本无题。明弘治《黄州府志》卷四:"临皋馆在城南,即古临皋亭,宋苏轼初谪黄寓居此亭,有诗曰:'临皋亭中一危坐,三月清明改新火。'后秦桧父官于黄,生桧于亭,改亭为馆。后为临皋驿,今改赤壁巡司。"

②苏轼《临皋闲题》:"临皋亭下八十数步,便是大江,其半是峨嵋雪水。"

③李白《襄阳歌》:"遥看汉水鸭头绿,恰似葡萄初酸醅。"

④宋玉《高唐赋》:"妾在巫山之阳,高丘之阻,旦为朝云,暮为行雨,朝朝暮暮,阳台之下。"

⑤郑谷《雪中偶题》:"乱飘僧舍茶烟湿,密洒歌楼酒力微。"

水龙吟

次韵章质夫杨花词①

似花还似非花②,也无人惜从教坠。抛家傍路,思量却是,无情有思。萦损柔肠,困酣娇眼,欲开还闭。梦随风万里,寻郎去处,又还被、莺呼起③。　　不恨此花飞尽,恨西园、落红难缀。晓来雨过,遗踪何在,一池萍碎④。春色三分,二分尘土,一分流水⑤。细看来,不是杨花点点,是离人泪。

王文诰《苏诗总案》云:"此词无年月可考。据《续资治通鉴长编》,元祐二年正月,章楶为吏部郎中。四月出知越州。时楶正在京也,因附载于此。"朱本、龙本、曹本均据此编于元祐二年丁卯(1087)。邱俊鹏《苏轼〈水龙吟·次韵章质夫杨花词〉琐谈》、刘崇德《苏轼"杨花词"系年考辨》、孔《谱》、薛本均考证此词为元丰四年(1081)春作于黄州。

《苏轼文集》卷五十五《与章质夫三首》之一(黄州作):"某启。承喻慎静以处忧患。非心爱我之深,何以及此,谨置之座右也。《柳花》词妙绝,使来者何以措词。本不敢继作,又思公正柳花飞时出巡按,坐想四子,闭门愁断,故写其意,次韵一首寄去,亦告不以示人也。"

【注释】

①《宋史》卷三二八《章楶传》:"章楶字质夫,建州浦城人……楶以叔得象荫,为孟州司户参军。应举入京,闻父对狱于魏,弃不就试,驰往直其冤。还,试礼部第一,擢知陈留县,历提举陕西常平、京东转运判官、提点湖北刑狱、成都路转运使,入为考功、吏部、右司员外郎。"

②白居易《花非花》:"花非花,雾非雾。夜半来,天明去。来如春梦几多时,去似朝云无觅处。"

③金昌绪《春怨》:"打起黄莺儿,莫教枝上啼。啼时惊妾梦,不得到辽西。"

④傅注:"公旧注云:'杨花落水为浮萍,验之信然。'"《西溪丛话》:"杨、柳二种,杨树叶短,柳树叶长。花即初发时,黄蕊子为飞絮,今絮中有小青子,着水泥沙滩上,即生小青芽,乃柳之苗也。东坡谓絮化为浮萍,误矣。"

⑤李调元《雨村词话》卷一:"宋初叶清臣,字道卿,有《贺圣朝》词云:'三分春色三分愁,更一分风雨。'东坡《水龙吟》演为长(短)句云:'春色三分,二分尘土,一分流水。'神意更远。"

【汇评】

朱弁《曲洧旧闻》卷五:章楶质夫,作《水龙吟》咏杨花,其命意用事,清丽可喜。东坡和之,若豪放不入律吕,徐而视之,声韵谐婉,便觉质夫词有绣织工夫。晁叔用云:"东坡如毛嫱、西施,净洗却面,与天下妇人斗好,质夫岂可比耶。"

魏庆之《诗人玉屑》卷二十一:章质夫咏杨花词,东坡和之,晁叔用以为:"东坡如毛嫱、西施,净洗却面,与天下妇人斗好,质夫岂可比。"是则然矣。余以为质夫词中,所谓"傍珠帘散漫,垂垂欲下,依前被,风扶起",亦可谓曲尽杨花妙处。东坡所和虽高,恐未能及。诗人议论不公如此耳。

曾季狸《艇斋诗话》:东坡和章质夫杨花词云:"思量却是,无情有思。"用老杜"落絮游丝亦有情"也。"梦随风万里,寻郎去处,又还被,莺呼起",即唐人诗云:"打起黄莺儿,莫教枝上啼,几回惊妾梦,不得到辽西。""细看来,不是杨花点点,是离人泪",即唐人诗云:"时人有酒送张八,惟我无酒送张八。君看陌上红梅花,尽是离人眼中血。"皆夺胎换骨手。

张炎《词源》卷下《杂论》:词中句法,要平妥精粹。一曲之中,安能句句高妙?只要拍搭衬副得去,于好发挥笔力处,极要用工,不可轻易放过,读之使人击节可也。如东坡杨花词云:"似花还似非花,也无人惜从教坠。"又云:"春色三分,二分尘土,一分流水。(略)"此皆平易中有句法。词不宜强和人韵,若倡者之曲韵宽平,庶可赓歌;倘韵险,又为人先,则必牵强赓和,句意安能融贯?徒费苦思,未见有全章妥溜者。东坡次章质夫杨花《水龙吟》韵,机锋相摩,起句便合让东坡出一头地,后片愈出愈奇,真是压倒今古。

沈谦《填词杂说》:东坡"似花还似非花"一篇,幽怨缠绵,直是言情,非复赋物。

许昂霄《词综偶评》:与原作均是绝唱,不容妄为轩轾。

先著、程洪《词洁》卷五:《水龙吟》末后十三字,多作五四四,此作七六,有何不可。近见论谱者于"细看来不是"及"杨花点点"下分句,以就五四四之印板死格,遂令坡公绝妙好词不成文理。起句入魔,"非花"矣,而又"似",不成句也。"抛家傍路"四字欠雅。"缀"字趁韵不稳。"晓来"以下,真是化工神品。

刘熙载《艺概》卷四:"似花还似飞花",此句可作全词评语,盖不离不即也。

176

陈廷焯《词则·大雅集》卷二："身世流离之感，而出以温婉语，令读者喜悦悲歌不能自已。"

黄苏《蓼园词选》：首四句是写花形态。"萦损"以下六句，是写见杨花之人之情绪。二阕用议论，情景交融，笔墨入化，有神无迹矣。

王国维《人间词话》："咏物之词，自以东坡《水龙吟》为最工。"

虞美人

琵　琶①

定场贺老今何在②。几度新声改。怨声坐使旧声阑③。俗耳只知繁手、不须弹④。　　断弦试问谁能晓。七岁文姬小⑤。试教弹作辊雷声⑥。应有开元遗老、泪纵横⑦。

【题解】

朱本、龙本未编年。曹本云："考诗集《循守临行出小鬟复用前韵》云：'学语雏莺在柳阴，临行呼出翠帷深……趁着春衫游上苑，要求国手教新音。'及《和陶答庞参军》六首之四云：'卯妙侍侧，两髦丫分。歌舞寿我，永为欢欣。曲终凄然，仰视浮云。此曲此声，何时复闻。'俱与此词意境相合。此诗第二首东坡自注：'周循州彦质在郡二年，书问无虚日。罢归，过惠，为余留半月。既别，和此诗，追送之。'事见王案（卷四十），时在绍圣四年丁丑正月十四日东坡迁入白鹤峰新居以后。今从诗集及王案移编丁丑。"邹王本从之，编绍圣四年（1097）二月，作于惠州。薛本则云：《文集》卷七一《杂书琴事十首》其一《家藏雷琴》云："余家有琴，其面皆作蛇蚹纹，其上池铭云：'开元十年造，雅州灵关村。'其下池铭云：'雷家记八日合。'不晓其'八日合'为何等语也？其岳不容指，而弦不妨，此最琴之妙，而雷琴独然。求其法不可得，乃破其所藏雷琴求之。琴声出于两池间，其背微隆，若菰叶然，声欲出而隘，徘回不去，乃有余韵，此最不传之妙。"其跋尾云："元丰四

177

年六月二十三日，陈季常处士自岐亭来访予，携精笔佳纸妙墨求予书。会客有善琴者，求予所蓄宝琴弹之，故所书皆琴事。"此词当作于此时无疑，编辛酉(1081)六月。东坡家琴既为开元时雷家所造，名雷琴，又为"会客有善琴者"弹之，因钩起开元遗事之思，故作是词。

【注释】

①元本、朱本、龙本、曹本无题。

②何：元本作"安"。元稹《连昌宫词》："夜半月高弦索鸣，贺老琵琶定场屋。"郑处诲《明皇杂录》："贺怀智，开元时乐工也。"

③怨：元本注"一作新"。孟郊《古薄命妾》："不惜十指弦，为君千万弹。常恐新声至，坐使故声残。"

④俗耳：韩愈《县斋读书》："哀狖醒俗耳，清泉洁尘襟。"繁手：《后汉书》卷八十下《边让传·章华赋》："美繁手之轻妙兮，嘉新声之弥隆。"不须弹：韩愈《听颖师琴诗》："嗟予有两耳，未有听丝篁。自闻颖师琴，起坐在一旁，推手遽止之，湿衣泪滂滂。"

⑤傅注："汉蔡邕女名琰，字文姬，幼而博学，有才辩，又妙于音律。邕尝夜鼓琴，弦绝，琰曰：'第二弦。'邕曰：'偶得之耳。'故断一弦，问之，琰曰：'第四弦。'并无差谬。"

⑥《杨太真外传》："乾元元年，贺怀智又上言曰：'昔上夏日与亲王棋，令臣独弹琵琶。'"句下注云："其琵琶以石为槽，鹍鸡筋为弦，用铁拨弹之。"

⑦白居易《江南遇天宝乐叟》："白头病叟泣且言，禄山未乱入梨园。能弹琵琶和法曲，多在华清随至尊。"

南乡子

重九涵辉楼呈徐君猷①

霜降水痕收②。浅碧鳞鳞露远洲。酒力渐消风力软，飕飕③。破帽多情却恋头④。　　佳节若为酬⑤。但把清尊断送秋。万事到头都是梦，休休⑥。明日黄花蝶也愁⑦。

【题解】

本词编年约有三说：一、傅藻《东坡纪年录》云："（元丰五年，1082）重九，涵辉楼作《南乡子》呈君猷。"朱本、龙本、曹本从之。二、王文诰《苏诗总案》卷二十则云："（元丰三年，1080）九月九日，与徐大受饮涵辉楼，作《南乡子》词。"三、吴雪涛《苏词五首杂考》、孔《谱》、薛本、邹王本均考证作于元丰四年辛酉（1081）九月九日，而非三年或五年的重九。元丰元年，任徐州任的苏轼修筑城池，并筑黄楼于东门之上，重九日，在黄楼举行盛宴，王定国特地从南都赶来参加，期间苏轼曾作《千秋岁·徐州重阳作》词。三年之后，亦即元丰四年，苏轼在黄州又逢重九，佳节依旧而人事已非，他既不能不慨叹自己的遭遇，也不能不怀念远贬岭南的友人王定国，正是在这样的心境之中，苏轼才于黄州的重九席上歌唱《千秋岁》词。既歌其词，便不免追忆当时盛况，向座中诸人介绍与会群贤，而王定国则无疑是重点介绍的对象。正因为如此，信中才说"歌《千秋岁》，满坐识与不识，皆怀君"。遂又作此《南乡子》词以奉呈徐君猷。

【注释】

①涵辉楼：一名栖霞楼，是黄州的一处登临胜境。《苏轼诗集》卷二一《太守徐君猷通守孟亨之皆不饮酒以诗戏之》施注："徐君猷，名大受，东海人。东坡来黄州，君猷为守，厚礼之，无迁谪意。君猷秀惠，列屋杯觞流行，多为赋词，满去而殂。坡有祭文挽词，意甚凄恻。"

②杜甫《冬深》："早霞随类影，寒水各依痕。"

③《初学记》卷一引应劭《风俗通义》："微风曰飔，小风曰飕。"

④陶渊明《晋故征西大将军长史孟府君传》："九月九日，温游龙山，参佐毕集，四弟二甥咸在坐。时佐吏并著戎服。有风吹君（孟嘉）帽堕落，温目左右及宾客勿言，以观其举止。君初不自觉，良久如厕。温命取以还之。廷尉太原孙盛，为谘议参军，时在坐，温命纸笔令嘲之。文成示温，温以著坐处。君归，见嘲笑而请笔作答，了不容思，文辞超卓，四座叹之。"陈鹄《耆

旧续闻》卷二引《三山老人语录》："从来九日用落帽事,东坡独云:'破帽多情却恋头',尤为奇特,不知东坡用杜子美诗:'羞将短发还吹帽,笑倩旁人为正冠。'"

⑤杜牧《九日齐安登高》："但将酩酊酬佳节,不用登临恨落晖。"

⑥傅注:"用潘阆'须信百年都似梦,莫嗟万事不如人。'"

⑦郑谷《十日菊》："自缘今日人心别,未必秋香一夜衰。"

【汇评】

胡仔《苕溪渔隐丛话》前集卷四十一:凡此十余词,皆绝去笔墨畦径间,直造古人不到处,真可使人一唱而三叹。

张綖《草堂诗余后集别录》:《南乡子》尾句:"休休,明日黄花蝶也愁",翻案郑谷诗句,而意殊衰飒。

黄苏《蓼园词选》:"破帽恋头",语奇而稳;"明日黄花"句,自属达观。凡过去未来皆几非,在我安可学蜂蝶之恋香乎?

满江红①

江汉西来,高楼下、蒲萄深碧。犹自带、岷峨云浪②,锦江春色③。君是南山遗爱守④,我为剑外思归客。对此间、风物岂无情,殷勤说。　　江表传,君休读。狂处士⑤,真堪惜。空洲对鹦鹉⑥,苇花萧瑟。不独笑书生争底事,曹公黄祖俱飘忽。愿使君、还赋谪仙诗,追黄鹤⑦。

【题解】

此词《东坡纪年录》、《苏诗总案》、孔《谱》未提及,朱本附编于元丰四年(1081)十二月所作《江城子》之后,并云:"案是词当在黄州作,附编于此。"龙本、曹本、石唐本从之。薛本云:"总观词意,盖朱寿昌离鄂州任赴提举崇禧观时的赠别之作。"编在元丰五年(1082)五六月间朱将移职时。邹王本考证云:"细品词意,此词非为送别之作,而是面对长江两岸文化积淀深厚的古人古事,有感而发,向挚友朱寿昌倾吐肺腑,发泄自己贬官黄州的苦闷和牢骚。思想内涵主要在下片。作者选取和黄鹤楼有关的人和事加以品评,规劝无须去研读祢衡如何恃才傲物而被杀,以及曹操、黄祖如何嫉贤妒能而杀人。虽然这些人物有的值得同情,有的被人藐视,但必竟都是飘忽即逝的历史过客。而应像崔颢、李白那样致力文学创作,多写好诗,才能流芳后代。以此抒发腹中郁勃不平之气。整首词,犹如两个敞开心扉的朋友在谈心,毫无离情别绪的流露,故题作'寄'朱寿昌,而非'送'朱寿昌。词中'苇花萧瑟',是苏轼顺手拈来的实景,故编元丰四年(1081)深秋。"保苅佳昭《苏轼词编年考》则云词明言"锦江春色",则应作于春季。朱寿昌元丰二年夏天到知鄂州任,离任约在元丰五年春夏之交,此词作于元丰三年、四年或五年中的一年。苏轼于元丰三年夏迁临皋亭后,写有《与范子丰八首》,其八有云:"临皋亭下不数十步,便是大江,其半是峨眉雪水,吾饮食沐浴皆取焉,何必归乡哉。"所发之感慨与《满江红》中的"犹自带、岷峨雪浪,锦江春色"很相似。所以词作于元丰三年春天的可能性不大。词中有"君是南山遗爱守",是歌颂朱寿昌曾经担任通判陕州的善政而言的,如果词写于元丰五年,朱寿昌已在鄂州任职两年多,苏轼要夸赞他,应该是歌颂知鄂州时的善政,不会歌颂朱寿昌曾经担任通判陕州时的善政。另外,苏轼在词的下片用与鄂州有关的典故,劝朱寿昌不要被卷入人世间的纠纷里,而要处于超脱的境地。像这样的忠告,不应当是说给任期快届满的人,所以这首词不可能作于元丰五年,而只能是元丰四年(1081)春天。同时,他还写有《南乡子·黄州临皋亭作》,其中"认得岷峨春雪浪,初来。满顷蒲萄涨绿醅",与《满江红》中的"江汉西来,高楼下、蒲萄深碧。犹自带、岷峨雪浪,锦江春色"酷似,这两首词可以认为作于同时同地。

【注释】

①紫本无题,傅本、元本作"寄鄂州朱使君寿昌",二妙集、毛本无"寿昌"二字。朱寿昌,字康叔,扬州天长人。《宋史》卷四五六有传。时朱寿昌知鄂州(今湖北武昌)。鄂州:《宋史》卷八八《地理志》:"鄂州,江夏郡,武昌

军节度,属荆湖北路。辖县七:江夏、崇阳、武昌、蒲圻、咸宁、通城、嘉鱼。监一:宝泉。"

②云:紫本作"云",傅本、元本、朱本、龙本、曹本作"雪"。

③锦江:又名流江、汶江,俗名府河。杜甫《登高》:"锦江春色来天地,玉垒浮云变古今。"

④《诗经·小雅·南山有台》:"南山有杞,北山有李。乐之君子,民之父母。乐之君子,德音不已。"《诗小序》:"《南山有台》,乐得贤也。得贤则能为邦家立太平之基矣。"遗爱:《左传·昭公二十年》:"及子产卒,仲尼闻之,出涕曰:'古之遗爱也。'"杜预注:"子产见爱,有古人之遗风。"

⑤《后汉书》卷八十《祢衡传》:"(祢衡)少有才辩,而尚气刚傲,好矫时慢物……(孔)融既爱其才,数称述于曹操……(操)待之极晏。衡乃著布单衣、疏巾,手持三尺棁杖,坐大营门,以杖捶地大骂……操怒,谓融曰:'祢衡竖子,孤杀之犹雀鼠耳。顾此人素有虚名,远近将谓孤不能容之,今送与刘表,视当何如。'于是遣人骑送之……刘表及荆州士大夫先服其才名,甚宾礼之,文章言议,非衡不定……后复侮慢于表,表耻不能容,以江夏太守黄祖性急,故送衡与之,祖亦善待焉。衡为作书记,轻重疏密,各得体宜。祖持其手曰:'处士,此正得祖意,如祖腹中之所欲言也。'……后祖在蒙冲船上,大会宾客,而衡言不逊顺,祖惭,乃诃之,衡更熟视曰:'死公!云等道?'祖大怒,令五百将出,欲加箠,衡方大骂,祖恚,遂令杀之。"因衡曾作《鹦鹉赋》,后人因号埋衡之沙洲为鹦鹉洲。

⑥李白《赠江夏韦太守》:"一忝青云客,三登黄鹤楼。顾惭祢处士,虚对鹦鹉洲。焚山霸气盛,寥落天地秋。"

⑦崔颢题《黄鹤楼》诗,李白作《登金陵凤凰台》欲较胜负:"凤凰台上凤凰游,凤去台空江自流。吴宫花草埋幽径,晋代衣冠成古丘。三山半落青天外,二水中分白鹭洲。总为浮云能蔽日,长安不见使人愁。"

菩萨蛮

回文春闺怨[①]

翠鬟斜幔云垂耳[②]。耳垂云幔斜鬟翠。春晚睡昏昏。昏昏睡晚春。 细花梨雪坠[③]。坠雪梨花细。颦浅念谁人。人谁念浅颦。

【题解】

此词《东坡纪年录》、《苏诗总案》失载,朱本、龙本、曹本未编年。《苏轼文集》卷五十一《与李公择十七首》之十三云:"某启:杜门谢客,甚安适。气术又近得此简妙者,早来此面传,不可独不死也。子由无恙,十月丧其小女,三岁矣。屡有此戚,固难为情,须能自解尔……效刘十五体,作回文《菩萨蛮》四首,寄去为一笑。不知公曾见刘十五词否?刘造此样见寄,今失之矣。得渠消息否?"村上哲见著、杨铁婴译《东坡词札记》据此云:"寄给李常的信想必写于元丰三年(1080)冬,其中所说回文《菩萨蛮》词四首当写于此时或稍前。"刘崇德《苏词编年考》亦云:"信中所提'效刘十五体,作回文《菩萨蛮》四首',即上四词。信中又提到苏辙丧其小女事,此事在元丰三年十月,时苏辙方到筠州不久。此四词当在元丰三年冬季作。"薛本、邹王本从之。吴雪涛《苏词五首杂考》批评是说"误桃为李,张冠李戴"。《苏轼文集》卷五十二《与王定国四十一首》之八云:"某羁寓粗遣,但八月中丧一老乳母。子由到筠,亦抛却一女子,年十二矣。"由此可见,苏辙到筠不久所丧的是一个年已十二岁的女儿,而苏轼与李公择信中所说"十月丧其小女,三岁矣",显然是又一个女儿,故尔信中才紧接着说"屡有此戚"。"屡"者,不一之谓也。所以不能以女子丧于元丰三年为据,定苏轼与李公择信即作于该年,进而论证四首《菩萨蛮》词亦作于是年。吴文考证此信作于元丰四年(1081)十一、十二月之间,词当作于此前不久。

孔《谱》据苏辙元丰六年五月所作《光州开元寺重修大殿记》,时曹九章为光州,宋制,州守任二年,则九章知光,其上限为元丰四年,因将"李常为光州守九章子焕求婚于弟辙之女,为作简商之弟辙,辙应之。尝作回文《菩萨蛮》四首寄常"条,编于元丰四年(1081),月份不显。

【注释】

①傅本题作"四时闺怨回文,效刘十五贡父体"。元本、朱本、龙本、曹本题作"回文四时闺怨"。百本无"怨"字。

②高蟾《华清宫》:"何事金舆不再游,翠环丹脸岂胜愁。"

③白居易《落花》:"桃飘火焰焰,梨堕雪漠漠。"

【汇评】

邹祗谟《远志斋词衷》:词有檃括体,有回文体。回文之就句回者,自东坡、晦庵始也。其通体回者,自义仍始也……文人慧笔,曲生狡狯,此中故有三昧,匪徒乞灵窦家余巧也。

冯金伯《词苑萃编》卷一引王西樵语:《菩萨蛮》回文有二体,有首尾回环者,如邱琼山《秋思》、汤临川《织锦》是也。有逐句转换者,如苏子瞻《闺思》、王元美《别思》是也。然逐句难于通首。

谢章铤《赌棋山庄词话》卷二:词之回文体……虽极巧思,终鲜美制。魏善伯(祥)曰:"诗之有回文,犹梅之有腊梅,种类不入品格。"诗犹然已,而况词乎!

瑶池燕

闺怨　寄陈季常①

飞花成阵。春心困。寸寸。别肠多少愁闷。无人问。偷啼自揾。残妆粉②。　　抱瑶琴、寻出新韵③。玉纤趁④。南风来解幽愠⑤。低云鬟、眉峰敛晕。娇和恨。

【题解】

紫本、傅本、元本、毛本、朱本不载。见《侯鲭录》、明刊全集、二妙集、毛本、龙本、《全宋词》。赵德麟《侯鲭录》卷三云："东坡云:琴曲有《瑶池燕》,其词不协而声亦怨咽,变其词作《闺怨》,寄陈季常去。此曲奇妙,勿妄与人云。"曾慥《乐府雅词拾遗》(鲍廷博校刊本)又以此词为廖正一作。张德瀛《词徵》卷五云："东坡《瑶池燕》词,《侯鲭录》及《古今乐录》并载焉。曾端伯以为廖明略作者,误也。"唐圭璋先生《宋词互见考》则云："案此首廖明略词,见《乐府雅词拾遗》。毛本《东坡词》收之,非也。《四印斋》本东坡词无之;《彊村》本东坡词考订毛本,亦不收之。"《全宋词》、邹王本均列入互见词类。

龙本附编于癸亥(元祐六年,1083)。《苏轼文集》卷七一《杂书琴曲十二首赠陈季常》之十二云："琴曲有《瑶池燕》,其词既不甚佳,而声亦怨咽。或改其词作《闺怨》。此曲奇妙,季常勿妄以与人。"王文诰《苏诗总案》谓此文作于辛酉(元丰四年,1081)六月,词也作于是年。薛本即据此编年。

【注释】

①《全宋词》无词题。陈季常,即陈慥,见《临江仙》(细马远驮双侍女)注①。

②苏轼《点绛唇》:"背灯偷搵,拭尽残妆粉。"

③陆龟蒙《和龚美江南道中怀茅山广文南阳博士三首次韵》之三:"桂父旧歌飞绛雪,桐孙新韵倚玄云。"

④玉纤:韩偓《咏柳》:"玉纤折得遥相赠,便是观音手里时。"趁:陆机《文赋》:"譬犹舞者趁节以投袂,歌者应弦而遣声。"

⑤《史记》卷二四《乐书》:"昔者舜作五弦之琴,以歌《南风》。"郑玄注曰:"《南风》,长养之风也,言父母之长养己也。"王肃曰:"《南风》,育养民之诗也。其辞曰:'南风之薰兮,可以解吾民之愠兮。'"

【汇评】

张德瀛《词徵》卷五:《瑶池燕》一调,与《越江吟》略同,其音则与《点绛唇》相叶。

浣溪沙

醉梦醺醺晓未苏②。门前辘辘使君车③。扶头一盏怎生无④。　　废圃寒蔬挑翠羽⑤,小槽春酒冻真珠⑥。清香细细嚼梅须⑦。

【题解】

同前首。

【注释】

①傅本、元本、毛本、朱本、龙本、曹本无题。

②醺醺:元本、二妙集、朱本、龙本、曹本作"昏昏"。

③辘辘:傅本、元本、朱本、龙本、曹本作"辀辘"。苏轼《次韵舒教授寄李公择》:"门前辀辘想君车。"《博雅》:"车轨道谓之辀辘。"

④扶头:易醉之酒。白居易《早饮湖州酒寄崔使君》:"一榼扶头酒,泓澄泻玉壶。"

⑤杜甫《行官张望补稻畦水归》:"芊芊炯翠羽,剡剡生银汉。"

⑥冻:傅本、元本、朱本、龙本、曹本作"滴"。李贺《将进酒》:"琉璃钟,琥珀浓,小槽酒滴真珠红。"

⑦傅注:"花香多在须间粉上。杜子美诗:'随意数花须。'"

浣溪沙

前　韵①

雪里餐毡例姓苏②。使君载酒为回车。天寒酒色转头
无。　　荐士已闻飞鹗表③，报恩应不用蛇珠④。醉中还许揽
桓须⑤。

【题解】

同前首。

【注释】

①傅本、元本、毛本、朱本、龙本、曹本无题。

②《汉书》卷五四《苏武传》："律知武终不可胁，白单于。单于愈益降
之，乃幽武置大窖中，绝不饮食。天雨雪，武卧啮雪与旃毛并咽之，数日不
死，匈奴以为神，乃徙武北海上无人处，使牧羝，羝乳乃得归。"

③闻：龙校："墨迹闻作曾。注：公近荐仆于朝。"孔融《荐祢衡表》："鸷
鸟累百，不如一鹗。使衡立朝，必有可观。"

④刘安《淮南子》卷六《览冥训》："譬如隋侯之珠，和氏之璧，得之者富，
失之者贫。"高诱注："隋侯见大蛇伤断，以药傅之，后蛇于江中衔大珠以报
之，因曰隋侯之珠，盖明月珠也。"

⑤《晋书》卷八一《桓伊传》："时谢安女婿王国宝专利无行检，安恶其为
人，每抑制之。及孝武末年，嗜酒好内，而会稽王道子昏醟尤甚，惟狎昵谄
邪，于是国宝谗谀之计稍行于主相之间。而好利险诐之徒，以安功名盛极，
而构会之，嫌隙遂成。帝召伊饮宴，安侍坐。帝命伊吹笛，伊神色无迕，即
吹为一弄，乃放笛云：'臣于筝分乃不及笛，然自足以韵合歌管，请以筝歌，
并请一吹笛人。'帝善其调达，乃敕御妓奏笛。伊又云：'御府人于臣必自不

合，臣有一奴，善相便串。'帝弥赏其放率，乃许召之。奴既吹笛。伊便抚筝而歌《怨诗》曰：'为君既不易，为臣良独难。忠信事不显，乃有见疑患。周旦佐文武，《金縢》功不刊。推心转王政，二叔反流言。'声节慷慨，俯仰可观。安泣下沾衿，乃越席而就之，捋其须曰：'使君于此不凡！'帝甚有愧色。"

浣溪沙

再和前韵①

半夜银山上积苏②。朝来九陌带随车③。涛江烟渚一时无。 空腹有诗衣有结④，湿薪如桂米如珠⑤。冻吟谁伴捻髭须⑥。

【题解】

同前首。

【注释】

①傅本、元本、毛本、朱本、龙本、曹本无题。

②傅注："《诗苑》：刘师道《雪诗》：'三千世界银成色，十二楼台玉作层。'《列子》：'穆王游化人之宫，实以为清都、紫薇、钧天、广乐，帝之所居。王俯而视之，其宫榭若累瑰（块）积苏焉。'"

③韩愈《咏雪赠张籍》："随车翻缟带，逐马散银杯。"

④《晋书》卷九四《隐逸传》："董京字威辇，不知何郡人也。初与陇西计吏俱至洛阳，被发而行，逍遥吟咏，常宿白社中。时乞于市，得残碎缯絮，结以自覆，全帛佳绵则不肯受。或见推排骂辱，曾无怒色。"

⑤《战国策·楚策三》："苏秦之楚，三月，乃得见王。谈卒，辞行。楚王曰：'先生不远千里而临寡人，曾弗肯留，愿闻其说。'对曰：'楚国食贵于玉，

薪贵于桂,谒者难见于鬼,王难见于帝。今令臣食玉炊桂,因鬼见帝,其可得乎?'"

⑥卢延让《苦吟》:"吟安一个字,捻断数茎须。"

浣溪沙

前　　韵①

万顷风涛不记苏②。雪晴江上麦千车③。但令人饱我愁无。　　翠袖倚风萦柳絮,绛唇得酒烂樱珠④。尊前呵手镊霜须。

【题解】

同前首。

【注释】

①傅本、元本、毛本、朱本、龙本、曹本无题。

②傅注:"旧注云:'公有薄田在苏,今岁为风涛荡尽。'"龙笺谓:"墨迹,先生自注:'公田在苏州,今年风涛荡尽。'"指徐君猷。

③张正见《咏雪应衡阳王教诗》:"九冬飘远雪,六出表丰年。"

④傅注:"方干:'翠袖低徊真蹀躞,朱唇得酒假樱桃。'"

江神子

公旧序云:大雪有怀朱康叔使君,亦知使君之念我也,作江神子寄之①

黄昏犹是雨纤纤。晓开帘。欲平檐。江阔天低,无处认青帘②。孤坐冻吟谁伴我,揩病目,捻衰髯。　　使君留客醉厌厌③。水晶盐④。为谁甜⑤。手把梅花,东望忆陶潜⑥。雪似故人人似雪,虽可爱,有人嫌。

【题解】

王文诰《苏诗总案》卷二一:"元丰四年辛酉(1081),十二月,雪中有怀朱寿昌作《江神子》词。"孔《谱》、薛本、邹王本从之。薛本云:"东坡于庚申二月至黄,四月朱即来函吊慰并馈赠酒食,其后则往还甚密。时朱为鄂州守。鄂与黄虽分属两路(鄂州属荆湖北路,黄州属淮南西路),然隔江相望,近在咫尺,苏、朱往来极为方便。"《苏轼文集》卷七十一《书雪》:"黄州今年大雪盈尺,吾方种麦东坡,得此,固我所喜。但舍外无薪米者,亦为之耿耿不寐,悲夫。"

【注释】

①元本、毛本、朱本、龙本、曹本无"公旧序云"四字。江神子:元本、朱本、龙本、曹本作"此"。朱康叔:《宋史》卷四五六《孝义传》:"朱寿昌字康叔,扬州天长人……巽(康叔父)守京兆,刘氏(康叔母)方娠而出。寿昌生数岁始归父家,母子不相闻五十年。行四方求之不置,饮食罕御酒肉,言辄流涕。用浮屠法灼背烧顶,刺血书佛经,力所可致,无不为者。熙宁初,与家人辞诀,弃官入秦,曰:'不见母,吾不反矣。'遂得之于同州。刘时年七十余矣,嫁党氏,有数子,悉迎以归。京兆钱明逸以其事闻,诏还就官,由是以孝闻天下。自王安石、苏颂、苏轼以下,士大夫争为诗美之……又知鄂州,提举崇禧观,累官司农少卿,易朝议大夫,迁中散大夫,卒,年七十。"

②郑谷《旅寓洛南村舍》:"白鸟窥鱼网,青帘认酒家。"

③《诗经·小雅·湛露》:"湛湛露兮,匪阳不晞。厌厌夜饮,不醉无归。"

④萧绎《金楼子》卷五:"白盐山,山峰洞澈,有如水精,及其映日,光似琥珀。胡人和之,以供国厨,名为'君王盐',亦名'玉华盐'。"《魏书》卷三五

《崔浩传》:"语至中夜,(太宗)赐浩缥醪酒十觚,水精戎盐一两。"

⑤曾季狸《艇斋诗话》:"东坡《雪》诗云:'水精盐,为谁甜。'盐味不应言甜。以古乐府考之,言'白酒甜盐',则知盐可言甜。"

⑥《荆州记》:"陆凯自江南以梅花一枝寄长安范晔,赠以诗曰:'折梅逢驿使,寄于陇头人。江南无所有,聊赠一枝春。'"

浪淘沙①

昨日出东城。试探春情。墙头红杏暗如倾②。槛内群芳芽未吐,早已回春。　　绮陌敛香尘。雪霁前村。东君用意不辞辛③。料想春光先到处,吹绽梅英。

【题解】

王文诰《苏诗总案》卷七:"熙宁五年壬子(1072),正月城外探春,作《浪淘沙》词。"又谓"此倅杭作,而年无所考,今首载于此"。朱本、龙本、孔《谱》从之,认为此词是苏轼最早的词作。龙吟《苏轼词作编年新说》、李小龙《东坡词补考》认为作于熙宁六年正月。胡建升《苏轼〈浪淘沙·探春〉编年补正》则考证云,苏轼倅杭时,寓居于城南的凤凰山,其游西湖则出西门,游钱塘江则出东门,而词中无一字提到钱塘江,也没有西湖景物的痕迹,词中"出东城"似非出杭州之东城。另外,根据苏轼熙宁六年(1073)正月所作《正月二十一日病后,述古邀往城外寻春》,以及其友人陈襄同时所作《和苏子瞻通判在告中闻余出郊以诗见寄》,可知苏轼、陈襄等人所游的乃是西湖,也说明此次春游不是从东门出去的。因此,此词系为熙宁五年或六年都是不可靠的。词中的"东城"应指黄州城的东门。元丰三年(1080)二月,苏轼到达黄州,寓居定惠寺,在黄州期间的诗文中,多次使用了"东城"意象和叙说"出东门"事情。而苏轼到黄州,曾于元丰四年、五年、六年的正月二十日三次出东门而游,都有诗可证。其中第二次是在元丰五年(1082),苏轼与友人去城郊寻春,作有《正月二十日,与潘、郭二生出郊寻春,忽记去年是日同至女王城作诗,乃和前韵》:"东风未肯入东门,走马还寻去岁村。人似秋鸿来有信,事如春梦了无痕。江城白酒三杯酽,野老苍颜一笑温。已约年年为此会,故人不用赋《招魂》。""寻春"而游和词中"试探春情"相合,诗中"走马"和"绮陌敛香尘"相合,"雪霁前村"之"前村",并非简单指"前面的村庄",还可以指"上次去过的村庄",和"寻去岁村"相合,诗人猜想"岐亭道上"的梅花现在可能绽放了,故云:"料想春光先到处,吹绽梅英。"可见,《浪淘沙·探春》应撰于元丰五年(1082)的正月二十一日。

【注释】

①紫本、傅本、元本、百本不载,从毛本录。邹王本题作"探春"。王仁裕《开元天宝遗事》卷下"探春":"都人士女,每至正月半后,各乘车跨马,供帐于园圃,或郊野中,为探春之宴。"

②南朝梁刘孝绰《酬陆长史倕诗》:"山横路似绝,径侧树如倾。"

③东君:东皇,司春之神。《尚书纬》:"春为东皇,又为青帝。"

少年游

黄之桥人郭氏,每岁正月迎紫姑神,以箕为腹,箸为口,画灰盘中,为诗敏捷,立成。余往观之。神请余作少年游,乃以此戏之①

玉肌铅粉傲秋霜②。准拟凤呼凰。伶伦不见③,清香未吐,且糠秕吹扬④。　　到处成双君独只,空无数,烂文章。一点香檀,谁能借箸,无复似张良⑤。

【题解】

《苏轼文集》卷一二《子姑神记》:"元丰三年正月朔日,予始去京师来黄州。二月朔至郡。至之明年，进士潘丙谓予曰：'异哉！公之始受命，黄人未知也。有神降于州之侨人郭氏之第，与人言如响，且善赋诗，曰：苏公将至，而吾不及见也。已而，公以是日至，而神以是日去。'其明年正月，丙又曰：'神复降于郭氏。'予往观之，则衣草木为妇人，而置箸手中，二小童子扶焉。以箸画字曰：'妾，寿阳人也，姓何氏，名媚，字丽卿。自幼知读书属文，为伶人妇。唐垂拱中，寿阳刺史害妾夫，纳妾为侍书，而其妻妒悍甚，见杀于厕。妾虽死不敢诉也，而天使见之，为直其冤，且使有所职于人间。盖世所谓子姑神者，其类甚众，然未有如妾之卓然者也。公少留而为赋诗，且舞以娱公。'诗数十篇，敏捷立成，皆有妙思，杂以嘲笑。问神仙鬼佛变化之理，其答皆出于人意外。坐客抚掌，作《道调梁州》，神起舞中节，曲终再拜以请曰：'公文名于天下，何惜方寸之纸，不使世人知有妾乎?'余观何氏之生，见掠于酷吏，而遇害于悍妻，其怨深矣。而终不指官刺史之姓名，似有礼者。客至逆知其平生，而终不肯言人之阴私与休咎，可谓智矣。又知好文字而耻无闻于世，皆可贤者。粗为录之，答其意焉。"王文诰《苏诗总案》卷二一、朱本、孔《谱》卷二十、邹王本均据此编辛酉(1081)。薛本驳曰："公庚申(元丰三年，1080)至黄，'至之明年'则为辛酉，'其明年'则为壬戌，言之甚明。王、朱引此文均略去'至之明年'四字，谓'余始来黄，进士潘丙告余曰'云云，遂误以为辛酉。"遂编元丰五年壬戌(1082)，今从之。

【注释】

①傅本、元本不载此词。紫姑神：刘敬叔《异苑》卷五："世有紫姑神，古来相传，云是人家妾，为大妇所妒，每以秽事相次役。正月十五日感激而死。故世人以其日作其形，夜于厕间或猪栏边迎之。祝曰：'子胥不在(是其婿名也)，曹姑亦归(曹即其大妇也)，小姑可出戏。'捉者觉重，便是神来。奠设酒果，亦觉貌辉辉有色，即跳蹼不住。能占众事，卜行年蚕桑，又善射钩，好则便儛，恶便仰眠。"

②马缟《中华古今注》卷中："自三代以铅为粉。秦穆公女弄玉，有容德，感仙人箫史，为烧水银作粉与涂，亦名飞云丹，传以箫，曲终而同上升。"

③《吕氏春秋》卷五《古乐》："昔黄帝令伶伦作为律。"高诱注："伶伦，黄帝臣。"

193

④《世说新语·排调》:"簸之扬之,糠秕在前。"

⑤《史记》卷五五《留侯世家》:"(郦)食其曰:'昔汤伐桀,封其后于杞。武王伐纣,封其后于宋。今秦失德弃义,侵伐诸侯社稷,灭六国之后,使无立锥之地。陛下诚能复立六国后世,毕已受印,此其君臣百姓必皆戴陛下之德,莫不乡风慕义,愿为臣妾。德义已行,陛下南乡称霸,楚必敛衽而朝。'汉王曰:'善。趣刻印,先生因行佩之矣。'食其未行,张良从外来谒。汉王方食,曰:'子房前!客有为我计桡楚权者。'具以郦生语告,曰:'于子房何如?'良曰:'谁为陛下画此计者?陛下事去矣。'汉王曰:'何哉?'张良对曰:'臣请藉前箸为大王筹之。'"注云:"求借所食之箸用指画也。"

水龙吟

公旧注云:闾丘大夫孝直公显尝守黄州,作栖霞楼,为郡中胜绝。元丰五年,余谪居于黄。正月十七日,梦扁舟渡江,中流回望,楼中歌乐杂作。舟中人言:公显方会客也。觉而异之,乃作此词。公显时已致仕在苏州①

小舟横截春江,卧看翠壁红楼起。云间笑语,使君高会,佳人半醉。危柱哀弦②,艳歌余响,绕云萦水③。念故人老大,风流未减,独回首、烟波里。　　推枕惘然不见④,但空江、月明千里。五湖闻道,扁舟归去,仍携西子⑤。云梦南州,武昌南岸,昔游应记。料多情梦里,端来见我,也参差是⑥。

【题解】

王宗稷《东坡先生年谱》:"元丰五年壬戌(1082),先生年四十七,在黄州。梦扁舟望栖霞,作《鼓笛慢》。"傅藻《东坡纪年录》:"元丰五年壬戌,正月十七日,梦扁舟渡江,中流回望栖霞楼中,歌乐杂作。舟中人言,公显方会客。觉而异之，乃作《水龙吟》。"乃苏轼在黄州怀前黄州太守闾丘孝终而作。

【注释】

①元本、毛本、朱本、龙本、曹本无"公旧注云"四字。终：紫本作"直"。余谪居黄：紫本作"余谪居于黄"。正月十七日：薛本作五月十七日，误。乃作此词：元本、朱本、龙本、曹本作"乃作此曲"，后多"盖越调鼓笛慢"六字。闾丘大夫：见《浣溪沙》(一别姑苏已四年)注①。栖霞楼：王象之《舆地纪胜》卷四十九《黄州·景物下》："栖霞楼，在仪门之外西南，轩豁爽垲，坐挹江山之胜，为一郡奇绝，东坡所谓赋《鼓笛慢》者也。"致仕：《礼记·曲礼上》："大夫七十而致事。"郑玄注："致其所掌之事于君而告老。"

②孙琼《箜篌赋》："陵危柱以颉颃，凭哀弦以踯躅。"

③《列子》卷下《汤问》："薛谭学讴于秦青，未穷青之技，自谓尽之，遂辞归。秦青弗止，饯于郊衢，抚节悲歌，声振林木，响遏行云。薛谭乃谢求反，终身不敢言归。"

④白居易《长恨歌》："揽衣推枕起徘徊。"

⑤见《菩萨蛮》(玉童西迓浮丘伯)注⑧。

⑥白居易《长恨歌》："中有一人字太真，雪肤花貌参差是。"

【汇评】

陆游《入蜀记》卷四：乾道六年八月十九日，游东坡。郡集于栖霞楼，本太守闾丘孝终公显所作。苏公乐府云："小舟横截春江，卧看翠壁红楼起。"正谓此楼也。下临大江，烟树微茫，远山数点，亦佳处也，楼颇华洁。

姚宽《西溪丛话》卷上：《吴越春秋》云："吴亡西子被杀。"杜牧之诗云："西子下姑苏，一舸逐鸱夷。"东坡词云："五湖闻道，扁舟归去，仍携西子。"予问王性之，性之云："西子自下姑苏，一舸自逐范蠡，遂为两义，不可云范蠡将西子去也。"

郑文焯《手批东坡乐府》：突兀而起，仙乎！仙乎！"翠壁"句新崭，不露雕琢痕。上阕全写梦境，空灵中杂以凄丽。过片始言情，有沧波浩渺之致。真高格也。"云梦"二句，妙能写闲中情景。煞拍不说梦，偏说梦来见我，正是词笔高浑不犹人处。读东坡先生词，于气韵、格律，并有悟到，空灵妙境，匪可以词家目之,亦不得不目为词家。世每谓其以诗入词,岂知言哉。董文敏论画曰:"同能不如独诣。"吾于坡仙词亦云。

定风波

咏红梅①

好睡慵开莫厌迟②。自怜冰脸不时宜。偶作小红桃杏色③,闲雅,尚余孤瘦雪霜姿。   休把闲心随物态,何事,酒生微晕沁瑶肌。诗老不知梅格在④,吟咏,更看绿叶与青枝⑤。

【题解】

朱本、龙本未编年。曹本云:"惟考诗集《红梅三首》之一云:'怕愁贪睡独开迟,自恐冰容不入时。故作小红桃杏色,尚余孤瘦雪霜姿。寒心未肯随春态,酒晕无端上玉肌。诗老不知梅格在,更看绿叶与青枝。'可见此词系此诗之檃括。并可为东坡不受音律约束之一例……今从诗集移编元丰四年辛酉(1081)。"邹王本云:"《红梅三首》诗,施宿《东坡先生年谱》及王文诰《苏文忠公诗编注集成》均编元丰五年(1082),词亦当作于《红梅三首》写定之后。"故编元丰五年(1082)。薛本亦据《红梅三首》编元丰五年正月。

【注释】

①范成大《范村梅谱》:"红梅,粉红色。标格犹是梅,而繁密则如杏,香亦类杏。诗人有'北人全未识,浑作杏花看'之句。与江梅同开,红白相映,园林初春绝景也。"

②傅注引《太真外传》:"上皇登沉香亭,诏妃子。妃子卯醉未醒,命力士、侍儿扶掖而至。妃子醉韵残妆,鬓乱钗横,不能再拜。上皇笑曰:'是岂妃子醉,真海棠睡未足耳。'红梅微类海棠,因用此事。"

③杜甫《江雨有怀郑典设》:"宠光蕙叶与多碧,点注桃花舒小红。"释惠

洪《冷斋夜话》卷十:"岭外梅花与中国异,其花几类桃花之色,而唇红香著。"

④孟郊《看花》之二:"唯应待诗老,日日殷勤开。"

⑤苏轼《东坡题跋》卷三:"若石曼卿《红梅》诗云:'认桃无绿叶,辨杏有青枝。'此至陋语,盖村学中体也。"黄彻《碧溪诗话》卷八:"曼卿《红梅》云:'认桃无绿叶,辨杏有青枝。'坡谓村学中体,尝嘲之曰:'诗老不知梅格在,强拈绿叶与青枝。'"

【汇评】

刘熙载《艺概》卷四:东坡《定风波》云:"尚余孤瘦雪霜姿。"《荷华媚》云:"天然地、别是风流标格。""雪霜姿"、"风流标格",学坡词者,便可从此领取。

水调歌头

公旧序云:欧阳文忠公尝问余:琴诗何者最善?答以退之听颖师琴诗最善。公曰:此诗最奇丽,然非听琴,乃听琵琶也。余深然之。建安章质夫家善琵琶者,乞为歌词。余久不作,特取退之词,稍加檃括,使就声律,以遗之云①

昵昵儿女语,灯火夜微明。恩冤尔汝来去②,弹指泪和声。忽变轩昂勇士,一鼓阗然作气③,千里不留行④。回首暮云远⑤,飞絮搅青冥。　　众禽里,真彩凤,独不鸣。跻攀寸步千险,一落百寻轻。烦子指间风雨,置我肠中冰炭⑥,起坐不能平。推手从归去,无泪与君倾⑦。

【题解】

王文诰《苏诗总案》附载此词于元祐二年(1087)正月,朱本、龙本、曹本从之。孔《谱》编元丰四年（1081），作于黄州，邹王本从之。《苏轼文集》卷五十九《与朱康叔》第二十简云章楶"求琵琶歌词，不敢不寄呈"。薛本考证此简写于元丰五年壬戌（1082）正月间，此词亦当作于同时，今从之。

【注释】

①元本、朱本、龙本、曹本无"公旧序云"四字。韩愈《听颖师弹琴》："昵昵儿女语，恩怨相尔汝。划然变轩昂，勇士赴敌场。浮云柳絮无根蒂，天地阔远随飞扬。喧啾百鸟群，忽见孤凤皇。跻攀分寸不可上，失势一落千丈强。嗟余有两耳，未省听丝篁。自闻颖师弹，起坐在一旁。推手遽止之，湿衣泪滂滂。颖乎尔诚能，无以冰炭置我肠。"

②《世说新语》卷上《言语》："祢衡被魏武帝谪为鼓吏"注引《文士传》："少与孔融作尔汝之交，时衡未满二十，融已五十。"杜甫《醉时歌》："忘形到尔汝，痛饮真吾师。"

③《左传·庄公十年》："夫战，勇气也，一鼓作气，再而衰，三而竭。"《孟子·梁惠王上》："填然鼓之。"注："填，鼓音也。兵以鼓进，以金退。"

④《庄子·说剑》："（赵文）王曰：'子之剑何能禁制？'（庄子）曰：'臣之剑，十步一人，千里不留行。'王大说之，曰：'天下无敌矣。'"成玄英《疏》："其剑十步杀一人，一去千里，行不留住，锐快如是，宁有敌乎！"

⑤王维《观猎》："回看射雕处，千里暮云平。"

⑥《庄子·人间世》："事若成，则必有阴阳之患。"郭象注："人患虽去，然喜惧战于胸中，固已结冰炭于五藏矣。"陶渊明《杂诗十二首》之四："孰若当世士，冰炭满怀抱。"

⑦刘长卿《赴巴南书情寄故人》："裁书欲谁诉，无泪可潸然。"

【汇评】

黄庭坚《山谷老人刀笔》卷十三《与郭英发》第一简：东坡公听琵琶一曲，奇甚。试用澄心堂纸写去。因诗句豪壮，颇增笔势，或有佳石，试刻之置斋中，亦一奇事也。

李颀《古今诗话》：曲名《水调歌头》，东坡居士听琵琶而作也。旧都野人曰：此词句外取意，无一字染着，后学卒未到其闻域。反复味之，见居士之文彩窈处："昵昵儿女语"，取白乐天"小弦切切如私语"意；"忽变轩昂勇士,一鼓填然作气,千里不留行",便是"银瓶乍破水浆迸,铁骑突出刀枪鸣";"携手从归去,无泪与君倾",则又翻"江州司马青衫湿"公案也。子瞻凡为文,非徒虚语。"寸步千险,一落百寻轻"之句,皆自喻耳。后人吟咏,患思而不得,既得之,为题意缠缚,不解点化者多矣。

胡仔《苕溪渔隐丛话》后集卷十:旧都野人乃谓此词"句外取意,无一字染着"。彼盖不曾读退之诗,妄为此言也。又谓"居士之文彩窈处,取白乐天《琵琶行》意",此尤可绝倒也。

刘克庄《后村先生大全集》卷一〇二《跋听蛙方氏帖·东坡颖师听琴水调及山谷帖》:檃括他人之作,当如汉王晨入信、耳军,夺其旗鼓,盖其作略气魄,固已陵暴之矣。坡公此词是已。它人勉强为之,气尽力竭,在此则指麾呼唤不来,在彼则颉颃偃蹇不受令,勿作可矣。但韩诗云"湿衣泪滂滂",坡词前云"弹指泪纵横",后云"无泪与君倾"或以为复。余曰:"前句雍门之哭也,后句昭文之不鼓也。结也,非复也。"

卓人月《古今词统》卷十二:其缓调高弹,急节促挝,可以目听。

江神子

公旧注云:陶渊明以正月五日游斜川,临流班坐,顾瞻南阜,爱曾城之独秀,乃作斜川诗,至今使人想见其处。元丰壬戌之春,余躬耕于东坡,筑雪堂居之。南挹四望亭之后丘,西控北山之微泉,慨然而叹,此亦斜川之游也①

梦中了了醉中醒②。只渊明。是前生。走遍人间,依旧却躬耕。昨夜东坡春雨足,乌鹊喜③,报新晴。　　雪堂西畔暗泉鸣。北山倾。小溪横。南望亭丘,孤秀耸曾城。都是斜川当日境,吾老矣,寄余龄。

【题解】

王宗稷《东坡先生年谱》:"元丰五年壬戌(1082),以长短句拟斜川观之。'元丰壬戌之春,予躬耕东坡,筑雪堂以居。南挹四望亭之后(丘),西控北山之微泉,慨然而叹,此亦斜川之游也。'作《江城子》词。"

【注释】

①元本、毛本、朱本、龙本、曹本题首无"公旧注云"四字,此据紫本。使:傅本、元本作"彼"。傅本、元本题尾有"也"字,后多"乃作长短句,以《江神子》歌之"。斜川:陶渊明《游斜川序》:"辛丑正月五日,天气澄和,风物闲美,与二三邻曲,同游斜川。临长流,望曾城。鲂鲤跃鳞于将夕,水鸥乘和以翻飞。彼南阜者,名实旧矣,不复乃为嗟叹。若夫曾城,傍无依接,独秀中皋。遥想灵山,有爱嘉名。欣对不足,率尔赋诗。悲日月之遂往,悼吾年之不留,各疏年纪乡里,以纪其时日。"曾城:骆庭芝《斜川辨》(见陶澍集注《靖节先生集》):"称曾城者,落星寺也。《斜川诗》曰:'迥泽散游目,缅然睇曾邱。'当正月五日,春水未生,落星寺宛在大泽中,是所谓迥泽也。层城之名,殆是晋所称者。"东坡:《苏轼诗集》卷二一《东坡八首叙》:"余至黄州二年,日以困匮。故人马正卿哀余乏食,为于郡中请故营地数十亩,使得躬耕其中。地既久荒为茨棘瓦砾之场,而岁又大旱,垦辟之劳,筋力殆尽。"雪堂:《苏轼文集》卷一二《雪堂记》:"苏子得废圃于东坡之胁,筑而垣之,作堂焉,号其正曰雪堂。堂以大雪中为之,因绘雪于四壁之间,无容隙也。起居偃仰,环顾睥睨,无非雪者。苏子居之,真得其所居者也。"四望亭:《舆地纪胜》卷四十九《黄州·景物下》:"在雪堂南高皋之上,唐太和中刺史刘嗣之所立,李绅作记。"

②傅注:"世人于梦中颠倒,醉中昏迷。而能在梦而了,在醉而醒者,非公与渊明之徒,其谁能哉!"

③傅注:"乌鹊,阳鸟,先事而动,先物而应。汉武帝时,天新雨止,闻鹊声,帝以问东方朔,方朔曰:'必在殿后柏木枯枝上,东向而鸣也。'验之,果然。"

满江红

杨元素本事曲集：董毅夫名钺，自梓漕得罪归鄱阳，遇东坡于齐安。怪其丰暇自得。曰：吾再娶柳氏，三日而去官。吾固不戚戚，而忧柳氏不能忘怀于进退也。已而欣然同忧患，如处富贵，吾是以益安焉。乃令家僮歌其所作《满江红》。东坡嗟叹之，次其韵①

忧喜相寻②，风雨过、一江春绿。巫峡梦、至今空有，乱山屏簇③。何似伯鸾携德耀④，筚瓢未足清欢足⑤。渐粲然、光彩照阶庭，生兰玉⑥。　　　幽梦里，传心曲。肠断处，凭他续。文君婿知否，笑君卑辱⑦。君不见周南歌汉广⑧，天教夫子休乔木⑨。便相将、左手抱琴书，云间宿⑩。

【题解】

王文诰《苏诗总案》卷二一云："元丰五年壬戌（1082）三月，和董钺作《满江红》词。"《孔谱》即编元丰五年。董钺原词已佚。熙宁九年（1076）董钺为夔州路转运副使。元丰三年（1080）六月，诏德渝州应副泸州事。七月，以屯田员外郎徙梓州路转运副使。此时因得罪落职归里。薛本据《续资治通鉴长编》所载，董钺"自梓漕得罪，罢归东川，归鄱阳"时在元丰四年辛酉（1081）七月甲辰，归鄱阳，过黄州，当在八九月间，故编此词于元丰四年八九月间。邹王本云："词云'忧喜相寻，风雨过、一江春绿'，当作于春天。董钺因泸州失利而被除名梓州路转运副使，《续通鉴长编》列元丰四年七月甲辰（十九日）。董钺归鄱阳过黄州，当在五年春。今依《总案》编年。"李小龙《东坡词补考》亦谓《长编》仅言董钺归鄱阳为元丰四年七月，但并不能说明其过黄州就一定在当年。此词曰"风雨过、一江春绿"，似当为春天。

且其《与朱康叔二十首》第十三首云："董义夫相聚多日，甚欢……近辄微加增损，作《般涉调·哨遍》。"由此可见此二词的写作时间相去不远，而其《哨遍》中亦有"涓涓暗谷流春水"之句。故亦当为来年春，即元丰五年春。

【注释】

①董钺：同治《饶州府志》卷二十：董钺，字毅夫，德兴人，治平二年进士，遇事刚果，耿介不群；自奉清约，家无儋石之储，所积惟图书满箧而已。齐安：唐时黄州为齐安郡。

②相寻：相继。何承天《雉子游原泽篇》："功名岂不美，宠辱亦相寻。"

③巫峡梦：见《祝英台近》(挂轻帆)注④。乱山屏簇：傅注："巫峡有十二峰，故云乱山屏簇。"

④《后汉书》卷八三《梁鸿传》："梁鸿字伯鸾，扶风平陵人也……同县孟氏有女，状肥丑而黑，力举石臼，择对不嫁，至年三十。父母问其故。女曰：'欲得贤如梁伯鸾者。'鸿闻而聘之。女求作布衣、麻屦，织作筐缉之具。及嫁，始以装饰入门。七日而鸿不答。妻乃跪床下请曰：'窃闻夫子高义，简斥数妇，妾亦偃蹇数夫矣。今而见择，敢不请罪。'鸿曰：'吾欲裘褐之人，可与俱隐深山者尔。今乃衣绮缟，傅粉墨，岂鸿所愿哉？'妻曰：'以观夫子之志耳。妾自有隐居之服。'乃更为椎髻，著布衣，操作而前。鸿大喜曰：'此真梁鸿妻也。能奉我矣！'字之曰德曜，名孟光。居有顷，妻曰：'常闻夫子欲隐居避患，今何为默默？无乃欲低头就之乎？'鸿曰：'诺。'乃共入霸陵山中，以耕织为业，咏《诗》《书》，弹琴以自娱。因东出关，作《五噫之歌》曰：'(略)。'肃宗闻而非之，求鸿不得。乃易姓运期，名燿，字侯光，与妻子居齐鲁之间。有顷，又去适吴。将行，作诗曰：'(略)。'遂至吴，依大家皋伯通，居庑下，为人赁舂。每归，妻为具食，不敢于鸿前仰视，举案齐眉。伯通察而异之，曰：'彼佣能使其妻敬之如此，非凡人也。'乃方舍之于家。"

⑤《论语·雍也》："一箪食，一瓢饮，在陋巷，人不堪其忧，回也不改其乐。贤哉！回也。"

⑥《晋书》卷七十九《谢安传》附《谢玄传》："安尝戒约子侄，因曰：'子弟亦何以豫人事，而正欲使其佳？'诸人莫有言者。玄答曰：'譬如芝兰玉树，欲使其生于庭阶耳。'安悦。"

⑦见《河满子》(见说岷峨凄怆)注⑧。

⑧《诗经·周南·汉广》:"南有乔木,不可休思。汉有游女,不可求思。汉之广矣,不可泳思。江之永矣,不可方思。"

⑨《诗经·小雅·伐木》:"出自幽谷,迁于乔木。"

⑩白居易《庐山草堂记》:"左手引妻子,右手抱琴书,终老于斯,以成就平生之志。清泉白石,实闻斯言。"

【汇评】

邵博《河南邵氏闻见后录》卷十九:东坡为董毅夫作长短句:"文君婿知否?笑君卑辱。"奇语也。"文君婿"犹"虞姬婿"云。今刻本者不知有自,改"文君细知否",可笑耳。

《东坡外集》调下注:"董义夫以泸南军事夺官为民。晚娶少妻,能同甘苦,能使义忘其沦落,故作此曲。(其妻)乃知云安军柳音公之女。"此注当出于《本事曲集》。

南歌子

和前韵①

日出西山雨②,无晴又有晴③。乱山深处过清明。不见彩绳花板④、细腰轻。　　尽日行桑野,无人与目成⑤。且将新句琢琼英。我是世间闲客、此闲行⑥。

【题解】

此词傅本、元本有词题云"送(刘)行甫赴余杭"。朱本认为系与同调"山雨潇潇过"一词题目互误,即本题题应为"湖州作",遂将此词也编于元丰二年(1079)五月,作于湖州,并将与此词同调同韵的"雨暗初疑夜"、"带酒冲山雨"两首词也附编为元丰二年同时作。龙本、曹本、石唐本、孔《谱》

从之。薛本、邹王本均考其非,因为苏轼于元丰二年(1079)四月二十日至湖州,七月二十八日就因乌台诗案而押回汴京,未在湖州"过清明",所以此词的词题也不应是"湖州作"。薛本据词中"蓝桥"一词,引唐人小说裴航蓝桥驿遇仙之事,将这三首同韵词编于嘉祐八年癸卯(1063),"作于癸卯二月下旬至三月上旬送赵荐归蜀入终南山中复回凤翔府时也"。龙吟《苏轼词作编年新说》云:"小说所言神仙之事,岂需确指?苏轼用此典,又何须在陕西?依此推论,东坡晚年作于海南的《和陶杂诗》中复有'蓝桥近得道,常苦世褊迫'之句,如将其也列入凤翔时的作品,岂不要闹大笑话?"并认为此词为苏轼杭州通判任后作。邹王本则编此三首词于元丰五年壬戌(1082)三月,"细味词意,应作于黄州。词中有云'西山雨',并非泛指西方之山,乃是苏轼黄州诗文中反覆出现的地名,也是苏轼经常登临之处,即武昌西山。词中云:'我是世间闲客,此闲行。'也符合苏轼贬官黄州,'不得签书公事',终日无所事事,便'扁舟草履,放浪山林间,与渔樵杂处'(见《文集》卷四九《答李端叔书》),真所谓'闲客'、'闲行'的情趣与处境。另词中云'求田问舍笑豪英',也是元丰五年(1082)三月在黄州情事。"保苅佳昭《苏轼词编年考》也认为薛本编年有问题,"这三首《南歌子》所咏的意境,与苏轼初仕时之心情、处境不合。例如,'老去才都尽'意味着他已近年老、已经江郎才尽了。'才都尽'这三字,一定是历经艰难之后的语言。'我是世间闲行'表示苏轼当时已经没有出仕的热情,同时表示他处于跟政治无关的地位,再也没有官吏的职责,并且'闲客'这个语词是到贬谪黄州后才经常用的。'仙村梦不成'暗示他那时虽有着一个'梦'但不能实现。'仙村'是与俗世远离关系的生活,指隐居之地。可见,苏轼当时在找隐居之地而未成功。还有,'求田问舍笑豪英,自爱湖边沙路、免泥行',意思是'豪杰之士嘲笑我打算求田问舍,但是我很喜欢未被泥土弄脏的湖边沙路'。可见苏轼当时想'求田问舍'于'湖边沙路',盼望隐居。'泥'一定是指'党争'说的,'自爱湖边沙路、免泥行'意味着'我不愿意再被卷入"党争"的旋涡之中'。这些与嘉祐八年28岁的苏轼都不合适。笔者认为,这三首词里所写的内容,与贬官黄州的时候,特别是元丰五年(1082)三月的情况正符合。"他认为,这三首《南歌子》是元丰五年三月清明后,苏轼去沙湖相田的时候所作的，其中"日出西山雨"可能是去沙湖之时所写，"带酒冲山雨"是在沙湖、蕲水之时所写，"雨暗初疑夜"则是从沙湖返回之时所写。沈松勤《苏轼词编年补证》也认同邹王说。

【注释】

①傅本题"送刘行甫赴余杭"。元本题"送行甫赴余姚"。

②山：元本注："一作边。"王勃《滕王阁诗》："画栋朝飞南浦云，珠帘暮卷西山雨。"

③刘禹锡《竹枝词》："东边日出西边雨，道是无晴还有晴。"

④傅注："彩绳花板，秋千戏也。"王仁裕《开元天宝遗事》："天宝宫中至寒食节，竞竖秋千，令宫嫔辈戏笑以为宴乐，帝呼为半仙之戏，都中市民因而呼之。"

⑤《楚辞·九歌·少司命》："满堂兮美人，忽独与余兮目成。"

⑥杜牧《八月十二日得替后移居雪溪馆因题长句四韵》："景物登临闲始见，愿为闲客此闲行。"

南歌子

再用前韵①

带酒冲山雨，和衣睡晚晴。不知钟鼓报天明②。梦里栩然蝴蝶、一身轻③。　　老去才都尽④，归来计未成⑤。求田问舍笑豪英⑥，自爱湖边沙路、免泥行⑦。

【题解】

同前首。

【注释】

①傅本、元本、朱本、龙本、曹本无题。

②杜甫《偪侧行赠毕四曜》:"晓来急雨春风颠,睡美不闻钟鼓传。"

③《庄子·齐物论》:"昔者庄周梦为蝴蝶,栩栩然蝴蝶也。自喻适志欤!不知周也。俄而觉,则蘧蘧然周也。不知周之梦为蝴蝶欤?蝴蝶之梦为周欤?周与蝴蝶则必有分矣。此之谓物化。"

④杜甫《寄彭州高三十五使君适虢州岑二十七长使参三十韵》:"老去才虽尽,愁来兴其长。"

⑤郑谷《兴州江馆》:"向蜀还秦计未成,寒蛩一夜绕床鸣。"

⑥《三国志》卷七《陈登传》:"(刘)备曰:'君有国士之名,今天下大乱,帝主失所,望君忧国忘家,有救世之意,而君求田问舍,言无可采,是元龙所讳也。何缘当与君语?'"

⑦杜甫《到村》:"碧涧虽多雨,秋沙先少泥。"

南歌子

寓　意①

雨暗初疑夜,风回忽报晴②。淡云斜照著山明。细草软沙溪路、马蹄轻③。　　卯酒醒还困④,仙村梦不成⑤。蓝桥何处觅云英⑥。只有多情流水、伴人行。

【题解】

同前首。

【注释】

①紫本题"寓意",傅本、元本、朱本、龙本、曹本无题。

②忽:元本、朱本、龙本、曹本作"便"。

③王维《观猎》:"草枯鹰眼疾,雪尽马蹄轻。"

④卯酒:清晨饮酒。白居易《醉吟》:"耳底斋钟初过后,心头卯酒未

消时。"

⑤仙村：傅本、毛本作"仙材"，元本、朱本、龙本、曹本作"仙村"。傅注："西王母曰：'刘彻好道，然形慢神秽。虽语之以至道，殆恐非仙材也。'故郭璞诗曰：'汉武非仙材。'"

⑥裴铏《传奇·裴航》：唐长庆中，有裴航秀才，因下第游于鄂渚，与樊夫人同舟，樊赠诗云："一饮琼浆百感生，玄霜捣尽见云英。蓝桥便是神仙窟，何必崎岖上玉清。"航后经蓝桥驿，道渴求浆，见一女子名云英，忆樊夫人诗有"云英"之句，遂以玉杵臼为礼娶之，入玉峰洞中，琼楼殊室而居，饵以绛雪、琼英之丹，神化自在，超为上仙。后世人莫有遇者。

定风波

公旧序云：三月七日，沙湖道中遇雨。雨具先去，同行皆狼狈，余独不觉。已而遂晴，故作此词①

莫听穿林打叶声。何妨吟啸且徐行②。竹杖芒鞋轻胜马③。谁怕。一蓑烟雨任平生④。　　料峭春风吹酒醒。微冷。山头斜照却相迎。回首向来萧洒处⑤。归去。也无风雨也无晴。

【题解】

《苏轼文集》卷六十八《书清泉寺词》："黄州东南三十里，为沙湖，亦曰螺师店。将买田其间，因往相田。"王文诰《苏诗总案》卷二一："元丰五年壬戌(1082)，三月七日，公以相田至沙湖，道中遇雨作。"孔《谱》、薛本、邹王本从之。

【注释】

①元本、朱本、龙本、曹本题首无"公旧序云"四字，此据紫本。同行：紫

本作"同去"，此据傅本、元本、毛本。独：元本无此字。此：元本无此字。沙湖：《东坡志林》卷一："黄州东南三十里，为沙湖，亦曰螺师店，予买田其间。"

②《晋书》卷七九《谢安传》："尝与孙绰等泛海，风起浪涌，诸人并惧，安吟啸自若。"

③傅注引无则诗："腾腾兀兀恣闲行，竹杖芒鞋称野情。"

④郑谷《试笔偶书》："殷勤一襄雨，只得梦中披。"

⑤潇洒：元本、朱本、龙本作"萧瑟"。

【汇评】

俞成《萤雪丛说》卷上"诗随景物下语"条：杜诗"丹霞一缕轻"，渔父诗"蓑缕一钩轻"，胡少汲诗"隋堤烟雨一帆轻"。至若骚人于渔父则曰"一襄烟雨"，于农夫则曰"一犁春雨"，于舟子则曰"一篙春水"，皆曲尽形容之妙也。

郑文焯《手批东坡乐府》：此足证是翁坦荡之怀，任天而动。琢句亦瘦逸，能道眼前景。以曲笔直写胸臆，倚声能事尽矣。

刘永济《唐五代两宋词简析》：东坡时在黄州，此词乃写途中遇雨之事。中途遇雨，事极寻常，东坡却能于此寻常事故中写出其平生学养。上半阕可见作者修养有素，履险如夷，不为忧患所摇动之精神。下半阕则显示其对于人生经验之深刻体会，而表现出忧乐两忘之胸怀。盖有学养之人，随时随地，皆能表现其精神。东坡一生在政治上之遭遇，极为波动，时而内召，时而外用，时而位置于清要之地，时而放逐于边远之区，然而思想行为不因此而有所改变，反而愈遭挫折，愈见刚强，挫折愈大，声誉愈高。此非可悻致者，必平日有修养，临事能坚定，然后可得此效果也。

浣溪沙

游蕲水清泉寺。寺临兰溪，溪水西流①

山下兰芽短浸溪。松间沙路净无泥②。萧萧暮雨子规

208

啼③。　　　谁道人生无再少④，门前流水尚能西。休将白发唱
黄鸡⑤。

【题解】

王文诰《苏诗总案》谓壬戌三月，"蕲水多腴田，往求不遂。俄得臂疾，会潘尉、庞医来迎，相率至麻桥庞所居，留数日。""疾愈，与庞医游清泉寺，饮王羲之洗笔泉，徜徉兰溪之上，作《浣溪沙》词。"孔《谱》、薛本、邹王本均编元丰五年壬戌(1082)三月。

《苏轼文集》卷六十八《书清泉寺词》载此词本事云："黄州东南三十里，为沙湖，亦曰螺师店。余将买田其间，因往相田。得疾，闻麻桥人庞安时善医而聋，遂往求疗。安时虽聋，而颖悟过人，以手指画字，不尽数字，辄了人深意。余戏之云：'余以手为口，君以眼为耳。皆一时异人也。'疾愈，与之同游清泉寺。寺在蕲水郭门外二里许。有王逸少洗笔泉，水极甘，下临兰溪，溪水西流。余作歌云：'山下兰芽知浸溪(略)。'是日，极饮而归。"

【注释】

①蕲水：《太平寰宇记》卷一二七《淮南道》："蕲州，领县四，其一蕲水。在州西北七十一里。"清泉寺：《东坡志林》卷一："(清泉寺)在蕲水郭门外二里许。"兰溪：《太平寰宇记》卷一二七《蕲州·蕲水县》："兰溪水源出箬竹山，其侧多兰。"

②杜甫《中丞严公雨中垂寄见忆一绝奉答二绝》之二："何日雨晴云出溪，白沙青石洗无泥。"

③萧萧：韩愈《盆池五首》之二："从今有雨君须记，来听萧萧打叶声。"子规：傅注："《成都记》：杜宇亦曰杜主。自天而降，称望帝，好稼穑，教人务农。至今蜀之将者，必先祀杜主。望帝时以国相开明有治水功，因禅位焉。后望帝死，其魂化为鸟，名曰杜鹃，亦曰子规。"

④傅注："《古诗》：'花有重开日，人无再少年。'"

⑤白居易《醉歌(示伎人商玲珑)》："罢胡琴，掩秦瑟，玲珑再拜歌初毕。谁道使君不解歌，听唱黄鸡与白日。黄鸡催晓丑时鸣，白日催年西前没。

腰间红绶系未稳,镜里朱颜看已失。玲珑玲珑奈老何,使君歌了汝更歌。"

【汇评】

曾敏行《独醒杂志》卷二:徐公师川尝言:"东坡长短句有云:'山下兰芽短浸溪。松间沙路净无泥。'白乐天诗云:'柳桥晴有絮,沙路润无泥。'‘净’、‘润’两字,当有能辨之者。"

先著、程洪《词洁》卷一:坡公韵高,故浅浅语亦觉不凡。

陈廷焯《白雨斋词话》卷六:"谁道人生无再少,门前流水尚能西。休将白发唱黄鸡。"愈悲郁,愈豪放,愈忠厚,令我神往。

西江月

公自序云:春夜蕲水中过酒家饮。酒醉,乘月至一溪桥上,解鞍曲肱少休。及觉,已晓。乱山葱茏,不谓尘世也。书此词桥柱①

照野弥弥浅浪②,横空暧暧微霄③。障泥未解玉骢骄④。我欲醉眠芳草⑤。　　可惜一溪明月,莫教踏破琼瑶。解鞍欹枕绿杨桥。杜宇一声春晓。

【题解】

王文诰《苏诗总案》:壬戌三月,"夜过酒家饮酒醉,月上,策马至溪桥,解鞍曲肱少休。及觉,乱山葱茏,不谓人世也,题《西江月》词于桥柱上。"孔《谱》、薛本、邹王本均编元丰五年壬戌(1082)三月,作于黄州。

【注释】

①傅本"水中"前多"山"字,"尘"作"人"。
②《诗经·邶风·新台》:"新台有泚,河水弥弥。"毛传:"弥弥,盛貌。"郑谷《恩门小谏雨中乞菊栽》:"递香风细细,浇绿水弥弥。"

③陶渊明《时运》:"山涤余霭,宇暖微霄。"

④《晋书》卷四二《王济传》:"济善解马性,尝乘一马,著连乾鄣泥,前有水,终不肯渡。济云:'此必是惜鄣泥。'使人解去,便渡。"

⑤郑谷《曲江春草》:"花落江堤蔟暖烟,雨余草色远相连。香轮莫辗青青破,留与愁人一醉眠。"

【汇评】

李廷机《新刻注释草堂诗余评林》卷二:此坡老春夜休息于桥词,又是别夜风味,与诸作不同。

杨慎《词品》卷一:苏公词"照野弥弥浅浪,横空暖暖微霄",乃用陶渊明"山涤余霭,宇暖微霄"之语也。填词虽于文为末,而非自《选》诗、乐府来,亦不能入妙。

卓人月《古今词统》卷六:山谷词:"走马章台,踏碎满街月。"坡公偏不忍踏碎,都妙。

陈廷焯《词则•放歌集》卷一:《西江月》一调,易入俚俗,稍不检点,则流于曲矣。此偏写得洒落有致。

俞陛云《唐五代两宋词选释》:诵其下阕四句,清狂自放,有"万象宾客"之概。觉相如题桥,未能免俗也。

渔　父

　　渔父饮,谁家去。鱼蟹一时分付。酒无多少醉为期①,彼此不论钱数②。

【题解】

　　四首《渔父》,《东坡纪年录》、孔《谱》未收。王文诰《苏诗总案》云:"《渔父词》起于三闾,诰向能以七弦道之。公又尝改张志和词为《鹧鸪天》。此四章亦其遗意,皆可谱入琴声也。"朱本据《苏轼诗集》编元丰八年乙丑

211

(1085)。薛本从之,并云两首《调笑令》(渔父)(归雁)似为一时之作。曹本认为四首词必作于在黄州数年之间,"乙丑年自正月起,东坡仆仆风尘于泗州、南都、楚州、扬州。五月至常州贬所。六月起知登州,过润州、真州、扬州、楚州、海州、密州,十月到登州任。同月奉召还京,过莱州、齐州、郓州、南都,十二月抵京师。行踪如此,势必无作此四词之闲暇"。石唐本也认为这四首词"至少应是黄州时期的作品",理由如下:这四首词所咏的内容与在黄州所作的《鱼蛮子》相似;元丰七年三月,苏轼将离开黄州,此后两年生活已不如黄州时期那么平静,更无闲心写出像《渔父》这样的词章;苏轼在黄州《答李端叔书》中,说他的生活是"扁舟草履,放浪山水间,与樵渔杂处",又他在告别黄州时所写的一首《满庭芳》(归去来兮)中,最后一句是"仍传语,江南父老,时与晒渔蓑"。可见头戴青箬笠,身披绿蓑衣,是苏轼在黄州时的平日生活之常有,而不是偶一为之。保苅佳昭《苏轼词编年考》认同这一说法,邹王本编年同《浣溪沙》(西塞山边白鹭飞),即元丰五年(1082)三月作于黄州。今暂依曹本、邹王本之说。

【注释】

①《南史》卷七五《陶潜传》:"(潜)性嗜酒,而家贫不能恒得。亲旧知其如此,或置酒招之,造饮辄尽,期在必醉。"

②杜甫《峡隘》:"白鱼如切玉,朱橘不论钱。"

渔　父

渔父醉,蓑衣舞①。醉里却寻归路。轻舟短棹任斜横②,醒后不知何处③。

【题解】

同上首。

①孟郊《送淡公》十二之三:"侬是拍浪儿,饮别拜浪婆。脚踏小船头,独速舞短蓑。"

②轻:三希堂石刻作"孤"。斜横:《东坡集》作"横斜"。

③柳永《雨霖铃》:"今宵酒醒何处?杨柳岸晓风残月。"

渔　父

渔父醒,春江午。梦断落花飞絮。酒醒还醉醉还醒①,一笑人间今古。

【题解】

同上首。

【注释】

①《苏轼诗集》王文诰案:"此句用白乐天《醉吟先生传》,否则出之太易,即非公之所为也。凡此等句,又当数典以实之,与得诸性灵之诗,不可以典注实者不同。"《醉吟先生传》云:"(醉吟先生)吟罢自哂,揭瓮拨醅,又引数杯,兀然而醉。既而醉复醒,醒复吟,吟复饮,饮复醉。醉吟相仍,若循环然。"

渔　父

渔父笑,轻鸥举①。漠漠一江风雨②。江边骑马是官人,借我孤舟南渡。

同上首。

【注释】

①杜甫《小寒食舟中作》:"娟娟戏蝶过闲幔,片片轻鸥下急湍。"

②杜甫《滟滪》:"江天漠漠鸟双去,风雨时时龙一吟。"

调笑令①

渔父。渔父。江上微风细雨。青蓑黄箬裳衣②。红酒白鱼暮归③。归暮。归暮。长笛一声何处④。

【题解】

邹本编年同《浣溪沙》(西塞山边白鹭飞),即元丰五年(1082)三月作于黄州。

【注释】

①紫本、百本、元本、毛本俱将此首与下一首合二为一,朱本据韦词一分为二。元本调下有注:"效韦应物体。"

②苏辙《乘小舟出筠江二首》之一:"红饭白醪供醉饱,青蓑黄箬可缠包。"

③暮归:紫本作"归暮"。

④赵嘏《长安秋望》:"残星几点雁横塞,长笛一声人倚楼。"

调笑令

归雁。归雁。饮啄江南南岸①。将飞却下盘桓②。塞外春来苦寒③。寒苦。寒苦。藻荇欲生且住。

【题解】

邹本编年同《浣溪沙》(西塞山边白鹭飞),即元丰五年(1082)三月作于黄州。

【注释】

①《庄子·养生主》:"泽雉十步一啄,百步一饮。"《晋书》卷二十二《乐志》载晋何承天《雉子游原泽篇》:"饮啄虽勤苦,不愿栖园林。"

②盘桓:毛本作"盘旋",元本作"盘桓"。

③苦寒:紫本、元本作"寒苦"。

浣溪沙

渔　父①

西塞山边白鹭飞。散花洲外片帆微。桃花流水鳜鱼肥②。　　自庇一身青箬笠,相随到处绿蓑衣。斜风细雨不须归。

【题解】

朱本、龙本未编年。曹本编元丰六年癸亥(1083):"惟此赋渔父,与以上数首(指《渔父》四首)相类,援朱本事同类编例,今酌编元丰六年癸亥。"薛本编元祐六年(1091)三月自杭州还朝过湖州时作,邹本辨其非。丁永淮《苏轼黄州活动年月表》云:元丰五年(1082)三月七日,苏轼到黄州东南三十里沙湖看田,在蕲水县治南兰溪(今浠河)岸石壁书"洄澜"二字,然后"顺兰溪下至长江边散花洲,檃括唐张志和名词《渔歌子》作《浣溪沙·渔父》"。邹王本从之,并云:此词首二句提到"西塞山"、"散花洲",散花洲在蕲水县南大江中,与西塞山相对。他由眼前黄州的"西塞山",联想到唐人张志和著名《渔父》词中浙江的"西塞山",触发了灵感,既喜张词的"极清丽",又恨其曲度不传,遂将张词檃括成这首《浣溪沙》。苏轼在黄时,"扁舟草履,放浪山水间,与樵渔杂处"(《答李端叔书》);将离黄时,"仍传语,江南父老,时与晒渔蓑"(《满庭芳》归去来兮),与他的组词《渔父》四首及《调笑令》(渔父)(归雁)二首所写内容相似。这六首词,亦当为黄州时作品。今从之。

【注释】

①元本无题。傅本题作"玄真子《渔父》词极清丽,恨其曲度不传,故加数语,令以《浣溪沙》歌之"。毛本题作"玄真子《渔父》云:'西塞山边白鹭飞,桃花流水鳜鱼肥。青箬笠,绿蓑衣,斜风细雨不须归。'此语妙绝,恨莫能歌者。故增数语,令以《浣溪沙》歌之"。此从紫本、百本。玄真子:《新唐书》卷一九六《张志和传》:"(志和)居江湖,自称烟波钓徒,著《玄真子》,亦以自号。"

②《汉书》卷二十九《沟洫志》:"来春桃华水盛,必羡溢。"颜师古注云:"《月令》:'仲春之月,始雨水,桃始华。'盖桃方华时,既有雨水,川谷冰泮,众流猥集,波澜盛长,故谓之桃华水耳。而《韩诗传》云'三月桃华水'。"

【汇评】

曾慥《乐府雅词》卷中徐俯词跋:山谷见之,击节称赏,且云:"惜乎散花与桃花字重叠,又渔舟少有使帆者。"

王若虚《滹南遗老集》卷三九《诗话》中:苏、黄各因玄真子《渔父》词增为长短句,而互相讥评,山谷又取船子和尚诗为《诉衷情》,而冷斋亦载之。予谓此皆为蛇画足耳,不作可也。

刘熙载《艺概》卷四:张志和《渔歌子》(西塞山前白鹭飞)一阕,风流千古。东坡尝以其成句用入《鹧鸪天》,又用于《浣溪沙》,然其所足成之句,犹未若原词之妙通造化也。

蝶恋花

雨霰疏疏经泼火①。巷陌秋千，犹未清明过。杏子梢头香蕾破，淡红褪白胭脂浣②。　　苦被多情相折挫。病绪厌厌③，浑似年时个④。绕遍回廊还独坐，月笼云暗重门锁⑤。

【题解】

紫本、百本、傅本、元本、明刊全集不载，见外集、二妙集、毛本、朱本、龙本、《全宋词》。朱本、龙本、石唐本、薛本未编年。孔《谱》未载。曹本、邹本列误入词和存疑词。沈松勤《苏轼词编年补证》认为这首词与苏轼在元丰五年（1082）三月所作《寒食雨二首》、《徐使君分新火》多有相通之处，故编于同时。今从之。

【注释】

①《遁斋闲览》："河朔谓清明桃花雨曰泼火雨。"白居易《洛桥寒食日作十韵》："蹴球尘不起，泼火雨新晴。"唐彦谦《上巳》："微微泼火雨，草草踏青人。"

②韩愈《合江亭》："愿书岩上石，勿使泥尘浣。"

③陶潜《和郭主簿》之二："检素不获展，厌厌竟良月。"

④史浩《千秋岁》："把盏对横枝，尚忆年时个。"

⑤杜牧《泊秦淮》："烟笼寒水月笼沙，夜泊秦淮近酒家。"

少年游

银塘朱槛麹尘波②。圆绿卷新荷。兰条荐浴③,菖花酿酒④,天气尚清和⑤。　　好将沈醉酬佳节⑥,十分酒、一分歌。狱草烟深,讼庭人悄⑦,无吝宴游过。

【题解】

傅藻《东坡纪年录》:"元丰四年辛酉(1081)端午,作《少年游》赠徐君猷。"《总案》、薛本、邹王本从之。此词傅本、百本(即曾本之卷上)、元本及毛本均题为"端午赠黄守徐君猷",然曾慥所辑之《拾遗》重出此词,其调误作《画堂春》,题云"元丰五年(1082)端午赠黄守徐君猷"。李小龙《东坡词补考》认为《拾遗》之说为是。因为《纪年录》之成书自晚,且其来自于段仲谋行纪与黄德粹系谱,他自己评此二谱即云:"一则择焉而不精,一则语焉而不详。"而曾慥之《拾遗》则来自于"张宾老所编并载于蜀本者",较之于傅藻所编,自更为可信。且元丰四年的端午节为阳历的六月十四,已近夏至,五年的端午则为六月初三,尚未到芒种。再看其词云"圆绿卷新荷"、"兰条荐浴,菖花酿酒,天气尚清和",似未到夏至。

【注释】

①《荆楚岁时记》:"五月五日四民并踏百草,又有斗百草之戏,采艾以为人,悬门户上,以禳毒气。是日竞渡,采杂药。"又案云:"五月五日竞渡俗,为屈原投汨罗日,伤其死,故并命舟楫以拯之。舟舸取其轻利,谓之飞凫,一自以为水军,一自以为水马,州将及士人悉临水而观之。邯郸淳《曹娥碑》云:五月五日时迎伍君,逆涛而上,为水所淹。斯又吴之俗,事在子胥,不关屈平也。越地传云起于越王句践,不可详矣。是日竞渡,采药,《夏

小正》：此月蓄药以蠲除毒气。"

②麹尘：淡黄色，亦作鞠尘。《周礼·天官·内司服》"鞠衣"郑玄注："黄桑服也，色如鞠尘，象桑叶始生。"白居易《春江闲步赠张山人》："晴沙金屑色，春水麹尘波。红簇交枝杏，青含卷叶荷。"

③《大戴礼记》卷二《夏小正》：五月五日"蓄兰为沐浴也"。屈原《九歌·云中君》："浴兰汤兮沐芳，华采衣兮若英。"

④《荆楚岁时记》："端午节以菖蒲一寸九节者，泛酒以辟瘟气。"傅注："近世五月五日必以菖蒲渍酒而饮，谓之饮浴。"

⑤曹丕《槐赋》："伊暮春之既替，即首夏之初期……天清和而温润，气恬淡以安治。"谢灵运《游赤石进帆海》："首夏犹清和，芳草亦未歇。"

⑥杜牧《九日齐山登高》："但将酩酊酬佳节，不用登临恨落晖。"

⑦《北史·刘旷传》："在职七年，风教大洽，狱中无系囚，净讼绝息，囹圄皆生草，庭可张罗。"方干《赠申长官》："言下随机见物情，看看狱路草还生。"

哨　遍①

公旧序云：陶渊明赋归去来，有其词而无其声。余治东坡，筑雪堂于上，人俱笑其陋。独鄱阳董毅夫过而悦之，有卜邻之意。乃取归去来词，稍加𣄴括，使就声律，以遗毅夫。使家僮歌之，时相从于东坡，释耒而和之，扣牛角而为之节，不亦乐乎②

为米折腰③，因酒弃家，口体交相累④。归去来，谁不遣君归。觉从前皆非今是。露未晞⑤。征夫指予归路，门前笑语喧童稚。嗟旧菊都荒，新松暗老⑥，吾年今已如此。但小窗容膝闭柴扉。策杖看孤云暮鸿飞⑦。云出无心，鸟倦知还，本非

219

有意。　　噫。归去来兮。我今忘我兼忘世。亲戚无浪语⑧，琴书中有真味。步翠麓崎岖，泛溪窈窕⑨，涓涓暗谷流春水。观草木欣荣，幽人自感，吾生行且休矣。念寓形宇内复几时⑩。不自觉皇皇欲何之。委吾心、去留谁计。神仙知在何处，富贵非吾志⑪。但知临水登山啸咏⑫，自引壶觞自醉。此生天命更何疑。且乘流、遇坎还止⑬。

【题解】

傅藻《东坡纪年录》云："元丰五年壬戌(1082)，公在黄州……春躬耕东坡，筑雪堂居之，拟斜川之游。以渊明《归去来词》檃括为《哨遍》。"朱本、龙本从之。魏了翁《鹤山先生大全文集》卷六十三《跋番阳董氏所藏东坡墨迹》云："苏文忠雅嗜陶公文，其有感于《归去来词》，盖元丰五年之夏，蔡、章被遇而吕正献不合之时也。长公在黄，少公在筠，此何时也，而犹可以仕乎。"孔《谱》云："董毅夫自梓漕得罪，罢官归鄱阳，造访东坡，有卜邻之意。苏轼檃括点化陶潜《归去来兮辞》作《哨遍》以遗之。"编元丰五年(1082年)五月作。邹王本从之。薛本则编辛酉(1081)八九月间，认为题序为好事者为之，非东坡自叙。因为董毅夫在黄州与苏轼相会在辛酉八九月间，公正营东坡，尚未筑雪堂，何言"人俱笑其陋，独鄱阳董毅夫过而悦之，有卜邻之意"焉？

《苏轼诗集》卷三十一《次韵黄鲁直寄题郭明父府推颍州两斋》(二)："雪堂亦有思归曲。"王尧卿注谓为《哨遍》。

【注释】

①又作"稍遍"，此调始自苏轼。

②元本无"公旧序云"四字。卜邻：《左传·昭公三年》："且谚曰：'非宅是卜，唯邻是卜'，二三子先卜邻矣。"

③萧统《陶渊明传》：(陶渊明为彭泽令)"岁终，会郡遣督邮至县，吏请曰：'应束带见之。'渊明叹曰：'我岂能为五斗米折腰向乡里小儿！'即日解绶去职，赋《归去来》。"

④弃家:傅本作"弃官"。口体:《宋史》卷三三八《苏轼传》:"百姓不可户晓,皆谓以耳目不急之玩,夺其口体必用之资。"

⑤《诗经·秦风·蒹葭》:"蒹葭萋萋,白露未晞。"

⑥《归去来兮辞》:"三径就荒,松菊犹存。"

⑦《归去来兮辞》:"倚南窗以寄傲,审容膝之易安……策扶老以流憩,时矫首而遐观。"

⑧杜甫《归雁二首》之一:"系书元浪语,愁寂故山薇。"《归去来兮辞》:"悦亲戚之情话。"

⑨《归去来兮辞》:"既窈窕以寻壑,亦崎岖而经丘。"

⑩《归去来兮辞》:"寓形宇内复几时,曷不委心任去留?"

⑪非吾志:傅本、毛本作"非吾愿"。《归去来兮辞》:"胡为乎遑遑兮欲何之? 富贵非吾愿,帝乡不可期。"

⑫《南史》卷二六《袁粲传》:"郡南一家颇有竹石,粲率尔步往,亦不通主人,直造竹所,啸咏自得。"《归去来兮辞》:"登东皋以舒啸,临清流而赋诗。"

⑬贾谊《鵩鸟赋》:"乘流则逝兮,得坻则止。"《文选》孟康注:"《易》坎为险,遇险难而止也。"张晏曰:"坻,水中小洲也。坻或为坎。"

【汇评】

张炎《词源》卷下:《哨遍》一曲,檃括《归去来辞》,更是精妙,周、秦诸人所不能到。

王若虚《滹南遗老集》卷三十九《诗话》:东坡酷爱《归去来辞》,既次其韵,又衍为长短句,又裂为集字诗,破碎甚矣。陶文信美,亦何必尔,是亦未免近俗也。

董其昌《新刻便读草堂诗余》卷三:坡老心慕渊明,此词故为之檃括,所谓惟豪杰而后识豪杰也,胸中磊落如此,二公盖有无入不自得者,旷世所稀见也。

贺裳《皱水轩词筌》:东坡檃括《归去来辞》,山谷檃括《醉翁亭》,皆堕恶趣。天下事为名人所坏者,正自不少。

李佳《左庵词话》卷下:东坡《哨遍》词,运化《归去来辞》,非有大力量不能。此类后人不易学,亦不必学。强为之,万不能好。

张德瀛《词徵》卷五:长乐陈翼论其词云:"歌《哨遍》之词,使人甘心澹泊,而有种菊东篱之兴。"可谓知言。

渔家傲

赠曹光州[1]

些小白须何用染[2]。几人得见星星点[3]。作郡浮光虽似箭[4]。君莫厌。也应胜我三年贬[5]。　　我欲自嗟还不敢。向来三郡宁非忝[6]。婚嫁事稀年冉冉[7]。知有渐。千钧重担从头减。

【题解】

王文诰《苏轼总案》卷二一:"元丰五年壬戌(1082)六月,曹焕来谒,为《渔家傲》,使焕寄其父九章。"孔《谱》、薛本、邹王本从之。时彭城曹焕自光州赴筠州,道过黄冈。苏轼赋《渔家傲》赠其父光州守曹九章。曹光州,名九章,苏辙婿曹焕之父,曾任光州知州,多年不得升迁,时怀郁愤。

【注释】

①傅本、元本无此阕。

②刘禹锡《与歌者米嘉荣》:"近来时世轻先辈,好染髭须事后生。"

③谢灵运《游南亭》:"戚戚感物叹,星星白发垂。"

④浮光:指光州,《水经注》卷三十:"淮水又东径浮光山北。亦曰扶光山,即弋山也。径新息县故城南。"语意双关,亦谓时光流逝。

⑤施宿《东坡先生年谱》:苏轼元丰二年十二月诏责授检校尚书水部员外郎、黄州团练副使、本州安置。元丰三年二月至黄州,到元丰五年,时为三年,故云"三年贬"。

⑥三郡：苏轼曾知密州、徐州、湖州，故云"三郡"。

⑦《后汉书》卷八三《向长传》："(向长)男女娶嫁既毕，勅断家事勿相关，当如我死也。于是遂肆意，与同好北海禽庆俱游五岳名山，竟不知所终。"屈原《离骚》："老冉冉其将至兮，恐修名之不立。"

定风波

元丰六年七月六日，王文甫家饮酿白酒，大醉。集古句作墨竹词①

雨洗娟娟嫩叶光。风吹细细绿筠香。秀色乱侵书帙晚。帘卷。清阴微过酒尊凉②。　　人画竹身肥拥肿③。何用。先生落笔胜萧郎④。记得小轩岑寂夜⑤。廊下。月和疏影上东墙。

【题解】

百本、二妙集、明刊全集、毛本的词题均作元丰六年七月六日，《总案》从之。傅本、王宗稷《东坡先生年谱》、傅藻《东坡纪年录》作元丰五年（1082）七月六日，朱本、龙本、薛本、邹王本从之。时与王齐愈饮家酿白酒，集古人句作墨竹词为《定风波》。《文集》卷七一《赠别王文甫》云："仆以元丰三年二月一日至黄州，时家在南都，独与儿子迈来郡中，无一人旧识者。时时策杖至江上，望云涛渺然，亦不知有文甫兄弟在江南也。居十余日，有长而髯者，惠然见过，乃文甫之弟子辩。留语半日，云：'迫寒食，且归车湖。'仆送之江上，微风细雨，叶舟横江而去。仆登夏隩尾高丘以望之，仿佛见舟及武昌，乃还。尔后遂相往来。及今四周岁，相过殆百数，遂欲买田而老焉，然竟不遂。近忽量移临汝，念将复去此而后期不可必，感物凄然，有不胜怀者。浮屠不三宿桑下，有以也哉。七年三月九日。"可见苏轼与王氏

223

兄弟交情之深。

【注释】

①六年：傅本、元本作"五年"，紫本、百本、毛本作"六年"。家饮：傅本作"饮家"。王文甫：《诗集》卷二十《王齐万秀才寓居武昌县刘郎洑，正与伍洲相对，伍子胥奔吴所从渡江也》诗王文诰案："王齐万，字子辩，嘉州犍为人，乃齐愈字文甫之弟。"苏轼在黄州，王氏兄弟常从之游。

②娟娟：毛本作"涓涓"。杜甫《严郑公宅同咏竹得香字》："竹绿半含箨，新梢才出墙。色侵书帙晚，阴过酒尊凉。雨洗娟娟净，风吹细细香。但今无剪伐，会见拂云长。"

③白居易《画竹歌》："植物之中竹难写，古今虽画无似者。萧郎下笔独逼真，丹青以来唯一人。人画竹身肥臃肿，萧画茎瘦节节竦。"

④白居易《画竹歌并引》："协律郎萧悦善画竹，举世无伦。"

⑤《文集》卷六八《书曹希蕴诗》："近世有妇人曹希蕴者，颇能诗，虽格韵不高，然时有巧语。尝作《墨竹》诗云：'记得小轩岑寂夜，月移疏影上东墙。'此语甚工。"

满庭芳

蜗角虚名，蝇头微利①，算来著甚干忙。事皆前定，谁弱又谁强。且趁闲身未老②，尽放我、些子疏狂。百年里，浑教是醉，三万六千场③。　　思量。能几许，忧愁风雨④，一半相妨。又何须，抵死说短论长⑤。幸对清风皓月，苔茵展⑥、云幕高张⑦。江南好，千钟美酒⑧，一曲满庭芳。

【题解】

《东坡纪年录》、《苏诗总案》、朱本、龙本、孔谱未编年。曹本云："惟细玩此词意境,与在黄州所作词相似。而下片'江南好'句,与本集'江南云叶暗随车'、'江南岸'、'敧枕江南烟雨',及'江南父老'等句之地理位置相同。以上诸词,俱在黄州作,故可断定此亦黄州作,惟不知在何年。因下片末数句,与本集黄泥坂词引及前首《西江月》'照野弥弥浅浪'之意境略似,今从本集酌编元丰五年壬戌。"石唐本"暂编为元丰五年"。薛本云:"按词意,盖黄州作。"暂编元丰七年四月黄州作。曹本、石唐本、薛本都认为这首词含有黄州贬谪时期的气味。保苅佳昭《苏轼词编年考》认同这种说法,但认为从词中"江南好"可以看出是在"江南"的武昌所作,从"清风皓月,苔茵展、云幕高张"可见季节是秋天,从"千钟美酒"可见当天的宴席上有很多"美酒"。而苏轼在黄州秋天过武昌共三次:元丰三年(1080)八月、元丰五年(1082)七月、元丰六年(1083)九月。其中第二次苏轼在王文甫家喝得大醉,作了首《定风波》,傅注云:"元丰五年七月六日,王文甫家饮酿白酒,大醉。集古句作墨竹词。"《定风波》中"风吹细细绿筠香"、"月和疏影上东墙"与《满庭芳》"清风皓月,苔茵展、云幕高张"相合。王文甫即王齐愈,当时和他弟弟王齐万寓居武昌县,苏轼和他们往还甚密,贬谪黄州的苏轼向他们吐露"蜗角虚名,蝇头微利,算来著甚干忙"、"又何须,抵死说短论长"的人生观也再正常不过。

【注释】

①柳永《凤归云》:"蝇头利禄,蜗角功名。"蜗角:极言其小。《庄子·则阳》:"有国于蜗之左角者,曰触氏;有国于蜗之右角者,曰蛮氏。时相与争地而战,伏尸数万,逐北旬有五日而后反。"沈约《细言应令诗》:"蜗角列州县,毫端建朝市。"蝇头:《南史》卷四一《衡阳元王道度传》:"殿下家自有坟素,复何须蝇头细书,别藏巾箱中。"

②张籍《题韦郎中新亭》:"药酒欲开期好客,朝衣暂脱见闲身。"

③见《南乡子》(东武望余杭)注④。

④叶清臣《贺圣朝》:"三分春色二分愁,更一分风雨。"

⑤张相《诗词曲语辞汇释》卷一:"抵死,犹云分外也;急急或竭力也;亦犹云终究或老是也。"此为"竭力"之意。说短论长:《文选》卷五六崔子玉《座右铭》:"无道人之短,无说己之长。"

⑥顾况《送友失意南归》:"邻荒收酒幔,屋古布苔茵。"

⑦杜甫《江亭送眉州辛别驾升之》:"柳影含云幕,江波近酒壶。"

⑧孔鲋《孔丛子》卷下《儒服》:"平原君与子高饮,强子高酒,曰:昔有遗谚:'尧舜千钟,孔子百觚,子路嗑嗑,尚饮十榼。'古之圣贤,无不能饮也。"敬括《华萼楼赋》:"奉常陈百戏之乐,大官进千钟之酒。"

【汇评】

陈秀明《东坡诗话录》:《玉林词选》云:东坡《满庭芳》词一阕,碑刻遍传海内,使功名竟进之徒读之可以解体,达观恬淡之士歌之可以娱生。

沈际飞《草堂诗余正集评正》卷三:月读一过,身世都忘。

李攀龙《新刻题评名贤词话草堂诗余》卷四:细嚼此词而绎其义,自然胸次广大,识见高明,居易俟命,而不役于蜗名蝇利间矣。

潘游龙《精选古今诗余醉》卷十五:坡老此篇专在唤醒俗人,故不着一深语。

念奴娇

赤壁怀古①

大江东去②,浪淘尽、千古风流人物。故垒西边,人道是、三国周郎赤壁③。乱石穿空,惊涛拍岸④,卷起千堆雪。江山如画,一时多少豪杰。

遥想公瑾当年,小乔初嫁了⑤。雄姿英发⑥。羽扇纶巾⑦,谈笑间、强虏灰飞烟灭⑧。故国神游⑨,多情应笑我,早生华发⑩。人间如梦,一尊还酹江月。

【题解】

傅藻《东坡纪年录》:"元丰五年壬戌(1082),公在黄州。七月,既望,泛舟于赤壁之下,作《赤壁赋》,又怀古作《念奴娇》。"朱本、龙本、曹本、孔《谱》、薛本、邹王本从之。王文诰《苏诗总案》卷二一:"元丰四年辛西(1081),十月,赤壁怀古作《念奴娇》词。"

【注释】

①湖北江汉之间称赤壁者有五:蒲圻(今赤壁)赤壁山、武昌西南赤矶山、汉阳西南临嶂山南峰、汉川城西八十里之赤壁草市、黄州城西之赤鼻山(又名赤鼻矶)。三国赤壁在鄂州蒲圻西北一百二十里长江南岸,一说在湖北武昌西南赤矶山。此处所写赤壁为黄州赤壁。苏轼《东坡志林》卷四《赤壁洞穴》:"黄州守居之数百步为赤壁,或言即周瑜破曹公处,不知果是否?"

②大江:长江。傅注:"《汉书·地理志》:'岷山,岷江所出,故为大江。'"李白《庐山谣寄卢侍御虚舟》:"登高壮观天地间,大江茫茫去不还。"

③三国:元本注:"一作'当日'。"周郎:《三国志》卷五四《吴书·周瑜传》:"周瑜,字公瑾,庐江舒人也……坚子策,与瑜同年,独相友善……是岁建安三年也,策亲自迎瑜,授建威中郎将,即与兵二千人,骑五十匹。瑜时年二十四,吴中皆呼为周郎。"

④穿空:元本、朱本、龙本作"崩云"。拍:元本、朱本、龙本作"裂"。

⑤小乔:三国时乔公之女,周瑜之妻。乔:姓,一作"桥"。《三国志》卷五四《吴书·周瑜传》:"(孙)策欲取荆州,以瑜为中护军,领江夏太守,从攻皖,拔之。时得桥公两女,皆国色也。策自纳大桥,瑜纳小桥。"赤壁之战时周瑜与小乔结婚已十年。

⑥《三国志》卷五四《吴书·周瑜传》:"瑜长壮有姿貌。"《三国志》卷五四《吴书·吕蒙传》:"孙权与陆逊论周瑜、鲁肃及蒙曰:'公瑾雄烈,胆略兼人……(吕蒙)学问开益,筹略奇至,可以次于公瑾,但言议英发不及之耳。'"苏轼《送欧阳推官赴华州监酒》:"知音如周郎,议论亦英发。"

⑦羽扇:用鸟羽做的扇。纶巾:冠名,又曰诸葛巾,以青丝缓为之。程大昌《演繁露》卷八《羽扇》条:"《语林》曰:'诸葛武侯与晋宣帝战于渭滨,乘素车,着葛巾,挥白羽扇,指麾三军。'"《晋书》卷六八《顾荣传》:"顾荣征陈敏,自以羽扇麾之,敏众大溃。"

⑧强虏：明刊全集、二妙集注："一作樯橹。"王楙《野客丛书》卷二十四："淮东将领王智夫言：尝见东坡亲染所制水调词，其间谓'羽扇纶巾，谈笑处，樯橹灰飞烟灭'，知后人伪为'强虏'。"薛本亦认为当为"樯橹"。曹本据此词石刻作"樯橹"。李白《赤壁歌送别》："二龙争战决雌雄，赤壁楼船扫地空。烈火张天照云海，周瑜于此破曹公。"

⑨《列子》卷上《周穆王》："化人曰：'吾与王神游也，形奚动哉？'"

⑩刘驾《山中夜坐》："谁遣我多情，壮年无鬓发。"

【汇评】

胡仔《苕溪渔隐丛话》前集卷五十九：苕溪渔隐曰：东坡"大江东去"赤壁词，语意高妙，真古今绝唱。

又后集卷二十六：苕溪渔隐曰：《后山诗话》谓"退之以文为诗，子瞻以诗为词，如教坊雷大使之舞，虽极天下之工，要非本色"。余谓：后山之言过矣，子瞻佳词最多，其间杰出者，如"大江东去，浪淘尽、千古风流人物"（略）凡此十余词，皆绝去笔墨畦径间，直造古人不到处，真可使人一唱而三叹。若谓以诗为词，是大不然。

张侃《拙轩词话》：苏文忠《赤壁赋》不尽语，裁成"大江东去"词。

俞文豹《吹剑录》："大江东去"词三"江"、三"人"、二"国"、二"生"、二"故"、二"如"、二"千"字，以东坡则可，他人固不可。然语意到处，他字不可代，虽重无害也。今人看文字，未论其大体如何，先且指点重字。

《吹剑续录》：东坡在玉堂，有幕士善讴，因问："我词比柳七何如？"对曰："柳郎中词，只合十七八女孩儿，执红牙板，歌'杨柳岸晓风残月'。学士词，须关西大汉，执铁板，唱'大江东去'。"公为之绝倒。

曹冠《燕喜词序》：歌赤壁之词，使人抵掌激昂，而有击楫中流之心。

元好问《题闲闲书赤壁赋后》：夏口之战，古今喜称道之。东坡赤壁词殆戏以周郎自况也。词才百余字，而江山人物无复余蕴，宜其为乐府绝唱。

杨慎《草堂诗余》：古今词多脂软纤媚取胜，独东坡此词，感慨悲壮，雄伟高卓，词中之史也。铜将军、铁拍板唱公此词，虽优人谑语，亦是状其雄卓奇伟处。

沈雄《古今词话·词话》卷上：江尚质曰："东坡《酹江月》为千古绝唱。"

黄苏《蓼园词选》：题是怀古,意谓自己消磨壮心殆尽也。开口"大江东去"二句,叹浪淘人物,是自己与周郎俱在内也。"故垒"句至次阕"灰飞烟灭"句,俱就赤壁写周郎之事。"故国"三句,是就周郎拍到自己。"人生如梦"二句,总结以应起二句。总而言之,题是赤壁,心实为己而发。周郎是宾,自己是主。借宾定主,寓主于宾。是主是宾,离奇变幻,细思方得其主意处。不可但诵其词,而不知其命意所在也。

张德瀛《词徵》卷一：晁无咎《摸鱼儿》、苏子瞻《酹江月》、姜尧章《暗香》、《疏影》,此数词后人和韵最伙……可以想一朝坛坫之盛。

念奴娇

中　秋

凭高眺远,见长空万里,云无留迹。桂魄飞来光射处①,冷浸一天秋碧。玉宇琼楼,乘鸾来去②,人在清凉国③。江山如画,望中烟树历历④。　　我醉拍手狂歌,举杯邀月,对影成三客。起舞徘徊风露下⑤,今夕不知何夕⑥。便欲乘风,翻然归去,何用骑鹏翼⑦。水晶宫里⑧,一声吹断横笛⑨。

【题解】

此词紫本、百本、傅本、元本俱不载,明刊全集、二妙集、毛本、朱本、龙本、《全宋词》收。王文诰《苏诗总案》卷二一云："元丰五年壬戌(1082)八月十五日作《念奴娇》词。"作于黄州。薛本、邹王本从之。

【注释】

①段成式《酉阳杂俎》前集卷一《天咫》："旧言月中有桂、有蟾蜍,故异书言月桂高五百丈,下有一人常斫之,树创随合。人姓吴名刚,西河人,学仙,有过,谪令伐树。"陈致虚《金丹大要》："日为阳,故称日魂;月为阴,故称

月魂；月中有桂，又称月为桂魂。"李商隐《对雪二首》之二："侵夜可能争桂魄，忍寒应欲试梅妆。"

②柳宗元《龙城录·明皇梦游广寒宫》："唐玄宗于八月望日游月中，有素娥十余人，皆皓衣乘白鸾往来，舞笑于大树下。"

③《海录碎事》卷二二下《竹门》载陆龟蒙诗："溪山自是清凉国，松竹合封潇洒侯。"

④崔颢《黄鹤楼》："晴川历历汉阳树，芳草萋萋鹦鹉洲。"

⑤李白《月下独酌》："花间一壶酒，独酌无相亲。举杯邀明月，对影成三人。月既不解饮，影徒随我身。暂伴月将影，行乐须及春。我歌月徘徊，我舞影凌乱。"

⑥《诗经·唐风·绸缪》："绸缪束薪，三星在天。今夕何夕，见此良人。"杜甫《今夕行》："今夕何夕岁云徂，更长烛明不可孤。"

⑦《庄子·逍遥游》："鹏之背，不知其几千里也。怒而飞，其翼若垂天之云。"

⑧《苏轼诗集》卷二三《庐山二胜》之一："'荡荡白银阙，沉沉水晶宫。'施注引《逸史》：'卢杞尝腾上碧宫，见宫阙楼台，皆以水晶为墙，有女子谓曰：此水晶宫也。'"

⑨《太平广记》卷二〇四引庐肇《逸史》："(李)謩开元中吹笛为第一部，近代无比。有故，自教坊请假至越州，公私更宴，以观其妙。时州客同会镜湖，邀李生湖上吹之。会中有一独孤生者，年老，久处田野，人事不知。时轻云蒙笼，轻风拂浪，浪波陡起。李生捧笛，其声始发之后，昏曀齐开，水木森然，坐客皆更赞咏之，以为钧天之乐不如也。独孤生乃无一言，会者皆怒。李生为轻己，意甚愤之。良久又静思作一曲，更加妙绝，无不赏骇，独孤生又无言。李公曰：'公如是，是轻薄为复是好手？'独孤生乃徐曰：'公安知仆不会也！'李生更有一笛，拂拭以进，独孤视之，曰：'此都不堪取执者，粗通耳。'乃换之，曰：'此至入破必裂，得无吝惜否？'李生曰：'不敢。'遂吹，声发入云，四座震慄，李生蹙踖不敢动。及入破，笛遂败裂，不复终曲。李生再拜，众皆帖息，乃散。"

杨慎批点《草堂诗余》卷四：东坡中秋词，《水调歌头》第一，此词第二。

李攀龙《新刻题评名贤词话草堂诗余》卷五：坡公襟怀寥廓，与上下同流，故其词吐清雅飘逸，至今诵之，令人翩翩然，有羽化登仙之态。

醉蓬莱

重九上君猷①

笑劳生一梦②，羁旅三年③，又还重九。华发萧萧，对荒园搔首④。赖有多情，好饮无事，似古人贤守⑤。岁岁登高，年年落帽，物华依旧⑥。　　此会应须烂醉，仍把紫菊茱萸⑦，细看重嗅。摇落霜风⑧，有手栽双柳。来岁今朝，为我西顾，酹羽觞江口。会与州人，饮公遗爱⑨，一江醇酎⑩。

【题解】

傅藻《东坡纪年录》云："居黄三见重九，每岁与君猷会于栖霞楼。君猷将去，念此惘然，故作《醉蓬莱》。"故编元丰六年癸亥(1083)。朱本、龙本、曹本从之。而王宗稷《东坡先生年谱》则编元丰五年壬戌(1082)，云："重九作《醉蓬莱》示黄守徐君猷，有'羁旅三年'之句。先生庚申来黄，至是恰三年矣。"王文诰《苏诗总案》卷二一亦云："词有'羁旅三年'句，信为元丰五年壬戌所作，而《纪年录》以重九《南乡子》词编是年，以是词编六年癸亥，并误，今驳正。"孔《谱》、薛本、邹王本从之。

【注释】

①元本题作"余谪居黄州，三见重九，每岁与太守徐君猷会于栖霞楼。今年公将云，乞郡湖南，念此惘然，故作是词"。傅本无"州"、"楼"字。此据紫本、百本。徐君猷，名大受，东海（今江苏）人。时任黄州太守。他崇儒重

道,虽负监视苏轼之责,但实多关照。元丰六年赴湘任职。

②《庄子·大宗师》:"夫大块载我以形,劳我以生,佚我以老,息我以死。"李白《春日醉起言志》:"处世若大梦,胡为劳其生。"

③《左传·庄公二十二年》:"羁旅之臣。"杜预注:"羁,寄也;旅,客也。"

④华发萧萧:傅注:"唐褚遂良帖云:'华发萧然。'盖贬长沙时也。公时贬黄,故云。"李商隐《细雨》:"楚女当时意,萧萧发彩凉。"搔首:《诗经·邶风·静女》:"爱而不见,搔首踟蹰。"

⑤《史记》卷七十《张仪传》:"使陈轸使于秦。过梁,欲见犀首。犀首谢弗见。……陈轸曰:"公何好饮也?"犀首曰:"无事也。"曰:"吾请令公餍事可乎?"

⑥岁岁登高:吴均《续齐谐记》:"费长房谓桓景月:'九月九日汝家当有灾。宜急去,令家人各做绛囊,盛茱萸以系臂,登高饮菊花酒,此祸可除。'景于是日齐家登山。夕还,见鸡犬牛羊一时暴死。"落帽:陶渊明《晋故征西大将军长史孟府君传》:"九月九日,(桓)温游龙山,参佐毕集,四弟三甥咸再坐。时,佐使并着戎服。有风吹君(孟嘉)帽堕落。温目左右及宾客勿言,以观其举止。君初不自觉,良久如厕。温命取以还。"物华:谢灵运《撰征赋》:"怨物华之推择,慨舟壑之递迁。"杜甫《曲江陪郑八丈南史饮》:"自知白发非春事,且尽芳尊恋物华。"

⑦茱:傅本、元本作"红"。杜甫《九日蓝田崔氏庄》:"明年此会知谁健,醉把茱萸仔细看。"

⑧宋玉《九辩》:"萧瑟兮,草木摇落而变衰。"曹丕《燕歌行》:"草木摇落露为霜。"

⑨《汉书·叙传下》:"淑人君子,时同功异,没世遗爱,民有余思。"

⑩《礼记·月令》:"天子饮酎。"郑玄注:"酎之言醇也,谓重酿之酒也。"

【汇评】

陈元靓《岁时广记》卷三四:《题要录》云:九月九日,摘茱萸闻嗅,通关辟恶。东坡九日词云:"此会应须烂醉,仍把紫菊茱萸,细看重嗅。"

郑文焯《手批东坡乐府》:结处掉入苍茫,便有无限离景。

定风波

十月九日，孟亨之置酒秋香亭，有拒霜独向君猷而开。坐客喜笑，以为非使君莫可当此花，故作是词①

两两轻红半晕腮。依依独为使君回②。若道使君无此意。何为。双花不向别人开。　　但看低昂烟雨里。不已。劝君休诉十分杯。更问尊前狂副使③。来岁。花开时节与谁来。

【题解】

傅藻《东坡纪年录》编元丰三年庚申（1080）十月九日。朱本、龙本、曹本、石唐本、孔《谱》、薛本从之。王文诰《苏诗总案》卷二一云：元丰四年辛酉十月十九日，孟震置酒秋香亭，（轼）为徐大受作《定风波》词。吴雪涛《苏词编年订误三题》云："（此词）全为州守徐君猷而发。上片写两株芙蓉独向君猷而开，颇有依依不舍之态，实则盖君猷将去，词人借花抒怀，表达出自己的一番惜别心情。尤其是下片'更问尊前狂副使，来岁，花开时节与谁来'两句，将此意表达得更为明确。'来岁'即明年，实指元丰六年。由上可知，元丰六年四月末君猷即离去。本词作于元丰五年（1082）十月……这样，明年十月芙蓉再开之时，今日预筵者，余人俱在，将独少君猷一人。所谓'花开时节与谁来'，其意正谓明年此时，君猷已去，代君猷而守黄者尚不知为谁，亨之若再置酒为会，则预筵郡守将为何人呢？"邹王本从之。

【注释】

①傅本、元本于"拒霜"前有"双"字，紫本、百本、毛本无。独：傅本作"犹"。词：傅本、元本作"篇"。孟亨之：《苏轼文集》卷六十六《书子由君子泉铭后》："子由既为此文，余欲刻之泉上。孟君不可，曰：'名者，物之累

233

也。'乃书以遗之。元丰六年十一月九日题。"题下自注："孟君名震，郓人，及进士第，为承议郎。"《苏轼诗集》卷二十一《太守徐君猷、通守孟亨之，皆不饮酒，以诗戏之》施注："孟亨之，名震，东平人。举进士。东坡来黄州，二君（孟亨之与徐君猷）为守倅，厚礼之，无迁谪意。"拒霜：芙蓉的别名。《益都方物略记》："添色拒霜华，生彭汉蜀州，花常多叶，始开白色，明日稍红，又明日则若桃花然。"

②为：元本作"向"。

③袁文《瓮牖闲评》卷五："苏东坡在黄州，自号'狂副史'，其词云：'更问尊前狂副史。'又自号'老农夫'，其词云：'看取，雪堂坡下老农夫。'"

水龙吟

小沟东接长江，柳堤苇岸连云际。烟村潇洒①，人间一哄，渔樵早市。永昼端居，寸阴虚度，了成何事②。但丝莼玉藕，珠秔锦鲤③，相留恋，又经岁。　　因念浮丘旧侣④，惯瑶池⑤、羽觞沉醉⑥。青鸾歌舞⑦，铢衣摇曳⑧，壶中天地⑨。飘堕人间，步虚声断⑩，露寒风细。抱素琴，独向银蟾影里⑪，此怀难寄。

【题解】

此词紫本、傅本、百本、元本、明刊全集不载。朱本、龙本未编年。曹本编元丰五年壬戌（1082）秋，云："惟细玩此词上片首句，与本集同调'小舟横截春江'之地理形势相同。因此词上片末'相留恋，又经岁'句，故可断定此词作于到黄州之次年或次年之后。又此词下片所怀念者，似即为同调'小舟横截春江'所怀念之闾丘公类。援朱本调同、地同、事同类编例，今移编元丰五年壬戌。"邹王本从之，唯云曹本谓此词下片所怀之人为闾丘公显不

234

确,据下片首句"因念浮丘旧侣"及"壶中天地"等语,当为怀念某方外人士而作。薛本也认为此词与《水龙吟》(小舟横截春江)同韵,词意又与之相仿佛,因此附编于后,定为元丰五年五月作。张志烈《苏词三首系年辨》编元丰三年(1080)八月下旬,作于黄州。吴雪涛《苏词编年辩证》编元丰五年,其言云:小前提是"又经岁",而不是"经岁"。苏轼元丰三年至黄州,"经岁"便是元丰四年,再一次"经岁",自然就是元丰五年了。因此本词应当是元丰五年(1082)之作。孔《谱》卷二十编元丰四年八月下旬,云:"此词乃作于黄州。词云'又经岁',是作于到黄州一年余之后。词又云:'露寒风细……此怀难寄。'乃写八月下旬景象。此云'因念浮丘旧侣',盖怀念释道诸友。"

【注释】

①李白《游水西简郑明府》:"清湍鸣回溪,绿竹绕飞阁。凉风日潇洒,幽客时憩泊。"

②《梁书》卷二六《傅昭传》:"终日端居,以书记为乐,虽老不衰。"

③丝莼:水葵,又名凫葵,可作羹,味鲜美。《晋书》卷九二《张翰传》:"翰因见秋风起,乃思吴中菰菜、莼羹、鲈鱼脍。"珠秔:稻粒如珠。秔:又作粳,即不黏之稻。韩愈、孟郊《城南联句》:"庖霜脍玄鲫,渐玉炊香秔。"

④浮丘:传说为黄帝时的仙人。郭璞《游仙诗七首》之三:"左挹浮丘袖,右拍洪崖肩。"

⑤瑶池:西王母所居处。《集仙录》:"昆仑之圃,阆风之苑,有城千里,玉楼十二。琼华之阙,光碧之堂,九层玄室,紫翠丹房。左带瑶池,右环翠水。"

⑥《汉书》卷九七下《外戚传下·班婕妤》:"顾左右兮和颜,酌羽觞兮销忧。"注引孟康曰:"羽觞,爵也,作生爵形,有头尾羽翼。"

⑦王嘉《拾遗记》卷十《蓬莱山》:"有浮筠之簳,叶青茎紫,子大如珠,有青鸾集其上。"

⑧铢衣:神仙所穿的轻细之衣。郑还古《博异志》载岑文本与上清童子元宝语曰:"衣服皆轻细,何土所出?"对曰:"此是上清五铢服。"又问:"比闻六铢者天人衣,何五铢之异?"对曰:"尤细者则五铢也。"《汉书》卷二一上《律历志》:"二十四铢为两,十六两为斤。"

⑨张君房《云笈七籤》卷二十八:"施存,鲁人,学大丹之道三百年,十炼不成,唯得变化之术。后遇张申为云台治官,常悬一壶,如五升器大,化为天地,中有日月,夜宿其内,自号壶天,人称壶公。"李贺《开愁歌华下作》:"壶中唤天云不开,白昼万里闲凄迷。"

⑩刘敬叔《异苑》卷五:"陈思王(曹植)游山,忽闻空中诵经声,清远遒亮。解音者则写之,为神仙声。道士效之,作步虚声也。"

⑪《淮南子·精神训》:"日中有骏乌,而月中有蟾蜍。"白居易《中秋月》:"照他几许人肠断,玉兔银蟾远不知。"

【汇评】

郑文焯《大鹤山人词话》:有声画,无声诗,胥在其中。

浣溪沙

十二月二日,雨后微雪,太守徐君猷携酒见过,坐上作浣溪沙三首。明日酒醒,雪大作,又作二首①

覆块青青麦未苏②。江南云叶暗随车③。临皋烟景世间无④。　　雨脚半收檐断线,雪林初下瓦疏珠⑤。归来冰颗乱黏须⑥。

【题解】

傅藻《东坡纪年录》云:"(元丰四年)十二月二日,雨后微雪,君猷携酒见过,作《浣溪沙》。明日酒醒,大雪,又作。"朱本、龙本、曹本、薛本、孔《谱》均编元丰四年十二月二日。王文诰《苏诗总案》卷二一五云:"元丰四年辛酉(1081),十一月二日,雨后微雪,徐大受携酒临皋,坐上作《浣溪沙》词。明日酒醒,雪大作,和前词。"改"十二月"为"十一月",盖据毛本而致误。邹王本从之。王水照《评久佚重见的施宿〈东坡先生年谱〉》始疑元丰四年之非,认为傅本所云元丰五年(1082)为是。吴雪涛《苏词编年考辨两则》从词中所言情事提出两条旁证以证明五年为是。其一云第二首词中"废圃寒蔬挑翠羽"乃写徐君猷携酒见过时,苏轼家人急忙到自家园圃中过冬的蔬菜中拣一些嫩绿的挑回来做下酒菜,而元丰四年,马正卿才为苏轼请得州东旧营地数十亩,第二年春才开始种植水稻和蔬菜,故"废圃寒蔬挑翠羽",至早只能出现在元丰五年;其二是第三首中的"荐士已闻飞鹗表"是用典故说明自己已听闻上司向朝廷举荐了徐君猷,并且表达了自己对他为政才能的赞许。而徐氏于元丰六年四五月间离任,如果词写于元丰四年,离徐氏离任还有相当长的时间,故以元丰五年为宜。张志烈、马德富、周裕锴《苏轼全集校注》则考证说,组词第五首中"万顷风涛不记苏"后有苏轼自注:"公田在苏州,今年风潮荡尽。"所谓"公田"指黄州太守徐君猷,他有田在苏州,今年海潮为灾,全无收成,但他并不记在心上,相反,看到黄州雪兆丰年,雪晴后麦苗长势好,未来必获丰收,老百姓将有饱饭吃,自己的忧愁就消失了。由此可以考订这组词的作年实为元丰四年。苏轼《书游垂虹亭》云:"吾昔自杭移守高密,与杨元素同舟,而陈令举、张子野皆从吾过公择于湖,遂与刘孝叔俱至松江。夜半月出,置酒垂虹亭上……今七年尔,子野、孝叔、令举皆为异物,而松江桥亭,今岁七月九日,海风驾潮,平地丈余,荡尽无复子遗矣。追思曩时,真一梦也。元丰四年十月二十日,黄州临皋书。"垂虹亭在今江苏省吴县东垂虹桥上,离苏州只有十多公里。故知荡平垂虹亭与荡尽徐君猷苏州田地收成的是同一次风潮,即元丰四年七月九日平地丈余的大风海潮。因此,本组词作于元丰四年的十二月是完全肯定的。今暂从王、吴之说,编元丰五年。

【注释】

①《苏诗总案》作"十一月二日"。傅本题后多"时元丰五年也"六字。

②《庄子》:"青青之麦,生于陵陆。"韩愈《过南阳》:"南阳郭门外,桑下麦青青。"

③蔡凝《赋得春云处处生诗》:"入风衣暂敛,随车盖转轻。作叶还依树,为楼欲近城。"杜甫《夏夜李尚书筵送宇文石首赴县聊句》:"雨稀云叶断,夜久烛花偏。"

④苏轼《书临皋亭》："东坡居士酒醉饭饱，倚于几上，白云左绕，清江右洄，重门洞开，林峦坌入。当是时，若有思而无所思，以受万物之备，惭愧！惭愧！"

⑤林：紫本作"林"，龙本作"床"，并注云："京师俚语，霰为雪床。"疏：紫本作"疏"，傅本、元本、朱本、龙本、曹本作"跳"。

⑥杜荀鹤《早发》："时逆帽檐风刮顶，旋呵鞭手冻黏须。"

减字木兰花

赠徐君猷三侍人　妩卿①

娇多媚煞②。体柳轻盈千万态③。殢主尤宾④。敛黛含嚬喜又瞋⑤。　　徐君乐饮。笑谑从伊情意恁⑥。脸嫩敷红⑦。花倚朱阑裹住风。

【题解】

此词傅本、元本不载。王文诰《苏诗总案》卷二一："元丰五年壬戌，十二月，张商英过黄州，会于徐大受席上，作《减字木兰花》。"诰案："时张商英以馆阁校勘坐监鄂州酒税。"《春渚纪闻》云："张无尽过黄州，徐君猷有四侍人，适张夫人携其往婿家为浴儿之会。"薛本、邹王本均据此编元丰五年壬戌（1082）十二月，作于黄州。薛本并云：四侍人其名分别为妩卿、胜之、庆姬、懿懿，其姓当为孙、姜、闾、齐。王案此首题为"赠妩卿"，以此，所谓"赠徐君猷三侍人"应为总题，"三"应为"四"。下三首则分别为赠胜之、庆姬、懿懿者，与此首作于同时。孔《谱》则系张商英赴贬所过黄在元丰四年（1081）三月十四日，并编这几首词于是年。

【注释】

①毛本题作"赠徐君猷三侍人一妩卿"。王明清《挥麈录后录》卷七：

238

"君猷后房甚盛。"《左传·庄公二十八年》："御人以告子元。"注："御人，夫人之侍人也。"

②煞：朱本、龙本、曹本作"杀"。极甚之意。欧阳修《渔家傲》："今朝斗觉凋零煞。"

③杜甫《绝句漫兴九首》："隔户杨柳弱袅袅，恰似十五女儿腰。"欧阳修《减字木兰花》："红粉轻盈。"卢思道《后园宴诗》："日日相看转难厌，千娇万态不知穷。"

④柳永《玉蝴蝶》："要索新词，姅人含笑立尊前。"

⑤韦庄《悼亡姬》之三："几为妒来频敛黛。"温庭筠《照影曲》："翠鳞红楔俱含啀。"

⑥白居易《寄元九》："把手或酣歌，展眉时笑谑。"

⑦唐明皇《好时光》："宝髻偏宜宫样，莲脸嫩，体红香。"

减字木兰花

胜　之①

双鬟绿坠②。娇眼横波眉黛翠③。妙舞蹁跹。掌上身轻意态妍④。　　曲穷力困。笑倚人旁香喘喷⑤。老大逢欢。昏眼犹能仔细看。

【题解】
同前首。

【注释】
①此词傅本、元本不载。

②坠：百本作"堕"。双鬟：白居易《续古诗十首》之五："窈窕双鬟女，容德俱如玉。"李煜《谢新恩》："双鬟不整云憔悴。"

239

③横波:眼神流动生光。傅毅《舞赋》:"眉连娟以增绕兮,目流睇而横波。"

④《白孔六帖》六一《舞·杂舞》:"赵飞燕体轻,能为掌上舞。"《南史》卷六三《羊侃传》:"(侃)姬妾列侍,穷极奢靡……舞人张净琬腰围一尺六寸,时人咸推能掌上舞。"

⑤欧阳炯《浣溪沙》:"兰麝细香闻喘息,绮罗纤缕见肌肤,此时还恨薄情无。"

减字木兰花

庆　姬①

天真雅丽②。容态温柔心性慧③。响亮歌喉。遏住行云翠不收④。　　妙词佳曲。唱出新声能断续⑤。重客多情。满劝金卮玉手擎⑥。

【题解】

同前首。

【注释】

①傅本、元本不载此词。

②《北史》卷三十三《李顺传》:"李希宗性宽和,仪貌雅丽,有才学。"

③沈亚之《移佛记》:"其机高者其性慧。"

④遏住行云:形容歌声美妙响亮。《列子》卷下《汤问》:"薛谭学讴于秦青,未穷青之技,自谓尽之,遂辞归。秦青弗止,饯于郊衢,抚节悲歌,声震林木,响遏行云。薛谭乃谢求返,终身不敢言归。"

⑤《古诗十九首》其四:"弹筝奋逸响,新声妙入神。"

⑥《旧唐书》卷三十《乐志三·享先蚕乐章》:"今卮荐绮席,玉币委芳

庭。"何子朗《和虞记室骞古意诗》："清镜对娥眉，新花弄玉手。"

减字木兰花

赠君猷家姬①

柔和性气。雅称佳名呼懿懿②。解舞能讴。绝妙年中有品流③。　　眉长眼细。淡淡梳妆新绾髻④。懊恼风情⑤。春著花枝百态生。

【题解】

王文诰《苏诗总案》卷二一编于元丰五年壬戌（1082），为"张商英过黄州，会于徐大受席上，作《减字木兰花》"词四首中的第四首，又题作"赠懿懿"。朱本卷二云："案四词（指以下四首）皆在黄州作，以类编。"薛本、邹王本从之。孔《谱》编元丰四年（1081）。

【注释】

①此词傅本、元本不载。王文诰《苏诗总案》题作"赠懿懿"。

②《周书·谥法》："温柔圣善曰懿。"

③李群玉《东阳潭石鲫鲙》："隽味品流知第一，更劳霜橘助芳鲜。"

④梅尧臣《桓妒妻》："妾初见主来，绾髻下庭隅。"

⑤白居易《听竹枝歌赠李侍御》："巴童巫女竹枝歌，懊恼何人怨咽多。"李煜《柳枝》："风情渐老见春羞，到处芳魂感旧游。"

【汇评】

叶申芗《本事词》卷上：坡公喜于吟咏，词集中亦多歌席酬赠之作……又赠君猷家姬懿懿《减兰》。似此体物绘情，曲尽其妙，又岂皆铜琶铁板之雄豪欤。

醉翁操①

　　琅琊幽谷，山水奇丽，泉鸣空涧，若中音会。醉翁喜之，把酒临听，辄欣然忘归。既去十余年，而好奇之士沈遵闻之往游，以琴写其声，曰醉翁操，节奏疏宕，而音指华畅，知琴者以为绝伦。然有其声而无其辞。翁虽为作歌，而与琴声不合。又依楚词作醉翁引，好事者亦倚其辞以制曲。虽粗合韵度，而琴声为词所绳约，非天成也。后三十余年，翁既捐馆舍，遵亦没久矣。有庐山玉涧道人崔闲，特妙于琴。恨此曲之无词，乃谱其声，而请于东坡居士以补之云②

　　琅然③。清圆④。谁弹。响空山⑤。无言。惟翁醉中知其天⑥。月明风露娟娟⑦。人未眠。荷蒉过山前。曰有心也哉此贤⑧。　　醉翁啸咏，声和流泉。醉翁去后，空有朝吟夜怨。山有时而童巅。水有时而回川⑨。思翁无岁年。翁今为飞仙⑩。此意在人间。试听徽外三两弦⑪。

【题解】

　　王文诰《苏诗总案》卷二一："元丰五年壬戌（1082），为崔闲作《醉翁操》。"孔《谱》卷二一：元丰五年十二月，"崔闲来黄，闲善琴，与游甚密。为闲作《醉翁操》。"薛本、邹王本从之。

【注释】

　　①此词紫本、百本、傅本、元本、明刊全集、二妙集、毛本不载。朱本、《全宋词》据《东坡后集》卷八补。《词谱》卷二二云："此本琴曲，所以苏词不载，自辛稼轩编入词中，复遂沿为词调。在宋人中，也只有辛词一首可校。"

②琅琊:王禹偁《小畜集》卷十《琅琊山》注:"东晋元帝以琅琊王渡江,常驻此山,故溪、山皆有琅琊之号。"欧阳修《醉翁亭记》:"环滁皆山也。其西南诸峰,林壑尤美,望之蔚然而深秀者,琅琊也。"沈遵:欧阳修《醉翁引》:"太常博士沈遵,好奇之士也。"翁虽为作歌:此指欧阳修所作《赠沈博士歌》(一作《醉翁吟》)。醉翁引:欧阳修《醉翁吟并序》:"余作醉翁亭于滁州,太常博士沈遵,好奇之士也,闻而往游焉。归而以琴写之,作《醉翁吟三叠》。去年秋,余奉使契丹,沈君会余恩冀之间。夜阑酒半,援琴而作之,有其声而无其辞,乃为之辞以赠之。其词曰:始翁之来,兽见而深伏,鸟见而高飞。翁醒而往兮醉而归,朝醒暮醉兮无有四时。鸟鸣乐其林,兽出游其溪。咿嘤啁哳翁前兮醉不知,有心不能以无情兮,有合必有离。水潺潺兮,翁忽去而不顾;山岑岑兮,翁复来而几时。风袅袅兮山木落,春年年兮山草菲。嗟我无德于其人兮,有情于山禽与野麋。贤哉沈子兮,能写我心而慰彼相思。"崔闲:《永乐大典》卷二七四一引《南康志》:"崔闲,字诚老,星子人。自少读书,不务进取,襟怀清旷,平日以琴自娱。始游京师,士大夫见其风表,莫不倒屣。后倦游复归,乃结庐于玉涧两山之间,号'睡足庵'。自谓'玉涧道人'。"

③琅:《书·禹贡》:"厥贡惟球、琳、琅玕。"孔传:"琅玕,石而似玉。"琅然:玉声。《楚辞·东皇太一》:"抚长剑兮玉珥,璆锵鸣兮琳琅。"

④杜甫《舟中》:"今朝云细薄,昨夜月清圆。"

⑤李白《蜀道难》:"又闻子规啼夜月,愁空山。"

⑥《孟子·尽心》:"尽其心者,知其性也;知其性,则知天矣。"

⑦娟娟:美好。杜甫《狂夫》:"风含翠筱娟娟静。"

⑧《论语·宪问》:"子击磬于卫,有荷蒉而过孔氏之门者,曰:'有心哉,击磬乎!'既而曰:'鄙哉,硁硁乎! 莫己知也,斯己而已矣。深则厉,浅则揭。'子曰:'果哉,末之难矣。'"

⑨童巅:《释名》:"山无草木曰童,若童子未冠然。"回川:《尔雅·释水》:"过辨回川。"郭璞注:"旋流。"

⑩东方朔《海内十洲记》附《蓬丘》:"(蓬莱山)周回五千里,外别有圆海绕山,圆海水正黑而谓之冥海也,无风而洪波百丈,不可得往来……唯有飞

仙有能到其处耳。"

⑪徽：通"挥"，此指弹奏。《淮南子·主术训》："邹忌一徽，而威王终夕悲感于忧。"

【汇评】

黄庭坚《山谷题跋》卷二《跋子瞻醉翁操》：人谓东坡作此文，因难以见巧，故极工。余则以为不然。彼其老于文章，故落笔皆超轶绝尘耳。

曾巩《跋醉翁操》：余与子瞻皆欧阳公门下士也，公作《醉翁引》，既获见之矣。公没后，子瞻复按谱成《醉翁操》，不徒调与琴协，即公之流风余韵，亦于此可想焉。后人展此，庶尚见公与子瞻相契者深也。（此跋见于王文诰《苏诗总案》卷三五）

陈天定《古今小品》卷七：王纳谏云："此等题，清远为上，意解次之。"

翁方纲《石洲诗话》卷二：文公《琴操》，前人以入七言古，盖《琴操》，琴声也。至苏文忠《醉翁操》，则非特琴声，乃水声矣。故不近诗而近词。

刘体仁《七颂堂词绎》：檃括体不可作也，不独《醉翁》如嚼蜡，即子瞻改琴诗，"琵琶"字不见，毕竟是全首说梦。

许昂霄《词综偶评》：东坡自评其文曰："如万斛泉源，不择地而出。"唯词亦然。

减字木兰花①

银筝旋品。不用缠头千尺锦②。妙思如泉。一洗闲愁十五年。　　为公少止。起舞属公公莫起③。风里银山④。摆撼鱼龙我自闲⑤。

【题解】

此词《东坡纪年录》、《苏诗总案》、孔《谱》失载，朱本、龙本、石唐本未编年。曹本认为此词与作于熙宁七年的《润州甘露寺弹筝》诗可以相合，并且苏轼从嘉祐四年(1059)终母丧后还朝算起,适十五年,与词中"一洗闲愁十五年"相合,因此编此词于熙宁七年甲寅(1074)十月,作于润州。邹王本因之。薛本认为此词与作于元祐七年重阳之时的《在彭城日,与定国为九日黄楼之会。今复以是日,相遇于宋。凡十五年,忧乐出处,有不可胜言者。而定国学道有得,百念冷灰,而颜益壮,顾予衰病,心形惧悴,感之作诗》应为同时之作,故编元祐七年(1092)自扬州还朝时。邹王本认为以上诸说,系对"十五年"的理解有别而各成其说,均为见仁智之词,显证不足。

保苅佳昭《苏轼词编年考》认为曹本对"十五年"的解释不自然,而词也不可能是如薛本所云写于重阳节,因为词没有写任何与重阳节有关的风俗习惯。《编年考》认为,"十五年"的"闲愁"是苏轼在宦途上怀有的感情,而他被卷入"党争"是给父亲苏洵服丧之后开始的。苏轼于熙宁二年(1069)二月还朝,王安石同月任参知政事,"十五年"包含他被卷入党争之后经过杭州、密州、徐州、湖州的外任以及"乌台诗案"时期。苏轼在黄州除了赴知州徐君猷家宴外,很少有机会出席有歌女的酒筵。元丰五年(1082)十二月,张商英过黄州,徐君猷举行酒筵,苏轼在座,并作了五首《减字木兰花》,赞美徐君猷的歌女,也有吟咏歌女演奏"银筝"之美的。这首词也应当作于同时。

【注释】

①傅本、元本不载。

②白居易《琵琶行》:"五陵年少争缠头,一曲红绡不知数。"

③公莫:舞蹈名。《晋书》卷二十三《乐志》:"《公莫舞》,今之巾舞也。相传云项庄剑舞,项伯以袖隔之,使不得害汉高祖,且语项庄云'公莫'。古之人相呼曰公,言公莫害汉王也。今之用巾盖像项伯衣袖之遗式。"

④东方朔《神异经·南荒经》:"西南有银山,长五十余里,高百余丈,悉是白银。"

⑤摆撼鱼龙:古代白戏中的魔术杂耍节目,又作漫衍鱼龙。《汉书》卷九十六下《西域传赞》:"设酒池肉林以飨四夷之客,作《巴俞》都卢、海中《砀极》、漫衍鱼龙、角抵之戏以观视之。"颜师古注:"鱼龙者,为舍利之兽,先戏于庭极。毕,乃入殿前激水化成比目鱼,跳跃漱水,作雾障目。毕,化成黄

龙八丈,出水敖戏于庭。"

洞仙歌

公自序云:仆七岁时见眉山老尼姓朱,忘其名,年九十余,自言:尝随其师入蜀主孟昶宫中。一日大热,蜀主与花蕊夫人夜起避暑摩诃池上,作一词。朱具能记之。今四十年,朱已死,人无知此词者。独记其首两句,暇日寻味,岂洞仙歌令乎,乃为足之①

冰肌玉骨②,自清凉无汗。水殿风来暗香满③。绣帘开、一点明月窥人④,人未寝、欹枕钗横鬓乱⑤。　　起来携素手⑥,庭户无声,时见疏星渡河汉。试问夜如何⑦,夜已三更,金波淡、玉绳低转⑧。但屈指、西风几时来,又不道、流年暗中偷换⑨。

【题解】

朱本卷二:"案公生丙子,七岁为壬午,又四十年为壬戌也。"故编元丰五年壬戌(1082),作于黄州。薛本、邹王本从之。

关于此词本事的记载歧义迭出,可参薛本考证及吴洪泽《〈洞仙歌〉(冰肌玉骨)公案考索》、闫小芬《苏轼〈洞仙歌〉杂考》。

【注释】

①元本、朱本、龙本、曹本题首无"公自序云"四字,此据紫本。仆:元本作"余"。眉山:傅本作"眉州"。九十余:元本作"九十岁"。起避暑:元本作"纳凉"。死:傅本、元本后衍"久矣"二字。独:元本作"但"。足之:傅本、元本后有"云",二妙集、毛本缺。孟昶:《十国春秋》卷四九《后主本纪》:"后主昶,字保元,初名仁赞,高祖第三子也……好学,为文皆本于理。"花蕊夫人

孟昶之妃，姓徐，四川青城人，美艳聪慧。后蜀亡，被虏入宋，得宋太祖宠爱。吴曾《能改斋漫录》卷一六："徐匡璋纳女于昶，拜贵妃，别号花蕊夫人。意花不足拟其色，似花蕊翾轻也。又升号慧妃，以号如其性也。"

②冰肌：《庄子·逍遥游》："藐姑射之山，有神人居焉。肌肤若冰雪，绰约如处子。"玉骨：杜甫《徐卿二子歌》："大儿九龄色清澈，秋水为神玉为骨。"

③王昌龄《西宫秋怨》："芙蓉不及美人妆，水殿风来珠翠香。"李白《口号吴王美人半醉》："风动荷花水殿香，姑苏台上宴吴王。"

④杜甫《玩月呈汉中王》："关山同一点，乌鹊自多惊。"（杨慎《词品》卷一云：杜诗"关山同一点"，"点"字绝妙。东坡亦极爱之，作《洞仙歌》云："一点明月窥人。"用其语云。）阮籍《咏怀》之一："薄帷鉴明月，清风吹我襟。"

⑤欧阳修《临江仙》："水精双枕，傍有堕钗横。"

⑥《古诗十九首》其二："纤纤出素手。"

⑦《诗经·小雅·庭燎》："夜如何其？夜未央。"杜甫《春宿左省》："明朝有封事，数问夜如何？"

⑧谢朓《暂使下都夜发新林至京邑赠西府同僚》："金波丽鳷鹊，玉绳低建章。"《文选》卷二张平子《西京赋》李善注引《春秋元命苞》："玉衡（北斗七星之第五星）北两星为玉绳。"

⑨但：傅本作"细"。元本注："一作细。"杜甫《雨》："悠悠边月破，郁郁流年度。"

【汇评】

胡仔《苕溪渔隐丛话》前集卷二十六：子瞻佳词最多，其间杰出者，如……"冰肌玉骨，自清凉无汗。"夏夜词……凡此十余词，皆绝去笔墨畦径间，直造古人不到处，真可使人一唱而三叹。

尤侗《西堂杂俎三集》卷三《消夏词序》："冰肌玉骨凉无汗。水殿风来暗香满。"蜀宫人纳凉词也。东坡演为《洞仙歌》，每一咏之，枕簟冷热，如含妃子玉鱼，如挂公主澄冰帛。虽然，此天上事，吾何望哉！

陈廷焯《白雨斋词话》卷一：东坡《洞仙歌》只就孟昶原词，敷衍成章，所感虽不同，终嫌依傍前人。《词综》讥其有点金之憾，故未为知己，而《词选》

必推为杰构,亦不可解。

郑文焯《大鹤山人词话》:坡老改添此词数字,诚觉气象万千,其声亦如空山鸣泉,琴筑竞奏。

唐圭璋《唐宋词简释》:此首补足蜀主《洞仙歌令》纳凉词,风流超逸,亦是公得意之作。上片写帘内敧枕,下片写户外偕行,将热夜纳凉情景,写得清凉自在,如涉灵境。首两句为原句,写人已是丰姿绰约,一"自"字更觉丽质天生,不关景之清凉而清凉也。坡公补足"水殿"一句,人境双绝。人原自清凉,再加之临水临风,境既清凉,人愈清凉矣。"绣帘"两句,更写月来,陡现光明,是境似广寒,而人亦飘飘若仙矣。观其写水殿风来,池上香来,帘开月来,是何等豪华,何等闲适。"明月窥人","窥"字灵动。与欧公之"燕子飞来窥画栋"之"窥"字,同具传神之妙。"人未寝"两句,就明月方面窥出钗横鬓乱,情景宛然。换头,写月下携手徘徊,又是一番清幽景象。上言"人未寝",为时已晏;此言"庭户无声",为时更晏。"试问"三句,想见无人私语之情,而斗转河斜,徘徊尤久矣。"但屈指"两句,因大热纳凉,转念西风之来,因行乐未央,又深惜流光之速。全篇设想蜀主当日情事,补足原作,原作殆未能及。

减字木兰花

赠胜之①

天然宅院。赛了千千并万万②。说与贤知③。表德元来是胜之④。 今来十四。海里猴儿奴子是⑤。要赌休痴。六只骰儿六点儿⑥。

【题解】

同前首。

248

【注释】

①傅本题作"赠胜之,乃徐君猷侍儿"。此从原题。

②杜牧《晚晴赋》:"闲草甚多,丛者束兮,靡者香兮,仰风猎日,如文如笑兮,千千万万之容兮,不可得而状也。"

③贤:张相《诗词曲语辞汇释》卷六:"贤,第二人称之敬辞,犹云君或公。"

④表德:表字。《颜氏家训·风操》:"古者名以正体,字以表德。"

⑤傅注:"海猴儿,言好孩儿也。"奴子:少年奴仆。《魏书·温子升传》:"(升)为广阳王渊贱客,在马房教诸奴子书。"

⑥傅注:"六点儿,言没赛也。"

【汇评】

李冶《敬斋古今注》卷三:东坡赠胜之《减字木兰花》有云:"要赌休痴,六只骰儿六点儿。"东坡以为六只皆六点,此色乃没赛也。然此一句中间,少"皆"字意,却便是六只骰儿都计六点而已,才得俗所课六丁神,乃色之最少者耳。只欠一字,辞理俱诎。

西江月

茶　词①

龙焙今年绝品②,谷帘自古珍泉。雪芽双井散神仙③。苗裔来从北苑④。　　汤发云腴酽白⑤,盏浮花乳轻圆⑥。人间谁敢更争妍。斗取红窗粉面⑦。

【题解】

朱本附编于《减字木兰花》(天然宅院)之后,元丰五年(1082)作于黄州。薛本从之。邹王本云:苏轼另有《西江月》(别梦已随流水),词题作"姑熟再见胜之次前韵",写徐君猷死后胜之改适张厚之事,为蓄婢之戒。所谓"前韵",即指此词。由此可证:一、本词不单咏茶,亦兼赠人;二、所赠之人,当为"别梦已随流水"中所涉及之徐君猷侍儿胜之,而非二妙集、毛本所题之"王胜之"。孔《谱》则编元丰四年(1081)。

【注释】

①紫本题作"茶词"。傅本题作"送建溪双井茶、谷帘泉与胜之。胜之,徐君猷家后房,甚丽,自叙本贵种也"。郑文焯曰:"题'胜之'下当是旁注。"二妙集、毛本题作"送茶并谷帘与王胜之"。元本词题略同傅本,惟无下"胜之"二字,"丽"上有"慧","叙"前有"陈"。建溪:又名西溪,源出武夷山,流经建阳、建宁与东溪会合。此指建宁,宋有北苑茶焙。双井:傅注:"洪州双井,出草茶极品。"《宋史》卷八八《地理志》:"隆兴府,本洪州。"谷帘泉:傅注:"谷帘泉在今星子县。《茶经》:陆羽第水高下,有二十品,庐山谷帘水居第一。"陆游《入蜀记》卷四:"史志道饷谷帘水数器,真绝品也,甘腴清冷,具备众美。"

②傅注:"建溪龙焙出腊茶,天下奇特。"《苏轼诗集》卷一三《和蒋夔寄茶》施注引丁谓《茶录》:"官焙曰龙焙,盖造御茶也。"

③龙笺:"《北苑贡茶录》:'茶芽凡数品,最上为小芽,如雀舌鹰爪,以其劲直纤挺,故号芽茶。'"苏轼诗:"雪芽为我求阳羡,乳水君应享惠山。"

④姚宽《西溪丛语》卷上:"建州龙焙而北,谓之北苑。"熊蕃《宣和北苑贡茶录》:"茶之妙,至胜雪极矣,故合为首冠,然犹在白茶之次者,以白茶上之所好也……惟白茶与胜雪自惊蛰前兴役,浃日乃成,飞骑疾驰,不出仲春,已至京师,号为头纲玉芽……欧阳文忠公诗曰:'建安三千五百里,京师三月尝新茶。'盖异时如此。"

⑤北周道书《无上祕要》卷八一七《尸解品》:"云腴之味,香甘异美,强血补精,填生五藏,守气凝液,长养魂魄,真上药也。"困茶有此功效,故以云腴称茶。

⑥傅注:"云腴花乳,茶之佳品如此。"曹邺《故人寄茶》:"碧波霞脚碎,香泛乳花轻。"

⑦《苏轼诗集》卷四十《种茶》诗王注引次公曰:"南中以茶相胜,谓之斗

茶。《茶经》云:建人以斗茶为茗战。"《苏轼诗集》卷三二《次韵曹辅寄壑源试焙新芽》:"从来佳茗似佳人。"

菩萨蛮①

碧纱微露纤纤玉②。朱唇渐暖参差竹③。越调变新声。龙吟彻骨清④。　　夜阑残酒醒。惟觉霜袍冷⑤。不见敛眉人⑥。胭脂觅旧痕。

【题解】

同前首。

【注释】

①紫本、百本、毛本无题,傅本、元本题作"赠徐君猷笙妓"。

②纤纤:元本作"纤掺"。罗邺《题笙》:"最宜稍动纤纤玉,醉送当观滟滟金。"

③此句紫本缺。二妙集、毛本、明刊全集俱作"一曲云和湘水绿"。此从傅本、元本。参差竹:段安节《乐府杂录·笙》:"笙,亦名参差。"

④傅注:"水龙吟曲,乃越调也。"《汉书·外戚传》:李延年性知音,善歌舞,武帝爱之,每为新声变曲,闻者莫不感动。罗邺《题笙》:"筠管参差排凤翅,月堂凄切胜龙吟。"

⑤阑:紫本作"来"。此据傅本、元本,元本注:"一作来。"二妙集、毛本、明刊全集作"长"。惟:紫本缺,此据傅本、元本。二妙集、毛本、明刊全集作"顿"。霜袍:李白《上元夫人》:"裘披青毛锦,身着赤霜袍。"

⑥敛眉人:原缺,据傅本、元本补。二妙集、毛本、明刊全集作"意中人"。韦庄《女冠子》词:"忍泪佯低面,含羞半敛眉。"羊士谔《彭州萧使君出妓夜宴见送》:"自是当歌敛眉黛,不因惆怅为行人。"

皂罗特髻①

采菱拾翠

采菱拾翠②,算似此佳名,阿谁消得。采菱拾翠,称使君知客。千金买、采菱拾翠,更罗裙、满把珍珠结。采菱拾翠,正髻鬟初合③。　　真个、采菱拾翠,但深怜轻拍。一双手④、采菱拾翠,绣衾下、抱著俱香滑。采菱拾翠,待到京寻觅。

【题解】

此词诸本均未编年。刘崇德《苏词编年考》云:"此词在苏轼集中最为奇特。一为词牌在北宋词作中为仅有。'采菱拾翠'共出现七次,都在起句里,非活用'和声'。再者,其内容乍一读很难理解。实则,采菱拾翠者,乃苏轼两小鬟也。考苏轼于黄州与朱寿昌(康叔)书有云:'所问菱、翠,至今虚位,云乃权发遣耳。何足挂齿牙! 呵呵。'此信当是元丰四、五年间所写,当时菱(采菱)、翠(拾翠)位空人去。'云(朝云)乃权发遣',可能有两个意思:一是暂去又回,一是有此意而没有实行。因为苏轼与蔡景繁的信中说:'凡百如常,至后杜门壁观,虽妻子无几见,况他人也。然云蓝小袖者,近辄生一子。想闻之一拊掌也。'朝云(即云蓝小袖者)生子遁,在元丰六年七月。这以前,采菱、拾翠已离开苏轼,辗转到了汴京,故词末云:'待到京寻觅。'此亦流露出对她们的怀念。词当在菱、翠发遣后而作,故编元丰六年(1083)。"邹王本从之。薛本未编年。

张承凤《苏轼艳词三首辨正》云此作乃杂言韵语,并非倚声而制的歌词。

【注释】

①《钦定词谱》调下注云:"调见宋苏轼词。词中有'髻鬟初合'句,亦赋

题也。"龙榆生《东坡乐府笺》:"易大厂云:'皂罗特髻,为宋代村姑髻名。'录以待考。"高承《事物纪原》卷三《冠冕首饰部·特髻》:"燧人始为髻,至周王后首服为副编。郑玄云三辅谓之假髻,今特髻其遗事也。"孟元老《东京梦华录》卷三《相国寺内万姓交易》:"相国寺每月五次开放……两廊皆诸寺师姑卖绣作、领抹、花朵、珠翠、头面、生色销金花样幞头、帽子、特髻、冠子、条线之类。"

②《楚辞·招魂》:"涉江采菱,发扬荷些。"曹植《洛神赋》:"或采明珠,或拾翠羽。"此为苏轼两小鬟名。

③孟元老《东京梦华录》卷五《娶妇》:"对拜毕,就床。""男左女右,留少头发。二家出匹缎、钗子、木梳、头须之类,谓之'合髻'。"傅本此句以下缺。

④手:元本作"子",注:"子,一作手。"

【汇评】

万树《词律》卷一二:叠用"采菱拾翠"字,凡七句,或此调格应如此,或是坡仙游戏为之,未可考也。

李佳《左庵词话》卷下:此体只可偶作,究属无味。

玉楼春

乌啼鹊噪昏乔木。清明寒食谁家哭。风吹旷野纸钱飞①,古墓累累春草绿。　　堂梨花映白杨树②。尽是死生离别处。冥漠重泉哭不闻,萧萧暮雨人归去③。

【题解】

此词诸本未收,《全宋词》亦未收。见于明万历刊《重编东坡先生外集》及清查慎行《苏诗补注》卷四十八、冯应榴《苏文忠公诗合注》卷四十八。曹本据王文诰《苏诗总案》卷二二引《外集》增补,调作《木兰花令》,有词序云:"与郭生游寒溪。主簿吴亮置酒。郭生喜作挽歌,酒酣发声,坐为凄然。郭生言吾恨无佳词,因为略改乐天《寒食诗》歌之,坐客有泣者。"邹王本从之。薛本则从《诗集》卷四十八与王文诰《苏诗总案》卷二十二补,调作《玉楼春》,无题序。

此词《花草粹编》卷六作郭生词,调名《玉楼春》,题作"游寒溪改乐天诗"。高棅《唐诗品汇》卷三十六又作白居易诗,题作《寒食诗》。此词《全宋词》虽未收,然唐圭璋《宋词互见考》云:"案此首苏轼词,见《东坡志林》,《花草粹编》误引作郭生词。此词盖东坡为郭生作,非郭生自作也。"至其作年,王文诰《苏诗总案》卷二十二云:"元丰六年癸亥(1083),三月寒食日,与郭遘渡寒溪,吴亮提壶野饮。遘能为挽歌声,酒酣发响,四座凄然,复歌寒食词。"薛本、邹王本从之。寒溪在武昌,苏轼在黄曾数往游焉。郭遘字兴宗,侨居于黄州,为苏轼贬黄时朝夕相处的好友,苏轼《子姑神记》所谓子姑神降于其家者。

【注释】

①封演《封氏闻见记》卷六《纸钱》:"纸钱,今代送葬为凿纸钱,积钱为山,盛加雕饰,异以引柩。按古者享祀鬼神,有圭璧币帛,事毕则埋之,后代既宝钱货……率易从简,更用纸钱。纸乃后汉蔡伦所造,其纸钱魏晋以来始有其事,自今王公逮于匹庶,通行之矣,凡鬼神之物,其象似亦犹涂车刍灵之类,古埋帛,今纸钱则皆烧之,所以示不知神之所为也。"张籍《北邙行》:"寒食家家送纸钱,鸟鸢作窠衔上树。"

②棠梨:《花草粹编》作"棠梨",俗称野梨。树似梨而小,春初开小白花。庾信《小园赋》:"有棠梨而无馆,足酸枣而非台。"

③萧萧:《花草粹编》作"潇潇"。

【汇评】

查慎行《补注东坡编年诗》卷四八:白乐天《寒食野望吟》起句云:"秋墟郭门外,寒食谁家哭。"先生所改,止此二句。又"白杨路",乐天诗作"白杨树",余皆同。

赵克宜《角山楼苏诗评注汇钞附录》卷上:改乐天起句作兴体,亦未见大过原本。白诗好说尽,然气息究与宋人不同。

临江仙①

夜饮东坡醒复醉，归来仿佛三更。家童鼻息已雷鸣②。敲门都不应，倚杖听江声③。　　长恨此身非我有，何时忘却营营④。夜阑风静縠纹平⑤。小舟从此逝，江海寄余生⑥。

【题解】

《苏诗总案》根据叶梦得《避暑录话》编于元丰五年(1082)九月,作于黄州,朱本、龙本、曹本、薛本从之。石唐本认为《总案》"误推早了一年"、"当作于元丰六年(1083)四月以前"。孔《谱》、邹王本也都认为作于元丰六年四月。保苅佳昭《苏轼词编年考》分析说,从《避暑录话》的记述可见,苏轼在黄州之时,先有他已死的讹传,"未几",还有他"挂冠服江边,挈舟长啸去"的讹传。苏轼《书谤》(《苏轼文集》卷七十一)云:"吾昔谪居黄州,曾子固居忧临川,死焉。人有妄吾与子固同日化去,如李贺白吉死时事,以上帝召也。时先帝亦闻其语,以问蜀人蒲宗孟,且有叹息语。"可见苏轼已死的讹传在曾巩逝去不久就开始了。因此,曾巩逝去后不久,苏轼"挂冠服江边,挈舟长啸去"的讹传也出现了。曾巩逝世于元丰六年(1083)四月十一日,则苏轼"挂冠服江边,挈舟长啸去"的讹传在此以后不久之时产生的,词也即作于讹传发生前一天。

【注释】

①紫本、百本、元本、毛本无题,傅本题"夜归临皋"。临皋:见《南乡子》(晚景落琼杯)注①。

②已:二妙集作"如"。韩愈《石鼎联句诗序》:衡山道士轩辕弥明,与进士刘师服、校书郎侯喜,联石鼎诗已毕,道士曰:"此皆不足与语,吾闭口矣。"即倚墙睡,鼻息如雷鸣。二子怅然失色。

③倚杖:元本注云:"一作'久立'。"

255

④此身非我有:《庄子·知北游》:"舜问乎丞曰:'道可得而有乎?'曰:'汝身非汝有也,汝何得有夫道?'舜曰:'吾身非吾有也,孰有之哉?'曰:'是天地之委形也。'"营营:《庄子·庚桑楚》:"无使汝思虑营营。"

⑤傅注:"风息浪平,水波如縠。"刘禹锡《竹枝词》之三:"江上朱楼新雨晴,瀼西春水縠纹生。"

⑥高适《奉酬睢阳李太守》:"寸心仍有适,江海一扁舟。"

【汇评】

叶梦得《避暑录话》:苏轼在黄州,"与数客饮江上,夜归。江面际天,风露浩然,有当其意,乃作歌词,所谓'夜阑风静縠纹平,小舟从此逝,江海寄余生'者,与客大歌数过而散。翌日喧传子瞻夜作此词,挂冠江边,拏舟长啸而去矣。郡守徐君猷闻之,惊且惧,以为州失罪人,急命驾往谒,则子瞻鼻鼾如雷,犹未兴也。然此语卒传至京师,虽裕陵(神宗)亦闻而异之。"

俞陛云《唐五代两宋词选释》:前首因送友而言我亦逆旅中行人之一,语极旷达。次首方写江上夜归情景,忽欲扁舟入海,此老胸次,时有绝尘霞举之思。《临江仙》调凡十二首,此二首最为高朗。

满庭芳

公旧序云:有王长官者,弃官三十三年,黄人谓之王先生。因送陈慥来过余,因赋此①

三十三年,今谁存者,算只君与长江。凛然苍桧②,霜干苦难双。闻道司州古县③,云溪上、竹坞松窗。江南岸,不因送子,宁肯过吾邦。　　枞枞④。疏雨过,风林舞破,烟盖云幢。愿持此邀君,一饮空缸⑤。居士先生老矣,真梦里、相对残釭⑥。歌舞断,行人未起,船鼓已逢逢。

　　王文诰《苏诗总案》卷二二:元丰六年癸亥(1083)五月,"陈憷报荆南庄田,同王长官来,作《满庭芳》词"。是年四月,徐君猷去官,杨君素来代。五月,杨绘遣其弟来议买田,陈憷报荆南庄田同王长官来。朱本即编元丰六年五月。

【注释】

　　①紫本题首有"公旧序云"四字,元本、毛本、朱本、龙本无。元本"弃官"后有"黄州"二字。傅本、元本、毛本"因赋此"作"因为赋此"。二妙集、明刊全集作"因赋"。

　　②桧:《说文》:"柏叶松身。从木,会声。"

　　③《新唐书》卷四一《地理志》:"武德三年,以(黄陂)县置南司州。七年州废。"此指湖北黄陂,时王长官弃官居此地。

　　④枞枞:《集韵》:"初江切音窗。"《博雅》:"撞也。"韩愈《病中赠张十八》诗:"扶几导之言,曲节初枞枞。"此处形容雨声。

　　⑤韩愈《病中赠张十八》:"倾樽与斟酌,四壁堆罂缸。"此数句言风雨过后,驱散了树林上的烟云,愿藉此美景以邀王长官共饮。

　　⑥苏轼《书双竹湛师房二首》之二:"暮鼓朝钟自击撞,闭门孤枕对残缸。"

【汇评】

　　郑文焯《手批东坡乐府》:健句入词,更奇峰郁起,此境匪稼轩所能梦到。不事雕凿,字字苍寒,如空岩霜干,天风吹堕颇黎地上,铿然作碎玉声。

好事近

送君猷①

红粉莫悲啼②,俯仰半年离别③。看取雪堂坡下,老农夫凄切④。

　　明年春水漾桃花⑤,柳岸隘舟楫。从此满城歌吹,看黄州
阗咽⑥。

【题解】

傅藻《东坡纪年录》编元丰六年(1083)九月。王文诰《苏诗总案》卷二
二载:元丰六年癸亥四月,"徐大受罢黄州任,杨君素来代"。五月"送别徐
大受作《好事近词》"。孔《谱》、薛本、邹王本从之。

【注释】

①元本题作"黄州送君猷"。

②红粉:杜审言《赠苏绾书记》:"红粉楼中应计日,燕支山下莫经年。"

③曹植《杂诗》:"俯仰岁将暮,荣耀难久恃。"《总案》:"此词乃徐君猷置
家于黄而去,故云'半年离别'也。"

④雪堂:公于辛酉、壬戌之交筑雪堂于东坡。老农夫:东坡躬耕东坡,
故自称"老农夫"。

⑤《月令》:"仲春之月,始雨水,桃始华。"王维《桃源行》诗:"春来遍是
桃花水,不辨仙源何处寻。"

⑥阗咽:亦作"阗噎",充满,遍布。左思《吴都赋》:"冠盖云荫,闾阎阗
噎。"《文选》李善注:"闾阎阗噎,言人物遍满之貌。"

鹧鸪天

　　东坡谪黄州时作此词,真本藏林子敬家①

林断山明竹隐墙②。乱蝉衰草小池塘③。翻空白鸟时时
见,照水红蕖细细香④。　　　村舍外,古城旁。杖藜徐步转斜
阳⑤。殷勤昨夜三更雨,又得浮生一日凉⑥。

【题解】

此词紫本题注云苏轼谪黄州时作此词。朱本卷二云："案公以甲子四月去黄,此词乃六月景事,酌编癸亥(1083)。"薛本、邹王本从之。

【注释】

①词下紫本题注:"东坡谪黄州作此词,真本藏林子敬家。"傅本题注"谪"作"调"。毛本题注作"时谪黄州"。元本无题注。

②王融《江皋曲》:"林断山更续,洲尽江复开。"颜延之《赠王太常僧达》诗:"庭昏见野阴,山明望松雪。"

③韦庄《江上题所居》:"落日乱蝉萧帝寺,碧云归鸟谢家山。"李白《谢公宅》:"荒庭衰草遍,废井苍苔积。"

④杜甫《狂夫》:"风含翠筱娟娟净,雨浥红蕖冉冉香。"

⑤杜甫《绝句漫兴九首》之五:"肠断江春欲尽头,杖藜徐步立芳洲。"

⑥浮生:李涉《题鹤林寺僧舍诗》:"因过竹院逢僧话,又得浮生半日闲。"

【汇评】

魏庆之《诗人玉屑》卷八:有用古人句律,而不用其句意者……唐人云:"因过竹院逢僧话,又得浮生半日闲。"坡云:"殷勤昨夜三更雨,又得浮生一日凉。"……此皆以故为新,夺胎换骨。

郑文焯《手批东坡乐府》:渊明诗:"啸傲东轩下,聊复得此生。"此词从陶诗中得来,逾觉清异,较"浮生半日闲"句,自是诗词异调。论者每谓坡公以诗笔入词,岂审音知言者?

俞陛云《唐五代两宋词选释》:情真景真,随手写来,盎然天趣。结尾二句,较"一雨虚斋三日凉"诗尤耐吟讽。

西江月

重　九①

点点楼头细雨。重重江外平湖②。当年戏马会东徐③。今日凄凉南浦④。　　莫恨黄花未吐⑤。且教红粉相扶。酒阑不必看茱萸。俯仰人间今古⑥。

【题解】

朱本未编年,龙本编元丰六年癸亥(1083)九月九日,云:"案彊村本此词列在卷三,不编年,以当时未见傅本,不敢臆定故也。今据傅本题文,与词中'戏马东徐'之语,断为先生谪居黄州三年间作,因为改编癸亥。"曹本从之。王水照《苏轼选集》谓此词与《醉蓬莱》(笑劳生一梦)作于同时,"《醉蓬莱》乃重阳聚会前所作,本篇则作于聚会之时"。薛本则认为此说不妥,因为"徐君猷已于癸亥五月离黄,《醉蓬莱》作于壬戌,为与徐聚会之作;《西江月》作于癸亥,为怀念徐之作"。邹王本认为从词题及"今日凄凉南浦"句可判断两词作于同时,均系送别徐君猷之作。龙本、曹本编年有误,因癸亥徐君猷已离黄矣。

【注释】

①紫本、百本、元本、毛本题作"重九",傅本题作"重阳栖霞楼作"。

②江外:紫本作"江水"。杜牧《村行》:"娉娉垂杨风,点点过塘雨。"

③《元和郡县志》卷九《河南道·徐州·彭城县》:"戏马台,在县东南二里。项羽所造,戏马于此。宋公九日登戏马台即此。"傅注:"东徐,彭城也。"

④《楚辞·九歌·河伯》:"送美人兮南浦。"江淹《别赋》:"送君南浦,伤如之何!"

⑤《淮南子·时则训》:"菊有黄华。"

⑥王羲之《兰亭集序》:"俯仰之间,已成陈迹。"

【汇评】

张綖《草堂诗余后集别录》:《西江月》尾句"酒阑不必看茱萸,俯仰人间千古",翻老杜诗句,则意度旷达,超越千古矣。

十拍子

暮　秋①

白酒新开九酝②,黄花已过重阳。身外傥来都似梦③,醉里无何即是乡④。东坡日月长⑤。　　玉粉旋烹茶乳⑥,金齑新捣橙香⑦。强染霜髭扶翠袖,莫道狂夫不解狂。狂夫老更狂⑧。

【题解】

王文诰《苏诗总案》卷二二:"元丰六年癸亥(1083)九月,作《十拍子》词。"作于黄州。薛本、邹王本从之。孔《谱》云元丰五年(1082)或六年秋在黄州。

【注释】

①傅本、元本无题。

②九酝:美酒名。曹操《奏上九酝酒法》:"臣县故令南阳郭芝,有九酝春酒。"葛洪《西京杂记》卷一:"汉制,宗庙八月饮酎,用九酝太牢,皇帝侍祠。以正月旦作酒,八月成,名曰酎,一名九酝,一名醇酎。"

③似:傅本、元本作"是"。傥来:《庄子·缮性》:"物之傥来,寄者也。"成玄英疏:"傥者,意外忽来者耳。"

④《庄子·逍遥游》:"今子有大树,患其无用,何不树之于无何有之乡,

广漠之野,彷徨乎无为其侧,逍遥乎寝卧其下。不夭斤斧,物无害者;无所可用,安所困苦哉?"

⑤杜甫《竖子至》:"欲寄江湖客,提携日月长。"

⑥粉:元本作"尘"。玉粉茶乳:将茶研成细末再烹煮。欧阳修《茶歌》:"愈小愈精皆露芽,泛之白花如粉乳,乍见紫面生光华。"

⑦杜宝《大业拾遗记》:"吴郡献松江鲈鱼脍,须八九月霜下之时。鲈鱼白如雪,取三尺以下者作之,以香菜花叶相间,和以细缕金橙食之,炀帝曰:'所谓金齑玉脍,东南之佳味也。'"傅注:"金橙捣齑,以馔鱼鲙用之。"

⑧杜甫《狂夫》:"欲填沟壑惟疏放,自笑狂夫老更狂。"

【汇评】

沈际飞《草堂诗余别集》卷二:贱者之馋,贫者之贪,尊富者之恋,坡仙一点不着。

又:常常看之,业根渐息。

临江仙

赠 送①

诗句端来磨我钝,钝锥不解生铓②。欢颜为我解冰霜③。酒阑清梦觉,春草满池塘④。　　应念雪堂坡下老,昔年共采芸香⑤。功成名遂早还乡⑥。回车来过我,乔木拥千章⑦。

【题解】

《东坡纪年录》未载,朱本、龙本未编年。曹本以诗集《次韵孔毅父集古人句见赠五首》与此词上片首句之意境相合,定为赠孔毅父之作。刘崇德《苏词编年考》认为写于元丰六年(1083)末,是赠给一位准备回车看望自己的老朋友藤达道的。邹王本从之。张志烈《苏词三首系年辨》云:词中自称

"雪堂坡下老",则必作于黄州建成雪堂后而又未离开之时,为时只能在元丰五年或六年中。词中"酒阑清梦觉,春草满池塘"乃用谢灵运、谢惠连事,只可用于兄弟,不可施之他人,故必当为寄子由者。苏轼此词乃言得子由好语,即释去烦忧;梦中见子由即能获得佳句,如大谢之梦惠连一样。词中"昔年共采芸香"句意也非子由莫属(芸香,草本植物,根部木质,故或称芸草,或称芸香树。花叶有强烈气味,入药,亦用以驱蠹避虫。书卷内置芸香避虫,故称书为"芸帙"、"芸编"、"芸签";书斋称"芸窗")。此处"共采芸香"喻共同钻研书史。盖指昔年与子由共同读书,共同去举进士,共同去应制举而言。词的整个下片,都是"以不早退为戒,以退而相从之乐为慰"的吟唱,这是他们兄弟唱和的特有话题。元丰六年七月,子由在筠州被人捃摭,苏轼写了《闻子由为郡僚所捃,恐当去官》诗以慰之,末二句云:"时哉归去来,共抱东坡耒。"同时所作之另一首诗《初秋寄子由》,则更与本词之内容完全相合:"百川日夜逝,物我相随去。惟有宿昔心,依然守故处。忆在怀远驿,闭门秋暑中。藜羹对书史,挥汗与子同。西风忽凄厉,落叶穿户牖。子起寻夹衣,感叹执我手。朱颜不可恃,此语君莫疑。别离恐不免,功名定难期。当时已悽断,况此两衰老。失途既难追,学道恨不早。买田秋已议,筑室春当成。雪堂风雨夜,已作对床声。"故本词与上引二诗皆当作于同时,即在元丰六年秋。石唐本、孔《谱》也认为是元丰六年在黄州寄给苏辙的。薛本从词中"芸香"和"千章"的典故,认为词一定是写给当年曾在书职之同僚有过访坡者,元丰五年四月,杨绘来黄访坡,或即书于杨来黄之前以赠杨也。

保苅佳昭《苏轼词编年考》认为薛本的编年有几个问题:一是杨、苏二人并未"共采芸香",即没有同在秘书省或者是"书职";二是元丰五年杨绘并不一定曾来黄访坡。他也认为这首词是元丰六年秋天怀念苏辙而作的。今依此说。

【注释】

①傅本、元本无题。

②《晋书》卷六二《祖纳传》:"时梅陶及钟雅数说余事,纳辄困之,因曰:'君汝颍之士,利如锥;我幽冀之士,钝如槌。持我钝槌,捶君利锥,皆当摧

矣。'纳曰：'假有神锥，必有神槌。'雅无以对。"此句谓己已成钝锥，虽磨砺亦不能生锋芒矣。

③冰霜：喻艰难困危之境。柳宗元《送崔群序》："于是有贞心劲质，用固其本，御攘冰霜，以贯岁寒。"

④《南史·谢惠连传》："年十岁，能属文，族兄谢灵运嘉赏之云：'每有篇章，对惠连辄得佳语。'尝于永嘉西堂思诗，竟日不就，忽梦见惠连，即得'池塘生春草'，大以为工。"

⑤雪堂：雪堂：公于辛酉、壬戌之交筑雪堂于东坡。坡下老：作者自谓。芸香：傅注："谓同在书职也。鱼豢《典略》曰：'芸香辟纸鱼蠹，故藏书台称芸台。'"

⑥《老子·运夷》："功成名遂身退，天之道。"

⑦《诗·周南·广汉》："南有乔木，不可休思。"《史记》卷一二九《货殖传》："水居千石鱼陂，山居千章之材。"又曰："木千章。"注："章，材也。旧时作大匠掌材，曰章曹掾。"

水调歌头

快哉亭作①

落日绣帘卷，亭下水连空。知君为我，新作窗户湿青红②。长记平山堂上③，欹枕江南烟雨④，渺渺没孤鸿。认得醉翁语，山色有无中⑤。　　一千顷，都镜净，倒碧峰⑥。忽然浪起，掀舞一叶白头翁⑦。堪笑兰台公子⑧，未解庄生天籁⑨，刚道有雌雄⑩。一点浩然气⑪，千里快哉风。

【题解】

傅藻《东坡纪年录》云："元丰六年癸亥，于快哉亭作《水调歌头》赠张偓俭。"王文诰《苏诗总案》卷二十二：癸亥闰六月，"张梦得营新居于江上，筑亭，公榜曰'快哉亭'，作《水调歌头》"。薛本从之。而苏辙《栾城集》卷二十四《黄州快哉亭记》后署日期则为元丰六年十一月。邹王本即据此编元丰六年癸亥(1083)十一月，作于黄州。

【注释】

①紫本、百本、傅本、毛本题"快哉亭作"，元本"黄州快哉亭赠张偓佺"。快哉亭：苏辙《栾城集》卷二四《黄州快哉亭记》："清河张君梦得谪居齐安，即其庐之西南为亭，以览观江流之胜，而余兄子瞻名之曰'快哉'。"案：张梦得，名偓佺。

②杜甫《越王楼歌》："孤城西北起高楼，碧瓦朱甍照城郭。"

③平山堂：见《西江月》(三过平山堂下)注①。

④《晋书》卷五六《孙楚传》云：孙楚欲隐，谓王济曰当枕石漱流，误云枕流漱石。济问其故，楚曰："所以枕流，欲洗其耳；所以漱石，欲砺其齿。"韦庄《访浔阳友人不遇》："芦华雨急江烟暝。"

⑤欧阳修《朝中措》："平山阑槛倚晴空，山色有无中。"

⑥徐铉《徐孺子亭记》："平湖千亩，凝碧乎其下，西山万叠，倒影乎其中。"韦庄《灞陵道中作》："春桥南望水溶溶，一桁晴山碧峰。"

⑦郑谷《淮上渔者》："白头波上白头翁，家逐船移浦浦风。"

⑧兰台公子：指宋玉，因其曾为兰台令，故称。

⑨《庄子·齐物论》："颜成子游曰：'地籁则众窍是已，人籁则比竹是已，敢问天籁？'南郭子綦曰：'夫吹万不同，而使其自已也。咸其自取，怒者其谁邪？'"

⑩宋玉《风赋》："楚襄王游于兰台之宫，宋玉、景差侍。有风飒然而至，王乃披襟而当之曰：'快哉此风！寡人所与庶人共者邪？'宋玉对曰：'此独大王之风耳，庶人安得而共之？'王曰：'夫风者，天地之气，溥畅而至，不择贵贱高下而加焉。今子独以为寡人之风，岂有说乎？'宋玉对曰：'臣闻于师，枸木来巢，空穴来风，其所托者然，则风气殊焉。'王曰：'夫风始安生哉？'宋玉对曰：'夫风生于地，起于青蘋之末，侵淫溪谷，盛怒于土囊之口，缘泰山之阿，舞于松柏之下。飘忽溯淙，激飏熛怒……此所谓大王之雄风

也。'王曰：'善哉论事。夫庶人之风，岂可闻乎？'宋玉对曰：'夫庶人之风，塕然起于穷巷之间……此所谓庶人之雌风也。'"

⑪《孟子·公孙丑上》："'敢问夫子恶乎长？'曰：'我知言，我善养吾浩然之气。''敢问何谓浩然之气？'曰：'难言也。其为气也，至大至刚，以直养而无害，则塞于天地之间。'"

【汇评】

方勺《泊宅编》卷六："山色有无中"，王维诗也。欧公《平山堂》词用此一句，东坡爱之，作《水调歌头》，乃云："认取醉翁语，山色有无中。"

胡仔《苕溪渔隐丛话》后集卷十四：《谈苑》云：予制知诰日，与余恕同考试，恕曰：凤昔师范徐骑省为文，骑省有《徐孺子亭记》，其警句云："平湖千亩，凝碧乎其下，西山万叠，倒影乎其中。"他皆常语。苕溪渔隐曰：东坡《快哉亭》词曰："一千顷，都镜静，倒碧峰。"用徐骑省语意也。

黄苏《蓼园词选》：前阕从"快"字之意入。次阕起三语，承上阕写景。"忽然"二句一跌，以顿出末二句来。结处一振，"快"字之意方足。

郑文焯《手批东坡乐府》：此等句法，使作者稍稍矜才使气，便入粗豪一派。妙能写景中人，用生出无限情思。

俞陛云《唐五代两宋词选释》：快哉亭与平山堂皆擅登临之胜，故联想及之。转头处五句及上阕"欹枕"四句想见江湖豪兴，其语气清快，如以并刀削哀梨也。

南歌子

黄州腊八日饮怀民小阁①

卫霍元勋后②，韦平外族贤③。吹笙只合在缑山④。闲驾彩鸾归去⑤、趁新年。　　烘暖烧香阁⑥，轻寒浴佛天⑦。他时一醉画堂前⑧。莫忘故人憔悴⑨、老江边。

王文诰《苏诗总案》卷二十二:"元丰六年癸亥(1083)十二月八日,饮酒于张梦得小阁,作《南柯(歌)子》词。"孔《谱》、薛本、邹王本从之。《苏轼文集》卷七十一《记承天寺夜游》:元丰六年十月十二日,夜,解衣欲睡,月色入户,欣然起行。念无与为乐者,遂至承天寺寻张怀民。怀民亦未寝,相与步于中庭。庭下如积水空明,水中藻荇交横,盖竹柏影也。何夜无月,何处无竹柏,但少闲人如吾两人耳。

【注释】

①二妙集、毛本"腊"后有"月"字。腊八:孟元老《东京梦华录》卷十"十二月"条:"初八日,街巷中有僧尼三五人,作队念佛,以银铜沙罗或好盆器,坐一金铜或木佛象,浸以香水,杨柳洒浴,排门教也。诸大寺作浴佛会,并送七宝五味粥与门徒,谓之'腊八粥'。都人是日各家亦以果子杂料煮粥而食也。"怀民:《总案》卷二二谓即张梦得,清河人,时亦贬居黄州。《东坡题跋》卷六《记承天寺夜游》:"元丰六年十月十二日,夜,解衣欲睡,月色入户,欣然起行。念无与为乐者,遂至承天寺,寻张怀民。"

②潘岳《西征赋》:"怀夫萧曹魏邴之相,辛李卫霍之将。"注:"卫霍,谓卫青、霍去病也。"《汉书》卷五五《卫青传》:青字仲卿,卫皇后弟,得幸武帝,官至大将军,伐匈奴有军功,封长平侯,卒谥烈。《汉书》卷五《霍去病传》:霍去病,卫青姊子,伐匈奴有功,先后凡六出,渡沙漠,封狼居胥山而还,拜骠骑将军,封冠军侯,卒谥景桓。

③韦平:即韦贤、平当。《汉书》卷七三《韦贤传》:韦贤字长孺,为人质朴少欲,笃志于学,兼通《礼》《尚书》,以《诗》教授,号称邹鲁大儒。进授昭帝《诗》。昭帝崩,霍光尊立孝宣帝,贤以与谋议,安宗庙,赐爵关内侯。本始三年,代蔡义为丞相。《汉书》卷七一《平当传》:平当字子思。元帝时,使行流民幽州,举奏刺史二千石劳徕有意者,言勃海盐池可且勿禁,以救民急。所过见称,迁丞相司直。哀帝即位,征当为光禄大夫诸吏散骑,复为光禄勋,御史大夫,至丞相。汉兴,唯韦、平父子均至宰相。

④吹笙缑山:见《鹊桥仙》(缑山仙子)注②。

⑤闲:傅本作"闻",元本作"同"。彩鸾:神鸟。《山海经·西山经》:"有

鸟焉，其状如翟而五采文，名曰鸾鸟。"

⑥《魏书》卷一一四《释老志》："昆邪王杀休屠王，将其众五万来降。获其金人，帝以为大神，列于甘泉宫。金人率长丈余，不祭祀，但烧香礼拜而已。此则佛道流通之渐也。"

⑦傅注：《法云记》：佛于周穆王二年癸未，年三十，将成道，以腊月八日浴，食乳粥等。"案：佛之生日，我国古代有二说，南方谓四月八日，北方谓十二月八日。

⑧左思《蜀都赋》："乐饮今夕，一醉累月。"梁简文帝《饯庐陵内史王脩应令》："回池泄飞栋，浓云垂画堂。"

⑨《楚辞·渔父》："颜色憔悴，形容枯槁。"

减字木兰花

琴①

神闲意定②。万籁收声天地静③。玉指冰弦④。未动宫商意已传⑤。　　悲风流水⑥。写出寥寥千古意。归去无眠。一夜余音在耳边⑦。

【题解】

此词傅本、元本不载。朱本、龙本未编年。曹本编元丰七年甲子(1084)："考本集《题孟郊诗》云：'孟东野作《闻角》诗云：似开孤月口，能说落星心。今夜闻崔诚老(闲)弹《晓角》，乃知此诗之妙。'见王案，编在元丰七年甲子。王案更续引外集《送酒与崔诚老诗帖》云：'夜来一笑之欢，岂可多得。今日雪堂得无少寂寞耶？往安州玉泉一酌，果子少许，夜琴一弄，谁与同者，莫是本(诗集本作木)上座否？小诗漫往：雪堂居士醉方熟，玉礵(一作涧)山人冷不眠。送与安州泼醅酒，从今三日是三年。'细玩此词，确写此事。今从本集及王案，移编元丰七年甲子。"古柏《东坡年谱》元丰七年正月有"夜过雪堂,闻崔闲弹晓角,作《题孟郊诗》。次日有《送酒与崔诚老诗帖》。"邹王本从曹本及古柏《年谱》,编元丰七年甲子(1084)正月,作于黄州。《文集》卷七一《记游定惠院》云:"黄州定惠院东小山上,有海棠一株,特繁茂。每岁盛开,必携客置酒,已五醉其下矣。今年复与参寥师及二三子访焉,则园已易主,主虽市井人,然以予故,稍加培治……既饮,往憩于尚氏之第。尚氏亦市井人也,而居处修洁,如吴越间人,竹林花圃皆可喜。醉卧小板阁上,稍醒,闻坐客崔成老弹雷氏琴,作悲风晓月,铮铮然,意非人间也。"薛本认为词与此记所云相仿佛,而《总案》编此记于甲子(1084)三月三日,故编此词与是年三月。

【注释】

①《说文》:"琴,禁也,神农所作,洞越练朱五絃,周加二弦。《三礼图》:琴第一弦为宫,次商角羽徵,次少宫,次少商。"

②方干《赠镜公》:"幽独度遥夜,夜清神更闲。"

③常建《题破山寺后禅院》:"万籁此都寂,但余钟磬声。"

④梁武帝《子夜歌》:"朱口发艳歌,玉指弄娇弦。"

⑤白居易《琵琶行》:"未成曲调先有情。"

⑥李陵《重报苏武书》:"胡地玄冰,边土惨裂,但闻悲风萧条之声。"马融《长笛赋》:"尔乃听声类形,状似流水,又像飞鸿。"

⑦《列子·汤问》:"昔韩娥东至齐,匮粮,过雍门,鬻歌假食,既去而余音绕梁欐,三日不绝。"

满庭芳

公旧序云:元丰七年四月一日,余将去黄移汝,留别雪堂邻里二三君子。会李仲览自江东来别,遂书以遗之①

归去来兮,吾归何处,万里家在岷峨。百年强半,来日苦无多②。坐见黄州再闰③,儿童尽、楚语吴歌。山中友,鸡豚社酒④,相劝老东坡。　　云何。当此去,人生底事,来往如梭⑤。待闲看,秋风洛水清波。好在堂前细柳,应念我、莫剪柔柯⑥。仍传语,江南父老⑦,时与晒渔蓑。

【题解】

傅藻《东坡纪年录》:"元丰七年甲子(1084),四月一日将自黄移汝,以留别雪堂邻里作《满庭芳》。"苏轼自黄移汝(今河南汝州),甲子正月二十五日有命,三月告下,四月离黄,此词为别黄之作。薛本、邹王本即编此年。王质《雪山集》卷七《东坡先生祠堂记》云:"先生以元丰七年别黄,见诗'桑下岂无三宿恋,尊前聊为一身归'者是。见词'好在堂前杨柳,应念我,莫翦柔柯'者是。今载集。杨元素起为富川,闻先生自黄移汝,欲顺大江逆西江,适筠见子由,令富川弟子员李翔,要先生道富川,《满庭芳》序所谓'会李仲览自江南来'者是。"四月一日,时兴国军(今湖北阳新)守杨绘令李翔来邀,遂书此词以赠。

【注释】

①元本、毛本无"公旧序云"四字。去:傅本作"自",元本作"去"。里:傅本作"曲"。去黄移汝:《续资治通鉴长编》卷三四二:"元丰中,轼系御史狱,上本无意深罪之……遂薄其罪,以黄州团练副使安置,然上每怜之。一日,语执政曰:'国史大事,朕欲俾苏轼成之。'执政有难色。上曰:'非轼则用曾巩。'其后巩亦不副上意,上复有旨起轼,以本官知江州。中书蔡确、张璪受命,王震当词头。明日改承议郎江州太平观。又明日,命格不下,于是卒出手札,徙轼汝州(今河南汝州)。"李仲览:陆心源《宋诗纪事补遗》卷二五:"李翔字仲览,湖北兴国(今湖北阳新)人。元丰进士。博学,工吟咏。东坡谪黄州,每访之,作怀坡阁以寓思慕之意。"

②韩愈《除官赴阙至江州寄鄂岳李大夫》:"年皆过半百,来日苦无多。"杜牧《题池州贵池亭》:"蜀江雪浪西江满,强半春寒去却来。"

③黄州再闰:傅注:"公作《黄州安国寺记》云:'元丰二年,余自吴兴守得罪,以为黄州团练副使。明年二月至黄州。'与陈季常诗序云:'余在黄州

四年,余三往见季常。'‘七年四月,余量移汝州。'以是二者考之,则知公自元丰三年二月到郡,七年四月移汝州,其实在黄州四年零两月也。元丰三年闰九月,六年闰六月,则‘再闰’可知。”

④鸡豚社酒:古代习俗,春秋时节祭社神,邻里皆聚会饮酒。韩愈《南溪始泛三首》之二:“愿为同社人,鸡豚燕春秋。”

⑤寇准《和蒨桃》:“将相功名终若何,不堪急景似奔梭。”

⑥傅注:“公手植柳于东坡雪堂之下。”张籍《新桃行》:“顾托戏儿童,勿折吾柔柯。”

⑦江南父老:傅注:“齐安在江北,与武昌对岸,公每渡江而南,历游武昌之地,故有江南父老之句。”

【汇评】

郑文焯《手批东坡乐府》:使君抱负不凡。

俞陛云《唐五代两宋词选释》:东坡在黄州,寒食开海棠之宴,秋江泛赤壁之舟,历五年之久,临别依依。“坐见”以下四句及“细柳”以下四句,情意真切,属辞雅逸,便成佳构。

刘永济《唐五代两宋词简释》:此词乃东坡别黄州邻里父老所作。首用渊明《归去来辞》,表示思归西蜀故里,但移汝乃君命,此时仍在待罪之中,不能自由归去也。次言在黄州久与其地邻里友爱甚洽,表示不忍别去之意。下半阕言不得不去,因叹人生无定,来往如梭。末则留恋黄州雪堂也。渔蓑乃东坡在雪堂钓鱼所服。全首词气和平,情致温厚,如见此老当日情事。盖东坡被罪谪黄,人皆知其冤,黄州父老皆敬爱之,故临去有此依依之情也。

丁编 |

离开黄州之后的词作

阮郎归

初　夏①

绿槐高柳咽新蝉②。薰风初入弦③。碧纱窗下水沉烟④。棋声惊昼眠。　微雨过，小荷翻。榴花开欲然⑤。玉盆纤手弄清泉。琼珠碎却圆⑥。

【题解】

朱本、龙本、曹本未编年。王质《雪山集》卷七《东坡先生祠堂记》云："先生以元丰七年别黄，杨元素起为富川(即兴国军永兴，今湖北阳新县，时杨知兴国军)，闻先生自黄移汝，欲顺大江逆西江，适筠见子由，令富川弟子员李翔，要先生道富川，《满庭芳》序所谓会李仲览自江南来者是。先生自临皋渡武昌，至富川，见诗'吾曹总为长江老'者是，今传富川。见词'绿槐高柳咽新蝉'者是，今载集，且藏下雉李氏。先生自富川趣高安，与元素浓醉解别。"又云："先生去齐安以四月一日，至富川以七日，去以十日，至庐山以十五日，至高安以五月一日，去以十一日。"邹王本据此《祠堂记》，编此词于元丰七年(1084)四月上旬，作于兴国军。孔《谱》亦编元丰七年。薛本则云："《诗集》卷四二《观棋引》：'尝独游庐山白鹤观。观中人皆阖户昼寝，独闻棋声于古松流水之间，意欣然喜之。'《文集》卷六七《书司空图诗》：'司空图表圣自论其诗，以为得味于味外……又云：棋声花院静，幡影石坛高。吾尝游五老峰，入白鹤院，松阴满庭，不见一人，惟闻棋声，然后知此句之工也，但恨其寒俭有僧态。'所记之游白鹤观，在甲子自黄移汝四月底至庐山时，以其所记与此词词境相仿佛，故暂编于此。"

【注释】

①傅本、元本无题。

②陆机《拟明月何皎皎诗》："凉风绕曲房,寒蝉鸣高柳。"

③薰风:初夏时的东南风。《吕氏春秋》卷一三《有始览·有始》:"东南曰薰风。"《礼记·乐记》:"昔者舜作五弦之琴,以歌《南风》。"孔颖达疏:"昔者舜弹五弦之琴,其辞曰:'南风之薰兮,可以解吾民之愠兮;南风之时兮,可以阜吾民之财兮。'"白居易《太平乐词二首》之二:"湛露浮尧酒,薰风起舜歌。"

④《梁书》卷五四《诸夷·林邑国传》:"林邑国者,本汉日南郡象林县,古越裳之界也……出瑇瑁、贝齿、吉贝、沉木香……沉木者,土人斫断之,积以岁年,朽烂而心节独在,置水中则沉,故名曰沉香。"

⑤梁元帝萧绎《咏石榴诗》:"然灯疑夜火,连珠胜早梅。"李白《寄韦南陵冰余江上乘兴访之遇寻颜尚书笑有此赠》:"月色醉远客,山花开欲然。"

⑥却:明刊全集、二妙集注:"一作又。"毛本作"又"。杜甫《宇文晁尚书之甥崔彧司业之孙尚书之子重泛郑监前湖》:"尊当霞绮轻初散,棹拂荷珠碎却圆。"

【汇评】

杨慎《草堂诗余》:"咽"字下得妙。

潘游龙《精选古今诗余醉》卷七:新蝉、小荷,皆初夏景也,但榴花在五月,而四月亦或有之。此词今上乘。又,榴花不独五月,炎州十月始花。又,衡山祝融峰下法华寺,榴春秋皆发。疑此花非初夏,谬甚。

陈耀文《花草粹编》卷四:《古今词话》云:观者叹服其八句状八声,音律一同,殊不散乱,人争宝之,刻之琬琰,挂于堂室间也。

黄蓼园《蓼园词选》:此词清和婉丽中而风格自佳。

西江月①

别梦已随流水②,泪巾犹裛香泉③。相如依旧是臞仙④。人在瑶台阆苑⑤。　　花雾萦风缥缈⑥,歌珠滴水清圆⑦。蛾眉新作十分妍。走马归来便面⑧。

【题解】

施宿《东坡先生年谱》元丰七年甲子(1084)条云："秋七月,回舟当涂。"朱本卷二亦云："公去黄北归过姑熟,在甲子七月。"薛本、邹王本均编元丰七年(1084)七月,作于当涂。孔《谱》则编元丰八年(1085)。

此词曾误为山谷词。唐圭璋《宋词互见考》云："题云《姑苏再见胜之次前韵》,东坡词前首正作此韵。毛本《山谷词》收之,非是。"

【注释】

①紫本、百本、毛本无题,傅本、元本、二妙集、毛本题作"姑熟再见胜之,次前韵"。姑熟:《元和志》:"姑孰城,以姑孰溪名。"今安徽当涂县。胜之:王明清《挥麈后录》卷七:"徐君猷后房甚丽,东坡尝闻堂上丝竹,词中所谓'表德原来字胜之'者所最宠也。东坡北归过南都,其人已归张乐全之子厚之恕矣。东坡复见之,不觉掩面号恸,姜乃顾其徒而大笑。东坡每以语人,为蓄婢之戒。"前韵:指《西江月》(龙焙今年绝品)。

②许浑《将归姑苏南楼饯送李明府》:"花落西亭添别梦,柳阴南浦促归程。"

③《方舆胜览》卷六九《凤州》:"香泉在凤州城北,泉自石眼中流出,清冽而甘。"杜甫《杜鹃》:"泪下如迸泉。"

④《汉书》卷五七下《司马相如传》:"相如见上好仙,因曰:'上林之事未足美也,尚有靡者。臣尝为《大人赋》,未就,请具而奏之。'相如以为列仙之儒,居山泽间,形容甚臞。"臞:《正韵》:"同癯也。"

⑤许敬宗《游清都观寻沈道士》:"风衢通阆苑,星使下层城。"傅注:"瑶台、阆苑皆昆仑之别名。"此谓徐君猷已仙逝,升入瑶台阆苑之仙境矣。

⑥傅注:"《广记》云:'弱质纤腰,如雾蒙花。'"储光羲《至嵩阳观观即天皇故宅》:"花雾生玉井,霓裳画列仙。"

⑦《礼记·乐记》:"故歌者上如抗,下如队,曲如折,止如槁木,倨中矩,句中钩,累累乎端如贯珠。"元稹《善歌如贯珠赋》,自注:"以'声气圆直有如

贯珠'为韵。"白居易《夜宴醉后留献裴侍中》："翩翩舞袖双飞蝶,宛转歌声一索珠。"

⑧《汉书》卷七六《张敞传》："敞无威仪,时罢朝会,过走马章台街,使御史驱,自以便面拊马。又为妇画眉,长安中传张京兆眉怃。有司以奏敞。上问之,对曰:'臣闻闺房之内,夫妇之私,有过于画眉者。'上爱其能,弗备责也。"师古注:"便面,所以障面。盖(车)〔扇〕之类也。不欲见人,以此自障面则得其便,故曰便面,亦曰屏面。今之沙门所持竹扇,上袤平而下圆,即古之便面也。"

【汇评】

潘游龙《精选古今诗余醉》卷九:香泉喻泪,妙。

减字木兰花

江南游女。问我何年归得去。雨细风微①。两足如霜挽纻衣②。 江亭夜语③。喜见京华新样舞。莲步轻飞④。迁客今朝始是归⑤。

【题解】

此词傅本、元本不载。朱本、龙本未编年。石唐本认为"大约是苏轼被放逐到惠州时作"。曹本编元丰六年癸亥(1083):"惟因起句之地理位置,参照本集《满庭芳》(蜗角虚名)校注,断定此词系黄州作。复因此词意境,颇似离黄州前作,今暂编元丰六年癸亥。"邹王本从之。薛本编元丰七年(1084)四月,是离开黄州之时所作。保苅佳昭《苏轼词编年考》认为上、下片咏的是同一个地方,即面临长江的某个地方。上片是吟咏他上次离开那里时的场面,当时下着小雨,吹着微风,"游女"的双脚洁白如霜,拖着白衣的下摆。后阕末句就是对"何年归得去"的回答。苏轼元丰七年(1084)四月离开黄州去汝州,元丰八年一月到南都。旅途之中在"江南"面临长江而且他曾经到过的地方只有一个,那就是润州。苏轼是元丰七年八月过的润州京口,并见到了滕元发、许仲涂、秦观等人,知润州的许仲涂为他举行宴会,苏轼因此而作此词,词的下片吟咏的就是宴会的场面。上片写的则是五年前的元丰二年四月经过润州时的场景,同年八月十八日因"乌台诗案"入狱。今暂从其说。

【注释】

①梁元帝《咏细雨》:"风轻不动叶,雨细未沾衣。"杜甫《水槛遣兴》二首之一:"细雨鱼儿出,微风燕子斜。"

②李白《浣纱石上女》:"一双金齿屐,两足白如霜。"左思《吴都赋》:"纟寻衣绤服,杂沓从萃"刘渊林注:"南方多绤葛,故曰纟寻衣绤服也。"

③语:紫本作"雨",此据二妙集、毛本。

④《南史》卷五《废帝东昏侯本纪》:"凿金为莲华以帖地,令潘妃行其上,曰:'此步步生莲华也。'"孔钟平《观舞》:"云鬟应节低,莲步随歌转。"

⑤《资治通鉴·后晋纪》:"池州多迁客。"注:"以罪迁降外州者,其州人谓之迁客。"江淹《恨赋》:"迁客海上,流戍陇阴。"

渔家傲

金陵赏心亭送王胜之龙图。王守金陵,视事一日移南郡①

千古龙蟠并虎踞②。从君一吊兴亡处③。渺渺斜风吹细雨④。芳草渡。江南父老留公住。　　公驾飞车凌彩雾⑤。红鸾骖乘青鸾驭⑥。却讶此洲名白鹭⑦。非吾侣。翻然欲下还飞去。

【题解】

傅藻《东坡纪年录》:"元丰七年甲子(1084)七月,赏心亭送胜之作《渔家傲》。"邹王本从之。王文诰《苏诗总案》谓甲子八月"与王益柔游蒋山复登赏心亭送益柔移南都作"。赵德麟《侯鲭录》卷八则云:"东坡自黄移汝,过金陵,见舒王(王安石)。适陈和叔作守,多同饮会。一日,游蒋山,和叔被召,将行。舒王顾江山曰:'子瞻可作歌。'坡醉中书云:'千古龙蟠并虎踞(词略)。'和叔到任,数日而去。舒王笑曰:'白鹭者,得无意乎?'"薛本考证此说之非,并据《总案》编元丰七年(1084)八月,作于金陵。

【注释】

①亭:紫本作"台"。赏心亭:《景定建康志》卷二二:"赏心亭,在下水门之城上,下临秦淮,尽观览之胜。"祝穆《方舆胜览》卷一四《江东路·建康府·亭台》:"赏心亭,丁晋公谓建,尝以周昉所画袁安卧雪图张于屏,后太守易去。《续志》又云:丁始典金陵,陛辞之日,真宗出八幅袁安卧雪图付丁谓,曰:'卿到金陵,可选一绝景处张此图。'谓遂张于赏心亭。柱上有苏子瞻题名犹存。"赏心亭后成为饯别之地。王胜之:《宋史》卷二八六《王益柔传》:"益柔字胜之。为人伉直尚气,喜论天下事。用荫至殿中丞……迁龙图阁直学士、秘书监,知蔡、扬、亳州、江宁、应天府。卒,年七十二。益柔少力学,通群书,为文日数千言。"南郡:曹本、薛本作"南都"。南都:应天府,即南京,今河南商丘。

②张勃《吴录》:"刘备曾使诸葛亮至京,因睹秣陵山阜,乃叹曰:'钟山龙盘,石头虎踞,帝王之宅。'"李白《永王东巡歌》之四:"龙蟠虎踞帝王州,帝子金陵访古丘。"

③傅注:"金陵,汉末六朝所都,故云兴亡处。"

④李商隐《酬令狐郎中见寄》:"封来江渺渺,信去雨冥冥。"

⑤张华《博物志》卷八:"结胸国有灭蒙鸟。奇肱民善为拭,扛以杀百禽。能为飞车,从风远行。"李义甫《咏鹦鹉》:"戢羽雕笼际,延思彩雾端。"

⑥曹唐《游仙诗》:"紫水风吹剑树寒,水边年少下红鸾。"骖乘:《汉书》卷四《文帝纪》:"乃令宋昌骖乘。"颜师古注:"乘车之法,尊者居左,御者居中,又有一人处车之右,以备倾侧。是以戎事则称车右,其余则曰骖乘。"青鸾:范傅正《谢真人还旧山》:"白鹿行为卫,青鸾舞自闲。"傅注:"乘云,游雾,驾鹤,骖鸾,皆神仙之事。"

⑦《太平寰宇记》卷九十《江南东道·升州·江宁县》:"白鹭洲,在县西三里……在大江中,多聚白鹭,因名。"李白《登金陵凤凰台》:"三山半落青天外,二水中分白鹭洲。"

水龙吟

咏　雁①

露寒烟冷蒹葭老②,天外征鸿寥唳③。银河秋晚④,长门灯悄⑤,一声初至。应念潇湘,岸遥人静,水多菰米⑥。□望极平田⑦,徘徊欲下,依前被、风惊起。　　须信衡阳万里⑧。有谁家、锦书遥寄⑨。万重云外⑩,斜行横阵,才疏又缀。仙掌月明⑪,石头城下⑫,影摇寒水。念征衣未捣⑬,佳人拂杵,有盈盈泪。

【题解】

朱本、龙本、曹本未编年。薛本云:"此词明言'石头城下',则作于金陵无疑。考东坡凡三过金陵:元丰七年甲子七月过金陵,八月离金陵赴仪真。绍圣元年甲戌南迁六月过金陵,赴当涂。建中靖国元年辛巳北归五月过金陵,赴仪真。后两过金陵在六月和五月,与词中所写景色不合。唯元丰七年甲子(1084)八月离金陵赴仪真与词中景色相合。"邹王本云苏轼一生四过金陵,第一次在治平三年(1066),时与弟子由扶护父丧,自汴入淮,溯江归蜀。余三次与薛本所云相同。在此四次中也是元丰七年八月与此词时令相合,故亦编是年。

【注释】

①此词紫本、傅本、百本、元本不载。龙本、《全宋词》无题,曹本题"雁",外集、二妙集、毛本题作"咏雁"。薛本题"咏鹰",误。

②《诗·秦风·蒹葭》:"蒹葭苍苍,白露为霜。"

③谢惠连《秋怀》:"萧瑟含风蝉,寥唳度云雁。"

④《白孔六帖》卷二:"天河谓之天汉,亦曰银汉、银河。"杜甫《江月》:"玉露团清影,银河没半轮。"

⑤《文选·长门赋序》:"孝武皇帝陈皇后,时得幸。颇妒,别在长门宫,愁闷悲思。闻蜀郡成都司马相如,天下工为文,奉黄金百斤,为相如文君取酒。因于解悲愁之辞,而相如为文以悟主上,陈皇后复得亲幸。"

⑥杜牧《早雁》:"莫厌潇湘少人处,水多菰米岸莓苔。"

⑦□:紫本缺,《钦定词谱》卷三十作"乍"。外集全句作"望极平田浦"。

⑧衡阳:三国吴置衡阳县,在湖南衡山县东北。衡阳有回雁峰,相传雁至衡阳不再南飞,遇春而回。

⑨苏蕙织锦成《回文璇玑图》诗,寄丈夫窦滔以抒思念之情,见《晋书·列女传》。

⑩杜甫《孤雁》:"谁怜一片影,相失万里云。"

⑪《史记》卷十二《孝武本纪》:"其后又作栢梁、铜柱、承露仙人掌之属矣。"注引苏林曰:"仙人以手掌擎盘承甘露也。"张澍辑《三辅故事》:"汉武帝以铜作承露盘,高二十丈,大十围,上有仙掌承露。"杜牧《早雁》:"仙掌月明孤影过。"

⑫《三国志》卷四十七《吴书·吴主传》"(建安)十六年,权徙治秣陵。明年,城石头,改秣陵为建业。"《元和郡县图志》卷二十五《江南道·润州·上元县》:"石头城,在县西四里。即楚之金陵城也,吴改为石头城。"

⑬张籍《宿临江驿》:"离家久无信,又听捣衣声。"

临江仙

昨夜渡江何处宿,望中疑是秦淮①。月明谁起笛中哀②。多情王谢女③,相逐过江来。　　云雨未成还又散④,思量好事难谐。凭陵急桨两相催⑤。相伊归去后，应似我情怀。

【题解】

此词紫本、百本、傅本、元本、明刊全集不载，首见于南宋人编《外集》，明以后二妙集、毛本等亦载。曹本以此词意境与东坡词不类而列为误入词，曾枣庄《去伪存真，后出转精》也认为此词至少应列入存疑词。邹王本云："此词宋元诸本东坡词不载，始见于明以后刊本，是否伪作，别无显证，今仍从二妙集、毛本等，不作存疑词论，以待详考。"王宗堂、邹同庆《〈苏轼词编年校注〉重印后记》复据明万历刊《重编东坡先生外集》卷八十三已载此词，确定此词为苏轼所作。但未编年。薛本云："公曾三过金陵，然后两次一为南迁，一为北归，时身为罪官，奔走若丧家之犬，与词中'多情王谢女，相逐过江来'大不相类。唯甲子(1084)八月十四日离金陵赴仪真时与王益柔同舟，宋时官去官来有官妓迎送之制，正所谓'多情王谢女，相逐过江来'也……盖公在金陵曾与裴维甫重遇于秦淮，十四日与王益柔同舟至仪真，写此词以赠歌者耳。故编甲子八月。"

【注释】

①许嵩《建康实录》卷一："当始皇三十六年，始皇东巡，自江乘渡，望气者云：'五百年后，金陵有天子气。'因凿钟阜，断金陵长陇以通流，至今呼为秦淮。"

②《文选》卷十六《思旧赋序》云，向秀过亡友嵇康宅，闻邻人吹笛甚哀，因作《思旧赋》，后人诗文因以闻笛为思友之故实。

③《南史》卷八十《侯景传》："请娶于王、谢，帝曰：'王、谢门高非偶，可于朱、张以下访之。'"羊士谔《忆江南旧游二首》之一："山阴道上桂花初，王谢风流满晋书。"后以"王谢"为高门世族代称。

④宋玉《高唐赋》："昔者先王尝游高唐，怠而昼寝。梦见一妇人，曰：'妾巫山之女也，为高唐之客。闻君游高唐，愿荐枕席。'王因幸之。去而辞曰：'妾在巫山之阳，高丘之阻。旦为行云，暮为行雨，朝朝暮暮，阳台之下。'旦朝视之，如言。故为立庙，号曰朝云。"

⑤陵：二妙集作"凌"。凭陵：《左传·襄公二十五年》："介恃楚众，以凭陵我敝邑。"

浣溪沙

自　适①

倾盖相逢胜白头②。故山空复梦松楸③。此心安处是菟
裘④。　　卖剑买牛吾欲老⑤，乞浆得酒更何求⑥。愿为辞社
宴春秋⑦。

【题解】

此首及后一首朱本、龙本、石唐本未编年，孔《谱》未载。曹本编元丰八
年（1085）五月初到常州时作。薛本编熙宁七年（1074）三月。刘崇德《苏词
编年考》认为词与作于元丰七年春季的诗歌《次韵曹九章见赠》内容一致，
语句也有相同之处，而第二首词中有"岁寒松柏肯惊秋"，"或为前于此之元
丰六年秋冬间所作"，编元丰六年（1083）秋冬间黄州作。邹王本从之。沈
松勤《苏词编年补证》也认为词与《次韵曹九章见赠》中"卖剑买牛真欲老，
得钱沽酒更无疑。鸡豚异日为同社，应有千篇唱和诗"不仅用意切合，而且
文字间有雷同，故直接编于元丰七年。保苅佳昭《苏轼词编年考》对这些编
年一一驳之，并说："这两首《浣溪沙》，从意境和内容来看，正如《曹注》、《薛
注》已指出的那样，一定是在常州所作，所作的季节是秋天。苏轼秋天在常
州，那就是元丰七年（1084）九月买庄田于宜兴之时。'故山空复梦松楸，此
心安处是菟裘'、'卖剑买牛真欲老'、'愿为同社宴春秋'，也与买田宜兴一
致。当时苏轼经过十年之后又来常州，刚刚结识了一个'一见如故'的新友
人。'他'是那么重友情的人，这件事也与词中所说的'倾盖相看胜白头'、
'似君须向古人求'、'炙手无人傍屋头。萧萧晚雨脱梧楸。谁怜季子敝貂
裘'相合。'似君须向古人求'表现出苏轼对结识这位新交很高兴。可见这

284

两首《浣溪沙》是元丰七年(1084)九月在宜兴求田时所作的。"今从之。

【注释】

①傅本、元本无题。此据紫本、百本、毛本。

②《史记》卷八三《邹阳传》："谚曰：'有白头如新，倾盖如故。'何则？知与不知也。"注引服虔云："人不相知，自初交至白头，犹如新也。"《志林》："倾盖者，道行相遇，�车对语，两盖相切，小敧之，故云倾也。"

③谢灵运《初发石首城》："故山日已远，风波岂还时。"刘禹锡《酬乐天见寄》："若使吾徒还早达，亦应箫鼓入松楸。"

④《左传·隐公十一年》："使营菟裘，吾将老焉。"注："菟裘，鲁邑，在泰山梁父县南。不欲复居鲁朝，故别营外邑。"后称告老退隐的居处为菟裘。

⑤吾：毛本注云："一作'真'。"《汉书》卷八九《龚遂传》："民有带持刀剑者，使卖剑买牛，卖刀买犊，曰：'何为带牛佩犊！'"

⑥乞浆得酒：言所得过于所求。傅注：《阴阳书》云："太岁在酉，乞浆得酒。"

⑦辞：紫本作"祠"，毛本作"辞"，傅本、元本作"同"。春：傅本、元本作"清"。韩愈《南溪始泛三首》之二："愿为同社人，鸡豚燕春秋。"

浣溪沙

寓　意①

炙手无人傍屋头②。萧萧晚雨脱梧楸③。谁怜季子敝貂裘④。　　顾我已无当世望⑤，似君须向古人求⑥。岁寒松柏肯惊秋⑦。

【题解】

同前首。

①紫本、百本题作"寓意",二妙集、明刊全集、毛本题下增"和前韵",傅本、元本无题。

②韦述《两京新记》:"安乐公主,上之季妹也,附会韦氏,热可炙手,道路惧焉。"白居易《放言五首》之四:"昨日屋头堪炙手,今朝门外好张罗。"

③韩愈《晚雨》:"廉纤晚雨不能晴,池岸草间蚯蚓鸣。"谢朓《秋夜讲解诗》:"风振蕉莲裂,霜下梧楸伤。"

④《战国策·秦策一》:"(苏秦)说秦王书十上而说不行,黑貂之裘敝,黄金百斤尽,资用乏绝,去秦而归。"杜甫《奉送魏六丈佑少府之交广》:"季子黑貂敝,得无妻嫂欺。"

⑤《晋书》卷六九《周𫖮传》:"初,𫖮以雅望获海内盛名,后颇以酒失。""敦既得志,问导曰:'周、戴若思南北之望,当登三司,无所疑也。'导不答。"

⑥《晋书》卷四三《王衍传》:"衍字夷甫,神情明秀,风姿祥雅。""武帝闻其名,问戎曰:'夷甫当世谁比?'戎曰:'未见其比,当从古人中求之。'"

⑦《论语·子罕》:"岁寒然后知松柏之后凋也。"

菩萨蛮

买田阳羡吾将老①。从来只为溪山好。来往一虚舟②。聊随物外游③。　　有书仍懒著④。水调歌归去⑤。筋力不辞诗。要须风雨时⑥。

【题解】

王文诰《苏诗总案》云:"归宜兴作《菩萨蛮》词。"编元丰八年乙丑(1085)五月归宜兴作。薛本从之。孔《谱》编元丰七年(1084)。邹王本云:"据卷首'买田阳羡',当作于在宜兴买田时。苏轼买田阳羡为元丰七年九月事,见《总案》卷二四。《文集》卷五三《与潘彦明》第一简云:'已买得宜兴一小庄,且乞居彼,遂为常人矣。'此简作于由黄移汝途中。潘彦明即潘丙。苏轼在黄州时,二人朝夕相从。苏轼离黄时,托其照管雪堂和东坡。简中'已买得一小庄',即指买田阳羡事;'且乞居彼',指自黄移汝途中给朝廷上的《乞常州居住表》。苏轼元丰七年十二月在泗州写给王定国的信中,亦言及此事(见《文集》卷五二《与王定国》第一六简)。先是苏轼欲买田金陵(见《文集》卷五十《与王荆公》第二简及《诗集》卷二四《蒜山松林中可卜居,余欲僦其地……》诗),了元(拂印)欲为之买田京口(见《文集》卷七一《书浮玉买田》),俱未遂,乃买曹庄田于宜兴。词当作于是时。"故编元丰七年(1084)九月,作于宜兴。

【注释】

①傅注:"阳羡,毗邻之宜兴也,公爱其有荆溪西山之乐,而将老于是。"《苏轼文集》卷五二《与王定国书》之一六:"近在常州宜兴,买得一小庄子,岁可得百余硕,似可足食。非不知扬州之美,穷猿投林,不暇择木也。"

②《庄子·列御寇》:"泛若不系之舟,虚而遨游者也。"成玄英《疏》:"唯圣人泛然无系,泊尔忘心,譬彼虚舟,任运逍遥。"

③王仁裕《开元天宝遗事·物外之游》:"王休高尚不亲势力,常与名僧数人,或骑驴或骑牛,寻访山水,自谓结物外之游。"

④《史记》卷七十六《虞卿列传》:虞卿"卒去赵,困于梁。魏齐已死,不得意,乃著书,上采《春秋》,下观近世,曰《节义》《称号》《揣摩》《政谋》,凡八篇。以刺讥国家得失,世传之曰《虞氏春秋》……然虞卿非穷愁,亦不能著书以自见于后世云。"

⑤苏轼在彭城,尝和子由《水调歌头》云:"故乡归去千里,佳处辄迟留。我醉歌时君和,醉倒须君扶我,唯酒可忘忧。一任刘玄德,相对卧高楼。"

⑥苏辙《栾城集》卷七《逍遥堂会宿二首》引云:"既壮,将宦游四方,读韦苏州诗,至'安知风雨夜,复此对床眠',恻然感之,乃相约早退,为闲居之乐。"

南歌子

见说东园好①，能消北客愁②。虽非吾土且登楼③。行尽江南南岸、此淹留。　　短日明枫缬④，清霜暗菊球⑤。流年回首付东流。凭仗挽回潘鬓⑥、莫教秋。

【题解】

此词紫本、百本、傅本、元本不载。朱本、龙本未编年。曹本编绍圣元年甲戌(1094)五月过真州时作，云："惟此词首句之东园，因有下三句，不独可见地理形势，而东坡当时之境遇，亦耀然纸上，故必非泛指。再四循省，此即真州一名仪真之东园，亦即欧阳修所为作记之东园。"薛本云："词显为游真州东园而作。考公平生凡三过真州：元丰七年甲子八月十四日与王益柔同由金陵赴仪真(即真州)往镇江；绍圣元年甲戌南迁六月初过仪真赴金陵；建中靖国元年辛巳北归六月自金陵过仪真赴镇江。其二、三两过仪真均在六月，与词中所写秋景不侔。唯甲子(1084)八月十四日至仪真，留五日，八月十九日发仪真往镇江。词当作于此时。公在仪真曾访真州守袁陟，并假真州学宫以寄家，游东园亦情理中事。"邹王本云曹本编年与词中所写秋景不合："考苏轼曾多次过真州，惟元丰七年自黄移汝途经真州与本词相侔。据孔《谱》，轼于是年八月十四日离金陵，过长芦，赴真州。在真州时曾与王安石简云：'今仪真一住，又已二十日。'此则九月初苏轼尚在真州。故编元丰七年甲子(1084)九月，作于真州。"

【注释】

①东园：真州名园。欧阳修《真州东园记》："园之广百亩，而流水横其前；清池浸其右；高台起其北。台，吾望以拂云之亭；池，吾俯以澄虚之阁；水，吾泛以画舫之舟……嘉时令节，州人士女啸歌而管弦，此前日之晦冥风雨，鼪鼯鸟兽之嗥音也。"

②北客:苏轼自谓。

③王粲《登楼赋》:"虽信美而非吾土兮,曾何足以少留。"杜甫《长沙送李十一衔》:"远愧尚方曾赐履,竟非吾土倦登楼。"

④韩愈《燕河南府秀才得生字》:"阴风搅短日,冷雨涩不晴。"此言夏日已过,秋日渐短。枫缬:《玉篇》:"缬,彩缬也。"范成大《上方寺》:"枫缬醉晴日,橘黄明蚤霜。"此指斑斓的枫叶如彩结的丝织品。

⑤寇宗奭《本草衍义》卷一五《石南》:"花甚细碎,每一苞约弹许大,成一球,一花有六叶,一朵有七八球。"

⑥潘岳《秋兴赋序》:"余春秋三十有二,始生二毛。"赵嘏《春尽独游慈恩寺南池》:"秦城马上半年客,潘鬓水边今日愁。"

西江月

平山堂①

三过平山堂下,半生弹指声中②。十年不见老仙翁③。壁上龙蛇飞动④。　　欲吊文章太守⑤,仍歌杨柳春风。休言万事转头空。未转头时皆梦⑥。

【题解】

关于苏轼三过平山堂的考证如下:一过平山堂,《总案》、孔《谱》均编在熙宁四年(1071)十月由汴京赴杭倅时;二过平山堂,《总案》、孔《谱》均编在熙宁七年(1074)十月由杭倅移密守时;三过平山堂,王文诰《苏诗总案》卷一八云:"元丰二年己未(1079),四月,过扬州访鲜于侁,同张大亨游平山堂,作《西江月》词。"朱本、龙本、曹本、薛本、石塘本均据此而编此词于元丰二年四月。而孔《谱》则编元丰七年(1084)由黄州赴汝州时,谓十月"第三次过平山堂,赋《西江月》,怀欧阳修"。邹王本认为孔《谱》所言为是,理由有三:一、《总案》所云元丰二年四月访鲜于侁不可靠,因苏轼过扬州是四月十五日前后,而鲜于优赴扬州任最早应是四月下旬或五月间;而元丰二年与张大亨同游平山堂也是子虚乌有,应是元丰八年。二、词云"十年不见老仙翁",从熙宁四年九月赴杭州通判任,同子由谒欧阳修于颍州,至元丰七年十月凡十三年,词云"十年"乃举其成数,为诗家惯用手法。三、外集、全集都有"元丰七年过扬州"题注。故编元丰七年(1084)。

【注释】

①傅本、元本无题。全集题下有注:"元丰七年过扬州。"外集题作"元丰七年过扬州"。平山堂:王象之《舆地纪胜》卷三七《扬州·景物下》:"平山堂,在州城西北五里大明寺侧。庆历八年二月,欧公来牧是邦,为堂于大明寺庭之坤隅(西南角)。江南诸山,拱列檐下,若可攀取,因目之曰平山堂。"

②唐释道世《法苑珠林》卷一引《僧祗律》:"二十念为一瞬,二十瞬名一弹指,二十弹指名一罗预,二十罗预名一须臾,一日一夜有三十须臾。"言时间之短暂。

③傅注:"老仙翁,谓文忠公也。"

④傅注:"文忠公墨妙,多著于平山堂。'龙蛇飞动',言其笔势之腾扬如此。"

⑤欧阳修《朝中措》(送刘仲原甫出守维扬):"平山阑槛倚晴空,山色有无中。手种堂前垂柳,别来几度春风。文章太守,挥毫万字,一饮千钟。行乐直须年少,尊前看取衰翁。"

⑥白居易《自咏》:"百年随手过,万事转头空。"

【汇评】

洪觉范《石门文字禅》卷二七《跋东坡平山堂词》:东坡登平山堂,怀醉翁,作此词。张嘉父谓予曰:时红妆成轮,名士堵立,看其落笔置笔,目送万里,殆欲仙去尔。余衰退,得观此于祐上座处,便觉烟雨孤鸿在目中矣。

沈际飞《草堂诗余正集》卷一:欧词"尊前看取衰翁",觑破矣。此结愈破。

顾从敬《类选笺释草堂诗余》卷一:欧阳文忠公守维扬日,于城西北大明寺侧建平山堂,颇得游观之胜。金华刘原父出守扬州,文忠公作《朝中措》以饯之。后东坡亦守是邦，登平山堂有感，而赋《西江月》一阕云："(词略)。"末句感慨之意，见于言外。

王士禛《花草蒙拾》：平山堂一抔土耳，亦无片石可语。然以欧、苏词，遂令地重。

张德瀛《词徵》卷五：欧阳文忠公在维扬时建平山堂，叶少蕴谓其壮丽为淮南第一。文忠于堂前植柳一株，因谓之"欧公柳"。故公词有"手种堂前垂柳"之句。苏文忠词云："欲吊文章太守，仍歌杨柳春风。"张方叔词云："平山老柳，寄多少胜游，春愁诗瘦。"盖指此也。

张宗橚《词林纪事》卷五引楼敬思语：结二语，唤醒聪明人不少。

浣溪沙

赠楚守田待制小鬟①

学画鸦儿正妙年②。阳城下蔡困嫣然③。凭君莫唱短因缘④。　　雾帐吹笙香袅袅⑤，霜庭按舞月娟娟⑥。曲终红袖落双缠⑦。

【题解】

傅藻《东坡纪年录》谓元丰元年戊午"于藏春园赠田楚州小鬟作"。朱本卷二云："案戊午，公未尝至楚州。己未，自徐道楚，到湖州任。甲子乞常州，赴南都，再过楚州。中间谪黄五载，故次首有'一梦五年'之语。王案谓公过淮上，正待问官楚州时，改编是词于甲子，从之。"王文诰《苏诗总案》卷二四谓东坡甲子八月，自金陵寄家真州，九月买田宜兴，十月至扬州，表乞常州居住，十一月过楚州，"待问席上赠小鬟作《浣溪沙》词。"孔《谱》、薛本、邹王本据王案和朱注，编元丰七年甲子(1084)十一月，作于楚州。

【注释】

①傅本存目缺词。元本题首有"席上"二字。制：紫本作"制"，元本作

"问"。楚州,隋开皇元年置,治所寿张,后改淮阴。十二年移治山阳,大业初废。唐武德八年,改东楚州置,治所仍山阳。田待制:即田待问。《诗集》卷二十四《和田仲宣见赠》王文诰案:"田待问,字仲宣。时知楚州。"

②鸦儿:即却月眉,亦名月稜眉,眉式的一种,以其形似鸦,故名。杜牧《闺情》:"娟娟却月眉,新鬓学飞鸦。"

③《文选》卷十九宋玉《登徒子好色赋》:"天下之佳人莫若楚国,楚国之丽者莫若臣里,臣里之美者莫若东家之子。东家之子,增之一分则太长,减之一分则太短;著粉则太白,施朱则太赤;眉如翠羽,肌如白雪;腰如束素,齿如含贝;嫣然一笑,惑阳城,迷下蔡。"李善注:"阳城、下蔡,二县名,盖楚之贵介公子所封故取以喻焉。"

④见《菩萨蛮》(玉笙不受珠唇暖)注⑥。

⑤李贺《秦宫诗》:"楼头曲宴仙人语,帐底吹笙香雾浓。"

⑥孟郊《婵娟篇》:"月婵娟,亦可怜。"苏轼《同胜之游蒋山》:"归来踏人影,云细月娟娟。"

⑦《乐府诗集》卷四九《清商曲辞》无名氏《双行缠》:"新罗绣行缠,足趺如春妍。"

虞美人

冷斋夜话云:东坡与秦少游维扬饮别,作此词。世传贺方回所作,非也。山谷亦云。大观中,于金陵见其亲笔,实东坡词也①

波声拍枕长淮晓②。隙月窥人小③。无情汴水自东流④。只载一船离恨、向西州⑤。　　竹溪花浦曾同醉⑥。酒味多于泪。谁教风鉴在尘埃⑦。酝造一场烦恼、送人来。

王文诰《苏诗总案》卷二十四："元丰七年甲子十一月,公至高邮与秦观会,秦观追送渡淮,与秦观淮上饮别,作《虞美人》词。"又云:"此词作于淮上,词意甚明。而《冷斋夜话》以为维扬饮别者,误。公与少游未尝遇于维扬,且少游见公金山而归,有公竹西所寄书为据。"孔《谱》、薛本、邹王本均据《苏诗总案》编元丰七年甲子(1084)十一月。

【注释】

①毛本题注作"东坡与秦少游维扬饮别作此词"。元本无题注。此从紫本,傅本略同,惟"世传"下有"以为"二字,"亲笔"下有"醉墨超逸,诗压王子敬,盖"十字。

②长淮:即淮河。《水经注》卷三十:"淮水出南阳平氏县胎簪山,东北过桐柏山。又东过原鹿县南,汝水从西北来注之。又东北至九江寿春县东,颍水从西北来注之。又东北至下邳淮阴县西,泗水从西北来流注之。又东至广陵淮浦县,入于海。"

③李贺《春坊正字剑子歌》:"隙月斜明刮露寒,练带平铺吹不起。"

④庾皋之《与刘蚪书》:"夫山水无情,应之以会,爱闲在我。"白居易《长相思》:"汴水流,泗水流,流到瓜洲古渡头。"

⑤郑文宝《柳枝词》:"亭亭画舸系春潭,直到行人酒半酣。不管烟波与风雨,载将离恨过江南。"西州:傅注:"扬州解(同'廨'),王敦所创,开东、西、南三门,俗谓之西州也。"

⑥《新唐书》卷二〇二《李白传》:(白)"更客任城,与孔巢父、韩准、裴政、张叔明、陶沔居徂徕山,日沈饮,号'竹溪六逸'"。

⑦《晋书》卷五四《陆机陆云传论》:"风鉴澄爽,神情俊迈,文藻宏丽,独步当时。"

【汇评】

吴曾《能改斋漫录》卷一六:东坡长短句云:"无情汴水自东流。只载一船离恨向西州。"张文潜用其意以为诗云:"亭亭画舸系春潭,只待行人酒半酣。不管烟波与风雨,载将离恨过江南。"王平甫尝爱而诵之,彼不知其出于东坡也。

沈际飞《草堂诗余正集》卷二：酒多于泪，意进一层。

董其昌《新刻便读草堂诗余》卷四：离情无限，故泪多于酒，与"离愁渐远渐无穷，迢迢不断如春水"同意。

沈雄《古今词话》卷八：弇州曰："隙月窥人小"，又"天涯一点青山小"；陈莹中雪词"一夜青山老"，孙光宪"疏香满地东风老"。俱妙在押字。

黄苏《蓼园词选》：只寻常赠别之作，已写得清新浓厚如此。想是时少游在扬州，而东坡自汴抵扬，又与之饮别也。首一阕，是东坡自叙其舟中抵扬情事，第二阕是叙与少游情分。"风鉴在尘埃"是惜少游，此其所以烦恼也。

如梦令

元丰七年十二月十八日，浴泗州雍熙塔下，戏作如梦令阕。此曲本唐庄宗制，名忆仙姿，嫌其名不雅，故改为如梦令。盖庄宗作此词，卒章云："如梦如梦，和泪出门相送。"因取以为名云①

水垢何曾相受②。细看两俱无有。寄语揩背人，尽日劳君挥肘。轻手，轻手，居士本来无垢③。

【题解】

王宗稷《东坡先生年谱》："元丰七年甲子(1084)，十二月十八日浴雍熙塔下，作《如梦令》两阕。"傅藻《东坡纪年录》："元丰七年甲子十二月二十八日浴雍熙塔下，戏作《如梦令》。"《纪年录》云"二十八日"与词题不合，误。

【注释】

①泗州雍熙塔：刘攽《中山诗话》："泗州塔，人传下藏真身，后阁上碑道

兴国中塑僧伽像事甚详。退之诗曰:'火烧水转扫地空。'则真身焚矣。"岳珂《桯史》卷一四:"余至泗,亲至僧伽塔下。中为大殿,两旁皆荆榛瓦砾之区,塔院在东厢,无塔而有院。"后唐庄宗《如梦令》:"曾宴桃园深洞,一曲舞鸾歌凤。长记别伊时,和泪出门相送。如梦。如梦。残月落花烟重。"

②水垢:《大乘义章五本》:"染污净心,说以为垢。"即以染身之垢喻烦恼之心,故需以净水洗之。《无量寿经》:"洗濯垢汙,显明清白。""犹如净水,洗除尘劳垢染。"

③居士:慧远《维摩义记》:"居士有二:一、广积资产,居财之士,名为居士;二、在家修道,居家道士,名为居士。"无垢:《维摩诘经》:"八解之浴池,定水湛然满,布以七净华,浴于无垢人。"

【汇评】

吴曾《能改斋漫录》卷六:东坡《宿海会寺》诗:"本来无垢洗更轻。"乐府云:"居士本来无垢。"按《维摩诘经》偈云:"八解之浴池,定水湛然满。布以七净华,浴此无垢人。"

如梦令

题淮山楼①

城上层楼叠巇②。城下清淮古汴③。举手揖吴云,人与暮天俱远。魂断。魂断。后夜松江月满④。

【题解】

朱本、龙本未编年。曹本认为是元丰二年(1079),从徐州调往湖州的旅途中所作。石唐本认为是熙宁七年(1074)十月十三日从杭州转任到密州的途中作于泗州。薛本详考"东坡曾九过泗州"之后,根据词中"后夜松江月满"之句,编此词于熙宁四年(1071),从开封调往杭州的旅途中,作于泗州。龙吟《苏轼词作编年新说》辨其非,认为是苏轼中后期的作品。邹王本则云:"据词中'举手揖吴云'句,可知是苏轼拜别吴地回北方、途经泗州作。查苏轼一生凡十过泗州,其中有三次是从吴地或经由吴地去北方的。一次是元丰二年七月乌台诗案祸起,苏轼在湖州被捕,押赴汴京过泗州,当时苏轼是罪臣,决不会有词作。再次是元祐六年(1091)守杭,被召入京过泗州,未留下诗文记载,当属过而不留,无暇观览。又一次即元丰七年(1084)由黄州团练副使移汝州团练副使过泗州,此词只能作于这时。由黄州赴汝州,四月自黄出发,十二月一日才抵达泗州,长期徘徊于真州、润州、常州之间,'日以求田为事'(见《文集》卷五十《与王荆公二首》之二),还在宜兴买了庄田。其实他不想去汝州,决心归隐常州宜兴。但君命难违,只得一面上《乞常州居住表》给朝廷,一面迟缓北上。抵泗州巧遇淮水浅冻,居留泗州一月有余,得以在泗州游览名胜,写了大量诗词。这首词就是十二月中旬题在淮山楼上的,词中充满眷恋吴地之情。'后夜淞江月满',体现出他身在泗州、心念吴地的情态。"孔《谱》也编元丰七年十二月下旬,时间上略有差异。保苅佳昭《苏轼词编年考》(《新兴与传统——苏轼词论述》,上海古籍出版社 2005 年版)则认同薛本的编年。今暂依邹王本之说。

【注释】

①傅本、元本不载。淮山楼:王象之《舆地纪胜》卷四十四《淮南东路·盱眙军·景物下》》:"淮山楼,在郡治,其治即旧都梁台也。"

②柳永《望海潮》:"重湖叠巘清嘉。有三秋桂子,十里荷花。"

③淮河流经泗州城下,古汴河在泗州注入淮河,故云。

④松江:即吴松江,太湖支流三江之一。《一统志》:"松江源出于苏州之太湖,自昆山县东南流入,经青浦县北二十里,北接太仓州嘉定县界,又东经上海北,南与黄埔江合,又东入海,曰吴松海口。"

浣溪沙

元丰七年十二月二十四日,从泗州刘倩叔游南山①

细雨斜风作晓寒②。淡烟疏柳媚晴滩。入淮清洛渐漫漫③。 雪沫乳花浮午盏④,蓼芽蒿笋试春盘⑤。人间有味是清欢。

【题解】

傅藻《东坡纪年录》:"元丰七年甲子(1084)十二月二十四日,从刘倩叔游南山作《浣溪沙》。"薛本、邹王本从之。南山,又名都梁山。《太平寰宇记》:"盱眙县在泗州南五里,都梁山在县南六十里。"苏轼《泗州南山监仓萧渊东轩二首》其一自注:"南山名都梁山,山出都梁香故也。"

【注释】

①此首傅本不载。百本题十二月作"十月",误。

②晓:毛本作"小"。

③《苏轼诗集》卷二十四《和王巩二首》王注厚曰:"汴渠旧引黄河,元丰中始以洛水易之,谓之清汴,或谓之清洛。"

④陆树声《茶寮记·煎茶七类·烹点》:"云脚渐开,乳花浮面则味全。"

⑤芽:紫本、百本、元本作"茸"。《诗经·小雅·蓼莪》:"蓼蓼者莪,匪莪伊蒿。"陈奂《疏》:"莪蒿本一物,而以时之先后异其名……始生气味各异,其名不同,至秋老成,则皆蒿之语,以为莪始生香美可食。"春盘:杜甫《立春》:"春日春盘细生菜,忽忆两京梅发时。"古俗立春日,取生菜、果物、饼饵置盘中,称春盘。

行香子

与泗守过南山晚归作^①

北望平川^②。野水荒湾^③。共寻春、飞步屧颜^④。和风弄袖,香雾萦鬟。正酒酣时,人语笑,白云间。　　飞鸿落照,相将归去^⑤,澹娟娟、玉宇清闲^⑥。何人无事,宴坐空山^⑦。望长桥上^⑧,灯火乱,使君还。

【题解】

此词傅本不载,元本无题。傅藻《东坡纪年录》:"元丰七年甲子(1084),十二月同泗州太守游南山过十里滩作《行香子》。"王文诰《苏诗总案》卷二十四:"元丰七年甲子,十二月,与刘士彦山行晚归作。"薛本、邹王本从之。《东坡纪年录》所谓"泗州太守"即刘士彦,《苏诗总案》所谓"山行晚归"即游南山过十里滩。

【注释】

①此词傅本不载。元本无题。泗守:指泗州太守刘士彦。王明清《挥麈后录》:"东坡自黄州移汝州,舟次泗上,偶作词云:'何人无事,宴坐空山。望长桥上,灯火乱,使君还。'太守刘士彦,本出法家,山东木强人也。闻之,亟谒东坡,曰:'知有新词,学士名满天下,京师倾传。在法:泗州夜过长桥者徒二年,况知州耶!'切告收起,勿以示人。"南山:见《浣溪沙》(细雨斜风作晓寒)注①。

②《苕溪渔隐丛话》后集卷三十五:"淮北之地平夷,自京师至汴口,并无山,惟隔淮方有南山。"

③欧阳修《沧浪亭》:"荒湾野水气象古,高林翠阜相回环。"

④孟浩然《重酬李少府见赠》:"五行将禁火,十步想寻春。"《史记》卷一

一七《司马相如传·大人赋》:"放散畔岸,骧以孱颜。"《索隐》:"服虔曰:'马仰头,其口开,正孱颜也。'"

⑤令狐楚《春游曲三首》:"相将折杨柳,争取最长条。"

⑥张君房《云笈七籖》:"太微之所馆,天帝之玉宇也。"

⑦白居易《病中宴坐》:"宴坐小池畔,清风时动襟。"

⑧《苏轼诗集》卷二十四《和王斿二首》之二:"飞盖长桥待子闲。"王注次公曰:"长桥,泗州之桥。"

【汇评】

沈际飞《草堂诗余正集》卷二:高旷孤渺,即"灯火乱,使君还"语也,非纱帽气。

杨慎《草堂诗余》卷二:景界高旷孤渺,无人状得出。

李廷机《新刻注释草堂诗余评林》卷二:形容晚景,宛如画图在目中,词令上品也。

先著、程洪《词洁》卷二:末语风致嫣然,便是画意。

黄苏《蓼园词选》:凡游览题易于平呆,最难做得超隽。"飞鸿"二句,情景交融,自具隽旨。结句于旁观着笔,笔有余妍,亦是跳脱生新之法。

郑文焯《手批东坡乐府》:天外之游,澹然仙趣。

满庭芳

余年十七,始与刘仲达往来于眉山,今年四十九,相逢于泗上。洛水浅冻,久留郡中。晦日同游南山,话旧感叹,因作此词①

三十三年,飘流江海,万里烟浪云帆②。故人惊怪,憔悴老青衫③。我自疏狂异趣④,君何事、奔走尘凡。流年尽,穷途坐守⑤,船尾冻相衔⑥。　　巉巉。淮浦外,层楼翠壁,古寺空岩⑦。步携手林间，笑挽攕攕⑧。莫上孤峰尽处，萦望眼、云海相搀⑨。家何在⑩，因君问我，归梦绕松杉。

【题解】

王宗稷《东坡先生年谱》："元丰七年甲子十二月十八日，又作《满庭芳》与刘元达。"傅藻《东坡纪年录》："元丰七年甲子，十一月晦日与刘仲达相逢泗上，同游南山作《满庭芳》。"王文诰《苏诗总案》卷二十四："元丰七年甲子，十二月一日，与刘仲达相逢泗上，乃同至都梁山中话旧作《满庭芳》。"孔《谱》：元丰七年（1084）十二月三十日，作于泗州。据词序"晦日同游南山"，孔《谱》为是。薛本、邹王本均编是日。

【注释】

①刘仲达：朱本注："刘仲达名巨。《年谱》作元达。"邹王本注云："刘巨即眉山城西寿昌院州学教授刘微之，是苏轼兄弟幼年时的老师，详见《宋元学案》卷九十九《二苏讲友·家先生勤国附师刘巨》及《宋元学案补遗》卷九十九《东坡师承·刘先生巨》。朱云刘仲达即刘巨，疑误。"晦日：夏历每月的最后一天。《庄子·逍遥游》："朝菌不知晦朔。"成玄英《疏》："月终谓之晦，月旦谓之朔。"

②白居易《海漫漫》："云涛烟浪最深处，人传中有三仙山。"李白《行路难》三首之一："长风破浪会有时，直挂云帆济沧海。"

③青衫：唐制，文官八品服深青，九品服浅青。后"青衫"为官职卑微的代称。白居易《琵琶行》："座中泣下谁最多，江州司马青衫湿。"

④白居易《代书诗一百韵寄微之》："疏狂属年少，闲散为官卑。"

⑤《晋书》卷四十九《阮籍传》："时率意独驾，不由径路，车迹所穷，辄痛哭而反。"

⑥傅注："相衔，所谓舳舻衔尾是也。"

⑦杜甫《和裴迪登新津寺寄王侍郎》："蝉声集古寺，鸟影度寒塘。"杨素《山斋独步赠薛内史诗》二首之一："深溪横古树，空岩卧幽石。"

⑧《说文》引《诗》："攕攕女手。"

⑨李白《关山月》："明月出天山,苍茫云海间。"

⑩韩愈《左迁至蓝关示侄孙湘》："云横秦岭家何在,雪拥蓝关马不前。"

【汇评】

毛本引杨元素《本事曲集》云:子瞻始与刘仲达往来于眉山,后相逢于泗上。淮水浅冻,久留郡中。晦日,同游南山,话旧而作。

水龙吟

昔谢自然欲过海求师蓬莱,至海中,或谓自然曰:"蓬莱隔弱水三十万里,不可到。天台有司马子微,自居赤城,名在绛阙,可往从之。"自然乃还,受道于子微,白日仙去。子微年百余,将终,谓弟子曰:"吾居玉霄峰,东望蓬莱,尝有真灵降焉。今为东海青童所召。"乃蝉脱而去。其后李太白作《大鹏赋》云:"尝见子微于江陵,谓余有仙风道骨,可与神游八极之表。"元丰七年冬,余过临淮,湛然先生梁君在焉。童颜清澈,如二十许人然。人有自少见之,喜吹铁笛,嘹然有穿云裂石之声。乃作《水龙吟》一首,记子微、太白之事,倚其声而歌之①

古来云海茫茫,道山绛阙知何处②。人间自有,赤城居士③,龙蟠凤举④。清净无为,坐忘遗照⑤,八篇奇语。向玉霄东望,蓬莱晻霭⑥,有云驾、骖风驭⑦。　　行尽九州四海⑧,笑纷纷、落花飞絮。临江一见,谪仙风采,无言心许。八表神游⑨,浩然相对,酒酣箕踞。待垂天赋就⑩,骑鲸路稳⑪,约相将去。

301

王宗稷《东坡先生年谱》："元丰七年甲子(1084)十二月,又作《水龙吟》。"傅藻《东坡纪年录》:"元丰七年甲子冬,作《水龙吟》记子微、太白之事。"薛本、邹王本从之。

【注释】

①紫本无题序,傅本序文在前半阕注内,上冠"杨元素《本事曲集》载公自序云"十二字。毛本题序与傅本有小异。此据傅本。谢自然:《太平广记》卷六十六引《集仙录》:"谢自然者,其先兖州人,父寰,居果州南充……自然性颖异,不食荤血。年七岁,母令随尼越惠,经年,以疾归。又令随尼日朗,十月求还。常所言多道家事,词气高异。其家在大方山下,顶有古像老君,自然因拜礼,不愿却下。母从之,乃徙居山顶。自此常诵《道德经》《黄庭内篇》……于金泉道场,白日升天。士女数千人,若共瞻仰……须臾,五色云遮亘一川,天乐异香,散漫弥久。"司马子微:傅注:"司马子微隐居天台之赤城,自号赤城居士,尝著《坐忘论》八篇,云:'神宅于内,遗照于外,自然而异于俗人,则谓之仙也。'"湛然先生:梁冲,《苏轼诗集》卷二十四有《赠梁道人》诗。

②傅注:"道山、绛阙皆神仙所居。"

③孔灵符《会稽记》:"赤城,山名,色皆赤,状似云霞,悬溜千仞,谓之瀑布,飞流洒散,冬夏不竭。"《天台山图》:"赤城山,天台之南门也。"

④举:元本作"赛"。李白《与韩荆州书》:"所以龙蟠凤逸之士,皆欲收名定价于君侯。"此喻才能非凡而不为世所知之人。

⑤傅注:"司马子微隐居天台山之赤城,自号赤城居士。尝著《坐忘论》八篇云:'神宅于内,遗照于外,自然而异于俗人,则谓之仙也。'"

⑥屈原《离骚》:"扬云霓之晻蔼兮。"王逸注:"晻蔼,犹翁郁,荫貌也。"

⑦云驾:《庄子·天地》:"千岁厌世,去而上僊,乘彼白云,至于帝都。"陈子昂《南山家园林木交映》:"愿随白云驾,龙鹤相招寻。"风驭:《庄子·逍遥游》:"夫列子御风而行,泠然善也。"成玄英《疏》:"得风仙之道,乘风游行。"

⑧九州:《书·禹贡》:冀、兖、青、徐、扬、荆、豫、梁、雍为九州。

⑨八表:八方之外。陶潜《归鸟》:"远之八表,近憩云岑。"

⑩垂天赋:指《大鹏赋》。《庄子·逍遥游》:"鹏之背,不知其几千里也;怒而飞,其翼若垂天之云。"

⑪骑鲸:指李白。杜甫《送孔巢父谢病归游江东兼呈李白》:"若逢李白骑鲸鱼,道甫问信今何如?"仇兆鳌注:"骑鲸鱼出《羽猎赋》。俗传太白醉骑鲸鱼,溺死浔阳。"

浣溪沙

和前韵①

一梦江湖费五年②。归来风物故依然③。相逢一醉是前缘。　迁客不应常眊眛④,使君为出小婵娟⑤。翠鬟聊著小诗缠。

【题解】

同前首。

【注释】

①此词傅本存目缺词,元本无题。

②苏轼元丰三年谪黄州,元丰七年去黄,历时五年,故云。

③李商隐《别薛岩宾》:"别离真不那,风物正相仍。"

④迁客:李白《与史郎中钦听黄鹤楼上吹笛》:"一为迁客去长沙,西望长安不见家。"眊眛:李肇《唐国史补》卷下:"(举子)不捷而醉饱,谓之打眊眛。"

⑤苏轼《与潘三失解后饮酒》:"怜君欲斗小婵娟。"

如梦令

自净方能净彼②。我自汗流呀气③。寄语澡浴人④,且共肉身游戏⑤。但洗。但洗。俯为人间一切⑥。

【题解】

同前首。

【注释】

①傅本、元本无"同前"二字。

②自净:释氏所谓自调、自净、自度"三自"之一。自净包括"正念"和"正定",可使人心无欲念,超然尘杂,精神洁净。净彼:傅本、百本、毛本作"洗彼"。

③《淮南子·精神篇》:"盐汗交流,喘息薄喉。"

④澡浴:《晋书》卷九七《倭人传》:"初丧,哭泣,不食肉。已葬,举家入水澡浴自洁,以除不祥。"此"澡浴人"指世上之人。

⑤傅注:"释氏有'游戏三昧'之语。卢仝《月蚀》诗:'臣有血肉身,无由飞上天。'"《景德传灯录》卷八:"扣大寂之室,顿然忘筌,得游戏三昧。"

⑥人间:傅本、元本作"世间"。傅注:"《本行经》云:太子至泥连河侧,思惟一切众生根缘,六年后方可度之,乃求修苦行,亦以自试。后悟此非真修,乃受美食,洗浴于河也。"

南乡子

宿州上元^①

千骑试春游。小雨如酥落便收^②。能使江东归老客。迟留。白酒无声滑泻油。　　飞火乱星球。浅黛横波翠欲流^③。不似白云乡外冷^④，温柔^⑤。此去淮南第一州。

【题解】

朱本卷二："案本集《泗岸喜题》云：'谪居黄州五年，今日离泗州北行。岸上闻骡驮铎声空笼，意亦欣然。元丰八年（1085）正月四日书。'据此，则上元至宿州，情事适合，编乙丑。"薛本、邹王本从之。孔《谱》：元丰八年正月十五日。此后《南乡子》"用韵和道辅"、"用韵赠田叔通家舞鬟"二词，皆用此韵，同为宿州作。

【注释】

①此词紫本、百本、傅本、明刊全集、二妙集、毛本不载。宿州：《元丰九域志》卷五《淮南路》："宿州，符离郡，保静军节度。建隆元年升防御，开宝五年升保静军节度。治符离县。"上元：见《蝶恋花》（灯火钱塘三五夜）注①。

②韩愈《早春呈水部张十八员外》："天街小雨润如酥，草色遥看近却无。"《玉篇》："酥，酪也。"

③杨曦《咏舞》："嚬容生翠羽，曼睇出横波。"

④《庄子·天地》："乘彼白云，至于帝乡。"刘禹锡《送深法师游南岳》："师在白云乡，名登善法堂。"

⑤伶玄《赵飞燕外传》："是夜进合德，帝大悦，以辅属体，无所不靡，谓为'温柔乡'。"

木兰花令^①

元宵似是欢游好。何况公庭民讼少。万家游赏上春台^②,十里神仙迷海岛。 平原不似高阳傲^③。促席雍容陪语笑。坐中有客最多情,不惜玉山拼醉倒^④。

【题解】

朱本、龙本、石唐本未编年。曹本据《上元夜》诗(见《苏轼诗集》卷三九)编绍圣元年(1094)苏轼知定州时。薛本云:"《诗集》卷三二有《熙宁中轼通守此郡。除夜,直都厅,囚系皆满,日暮不得返舍,因题一诗于壁,今二十年矣。衰病之余,复忝郡寄,再经除夜,庭事萧然,三圄皆空。盖同僚之力,非拙朽所致。因和前篇,呈公济、子侔二通守》诗,作于庚午除夕。案先生于熙宁四年辛亥尾至杭州通判任,至庚午正二十年矣。此词中有'何况公庭民讼少'之句,正与'三圄皆空'所记符契,则知词应作于辛未正月十五。"并引《诗集》卷三十三《次韵刘景文路分上元》诗"华灯闹艰岁,冷月挂空府。三吴重时节,九陌自歌舞……今宵扫云阵,极目净天宇。嬉游各忘归,阗咽顷未睹。飞球互明灭,激水相吞吐",正与词上片所写杭州上元节情景相吻合。故编元祐六年辛未(1091)上元,作于杭州。邹王本从之。

保苅佳昭《苏轼词编年考》不认同这两种编年,他认为"何况公庭民讼少"是苏轼对当地长官的褒词。在这位长官的治理下,当地诉讼案件很少、和平安定,他还有良好的品德,像平原君赵胜一样敬待宾客,而不像高阳那般傲慢无礼。因此,在他举办的酒筵上,"坐中有客"苏轼"不惜玉山拼醉倒"。《编年考》认为,这首词告诉了我们三个信息:这首词作于元宵节的酒席上;苏轼不是当地长官,而是客人;苏轼写作这首词时怀有很深的苦恼。与这三个条件相合的只有两次:元丰八年(1085)、绍圣二年(1095)。绍圣二年元宵苏轼在惠州,并且参加了知惠知籞范举办的酒会,他还写有《上元夜》诗:"今年江海上,云房寄山僧。亦复举膏火,松间见层层。散策桃榔林,林疏月鬅鬙。使君置酒罢,箫鼓转松陵。"但词中"万家游赏上春台,十里神仙迷海岛"的描写与诗歌的描写并不一样,因此很难认为是同时同地的作品。元丰八年元宵,苏轼在宿州,并写有《南乡子·宿州上元》:"千骑试春游。小雨如酥落便收。能使江东归老客。迟留。白酒无声滑泻油。飞火乱星球。浅黛横波翠欲流。不似白云乡外冷,温柔。此去淮南第一州。"元丰八年元宵节是苏轼离开黄州后第一次过元宵节,两首词都写到了元宵节的华丽与热闹。同年,苏轼离开登州回开封时,还写有《罢登州谢杜宿州启》(《苏轼文集》卷四十六),苏轼写信感谢的"杜宿州"即元宵节招待自己的知宿州"杜某"。所以这首词是元丰八年(1085)元宵节写于宿州。

【注释】

①紫本、百本、傅本、元本不载。毛本调作《玉楼春》,并注:"元刻不载。"外集调作《木兰花》,校"亦名瑞鹧鸪"。

②《老子》第二十章:"众人熙熙,如享太牢,如登春台。"杜甫《王十五前阁会》:"楚岸收新雨,春台引细风。"

③平原:《史记》卷七十六《平原君列传》:"平原君赵胜者,赵之诸公子也。诸子中胜最贤,喜宾客,宾客盖至者数千人。"高阳傲:《史记》卷九十七《郦生列传》:"沛公引兵过陈留,郦生踵军门上谒曰:'高阳贱民郦食其,窃听沛公暴露,将兵助楚讨不义,敬劳从者,愿得望见,口画天下便事。'使者入通,沛公方洗,问使者曰:'何如人也?'使者对曰:'状貌类大儒,衣儒衣,冠侧注。'沛公曰:'为我谢之,言我方以天下为事,未暇见儒人也。'使者出谢曰:'沛公敬谢先生,方以天下为事,未暇见儒人也。'郦生瞋目案剑叱使者曰:'走!复入言沛公,吾高阳酒徒也,非儒人也。'使者惧而失谒,跪拾谒,还走,复入报曰:'客,天下壮士也,叱臣,臣恐,至失谒。'曰'走!复入言,而公高阳酒徒也。'沛公遽雪足杖矛曰:'延客入。'"

④《世说新语》下卷上《容止》:"嵇康身长七尺八寸,风姿特秀。见者叹曰:'萧萧肃肃,爽朗清举。'或云:'肃肃如松下风,高而徐引。'山公曰:'嵇叔夜之为人也,岩岩若孤松之独立;其醉也,傀俄若玉山之将崩。'"李白《襄阳歌》:"清风朗月不用一钱买,玉山自倒非人推。"

满庭芳

　　余谪居黄州五年,将赴临妆,作满庭芳一篇别黄人。既至南都,蒙恩放归阳羡,复作一篇^①

　　归去来兮,清溪无底,上有千仞嵯峨^②。画楼东畔^③,天远夕阳多^④。老去君恩未报,空回首、弹铗悲歌^⑤。船头转,长风万里,归马驻平坡^⑥。　　无何。何处有,银潢尽处,天女停梭^⑦。问何事人间,久戏风波。顾谓同来稚子,应烂汝、腰下长柯^⑧。青衫破,群仙笑我,千缕挂烟蓑。

【题解】

　　周必大《益公题跋》卷十一:"《满庭芳》词作于元丰八年(1085)初许自便之时。公虽以五月再到常州,寻赴登守,未必再至阳羡也。"傅藻《东坡纪年录》:"元丰八年乙丑二月,蒙恩放归阳羡,复作《满庭芳》。"王文诰《苏诗总案》卷二十五:"元丰八年乙丑二月,告下,仍以检校尚书水部员外郎,汝州团练副使,不得签书公事,常州居住,再作《满庭芳》词。"薛本、邹王本从之。孔《谱》编元丰八年正月十九日。

【注释】

　　①紫本、百本、傅本不载。明刊全集、二妙集序首有"公自序云"四字。明刊全集、二妙集、毛本无"谪"字。毛本无"州"字。黄人:明刊全集本作"黄州"。临汝:《宋史》卷八十五《地理志》:"顺昌府,上,汝阴郡……元丰二年,升顺昌军节度。旧颍州,政和六年,改为府……县四:汝阴,泰和,颍上,沈丘。"即今河南临汝县。《满庭芳》:指元丰七年四月一日去黄移汝时,留别雪堂邻里所作的《满庭芳》(归去来兮)。南都:宋之南京应天府,今河南商丘。阳羡:今江苏宜兴县南五里,宋时属常州。

②《文选》卷三十三刘安《招隐士》："山气陇嵸兮石嵯峨。"王逸注："嵯峨，嶻辥，峻蔽日也。"

③楼东：二妙集、毛本作"桥西"。李商隐《无题》："昨夜星辰昨夜风，画楼西畔桂堂东。"

④赵碬《虎丘寺赠渔处士》："岩空秋色动，水阔夕阳多。"

⑤《战国策·齐策四》："齐人有冯谖者，贫乏不能自存，使人属孟尝君，愿寄食门下。居有顷，倚柱弹其剑，歌曰：'长铗归来乎，食无鱼！'左右以告。孟尝君曰：'食之比门下之客！'居有顷，复弹其铗，歌曰：'长铗归来乎，出无车！'左右皆笑之，以告。孟尝君曰：'为之驾，比门下之车客。'于是乘其车……后有顷，复弹其剑铗，歌曰：'长铗归来乎，无以为家！'左右皆恶之，以为贪而不知足。"

⑥周必大《益公题跋》卷十一："军中谓壮士驰骏马、下峻坂为注坡。词云：'船头转，长风万里，归马注平坡。'盖喻归兴之快如此，印本误以'注'为'驻'。"

⑦银潢：又名天潢、天津，即银河。《史记》卷二七《天官书》："汉中四星，曰天驷。旁一星，曰王良。王良策马，车骑满野。旁有八星，绝汉，曰天潢。"宋均云："天潢，天津也。"天女停梭：梁简文帝《七夕》："天梭织来久，方逢今夜停。"

⑧任昉《述异记》："信安郡石室山。晋时王质伐木至，见童子数人，棋而歌，质因听之。童子以一物与质，如枣核。质含之，不觉饥。俄顷，童子谓曰：'何不去？'质起视，斧柯烂尽。既归，无复时人。"此谓人生短暂，世事变化之大。

【汇评】

吴骞《桃溪客语》卷五：东坡至阳羡，尝馆邵民瞻家。邵时为邑中大族，有园临水，最擅林壑之胜，中有天远堂，盖取东坡《满庭芳》词"画楼东畔，天远夕阳多"之句。

刘熙载《艺概》卷四：词以不犯本位为高。东坡《满庭芳》"老去君恩未报，空回首、弹铗悲歌"，语诚慷慨，然不若《水调歌头》"我欲乘风归去，又恐琼楼玉宇，高处不胜寒"，尤觉空灵蕴藉。

郑文焯《手批东坡乐府》:《桃溪客语》载阳羡邵氏,因东坡此词,遂名所居曰"天远堂"。余曾于吴市见一古砂壶,底有篆文,即此堂名,乃知为宋制邵家故物,惜未购致为憾耳。

南乡子

用前韵赠田叔通家舞鬟①

绣鞯玉环游②。灯晃帘疏笑却收③。久立香车催欲上,还留。更且檀唇点杏油④。　花遍六幺球⑤。面旋回风带雪流⑥。春入腰肢金缕细⑦,轻柔。种柳应须柳柳州⑧。

【题解】

王文诰《苏诗总案》卷二十五谓乙丑(元丰八年,1085)四月三日自南都还,六日再经灵璧,"过楚州哭蔡承禧,为文祭之,田叔通席上赠舞鬟作《南乡子》词"。薛本从之。邹王本编元丰二年己未(1079)三月,作于徐州。

【注释】

①傅本、元本不收此词。毛本无"家"字。田叔通:《苏轼诗集》卷一七《和田国博喜雪》查注:"田国博,字叔通……时以国子博士为徐州通判,故先生赠诗。"

②杜牧《街西长句》:"银鞭骏袅嘶宛马,绣鞯璁珑走钿车。"

③魏收《后园宴乐》:"树静归烟合,帘疏返照中。"

④韩偓《余作探使以缭绫手帛子寄贺因而有诗》:"黛眉印在微微绿,檀口消来薄薄红。"

⑤花遍:舞曲名。六幺:《琵琶录》:"乐工进曲,录出要者名录要,误为绿腰、六幺。"

⑥曹植《洛神赋》:"飘飘乎若流风之回雪。"

⑦杜秋娘《金缕衣》:"劝君莫惜金缕衣,劝君惜取少年时。"

⑧柳宗元《种柳戏题》:"柳州柳刺史,种柳柳江边。"

【汇评】

卓人月《古今词统》卷八:滑稽。

沈雄《古今词话·词品》卷下:苏长公为游戏之圣,邢俊臣亦滑稽之雄。苏赠舞鬟云:"春入腰支金缕细,轻柔。种柳应须柳柳州。"盖"柳州"用吕温嘲宗元诗"柳州柳刺史,种柳柳江边"也。

蝶恋花

述 怀①

云水萦回溪上路②。叠叠青山③,环绕溪东注。月白沙汀翘宿鹭④。更无一点尘来处⑤。　　溪叟相看私自语。底事区区⑥,苦要为官去。尊酒不空田百亩⑦。归来分得闲中趣。

【题解】

王文诰《苏诗总案》卷二十五:"元丰八年乙丑(1085)六月,初闻起知登州,公将行,有怀荆溪,作《蝶恋花》词。"薛本、邹王本从之。孔《谱》编元丰八年七月。

【注释】

①此词傅本存目缺词,元本无题。

②溪:荆溪,经宜兴东流。汉在宜兴置荆国,故名。《嘉庆一统志》卷八十六《常州府》:"荆溪,在荆溪县南,以近溪南山得名。自镇江溧阳县流入,承永阳江,下注震泽。"

③郑谷《浯溪》:"湛湛清江叠叠山。"

④白居易《琵琶行》:"东舟西舫悄无言,唯见江心秋月白。"陈叔宝《三

311

洲歌》："沙汀时起伏,画舸屡淹留。"杜甫《草堂即事》:"寒鱼依密藻,宿鹭起圆沙。"

⑤张若虚《春江花月夜》："江天一色无纤尘,皎皎空中孤月轮。"

⑥柳永《满江红》："游宦区区成底事,平生况有云泉约。"

⑦《后汉书》卷七十《孔融传》:"(孔融)性宽容少忌,好士,喜诱益后进。及退闲职,宾客日盈其门。常叹曰:'坐中客恒满,尊中酒不空,吾无忧矣。'"陶渊明《归去来兮辞》:"有酒盈樽,引壶觞以自酌。"《晋书·隐逸传》:"在县公田,悉令种秫谷,曰:令我常醉于酒足矣。妻子固请种粳,乃使二顷五十亩种秫,五十亩种粳。"

【汇评】

王文诰《苏诗总案》卷二五:词云"溪上"即荆溪也。信为起知登州临去所作。自后入掌制命,出典雄藩,以及南迁海外,请老毗陵,未克践"归来"之语。读公述怀词,为之怃然也。

蝶恋花①

昨夜秋风来万里。月上屏帏,冷透人衣袂。有客抱衾愁不寐。那堪玉漏长如岁②。　　羁舍留连归计未③。梦断魂销,一枕相思泪④。衣带渐宽无别意⑤。新书报我添憔悴。

【题解】

此词《总案》与《编年录》失载,朱本、龙本未编年。曹本移列为误入词,云:"按此词意境,与东坡词不类,断非东坡所作。今移列误入词。"薛本云:从词中"秋风来万里""有客""不寐""羁舍留连"诸语看,当为秋中为客时作。考公凡秋中为客者七,惟元丰八年乙丑(1085)由常州赴登州,九月经楚州遇大风一次,最与此词相符。《文集》卷五五《与杨康公三首》其三写于赴登州途中,云:"两日大风,孤舟掀舞雪浪中,但阖户拥衾,瞑目块坐耳。

杨次公惠酝一壶,少酌径醉。醉中与公作得《醉道士石诗》,托楚守寄去,一笑。某有三儿,其次者十六岁矣,颇知作诗,今日忽吟《淮口遇风》一篇,粗可观,戏为和之,并以奉呈。"又,《文集》卷七一《书遗蔡允元》:"仆闲居六年,复出从士。自六月被命,今始至淮上,大风三日不得渡。"这与词中"秋风来万里""羁舍留连"甚合,故编元丰八年乙丑(1085)九月,作于楚州。邹王本从之。

【注释】

①紫本、百本、傅本、元本、明刊全集不载。毛本注:"元刻不载。"

②苏味道《正月十五夜》:"金吾不禁夜,玉漏莫相催。"

③梁元帝《长歌行》:"人生行乐尔,何处不留连。"范仲淹《渔家傲》:"浊酒一杯家万里,燕然未勒归无计。"

④常建《岭猿》:"相思岭上相思泪,不到三声合断肠。"

⑤柳永《凤栖梧》:"衣带渐宽终不悔,为伊消得人憔悴。"

浣溪沙

感　旧①

徐邈能中酒圣贤②。刘伶席地幕青天③。潘郎白璧为谁连④。　　无可奈何新白发,不如归去旧青山。恨无人借买山钱⑤。

【题解】

此词朱本、龙本、曹本未编年。刘崇德《苏词编年考》云:"此词毛本题为'感旧',但词中内容无'感旧'意。上半阕先列古之以善饮、狂饮名者,结以潘岳与夏侯湛同舆接茵事(即'连璧')。下半阕用《世说新语》中支道林因人就深公买印山(见'排调'门)及郗超每闻欲高尚隐者辄为办百万资(见

'栖逸'门)事,表示自己的归山退隐之计和欲得友人赞助的愿望。查本集苏轼在熙宁五年秋有《答任师中次韵》一诗,自注道:'来诗劝以诗酒自娱。'此恰与词之上半阕所及古之以饮酒名者相关,而全诗与此词更可以互为注脚,兹录如下:'闲里有深趣,常忧儿辈知。已成归蜀计,谁借买山资?世事久已谢,故人犹见思。平生不饮酒,对子敢论诗。'当时苏轼因与执政者政见不合,已有归隐之心,故云'已成归蜀计'。尾联盖对任师中来诗所劝,辞其'酒'而受其'诗'。词的首句用叹羡口气表示自己没有资格和徐邈、刘伶相比,反言以明'平生不饮酒'。对照细读,可知诗词同为答任师中'以诗酒自娱'而作。故此词当编熙宁五年(1072)秋。"邹王本从之。孙民《关于十三首东坡乐府的编年》云:"细味全词,尤其结尾两句,似作于议论买田却又无能为力之时……考苏轼平生决议买田仅有一次,时在元丰七年。"故编于元丰七年(1084)八月,作于仪真。薛本编元丰七年(1084)三月作于黄州,并指出徐邈、刘伶、潘岳便是黄州好友徐得之、刘唐年、潘邠老,"东坡才大学博,于诗词中用典,每与唱酬者姓氏相合"。龙吟《苏轼词作编年新说》辨薛本"忘了未曾删去的'感旧'词题。若在黄州,友人朝夕可见,何必'感旧'"。云孙民的见解"甚有道理,然而他将此词所作时间定于元丰七年八月,却忽略了另一个事实。据孔《谱》,苏轼是年三月接量移汝州之诏,四月动身,取道庐山奔金陵,晤王安石,九月中旬至常州,再赴宜兴黄土村买田,此时有《菩萨蛮》词云:'买田阳羡吾将老。'并在给秦观的信中说:'某宜兴已得少田……仍遣一侄孙子赍钱往宜兴纳钱,须其还,乃行'(《苏轼文集》卷五十二《与秦太虚简》之五),不仅田已买迄,而且是侄孙亲自持钱而往,因此用不着'贷钱'。然因田主曹氏抵赖,此田旋即失去,东坡在《与滕达道书》中复有'老境所迫,归计茫然,故所至求田问舍,然卒无成。'此番受挫,尽失薄储,然后词中才有'不如归去旧青山,恨无人借买山钱'之叹……要而言之,《浣溪沙》'感旧'词于元丰八年(1085)九月作于楚州徐大正宴上,词中徐邈、刘伶、潘岳乃黄州旧友徐君猷、刘唐年、潘邠老。"今暂从龙说。

【注释】

①傅本、元本无题。

②《三国志·魏书》卷二七《徐邈传》:"徐邈字景山,燕国蓟人也……魏

国初建，为尚书郎。时科禁酒，而邈私饮至于沈醉。校事赵达问以曹事，邈曰：'中圣人。'达白之太祖，太祖甚怒。度辽将军鲜于辅进曰：'平日醉客谓酒清者为圣人，浊者为贤人，邈性修慎，偶醉言耳。'竟坐得免刑。复领陇西太守，转为安南。文帝践阼，历谯相，平阳、安平太守，颍川典农中郎将，所在著称，赐爵关内侯。"

③《晋书》卷四十九《刘伶传》：刘伶字伯伦，沛国人也。常乘鹿车，携一壶酒，使人荷锸而随之，谓曰："死便埋我。"尝著《酒德颂》，辞曰："行无辙迹，居无室庐，幕天席地，纵意所如。"

④《晋书》卷五十五《夏侯湛传》："夏侯湛字孝若，谯国谯人也……湛幼有盛才，文章宏富，善构新词，而美容观，与潘岳友善，每行止同舆接茵，京都谓之'连璧'。"

⑤傅注："支遁字道林，晚年入会稽剡山沃洲小岭，买山为嘉遁之乡。又，《世说》：支公因人就深公买印山，深公曰：'未闻巢由买山而隐。'"

蝶恋花

过涟水军赠赵晦之①

自古涟漪佳绝地②。绕郭荷花③，欲把吴兴比④。倦客尘埃何处洗⑤。真君堂下寒泉水⑥。　　左海门前酤酒市⑦。夜半潮来，月下孤舟起。倾盖相逢拚一醉⑧。双凫飞去人千里⑨。

【题解】

王文诰《苏诗总案》卷二十六：元丰八年乙丑（1085）"十月过海州，见所筑高丽亭馆，叹其壮丽，留诗。过涟水，重遇赵晦之，赠《蝶恋花》词。"又云："公前赴高密过涟水，赵晦之方为东武令。殆迁黄，晦之官于广西，至是复见，则涟水也。公过涟水，止此二次。词以吴兴比涟水，故有'绕郭荷花'之句，非十月见荷花也。"孔《谱》、薛本、邹王本从之。薛本尚考证云："乙丑赵

315

离藤至涟水,东坡经涟时赵为涟水守也。宋制,军与州同级,赵自藤移涟东坡谓之'进擢',盖因藤州乃蛮荒边远之地,即所谓'远徙不足久留贤者'意也。赵之仕履既明,知此词为东坡经涟时作于赵迎宾之宴也。"涟水军,今江苏涟水。

【注释】

①此词傅本存目缺词。毛本题无"军"字。涟水:《太平寰宇记》卷十七《河南道·涟水军》:"涟水军,理涟水县。本楚州涟水县也,皇朝太平兴国三年十二月建为涟水军。"《元丰九域志》卷十《省废州军·淮南路》:"涟水军,熙宁五年废,以涟水县隶楚州。"军:宋代地方行政区划名。赵晦之,见《减字木兰花》(贤哉令尹)注①。

②佳绝:毛本作"佳丽"。《诗经·魏风·伐檀》:"河水清且涟漪。"

③白居易《余杭形胜》:"绕郭荷花三十里,拂城松树一千株。"

④姜夔《惜红衣序》:"吴兴号水晶宫,荷花盛丽。"

⑤陆机《长安有狭邪行》:"余本倦游客,豪彦多旧亲。"

⑥《庄子·齐物论》:"其递相为君臣乎?其有真君存焉?"成玄英《疏》:"真君即前之真宰也。"

⑦左海:即东海。《礼记·乡饮酒义》:"洗之在阼,其水在洗东,祖天地之左海也。"注:"海水之委也。"

⑧倾盖相逢:即朋友相逢。邹阳《狱中上梁王书》:"白头如新,倾盖如故。"

⑨《初学记》卷一八《离别》录苏武别李陵诗:"二凫俱北飞,一凫独南翔。"后以"双凫"之北飞南翔喻友人别离。

满江红

怀子由作①

清颍东流②,愁目断、孤帆明灭。宦游处、青山白浪③,万重千叠。孤负当年林下意,对床夜雨听萧瑟④。恨此生、长向别离中,添华发。　　　一尊酒,黄河侧。无限事,从头说。相看恍如昨,许多年月。衣上旧痕余苦泪⑤,眉间喜气添黄色⑥。便与君、池上觅残春,花如雪。

【题解】

《苏诗总案》认为此词是元祐七年(1092)二月离开颍州时所作,朱本、龙本、曹本、薛本依之。孔《谱》则认为是熙宁十年(1077)二月苏轼和苏辙在澶、濮之间再会时所作。保苅佳昭《苏轼词编年考》则认为是元丰八年(1085)十月苏轼自登州赴京时所作。他先驳二说之非:"眉间喜气添黄色"意为眉间现出喜事的征兆黄色。苏轼的喜事是"便与君、池上觅残春,花如雪",即和苏辙的再会。因此孔《谱》所云不成立。此外,元祐七年苏轼离开颍州时,苏辙求他在"都下"一见,苏轼却觉得"行路既稍迁,又老病务省事",故"且自颍入淮矣"(见《与范纯夫书》其三),与词意不合。此词上片首先描写苏轼和苏辙以前在颍州离别的场面:一个坐着"孤帆"离开颍州往东方去,一个"愁目断",极目望着兄弟坐的"孤帆明灭"。这次离别发生在熙宁四年(1071)九月。这年苏轼乞外任,七月离开京师往杭州赴任。途中他经过陈州而见苏辙。然后他们一起去颍州,苏辙在那里送苏轼赴杭州。从此,苏轼宦游四方,兄弟二人"长向别离中","辜负当年林下意,对床夜雨听萧瑟"。词的下片"一尊酒,黄河侧。无限事,从头说。相看恍如昨,许多年月"是苏轼回忆兄弟于熙宁十年二月在澶、濮再会时的情景,词的最后三句是苏轼设想他们将要再会的地点和时间:地点是池上,时间是晚春。与这些条件符合的只有一个,即元丰八年(1085)十月。当时,苏轼到了登州,不久即以礼部郎中召还。同时,苏轼知道苏辙也召还京师,兄弟二人很快就要在京师再会了,因此他"眉间喜气添黄色"。而且苏轼还判断苏辙会比他晚到京师,可能是明年"残春,花如雪"的时候。邹本认为是元祐六年八月,作于东京赴颍州途中。

【注释】

①元本无题。傅本题作"寄子由"。

②见《木兰花令》(霜余已失长淮阔)注②。

③卢纶《送元昱尉义兴》:"白浪缘江雨,青山绕县花。"

④傅注:"子由幼从子瞻读书,未尝一日相舍。既仕,将游宦四方,子由尝读韦苏州诗,有'那知风雨夜,复此对床眠。'恻然感之,乃相约早退,为闲居之乐。"

⑤刘希夷《捣衣篇》:"莫言衣上有斑斑,只为思君泪相续。"

⑥见《浣溪沙》(惟见眉间一点黄)注②。

渔家傲

送张元康省亲秦川①

一曲阳关情几许②。知君欲向秦川去。白马皂貂留不住③。回首处。孤城不见天霖雾④。　　到日长安花似雨⑤。故关杨柳初飞絮。渐见靴刀迎夹路⑥。谁得似。风流膝上王文度⑦。

【题解】

朱本、龙本、石唐本、曹本、薛本、邹王本未编年。孔《谱》未载。沈松勤《苏轼词编年补证》编元丰八年(1085)十一月。《诗集》卷二十四《次韵张琬》施注云:"是时有两张琬,一韩城人,父升,枢密使,归老嵩少。元祐初,琬自齐州倅,求便亲养,两易卫尉丞,以才擢知秀州,崇宁间为广东转运副使,移京东西路。又一鄱阳人,治平二年(1065)登第,诗中有'临淮自古多奇士'之句,临淮乃泗邑。"词题中之"张元康"即韩城张琬,词意与其归省养亲情节正合。词称"到日长安花似雨",即谓张氏自齐州省亲秦川(或作秦亭),到时当花落时节。词中"白马皂貂"亦是北方齐州一带冬日行旅服装,而"回首"、"孤城"乃指张氏离齐州情景。齐州山势平远,可远望齐州孤城

318

也。苏轼于元丰八年(1085)十一月道经济南,停居,送张氏首亲。次年即为元祐元年(1086),张到秦州,已在元祐初,与上引施注所说合。今暂从其说。

【注释】

①康:紫本、百本、毛本作"唐",傅本、元本作"康"。秦州:《晋书》卷一四《地理志》上:"泰始五年,又以雍州陇右五郡及凉州之金城、梁州之阴平,合七郡置秦州,镇冀城。太康三年,罢秦州,并雍州。七年,复立,镇上邽(今甘肃天水市)。"曹本据词中第二句改作"秦川",《全宋词》亦作"秦川"。元本题末多"或作秦亭"四字。

②阳关:地名。《史记》卷一二三《大宛列传》正义引魏王泰《括地志》,谓在沙州寿昌县西六里,在今甘肃敦煌县西南。王维《送元二使安西》诗有"西出阳关无故人"之句,后遂以《阳关》为离别曲,称为《阳关曲》、《阳关三叠》)。

③傅注:"皂貂,黑貂裘也。"《战国策·秦策》:"(苏秦)说秦王,书十上而说不行,黑貂之裘敝。"高适《别孙斯》:"离人去复留,白马黑貂裘。"

④霖:傅本、元本作"霏"。《左传·隐公九年》:"凡雨,自三日以往为霖。"杜甫《野望》:"远水兼天净,孤城隐雾深。"

⑤李贺《将进酒》:"况是青春日将暮,桃花乱落如红雨。"

⑥傅注:"唐制,诸府帅见大府帅,皆戎服,左握刀,右属弓矢,帕首袴鞮靴,迎于道左。"

⑦见《蝶恋花》(泛泛东风初破五)注⑦。

南乡子

用韵和道辅①

未倦长卿游②。漫舞夭歌烂不收③。不是使君能矫世,谁留。教有琼梳脱麝油④。　　香粉镂金球⑤。花艳红笺笔欲流⑥。从此丹唇并皓齿，清柔。唱遍山东一百州。

【题解】

朱本卷二："案调韵俱同前词，一时之作。"编元丰八年(1085)。

【注释】

①傅本、元本无此阕。

②《汉书》卷五十七《司马相如传》："司马相如字长卿，蜀郡成都人也。少时好读书，学击剑，名犬子。相如既学，慕蔺相如之为人也，更名相如。""长卿久宦游，不遂而困。"后遇临邛卓王孙女"夜奔亡相如"。卓王孙耻之，为杜门不出，昆弟诸公更谓王孙曰："今文君既失身于司马长卿，长卿故倦游，虽贫，其人材足依也。"

③白居易《长恨歌》："缓歌漫舞凝丝竹，尽日君王看不足。"

④冯贽《云仙杂记》："周光禄诸妓，掠鬓用郁金油，傅面用龙消粉，染衣以沈水香。月终，人赏金凤凰一只。"

⑤段成巳《菊花霜诗》："香粉嚼余浓不散，唾花误染镂金衣。"贾思勰《齐民要术》卷五《种红蓝花栀子》："作香粉法，唯多著丁香于粉合中，自然芬馥。"

⑥王仁裕《开元天宝遗事·风流薮泽》："长安有平康坊，妓女所居之地，京都侠少萃集于此，兼每年新进士，以红笺名纸游谒其中。时人谓此坊为风流薮泽。"

如梦令

有　寄①

为向东坡传语。人在玉堂深处②。别后有谁来，雪压小桥无路。归去。归去。江上一犁春雨。

【题解】

此词朱本未编年。龙本云:"案此二首,据傅本可移编卷二元祐丁卯(1087)、戊辰(1088)间,公官翰林学士时。"此说有误。薛本考证云:东坡在玉堂(翰林院),盖自丙寅(元祐元年,1086)八月至己巳(元祐四年,1089)四月,此词必作于此数年间。而傅本题为"寄黄州杨使君二首"。考诸史实,元丰六年(1083)五月黄州太守徐君猷离任,杨君素来代。《文集》卷五六《与杨君素三首》其三,写于苏轼登州还朝后,中谓:"某去乡二十一年,里中尊宿,零落殆尽,惟公龟鹤不老,松柏益茂,此大庆也。"知杨为东坡前辈。邹王本考辨云:"查苏轼以试中书舍人为翰林学士知制诰,时在元祐元年丙寅(1086)九月(按,薛本云八月)丁卯,见《长编》《实录》《宋史·哲宗纪》诸书。此词词题之'黄州杨使君'指黄州太守杨寀(君素)。据孔《谱》:元丰六年(1083)八月,徐大受(君猷)罢黄守离任,新守杨寀到黄州接任。时苏轼贬官黄州团练副使,居东坡雪堂,直至元丰七年三月移知汝州,与黄守杨寀(君素)有长达八个月的交往。《文集》卷五六《与杨君素三首》其三,写于苏轼登州还朝后,中谓:'某去乡二十一年,里中尊宿,零落殆尽,惟公龟鹤不老,松柏益茂,此大庆也。'据知,君素不仅是苏轼蜀中故人,且是前辈,在黄时颇受其青睐,关系密切。此词乃苏轼官翰苑时怀念黄州东坡故居而致语黄州故人,并有归来东坡之意。必作于入翰林后至是年年末之间,因孔《谱》云:'若在明年,采已去职矣。'薛本亦编丙寅,可参读。"

【注释】

①紫本、百本、毛本题"有寄",元本无题。傅本题"寄黄州杨使君二首"。傅本题下注云:"公时在翰苑。"

②玉堂:指翰林院。《汉书》卷七五《李寻传》:"过随众贤待诏,食太官,衣御府,久污玉堂之署。"王先谦补注:"何焯曰:'汉时待诏于玉堂殿,唐时待诏于翰林院,至宋以后翰林遂并蒙玉堂之号。'"

【汇评】

陈廷焯《云韶集》卷二:风流跌宕,是名士胸襟,是东坡本色。

俞成《萤雪丛说》卷上:杜诗"丹霞一缕轻",《渔父词》"萤缕一钩轻",胡少汲诗"隋堤烟雨一帆轻"。至若骚人,于渔父则曰"一蓑烟雨",于农夫则曰"一犁春雨",于舟子则曰"一篙春水",皆曲尽形容之妙也。

如梦令

春　思①

手种堂前桃李②。无限绿阴青子。帘外百舌儿③,惊起五更春睡。居士④。居士。莫忘小桥流水。

【题解】
同前首。

【注释】
①紫本、百本、毛本题作"春思"。
②欧阳修《朝中措》:"手种堂前垂柳,别来几度春风。"
③严郾《赋百舌鸟》:"此禽轻巧小同伦,我听长疑舌满身。星未没河先报晓,柳犹粘雪便迎春。频嫌海燕巢难定,却讶林莺语不真。莫倚春风便多事,玉楼还有晏眠人。"
④睦庵善卿《祖庭事苑》卷三:"凡具四德,乃称居士。一不求官,二寡欲蕴德,三居财大富,四安道自悟。"

定风波

南海归赠王定国侍人寓娘①

常羡人间琢玉郎②。天应乞与点酥娘③。尽道清歌传皓齿④。风起。雪飞炎海变清凉⑤。　　万里归来颜愈少⑥。微笑。笑时犹带岭梅香⑦。试问岭南应不好。却道。此心安处是吾乡⑧。

【题解】

朱本编元丰六年癸亥(1083)："案本集《王定国诗集序》云：'定国以余故,贬海上三年。'又《次韵王巩南迁初归》诗,施注编癸亥。词亦是年之作。"龙本、曹本从其说。薛本考证说,《次韵王巩南迁初归》乃寄达而非面和,而此词显系作者与王定国晤面之后所作,故二作绝非作于同时,朱本编年有误。《重编东坡先生外集》此词原注云："元祐元年王定国席上,赠侍儿寓娘。"《苕溪渔隐丛话》后集卷四十引《东皋杂录》云："王定国岭外归,出歌者劝东坡酒,坡作《定风波》,序云：王定国歌儿曰柔奴……"皇都风月主人《绿窗新话》下引《古今词话》："东坡初谪黄州,独王定国以大臣之子不能谨交游,迁置岭表,后数年召还京师。是时东坡掌翰苑,一日,王定国置酒与东坡会饮,出宠人点酥侑尊,而点酥善谈笑……坡叹其善应对,赋《定风波》一阕以赠。"均点明此词写作时间是元祐元年丙寅(1086),地点是东京。孔《谱》、邹王本均编是年。此说与外集题"元祐元年,王定国席上赠侍儿寓娘"之说合。至于侍儿名字不同,张宗橚《词林纪事》卷五云："柔奴或作寓娘。考《柳州志》：'王巩侍儿柔奴',与词序同,当从词序。"

【注释】

①元本题作"海南归赠王定国侍儿寓娘。"外集题作"元祐元年王定国席上赠侍儿寓娘"。毛本题作"王定国歌儿曰柔奴,姓宇文氏,眉目娟丽,善应对,家世住京师;定国南迁归,余问柔：'广南风土,应是不好？'柔对曰：'此心安处,便是吾乡。'因为缀词云"。此从紫本、百本、傅本。王定国：王巩,字定国。《宋史》卷三二〇云："巩有隽才,长于诗,从苏轼游。轼守徐州,巩往访之,与客游泗水,登魋山,吹笛饮酒,乘月而归。轼待之于黄楼上,谓巩曰：'李太白死,世无此乐三百年矣。'轼得罪,巩亦窜宾州。数岁得还,豪气不少挫。"

②苏轼《次韵王巩独眠》:"居士身心如槁木,旅馆孤眠体生粟。谁能相思琢白玉,服药千朝偿一宿。"王注指出苏轼此用卢仝《与马异结交诗》:"白玉璞里琢出相思心,黄金矿里铸出相思泪。"

③应乞与:毛本作"教分付"。此句元本注:"一作'故教天与点酥娘'。"点酥娘:傅注:"点酥娘言其如凝酥之滑腻也。"

④尽道:元本作"自作"。杜甫《听杨氏歌》:"佳人绝代歌,独立发皓齿。"

⑤杜甫《雨》:"清凉破炎毒。"

⑥颜愈少:毛本作"年愈少"。

⑦《六帖》:"庾岭上梅花,南枝已落,北枝方开,寒暖之候异也。"杜甫《秋日荆南抒怀》:"秋水漫湘竹,阴风过岭梅。"

⑧白居易《吾土》:"身心安处是吾土,岂限长安与洛阳。"又,《出城留别》:"我生本无乡,心安是归处。"

苏幕遮

咏选仙图①

暑笼晴,风解愠。雨后余清②,暗袭衣裾润。一局选仙逃暑困。笑指尊前、谁向清霄近。整金盆③,轮玉笋④。凤驾鸾车⑤,谁敢争先进。重五休言升最紧。纵有碧油,到了输堂印⑥。

【题解】

此词诸本未编年。刘崇德《苏词编年考》云:词中所咏选仙图是一种投骰子赌博的游戏。据岳珂《桯史》载:"元祐间,秦黄诸君子在馆,暇日观画。山谷出李龙眠所作《贤己图》,博弈樗蒲之流咸列焉。博者六七人,方据一局投进盆中,五皆六,而一犹旋转不已。一人俯盆疾呼,旁观皆变色起立,纤秾态度,曲尽其妙。相与叹赏,以为卓绝。适东坡从外来,睨之曰:'李龙眠天下士,顾效闽人语耶。'众贤怪请其故,东坡曰:'四海语音,言六皆合口,惟闽音则张口。今盆中皆六,一犹未定,法当呼六,而疾呼者乃张口何也?'龙眠闻之亦笑而服。"从这条笔记看,黄庭坚、秦观和苏轼欣赏的《贤己图》亦为投骰子赌博场面,不知与选仙格是否一回事。而元祐文人已开始用诗画反映这种风俗,却由此可知。苏轼《选仙图词》年月别无所考,唯此事可作佐证,故编元祐二年(1087)左右。邹王本从之。

【注释】

①选仙图:赵翼《陔余丛考》卷三十三《陞官图》:"宋时有选仙图亦用骰子比色,先为散仙,次为上洞,以渐至蓬莱、大罗等仙。其比色之法,首重绯四,次六与三,最下者幺,凡有过者,谪作采樵思凡之人;遇胜色仍复位。王珪《宫词》有云:尽日窗间赌选仙,小娃争觅到盆钱。上筹须占蓬莱岛,一掷乘鸾出洞天。"

②白居易《北窗竹石》:"筠风散余清,苔雨含微绿。"

③《南史》卷七十八《夷貊传》:扶南国产金,"王坐则偏踞翘膝,垂左膝至地,以白叠敷前,设金盆香炉于其上。"

④韩偓《咏手》:"腕白肤红玉笋芽,调瑟抽线露尖斜。"

⑤扬雄《甘泉赋》:"于是乘舆乃登夫凤凰兮而翳华之。"《文选》注:"韦昭曰:凤凰为车饰也。"

⑥傅注:"重五、碧油、堂印,皆选仙彩名,若六博之袅、枭、庐。"

哨　遍

春　词①

睡起画堂,银蒜押帘②,珠幕云垂地③。初雨歇,洗出碧罗天④,正溶溶养花天气⑤。一霎暖风回芳草,荣光浮动⑥,掩皱银塘水。方杏靥匀酥⑦,花须吐绣,园林排比红翠⑧。见乳燕捎蝶过繁枝[9]。忽一线炉香逐游丝[10]。昼永人闲，独立斜阳，晚来情味。　　便乘兴携将佳丽。深入芳菲里。拨胡琴语，轻拢慢捻总揔利[11]。看紧约罗裙，急趣檀板[12]，霓裳入破惊鸿起[13]。颦月临眉，醉霞横脸，歌声悠扬云际。任满头红雨落花飞[14]。渐鳷鹊楼西玉蟾低[15]。尚徘徊、未尽欢意。君看今古悠悠，浮宦人间世。这些百岁，光阴几日，三万六千而已。醉乡路稳不妨行，但人生、要适情耳。

【题解】

朱本、龙本、曹本、薛本未编年。张宗棣《词林纪事》卷五录此词并附本事云："《侯鲭录》：东坡在昌化军，长负大瓢行歌田间，所歌者，《哨遍》也。馌妇年七十，云：内翰昔日富贵，一场春梦耳！里人因呼此妇为春梦婆。"王文诰《苏诗总案》卷四二元符二年己卯三月有"公负大瓢行歌田间，遇春梦婆"条。邹王本云："如依《词林纪事》有《总案》，当编元符二年，作于儋州。但词的内容与作者在海南岛贬所的实际生活状况相抵牾。"周密《癸辛杂识别集》《汴京杂事》载：相国寺佛殿外有石刻，东坡题名云："苏子瞻、子由、孙子发、秦少游同来观晋卿墨竹，申先生亦来，元祐三年八月五日，老申一百一岁。""又片石刻坡翁草书《哨遍》，石色皆如元玉。"苏轼词以《哨遍》为调者共两首，一首是"为米折腰"，元丰五年夏作于黄州，刻石者当非此首。另一首即本词。邹王本认为，本词应为元祐三年(1088)春作于东京，后为好事者同题名一起刻石，立于相国寺佛殿外。时苏轼在朝任翰林学士、知制诰兼侍读，作者的生活地位与本词所表达的情绪正相吻合。

【注释】

①傅本、元本、朱本、龙本、曹本无题。

②杨慎《词品》卷二《银蒜》："银蒜，盖铸银为蒜形，以押帘也。宋、元亲王纳妃，公主下降，皆有银蒜押帘几百双。"庾信《梦入堂内诗》："幔绳金麦穗，帘钩银蒜条。"倪璠注："像其形也。"

③《太平御览》卷七〇〇引《汉武故事》："甲帐居神，以白珠为帘箔，玳

瑁押之，象牙为蔑。”

④刘禹锡《春日书怀寄东洛白二十二杨八二庶子》：“野草芳菲红锦地，游丝撩乱碧罗天。”

⑤傅注：“今乐府《啄木儿曲》有‘洗出养花天气’之句。”仲殊《花品序》：“越中牡丹开时……谓之养花天。”

⑥《南史》卷四十九《王摛传》：“永明八年，天忽黄色照地，众莫能解。司徒法曹王融上《金天颂》。摛曰：‘是非金天，所谓荣光。’”

⑦《淮南子·脩务》：“靥辅摇”注：“靥辅，颊边文，妇人之媚也。”俗称酒窝。杏花红润微涡，故云杏靥。王安石《再用前韵寄蔡天启》：“黄寻远莲须，红阅邻杏靥。”

⑧排比红翠：二妙集、毛本作“翠红排比”，明刊全集作“红翠排比”。赵嘏《喜张濆及第》：“春风贺喜无言语，排比花枝满杏园。”

⑨杜甫《重过何氏五首》之一：“花妥莺捎蝶，溪喧獭趁鱼。”仇注：“三山老人曰：‘花妥，即花堕也。捎，取也，掠也。’”

⑩杜甫《宣政殿退朝晚出左掖》：“宫草微微承委珮，炉烟细细驻游丝。”九家集注：“游丝，蛛丝之游散者，香烟似之。”

⑪胡琴语：傅注：“胡琴，琵琶也。”张籍《宫词》：“黄金捍拨紫檀槽。”白居易《琵琶行》：“轻拢慢捻抹复挑。”

⑫杜佑《通典》卷一四四《乐·木》：“拍板，长阔如手，重十余枚，以韦连之，击以代抃。”

⑬王灼《碧鸡漫志》卷三：“霓裳羽衣曲，说者多异，予断之曰：西凉创作，明皇润色，又为易美名。其他饰以神怪者，皆不足信也。”

⑭李贺《将进酒》：“况是青春日将暮，桃花乱落如红雨。”

⑮《三辅黄图》卷二：甘泉宫“建元中，作石阙、封峦、鳷鹊观于苑垣内，宫南有昆明池，苑南有棠梨宫”。吴均《与柳恽相赠答诗六首》：“日映昆明水，春生鳷鹊楼。”

【汇评】

卓人月《古今词统》卷一七：此词情采密丽，气质香婉，乃是以残唐诸公小令笔意用之于长调，在宋一代中固不多，在眉山一身中尤其少。

丁绍仪《听秋声馆词话》卷一一：《东坡集》载《哨遍》二阕,以櫽栝归去来词,一赋春宴云(词略)。虽两词平仄句读均有出入,而字数则同。《词综》于"颦月"句上落"正"字,"一霎"句"时"字作"晴",均误。汲古阁本"时"字作"暖",换头句作"便乘兴携将佳丽","花飞"下多"坠"字,"红翠"作"翠红","悠飏"作"悠扬",亦非。"飏"字应读去声。此调宋以后作者绝少。

许昂霄《词综偶评》：先言景后言情,先言昼后言夜,层次一丝不紊。楼敬思云：词到工处未有不静细者,此亦静细之一端也。

陈廷焯《词则·放歌集》卷一：(上片)笔致纡徐,蓄势在后。(下片)纵笔挥洒,如天风海雨,咄咄逼人。

张德瀛《词微》卷一：词有与风诗意义相近者,自唐迄宋,前人钜制,多寓微旨。如李太白"汉家陵阙",《兔爰》伤时也……苏子瞻"睡起画堂",《山枢》劝饮食也；晁无咎"陂塘杨柳",《伐檀》力稼穑也；岳忠武"收拾山河",《无衣》修矛戟也……其他触物牵绪,抽思入冥,汉魏齐梁,托体而成,揆诸乐章,喝于飌声,信凄心而咽魄,固难得而遍名矣。

西江月

送钱待制①

莫叹平原落落②,且应去鲁迟迟③。与君各记少年时。须信人生如寄④。　　白发千茎相送,深杯百罚休辞⑤。拍浮何用酒为池⑥。我已为君德醉⑦。

【题解】

薛本据《续资治通鉴长编》"(元祐三年九月)龙图阁待制权知开封府钱勰知越州"的记载,编此词于元祐三年(1088)。《苏轼诗集》卷三十《送钱穆父出守越州绝句二首》施注云："钱穆父以龙图阁待制权知开封府,坐奏狱空不实,出知越州,时元祐三年九月也。"查注云："施宿《会稽志》：'钱勰元祐三年十一月,以龙图阁待制知越州。'与施注小异。盖九月得旨,十一月到官也。"词有"去鲁",当为送钱勰出知越州时所,邹王本据此编元祐三年戊辰(1088)九月,作于东京。

【注释】

①傅本、元本题作"送钱待制穆父",紫本、百本、二妙集、毛本题无"穆父"二字。《宋史》卷三一七《钱惟演传附钱勰传》:"勰字穆父,彦远之子也……元祐初,迁给事中,以龙图阁待制知开封府。老吏畏其敏,欲困以事,导人诉牒至七百。勰随即剖决,简不中理者,缄而识之,戒无复来。阅月听讼,一人又至,呼诘之曰:'吾固戒汝矣,安得欺我?'其人谰曰:'无有。'勰曰:'某前诉云云,吾识以某字。'启缄示之,信然,上下皆惊咤。宗室、贵戚为之敛手,虽丞相府谒吏干请,亦械治之。积为众所撼,出知越州,徙瀛州。"

②平原:紫本、傅本、毛本作"平原",元本作"平齐"。《后汉书》卷十九《耿弇传》:耿弇平齐,"车驾至临淄自劳军,群臣大会。帝问弇曰:'夕韩信破历下以开基,今将军攻祝阿以发迹,此皆齐之西界,功足相方。而韩信袭击已降,将军独拔劲敌,其功乃难于信也……将军前在南阳建此大策,常以为落落难合,有志者事竟成也。'"

③《孟子·万章下》:"孔子去鲁,曰:'迟迟吾行也,去父母国之道也。'"

④魏文帝《善哉行》:"人生如寄,多忧何为。"

⑤杜甫《乐游园歌》:"数茎白发那抛得,百罚深杯亦不辞。"

⑥《晋书》卷四十九《毕卓传》:"卓尝为人曰:'得酒满数百斛船,四时甘味置两头,右手持酒杯,左手持蟹螯,拍浮酒船中,便足了一生矣。'"

⑦诗经·大雅·既醉:"既醉以酒,既饱以德。君子万年,介尔景福。"朱熹注:"言享其饮食恩惠之后,而愿其受福如此也。"

乌夜啼

寄　　远①

莫怪归心甚速②,西湖自有蛾眉③。若见故人须细说,白发倍当时。　　小郑非常强记④,二南依旧能诗⑤。更有鲈鱼堪切脍⑥,儿辈莫教知⑦。

【题解】

《总案》与《纪年录》失载,朱本、龙本未编年。曹本断此词非东坡作,移列误入词。然此词诸本《东坡词》均载,曹说证据不足。邹王本云:"从词的内容看,当是苏轼晚年寄给杭州昔日极好的两位歌妓的。首二句言一位友人归杭,因家有娇妻,故归心似箭。次二句是作者托此友人转告杭州'故人'(即下文小郑、二南),细说自己近况,年纪老迈,白发两倍于昨。下片是说西湖所以值得自己怀念的原因,一是有当日相好的强记的小郑和能诗的二南;二是有美味鲈鱼脍。但这种个人隐私,不宜让儿辈知晓,故叮嘱那位友人保密,'儿辈莫教知'。这样理解,丝毫不影响苏轼的伟大,反而更加证明他是一位多情的、有血有肉的词人。"薛本据《渑水燕谈录》卷十引《西湖游览志余》卷十六及《侯鲭录》卷七的记载,疑傅注所云周召之"二南"即苏轼倅杭时所识之营妓周韶。"元祐四年己巳(1089)三月有帅杭之命,或时有自京赴杭者,坡作此词,忆及'西湖蛾眉''小郑''二南',于时、事皆切。况当时党争日烈,东坡数次请郡不许,己巳始得命帅杭,故首句言'莫怪归心速'也。据此,编己巳三四月间与情事较合。杭妓周韶者号二南,或即'周南''召南'之意,非特'韶''召'异字同音,且东坡判牒即明言'慕周南之化',或因此而号二南也。"

【注释】

①傅本、元本无题。

②毛本"归"后有"甚"字,傅本、元本、二妙集无,百本亦无"甚"字然空一格。

③《诗经·卫风·硕人》:"齿如瓠犀,螓首蛾眉。"

④《北史》卷三十五《郑述祖传》:"初,述祖父为光州,于城南小山起斋亭,刻石为记。述祖时年九岁。及为刺史,往寻旧迹,有铭云'中岳先生郑道昭之白云堂'。述祖对之呜咽,悲动群僚……百姓歌曰:'大郑公,小郑公,风教犹尚同。'"

⑤傅注:"旧注:湖妓有周召者,号二南。"

⑥《晋书》卷九十二《张翰传》:"张翰字季鹰,吴郡吴人也……翰因见秋风起,乃思吴中菰菜、莼羹、鲈鱼脍,曰:'人生贵得适志,何能羁宦数千里以要名爵乎!'遂命驾而归。"

⑦《晋书》卷八十《王羲之传》:"谢安尝谓羲之曰:'中年以来,伤于哀乐,与亲友别,辄作数日恶。'羲之曰:'年在桑榆,自然至此。顷正赖丝竹陶写,恒恐儿辈觉,损其欢乐之趣。'"

【汇评】

陈元靓《岁时广记》卷三:《海物异名记》云:江南人作脍,名郎官脍,言因张翰得名。东坡诗云:"浮世功名食与眠,季鹰直得水中仙。不须更说知机早,直为鲈鱼也自贤。"又送人归吴有词云:"更有鲈鱼堪切脍。"

浣溪沙

九月九日二首①

珠桧丝杉冷欲霜②。山城歌舞助凄凉。且餐山色饮湖光③。　　共挽朱辔留半日④,强揉青蕊作重阳⑤。不知明日为谁黄⑥。

【题解】

朱本、龙本未编年。曹本编元祐六年（1091），作于颍州。石唐本编熙宁八年（1075）九月，作于密州。薛本编元祐三年（1088），作于汴京。孔《谱》则编于元祐四年（1089）杭州知州任上：元祐四年己巳"九月九日赋《浣溪沙》二首，钱勰（穆父）有和"。"词云：'且餐山色饮湖光。'又云：'强揉青蕊作重阳。'《文集》卷五十一与勰第二简云及勰和揉菊词，当指《浣溪沙》。勰时有疾，简中及之。"邹王本从之。刘崇德《苏词编年考》认为此首及《浣溪沙》（霜鬓真堪插拒霜）与《浣溪沙》（缥缈危楼紫翠间）的情调完全相同，"恐即作于此词之翌日"，即熙宁七年（1074）重阳日。时苏轼罢杭州通判，以太常博士直使馆权知密州军州事。沈松勤《苏轼词编年补证》认为此二词所叙与苏轼在熙宁六年（1073）杭州通判任上的情形更相吻合，与是年重九日所作《九日寻臻阇黎，遂泛小舟至勤师院二首》和《九日舟中，望见有美堂上鲁少卿饮处，以诗戏之二首》诗互为表里，当为同时之作。前一首事涉知州陈襄，后一首有关通判鲁有开。今依孔《谱》。

【注释】

①元本题作"重九"。二：百本题作"三"。

②程大昌《演繁露》卷二《丝杉》："柏叶松身，乃今俗呼为丝杉者也。"傅注："桧柏叶端雪，炯然如珠；松杉叶条，纤细如丝。"

③山色、湖光：傅注："山秀可餐，湖清可饮。"陆机《日出东南隅》："秀色若可餐。"

④朱辇：贵者所乘之车。《汉书》卷五《景帝纪》：中元六年五月诏曰："令长吏二千石，车朱两辇。"

⑤杜甫《叹庭前甘菊花》："庭前甘菊移时晚，青蕊重阳不堪摘。"

⑥朱庆余《旅中过重阳》："故山篱畔菊，今日为谁黄。"

浣溪沙

和前韵①

霜鬓真堪插拒霜②。哀弦危柱作伊凉③。暂时流转为风光④。　　未遣清尊空北海⑤，莫因长笛赋山阳⑥。金钗玉腕泻鹅黄⑦。

⑦鹅黄:傅注:"鹅黄,酒色也。"杜甫《舟前小鹅儿》:"鹅儿黄似酒,对酒爱新鹅。"

点绛唇

己巳重九和苏坚①

我辈情钟②,古来谁似龙山宴③。而今楚甸④。戏马余飞观⑤。　顾谓佳人,不觉秋强半。筝声远。鬓云吹乱⑥。愁入参差雁⑦。

【题解】

王宗稷《东坡先生年谱》:"元祐四年己巳(1089),又有己巳重九和苏伯固《点绛唇》。"孔《谱》、薛本、邹王本即编此年。

【注释】

①《东坡外集》题作"徐州重阳和苏坚"。苏坚:字伯固,泉州人,曾为钱塘丞。《苏轼诗集》卷三十二《次韵苏伯固主簿重九》施注:"坡归自海南,伯固(苏坚字)在南华相待,有诗。黄鲁直谪死宜州,至大观间,伯固在岭外,护其丧归葬双井。其风义如此。"

②《世说新语·伤逝》:"王戎丧儿万子,山简往省之,王悲不自胜。简曰:'孩抱中物,何至于此。'王曰:'圣人忘情,最下不及情。情之所钟,正在我辈。'简服其言,更为所恸。"

③见《南乡子》(霜降水痕收)注④。

④傅注:"彭城,楚地,今为甸服。"《周礼·夏官·职方氏》:"乃辨九服之邦国。方千里曰王畿,其外方五百里曰侯服,又其外方五百里曰甸服。"

⑤傅注:"戏马台在彭城,项羽所作。"见《浣溪沙》(缥缈红妆照浅溪)注②。

⑥筝:二妙集、毛本作"箫"。吹:元本、二妙集作"撩"。

⑦傅注:"雁,筝雁也。筝柱斜列,参差如雁。故贯休诗云:'刻成筝柱雁相挨。'温庭筠《和友人悼亡》诗:'宝镜尘昏鸾影在,钿筝弦断雁行稀。'"

行香子

茶　词①

绮席才终。欢意犹浓。酒阑时、高兴无穷。共夸君赐②,初拆臣封③。看分香饼,黄金缕,密云龙④。　　斗赢一水,功敌千钟⑤。觉凉生、两腋清风⑥。暂留红袖,少却纱笼⑦。放笙歌散,庭馆静,略从容。

【题解】

朱本、龙本未编年。曹本以元祐元年、元祐二年苏轼在翰苑奉命召试学士院,拔黄庭坚、张耒、廖正一等置馆职,此正苏门极盛时期,与此词上片意境全合。遂据龙本所引朱校,移编元祐三年。孔《谱》认为是以御赐龙茶享廖正一的,编元祐二年(1087)十月。刘崇德《苏词编年考》则以此词所描写贵官斗茶场面,苏轼元祐初以密云龙茶招待门人及元祐四年接受密云龙御赐诸事,将此词系于元祐四年(1089)春。邹王本对此考证说:"据苏辙《亡兄子瞻端明墓志铭》载:元祐四年春,苏轼以龙图阁学士知杭州,'宣仁后心善公言而不能用。公出郊未发,遣内侍赐龙茶、银合,用前执政恩例,所以慰劳甚厚。'而此词云:'共夸君锡,初拆臣封。'当为苏轼出都时用御赐之龙茶以飨客,故词应为己巳(1089)秋初到杭州时作。"《宋史》卷三三八《苏轼传》:"(元祐)四年,积以论事,为当轴者所恨。轼恐不见容,请外拜龙图阁学士知杭州……轼出郊,用前执政恩例,遣内侍赐龙茶、银合,慰劳甚厚。"词中云"共夸君赐,初拆臣封",当为苏轼出都时用御赐之龙茶以飨客人,故编元祐四年己巳(1089)秋,作于杭州。薛本亦云:"此词云'共夸君赐,初拆臣封',当谓东坡出都时御赐之龙茶也。故此词应写于初到杭州时,约在己巳八九月间。至如是否以御赐龙茶享四学士或廖正一,则不必坐实,亦无法坐实耳。"

【注释】

①毛本题下注云:"密云龙,茶名,极为甘馨。宋廖正一,字明略,晚登苏东坡之门,公大奇之。时黄、秦、晁、张号'苏门四学士'。东坡待之厚,每来,必令侍妾朝云取密云龙。家人以此知之。一日,又命取密云龙。家人谓是四学士,窥之,乃廖明略也。"

②傅注:"杨大年《谈苑》:贡茶凡十品,曰龙茶、凤茶、京挺、的乳、石乳、白乳、头金、蜡面、头骨、次骨。龙茶以贡乘舆,及赐执政亲王长主;余皇族、学士、将帅皆得凤茶;又近臣赐京挺、的乳;馆阁赐白乳。"周煇《清波杂志》卷四:"自熙宁后,始贵密云龙。"杨慎《词品》卷三:"密云龙,茶名,极为甘馨。"

③傅注:"御茶分赐,御封犹在。"

④傅注:"供御茶品曰龙茶,为云龙之象,以金缕之。"欧阳修《归田录》卷二:庆历中,蔡君谟始造小片龙茶以进,谓之小团,凡二十饼重一斤,其价直金二两。每因南郊致斋,中书、枢密院各赐一饼,四人分之。宫中往往缕金花于其上,盖其贵重如此。

⑤斗赢一水:蔡君谟《茶录》上篇:"建安斗试,以水痕先者为负,耐久者为胜。故较胜负之说,曰相去一水两水。"功敌千钟:傅注:"《孔丛子》曰:遗谚:'尧舜千钟,茶能消酒。'故曰功敌千钟。"

⑥两腋清风:卢仝《走笔谢孟谏议寄新茶》:"七碗吃不得也,唯觉两腋习习清风生。"

⑦红袖、纱笼:见《行香子》(携手江村)注⑤。

临江仙

疾愈登望湖楼赠项长官①

多病休文都瘦损②，不堪金带垂腰③。望湖楼上暗香飘。
和风春弄袖，明月夜闻箫④。　　酒醒梦回清漏永，隐床无限
更潮⑤。佳人不见董娇饶⑥。徘徊花上月，空度可怜宵⑦。

【题解】

　　王文诰《苏诗总案》卷三十二："元祐五年庚午(1090)二月，病起登望湖
楼赠项长官作《临江仙》词。"薛本、邹王本据此编元祐五年庚午(1090)二
月，作于杭州。《苏轼诗集》卷三十二有《卧病弥月，闻垂云花开，顺暗黎以
诗见诏，次韵答之》《雪后，便欲与同僚寻春，一病弥月，杂花都尽，独牡丹在
尔》诸诗，与此词当为同时之作。

【注释】

　　①望湖楼：周淙《乾道临安志》卷二："望湖楼，一名看经楼。乾德五年
忠懿王钱氏建，去钱塘门一里。苏轼有望湖楼诗。"

　　②《梁书》卷一三《沈约传》：沈约，字休文。初，约久端揆，有志台司，而
帝终不用，乃求外出，遂以书陈情于徐勉曰："百日数旬，革带常应移札；以
手握臂，率计月小半分。以此推算，岂能支久？"欲谢事，求归老之秩。

　　③《宋史》卷一五三《舆服志·诸臣服下》："带，古惟用革，自曹魏而下，
始有金、银、铜之饰。宋制尤详，有玉、有金、有银、有犀，其下铜、铁、角、石、
墨玉之类，各有等差……太宗太平兴国七年正月，翰林学士承旨李昉等奏
曰：'奉召详定车服制度，请从三品以上服玉带，四品以上服金带。'"

　　④杜牧《送刘秀才》："刘郎浦夜侵船月，宋玉亭春弄袖风。"《苏轼诗集》
卷一六《芙蓉城》："因过缑山朝帝廷，夜闻笙箫弄节听。"

⑤沈约《夜夜曲》："月辉横射枕,灯光半隐床。"《苏轼诗集》卷三十九《连雨江涨二首》之二:"高浪隐床吹瓮盎。"王注次公曰:"隐床,义同殷床也。杜子美《大云寺赞公房》诗:'钟残犹殷床。'凡声彻于床榻者,皆是已。"

⑥董娇饶:《玉台新咏》卷一有宋子侯《董娇饶》诗。《集韵》:娇饶,妍媚貌。

⑦傅注:"《感异记》:玄机名警,因奉使秦陇,过张女郎庙,酌水献花以祝云:'酌彼寒泉水,红芳掇岩谷,虽致之非远,而荐之异俗,丹诚在此,神其感录。'既而日暮,短亭税驾,望月弹琴,作《凤将雏雏衔娇曲》,其词曰:'命啸无人啸,含娇何处娇。徘徊花上月,空度可怜宵。'"

【汇评】

周必大《二老堂诗话》:余谓近世迈往凌云,视官职如缰锁,谁如东坡。然《送陈睦》诗云:"君亦老嫌金带重",望湖楼词云:"不堪金带垂腰",岂害其为达耶?

占春芳①

红杏了,夭桃尽②,独自占春芳。不比人间兰麝③,自然透骨生香。　　对酒莫相忘。似佳人、兼合明光④。只忧长笛吹花落,除是宁王⑤。

【题解】

朱本、龙本、曹本、薛本均未编年,邹王本据《春渚纪闻》卷六所记"姑编熙宁七年春,以俟详考"。吴熊和师《唐宋词汇评》编元祐五年(1090)或元祐六年春。何薳《春渚纪闻》卷六云:"蒋子有家藏先生于吴笺上手书一词,是为余杭通守时字,云:'红杏了'云云。不知曲名,常以问先生门下士及伯达与仲虎、叔平诸孙,皆云:'未之见也。'又不知'兼合明光'是何等事。或云:是酴醾也。"

①紫本、百本、傅本、元本均无此词。《全宋词》录此词,末注:"案此首出《春渚纪闻》卷六,原不著调名。《花草粹编》卷三始以为《占春芳》,殆出杜撰。"《钦定词谱》卷六:"苏轼咏梨花制此调,取词中第三句为名。"

②《诗经·周南·桃夭》:"桃之夭夭,灼灼其华。之子于归,宜其室家。"

③《晋书》卷三三《石崇传》:"崇有妓曰绿珠,美而艳,善吹笛。孙秀使人求之。崇时在金谷别馆,方登凉台,临清流,妇人侍侧。使者以告。崇尽出婢妾数十人以示之,皆蕴兰麝,被罗縠,曰:'在所择。'"

④佚名《三辅黄图》卷三:"明光宫,武帝太初四年起,在长乐宫后,南与长乐宫相连属。""武帝求仙,起明光宫,发燕赵美女二千人充之。"

⑤《新唐书》卷二二"礼乐志":"帝(玄宗)又好羯鼓,而宁王善吹横笛,达官大臣慕之,皆喜言音律。"

南歌子

晚　春

日薄花房绽①,风和麦浪轻②。夜来微雨洗郊坰③。正是一年春好、近清明。　　已改煎茶火④,犹调入粥饧⑤。使君高会有余清。此乐无声无味、最难名⑥。

【题解】

《东坡纪年录》《苏诗总案》未提及,朱本、龙本、石唐本未编年。曹本、薛本均认为此词与《徐使君分新火》《寒食雨二首》诗有暗合之处,故据诗集编于元丰五年(1082)。邹王本从之。孔《谱》云:"词云'使君',知作于守杭时。词云'正是一年春好、近清明',点明季候。词为巡视杭郊所作,若在明年此时,已将离任矣。"故编于元祐五年(1090)三月,认为是苏轼守杭时巡视杭郊所作。保苅佳昭《苏轼词编年考》先辩驳了曹本、薛本之非,认为词与《徐使君分新火》《寒食雨二首》所写之景与情不但不相合,而且相反:词所写的是和暖之春景,诗则写春雨很多,萧瑟如秋天;词所写之情是欢快的,诗所写则悲伤愁苦。此外,当时的聚会是"无声无味",只有茶和粥,是淡雅安静的"高会",这应该是自己举办的一场宴会。苏轼从嘉祐六年十二月到凤翔府签判任以后在地方上过寒食清明节的事迹有四个:熙宁五年(1072)通判杭州、熙宁六年(1073)通判杭州、熙宁九年(1076)知密州、元祐五年(1090)知杭州。四次中只有第四次与词最相吻合。《书参寥诗》云:"仆在黄州,参寥自吴中来访,馆之东坡。一日,梦见参寥所作诗,觉而记其两句云:'寒食清明都过了,石泉槐火一时新。'后七年,仆出守钱塘,而参寥始卜居西湖智果院。院有泉出石缝间,甘冷宜茶。寒食之明日,仆与客泛湖,自孤山来谒参寥,汲泉钻火,烹黄蘖茶,忽悟所梦诗,兆于七年之前。众客皆惊叹,知传记所载,非虚语也。元祐五年二月二十七日,眉山苏轼书并题。"由此可见,这首词是元祐五年(1090)清明节在参寥的智果院汲泉煎茶时所作的。

【注释】

①李商隐《壬申七夕》:"风轻惟响珮,日薄不嫣花。"韩愈《感春五首》之五:"辛夷花房忽全开,将衰正盛须频来。"

②欧阳修《游太清宫》:"鸦鸣日出林光动,野阔风摇麦浪寒。"

③《尔雅·释地》:"邑外谓之郊,郊外谓之牧,牧外谓之野,野外谓之林,林外谓之坰。"唐文宗《暮春喜雨》:"郊坰既沾足,黍稷有丰期。"

④《论语·阳货》:"钻燧改火,期可已矣。"何晏《集解》引马融曰:"《周书·月令》有更火之文。春取榆柳之火,夏取枣杏之火,季夏取桑柘之火,秋取柞楢之火,冬取槐檀之火。一年之中,钻火各异木,故曰改火也。"

⑤杜台卿《玉烛宝典》卷二引陆翙《邺中记》:"并州之俗,以冬至后百五日,有介子推断火,冷食三日,作干粥,是今糗也。中国以为寒食,又作醴酪。醴者,火粳米,或大麦作之酪,捣杏子人(仁)作粥。今世悉作大麦粥,研杏人(仁)为酪,别者以饧沃之也。"

⑥李白《赠历阳褚司马,时此公为稚子舞》:"人间无此乐,此乐世中稀。"

南歌子

游　赏①

山与歌眉敛,波同醉眼流②。游人都上十三楼③。不羡竹西歌吹、古扬州④。　　菰黍连昌歜⑤,琼彝倒玉舟⑥。谁家水调唱歌头⑦。声绕碧山飞去、晚云留⑧。

【题解】

朱本、龙本编庚午(1090),孔《谱》、薛本从之。周淙《乾道临安志》卷二云:"十三间楼,去钱塘门二里许,苏轼治杭日,多治事于此。"陈鹄《耆旧续闻》卷二:"《南歌子》云:'游人都上十三楼。不羡竹西歌吹、古扬州。'十三间楼在钱塘西湖北山,此词在钱塘作。旧注云:'汴京旧有十三楼'非也。"邹王本云:东坡守杭,元祐四年七月三日到任,元祐六年三月离杭还朝,只元祐五年在杭度端午节,故编此词于元祐五年庚午(1090)端午,在杭州作。

【注释】

①紫本、百本、毛本题作"游赏",傅本作"钱塘端午"。元本作"杭州端午"。

②谢堰《听歌赋》:"低翠蛾而敛色,睇横波而流光。"白居易《赠晦叔忆梦得》:"酒面浮花应是喜,歌眉敛黛不关愁。"苏轼《次韵曹子方运判雪中同游西湖》:"云山已作歌眉浅,山下碧流清似眼。"

③吴自牧《梦粱录》卷一二《西湖》:"大佛头石山后名十三间楼,乃东坡守杭日多游此,今为相严院矣。"周密《武林旧事》卷五《潮山胜概·葛领路》:"十三间楼相严院,旧名'十三间楼石佛院'。东坡守杭日,每治事于

341

此。有冠胜轩、雨亦奇轩。”

④杜牧《题扬州禅智寺》:“谁知竹西路,歌吹是扬州。”《舆地纪胜》卷三十七《淮南东路·扬州·风物》:“竹西亭,在北门外五里,今废。”《嘉靖淮扬志》卷七:“竹西亭,在府城北门外五里上方禅智寺侧。杜牧《题禅智寺》诗云:‘谁知竹西路,歌吹是扬州。’亭名盖取此。向子固易曰歌吹。经绍兴兵火,周淙重建,复旧名。”

⑤《苏轼诗集》卷四十六《端午帖子词·太皇太后阁六首》之二:“菰黍献时芳。”查注引《风土记》:“午日以菰叶裹稻米为粽,以象阴阳相包裹未分散也。”《左传·僖公三十年》:“飨有昌歜。”杜预注:“昌歜,菖蒲菹。”孔颖达《疏》:“郑玄云:昌本菖蒲根切之四寸为菹,彼昌本可以为菹,知此昌歜即是菖蒲菹也。”傅注:“五月五日,以菰叶裹黏米,楚祭屈原之余风。又俗饮菖蒲酒。”

⑥傅注:“《周礼·司尊彝》有鸡、虎等六彝之名,所以纳五齐三酒也。而彝皆有舟,则舟者彝下之台,所以承载彝,若今承盘然。世俗或用琼玉为之。”

⑦郑处诲《明皇杂录》逸文:“禄山犯顺,乘舆以闻,议欲迁幸,置酒楼上,命作乐,有进《水调歌》者曰:‘山川满目泪沾衣,富贵荣华能几时?不见只今汾水上,惟有年年秋雁飞。’上问谁为此词,曰:‘李峤。’上曰:‘真才子也。’遂不终饮而去。”傅注:“水调曲颇广,谓之歌头,岂非首章之一解乎?白乐天《六幺》《水调》家家唱’。”

⑧见《水龙吟》(小舟横截春江)注③。

【汇评】

沈际飞《草堂诗余正集》卷一:援引古事,不为古用。

杨慎《草堂诗余》卷一:端午词多用汨罗事,此独绝不涉,所谓善脱套者。

先著《词洁》卷二:十三楼遂成故实,词家驱使字面,事实有限,如“昌歜”则忌用也。

况周颐《蕙风词话续编》卷二:坡词“游人都上十三楼”,《词品》云:用杜牧诗“婷婷袅袅十三余”句也。案《咸淳临安志》:“十三间楼在钱塘门外大佛头缆船石山后，东坡守杭时，多游处其上，今为相严院。"又见《武林旧事》《梦粱录》。郭祥正、陈默并有诗，见《西湖志》。升庵岂未考耶？

黄苏《蓼园词选》：周显德中，许京城民居起楼阁，大将军周景威，先于宋门内临汴水建楼十三间，世宗嘉之……此词不过叙汴京端午繁盛光景耳。在苏集中，此为平调，然亦自壮丽。

张宗橚《词林纪事》卷五：《西湖志》：大佛寺畔，旧有相严院，晋天福二年钱氏建，有十三间楼。楼上贮三才佛一尊。苏子瞻治郡时，常判事于此，殆即此词所云十三楼耶。

南歌子

湖　景①

古岸开青葑②，新渠走碧流③。会看光满万家楼。记取他年扶路、入西州④。　　佳节连梅雨⑤，余生寄叶舟。只将菱角与鸡头⑥。更有月明千顷、一时留。

【题解】

朱本卷二："案公于元祐五年五月五日，申三省，起请开湖六条状。本传云：取葑田，积湖中为长堤。词赋此事，韵同前首，一时作也。"苏轼于元祐五年庚午（1090）四月二十九日上《杭州乞度牒开西湖状》，云："陂湖河渠之类，久废复开，事关兴运。虽天道难知，而民心所欲，天必从之。"同年五月五日复上《申三省起请开湖六条状》（《苏轼文集》卷三十），言"杭州之有西湖，如人之有眉目，盖不可废也。""自国初以来，稍废不治，水涸草生，渐成葑田……水浅葑横，如云翳空，倏忽便满，更二十年，无西湖矣。使杭州而无西湖，如人去取眉目，岂复为人乎。"本词想像浚湖除淤后的西湖景色，作于元祐五年（1090）五月五日端午节。

【注释】

①傅本、元本无题。二妙集、毛本题后有"和前韵"三字。

②《晋书》卷八十一《毛璩传》："四面湖泽，皆是菰葑。"何超《晋书音义》引《珠丛》云："菰草丛生，其根盘结，名曰葑。"

③柳宗元《酬曹侍御过象县见寄》："破额山前碧玉流，骚人遥驻木兰舟。"

④路：元本作"病"。见《水调歌头》（安石在东海）注④。

⑤《初学记》卷二《雨·叙事》引梁元帝《纂要》："梅熟而雨曰梅雨。"注："江东呼为黄梅雨。"

⑥鸡头：《方言》卷三："莜芡，鸡头也。北燕谓之莜，青徐淮泗之间谓之芡，南楚江湘之间谓之鸡头，或谓之雁头，或谓之乌头。"

鹊桥仙

七夕和苏坚韵①

乘槎归去②，成都何在，万里江沱汉漾③。与君各赋一篇诗，留织女、鸳鸯机上④。　　还将旧曲，重赓新韵，须信吾侪天放⑤。人生何处不儿嬉，看乞巧、朱楼彩舫⑥。

【题解】

王文诰《苏诗总案》卷三十二："元祐五年庚午（1090），七月七日，和苏坚七夕词。"孔《谱》、薛本、邹王本从之。

【注释】

①傅本题作"七夕"。元本题无"韵"字。

②乘槎：乘船。见《鹊桥仙》（缑山仙子）注⑤。

③沱：元本作"涛"。傅注："江、汉二水，源皆在蜀。江水出岷山，故

344

《书》称岷山导江,东别为沱。汉水出嶓冢,故《书》称嶓冢导漾,东流为汉。"

④《诗经·小雅·大东》:"跂彼织女,终日七襄。"宋之问《明河篇》:"鸳鸯机上疏萤度,乌鹊桥边一雁飞。"

⑤《庄子·马蹄》:"一而不党,命曰天放。"成玄英《疏》:"党,偏也。命,名也。天,自然也……若有心治物,则乖彼天然,直置放任,则物皆自足,故名曰天放也。"

⑥乞巧:《荆楚岁时记》:"七月七日为织女牵牛聚会之夜。是夕,人家妇女结彩楼,穿七孔针,或以金银玉石为针,陈瓜果于庭中以乞巧,有喜子网于瓜上,则以为符应。"彩舫:陈元靓《岁时广记》卷二六引《提要录》:"世俗七夕取五彩结为小楼、小舫以乞巧。"

【汇评】

陆游《跋东坡七夕词后》:昔人作七夕诗,率不免有珠栊绮疏惜别之意。惟东坡此篇,居然是星汉上语,歌之曲终,觉天风海雨逼人。学诗者当以是求之。

王文诰《苏诗总案》卷三二:放翁倾倒此词,盖以赋诗留织之语,人所不能道也。

南歌子

八月十八日观湖潮①

海上乘槎侣②,仙人萼绿华③。飞升元不用丹砂。住在潮头来处、渺天涯④。 雷辊夫差国⑤,云翻海若家⑥。坐中安得弄琴牙⑦。写取余声归向、水仙夸。

【题解】

王文诰《苏诗总案》编此词为熙宁五年壬子(1072)作,下一首为熙宁七年甲寅(1074)作,苏轼时任杭州通判。朱本、龙本、曹本从之。刘尚荣《钞本〈注坡词〉考辨》辨云:"王文诰《苏诗总案》:'甲寅八月十八日江上观潮,作《南歌子》词。'未明所据。仅以毛本'再用前韵'四字,就把'苒苒中秋过'一首断定在甲寅作,太牵强。我以为,应从傅本……盖同时所作同调二首。"据傅本"和苏伯固二首"之题,可证此二词当作于元祐年间苏轼任杭州太守时。此时,苏伯固任杭州盐税,与苏轼交往颇密,时有诗词唱和。而熙宁四年六月至七年九月苏轼任杭州通判时,苏伯固不在杭州,且无诗文印证二人有何交往。故可断言二词系元祐年间苏轼守杭时和苏伯固观潮之作。苏轼元祐四年七月三日到任,六年三月离任,在杭州两度八月十八日,二词作于元祐四年,抑或元祐五年,尚待详考,暂编元祐五年八月。薛本及吴雪涛《苏词编年辨证》亦主此二词为苏轼元祐间守杭时和苏伯固之作,惟薛本编己巳(1089),吴编庚午(1090)。吴的理由是:元祐四年,苏轼到任未久,其时与苏坚谅不甚熟,而二人公务往来,诗酒游从又多在五年之内,故以编二词于元祐五年更为稳妥。孔《谱》亦编元祐五年(1090)。今从刘、吴之考,定元祐五年八月十八日。

【注释】

①傅本题作"八月十八日观湖潮,和苏伯固二首"。此从紫本、百本、毛本、元本。观潮,杭州有八月十八日观潮之俗。《诗集》卷八《催试官考较戏作》诗注引《钱江侯潮图》云:"八月十八日,独大常潮,远观数百里,若素练横江,稍近,见潮头高数丈,卷云涌雪,混混沌沌,声如雷鼓,犹不足以形容之。"《梦粱录》:"临安每岁八月内,潮怒胜于常时。自十一日起至十八日,倾城而出,最为繁盛。"

②《博物志》:"近世有人居海上,每年八月,见海槎来,不违时,赍一年粮,乘之到天河。见妇人织,丈夫饮牛,问之不答。遣归,问严君平,某年某月日,客星犯牛斗,即此人也。又云,天河与海通。"

③陶弘景《真诰·运象》:"绿萼华者,女仙也,年可二十许。上下青衣,颜色整绝。以晋穆帝升平三年己未十一月十日夜降于羊权家,自云是南山人,不知何仙也,自此一月辄六过其家。权字道学,即简文帝黄门郎羊欣祖也。权及欣,皆潜修道要,耽玄味真。绿华云:'我本姓杨',又云是九嶷山中得道罗郁也。"白居易《霓裳羽衣歌》:"上元点鬟招萼绿,王母挥袂别

飞琼。"

④《列子·汤问》:"渤海之东,不知几亿万里,有大壑焉。实惟无底之谷,其下无底,名曰归墟。八纮九野之水,天汉之流,莫不注之,而无增无减焉。其中有五山焉,一曰岱舆,二曰员峤,三曰方壶,四曰瀛洲,五曰蓬莱,其山高下周旋三万里,其顶平处九千里,山之中间相去七万里,以为邻居焉。其上台观皆金玉,其上禽兽皆纯缟,珠玕之树皆丛生,华实皆有滋味,食之皆不老不死。所居之人皆仙圣之种,一日一夕,飞相往来者,不可数焉。而五山之根无所连着,常随潮波上下往还。"

⑤雷辊:《六书故》:"辊,转之速也。"傅注:"言其潮声如雷。"夫差国:傅注:"今余杭乃吴王夫差之故国。"

⑥云翻:傅注:"言其潮势如云。"海若:《楚辞·远游》:"令海若舞冯夷。"王逸注:"海若,海神名也。"《庄子·秋水》:"北海若曰:'井蛙之不可以语于海者,拘于虚也。'"

⑦傅注:"弄琴牙,伯牙也,而善抚琴。古者抚琴亦谓之弄。司马相如饮卓氏而弄琴。《乐府解题》:伯牙学琴于成连,三年不成。成连曰:'吾师方子春,今在东海中,能移人情。'乃与伯牙俱往。至蓬莱山,留伯牙曰:'子居习之,我将迎子。'刺船而去,旬日不返。伯牙延望无人,但闻海涛汹涌,山林杳冥,怆然叹曰:'先生移我情矣。'乃援琴而歌,作《水仙操》,曲终,成连回,刺船迎之而还,因而鼓琴绝妙天下。今《水仙操》,乃伯牙之所作也。"

点绛唇

庚午重九再用前韵①

不用悲秋②,今年身健还高宴③。江村海甸。总作空花观④。　　尚想横汾,兰菊纷相半。楼船远。白云飞乱⑤。空有年年雁⑥。

【题解】

傅藻《东坡纪年录》:"元祐五年庚午,重九日再和苏坚前年《点绛唇》韵。"孔《谱》、薛本、邹王本即编元祐五年(1090)重九,作于杭州。

【注释】

①傅本、元本题无"再用前韵"四字。"前韵"指《点绛唇·己巳重九和苏坚》。

②宋玉《九辩》:"悲哉,秋之为气也。"杜甫《九日蓝田崔氏庄》:"老去悲秋强自宽,兴来今日尽君欢……明年此会知谁健,醉把茱萸仔细看。"

③虞世南《琵琶赋》:"嘉客既醉,高宴方阑。"

④傅注:"释氏以圆明达观,视世界如空中花耳。"《圆觉经》:"譬彼病目,见空中华及第二月。"又:"用此思维,辨于佛镜,犹如空华,复结空果。"

⑤汉武帝《秋风辞并序》:"上行幸河东,祠后土,愿视帝京欣然,中流与群臣饮燕。上欢甚,乃自作《秋风辞》曰:'秋风起兮白云飞,草木黄落兮雁南归。兰有秀兮菊有芳,携佳人兮不能忘。泛楼船兮济汾河,横中流兮扬素波。'"

⑥李峤《汾阴行》:"君不见昔日西京全盛时,汾阴后土亲祭祠。斋宫宿寝设储供,撞钟鸣鼓树羽旄……山川满目泪沾衣,富贵荣华能几时。不见只今汾水上,唯有年年秋雁飞。"

【汇评】

张宗橚《词林纪事》卷五引楼敬思语:苏公《点绛唇》重九词,"不用悲秋"二句,翻老杜诗"老去悲秋强自宽,明年此会知谁健"句也。换头使汉武横汾事,兼用李峤诗,亦能变化,其妙在"尚思"二字,"空有"二字,便是化实为虚。

陈廷焯《词则·别调集》卷一:笔意超远,东坡本色。

陈廷焯《云韶集》卷二四:感慨系之。凄感中自有仙气。

点绛唇①

闲倚胡床②,庾公楼外峰千朵③。与谁同坐。明月清风

348

我④。　　　别乘一来⑤,有唱应须和。还知么。自从添个。风月平分破⑥。

【题解】

此词傅本、元本未收,见于曾慥拾遗本、毛本、外集。朱本、龙本、曹本未编年。毛本、外集均在调下注云:"杭州"。楼钥《攻媿集》卷七十七《跋袁光禄(毂)与东坡同官事迹》云:"(袁毂)元祐五年倅杭州,东坡为郡守,相得欢甚。有迂新启事,坡书龙泉何氏留槎阁记介亭唱和诗,坡次韵二诗,一谢苛椒,一为除夜。如'别乘一来,风月平分破'之词,最为脍炙,正为公而作。"清人梁廷枏《东坡事类》亦主此说(见本词注⑥)。饶宗颐《词籍考》也说"乃守杭时为别驾袁毂作"。刘崇德《苏词编年考》进一步考证说,苏轼集中与袁毂唱和的作品皆在元祐五年,此词亦当作于是年。从词中"明月清风"看,词写于秋天。薛本则有不同意见,他认为楼钥生于苏轼卒后,所撰之《攻媿集》"口耳相传,实难相信";又以庾公楼在九江不在杭州,词乃实指而非用典;再以词中"明月清风我"之"我"当他谓,"别驾"方乃自谓。进而得出结论说:苏轼以琼州别驾渡海北归,建中靖国元年辛巳四月过九江,道友胡洞微不远数百里相迎,此词乃苏轼拟胡洞微口吻所作,故编建中靖国元年(1101),作于九江。李小龙《东坡词补考》认为薛本解说过于深曲,即便从楼钥《攻媿集》之记载而编于元祐五年亦可通。薛本云"与谁同坐,明月清风我"当非东坡守杭之所应有,"如此孤身只影,能是与僚佐同乐之场景么?"其实,所谓"孤身只影"不过写其恬然自适之心境而已;如据薛本所云,为代胡洞微言,而其上云"闲倚胡床,庾公楼外峰千朵",明显用庾亮"便据胡床,与浩等谈咏竟坐"之事,则又与薛本之推测牴牾。还有,关于"别乘",薛本云东坡三过九江,前两次均非"别乘",故当为第三次,而事实上第三次时东坡亦已非别乘了。陈永正《东坡词笺注补正》也批驳薛说云:"按庾公楼古人多用作泛称,如杜甫《秋日寄题郑监湖上亭》诗,即以郑审之楼为庾公楼。此为名宦名士之典,若用于道士则甚为不伦。'我'为东坡自谓,用作他指则句意不顺。'别乘'指袁毂,时东坡为杭州郡守,袁氏为倅,故称。楼说情理皆合,可从。"邹王本也云建中靖国元年苏轼已不是"别驾"身份,此词也无代人口气,故仍从旧说编元祐五年(1090)秋,作于杭州。

【注释】

①紫本、百本无题。毛本题作"杭州"。

②《晋书》卷七十三《庾亮传》:"亮在武昌,诸佐吏殷浩之徒,乘秋夜往共登南楼,俄而不觉亮至,诸人将起避之。亮徐曰:'诸君少住,老子于此处兴复不浅。'便据胡床与浩等谈咏竟坐。"胡床:陶榖《清异录》卷三:"胡床,施转关以交足,穿绳绦以容坐,转缩须臾,重不数斤。相传明皇行幸频多,从臣或待诏野顿扈驾,登山不能跂立,欲息则无以寄身,遂创意如此,当时称逍遥座。"

③庾公楼:即南楼。《舆地纪胜》卷八十一《寿昌军·景物上》:"南楼:《图经》引《土俗编》云:南楼即今武昌县吴安乐宫之端门也。盖唐元和中始鄂州为武昌军,不应东晋时即有南楼在鄂州江夏也。今鄂州南楼乃白云楼故基也。元祐中,太守方泽因其废基,以南楼名之,非其旧也。"李白《陪宋中丞武昌夜饮怀古》:"清景南楼夜,风流在武昌。庾公爱秋月,乘兴坐胡床。"外峰千朵:原注:一作螟烟深处。

④李白《月下独酌四首》之一:"花间一壶酒,独酌无相亲。举杯邀明月,对影成三人。"

⑤别乘:即别驾,副职之称。见《殢人娇》(别驾来时)注②。一来:原注:一或作窗。

⑥梁廷枬《东坡事类》卷一六:"袁光禄毂,试于开封,在魁选,以易更《三圣赋》名于时,有《韵类题选》百卷。倅杭,东坡相得欢甚,如'别乘一来,风月平分破'之词,正为公而作。"谓自从添了袁毂,同坐唱和,则清风明月乃二人平分公赏矣。

【汇评】

钱允治《类选笺释续选草堂诗余》卷上:"风月平分破"句下批:"妙句。"

卓人月《古今词统》卷四:"明月清风我"胜于"举杯邀月,对影成三客"多矣。

陈廷焯《词则·放歌集》卷一:押"我"字警。

好事近

湖　上①

湖上雨晴时,秋水半篙初没。朱槛俯窥寒鉴②,照衰颜华发③。　　醉中吹堕白纶巾④,溪风漾流月⑤。独棹小舟归去,任烟波飘兀⑥。

【题解】

王文诰《苏诗总案》卷三十二:"元祐五年庚午(1090)九月,泛西湖作《好事近》词。"薛本、邹王本从之。

【注释】

①傅本、元本题作"西湖夜归"。此据紫本。

②白居易《百花亭》:"朱槛在空虚,凉风八月初。"欧阳修《送胡学士知胡州》:"吴兴水晶宫,楼阁在寒鉴。"

③杜甫《北征》:"况我堕胡尘,及归尽华发。"

④吹:傅本作"欲"。白纶巾:傅注:"纶,青丝也,白纶巾则有青白织纹矣。"《晋书》卷七九《谢万传》:"万著白纶巾,鹤氅裘,履版而前。"

⑤王俭《后园饯从兄豫章》:"光风转兰蕙,流月泛虚园。"

⑥飘:元本作"摇"。欧阳修《沧浪亭》:"岂如扁舟任飘兀,红渠绿浪摇醉眼。"

【汇评】

俞陛云《唐五代两宋词选释》:西湖夜归,清幽之境也,不可无此雅词。下阕四句有潇洒出尘之致。结句"摇兀"二字下语尤得小舟之神。查初白诗"橹枝摇梦过春江",其得趣正在摇字。"溪风漾流月"五字与唐人"滩月碎光流"句,皆写景入细。

南歌子

冷斋夜话云：东坡守钱塘，无日不在西湖。尝携妓谒大通禅师，大通愠形于色。东坡作长短句，令妓歌之

师唱谁家曲，宗风嗣阿谁①。借君拍板与门槌②。我也逢场作戏③、莫相疑。　　溪女方偷眼，山僧莫眨眉。却愁弥勒下生迟④。不见老婆三五⑤、少年时。

【题解】

朱本、龙本、曹本未编年。据《冷斋夜话》所记，此词为苏轼守杭时携妓谒大通禅师所作。刘崇德《苏词编年考》认为惠洪《冷斋夜话》关于此词本事的记载不可信，而采信明毛晋本《山谷词》中《南歌子》调下注"东坡过楚州，见净慈法师，作《南歌子》，用其韵赠郭诗翁二首"的说法，编此词于元丰七年（1084）十一月苏轼自黄移汝过楚州时作。邹王本考证此说有误。因为毛本《山谷词》这个题注，在宋刻本《山谷琴趣外编》卷三却作"次东坡携妓见法通（法诵）韵"，并无"东坡过楚州"的话，"过楚"云云显系后人所加。况善本从熙宁间入净慈居上座，元丰五年住持净慈直到元祐六年初进京继席法云，均在杭而不在楚，故据山谷词题注编年不足信。苏轼此词一出，流传很广，苏州诗僧仲殊，大诗人黄庭坚都有和作，可见惠洪《夜话》于此词纪事不妄。《苏轼诗集》卷十《病中独游净慈谒本长老……》诗，查注："案是时有两本长老，一圆照禅师宗本，姓管氏，熙宁中住净慈；一大通禅师善本（又称法诵），姓董氏，元祐初亦住净慈。世谓之大小本。此大本也。"宗本后来被召进京，住相国寺慧林院。善本便住持净慈寺直至元祐年间苏轼守杭时，后亦入京。苏轼有《请净慈法诵禅师入京疏》及《送小本禅师入法云》诗，可见他们之间的交往。苏轼此词是对善本的游戏之作，约写于善本进京前的元祐五年（1090），作于杭州。薛本也认为惠洪为东坡同时人而稍

晚,且为释子,对东坡与释门往来掌故当熟悉,所记应可靠,并考证此词作于庚午(1090)下半年无疑。孔《谱》亦编是年。

【注释】

①傅注:"《传灯录》:关南道吾和尚,因见巫师乐神,打鼓作舞,云:'还识神也。'师于此大悟,后往德山,申其悟旨。德山乃印可。师往后每至升座时,着绯衣,执木简作礼。僧问:'师唱谁家曲? 宗风嗣阿谁?'师云:'打动关南鼓,唱起德山歌。'"

②傅注:"梁武帝请志公和尚讲经,志公对曰:'自有大士,见在渔行,善能讲唱。'帝乃召大士入内,问曰:'用何高座?'大士对曰:'不用高座,只用拍板一具。'大士得板,遂乃唱经,并四十九颂,唱毕而去。大士乃傅大士也。又,武帝尝一夕焚章而召诸法师斋,人莫有知之者。大士诘朝即手持一铁槌,径往以叩梁之端门,而先赴召,时若娄约法师者,犹或后至,若云先法师等,终不知所召矣。"

③傅注:"《传灯录》:僧邓隐峰云,'竿木随身,逢场作戏。'"又,《五灯会元》卷三:"江西马祖道一禅师"条:"郑隐峰辞师,师曰,'什么去处?'曰,'石头去。'师曰,'石头路滑。'曰,'竿木随身,逢场作戏。'便去。"

④傅注:"释氏有当来下生弥勒佛,言百千万亿劫后,阎浮世界复散为虚空,则弥勒佛乃当下生时也。"

⑤王定保《唐摭言》卷三:"薛逢晚年厄于宦途,常策羸赴朝,值新进士榜下,缀行而出。时士团司所由辈数十人,见逢行李萧条,前导曰:'回避新郎君。'逢犍然,即遣一介语之曰:'报道莫贫相,阿婆三五少年时,也曾东涂西抹来。'"

【汇评】

胡仔《苕溪渔隐丛话》前集卷五七引《冷斋夜话》云:东坡镇钱塘,无日不在西湖。尝携妓谒大通禅师,师愠形于色。东坡作长短句,令妓歌之曰(词略)。时有僧仲殊在苏州,闻而和之,曰:"解舞清平乐,如今说向谁? 红炉片雪上钳锤。打就金毛狮子、也堪疑。木女明开眼,泥人暗皱眉。蟠桃已是着花迟。不向春风一笑、待何时。"

田汝成《西湖游览志余》卷一四:大通禅师者,操律高洁,人非斋沐,不敢登堂。东坡一日挟妙妓谒之,大通愠形于色。公乃作《南歌子》一首,令妙妓歌之,大通亦为解颐。公曰:"今日参破老禅矣。"

点绛唇

再和送钱公永^①

莫唱阳关^②,风流公子方终宴。秦山禹甸^③。缥缈真奇观^④。　北望平原,落日山衔半^⑤。孤帆远^⑥。我歌君乱^⑦。一送西飞雁。

【题解】

朱本卷二:"案仍和前韵,附编。"再和"前韵"指《点降辰》(不用悲秋),应为同时之作,故编元祐五年庚午(1090)九月,作于杭州。孔《谱》、薛本、邹王本即编元祐五年重九。当日又有与钱勰书:"某五鼓辄起,平明亦无事,粗得永日啸咏之乐。今日重九,一尊远相属而已。"(《苏轼佚文汇编》卷二)时钱勰为江淮荆浙等路转运使。"风流公子"或即钱勰之子钱公永。

【注释】

①冯登府《闽中金石志》卷七:元祐四年七月,钱公永、雷子石、潘及之、管明善同游福州鼓山灵泉洞,并有题名。据词中"风流公子"句,孔《谱》疑其为钱勰之子。勰时知越州,从"秦山"、"禹甸"、"西飞雁"知钱公永系从会稽山发西行,途经杭州。

②王维《渭城曲》:"劝君更尽一杯酒,西出阳关无故人。"

③秦:傅本、元本作"泰"。秦山:指绍兴境内之会稽山,因秦始皇曾登临,故称。《史记》卷六《秦始皇本纪》:"上会稽,祭大禹。"禹甸,指会稽郡,禹崩处,故称。《史记》卷二《夏本纪》:"帝禹东巡狩,至会稽而崩。"《诗经·小雅·信南山》:"信彼南山,维禹甸之。"笺云:"信乎彼南山之野,禹治而丘

354

甸之……六十四井为甸,甸方八里。"

④白居易《长恨歌》:"忽闻海上有仙山,山在虚无缥缈间。"

⑤李白《乌栖曲》:"吴歌楚舞欢未及,青山独衔半边日。"

⑥李白《黄鹤楼送孟浩然之广陵》:"孤帆远影碧空尽,惟见长江天际流。"

⑦傅注:"言之不足故歌,歌之不足则乱。乱者,理也,重理一篇之义。故古之词赋多著乱词于末章,如《楚词》之类是也。"

【汇评】

陈廷焯《词则·别调集》卷一:次句俚浅。

又:(下片末三句)超脱。

南歌子

再用前韵①

苒苒中秋过②,萧萧两鬓华。寓身化世一尘沙③。笑看潮来潮去、了生涯。 方士三山路④,渔人一叶家⑤。早知身世两聱牙⑥。好伴骑鲸公子、赋雄夸⑦。

【题解】

同前首。

【注释】

①傅本、元本、朱本、龙本、曹本无题。

②《离骚》:"老冉冉其将至兮。"

③傅注:"《内典》:'化佛以三千大千世界,其众犹微尘,其数犹恒河沙。'"

④《史记》卷二十八《封禅书》:"自威、宣、燕昭使人入海求蓬莱、方丈、

355

瀛洲。此三神山者,其传在渤海中,去人不远;患且至,则船风引而去。盖尝有至者,诸仙人及不死之药皆在焉。其物禽兽尽白,而黄金银为宫阙。未之,望之如云;及到,三神山反居水下。临之,风辄引去,终莫能至云。"

⑤傅注:"唐颜真卿为湖州刺史,以张志和舟敝,请更之。志和曰:'愿为浮家泛宅,往来苕霅间耳。'"一叶家:以一叶扁舟为家。

⑥韩愈《进学解》:"周诰殷盘,诘屈聱牙。"傅注:"聱牙,龃龉不合之谓。"

⑦骑鲸公子:李白曾自署海上骑鲸客。杜甫《送孔巢父谢病归游江东兼呈李白》:"若逢李白骑鲸鱼,道甫问讯今何如。"赋雄:指李白所著《大鹏赋》。

南歌子

暮　春①

紫陌寻春去,红尘拂面来。无人不道看花回②。惟见石榴新蕊、一枝开③。　　冰簟堆云髻,金尊滟玉醅④。绿阴青子莫相催⑤。留取红巾千点、照池台。

【题解】

薛本认为此词与《贺新郎》(乳燕飞华屋)作于同时,故编元祐五年(1090)。邹王本未编年,认为此词写一女子于暮春时节寻春而春已去,惟见一枝石榴新开。又念绿阴相催,榴花成子,青春难再。一片爱花惜花之心,美人迟暮之意隐然可见。今暂依薛本编年。

【注释】

①傅本、元本、二妙集无题。《花草粹编》卷五题作"寄意侍妾榴花"。

②刘禹锡《元和十一年自朗州召至京戏赠看花诸君子》:"紫陌红尘拂

面来,无人不道看花回。"

③傅注:"唐明皇幸蜀,至扶风,路旁见一石榴树,团团,爱玩之,因呼为端正树,盖有所思也。"

④滟:《集韵》:水满貌。

⑤杜牧《叹花》:"自恨寻芳到已迟,往年曾见未开时。如今风摆花狼籍,绿叶成阴子满枝。"

【汇评】

陈鹄《耆旧续闻》卷二:《南歌子》词云(词略)。意有所属也。或云赠王晋卿侍儿,未知其然否也。

减字木兰花①

空床响琢②。花上春禽冰上雹③。醉梦尊前。惊起湖风入座寒。　　转关镬索④。春水流弦霜入拨⑤。月堕更阑。更请宫高奏独弹。

【题解】

朱本云:"本集公与蔡景繁书:'朐山临海石室,信如所谕。某尝携家一游,时家有胡琴婢,就室中作《濩索》《凉州》,凛然有冰车铁马之声。'案公于甲寅十一月(当为十月)至海州,是词疑赋胡琴婢事。"故编熙宁七年甲寅(1074),龙本、孔《谱》、薛本从之。曹本以为不然,编元祐六年辛未(1091)。曹本云:"此词末二句,与诗集《舟中听大人弹琴》末二句'江空月出人响绝,夜阑更听弹文王'之口吻相似,如对胡琴婢言,当不可能有此口吻,此其一。宋代并无电灯,临海石室,当非例外。东坡在旅行中,纵在月下,似亦不可能偕胡琴婢及家人至石室弹奏,此其二。又此词末句内'宫高'之高,似指琴高而言,故所弹者琴,而非胡琴,此其三。又此词内春禽及春水句,俱用作比譬,不关时令。惟上片末句'惊起湖风入座寒',既指明弹琴之地有湖,有坐客,同时亦带秋意。查此词与诗集《(元祐六年辛未)九月十五日观月听琴(颍州)西湖示坐客》相合。另从诗集《复次韵谢赵景贶陈履常见和兼简欧阳步弼兄弟》,可知前诗题内之'坐客',即赵、陈、欧阳诸人。又诗集,翌年复有《次韵奉和钱穆父蒋颍叔王仲至(诗)四首》之一《见和西湖月下听琴》,末云:'明月委静照,心清得奇闻。当呼玉涧手,一洗羯鼓昏。'东坡自注:'家有雷琴,甚奇古,玉涧(一作碉)道人崔闲妙于雅声,尝呼使弹。'从此可以想见当年在西湖弹琴者,或即崔闲,此词末句之口吻可证。基于以上分析,今改编元祐六年辛未。"邹王本从之。

【注释】

①紫本、百本、傅本、毛本不载。

②薛本云:"谓琵琶声如琢玉。床,谓琵琶槽。"

③白居易《琵琶行》:"间关莺语花底滑,幽咽泉流冰下难。"

④范成大《复用韵记昨日坐中剧谈及赵家琵琶之妙,呈王正之提刑二绝》自注云:"正之云:'《转关六么濩索》、《梁州历统薄媚》、《醉吟商》、《胡渭州》,此四曲,承平时专入琵琶,今不复有能传者。'"《敖器之诗话》引《乐谱》:"琵琶曲有《转关六么》,取其声调闲婉。又有《濩索梁州》,谓其音节闲繁。"

⑤白居易《琵琶行》:"间关莺语花底滑,幽咽泉流冰下难。冰泉冷涩弦凝绝,凝绝不通声暂歇。"

浣溪沙

公守湖。辛未上元日,作会于伽蓝中,时长老法惠在坐。时有献剪伽花彩甚奇,谓有初春之兴。因作二首,寄袁公济①

雪颔霜髯不自惊②。更将剪彩发春荣③。羞颜未醉已先赪④。 莫唱黄鸡并白发⑤,且呼张丈唤殷兄⑥。有人归去欲卿卿⑦。

王宗稷《东坡先生年谱》:"元祐六年辛未(1091),上元作会,有献翦彩花者,作《浣溪沙》寄袁公济。"《总案》亦谓辛未正月"十五日次刘季孙游,游伽蓝院寄袁毂《浣溪沙》词",并注云:"本集:辛未上元日作会于伽蓝中,时长老法惠在坐,人有献翦伽花彩,甚奇,因寄袁公济,调寄《浣溪沙》,词云:(词略)。"孔《谱》、薛本、邹王本均据此编元祐六年辛未(1091)正月十五日,作于杭州。

【注释】

①此题注傅本、元本、二妙集、明刊全集、毛本俱同,文字稍异。朱本、龙本、曹本、邹王本无。袁公济:《苏轼诗集》卷三二《次韵袁公济谢芎椒》诗施注:"袁公济名毂,四明人,时倅杭,后知处州。"

②许浑《题四老庙》诗二首之一:"峨峨商岭采芝人,雪顶霜髯虎豹茵。"

③宗懔《荆楚岁时记》:"正月七日为人日,以七种菜为羹,翦彩为人,或镂金箔为人,以贴屏风,亦戴之头鬓,又造华胜以相遗,登高赋诗。""立春之日,悉翦彩为燕以戴之。"

④《尔雅·释器》:"一染谓之縓,再染谓之赪。"疏:"赪,浅赤也。"

⑤见前《浣溪沙》(山下兰芽短浸溪)注⑤。

⑥白居易《岁日家宴戏示弟侄等兼呈张侍御二十八丈殷判官二十三兄》:"弟妹妻孥小侄甥,娇痴弄我助欢情。岁盏后推蓝尾酒,春盘先劝胶牙汤。形骸潦倒难堪叹,骨肉团圆亦可荣。犹有夸张少年处,笑呼张丈唤殷兄。"

⑦卿卿:夫妻之间的昵称。《世说新语》下卷下《惑溺》:"王安丰妇常卿安丰,安丰曰:'妇人卿婿,于礼为不敬,后勿复尔。'妇曰:'亲卿,爱卿,是以卿卿,我不卿卿,谁当卿卿。'遂恒听之。"

浣溪沙

和前韵①

料峭东风翠幕惊②。云何不饮对公荣③。水晶盘莹玉鳞
赪④。　　花影莫孤三夜月⑤,朱颜未称五年兄⑥。翰林子墨
主人卿⑦。

【题解】

同前首。

【注释】

①傅本、元本无题。

②《五灯会元》卷一九《法泰禅师》:"春风料峭,冻杀年少。"

③《晋书》卷四十三《王戎传》:"戎尝与阮籍饮,时兖州刺史刘昶字公荣
在坐,籍以酒少,酌不及昶,昶无恨色。戎异之,他日问籍曰:'彼何如人
也?'答曰:'胜公荣,不可不与饮;若减公荣,则不敢不共饮;惟公荣可不与
饮。'"苏轼《和公济饮湖上》:"须知老人兴不浅,莫学公荣不共饮。"

④杜甫《丽人行》:"紫驼之峰出翠釜,水精之盘行素鳞。"

⑤傅注:"元宵三夕。"

⑥《礼记·曲礼上》:"年长以倍,则父事之;十年以长,则兄事之;五年
以长,则肩随之。"

⑦《文选》卷九杨子云《长杨赋序》:"雄从至射熊馆,还,上《长杨赋》,聊
因笔墨之成文章,故藉翰林以为主人,子墨为客卿以风。"

360

浣溪沙

送叶淳老①

阳羡姑苏已买田②。相逢谁信是前缘。莫教便唱水中天③。　　我作洞霄君作守④,白头相对故依然⑤。西湖知有几同年⑥。

【题解】

此词张公弛《苏轼词注释疑》以为非苏轼所作,因为据下片首句,作者当时应提举杭州洞霄宫。东坡历仕,虽累经迁黜,仅于安置昌化后,元符三年,大赦北还,复朝奉郎,提举成都玉局观,居从其便,前此未尝在外宫观。故"此词非东坡所作,殆可断言"。并据《续资治通鉴》,考订出元祐四年十二月之后,六年正月之前,章惇提举洞霄,苏轼知杭州,"此词当是章惇作以赠东坡"者。邹王本驳云:此词最早见于元本,元本所收作品大都可信。词题为"叶淳老",与章惇无涉。叶淳老名温叟,时任两浙路转运副使,在杭州。后调任主客郎中,将离杭而去,苏轼因作此词以送之。下片所云是希冀之语,意谓愿淳老作杭守,自己乞作洞霄宫观,两位同年则可白首相对,不再分离。作者同时所作《与叶淳老、侯敦夫、张秉道同相视新河,秉道有诗,次韵二首》之一亦有"一庵闲卧洞霄宫,并有丹砂水长赤"语,查注:"先生'一庵闲卧'云云,谓将乞宫观而去也"(见《苏轼诗集》卷三三),并非已提举洞霄宫,即为显证。

至其编年,朱本卷二云:"案《诗集》辛未(1091)正月,有《与叶淳老、侯敦夫、张秉道同相视新河次韵》诗,词当亦是时作。"而宗典《苏轼卜居宜兴考》以朱说为非,而判此词为熙宁八年(1075)十月湖州知州章惇赠东坡诗:"君方阳羡卜新居,我亦吴门葺旧庐。"东坡作此词以酬之。邹王本驳宗说云:"考《续资治通鉴》卷七一:熙宁八年十月,'庚子,权三司使章惇罢……

361

乃出惇知湖州'。章惇出知湖州为熙宁八年十月事,此时苏轼任密州知州已一年有余,无缘与章在湖州相会,亦与词语不合,故宗说不足信。"并依朱说编元祐六年。孔《谱》亦编元祐六年正月。曹本依《上元夜》诗(见《苏轼诗集》卷三九)编绍圣元年甲戌,作于定州。薛本云:"元祐六年正月戊寅(即正月十八)'左朝请大夫两浙转运副使叶温叟为主客郎中'。辛未二月公尚有《与叶淳老、侯敦夫、张秉道同相视新河,秉道有诗,次韵二首》(《诗集》卷三三)诗,以此,知正月十四日有命,叶去任当在是年二月。此词即为送叶还朝作也。编辛未(1091)二月。"张志烈、马德富、周裕锴《苏轼全集校注》亦云:"元祐六年(1091)正月十八日,叶温叟罢转运副使,调回朝任主客郎中,行前曾与苏轼、侯敦夫、张秉道相视新河,苏轼有诗记其事。这首送别词即作于同时。"

【注释】

①紫本、百本、傅本、明刊全集、二妙集、毛本不载。叶淳老:叶梦得《避暑录话》:"叔祖度支,讳温叟,与子瞻同年。"王文诰案:"温叟字淳老,官浙西转运使。"《续资治通鉴长编》卷四五四:"左朝请大夫两浙路转运副使叶温叟为主客郎中。"

②阳羡:县名,汉置,隋改义兴,宋避赵光义讳,改宜兴。见《菩萨蛮》(买田阳羡吾将老)注①。姑苏:苏州。此句言苏轼在阳羡买了田,而叶淳老在姑苏也买了田。

③赵嘏《江楼感怀》:"独上江楼思渺然,月光如水水如天。同来望月人何处,风景依稀似去年。"

④《咸淳临安志》卷七五《寺观》:"洞霄宫,在(余杭)县西南一十八里,汉武帝元封三年创宫坛于大涤洞前,为投龙祈福之所。唐高宗时,迁于前谷,为天柱观。光化二年钱王更建。国朝大中祥符五年,漕臣陈文惠公尧佐,以三异奏(一地泉涌、一祥光现、一枯木荣),赐额为洞霄宫。"

⑤《南史·徐伯珍传》:"(伯珍)家甚贫窭,兄弟四人皆白首相对,时人呼为四皓。"

⑥刘禹锡《送张盥赴举诗》并引:"古人以偕受学为同门友,今人以偕升名为同年友。"李肇《唐国史补》卷下:"(进士)俱捷谓之同年。"

减字木兰花

雪　　词①

云容皓白②。破晓玉英纷似织③。风力无端④。欲学杨花更耐寒⑤。　　相如未老。梁苑犹能陪俊少⑥。莫惹闲愁。且折江梅上小楼⑦。

【题解】

朱本、龙本、曹本、石唐本未编年。孔《谱》未载。薛本云:"先生在黄州,辛酉(元丰四年,1081)冬大雪。《文集》卷七《书雪》云:'黄州今年大雪盈尺,吾方种麦东坡,得此,固我所喜。'或作于此年末,暂编于此。"邹王本认为此词上片写雪景与《苏轼诗集》卷三三《次韵仲殊雪中游西湖二首》之一中"曲终天自明,玉楼已峥嵘。有怀二三子,落笔先飞霙"及《次韵参寥咏雪》中"朝来处处白毡铺,楼阁山川尽一如"所写雪景、时间十分吻合,下片提到的"江梅"、"小楼"也与以上引诗的地点景物一致。词的下片所写内容,也与这时作杭守的苏轼的思想情绪相合拍。梅开之时又值大雪,苏轼不禁诗兴大发,直欲效法司马相如在梁苑伴枚乘、邹阳名士赋雪那样,写出一篇新《雪赋》来。但忽又想到"湖山公案"已使自己吃尽苦头,因此"莫惹闲愁。且折江梅上小楼"。词与诗应作于同时,故编元祐六年(1091)二月,作于杭州。沈松勤《苏轼词编年补证》根据《诗集》卷二十四《和王斿二首》及卷二十五《正月一日雪中过淮谒客回作二首》,认为此词写于元丰八年(1085)正月过淮时,为留别王斿而作。今暂从邹王本之说。

【注释】

①傅本、元本无"词"字。

②云:毛本作"雪"。

③傅注:"《韩诗外传》:雪花白英,谓之玉英。"

④李商隐《无题》:"锦瑟无端五十弦,一弦一柱思华年。"

⑤欲:傅本作"教"。《全唐诗》卷七八六载无名氏《题长乐驿壁》:"杨花满地如雪飞,应有偷游曲水人。"

⑥谢惠连《雪赋》:"岁将暮,时既昏,寒风积,愁云繁。梁王不悦,游于兔园。乃置旨酒,命宾友,召邹生,延枚叟。相如末至,居客之右。俄而微霰零,密雪下,王乃歌《北风》于卫诗,咏《南山》于周雅,授简于司马大夫,曰:'抽子秘思,骋子妍辞,侔色揣称,为寡人赋之。'"

⑦范成大《范村梅谱》:"江梅,遗核野生,不经栽接者,又名直脚梅,或谓之野梅。凡山间水滨,荒寒清绝之趣,皆此本也。花稍小而疏,瘦有韵,香最清,实小而硬。"

西江月

真觉赏瑞香二首①

公子眼花乱发②,老夫鼻观先通③。领巾飘下瑞香风④。惊起谪仙春梦⑤。　　后土祠中玉蕊⑥,蓬莱殿后鞓红⑦。此花清绝更纤秾。把酒何人心动。

【题解】

王文诰《苏诗总案》卷三十三:"元祐六年辛未(1091)二月二十八日,诏下,以翰林学士承旨召还,罢杭州任。三月,和曹辅龙山真觉院瑞香花诗,再作《西江月》词。"薛本、邹王本从之。曹辅,字子方,号静常,海陵人,嘉祐八年(1063)进士。时为权发遣福建路转运判官,自闽归道钱塘。

【注释】

①元本题作"宝云真觉院赏瑞香三首"。傅本"二"作"三"。毛本无"二

首"二字。此从紫本、百本。宝云:《诗集》查注引《咸淳临安志》:"北山宝云寺,乾德二年钱氏建,旧名千光王寺,雍熙二年改今额。"真觉院:《咸淳临安志》卷七七"寺观":"真觉院,开宝八年建,旧名奉庆,大中祥符元年改今额。"《诗集》卷三三《次韵曹子方龙山真觉院瑞香花》诗查注引《西湖游览志》:"龙山稍北为玉厨山,旧有真觉院。"瑞香:陶毂《清异录》卷二"花·睡香":"庐山瑞香花,始缘一比丘昼寝盘石上,梦中闻花香酷烈,不可名,既觉,寻香求之,因名睡香。四方奇之,谓乃花中祥瑞,遂以瑞易睡。"

②杜甫《饮中八仙歌》:"知章骑马似乘船,眼花落井水底眠。"

③傅注:"鼻观,见《圆觉经》。"苏轼《烧香诗》:"不及闻思所及,且令鼻观先参。"

④见《南歌子》(琥珀装腰佩)注③。

⑤《新唐书》卷二〇二《李白传》:"李白字太白。天宝初,南入会稽,与吴筠善。筠被召,故白亦至长安,往见贺知章,知章见其文叹曰:'子谪仙人也。'"后因得罪权贵,玄宗欲授官时,为杨贵妃所阻。

⑥傅注:"扬州后土夫人祠有琼花一本,天下所无。"葛立方《韵语阳秋》卷一六:"东坡《瑞香词》有'后土祠中玉蕊'之句者,非谓玉蕊花,止谓琼花如玉蕊之白耳。"

⑦蓬莱殿:在洛阳河南宫内,唐初建。鞓红:欧阳修《洛阳牡丹记》:"鞓红者,单叶深红花;出青州,亦曰青州红……其色类腰带鞓,故谓之鞓红。"

【汇评】

《咸淳毗陵志》卷十三:瑞香一名锦熏笼。张祠部以"瑞"为"睡"。故云"曾在庐山睡里闻"。东坡词云:"饮中岚下瑞香风,惊起谪仙春梦。"其意甚婉。

西江月

坐客见和复次韵

小院朱阑几曲，重城画鼓三通^①。更看微月转光风^②。归去香云入梦^③。　　翠袖争浮大白^④，皂罗半插斜红^⑤。灯花零落酒花秾^⑥。妙语一时飞动。

【题解】

同前首。

【注释】

①傅注："三通，三叠鼓声也。"

②宋玉《楚辞·招魂》："光风转蕙，汜崇兰些。"王逸注："光风，谓雨已日出而风，草木有光也。"

③潘音《访蔡上人》："龙皈宝座香云满，鸽绕经台佛日闲。"

④翠袖：杜甫《佳人》："天寒翠袖薄，日暮倚修竹。"浮大白：傅注："《汉书》：引满举白者，罚爵之名也。饮不尽者，即以此爵罚之。"刘向《说苑·善说》："魏文侯与大夫饮酒，使公乘不仁为觞政，曰：'饮不爵者，浮以大白。'文侯饮而不尽爵，公乘不仁举白浮君。"

⑤傅注："皂罗特髻也。"《宋史》卷一五三《舆服志五》："重戴。唐士人多尚之，盖古人大裁帽之遗制，本野夫岩叟之服。以皂罗为之，方而垂檐，紫里，两紫丝组为缨，垂而结之额下。所谓重戴者，盖折上巾又加以帽焉。宋初，御史台皆重戴，余官或戴或否。后新进士亦戴，至释褐则止。"苏轼《李钤辖坐上分题戴花》："绿珠吹笛何时见，欲把斜红插皂罗。"

⑥李群玉《望月怀友》："酒花荡漾金尊里，櫂影飘飘玉浪中。"

【汇评】

张镃《南湖集》卷九《寻梅三首》之三自注：园基旧属宝云寺，东坡赏瑞香词云："小院朱阑几曲"，正此地也。

西江月

再用前韵戏曹子方^①

怪此花枝怨泣，托君诗句名通。凭将草木记吴风。继取相如云梦^②。　　点笔袖沾醉墨^③，谤花面有惭红。知君却是为情秾。怕见此花撩动。

【题解】
同前首。

【注释】
①傅本题作"真觉府瑞香一本，曹子方不知，以为紫丁香，戏用前韵"。毛本题下多"坐客云瑞香为紫丁香，遂以此曲辩证之"十六字。此十六字傅本作小注置词后，并冠以"公旧注云"四字。曹子方：《苏轼诗集》卷三十《送曹辅赴闽漕》施注："曹辅，字子方，海陵人。元祐三年九月，自太仆丞为福建转运判官。东坡继出守钱塘，同过吴兴，作《后六客词》，子方其一也……子方自闽归道钱塘，有《真觉院瑞香花》《雪中同游西湖》二诗。元丰七年间，为鄜延路经略司勾当公事……后提点广西刑狱，先生在惠，数有往来书帖。元祐党祸，诸贤多在巡内，子方不阿时好，周恤备至，士论与之。"
②傅注："汉司马相如为《子虚赋》而载云梦之饶，故山泉土石草木禽鱼无不毕究。"
③杜甫《重过何氏五首》之三："石栏斜点笔，桐叶坐题诗。"《杜臆》："点笔，以笔濡墨也。"

木兰花令

次马中玉韵①

知君仙骨无寒暑②。千载相逢犹旦暮③。故将别语恼佳人,要看梨花枝上雨④。　　　　落花已逐回风去。花本无心莺自诉。明朝归路下塘西,不见莺啼花落处⑤。

【题解】

王文诰《苏诗总案》卷三十三:"元祐六年辛未(1091)三月,马瑊赋《木兰花令》送别,再和瑊词。"孔《谱》、薛本、邹王本从之。王明清《玉照新志》卷二云:"东坡先生知杭州,马中玉成(按当为瑊)为浙漕。东坡被召赴阙,中玉席间作词曰:'来时吴会犹残暑,去日武林春已暮。欲知遗爱感人深,洒泪多于江上雨。　　　　欢情未举眉先聚,别酒多斟君莫诉。从今宁忍看西湖,抬眼尽成肠断处。'东坡和之,所谓'明朝归路下塘西,不见莺啼花落处'是也。"时苏轼知杭州,二月,以翰林学士承旨召还。三月离杭时,两浙提刑马瑊赋《木兰花令》赠行,苏轼和之。

【注释】

①中:元本作"仲",《苏轼诗集》作"忠"。

②傅注:"得仙道者,深冬不寒,盛夏不热。"葛洪《神仙传·刘根传》:"神人曰:'汝有仙骨,故得见吾耳。'"

③《庄子·齐物论》:"万世之后而一遇大圣,知其解者,是旦暮遇之也。"

④白居易《长恨歌》:"玉容寂寞泪阑干,梨花一枝春带雨。"

⑤阴铿《侯司空宅咏妓诗》:"莺啼歌扇后,花落舞衫前。"

【汇评】

周紫芝《竹坡老人诗话》:白乐天《长恨歌》云:"玉容寂寞泪阑干,梨花一枝春带雨。"人皆喜其工，而不知其气韵之近俗也。东坡作送人小词云：
"故将别语调佳人，要看梨花枝上雨。"虽用乐天语，而别有一种风味，非点
铁成黄金手，不能为此也。

卓人月《古今词统》卷八：余生长塘西，每恨"塘西"二字不堪入咏，得此
大快。

薛雪《一瓢诗话》：白香山："玉容寂寞泪阑干，梨花一枝春带雨。"有喜
其工，有诋其俗。东坡小词："故将别语调佳人，要看梨花枝上雨。"人谓其
用香山语，点铁成金，殊不然也。香山冠冕，东坡尖新，夫人婢子，各有
态度。

虞美人

述　怀①

归心正似三春草②。试著莱衣小③。桔怀几日向翁开④。
怀祖已瞑文度、不归来⑤。　　禅心已断人间爱⑥。只有平交
在⑦。笑论瓜葛一枰同⑧。看取灵光新赋、有家风⑨。

【题解】

朱本卷二云："案中玉，元祐五年(1090)改两浙路提刑，是时或去官宁
亲，故词有'橘怀'、'怀祖'等语。公《答中玉》诗云：'灵运子孙俱得凤。'亦
谓其父也。"苏轼诗作于辛未(1091)三月初，词当与诗同时作于元祐六年辛
未三月初。薛本、邹王本从之。

【注释】

①元本无题。傅本作"送浙宪马中玉"，二妙集、毛本无"浙宪"二字。
此从紫本、百本。

②孟郊《游子吟》："慈母手中线，游子身上衣。临行密密缝，意恐迟迟

归。谁言寸草心,报得三春晖。"

③《艺文类聚》卷二十引《列女传》:"老莱子孝养二亲,行年七十,婴儿自娱,著五色采衣。尝取浆上堂,跌仆,因卧地为小儿啼。"孟浩然《夕次蔡阳馆》:"明朝拜嘉庆,须著老莱衣。"

④《三国志》卷五十七《吴书·陆绩传》:"陆绩字公纪,吴郡吴人也……绩年六岁,于九江见袁术。术出橘,绩怀三枚,去,拜辞堕地,术谓曰:'陆郎作宾客而怀橘乎?'绩跪答曰:'欲归遗母。'术大奇之。"

⑤瞋:傅本作"嗔"。《晋书》卷七十五《王湛传》:王湛孙述字怀祖,"出补临海太守,迁建威将军、会稽内史。"述子坦之字文度,"坦之为桓温长史。温欲为子求婚于坦之。及还家省父,而述爱坦之,虽长大,犹抱置膝上。坦之因言温意。述大怒,遽排下,曰:'汝竟痴邪!讵可畏温面而以女妻兵也。'坦之乃辞以他故。温曰:'此尊君不肯耳。'遂止。"

⑥傅注:"《法镜经》曰:凡夫贪著六尘,不知厌足,今圣人断除贪爱,除六情饥馑也。"皎然《答李季兰》:"天女来相试,将花欲染衣。禅心竟不起,还捧旧花归。"

⑦交:傅本作"仄"。杜荀鹤《访蔡融因题》:"每见苦心修好事,未尝开口怨平交。"

⑧枰:傅本作"抨"。《晋书》卷六十五《王导传》:"(导子)悦字长豫,弱冠有高名,事亲色养,导甚爱之。导尝共悦弈棋,争道,导笑曰:'相与有瓜葛,那得为尔邪!'"《文选》卷五十二韦弘嗣《博弈论》:"然其所志不出一枰之上,所务不过方罫之间。"

⑨傅注:"后汉王逸工词赋,尝欲作鲁灵光殿赋,命其子延寿往录其状。延寿因韵之,以简其父,父曰:'吾无以加。'遂不复作。"《文选》卷一一王文考《鲁灵光殿赋》张载注:"范晔《后汉书》曰:王逸,字叔师,南郡宜城人也。子延寿,字文考,有隽才,游鲁,作《灵光殿赋》,后蔡邕亦造此赋,未成,及见延寿所为,甚奇之,遂辍翰而止。"

八声甘州

寄参寥子①

　　有情风、万里卷潮来，无情送潮归。问钱塘江上，西兴浦口，几度斜晖②。不用思量今古，俯仰昔人非③。谁似东坡老，白首忘机④。　　记取西湖西畔，正暮山好处，空翠烟霏⑤。算诗人相得，如我与君稀。约他年、东还海道，愿谢公、雅志莫相违⑥。西州路，不应回首，为我沾衣⑦。

【题解】

　　《苕溪渔隐丛话》后集卷三十九云："东坡别参寥长短句云（词略）。其词石刻后东坡自题云：'元祐六年三月六日。'余以东坡先生年谱考之，元祐四年知杭州，六年召为翰林学士承旨，则长短句盖此时作也。"词为苏轼离杭赴京时别参寥之作，朱本、孔《谱》、薛本、邹王本从之。此词另有三种编年：一、王文诰《苏诗总案》编绍圣四年（1097），时苏轼谪居儋州；二、陈迩冬《苏轼词选》认为作于元祐六年去杭入京之后；三、王仲镛《读苏轼〈八声甘州·寄参寥子〉》编元祐四年（1089）苏轼初到杭州不久。邹王本认为，前两说与傅本题中"时在巽亭"不合，第三说与词旨相悖。

【注释】

　　①傅本题下注"时在巽亭"。巽亭在杭州东南。《乾道临安志》卷二："南园巽亭，庆历三年，郡守蒋堂于旧治之东南建巽亭，以对江山之胜。"参寥子：《苏轼诗集》卷十七《次韵僧潜见赠》施注："僧道潜，字参寥，於潜人。能文章，尤喜为诗。尝有句云：'风蒲猎猎弄轻柔，欲立蜻蜓不自由。五月临平山下路，藕花无数满汀洲。'过东坡于彭城，甚爱之，以书告文与可，谓其诗句清绝，与林逋上下，而通了道义，见之令人萧然。坡守吴兴，会于松

371

江。坡既谪居,不远二千里,相从于齐安。留期年,遇移汝海,同游庐山,有《次韵留别》诗。坡守钱塘,卜智果精舍居之,入院,分韵赋诗,又作《参寥泉铭》。坡南迁,遂欲转海访之。以书力戒,勿萌此意,自揣余生必须相见。当路亦摭其诗语,谓有刺讥,得罪,反初服。建中靖国初,曾子开在翰苑,言其非罪。诏复祝发。苏黄门每称其体制绝似储光羲,非近世诗僧所能比也。”

②傅注:“钱塘、西兴,并吴中之绝景。”《钱塘记》:“大海在县东一里,符郡议曹华信家,议立此塘,以防海水。始开,募有能致一斛土者,即与钱一千。旬月之间,来者云集,塘未成而不复取。于是载土石者,皆弃而去,塘以之成,故改名钱塘焉。”《会稽志》:“西陵在萧山县,吴越改为西兴。”

③王羲之《兰亭集序》:“向之所欣,俯仰之间,已为陈迹……每览昔人兴感之由,若合一契,未尝不临文嗟悼,不能喻之于怀。”

④李白《下终南山过斛斯山人宿置酒》:“我醉君复乐,陶然共忘机。”

⑤惠洪《冷斋夜话》卷四:“东晋骚人胜士最多,皆无出谢安石之右,烟霏空翠之间,乃携娉婷登临之。”

⑥见《水调歌头》(安石在东海)注④。

⑦《晋书·谢安传》:“羊昙者,太山人,知名士也,为安所爱重。安薨后,辍乐弥年,行不由西州路。尝因石头大醉,扶路唱乐不觉至州门。左右白曰:‘此西州门。’昙悲感不已,以马策扣扉,诵曹子建曰:‘生存华屋处,零落归山丘。’因恸哭而去。”

【汇评】

胡仔《苕溪渔隐丛话》后集卷二十六:《后山诗话》谓:“退之以文为诗,子瞻以诗为词,如教坊雷大使之舞,虽极天下之工,要非本色。”余谓后山之言过矣,子瞻佳词最多,其间杰出者,如(词例略)。凡此十余词,皆绝去笔墨畦径间,直造古人不到处,真可使人一唱而三叹。

李攀龙《新刻题评名贤词话草堂诗余》卷四:坡公之词,轻清潇洒,如莲花出池,亭亭净植,无半点尘俗气。

陈廷焯《白雨斋词话》卷八:东坡《八声甘州·寄参寥子》结数语云:“算诗人相得,如我与君稀。约他年、东还海道,愿谢公、雅志莫相违。西州路,不应回首,为我沾衣。"寄伊郁于豪宕,坡老所以为高。

黄苏《蓼园词选》:此词不过叹其久于杭州,未蒙内召耳。次阕见人地相得,便欲订终焉之意,未免有激之言,然语意自尔豪宕。

郑文焯《手批东坡乐府》:突兀雪山,卷地而来,真似钱塘江上看潮时,添得此老胸中数万甲兵,是何气象雄且杰! 妙在无一字豪宕,无一语险怪,又出之以闲逸感喟之情,所谓骨重神寒,不食人间烟火者,词境至此,观止矣!

又:云锦成章,天衣无缝,是作从至情流出,不假熨贴之工。

西江月

送　别①

昨夜扁舟京口②,今朝马首长安。旧官何物与新官③。只有湖山公案④。　　此景百年几变,个中下语千难⑤。使君才气卷波澜⑥。与把新诗判断⑦。

【题解】

朱本编元祐六年(1091)三月杭州作,龙本、曹本、石唐本、薛本、邹王本从之。朱本云:"元本无题,从毛本,'夜'作'日','对'作'与'。《咸淳临安志》:'元祐六年二月召轼为翰林承旨。是月癸巳,天章阁待制林希自润州移知杭州。'案题云'交代',当作于是时。'苏州'疑'杭州'之误。《东都事略》:'林希字子中,元祐初为秘书少监,改集贤修撰,知苏州,久之,以天章阁待制知杭州。'"孔《谱》云词为元祐六年三月底润州作,时苏轼离杭赴京,至润州,遇新知杭州林希(子中),作此词赠之。沈松勤《苏轼词编年补证》云作于元祐四年(1089)。据孔《谱》,元祐四年四月,苏轼自京赴杭州知州任,五月过南都,六月过扬州、润州、常州、苏州、秀州,七月三日到杭州,苏轼与润守林希相逢,则在是年六月,离润之时,苏轼作此词相别。其中"只有湖山公案"、"下语千难"、"与把新诗判断",指沈括蜚语中伤而言。

曾慥《东坡词拾遗》录苏轼《西江月》词:"旧誉霭闻京口,先声已过长安。旧官何物与新官。只有湖山公案。此景百年几变,个中不语千难。钱塘门外涌涛澜。与把新诗判断。"诸家注本均从毛本,视此词与"昨日扁舟京口"为同一首,弃而不取。沈松勤《苏轼词编年补证》认为此首与"昨日扁舟京口"实为两首,系元祐六年(1091)二月改写"昨日扁舟京口"之旧作而成。是时,林希由润州转知杭州,以代苏轼,而苏轼则离杭赴京任职。苏轼改写此词以赠林希。

【注释】

①傅本、元本无题。紫本、百本题作"送别"。明刊全集、二妙集、毛本、朱本、龙本、曹本题作"杭州交代林子中席上作"。百本《拾遗》此词重见,又题作"苏州遇交代林子中席上作"。朱本云:"苏州疑杭州之误。"曹校注云:"词题原作苏州云云,考与事实不符。今从朱注及王案,改作杭州。"林子中:《宋史》卷三四三《林希传》:"林希字子中,福州人……元祐初,历秘书少监、起居舍人、起居郎,进中书舍人。言者疏其行谊浮伪,士论羞薄,不足以玷从列。以集贤殿修撰知苏州,更宜、黄、润、杭、亳五州……时方推明绍述,尽黜元祐群臣,希皆密豫其议。自司马光、吕公著大防、刘挚、苏轼、辙等数十人之制,皆希为之,词极其丑诋,至以'老奸擅国'之语阴斥宣仁,读者无不愤叹。一日,希草制罢,置笔于地曰:'坏了名节矣。'"

②夜:毛本作"日"。京口:见《蝶恋花》(雨过春容清更丽)注①。

③与:元本作"对"。见《诉衷情》(钱塘风景古今奇)注④。

④傅注:"公倅杭日作诗,后下狱,令供诗帐。此言湖山公案,亦谓诗也。禅家以言语为公案。"

⑤个中:苏轼《李颀秀才善画山以两轴见寄仍有诗次韵答之》:"平生自是个中人,欲向渔舟便写真。"下语:傅注:"禅家有下语之说。"《后汉书》卷三十七《桓荣传》:"每大射养老礼毕,帝辄引荣及弟子升堂,执经自为下说。"注:"下说谓下语而讲说之也。"

⑥杜甫《追酬故高蜀州人日见寄》:"文章曹植波澜阔,服食刘安德业尊。"苏轼《元祐六年六月自杭州召还汶公馆我于东堂阅旧诗卷次诸公韵三

首》之三:"文章曹植今堪笑,卷却波澜入小诗。"

⑦南卓《羯鼓录》:"时当宿雨初晴,景色明丽,小殿内庭,柳杏将吐,(唐玄宗)睹而叹曰:'对此景物,岂得不为他判断之乎。'"

定风波

公自序云:余昔与张子野、刘孝叔、李公择、陈令举、杨元素会于吴兴。时子野作六客词,其卒章云:"见说贤人聚吴分。试问。也应旁有老人星。"凡十五年,再过吴兴,而五人者皆已亡矣。时张仲谋与曹子方、刘景文、苏伯固、张秉道为坐客,仲谋请作后六客词①

月满苕溪照夜堂。五星一老斗光芒②。十五年间真梦里。何事。长庚对月独凄凉③。 绿鬓苍颜同一醉④。还是。六人吟笑水云乡。宾主谈锋谁得似⑤。看取。曹刘今对两苏张⑥。

【题解】

据施宿《东坡先生年谱》下记载,苏轼于元祐四年己巳(1089)春三月,除龙图阁学士知杭州。四月出京。五月过南京。"六月过湖,会张昌言仲谋、曹辅子方、刘季孙景文、苏坚伯固、张秉道,此后六客也。"王文诰《苏诗总案》、朱本、龙本、曹本、石唐本均依其说。薛本、邹王本均辨其非。《嘉泰吴兴志》卷十八云:"东坡六客词,在墨妙亭,元祐六年撰。"夏承焘《张子野年谱》亦云:"苏轼之后六客词,作于元祐六年三月。"薛本、邹王本即编元祐六年辛未(1091)三月,苏轼离杭赴京路过湖州,六客雅集时作。

【注释】

①十五:二妙集、明刊全集、毛本作"二十五"。《嘉泰吴兴志》卷一三:

"六客堂在湖州府郡圃中。熙宁中，知州事李常作《六客词》。元祐中，知州事张询复为六客之集，作《六客词序》曰：'昔李公择为此郡，张子野、刘孝叔在焉，而杨元素、苏子瞻、陈令举过之，会于碧澜堂，子野作《六客词》，传于四方。今仆守是郡，子瞻与曹子方、刘景文、苏伯固、张秉道来过，与仆为六；而向之六客，独子瞻在。复继前作，子野为《前六客词》，子瞻为《后六客词》，与赓和篇并刻墨妙亭。'后人歆艳，遂以名堂。"

②五星：《史记》卷二十七《天官书》："天有五星，地有五行。"《周礼·春官·大宗伯》注："星谓五纬。"疏："五纬，即五星：东方岁星（木），南方荧惑（火），西方大白（金），北方辰星（水），中央镇星（土）。"《汉书》卷二一《律历志上》："日月如合璧，五星如连珠。"一老：《晋书》卷一一《天文志上》："老人一星，在弧南，一曰南极……见则治平，主寿昌。"此用五星一老代指六客。

③对：元本作"配"。长庚：《诗·小雅·大东》："东有启明，西有长庚。"朱熹注："启明、长庚皆金星也。以其先日而出，故谓之启明；以其后日而入，故谓之长庚。"韩愈《东方未明》："东方未明大星没，独有太白配残月。"

④李白《怨歌行》："沈忧能伤人，绿鬓成霜蓬。"

⑤苏轼《刁景纯席上和谢生二首》之二："绮罗胜事齐三阁，宾主谈锋敌两都。"

⑥曹刘：世称曹植、刘桢为曹刘，苏秦、张仪为苏张。杜甫《奉寄高常侍》："总戎楚蜀应全未，方驾曹刘不啻过。"班固《答宾戏序》："又感东方朔、扬雄，自喻以不遭苏、张、范、蔡之时。"

【汇评】

韦居安《梅磵诗话》卷上：苏东坡作《定风波》词，自序云（略）。坡赋《后六客词》，又有"十五年来真一梦，何事，长庚对月独凄凉"之句，盖惜之也。坡祭令举文云："一奋而不顾，遂至于斥；一斥而不复返，遂至于死。"其哀穷悼屈，又可想见。

临江仙①

一别都门三改火②,天涯踏尽红尘③。依然一笑作春温④。无波真古井⑤,有节是秋筠。　　惆怅孤帆连夜发,送行淡月微云。尊前不用翠眉颦⑥。人生如逆旅⑦,我亦是行人⑧。

【题解】

朱本卷二云:"案穆父罢越守北归,在辛未春,是词当送之于过杭时也。"邹王本从之,并详为申说。查《续资治通鉴长编》可知,龙图阁待制权知开封府钱勰于元祐三年九月"坐奏狱空不实"、"情实欺君"而出知越州。故词的首句"一别都门三改火"指元祐四年、五年、六年三次改火。而苏轼于元祐六年三月九日,被旨赴阙。是年清明为三月十四日,寒食应为九日前后,送钱勰词当作于此际。钱穆虽于元祐五年十月已罢越守知瀛州,六年寒食钱勰北归时仍滞留杭州会友,故词作于元祐六年(1091)三月。孔《谱》编元祐六年正月初七。薛本则编元祐六年十月或十一月间钱勰赴江淮荆浙发运使过颍州时。今从朱本及邹王本之说。

【注释】

①紫本、百本、毛本无题,傅本、元本题作"送钱穆父"。钱穆父:《宋史》卷三一七《钱勰传》:"勰字穆父,彦远之子也……元祐初,迁给事中,以龙图阁待制知开封府……积为众所憾,出知越州,徙瀛州。召拜工部、户部侍郎,进尚书,加龙图阁直学士,复知开封,临事益精。"

②见《南歌子》(日薄花房绽)注②。

③《文选》卷一班固《西都赋》:"阛城溢郭,旁流百廛,红尘四合,烟云相连。"

④《史记》卷四十六《田敬仲完世家》:"驺忌子以鼓琴见威王,威王说而舍之右室。须臾,王鼓琴,驺忌子推户入曰:'善哉鼓琴!'王勃然不悦,去琴

按剑曰：'夫子见容未察,何以知其善也?'驺忌子曰：'夫大弦浊以春温者,君也;小弦廉折以清者,相也;攫之深,醇之愉者,政令也;钧谐以鸣,大小相益,回邪而不相害者,四时也:吾是以知其善也。'王曰：'善语音。'驺忌子曰：'何独语音,夫治国家而弭人民皆在其中。'"《集解》引《琴操》曰："大弦者,君也,宽和而温。小弦者,臣也,清廉而不乱。"

⑤孟郊《列女操》："波澜誓不起,妾心井中水。"白居易《赠元稹》："无波古井水,有节秋竹竿。"

⑥杜甫《江月》："谁家挑锦字,灭烛翠眉颦。"

⑦李白《春夜宴从弟桃花园序》："夫天地者,万物之逆旅也;光阴者,百代之过客也。"

⑧《诗经·齐风·载驱》："汶水滔滔,行人儦儦。"

【汇评】

袁文《瓮牖闲评》卷五:《说文》:筠字从竹,竹皮也。孔颖达亦以为竹外青皮。苏东坡作《临江仙》词云："无波真古井,有节是秋筠。"乃用白乐天诗:"无波古井水,有节秋竹竿。"诗虽承乐天之语,而改竹为筠,遂觉差逊。

减字木兰花

送　别①

天台旧路。应恨刘郎来又去②,别酒频倾③,忍听阳关第四声④。　　刘郎未老。怀恋仙乡重得到。只恐因循⑤。不见如今劝酒人⑥。

【题解】

朱本、龙本、薛本未编年。曹本云："惟细玩此词所用'刘郎'事,一则云'旧路',再则云'来又去',三则云'重得到',必系元祐六年辛未(1091)三月

初,在第二次杭州任内,奉召还京时,别筵席上所作。今移编辛未。"邹王本
从之。

【注释】

①傅本、元本无题。

②傅本《殢人娇》(满院桃花)注引《续齐谐记》:"汉明帝永平中,剡县有
刘晨、阮肇入天台山采药,迷失道路,望山头有一桃树,共取食之。下山,得
涧水饮之,又见蔓菁从山复出,次有一杯流出,中有胡麻饭屑。二人因过
水,行一里许,又度一出(山),出大溪,见二女,颜色绝妙,唤刘、阮姓名,如
有旧。问:'郎等来何晚也?'因邀过家,床帐帷幔,非世所有。又有数仙客,
将三五桃至。云:'来庆女婿。'各出乐器作乐。二人就女家止宿,行夫妇之
礼。住半年,天气合适,常如二三月,百鸟哀鸣,求归甚切。女曰:'罪根未
灭,使君等如此。'送刘、阮从此山洞去。乡里怪异,验得七代子孙。却欲还
女家,寻山路不获。至太康八年,失二人所在。"

③梁武帝《答任殿中宗记室王中书别诗》:"缓客承别酒,鸣琴和好仇。"

④《苏轼文集》卷六十七《记阳关第四声》:"旧传阳关三叠,然今歌者,
每句再叠而已,通一首言之,又是四叠。皆非是。或每句三唱,以应三叠之
说,则丛然无复节奏。余在密州,有文勋长官,以事至密,自云得古本阳关,
其声宛转凄断,不类向之所闻,每句皆再唱,而第一句不叠。乃知唐本三叠
盖如此。及在黄州,偶读乐天《对酒》诗云:'相逢且莫推辞醉,新唱阳关第
四声。'注:第四声'劝君更尽一杯酒。'以此验之,若第一句叠,则此句为第
五声矣,今为第四声,则第一不叠审矣。"

⑤《史记·太史公自序》:"其术以虚无为本,以因循为用。"

⑥如:傅本、元本作"而"。曹唐《刘阮再到天台不复见诸仙子》:"桃花
流水依然在,不见当时劝酒人。"

蝶恋花①

　　春事阑珊芳草歇②。客里风光，又过清明节。小院黄昏人忆别，落红处处闻啼鴂③。　　咫尺江山分楚越。目断魂销④，应是音尘绝⑤。梦破五更心欲折⑥。角声吹落梅花月⑦。

【题解】

　　朱本、龙本未编年。曹本认为，苏轼于二月杪召还，三月初离杭，经湖州、德清、吴江、苏州、润州，三四月之交，自润州将往扬州时留别之作。因润扬之间，即楚越之交，证之"咫尺江山分楚越"句，江则长江，山则金焦。且此时已过清明节，正值暮春落花之际，与此词上片之时令，尤其"客里风光"句合。加以此词下片之意境，与东坡两次在杭，临去恋恋之情，若合符节，故编元祐六年（1091）四月。邹王本从之。薛本认为，苏轼客中过清明者凡六，然行役于楚越之间者仅熙宁七年甲寅（1074）和元祐六年辛未（1091）两次。然按词意，当以甲寅为宜。因其时苏轼久在行役，思念家人，正所谓"小院黄昏人忆别""目断魂销，应是音尘绝"者。辛未时苏轼是举家赴京，"小院""目断"云云，即无着落。对此，邹王本曾言，苏轼是因为深爱杭州的自然山水和淳朴人民，补旨离去时，抒发无限眷念之情。今暂从曹本。

【注释】

　　①百本、傅本、元本、外集不载，毛本题"离别"。
　　②李煜《浪淘沙令》："帘外雨潺潺，春意阑珊。"谢灵运《游赤石进帆海》："首夏犹清和，芳草亦未歇。"
　　③《离骚》："恐鹈鴂之先鸣兮，使夫百草为之不芳。"《汉书》卷八七《扬雄传》："徒恐鹈鴂之将鸣兮，顾先百草为不芳！"师古曰："鴂，鴂字也。鹈鴂鸟一名买铌，一名子规，一名杜鹃，常以立夏鸣，鸣则众芳皆竭。"

④江淹《别赋》:"黯然销魂者,唯别而已矣。"

⑤李白《忆秦娥》:"乐游原上清秋节,咸阳古道音尘绝。"

⑥江淹《别赋》:"有别必怨,有怨必盈。使人意夺神骇,心折骨惊。"

⑦晏几道《鹧鸪天》:"舞低杨柳楼心月,歌尽桃花扇影风。"画角声吹落了梅花梢上的月亮。

【汇评】

沈际飞《草堂诗余正集》卷二:鸟啼、花落、梦回、月落,一境惨一境。

李攀龙《新刻题评名贤词话草堂诗余》卷六:当鸟啼花落之时,自能动人离思之苦,况梦回月落,其情尤所不堪者。

王士禛《花草蒙拾》:"春事阑珊芳草歇"一首,凡六十字,字字惊心动魄。"只为一声河满子,下泉须吊孟才人。"恐无此魂消也。

陈廷焯《云韶集》卷二:清丽。此词合秦、柳为一手。

黄苏《蓼园词选》:通首是别后远忆之词,非赠别之作。题作《离别》,尚未确。

临江仙①

尊酒何人怀李白②,草堂遥指江东③。珠帘十里卷香风④。花开又花谢,离恨几千重。　　轻舸渡江连夜到,一时惊笑衰容。语音犹自带吴侬⑤。夜阑对酒处,依旧梦魂中⑥。

【题解】

朱本、龙本未编年。曹本、石唐本编元丰八年(1085)八月,薛本编熙宁四年(1071),刘崇德《苏词编年考》认为当为元丰七年(1084)十月在移汝程中过扬而作。孔《谱》、邹王本、保苅佳昭《苏轼词编年考》均编元祐六年(1091)四月,理由如下:一、从"轻舸渡江连夜到",知此行乃由江南渡江到江北。苏轼平生过扬州11次。把这11次的旅程,分为南下和北上,南下是 1、3、6、8、10、11,北上是 2、4、5、7、9。在渡江北上的 5 次之中,跟"语音犹自带吴侬"相合的知扬州只有一个,就是第 9 次的王存(1023—1101)。查《宋史》卷三四一《王存传》:"王存,字正仲,润州丹阳人。"丹阳古属吴地。从京口到扬州仅一江之隔,与"轻舸渡江连夜到"合。二、从"花开又花谢",知时值暮春,与四月初合。三、苏轼在京口与林子中简,论灾伤赈济事,有"欲到广陵更与正仲议之"的话,正仲乃王存字,时正任扬守,即本词首句"李白"为喻所指之人。四、"一时惊笑衰容",乃王存见苏轼时之惊喜状。时公年已五十六岁,又经"乌台诗案"宦海风波,故有"衰容"之语;五、王存与苏轼志同道合,乃政见相契之好友,故在相逢席上夜阑对酒,共忆往事依稀梦中,与词末二句合。

【注释】

①紫本无题,傅本、元本、二妙集、毛本题作"夜到扬州席上作"。

②杜甫《春日忆李白》:"渭北春天树,江东日暮云。何时一樽酒,重与细论文。"

③草堂:元本注:"一作暮云。"江东:傅注:"太白自翰林赐归,遂放浪江东,往来金陵采石之间。"

④杜牧《赠别二首》之一:"春风十里扬州路,卷上珠帘总不如。"珠帘:《西京杂记》卷二:"昭阳殿织珠为帘,风至则鸣,如珩佩之声。"

⑤傅注:"杜子美:'贺公雅吴语,在位常清狂。'(按为杜甫《遣兴》诗之四)盖谓贺知章也。知章虽贵为秘书监,而吴音不改。"贺知章有《回乡偶书》:"少小离家老大回,乡音未改鬓毛衰。儿童相见不相识,笑问客从何处来。"此两句词当化用贺诗而来。

⑥杜甫《羌村三首》之一:"夜阑更秉烛,相对如梦寐。"《北史·李孝贞传》:"每暇日辄引宾客,弦歌对酒,终日为欢。"

临江仙

辛未离杭至润,别张弼秉道①

我劝髯张归去好②,从来自己忘情。尘心消尽道心平③。江南与塞北,何处不堪行。　　俎豆庚桑真过矣④,凭君说与南荣⑤。愿闻吴越报丰登⑥。君王如有问,结袜赖王生⑦。

【题解】

王宗稷《东坡先生年谱》:"元祐六年辛未(1091),先生之去杭也,林子中复来替先生……过润州,作《临江仙》别张秉道。"王文诰《苏诗总案》卷三十三:"三月离杭州,四月抵润州。"孔《谱》、薛本、邹王本从之。

【注释】

①《苏轼诗集》卷三十三《与叶淳老、侯敬夫、张秉道同相视新河,秉道有诗,次韵二首》王文诰案:"秉道,名弼,杭人,公屡称髯张者也。"

②杜甫《送张十二参军赴蜀因呈杨五侍御》:"好去张公子,通家别恨添……御史新骢马,参军旧紫髯。"

③钱起《哭空寂寺玄上人》:"寂灭应为乐,尘心徒自伤。"王建《题东华馆》:"白发道心熟,黄衣仙骨轻。"

④《庄子·庚桑楚》:"老聃之役,有庚桑楚者,偏得老聃之道,以北居畏垒之山,其臣之画然知者去之,其妾之挈然仁者远之;拥肿之与居,鞅掌之为使。居三年,畏垒大穰。畏垒之民相与言曰:'庚桑子之始来,吾洒然异之。今吾日计之而不足,岁计之而有余。庶几其圣人乎!子胡不相与尸而祝之,社而稷之乎?'庚桑子闻之,南面而不释然。弟子异之。庚桑子曰:'弟子何异于予?夫春气发而百草生,正得秋而万宝成。夫春与秋,岂无得而然哉?天道已行矣。吾闻至人,尸居环堵之室,而百姓猖狂,不知所如

往。今以畏垒之细民，而窃窃焉欲俎豆予于贤人之间，我其杓之人邪！吾是以不释于老聃之言。'"成玄英《疏》："俎，切肉之几；豆，盛脯之具；皆礼器也。""（庚桑楚）姓庚桑，名楚，老聃之弟子，盖隐者也。"

⑤《庄子·庚桑楚》："南荣趎蹴然正坐，曰：'若趎之年者已长矣，将恶乎托业以及此言邪？'庚桑子曰：'全汝形，抱汝生，无使汝思虑营营。若此三年，则可以及此言矣。'"

⑥《六韬·龙韬·立将》："是故风雨时节，五谷丰登。"

⑦《史记》卷一〇二《张释之传》："张廷尉释之者，堵阳人也，字季……上拜释之为公车令。顷之，太子与梁王共车入朝，不下司马门，于是释之追止太子、梁王无得入殿门。遂劾不下公门不敬，奏之。薄太后闻之，文帝免冠谢曰：'教儿子不谨。'薄太后乃使使承诏赦太子、梁王，然后得入。文帝由是奇释之，拜为中大夫……后文帝崩，景帝立，释之恐，称病。欲免去，惧大诛至；欲见谢，则未知何如。用王生计，卒见谢，景帝不过也。王生者，善为黄老言，处士也。尝召居廷中，三公九卿尽会立，王生老人，曰：'吾袜解。'顾谓张廷尉：'为我结袜！'释之跪而结之。既已，人或谓王生曰：'独奈何廷辱张廷尉，使跪结袜？'王生曰：'吾老且贱，自度终无益于张廷尉。张廷尉方今天下名臣，吾故聊辱廷尉，使跪结袜，欲以重之。'诸公闻之，贤王生而重张廷尉。张廷尉事景帝岁余，为淮南王相，犹尚以前过也。久之，释之卒。"另据《汉书》卷八九《龚遂传》记载，龚遂为人忠厚，刚毅有大节。汉宣帝即位时，渤海郡岁饥，盗贼并起。宣帝以龚遂为渤海太守，并说："渤海废乱，朕甚忧之。君欲何以息其盗贼，以称朕意？"龚遂答道："臣闻治乱民犹治乱绳，不可急也；唯缓之，然后可治。臣愿丞相御史且无拘臣以文法，得一切便宜从事。"上许焉。龚遂单车独行至府，盗贼平而民安乐。后来宣帝召他至京师时，王生曰："天子即问君何以治渤海，君不可有所陈对，宜曰：'皆圣主之德，非小臣之力也。'"龚遂如其言而行之，"天子说（悦）其有让"。

浣溪沙

荷　花①

四面垂杨十里荷②。问云何处最花多③。画楼南畔夕阳和④。　　天气乍凉人寂寞，光阴须得酒消磨⑤。且来花里听笙歌。

【题解】

朱本、龙本未编年，曹本编熙宁十年丁巳(1077)正月，作于济南，邹王本从之。薛本疑作于颍州，编元祐六年(1091)。张志烈、马德富、周裕锴《苏轼全集校注》云：苏轼《西湖秋涸，东池鱼窘甚，因会客，呼网师迁之西池，为一笑之乐。夜归，被酒不能寐，戏作放鱼一首》查注："《名胜志》：颍州西二里有湖，袤十里，广二里，翳然林木，为一邦之胜。欧阳公自扬移汝，有'都将二十四桥月，换得西湖十顷秋'之句，秦少游亦有诗云：'十里荷花菡萏初，我公所至有西湖。'"(按薛本即据此编年)苏轼在颍州所作之《木兰花令》有云："万家游赏上春台，十里神仙迷海岛。"本词中"四面垂杨十里荷"之句，惟与颍州西湖景况相契合。词中说"天气乍凉"与到颍州时令合。欧阳修有写颍州西湖的《采桑子》十首，本词用语，多与相应。就此数端看，此词当作于元祐六年(1091)闰八月初到颍州时。

【注释】

①傅本、元本、朱本、龙本、曹本无题。吴讷钞本、《二妙集》本、毛本调名下题作"荷花"。

②里：傅本、元本作"顷"。

③云：傅本作"言"。韩愈《奉和卢给事云夫四兄〈曲江荷花行〉见寄并呈上钱七况阁老张十八助教》："我今官闲得婆娑，问言何处芙蓉多。"

④和：元本、朱本、龙本、曹本作"过"。

⑤郑谷《梓潼岁暮》："酒美消磨日，梅香著莫人。"

木兰花令①

霜余已失长淮阔。空听潺潺清颍咽②。佳人犹唱醉翁词③，四十三年如电抹④。　　草头秋露流珠滑⑤。三五盈盈还二八⑥。与余同是识翁人，惟有西湖波底月⑦。

【题解】

王文诰《苏诗总案》卷三十四：元祐六年辛未八月，告下，除龙图阁学士、知颍州军州事，八月二十二日到颍州。二十四日"游西湖，闻歌者唱《木兰花令》，词则欧阳修所遣也，和韵"。薛本、邹王本从之。施宿《东坡先生年谱》下云：元祐六年辛未，"八月，除龙图阁学士知颍州，闰八月到任"。故词作于元祐六年（1091）闰八月。

【注释】

①紫本、百本、傅本、元本无题。毛本题作"次欧公西湖韵"。毛本调名《玉楼春》。

②颍：毛本作"灉"。《嘉庆一统志》卷二十五《河南府一》："阳城县阳乾山，颍水所出，东至下蔡入淮。过郡三，行千五百里。"

③欧阳修《玉楼春》："西湖南北烟波阔。风里丝簧声韵咽。舞余裙带绿双垂，酒入香腮红一抹。杯深不觉琉璃滑。贪看六幺花十八。明朝车马各西东，惆怅画桥风与月。"

④苏轼《六观堂老人草书》："清露未晞电已徂。"王注次公曰："佛偈云：如梦、幻、泡、影，如露亦如电，此所谓六观也。"

⑤庾信《奉和赐曹美人诗》："月光如粉白，秋露似珠圆。"

⑥谢灵运《怨晓月赋》："昨三五兮既满，今二八兮将缺。"鲍照《玩月城

西门廨中诗》:"三五二八时,千里与君同。"钱振伦注:"二八,十六日也。《释名》曰:望满之名,月大十六日,月小十五日。"

⑦《诗集》卷三四《西湖秋涸,东池鱼窘甚,因会客,呼网师迁之西池,为一笑之乐。夜归,被酒不能寐,戏作放鱼一首》诗查慎行注引《名胜志》:"颍州西二里有湖,袤十里,广二里,翳然林木,为一邦之胜。""欧阳公自扬移汝,有'都将二十四桥月,换得西湖十顷秋'之句,秦少游亦有诗云:'十里荷花菡萏初,我公所至有西湖。'"

【汇评】

《傅干注坡词》卷一一引《本事曲集》:汝阴西湖,胜绝名天下,盖自欧阳永叔始。往岁子瞻自禁林出守,赏咏尤多,而去欧阳公时已久,故其继和《木兰花》,有"四十三年如电抹"之句。二词俱奇峭雅丽,如出一人,此所以中间歌咏寂寥无闻也。

沈际飞《草堂诗余续集》卷下:古崛。

又:一片性灵,绝去笔墨畦径。

减字木兰花

春　月①

春庭月午②。摇荡香醪光欲舞③。步转回廊。半落梅花婉娩香④。　　轻云薄雾⑤。总是少年行乐处。不似秋光。只与离人照断肠⑥。

【题解】

据赵德麟《侯鲭录》卷四记载,此词作于元祐七年(1092)正月,为苏轼夜召赵德麟小酌于州堂梅下而作。《苏轼诗集》卷三四《复次韵谢赵景贶陈履常见和兼简欧阳叔弼兄弟》施注:"赵景贶,名令畤。本朝自建隆以来,干国治民,不及宗子,神宗始出与天下共之。景贶以承议郎签书判官,在东坡颍州幕府。公谓其吏事通敏,文彩俊丽,志节端亮,议论英发。时教授陈履常实公门人,相与倡酬。既力荐于朝,又为著说,改字德麟。"他们饮酒的地方聚星堂,据《诗集》卷三十四《聚星堂雪》查注:"《名胜志》:欧阳文忠公守颍时,于州治起聚星堂……为日夕燕游之所。"而据元本词题则作于是年二月十五日夜。

【注释】

①傅本无题,有题注云:"按赵德麟《侯鲭录》云:元祐七年正月,东坡在汝阴,州堂前梅花大开,月色鲜霁。王夫人曰:'春月色胜如秋月色,秋月令人凄惨,春月令人和悦,何如召赵德麟辈来,饮此花下。'先生大喜曰:'吾不知子亦能诗耶,此真诗家语耳。'遂召德麟饮,因作此词。"元本、朱本、龙本、曹本题作"二月十五日夜与赵德麟小酌聚星堂"。

②李贺《感讽五首》之三:"月午树无影,一山唯白晓。"

③《文选》卷七司马相如《子虚赋》:"随风澹淡,与波摇荡。"

④《礼记·内则》:"女子十年不出,姆教婉娩听从。"《正义》:"按《九嫔注》云:'妇德贞顺,妇言辞令,妇容婉娩,妇功丝枲。'则婉娩合为妇容,此分婉为言语,娩为容貌者。"

⑤曹植《洛神赋》:"仿佛兮若轻云之蔽月,飘飘兮若流风之回雪。"

⑥杜甫《赠王二十四侍御契四十韵》:"晓莺工迸泪,秋月解伤神。"

【汇评】

陈师道《后山诗话》:苏公居颍,春夜对月。王夫人曰:"春月可喜,秋月使人愁耳。"公谓前未及也,遂作词曰:"不似秋光,只与离人照断肠。"老杜云:"秋月解伤神。"语简而益工也。

浣溪沙

同　上①

　　芍药樱桃两斗新②。名园高会送芳辰。洛阳初夏广陵春③。　　红玉半开菩萨面④,丹砂浓点柳枝唇⑤。尊前还有个中人⑥。

【题解】

　　王文诰《苏诗总案》卷三十五:"元祐七年壬申(1092)四月,颍州西湖成,和赵令時韵赏芍药樱桃作《浣溪沙》词。"薛本、邹王本从之。吴熊和师《唐宋词汇评》编元丰元年(1078)三月。

【注释】

　　①傅本存目缺词。元本无题。毛本题作"扬州赏芍药樱桃"。紫本题曰"同上"。紫本前首为《浣溪沙》(惭愧今年二麦丰),题作"徐州藏春阁园中"。

　　②芍药:《诗经·郑风·溱洧》:"维士与女,伊其相谑,赠之以勺药。"传:"勺药,香草。"崔豹《古今注》卷下《问答释义》:"勺药一名可离,故将别以赠之。"王仁裕《开元天宝遗事》卷下《醒酒花》:"明皇与贵妃幸华清宫,因宿酒初醒,凭妃子肩同看木勺药。上亲折一枝,与妃子递嗅其艳。帝曰:'不惟萱草忘忧,此花香艳,尤能醒酒。'"樱桃:《礼记·月令》:"天子乃以雏尝黍羞,以含桃先荐寝庙。"郑玄注:"含桃,樱桃也。"

　　③韩琦《和袁陟节推龙兴寺勺药》:"广陵勺药真奇美,名与洛花相上下。"张邦基《墨庄漫录》卷九:"扬州产芍药,其妙者不减于桃黄、魏紫。"

　　④红玉:葛洪《西京杂记》卷一:"二人(赵飞燕及女弟昭仪)并色如红玉,为当时第一。"菩萨面:计有功《唐诗纪事》卷六六载王璠与李群玉联句

云:"芍药花开菩萨面,棕榈叶散野人头。"

⑤《本事诗》:"白尚书姬人樊素善歌,妓人小蛮善舞,尝为诗曰:'樱桃樊素口,杨柳小蛮腰。'"

⑥苏轼《李颀秀才善画山以两轴见寄仍有诗次韵答之》:"平生自是个中人,欲向渔舟便写真。"

减字木兰花^①

五月二十四日,会于无咎之随斋。主人汲泉置大盆中,渍白芙蓉,坐客翛然,无复有病暑意^②

回风落景。散乱东墙疏竹影。满坐清微^③。入袖寒泉不湿衣。　梦回酒醒。百尺飞澜鸣碧井^④。雪洒冰麾^⑤。散落佳人白玉肌^⑥。

【题解】

傅藻《东坡纪年录》:"元祐七年壬申,五月二十四日会无咎随斋,汲泉渍白芙蓉,不复有病暑意,作《减字木兰花》。"孔《谱》、薛本、邹王本从之。时苏轼知扬州,晁补之为扬州通判,二人会于扬州晁氏随斋。

【注释】

①紫本、傅本、明刊全集、外集、二妙集、毛本不载。

②无咎:《宋史》卷四四四《晁补之传》:"晁补之字无咎,济州钜野人……十七岁从父官杭州,粹钱塘山川风物之丽,著《七述》以谒通判苏轼。轼先欲有所赋,读之叹曰:'吾可以阁笔矣!'又称其文博辩隽伟,绝人远甚,必显于世,由是知名。举进士试开封及礼部别院,皆第一。"白芙蓉:《离骚》:"制芰荷以为衣兮,集芙蓉以为裳。"注:"芙蓉,莲华也。"《尔雅·释草》:"荷,芙渠。"注:"别名芙蓉,江东呼荷。"

390

③《诗经·大雅·蒸民》:"穆如清风。"毛传:"清微之风,化养万物者也。"

④骆宾王《上齐州张司马启》:"言泉漱回,惊瀑布以飞澜;文江澹清,含濯锦而翻浪。"

⑤苏舜钦《扬子江观风浪》:"霹雳左右作,雪洒六月寒。"

⑥白居易《小岁日喜谈氏外孙女孩满月》:"桂燎薰花果,兰汤洗玉肌。"

生查子

诉　别①

三度别君来②,此别真迟暮③。白尽老髭须,明日淮南去。
酒罢月随人,泪湿花如雾④。后月逐君还,梦绕湖边路。

【题解】

《苏轼诗集》卷三十五载此词,题作《古别离送苏伯固》,编元祐七年壬申(1092),孔《谱》、薛本、邹王本从之。苏轼于是年七月以龙图阁学士守兵部尚书充南郊卤簿使召还,九月离扬州,此词应作于八月间离扬赴京时,与苏伯固诉别之作。

【注释】

①傅本无题,元本作"送苏伯固"。

②《苏轼诗集》卷三十五《古别离送苏伯固》王文诰案:"谓别于泗上及杭州也,其一不详。"

③屈原《离骚》:"惟草木之零落兮,恐美人之迟暮。"杜甫《寄刘峡州伯华使君四十韵》:"迟暮嗟为客,西南喜得朋。"

④杜甫《小寒食舟中作》:"春水船如天上坐,老年花似雾中看。"

【汇评】

吴衡照《莲子居词话》:东坡送苏伯固诗云:(略)自注"效韦苏州"。今见《东坡续集》。又见东坡词中,调寄《生查子》。但据自注,是诗不是词也。

陈廷焯《词则·放歌集》卷一:语浅情深,正不易及。

青玉案

和贺方回韵送伯固归吴中故居①

三年枕上吴中路②,遣黄耳、随君去③。若到松江呼小渡④。莫惊鸥鹭。四桥尽是⑤,老子经行处。 辋川图上看春暮⑥,常记高人右丞句⑦。作个归期天已许。春衫犹是,小蛮针线⑧,曾湿西湖雨。

【题解】

此词《乐府雅词拾遗》卷上作蒋璨词,《苕溪渔隐丛话》前集卷五十九引《桐江诗话》谓姚进道作,《阳春白雪》卷五作姚志道词。唐圭璋《宋词互见考》谓此乃流传之误,当为苏轼词。朱本、龙本、曹本俱编壬申年(1092)。薛本、邹王本谓作于是年八月,因苏轼被召还京,苏伯固告别苏轼回吴中故居时,苏轼为之送行而作。

案此词《乐府雅词拾遗》卷上作蒋灿词,《苕溪渔隐丛话》前集卷五十九引《桐江诗话》作姚进道词,《阳春白雪》卷五作姚志道词。钱建状《〈东坡词〉误收之〈青玉案〉作者考》考证此词非东坡词。胡小林《〈青玉案·和贺方回韵〉作者考》则考证此词为姚进道作。

【注释】

①傅本、元本无"故居"。归:龙本作"还"。贺方回:《宋史》卷四四三《贺铸传》:"贺铸字方回,卫州人,孝惠皇后之族孙……尤长于度曲,掇拾人所弃遗,少加檃括,皆为新奇。尝言:'吾笔端驱使李商隐、温庭筠常奔命不暇。'……元祐中,李清臣执政,奏换通直郎,通判泗州,又倅太平州。竟以

尚气使酒,不得美官,悒悒不得志,食宫祠禄,退居吴下,稍务引远世故,亦无复轩轾如平日。"

②朱本云:"案伯固于己巳年从公杭州至壬申三年未归,故首句云然。"

③耳:元本作"犬"。《晋书》卷五十四《陆机传》:"初机有骏犬,名曰黄耳,甚爱之。既而羁寓京师,久无家问,笑语犬曰:'我家绝无书信,汝能赍书取消息不?'犬摇尾作声。机乃为书,以竹筒盛之而系其颈,犬寻路南走,遂至其家,得报南洛。其后因以为常。"

④松江:即吴淞江,太湖支流三江之一。陆广微《吴地记》:"松江,一名松陵,又名笠泽……其江之源,连接太湖。"

⑤傅注:"姑苏有四桥,长为绝景。"

⑥李肇《唐国史补》卷上:"王维好释氏,故字摩诘,立性高致,得宋之问辋川别业,山水胜绝。"《唐朝名画录》:"王维画辋川图,山谷郁盘,云水飞动,意出尘外,怪生笔端。"

⑦杜甫《解闷十二首》之八:"不见高人王右丞,蓝田丘壑蔓寒藤。"《旧唐书》卷一九〇《王维传》:"王维,字摩诘,太原祁人……维兄弟俱奉佛,居常蔬食,不茹荤血,晚年长斋,不衣文彩……妻亡不再娶,三十年孤居一室,屏绝尘累。乾元二年七月卒。"

⑧《本事诗·事感第二》:"白尚书姬人樊素,善歌;妓人小蛮,善舞。尝为诗曰:'樱桃樊素口,杨柳小蛮腰。'"

【汇评】

况周颐《蕙风词话》卷二:东坡词《青玉案·用贺方回韵送伯固归吴中》歇拍云:"作个归期天已许。春衫犹是,小蛮针线,曾湿西湖雨。"上三句未为甚艳。"曾湿西湖雨"是清语,非艳语。与上三句相连属,遂成奇艳、绝艳,令人爱不忍释。坡公天仙化人,此等词犹为非其至者,后学已未易模仿其万一。

陈廷焯《云韶集》卷五:风流自赏,气骨高绝。

行香子

寓　意①

三入承明②。四至九卿③。问书生、何辱何荣。金张七叶④，纨绮貂缨⑤。无汗马事⑥，不献赋⑦，不明经。　　成都卜肆，寂寞君平。郑子真、岩谷躬耕⑧。寒灰炙手，人重人轻⑨。除竺乾学，得无念，得无名⑩。

【题解】

朱本、龙本未编年。曹本以东坡之思想与本词不侔而断为伪作。薛本云："细按词意，当为公自况自嘲自解之作。'三入承明'者，谓三次入朝也。"又云："《文集》卷二十四《谢兼侍读表二首》其一曰：'除臣守兵部尚书兼侍读者……七典名郡，再入翰林，两除尚书，三忝侍读。'可视作'三入承明，四至九卿'之注脚。'无汗马事，不献赋，不明经'，乃自嘲之词。至如下阕，则自宽自解耳。准此，知此词当为出知定州后预感祸变将临时所作，故暂编癸酉。"邹王本赞同此说，并补充说："查《宋史》本传：'(元祐)八年，宣仁后崩，哲宗亲政，轼乞补外，以两学士出知定州，时国是将变，轼不得入辞。'作为一个'三入承明，四至九卿'的大臣，连面见皇帝都如此之难。寄慨无端，只能发之于词。情事与薛本所言相合。"吴熊和师主编《唐宋词汇评》云："苏轼于元丰八年自登州赴阙，元祐六年自杭州召还，七月自颍州召还，此'三入承明'也。历仕吏部、兵部、礼部尚书及翰林院长，此四至九卿也。词当作于绍圣元年(1094)后。"

【注释】

①傅本、元本、朱本、龙本、曹本无题。

②《汉书》卷六十四上《严助传》："君厌承明之庐，劳侍从之事，怀古土，

出为郡吏。"注引张晏曰："承明庐在石渠阁外。"应璩《百一诗》："问我何功德，三入承明庐。"

③周以少师、少傅、少保、冢宰、司徒、宗伯、司马、司寇、司空为九卿，秦以奉常、郎中令、卫尉、太仆、廷尉、典客、宗正、治粟内史、少府为九卿，汉改奉常为太常、郎中令为光禄勋、典客为大鸿胪、治粟内史为大司农。亦称九寺。《史记》卷一二〇《汲黯传》："(黯姑姊子司马安)文深巧善宦，官四至九卿，以河南太守卒。"

④书：傅本、元本、朱本、龙本、曹本作"儒"。《汉书》卷六十八《金日磾传赞》："金日磾夷狄亡国，羁虏汉庭，而以笃敬寤主，忠信自著，勒功上将，传国后嗣，世名忠孝，七世内侍，何其盛也！"《汉书》卷五十九《张安世传》："安世子孙相继，自宣、元以来为侍中、中常侍，诸曹散骑、列校尉者凡十余人。功臣之世，唯有金氏、张氏，亲近宠贵，比于外戚。"左思《咏史八首》之二："金张籍旧业，七叶珥汉貂。"

⑤纨绮：二妙集作"珥金"。傅注："绮襦纨袴，贵者之服。貂缨，侍中常侍之冠。江淹诗曰：'金貂服玄缨。'"

⑥《汉书》卷五十八《公孙弘传》："今臣愚驽，无汗马之劳。"

⑦葛洪《西京杂记》卷三："(司马)相如将献赋，未知所为。"鲍照《从登香炉峰》："惭无献赋才，洗汗奉毫帛。"

⑧卜：原作"小"。《汉书》卷七十二《王、贡、两龚、鲍传》序："谷口有郑子真，蜀有严君平，皆修身自保，非其服弗服，非其食弗食。成帝时，元舅大将军王凤以礼聘子真，子真遂不诎而终。君平卜筮于成都市……裁日阅数人，得百钱足自养，则闭肆下帘而授《老子》。博览亡不通，依老子、严周之指著书十余万言……年九十余，遂以其业终，蜀人敬爱，至今称焉。及(扬)雄著书言当世士，称此二人。其论曰：'……谷口郑子真不诎其志，耕于岩石之下，名震于京师，岂其卿？岂其卿？……蜀严湛冥，不作苟见，不治苟得，久幽而不改其操，虽隋(隋侯珠也)、和(和氏璧也)何以加诸？'"

⑨崔颢《长安道》："莫言炙手手可热，须臾火尽灰亦灭。"

⑩傅注："释氏以灭五欲，故无念；以存四谛，故无名。"《史记》卷六十三《老子传》："老子修道德，其学以自隐无名为务。"

行香子

述　怀①

清夜无尘。月色如银②。酒斟时、须满十分③。浮名浮利，虚苦劳神。叹隙中驹④，石中火⑤，梦中身⑥。　　虽抱文章，开口谁亲。且陶陶⑦、乐尽天真⑧。几时归去，作个闲人⑨。对一张琴，一壶酒，一溪云⑩。

【题解】

朱本、龙本、石唐本未编年。孔《谱》未载。薛本谓此词与作于元祐八年(1093)出知定州所作《行香子》(三入承明)一阕意相连属，疑为一时之作。邹王本从之。沈松勤《苏轼词编年补证》编此词于元祐二年(1087)或三年间翰林任上。他认为词中贪酒求闲及感叹"浮名浮利"及求"归去"的心情，与作者在元祐二年至三年间的诗篇中多有表现，故编于此时。

【注释】

①傅本、元本无题。

②戴皓《月重轮行》："浮川疑让璧，入户类烧银。"

③郑獬《觥记注》："南海出龟同鹤顶杯酒船，以金银为之，内藏风帆十幅。酒满一分，则一帆举，饮干一分，则一帆落，真鬼工也。"白居易《雪夜喜李郎中见访兼酬所赠》："十分满盏黄金液，一尺中庭白玉尘。"

④《庄子·知北游》："人生天地之间，若白驹之过隙，忽然而已。"疏："白驹，骏马也，亦言日也。隙，孔也。夫人处世，俄顷之间，其为迫促，如驰骏驹之过孔隙，歘忽而已，何曾足云也！"

⑤刘昼《新论·惜时》："人之短生，犹如石火，炯然以过。"

⑥尹喜《关尹子·四符》："知夫此身为梦中身，随情所见者，可以飞神

作我而游太清。"李白《春夜宴从弟桃花园序》："浮生若梦,为欢几何。"

⑦刘伶《酒德颂》："无思无虑,其乐陶陶。"

⑧《庄子·渔父》："礼者,世俗之所为也。真者,所以受于天也,自然不可易也。故圣人法天贵真,不拘于俗。"疏："真实之性,禀乎大素,自然而然,故不可改易也。"

⑨白居易《闲行》："五十年来思虑熟,忙人应未胜闲人。"

⑩欧阳修《六一居士传》："有琴一张,有棋一局,而常置酒一壶。"李白《月下独酌》："花间一壶酒,独酌无相亲。"王安石《题齐安壁》："梅残数点雪,麦涨一溪云。"

【汇评】

俞陛云《唐五代两宋词选释》:一气写出,自乐其天,快人快语。放翁、山谷集中,时亦见之。

渔家傲

临水纵横回晚鞚①。归来转觉情怀动。梅笛烟中闻几弄②。秋阴重。西山雪淡云凝冻③。　　美酒一杯谁与共。尊前舞雪狂歌送④。腰跨金鱼旌旆拥⑤。将何用,只堪妆点浮生梦⑥。

【题解】

此词紫本、百本、傅本、元本、明刊全集不收,外集、二妙集、毛本、朱本、龙本、《全宋词》、曹本载。朱本、龙本、曹本未编年。石唐本怀疑此词不是苏轼作:"闲得无聊,骑马散心,用'舞雪狂歌'下酒,东坡没有这种富贵悠闲的生活。词末蔑视富贵而不说明理由,只是歌颂醉生梦死的享乐,看不出有苏轼的胸襟。'雪淡云凝冻'与'秋阴重'相抵牾,苏轼不会出现这种错误。"薛本从"腰跨金鱼"的词句判断词必作于入翰林后,进而认为作于元祐六年(1091)九月到十月之间,是从开封赴任颍州时所作的。邹王本则认为"腰跨金鱼旌旆拥。将何用,只堪妆点浮生梦"与《念奴娇·赤壁怀古》《前赤壁赋》所表现的心境意绪极为合拍,故援朱本时同、地同、事同类编之例,而将此词编于元丰五年(1082)秋天到冬天,作于黄州。

保苅佳昭《苏轼词编年考》认为这两种编年都不恰当。针对薛说,《编年考》认为,将"腰跨金鱼"与后面的几句话联系起来,很难理解是苏轼在高位时说的,最自然的解释是他不得意时所说的。针对邹王本所云,《编年考》云:这首词的确作于武昌西山,元丰五年壬戌苏轼去过西山,但是当年他去的时间是初秋七月六日,与此词的晚秋景象并不相合。检查他晚秋去西山的记录,只有元丰六年(1083)九月,当时受张舜民之邀而访问西山。至于"美酒一杯谁与共",则是针对曾知鄂州并对苏轼多有照顾而今已经去世的朱寿昌而言的,词人是在张舜民的宴会上想起了朱寿昌而心生感慨的。

张志烈《苏词二首系年略考》考证此词作于将离开封赴定州任的元祐八年(1093)九月中、下旬,理由有四:一、词中"西山雪淡云凝冻"所写的地点"西山"就在定州;二、"腰跨金鱼旌旆拥"所写的官职与苏轼知定州身份吻合,苏轼于元祐六年六月再入学士院为翰林学士承旨即开始"腰跨金鱼",而"旌旆拥"是苏轼知定州后的事,因为他当时是"端明殿学士兼翰林侍读学士、左朝奉郎、定州路安抚使兼马步军都总管知定州事、上轻车都尉赐紫金鱼袋苏轼";三、词中总体情绪与苏轼赴定前心态合,元祐八年九月,哲宗亲政,时政剧变,苏轼赴定州前求面辞而哲宗根本不愿见他,所以说"将何用,只堪妆点浮生梦";四、词中所写时间与赴定前夕合,苏轼于九月二十七日离京,词当写于离前的别筵上。"临水纵横回晚鞚,归来转觉情怀动"是应友人送别游宴之后回家而有所感触,"梅笛烟中闻几弄,秋阴重,西山雪淡云凝冻"是言时光流逝,《梅花落》的笛曲才听几遍,又是夏去秋来,甚至秋天也快完了,秋阴中将要去的地方,将是冻云薄雪笼罩的定州西山啊!今从之。

【注释】

①纵横：二妙集缺。鞚：二妙集作"控"。《玉篇》："鞚，马勒也。"《隋书》卷六十四《陈茂传》："高祖将挑战，茂固止不得，因捉马鞚。"

②《乐府诗集》卷二十四《横吹曲辞·梅花落》："《梅花落》，本笛中曲也。"李白《听黄鹤楼上吹笛》："黄鹤楼中吹玉笛，江城五月落梅花。"几弄：几支曲调。见《昭君怨》(谁作桓伊三弄)注②。

③凝冻：二妙集缺。《水经注·江水三》："今武昌郡治，城南有袁山，即樊山也。"樊山即西山，与赤壁隔江相对。苏轼《记樊山》："自余所居临皋亭下，乱流而西，泊于樊山，为樊口。"

④李商隐《歌舞》："遏云歌响清，回雪舞腰轻。"

⑤金鱼：唐制，三品以上服紫，佩金符，刻鲤鱼形，谓之金鱼。元稹《自责》："犀带金鱼束紫袍，不能将命报分毫。"

⑥李白《春夜宴从弟桃花园序》："浮生若梦，为欢几何？"杜荀鹤《赠临上人》："眼豁浮生梦，心澄大道源。"

戚　氏

此词始终指意，言周穆王宾于西王母事①

玉龟山②。东皇灵媲统群仙③。绛阙岩峣，翠房深迥④，倚霏烟。幽闲。志萧然。金城千里锁婵娟⑤。当时穆满巡狩，翠华曾到海西边⑥。风露明霁，鲸波极目⑦，势浮舆盖方圆⑧。正迢迢丽日，玄圃清寂⑨，琼草芊绵⑩。　　争解绣勒香鞯⑪。鸾辂驻跸⑫，八马戏芝田⑬。瑶池近、画楼隐隐，翠鸟翩翩⑭。肆华筵。间作脆管鸣弦。宛若帝所钧天⑮。稚颜皓齿，绿发方瞳⑯，圆极恬淡高妍。　　尽倒琼壶酒，献金鼎药，固大椿年⑰。缥缈飞琼妙舞，命双成、奏曲醉留连⑱。云璈韵响泻寒泉^⑲。浩歌畅饮,斜月低河汉。渐渐绮霞、天际红深浅。动归思、回首尘寰。烂漫游、玉辇东还^⑳。杏花风、数里响鸣鞭。望长安路,依稀柳色,翠点春妍。

【题解】

王文诰《苏诗总案》卷三十七:"绍圣元年甲戌(1094)正月,闻歌者歌《戚氏》,方论穆天子事,因依其声,成《戚氏》词。"薛本、邹王本均据此编绍圣元年甲戌正月,作于定州。孔《谱》编元祐七年(1092)岁末。

【注释】

①傅本存目缺词。毛本调下注云:"此词详叙穆天子西王母事,世不知所谓,遂谓非东坡作。李端叔跋云:'东坡在中山,宴席间,有歌《戚氏》调者,坐客言调美而词不典,以请于公。公方观《山海经》,即叙其事为题,使妓再歌之,随其声填写,歌竟篇就,才点定五六字而已。'"此从紫本、百本。

②杜光庭《墉城集仙录》:"(西王母)所居宫阙,在龟山春山西那之都,昆仑之圃。"

③杜光庭《墉城集仙录》:"在昔道气凝寂,湛体无为,将欲启迪玄功,化生万物。先以东华至真之气,化而生木公。木公生于碧海之上,芬灵之墟,以主阳和之气,理于东方,亦号曰东王公焉。又以西华至妙之气,化而生金母。金母生于神州伊川,厥姓侯氏,生而飞翔,以主元……与东王公共理二气,而育养天地,陶钧万物矣。柔顺之本,为极阴之元,位配西方,母养群品。天上天下,三界十方,女子之登仙得道者,咸所隶焉。"

④绛阙:傅玄《云中白子高行》:"陵阳子,来明意,欲作天与仙人游。超登元气攀日月,遂造天门将上谒,阊阖开,见紫微绛阙。"岩峣:梁简文帝《三日侍皇太子曲水宴》:"层岑偃蹇,耸观岩峣。"翠房:东方朔《海内十洲记》:"碧玉之堂,琼华之室,紫翠丹房,锦云烛日,朱霞九光,西王母之所治也。"

⑤杜光庭《墉城集仙录》:"(王母所居)有金城千里,玉楼十二。"

⑥穆满巡狩:《仙传拾遗》:"周穆王名满,房后所生,昭王子也……王少好神仙之道,常欲使车辙马迹,遍于天下,以仿黄帝焉。乃乘八骏之马,奔

戎,使造父为御,得白狐玄貉,以祭于河宗。导车涉弱水,鱼鳖鼋鼍以为梁,遂登于春山。又觞西王母于瑶池之上。"翠华:《汉书》卷五十七司马相如传《上林赋》:"建翠华之旗,树灵鼍之鼓。"注:"翠华之旗,以翠羽为旗上葆也。"

⑦刘禹锡《送源中丞充新罗册立使》:"烟开鳌背千寻碧,日浴鲸波万顷金。"

⑧王勃《山亭兴序》:"裁二仪为舆盖,倚八荒为户牖。"宋玉《大言赋》:"方地为车,圆天为盖。"

⑨《水经注·河水一》引《昆仑说》:"昆仑之山三级,下曰樊桐,一名板松;二曰玄圃,一名阆风;上曰增(层)城,一名天庭,是谓太帝之居。"

⑩琼草:张籍《灵都观李道士》:"仙观雨来静,绕房琼草春。"芊绵:《说文》:"芊,草盛也。"谢灵运《山居赋》:"孤岸竦秀,长洲芊绵。"

⑪任诣《庚辰十二月十九日雪》:"含嚬一笑竞春妍,绣勒锦鞯生羽翩。"

⑫《文选》卷三张衡《东京赋》:"龙辂充庭。"李善注:"辂,天子之车也。"

⑬八马:《穆天子传》:"天子之骏,赤骥、盗骊、白义、踰轮、山子、渠黄、华骝、騄耳。"芝田:东方朔《海内十洲记·祖洲》:"东海祖洲,上有不死之草,生琼田中,或名为养神芝,其叶似菰苗,丛生,一株可活一人。"

⑭瑶池:《穆天子传》卷三:"乙丑,天子觞西王母于瑶池之上。"李商隐《瑶池》:"瑶池阿母绮窗开,黄竹歌声动地哀。"青鸟:晁载之《续谈助》卷三引《汉武故事》:"七月七日,上于承华殿斋。日正中,忽见有青鸟从西来。上问东方朔,朔对曰:'西王母暮必降尊像。'……有顷,王母至,乘紫车,玉女夹驭,戴七胜,青气如云,有二青鸟如鸾,夹侍王母傍。"

⑮《穆天子传》卷一:"觞天子于盘石之上,天子乃奏广乐。"郭璞注:"《史记》云:赵简子疾,不知人,七日而寤,曰:'我之帝所,甚乐,与百神游于钧天。广乐九奏万舞,不类三代之乐,其声动心。'"《淮南子·天文训》:"天有九野……中央曰钧天。"

⑯绿发:李白《古风》之五:"中有绿发翁,披云卧松雪。"方瞳:《南史》卷七十六《陶弘景传》:"仙书云:'眼方者寿千岁。'弘景末年,一眼有时而方。"

401

王嘉《拾遗记》卷三："惟有黄发老叟五人,或乘鸿鹤,或衣羽毛,耳出于顶,瞳子皆方。"

⑰金鼎药:《抱朴子·金丹》:"服神丹令人寿无穷已,与天地相毕,乘云驾龙,上下太清。"大椿年:《庄子·逍遥游》:"上古有大椿者,以八千岁为春,八千岁为秋。"

⑱班固《汉武帝内传》:"王母乃命诸侍女王子登弹八琅之璈,又命侍女董双成吹云和之笙,石公子击昆庭之金,许飞琼鼓震灵之簧。"项斯《送宫人入道》:"愿随仙女董双成,王母前头作伴行。"

⑲班固《汉武帝内传》:"王母因授以五岳真形图,帝拜受俱毕,夫人自弹云林之璈,歌步玄之曲。"

⑳《穆天子传》:"己亥,天子东归。"

【汇评】

李之仪《姑溪居士文集》卷三十八《跋戚氏》:中山控北虏为重镇,异时选寄,皆一时人物。然轻裘缓带,折冲尊俎,韩忠献、宋景文而已。元祐末,东坡老人自礼部尚书以端明殿学士加翰林侍读学士为定州安抚使,开府延辟,多取其气类。故之仪门生从辟,而蜀人孙子发实相与俱。于是海陵滕兴公、温陵曾仲锡为定倅。五人者,每辨色会于公厅,领所事竟,按前所约之地,穷日力尽欢而罢,或夜则以晓角动为期。方从容醉笑间,多令歌妓,随意歌于坐侧,各因其谱,即席赋咏。一日,歌者辄于老人之侧作《戚氏》,意将索老人之才于仓卒,以验天下之向慕者。老人笑而颔之,邂逅方论穆天子传事,颇摘其虚诞,遂资以应。随声随写,歌竟篇就,才点定五六字尔。坐中随声击节,终席不间他辞,亦不容别进一语,临分曰:足为中山一时盛事,前固莫与比,而来者未必能继也。方图刻石以表之,而谪去,宾客皆分散。政和壬辰(1112)八月二十日夜,葛大川出此词于宁国庄,姑溪居士李之仪书。

陆游《老学庵笔记》卷九:东坡先生在中山作《戚氏》乐府词最得意,幕客李端叔跋三百四十余字,叙述甚备。欲刻石传后,为定武盛事,会谪去,不果,今乃不载集中。至有立论排诋,以为非公作者,识真之难如此哉。

费衮《梁溪漫志》卷九:予观其词,有曰:"玉龟山。东皇灵姥统群仙。"

又云："争解绣勒香鞲。"又云："鸾辂驻跸。"又云："肆华筵。间作脆管鸣弦。宛若帝所钧天。"又云："尽倒琼壶酒，献金鼎药，固大椿年。"又云："浩歌畅饮。""回首尘寰。烂漫游、玉辇东还。"东坡御风骑气，下笔真神仙语。此等鄙俚猥俗之词，殆是教坊倡优所为，虽东坡灶下老婢亦不作此语，而顾称誉若此，岂果端叔之言邪？

元好问《东坡乐府集引》：就孙（镇）集录七十五首，遇语句两出者，择而从之。自余"玉龟山"一篇，予谓非东坡不能作，孙以为古词删去之，当自别有所据，姑存卷末，以候更考。

归朝欢

公尝有诗与苏伯固，其序曰：昔在九江，与苏伯固唱和，其略曰："我梦扁舟浮震泽。雪浪横江千顷白。觉来满眼是庐山，倚天无数开青壁。"盖实梦也。然公诗复云："扁舟震泽定何时，满眼庐山觉又非。"①

我梦扁舟浮震泽②。雪浪摇空千顷白。觉来满眼是庐山③，倚天无数开青壁。此生长接淅④。与君同是江南客⑤。梦中游，觉来清赏⑥，同作飞梭掷⑦。　　明日西风还挂席⑧。唱我新词泪沾臆⑨。灵均去后楚山空，澧阳兰芷无颜色⑩。君才如梦得。武陵更在西南极。竹枝词⑪，莫摇新唱⑫，谁谓古今隔⑬。

【题解】

王文诰《苏诗总案》卷三十七云："甲戌闰四月三日告下，坐前掌制命语涉讥讪，落端明殿学士兼翰林侍读学士，依前左朝奉郎，责知英州军州事，罢定州任。""告下降充左承议郎仍知英州。"又告下"合叙复日，不得与叙，

403

仍知英州。"六月告下,落左承议郎,责授建昌军司马,惠州安置。七月"达九江,与苏坚泣别作《归朝欢》词"。孔《谱》、薛本、邹王本均据此编绍圣元年甲戌(1094)七月,作于九江。施元之《注苏诗》卷二十九《次韵苏伯固主簿重九》注云:"苏伯固,名坚。博学能诗。东坡与讲宗盟,自黄迁汝,同游庐山,有《归朝欢》词,以刘梦得比之。"误。

【注释】

①元本题作"和苏坚伯固"。此据傅本题注。

②傅注引《扬州记》:"太湖一名震泽。"

③傅注:"《庐山记》曰:周威王时,有匡俗者,生而神灵,隐沦潜景,庐于此山,时人谓之匡君庐,故山因以取号。"

④《孟子·万章下》:"孔子之去齐,接淅而行。"赵歧注:"淅,渍米也。"疏:"言孔子之去齐急速,但渍米,不及炊而行。"

⑤白居易《邓州路中》:"不归渭北村,又作江南客。"

⑥《晋书》卷四十三《王戎传》:王戎字濬冲,父名浑。阮籍与浑为友,戎年十五,随浑在郎舍。籍每适浑,俄顷辄去,过视戎,良久然后出。谓浑曰:"濬冲清赏,非卿伦也。共卿言,不如共阿戎谈。"

⑦寇准《和蒨桃》:"将相功名终若何,不堪急景似奔梭。人间万事何须问,且向樽前听艳歌。"

⑧《文选》卷一二木玄虚《海赋》:"于是候劲风,揭百尺,维长绡,挂帆席。"注:"随风张幔曰帆,或以席为之,曰帆席也。"李白《江上》:"明晨挂帆席,离恨满沧波。"

⑨杜甫《哀江头》:"人生有情泪沾臆,江草江花岂终极。"

⑩灵均:《离骚》:"名余曰正则兮,字余曰灵均。"兰芷:《离骚》:"兰芷变而不芳兮,荃蕙化而为茅。"《九歌·湘夫人》:"沅有芷兮澧有兰,思公子兮未敢言。"

⑪《乐府诗集》卷八一《近代曲辞三》:"《竹枝》本出于巴渝。唐贞元中,刘禹锡在沅湘,以俚歌鄙陋,乃依骚人《九歌》作《竹枝》新辞九章,教里中儿歌之,由是盛于贞元、元和之间。禹锡曰:'竹枝,巴愉也。巴儿联歌,吹短笛,击鼓以赴节。歌者扬袂睢舞,其音协黄钟之羽。末如吴声,含思宛转,

有淇濮之艳焉。'"

⑫《隋书》卷三十一《地理志下》:"长沙郡又杂有夷蜒,名曰莫徭。自云其先祖有功,常免徭役,故以为名。"

⑬谢灵运《七里濑》:"谁谓古今殊,异代可同调。"

【汇评】

曾季貍《艇斋诗话》:东坡词《归朝欢》(和苏伯固)者,为送伯固往澧阳,故用灵均梦得故事,今词中但云和伯固,而不言往澧阳也。

郑文焯《大鹤山人词话》:此与柳词同一体,其平侧微异处,正其音律之清浊相和,匪若万红友所注可平可仄之例也。

木兰花令

宿造口闻夜雨寄子由、才叔①

梧桐叶上三更雨②。惊破梦魂无觅处。夜凉枕簟已知秋③,更听寒蛩促机杼④。　　梦中历历来时路。犹在江亭醉歌舞。尊前必有问君人,为道别来心与绪。

【题解】

朱本卷二:"案辛弃疾书江西造口壁词,有'郁孤台下清江水'语,地当在赣州。词为南迁时作。"傅藻《东坡纪年录》云:东坡南迁,"绍圣元年甲戌八月七日入赣,过惶恐滩,作诗。十七日过虔州,作《郁孤台》。"郁孤台在造口。孔《谱》、薛本、邹王本均编绍圣元年甲戌(1094)八月,为苏轼南迁途中作于造口。

【注释】

①元本无题。邹王本注:"造口:又名皂口镇,在今江西万安县西南六十里,有皂口溪,水自此入赣江。才叔:张庭坚,广安军人。元祐进士,徽宗

时官至右正言。《宋史》卷三四六有传。"

②温庭筠《更漏子》:"梧桐树,三更雨,不道离情正苦。一叶叶,一声声,空阶滴到明。"

③唐庚《文录》:"唐人有诗云:山僧不解数甲子,一叶落知天下秋。"

④崔豹《古今注》卷中《鱼虫》:"蟋蟀,一名吟蛩。秋初生,得寒则鸣。"《尔雅·释虫》:"蟋蟀,蛬。"邢昺疏:"蟋蟀,一名蛬,今促织也,亦名青蛚。"

浣溪沙①

几共查梨到雪霜②。一经题品便生光。木奴何处避雌黄③。　　　北客有来初未识④,南金无价喜新尝⑤。含滋嚼句齿牙香。

【题解】

朱本、龙本未编年。曹本云:"惟细玩下片'北客'及'南金'句,当系东坡谪惠途中,初抵广州时,新尝土产橘柑之作。龙本注南金,引毛传'南谓荆扬也'。编者以为大谬。此南字,依宋代地理形势,当为广州。诗集有《送沈逵赴广南》之作,可为东坡视广州为南之见证。至于金,则代表土产橘柑之黄色。考东坡于绍圣元年甲戌谪惠途中,九月间初到广州,此词必系当时作。"邹王本从之,编绍圣元年(1094)九月,作于广州。《文集》卷五一《与李公择十七首》之十四云:"累获来教,佩戴至意。比日起居佳胜。雪屡作,足慰劝耕之怀。昨日船到,送惠木奴人(八)瓮,算已作三百匹绢看矣。新岁不及奉觞,唯祝晚途遇合,使退耕穷士与民物并受其赐也。寒苦,万万自重。"此信于元丰五年壬戌(1082)正月写于黄州。薛本据此编于是年,认为是李常派船送木奴八瓮与东坡,东坡感而作此词。今暂依曹本。

【注释】

①傅本、元本不载。

②罗愿《尔雅翼》卷十："楂,似梨而色黄,其味酢涩。今人谓之榠楂,一曰蛮楂。"《庄子·天运》:"故譬三皇五帝之礼义法度,其犹柤梨橘柚邪,其味相反,而皆可于口。"

③木奴:习凿齿《襄阳耆旧记》:"李衡字叔平,襄阳人。习竺以女英习配之。汉末为丹阳太守,衡每欲治家事,英习不听,后密遣客十人,往武陵龙阳泛洲上作宅,种甘橘千株。临死,敕儿曰:'汝母每怒吾治家事,故穷如是。然吾州里有千头木奴,不责汝衣食,岁上匹绢,亦可足用耳。'"雌黄:孙盛《晋阳秋》:"王衍能言,于意有不安者,辄更易之,时号口中雌黄。"

④韩彦直《橘录》卷上《真柑》:"真柑在品类中最贵可珍……始霜之旦,园丁采以献,风味照座,擘之则香雾噀人,北人未之识者。"

⑤韩彦直《橘录》卷上《金柑》:"金柑比他柑特小,其大者如钱,小者如龙目,色似金,肌理细莹,圆丹可玩,噉者不削去金衣……欧阳文忠公《归田录》载其香清味美,置之樽俎间,光彩灼烁,如金弹丸,诚珍果也。"

浣溪沙

公旧序云:绍圣元年十月二十三日,与程乡令侯晋叔、归善簿谭汲同游大云寺。野饮松下,设松黄汤,作此阕①

罗袜空飞洛浦尘②。锦袍不见谪仙人③。携壶藉草亦天真④。 玉粉轻黄千岁药⑤,雪花浮动万家春。醉归江路野梅新。

【题解】

《苏诗总案》谓甲戌(1094)十月十三日与侯晋叔、谭汲游大云寺,野饮松下,设松黄汤,作《浣溪沙》词。薛本、邹王本均编绍圣元年甲戌十月,作于惠州。

【注释】

①此据紫本、百本。傅本在"作此阕"后还有"余家近酿酒,名之曰'万家春',盖岭南万户酒也"。程乡:梅州辖县。归善:惠州辖县。侯晋叔:嘉靖《广东通志》卷五十六《侯晋叔传》:"字德昭,曲江人,登元丰八年进士。为程乡令。与苏轼兄弟往还欸密,家藏二公墨帖甚富。"《苏轼文集》卷五十四《与程正辅书》之二十二:"侯晋叔,实佳士,颇有文采气节。恐兄不久归阙,此人疑不当遗也。"大云寺:王文诰《苏诗总案》引《归善县志》:"大云寺在邑治西八十里。"松黄:《本草纲目·木部·松》:"松花即松黄……酒服令轻身。"万家春:《苏轼诗集》卷三十九《和陶己酉岁九月九日》:"持我万家春,一酬五柳陶。"

②曹植《洛神赋》:"凌波微步,罗袜生尘。"

③傅注:"李白初至长安,贺知章见其文,叹曰:'子谪仙人也。'后供奉翰林,恳求还山,帝赐金放还。白浮游四方,尝乘月与崔宗之自采石至金陵,著宫锦袍,坐舟中,旁若无人。"

④《文选》卷一一孙兴公《游天台山赋》:"藉萋萋之纤草,荫落落之长松。"注:"以草荐地而坐曰藉。"《庄子·渔父》:"真者,所以受于天也,自然不可易也。故圣人法天贵真,不拘于俗。"王维《偶然作》:"陶潜任天真,其性颇耽酒。"

⑤傅注:"《广志》曰:千岁老松子,色黄白,味似栗,可食,久服轻身。"

浣溪沙

咏 橘

菊暗荷枯一夜霜。新苞绿叶照林光①。竹篱茅舍出青黄②。　　香雾噀人惊半破③,清泉流齿怯初尝④。吴姬三日手犹香⑤。

朱本、龙本未编年。曹本云:"惟此词与前首调韵俱同,又同赋橘柑事,援朱本类编例,今一并移编绍圣元年甲戌(1094)。又按陈继儒序陈梦槐选本《苏东坡全集》(卷四八)食柑诗云:'一双罗帕未分珍,林下先尝愧逐臣。露叶霜枝剪寒碧,金盘玉指坡芳辛。清泉蔌蔌先流齿,香雾霏霏欲噀人。坐客殷勤为收子,千奴一掬奈吾贫。'此诗五六句,与此词下片起次句类似,必系同时作。且此词并可视为此诗之檃括。从此诗次句,可证前首及此首移编甲戌之不妄。"邹王本从之,并补充云:"《食柑》诗,王文诰《苏文忠公诗编注集成》编元丰六年癸亥,时在黄州。疑误。柑为广东特产,苏轼食柑,应在初到广州之时,据曹说,此诗亦应移编绍圣元年甲戌。"薛本编元丰五年壬戌(1082)。

【注释】

①沈约《园橘》:"绿叶迎霜滋,朱苞待霜润。"

②韦应物《答郑骑曹青橘绝句》:"怜君卧病思新橘,试摘犹酸亦未黄。书后欲题三百颗,洞庭须待满林霜。"

③刘峻《送橘启》:"始霜之旦,采之风味照座,擘之香雾噀人。"

④苏轼《食柑》:"清泉蔌蔌先流齿,香雾霏霏欲噀人。"

⑤《橘录》卷上《真柑》:"真柑在品类中最贵可珍……前太守参政李公赏柑之诗曰:忘机白鸟冲船过,堆案黄柑噀手香。"

阮郎归

梅　词①

暗香浮动月黄昏②。堂前一树春。东风何事入西邻。儿家常闭门③。　　雪肌冷④,玉容真⑤。香腮粉未匀。折花欲寄岭头人⑥。江南日暮云⑦。

【题解】

【题解】

朱本、龙本、邹王本未编年。薛本云此词作年难以确考,然以诗原词,或见踪迹焉。苏诗中咏庭梅者凡两见,其中绍圣元年甲戌在惠州有《十一月二十六日,松风亭下,梅花盛开》《再用前韵》《花落复次前韵》三首皆咏松风亭之白梅,即荒园之梅,亦即庭梅,正所谓"堂前一树春"者,故暂编于绍圣元年(1094)。

【注释】

①傅本、元本题作"梅花",毛本题作"集句梅花"。

②林逋《山园小梅二首》之一:"疏影横斜水清浅,暗香浮动月黄昏。"

③蒋维翰《春女怨》:"白玉堂前一树梅,今朝忽见数枝开。儿家门户寻常闭,春色因何入得来。"

④《庄子·逍遥游》:"藐姑射之山,有神人居焉。肌肤若冰雪,绰约若处子。"

⑤白居易《长恨歌》:"玉容寂寞泪阑干,梨花一枝春带雨。"

⑥傅注引《开州记》(按当为《荆州记》):"陆凯与范晔相善,自注(按当为江)南寄梅花一枝,诣长安与晔,赠诗曰:'折花逢驿使,赠与陇头人。江南无所有,聊赠一枝春。'"

⑦杜甫《怀李白》:"渭北春天树,江东日暮云。"

西江月

咏　梅

马趁香微路远,沙笼月淡烟斜。渡波清彻映妍华。倒绿枝寒凤挂①。　　挂凤寒枝绿倒,华妍映彻清波。渡斜烟淡月笼沙②。远路微香趁马。

【题解】

此词傅本、毛本、元本、吴讷本、朱本、龙本、石唐本、孔谱均未收。《全宋词》据宋桑世昌辑、明朱存孝补遗《回文类聚》收入。薛本未编年。孙民《关于十三首东坡乐府的编年》云:"词言'倒绿枝寒凤挂',是说一种绿色小鸟倒挂在梅枝上。这是只有岭南早春才有的新奇景象。苏诗《十一月二十六日,松风亭下,梅花盛开》(见《诗集》卷三八)其二有'蓬莱宫中花鸟使,绿衣倒挂扶桑暾'之句,即指这种小鸟。作者自注:'岭南珍禽有倒挂子,绿毛、红喙,如鹦鹉而小,自东海来,非尘埃中物也。'细昧本词,是写一次月夜赏梅经过,上述引诗亦然。诗写村中梅花,词唱路上梅花;诗写日间梅,词咏月下梅。二者合读,恰为一次赏梅的全过程。苏轼当时暂居惠州嘉祐寺,距罗浮山有三、五十里,正当骑马往返,故词有'马趁香微路远'之句。据此,诗词同咏一事,理应随诗同编于绍圣元年。"编绍圣元年(1094)岁末惠州作。邹王本、沈松勤《苏轼词编年补证》均赞同其说。邹王本并云:"这是一首别具一格、上下片回文的咏梅词,虽是游戏文字,但意境美,文辞妙,不失为佳作,可与同调《梅花》词(玉骨那愁瘴雾)相参读。"

【注释】

①见《西江月》(玉骨那愁瘴雾)注。

②杜牧《泊秦淮》:"烟笼寒水月笼沙。"

减字木兰花

荔　支①

闽溪珍献。过海云帆来似箭②。玉座金盘③。不贡奇葩四百年。　　轻红酽白④。雅称佳人纤手擘。骨细肌香⑤。恰是当年十八娘⑥。

【题解】

朱本、龙本未编年。此词除《全宋词》外，各本俱题"西湖食荔枝"。薛本云：东坡仕履所至之杭州、颍州、扬州、惠州均有西湖，此词下阕写食鲜荔枝，故知作于惠州西湖无疑。据蔡襄《荔枝谱》可知，东汉贡荔枝来自岭南，唐贡荔枝来自巴蜀，隋贡荔枝来自东闽。故词的上片说"闽溪珍献"、"不贡奇葩四百年"，是因食闽荔而感叹隋炀帝因贪口体之福而劳民伤财。《诗集》卷三十九有《四月十一日初食荔枝》和《荔枝叹》二首，均作于绍圣二年乙亥(1095)，词亦当作于同时。邹王本编年同薛本。

【注释】

①傅本、元本、毛本题作"西湖食荔支"。紫本、百本题作"荔支"。荔支：傅本作"荔子"。《诗集》卷三十九《江月五首》引："或与客游丰湖。"查注："《名胜志》：惠州城西，有石埭山，流泉溅沫若飞帘，其水泄入于丰湖，即西湖也。宋知州陈偁，创筑亭馆，以增胜概。林倞《丰湖集序》云：湖之润溉田数百顷，菱藕蒲鱼之利岁无万，民之取于湖者，其施已丰，故曰丰湖，隔水有山，曰丰山，自西逶迤入于湖中，有点翠洲、熙春台、杂花岛、归云洞诸胜。"荔支：蔡襄《荔枝谱·原本始》："荔枝之于天下也，惟闽粤、南粤、巴蜀有之。"

②傅注："荔枝经日，则色香味俱变，必由海道以进者，欲速致也。"苏轼《荔枝叹》："飞车跨山鹘横海，风枝露叶如新采。"李白《行路难》三首之一："长风破浪会有时，直挂云帆寄沧海。"

③杜甫《解闷》十二首之九："先帝贵妃今寂寞，荔枝还复入长安。炎方每续朱樱献，玉座应悲白露寒。"《九家集注杜诗》赵云：玉座应悲，"自杨妃死，今明皇见荔枝入贡追念而悲矣。"

④傅注："壳轻红而肉酽白也。"白居易《荔枝图序》："壳如红缯，膜如紫绡，瓤肉莹白如冰雪。"

⑤蔡襄《荔枝谱》二《标尤异》："香气清远，色泽鲜紫，壳薄而平，瓤厚而莹，膜如桃花红，核如丁香母，剥之凝如水精，食之消如绛雪，其味之至，不可得而状也。"

⑥蔡襄《荔枝谱》七《别种类》："十八娘荔枝，色深红而细长，时人以少

412

女比之。俚传闽王王氏,有女第十八,好啖此品,因而得名。"

殢人娇

或云赠朝云①

白发苍颜,正是维摩境界②。空方丈、散花何碍③。朱唇箸点,更髻鬟生彩④。这些个,千生万生只在。　　好事心肠,著人情态⑤。闲窗下、敛云凝黛。明朝端午,待学纫兰为佩⑥。寻一首好诗,要书裙带。⑦

【题解】

王文诰《苏诗总案》卷三十九:"绍圣二年乙亥(1095)五月四日赠朝云《殢人娇》词。"作于惠州。薛本、邹王本从之。词末云"寻一首好诗,要书裙带",曹本谓即端午作《浣溪沙》(轻汗微微透碧纨)。

【注释】

①二妙集、毛本题无"或云"二字,元本无题。此据紫本。朝云:《文集》卷十五《朝云墓志铭》:"东坡先生侍妾曰朝云,字子霞,姓王氏,钱塘人。敏而好义,事先生二十有三年,忠敬若一,绍圣三年七月壬辰,卒于惠州,年三十四。八月庚申,葬之丰湖之上栖禅山寺之东南。生子遁,未期而夭。"《苏轼诗集》卷三十八《朝云诗引》:"予家有数妾,四五年相继辞去,独朝云者,随予南迁。"

②傅注:"《维摩诘经》:毗耶离城中,有长者名维摩诘。虽为白衣,持奉沙门清净律行;虽处居家,不着三界;亦有妻子,常修梵行。"

③傅注:"维摩诘以一丈之室,能容三万二千师子座,无所妨碍。室中有一天女,每闻说法,便现其身,即以天花散诸菩萨大弟子上。"

④傅注:"箸点,言最小也。"生菜:二妙集、明刊全集、毛本作"生采",龙

本、曹本作"彩"。傅注："白乐天《苏家女子简简吟》：'玲珑云髻生菜样，飘飘风袖蔷薇香。'"

　　⑤张相《诗词曲语辞汇释》卷三："(着人情态)言有贴切人之情态。"程垓《一络索》："小小腰身相称，更着人心性。"

　　⑥《离骚》："纷吾既有此内美兮，又重之以修能。扈江离与辟芷兮，纫秋兰以为佩。"

　　⑦释文莹《湘山野录》卷下："严仆射续以位高寡学，为时所鄙……以熙载有才名，固请撰其父神道碑，欲苟称誉取信于人。以珍货几万缗，仍辍未胜衣一歌鬟质冠洞房者，为濡毫之赠，意其获盼，必可深讽。熙载纳赠受姬，遂纳其请，文既成，但叙谱斋品秩及蒉葬褒赠之典而已，无点墨道及续之事业者。续嫌之，封还，尚冀其改窜。熙载亟以向所赠及歌姬悉还之，临登车，止写一阕于泥金双带，曰：'风柳摇摇无定枝，阳台云雨梦中归。他年蓬岛音尘断，留取樽前旧舞衣。'"

浣溪沙

端　午①

轻汗微微透碧纨。明朝端午浴芳兰②。流香涨腻满晴川③。　　彩线轻缠红玉臂④，小符斜挂绿云鬟⑤。佳人相见一千年。

【题解】

　　朱本、龙本未编年。曹本云："惟本集《殢人娇》赠朝云'白发苍颜'一首下片末云：'朝端午，待学纫兰为佩。寻一首好诗，要书裙带。'细玩此词，似即东坡当年所寻得之一首好诗。何也？因此词末句'佳人相见一千年'，非朝云莫克当之，且正应端午故事，今移编《殢人娇》'白发苍颜'之后。"编绍圣二年乙亥(1095)五月四日。邹王本从之。孔《谱》、薛本所编亦与曹

414

本同。

【注释】

①傅本缺词调、词题及首二句。

②《楚辞·九歌·云中君》:"浴兰汤兮沐芳。"

③任昉《述异记》卷上:"吴故宫亦有香水溪,俗云西施浴处,人呼为脂粉塘。吴王宫人濯妆于此,溪上源至今馨香。古诗云:安得香水泉,濯郎衣上尘。"杜牧《阿房宫赋》:"渭流涨腻,弃脂水也。"

④宗懔《荆楚岁时记》:"五月五日……以五彩丝系臂,名曰辟兵,令人不病瘟。"刘歆《西京杂记》卷一:"赵后体轻腰弱,善行步进退,女弟昭仪不能及也,但昭仪弱骨艳肌,尤工笑语,二人并色如红玉。"

⑤陈元靓《岁时广记·钗头符》:"《岁时杂记》:'端午剪缯彩作小符儿,争逞精巧,掺于鬟髻之上,都城亦多扑卖。'"

浣溪沙

端　午①

入袂轻风不破尘②。玉簪犀璧醉佳辰③。一番红粉为谁新。　　团扇只堪题往事④,新丝那解系行人⑤。酒阑滋味似残春。

【题解】

朱本、龙本未编年。曹本云:"惟诗集有《广陵后园题(王案有'申公'二字)扇子》。王案(卷二十四)改此诗题为《广陵后圃为申公著题歌者团扇诗》,编在元丰七年甲子(1084),与此词合。今从诗集及王案移编甲子。"刘崇德《苏词编年考》认为这首词是绍圣二年(1095)端午为朝云贺生日而作的。朝云生日为端午,绍圣二年端午前一日所作赠朝云《殢人娇》中有"明

朝端午,待学纫兰为佩,寻一首好诗,要书裙带"句。苏轼绍圣元年十一月
所作《朝云诗》有"舞衫歌扇旧因缘"句与此词中"团扇不堪题往事"相合。
朝云于绍圣三年七月病逝于惠州,在惠州过两个端午,词当写于二年。薛
本附编于《好事近·送君猷》(红粉莫悲啼)后,并云:"词既题为'端午',又
写送别,盖为徐君猷去黄而作,因附编于此,以俟更考。"编于元丰六年
(1083)。今暂从刘说。

【注释】

①元本无题。

②风:傅本、元本作"飘"。

③葛洪《西京杂记》卷二:"武帝过李夫人,就取玉簪搔头。自此后,宫
人搔头皆用玉,玉价倍贵焉。"犀璧:指以犀角制成的圆状饰物。

④桃叶《答王团扇歌三首》之三:"团扇复团扇,持许自障面。憔悴无复
理,羞与郎相见。"

⑤宗懔《荆楚岁时记》:"五月五日……以五彩丝系臂,名曰辟兵,令人
不病瘟。一名长命缕。"

南歌子①

　　云鬟裁新绿②,霞衣曳晓红。待歌凝立翠筵中。一朵彩
云何事、下巫峰③。　　趁拍鸾飞镜④,回身燕漾空。莫翻红
袖过帘栊⑤。怕被杨花勾引、嫁东风⑥。

【题解】

　　朱本、龙本、曹本未编年。薛本云此词当为赠朝云而作,词首两句即藏
朝云之名与字于其中,第四句用《高唐赋》事,又再点"朝云"二字。但无年
月可考,故暂编绍圣二年(1095)。曾枣庄《东坡词中的朝云》云此词和秦观
《南歌子》(霭霭凝春态)是写的同一人同一事,均为朝云而作,秦观词是东

坡令朝云乞请秦观所写,此词是朝云奉苏轼之命,向秦观索词后写的答词,并推断二词均应作于元祐年间秦观供职秘书省时。徐培均校注《淮海居士长短句》笺注《南歌子·赠东坡侍妾朝云》亦云:"东坡元祐间有《南歌子》(云鬟裁新绿)词,内容与本篇相近,似为赠答之作。据施宿《东坡先生年谱》,东坡元祐六年闰八月出知颍州,而少游是时供职秘书省。故本篇以'使君'称东坡,以'兰台公子'自喻。词盖作于是时。"此说沿自《艺苑雌黄》、《瓮牖闲评》等书,邹王本从之,编元祐六年(1091)八月,作于东京。薛本云此说不能成立,因元祐时期苏、秦二人未曾谋面。

【注释】

①紫本、傅本、百本、元本不载。二妙集、毛本有词题"舞妓"。

②《木兰诗》:"当户理云鬓,对镜贴花黄。"

③宋玉《高唐赋》:"妾在巫山之阳,高丘之阻,旦为朝云,暮为行雨,朝朝暮暮,阳台之下。"

④《渊鉴类函》卷四一九《鸟部·鸾》引范泰《鸾鸟诗序》:"昔罽宾王结罝峻卯之山,获一鸾鸟。王甚爱之,欲其鸣而不致也,乃饰以金樊,飨以珍羞。对之愈戚,三年不鸣。其夫人曰:'尝闻鸟见其类而后鸣,何不悬镜以映之。'王从其言,鸾睹影悲鸣,哀响冲霄,一奋而绝。"

⑤《南齐书》卷一一《乐志》王俭《白纻舞》:"声发金石媚笙簧,罗袿徐转红袖扬。"

⑥李贺《南园十三首》之一:"可怜日暮嫣香落,嫁与东风不用媒。"

【汇评】

沈际飞《草堂诗余别集》卷二:未舞而舞之神已全。

行香子

秋　兴①

昨夜霜风。先入梧桐②。浑无处、回避衰容。问公何事,不语书空③。但一回醉，一回病，一回慵。 朝来庭下，光阴如箭，似无言、有意伤侬④。都将万事，付与千钟⑤。任酒花白，眼花乱，烛花红⑥。

【题解】

朱本、龙本、石唐本、邹王本未编年。孔《谱》未载。薛本从词意及"书空"之典，谓"当写于黄州时期或南迁之后"。而苏轼在黄州时期曾于癸亥春夏间一病半年，然病愈在闰六月底，与词中所写深秋景色不侔。绍圣元年甲戌迁惠州后，苏轼于二年乙亥七月痔疾作，八九月间始愈，时已至深秋，与词相合，故编绍圣二年(1095)。沈松勤《苏轼词编年补证》认为此词为元祐三年(1088)九十月间官翰林时作。

【注释】

①紫本、百本、二妙集、毛本题"秋兴"，傅本、元本题"病起小集"。

②昨：傅本作"凉"，元本注："一作凉"。韩愈《秋怀十一首》之九："霜风侵梧桐，众叶著树干。"

③《晋书》卷七十七《殷浩传》："浩虽被黜放，口无怨言，夷神委命，咏谈不辍，虽家人不见其有流放之戚。但终日书空，作'咄咄怪事'四字而已。"

④朝：傅本作秋，元本作朝。光阴如箭：元本作"飞英如霰"，下注云："一作'光阴如箭'。"韦庄《关河道中》："但见时光流似箭，岂知天道曲如弓。"傅注："《古乐府》：'光阴似箭催人老。'"伤：傅本、元本作"催"，元本下注云"一作'伤'"。

⑤王充《论衡·语增》："文王饮酒千钟，孔子百觚。"韩愈《赠郑兵曹》："杯行到君莫停手，破除万事莫过酒。"

⑥李群玉《望月怀友》："酒花荡漾金樽里，棹影飘飘玉浪中。"李煜《玉楼春》："归时休照烛花红，待放马蹄清夜月。"

南乡子

双荔支①

天与化工知②。赐得衣裳总是绯③。每向华堂深处见,怜伊。两个心肠一片儿。 自小便相随。绮席歌筵不暂离。苦恨人人分拆破④,东西。怎得成双似旧时。

【题解】

邹王本云:"这是一首用拟人手法写的咏物词。"薛本云此词与《减字木兰花·西湖食荔枝》似应作于同时,故暂系绍圣二年(1095),作于惠州。

【注释】

①傅本、元本无题。

②贾谊《鵩鸟赋》:"且夫天地为炉兮,造化为工。"

③《新唐书》卷二十四《车服志》:"袴褶之制:五品以上,细绫及罗为之……五品以上绯。"《说文》:"绯,帛赤色也。"

④拆:毛本作"析"。

贺新郎

夏 景①

乳燕飞华屋②。悄无人、桐阴转午,晚凉新浴。手弄生绡白团扇,扇手一时似玉③。渐困倚、孤眠清熟。帘外谁来推绣户,枉教人、梦断瑶台曲④。又却是,风敲竹⑤。 石榴半吐红巾蹙⑥。待浮花、浪蕊都尽，伴君幽独⑦。秾艳一枝细看取，芳心千重似束。又恐被、秋风惊绿⑧。若待得君来向此，花前对酒不忍触。共粉泪，两簌簌⑨。

【题解】

朱本、龙本未编年。此词本事有多种说法：一、杨湜《古今词话》云此词是苏轼熙宁年间倅杭时为歌妓秀兰而作，毛本从之，胡仔《苕溪渔隐丛话》后集卷三十九云此说"真可入笑林"，并认为词中所咏"盖初夏之时，千花事退，榴花独芳，因以申写幽闺之情"。二、曾季貍《艇斋诗话》认为此词"在杭州万顷寺作。寺有榴花树，故词中云石榴。又是日有歌者昼寝，故词中云'渐困倚、孤眠清熟'。"孔《谱》、薛本从之，并编庚午年（1090）夏。张志烈、马德富、周裕锴《苏轼全集校注》也编此年，并解说云：苏轼因独立不随，受到新旧两派中一些人的诬蔑攻击，不安于朝，自请外调，其来杭的基本心态中就藏着一种独立人格的孤愤。这首词中芳香满口的语言，秾丽优美的形象，回肠万转，幽愤千重，婉曲缠绵，韵味无限，但其核心就是写出那绝代佳人的孤立无依、高洁寂寞，从而显现出一种孤高自洁者的愤慨，而这与苏轼元祐年间守杭时的心态完全契合一致。词的上片通过景物渲染、肖像刻画、细节描写，绘出一个心有求慕而处境孤独的绝代佳人形象。下片写佳人看榴花的情思，贯穿以榴花比喻佳人的笔意，花姿人面，浑融不分，寂寞幽伤，衷情深显。其艺术表现风范确与屈子《离骚》、杜甫《佳人》有同轨之处。《项氏家说》称其"兴寄最深，有《离骚经》之遗法"，是极有见地的评论。三、陈鹄《耆旧续闻》卷二指出此词是东坡晚年南迁时所作，并云此说得之于晁以道。刘崇德《苏词编年考》认为这一说法值得注意。词中所描绘的榴花盛开情景恰与五代词人欧阳炯所写岭南风光相合。其《南乡子》词中就有"嫩草如烟，石榴花发海南天"的句子。又"浮花浪蕊"一语，本自韩愈《杏花》诗。诗中云："二年流窜出岭外，所见草木多异同。冬寒不严地恒泄，阳气发乱无全功。浮花乱蕊镇长有，才开还落瘴雾中。"苏轼于词中用来反衬榴花能于岭外的瘴雾蛮风中独呈秾艳及其伴随作南迁之"幽独"的

420

芳心。所喻的女子当为朝云。故此词当作于绍圣二年(或三年)夏。邹王本从之。今从刘说,编绍圣二年(1095)初夏。

【注释】

①傅本、元本无题。毛本题云:"余倅杭日,府僚湖中高会。群妓毕集,惟秀兰不来,营将督之再三,乃来。仆问其故,答曰:'沐浴倦卧,忽有扣门声,急起询之,乃营将催督也。整妆趋命,不觉稍迟。'时府僚有属意于兰者,见其不来,恚恨不已,云:'必有私事。'秀兰含泪力辩,而仆亦从旁冷语,阴为之解,府僚终不释然也。适榴花盛开,秀兰以一枝藉手献坐中,府僚愈怒,责其不恭。秀兰进退无据,但低首垂泪而已。仆乃作一曲,名《贺新凉》,令秀兰歌以侑觞,声容妙绝,府僚大悦,剧饮而罢。"朱本凡例云:"(毛本)阑入他人语意,多出宋人杂说。至《贺新郎》之营妓秀兰,依托谬妄,并违词中本旨。"

②杜甫《题省中壁》:"落花游丝白日静,鸣鸠乳燕青春深。"曹植《野田黄雀行》:"生存华屋处,零落归山丘。"

③《世说新语》下卷上《容止》:"王夷甫容貌整丽,妙于谈玄,恒捉白玉柄麈尾,与手都无分别。"

④《离骚》:"望瑶台之偃蹇兮,见有娀之佚女。"

⑤李益《竹窗闻风寄苗发司空曙》:"开门复动竹,疑是故人来。"

⑥白居易《题孤山寺山石榴花示诸僧众》:"山榴花似结红巾,容艳新妍占断春。"

⑦韩愈《杏花》:"浮花浪蕊镇长有,才开还落瘴雾中。"傅注:"石榴繁盛时,百花零落尽矣。"

⑧皮日休《石榴歌》:"蝉噪秋枝槐叶黄,石榴香老愁寒霜。"

⑨李端《妾薄命》:"惟余坏粉泪,未免映衫匀。"元稹《连昌宫词》:"又有墙头千叶桃,风动落花红蔌蔌。"

【汇评】

胡仔《苕溪渔隐丛话》后集卷三九:野哉,杨湜之言,真可入《笑林》!东坡此词,冠绝古今,托意高远,宁为一娼而发邪?"帘外谁来推绣户,枉教人、梦断瑶台曲。又却是,风敲竹",用古诗"卷帘风动竹,疑是古人来"之

421

意，今乃云"忽有人叩门声，急起而问之，乃乐营将催督"，此可笑者一也。"石榴半吐红巾蹙。待浮花、浪蕊都尽，伴君幽独。秾艳一枝细看取，芳心千重似束"，盖取夏之时，千花事退，榴花独芳，因以中（申）写幽闺之情，今乃云"是时榴花盛开，秀兰以一枝藉手告倅，其怒愈甚"，此可笑者二也。此词腔调寄《贺新郎》，乃古曲名也，今乃云"取其沐浴新凉，曲名《贺新凉》，后人不知之，误为《贺新郎》"此可笑者三也。《词话》中可笑者甚众，姑举其尤者。第东坡此词，深为不幸，横遭点汙，吾不可无一言雪其耻。

项安世《项氏家说》卷八：苏公"乳燕飞华屋"之词，兴寄最深，有《离骚经》之遗法，盖以兴君臣遇合之难，一篇之中，殆不止三致意焉。瑶台之梦，主恩之难常也。幽独之情，臣心之不变也。恐西风之惊绿，忧谗之深也。冀君来而共泣，忠爱之至也。其首尾布置，全类《邶·柏舟》。或者不察其意，多疑末章专赋石榴，似与上章不属，而不知此篇意最融贯也。

王又华《古今词论》引毛稚黄语：前半泛写，后半专叙，盖宋词人多此法。如子瞻《贺新凉》后段只说榴花，《卜算子》后段只说鸿雁，周清真《寒食词》后段只说邂逅，乃更觉意长。

谭献《谭评词辨》卷二：颇欲与少陵《佳人》一篇互证。下阕别开异境，南宋惟稼轩有之，变而近正。

黄苏《蓼园词选》：前一阕是写所居之幽僻，次阕又借榴花以比此心蕴结，未获达于朝廷，又恐其年已老也。末四句是花是人，婉曲缠绵，耐人寻味不尽。

谒金门

秋　兴①

秋池阁。风傍晓庭帘幕②。霜叶未衰吹未落③。半惊鸦喜鹊。　　自笑浮名情薄。似与世人疏略。一片懒心双懒脚。好教闲处著④。

【题解】

朱本、龙本、石唐本、曹本、邹王本未编年。孔《谱》未载。薛本谓此词与丁丑年作于儋耳的《谒金门》(今夜雨)虽不同韵但同意,应视为一时之作,故编于丁丑年(1097)。沈松勤《苏轼词编年补证》认为当作于绍圣二年(1095)秋惠州贬所。理由如下:《文集》卷五十八《与曹子方五首》其三云:"近报有永不叙复指挥,正坐稳处,亦且任运也。子由频得书,甚安。某惟少子随侍,余皆在宜兴。见今全是一行脚僧,但吃些酒肉尔。"此启作于绍圣二年秋惠州贬所。所谓"永不叙复指挥",即指禁锢"元祐党人"之《甲申诏书》。启中自称"行脚僧",与词中之"双懒脚"甚相绾合,而"自笑浮名情薄。似与世人疏略。一片懒心双懒脚,好教闲处着",正是"近报有永不叙复指挥"后产生的心境。此种心境固然是自元祐以来业已形成的"闲中习气"之延伸,但更有面对"永不叙复"之政治命运所引发之无奈,故云"好教闲处着",亦启文所谓"正坐稳处,亦且任运也"。今暂从其说。

【注释】

①傅本、元本无题。

②晓:紫本作"晚"。

③李白《江上寄元六林宗》:"霜落江始寒,枫叶绿未脱。"

④司空图《题休休亭》:"休休休,莫莫莫。伎俩虽多性灵恶,懒是常教闲处著。"

临江仙

惠州改前韵①

九十日春都过了,贪忙何处追游。三分春色一分愁。雨翻榆荚阵,风转柳花球。　　我与使君皆白首②,休夸少年风流。佳人斜倚合江楼③。水光都眼净,山色总眉愁④。

【题解】

此词明刊全集、二妙集、毛本、《全宋词》不载。傅本将下阕附注于熙宁九年四月一日密州作同调词之后,并云:"人在惠州,改前词云:(词略)。"朱本卷二云:"案公以绍圣元年十月至惠州,此词当是次年乙亥(1095)春作。"龙本、邹王本从之。邹王本并云:"词上片全用熙宁九年密州所赋同调词之语,下片始写惠州今日之情事,与惠守詹范共赏。"薛本则云:詹范与苏轼在惠州相处凡两经春——乙亥、丙子,而苏轼在乙亥年颇多游宴观览,与词中"贪忙何处追游"不合。苏轼在丙子年正月至二月全无游行踪迹,三月得白鹤峰故基,即忙于营建事,故亦无游行踪迹,正词中所谓"九十日春都过了,贪忙何处追游"故也。故词当作于丙子四月九日后,其时苏轼将再迁嘉祐寺,与詹范会饮于合江楼也。今从之。

【注释】

①王象之《舆地纪胜》卷九十九《广州东路·惠州》:"秦属南海郡。汉平南越,复属南海郡,今州即汉博罗县之地也,晋、宋、齐因之。梁置梁化郡。隋平陈,置循州,炀帝改龙川郡。唐平萧铣,复置循州,惠州本循州之旧理也……国朝平岭南,地归版图,避仁庙讳,改曰惠州。"

②使君:指惠州太守詹范。明嘉靖本《惠大记》卷四《治略》:"詹范字器之,崇安人,绍圣间,知惠州。时兵荒之后,野多暴骨,范取而掩之,为丛冢焉。"苏轼《与徐得之书》之十四云:"詹使君,仁厚君子也,极蒙他照管,仍不辍携具来相就。"白首:《苏轼诗集》卷三九《和陶贫士七首》之六:"老詹亦白发,相对垂霜蓬。"

③《苏轼诗集》卷四十《迁居并引》:"吾绍圣元年十月二日,至惠州,寓居合江楼。是月十八日,迁于嘉祐寺。二年三月十九日,复迁于合江楼。三年四月二十日,复归于嘉祐寺。"王象之《舆地纪胜》卷九九《广南东路·惠州》:"合江楼,在郡之东二十步,东坡尝居焉。"

④苏轼《次韵送张山人归彭城》:"水洗禅心都眼净,山供诗笔总眉愁。"

三部乐

情　景①

美人如月②。乍见掩暮云，更增妍绝。算应无恨，安用阴晴圆缺③。娇甚空只成愁④，待下床又懒，未语先咽⑤。数日不来，落尽一庭红叶。　　今朝置酒强起，问为谁减动，一分香雪⑥。何事散花却病，维摩无疾⑦。却低眉、惨然不答。唱金缕、一声怨切。堪折便折。且惜取、少年花发⑧。

【题解】

朱本、龙本未编年。曹本云此词意境与东坡词不类，列误入词。薛本编熙宁七年甲寅(1074)，谓为朝云作。孔凡礼《三苏年谱》云："词云'何事散花却病，维摩无疾。'散花谓朝云，维摩乃苏轼自谓。《东坡乐府》卷下《殢人娇》亦为朝云所作，词首云'白发苍颜，正是维摩境界'，'空方丈散花何碍'，可参。《三部乐》又云'却低眉惨然不答，唱《金缕》一声怨切'，正写朝云此时心境。词有'落尽一庭红叶'之句，知作于(绍圣二年)十月间。"邹王本云："惟考下片'何事散花却病，维摩惟疾'等语，与《殢人娇·赠朝云》上片'白发苍颜，正是维摩境界。空方丈、散花何碍'相类，当亦赠朝云之作。《殢人娇》词作于绍圣二年五月。细味此词系写朝云病重时情事，当在上词之后。朝云绍圣三年(1096)七月病死于惠州，则此词当为朝云死前病重时所作，应在五、六月间。"今暂从邹王本之说。

【注释】

①傅本、元本无题。

②梁简文帝《释迦文佛像铭》："满月如面，青莲在眸。"

③司马光《温公续诗话》："李长吉歌'天若有情天亦老'，人以为奇绝无

对。曼卿对'月如无恨月长圆'。"

④刘禹锡《三阁辞四首》之一:"不应有恨事,娇甚却成愁。"

⑤元稹《会真记》崔氏与张生诗:"自从消瘦减容光,万转千回懒下床。不为旁人羞不起,为郎憔悴却羞郎。"

⑥温庭筠《菩萨蛮》:"小山重叠金明灭,鬓云欲度香腮雪。"

⑦傅注:"《维摩经》云:维摩诘室有一天女,闻诸天人说法,即现其身,以天花散诸菩萨大弟子上。维摩诘尝以方便现身有疾,以其疾故,无数千人,皆往问疾。"

⑧杜秋娘《金缕衣》:"劝君莫惜金缕衣,劝君惜取少年时。花开堪折直须折,莫待无花空折枝。"

雨中花慢

嫩脸羞蛾①,因甚化作行云,却返巫阳②。但有寒灯孤枕,皓月空床。长记当初,乍谐云雨,便学鸾凰③。又岂料、正好三春桃李,一夜风霜。　　丹青□画,无言无笑,看了漫结愁肠。襟袖上,犹存残黛,渐减余香。一自醉中忘了,奈何酒后思量。算应负你,枕前珠泪,万点千行。

【题解】

紫本、傅本、百本、元本不载。高培华《苏轼〈雨中花慢〉是悼朝云》认为,词开篇"巫山云雨"典,符合朝云是侍妾而非正室的身份;"嫩脸羞蛾因甚,化作行云,却返巫阳"也符合风华正茂的朝云三十四岁死去的实际;朝云"事先生二十有三年,忠敬若一",而且是是苏轼连遭政治打击贬谪岭南最困难境遇中,"家有数妾,四五年相继辞去",惟有朝云,"一生辛勤,万里随行",故朝云的死,给苏轼千万巨大精神创伤,使他落到"但有寒灯孤枕,皓月空床"和"枕前珠泪,万点千行"的境地。朝云于绍圣三年(1096)七月病逝于惠州,苏轼一连写下《悼朝云诗并序》、《朝云墓志铭》、《惠州荐朝云疏》、《丙子重九诗》、《西江月》(玉骨那愁瘴雾)等悼念文字,此词当也作于同时。邹王本从之。薛本附编于《南歌子》(笑怕蔷薇罥)之后,认为是咏崔徽情事的,作于元丰元年戊午(1078)。孔《谱》亦编绍圣三年(1096),为悼朝云之作。

【注释】

①孙光宪《思帝乡》:"永日水堂帘下,敛羞蛾。"

②宋玉《高唐赋》:"妾在巫山之阳,高丘之阻。旦为朝云,暮为行雨,朝朝暮暮,阳台之下。"

③屈原《离骚》:"鸾凰为余先戒兮,雷师告余以未具。"王逸注:"鸾,俊鸟也。皇,雌凤也。"徐焕龙《屈辞洗髓》:"雄曰凤,雌曰凰,鸾其总名。"

西江月

梅 花①

玉骨那愁瘴雾②,冰姿自有仙风③。海仙时遣探芳丛。倒挂绿毛幺凤④。　　素面翻嫌粉涴⑤,洗妆不褪唇红⑥。高情已逐晓云空。不与梨花同梦⑦。

【题解】

王文诰《苏诗总案》卷四十云:"绍圣三年丙子,十月梅开作《西江月》。"薛本、邹王本从之,编绍圣三年(1096)十月,作于惠州。此词又以为朝云作。惠洪《冷斋夜话》卷一云:"(东坡)又作梅花词曰'玉骨那愁瘴雾'者,其寓意为朝云作也。""东坡《蝶恋花》词云:'花褪残红青杏小……'东坡渡海,惟朝云王氏随行,日诵'枝上柳绵'二句,为之流泪。病极,犹不释口。东坡作《西江月》悼之。"(按《丛书集成》本《冷斋夜话》无此条,见《历代诗余》卷一一五及沈雄《古今词话·词辨》卷下引）朝云卒于绍圣三年（1096）七月五日，苏轼有《雨中花慢》（嫩脸羞娥）悼之。八月初三，葬朝云于栖禅山寺。孔《谱》系此词于是年十一月。

【注释】

①紫本无题。傅本题作"梅"。《东坡外集》作"惠州咏梅"。

②韩愈《杏花》："浮花浪蕊镇长有，才开还落瘴雾中。"

③姿：傅本作"肌"。《庄子·逍遥游》："藐姑射之山，有神人居焉，肌肤若冰雪，绰约若处子。"李白《大鹏赋序》："余昔于江陵见天台司马子微，谓余有仙风道骨。"

④庄绰《鸡肋编》卷下："东坡在惠州作梅词云（词略）。广南有绿羽丹嘴禽，其大如雀，状类鹦鹉，栖集皆倒悬于枝上，土人呼为'倒挂子'。而梅花叶四周皆红，故有'洗妆'之句。二事皆北人所未知者。"《苏轼诗集》卷三八《再用前韵》："蓬莱宫中花鸟使，绿衣倒挂扶桑暾。"苏轼自注："岭南珍禽有倒挂子，绿毛，红喙，如鹦鹉而小，自东海来，非尘埃中物也。"

⑤翻：傅本、元本作"常"，元本注："一作翻"。乐史《杨太真外传》："封大姨为韩国夫人，三姨为虢国夫人，八姨为秦国夫人，同日拜命，皆月给钱十万为脂粉之资。然虢国不施妆粉，自炫美艳，常素面朝天。"张祜《集灵台二首》："虢国夫人承主恩，平明骑马入宫门。却嫌脂粉污颜色，淡扫蛾眉朝至尊。"

⑥惠洪《冷斋夜话》卷十："岭外梅花与中国异，其花几类桃花之色，而唇红香著。"

⑦傅注："公自跋云：'诗人王昌龄，梦中作梅花诗。南海有珍禽，名倒挂子，绿毛，如鹦鹉而小。惠州多梅花，故作此词。'诗话云：王昌龄梅诗曰'落落寞寞路不分，梦中唤作梨花云'，方知公引用此诗。"

【汇评】

王世贞《艺苑卮言》："高情已逐晓云空，不与梨花同梦"，爽语也。

杨慎《词品》卷二：古今梅词，以坡仙"绿毛幺凤"为第一。

潘游龙《精选古今诗余醉》卷一三：末二语不必有所指，即咏梅绝佳。

减字木兰花

赠小鬟琵琶①

琵琶绝艺。年纪都来十一二②。拨弄幺弦③。未解将心指下传④。　　主人瞋小。欲向东风先醉倒⑤。已属君家。且更从容等待他⑥。

【题解】

朱本、龙本、曹本未编年。薛本云从词意盖为朝云而作,写于朝云十二岁来归时,即熙宁七年甲寅(1074)九月。邹王本云此词与《浣溪沙》(道字娇讹苦未成)、《浣溪沙》(桃李溪边驻画轮)都与循守周彦质及其弹琵琶的小鬟有关,当与《虞美人》(定场贺老今何在)为同时之作,应编丁丑(1097)。理由有三:一、从词题看,《减字木兰花》词作"赠小鬟琵琶",显与循守临行所出之能琵琶的小鬟为同一人。两首《浣溪沙》词都题作"春情",显指循守与其琵琶小鬟间之情事。二、从词意看,"琵琶绝艺,年纪都来十一二"即"断弦试问谁能晓? 七岁文姬小"者;"道字娇讹苦未成"即"学语雏莺在柳阴"。"桃李溪边驻画轮"指周循州罢归过惠,"驻轮"与苏轼话别,逗留半月事。而"未解将心指下传"、"未应春阁梦多情"者,皆言小鬟年纪尚小,虽能琵琶,还不解以音传情,未谙风月之事。"主人瞋小。欲向东风先醉倒",似调侃循守对其小鬟有非分之求,故以戏谑口气规劝老友:"已属君家,且更从容等待他。"循守周某似未以苏轼规劝为意,词言小鬟"朝来何事绿鬟倾"? "红窗睡重不闻莺",又用元稹《莺莺传》之典,"香在衣裳妆在臂",盖周某感其"夕阳虽好近黄昏",已偷香窃玉矣。三、苏轼《循守临行,出小鬟复用前韵》诗(见《诗集》卷四十)施注引先生墨迹云:"蒙示二十一日别文之后佳句,戏用元韵,记别时事,为一笑。"一则曰"戏",一则曰"记别时事",并特意说记此"事"是为"一笑"。且后题云"虽为戏笑,亦告不示人也"。固然,苏轼在"乌台诗案"后常怀"一朝被蛇咬,三年怕井绳"的心理,每与友人诗"皆丁宁切至,勿以未人也,盖平生以文字招谤蹈祸,虑患益深"(见前引施注),但这里明言虽为"戏笑",与政治无涉,"亦告不示人也",盖所言之"事"皆生活私"事",朋友间"一笑"了之,不必"示人"也。从词所写内容更说明此点,因知词与诗当为同时作,都是循守离惠之后"追送"之作。周循州二十一日离惠又寄"佳句"来,才有苏轼此"追送"之作。是年闰二月,词中又有"近清明"的话,以此推之,诗词当写于绍圣四年(1097)二月末。孔《谱》亦编绍圣四年二月。赠周彦质小鬟,时周罢循守,过惠州访苏轼,留半月。今暂从孔《谱》与邹王本之说。

【注释】

①傅本、元本无题。

②十一二:紫本、百本、毛本作"十一二",傅本作"才十二"。

③拨弄:傅本作"试抹",傅注:"幺弦,第四弦也。"刘禹锡《澈上人文集纪》:"世之言诗僧多出江左。灵一导其源,护国袭之。清江扬其波,法振沿之。如幺弦孤韵,瞥入人耳,非大乐之音。"

④白居易《琵琶行》:"转轴拨弦三两声,未成曲调先有情。弦弦掩抑声声思,似诉平生不得意。低眉信手续续弹,说尽心中无限事。"

⑤傅本作"拟向樽前抔醉倒"。东风:元本作"春风",注:"一作樽前。"

⑥且更:傅本作"更与",元本注:"一作更与。"他:傅本作"些",元本注:"一作些。"

浣溪沙

春　情①

道字娇讹苦未成②。未应春阁梦多情。朝来何事绿鬓倾③。　　彩索身轻长趁燕④,红窗睡重不闻莺⑤。困人天气近清明。

朱本、龙本未编年。薛本云此词与《诗集》卷四十中的《循守临行,出小鬟复用前韵》诗一意而异体,当作于同时。循守周彦质离惠州在丁丑(1097)二月二十五日以后,亦即此词之作时。此年闰二月,清明当在二月底,故词末句曰"近清明"。邹王本编年同《减字木兰花》(琵琶绝艺),亦编绍圣四年丁丑二月,作于惠州。

【注释】

①傅本、元本无题。

②苦:元本作"语"。李白《对酒》:"蒲萄酒,金叵罗,吴姬十五细马驮。青黛画眉红锦靴,道字不正娇唱歌。"

③白居易《闺妇》:"斜凭绣床愁不动,红绡带缓绿鬟低。"

④傅注:"戏秋千也。妇女体轻,高低往来如飞燕。"韩愈《寒食直归遇雨》:"不见红球上,那论彩索飞。"苏轼自注:"北方寒食日,用秋千为戏。"

⑤李益《奉和武相公春晓闻莺》:"蜀道山川心易惊,缘窗残梦晓闻莺。分明似写文君恨,万怨千愁弦上声。"

【汇评】

王世贞《弇州词评》:永叔、长公,极不能作丽语,而亦有之。永叔如"当路游丝萦醉客,隔花啼鸟唤行人",长公如"彩索身轻长趁燕,红窗睡重不闻莺",胜有百倍。

卓人月《古今词统》卷四:首句欲生,结句太俗。

贺裳《皱水轩词筌》:苏子瞻有铜琶铁板之讥,然其《浣溪沙》(春闺)曰:"彩索身轻长趁燕,红窗睡重不闻莺。"如此风调,令十七八女郎歌之,岂在"晓风残月"之下。

浣溪沙

春　情①

桃李溪边驻画轮②。鹧鸪声里倒清尊③。夕阳虽好近黄昏④。　　香在衣裳妆在臂⑤，水连芳草月连云。几时归去不销魂⑥。

【题解】

朱本、龙本、曹本未编年。薛本附编于《浣溪沙》(道字娇讹苦未成)后，谓同咏小鬟，且首句云"桃李溪边驻画轮"，当谓循守周彦质驻足来白鹤峰事，似为一时之作。邹王本编年同《减字木兰花》(琵琶绝艺)，亦编绍圣四年丁丑二月，作于惠州。

【注释】

①傅本、元本无题。

②《晋书》卷二十五《舆服志》："画轮车，驾牛，以彩漆画轮毂，故名曰画轮车。"

③郑谷《席上贻歌者》："花月楼台近九衢，笙歌一曲倒金壶。坐中亦有江南客，莫向春风唱鹧鸪。"

④李商隐《乐游原》："向晚意不适，驱车登古原。夕阳无限好，只是近黄昏。"

⑤元稹《莺莺传》："张生飘飘然，且疑神仙之徒，不谓从人间至矣。有顷，寺钟鸣，天将晓，红娘促去。崔氏娇啼宛转，红娘又捧之而去，终夕无一言。张生辨色而兴，自疑曰：'岂其梦耶？'及明，睹妆在臂，香在衣，泪光荧荧然，犹莹于茵席而已。"

⑥《文选》卷一六江淹《别赋》："黯然销魂者，惟别而已矣。"李善注："夫人魂以守形，魂散则形毙，今别而散，明恨深也。"

谒金门

秋　感①

今夜雨。断送一年残暑。坐听潮声来别浦。明朝何处去②。　　孤负金尊绿醑③。来岁今宵圆否。酒醒梦回愁几许。夜阑还独语。

【题解】

朱本、龙本、邹王本未编年。薛本云:"按词意,似作于儋耳。公于丁丑(1097)四月十七日责授琼州别驾昌化军安置,十九日独挈过行,七月二日到昌化军贬所。昌化军即儋州,亦名儋耳。据《太平寰宇记》载:儋州北有沦水,西流十里为大江,南流入海。词云'坐听潮声来别浦',盖实景也。《诗集》卷四一《夜梦·引》云:'七月十三日,至儋州十余日矣。'同卷《和陶连雨独饮二首》紧接《夜梦》,其二有句云:'清风洗徂暑,连雨催丰年。'正与词中'今夜雨,断送一年残暑'相符。'来岁今宵圆否',知七月十五日作也。"

【注释】

①傅本、元本无题。
②明朝:傅本、元本作"月明"。
③白居易《戏招诸客》:"黄醅绿醑迎冬熟,绛帐红炉逐夜开。"

西江月①

世事一场大梦②,人生几度秋凉③。夜来风叶已鸣廊。看取眉头鬓上④。　　　酒贱常愁客少,月明多被云妨⑤。中秋谁与共孤光。把盏凄然北望⑥。

【题解】

关于此词的创作时间、地点及主旨颇多异说。一、作于杭州。胡仔《苕溪渔隐丛话》后集卷三十九引《古今词话》云:"东坡在黄州,中秋夜对月独酌作《西江月》词。坡以谗言谪居黄州,郁郁不得志,凡赋诗缀词必写其所怀,然一日不负朝廷,其怀君之心,末句可见矣。"胡仔认为此说"非也",并引《聚兰集》作"寄子由"云:"故后句云:'中秋谁与共孤光,把酒凄凉北望。'则兄弟之情,见于句意之间矣。疑是在钱塘作,时子由为睢阳幕客。"王松龄《东坡乐府笺补正》也认为是苏轼"倅杭时所作"。二、作于黄州。前引《古今词话》先持此说,后王文诰《苏诗总案》卷二十定为元丰三年庚申(1080)八月十五日作于黄州,朱本、龙本、曹本、孙民《关于十三首东坡乐府的编年》、薛本俱从之,惟对"把酒凄然北望"之"北望",孙谓"指望朝廷而非望子由",薛谓"盖设想子由望公耳。时子由贬筠州酒税,筠州与黄州正好南北相望耳"。三、作于儋州。林冠群《苏轼〈西江月〉写作的时间和地点》云:"绍圣四年(1097)七月二日苏东坡到达儋耳贬所,一个多月之后就是中秋节,这正是东坡情绪烦恼百端的时期,与这首词所表达的心情相吻合……从地理位置上看,'把盏凄然北望',唯有此时最为恰当。因为当时东坡居海南,子由居雷州,正是一南一北,隔海相望。"孔《谱》编年同林说,并谓"词首云'世事一场大梦'与倅杭不符。'世事'云者,乃遭受极大打击以后之心态,倅杭可云不得志,而非极大打击。词不作于黄州,弟辙时在筠,筠居黄之南,位置不符。词云'夜来风叶已鸣廊。看取眉头鬓上',为居儋情景。《诗集》卷四十一《和陶怨诗示庞邓》:'如今破茅屋,一夕或三迁。风雨睡不知,黄叶满枕前。'可参。"邹王本从之。

【注释】

①紫本无题。傅本题"中秋和子由"。二妙集、毛本题作"黄州中秋"。

②《庄子·齐物论》:"方其梦也,不知其梦也,梦之中又占其梦焉,觉而

后知其梦也。且有大觉,而后知此其大梦也。"李白《春日醉起言志》:"处世若大梦,胡为劳其生。"

③秋:傅本、元本作"新"。徐寅《人生几何赋》:"落叶辞柯,人生几何。"

④傅注:"正勤《落叶诗》:年年见衰谢,看著二毛侵。"

⑤愁:傅本作"嫌"。韩愈《醉后》:"人生如此少,酒贱且勤置。"李白《登金陵凤凰台》:"总为浮云能蔽日,长安不见使人愁。"

⑥盏:元本、二妙集、毛本作"盏",紫本作"酒"。谢庄《月赋》:"美人迈兮音尘绝,隔千里兮共明月。"

好事近

烟外倚危楼,初见远灯明灭。却跨玉虹归去①、看洞天星月②。　　当时张范风流在③,况一尊浮雪④。莫问世间何事,与剑头微哄⑤。

【题解】

朱本、龙本、曹本、石唐本、邹王本未编年。孔《谱》未载。薛本认为,词为送别之作无疑。观其用"张范风流"典,所送之人必为久别之后又来访东坡者。客既"跨玉虹归去",则送别之地必临水矣。考东坡仕迹,凡东京与徐、湖、颍、杭、扬、惠、黄等州皆临水,然唯庚申十月李常来黄访苏与词境相仿佛,故编元丰三年(1080)十月李常来访时。孔《谱》云:绍圣四年正月,"白鹤峰新居欲成……吴复古往桂管曹辅处,陆惟忠往河源令冯祖仁处,尝与二人及程儒游逍遥堂、罗浮道院……二人离惠约在正月、二月间事。"本词当作于此时。词云"危楼","初见远灯",即就白鹤峰新居所见而言,联想所及"玉虹"、"洞天",亦系道教术语,殆当时耳濡目染,率多此类。"张范风流",即故人鸡黍之约,典出《后汉书》卷八十一《范式传》,亦与吴、陆等人来访相切合。沈松勤《苏轼词编年补证》也认为作于绍圣四年(1097)白鹤峰新居落成时。

【注释】

①庾信《忝在司水看治渭桥》：“跨虹连绝岸，浮鼋续断航。”

②张君房《云笈七籤》卷二七：“十大洞天者，处大地名山之间，是上天遣群仙统治之所。”

③《后汉书》卷八一《范式传》：范式与张劭为友，式谓劭曰：“后二年当还，将过拜尊亲，见孺子焉。”后期方至，劭白母，请设馔以候之。母曰：“二年之别，千里结言，尔何相信之审也？”对曰：“巨卿（范式字）信士，必不乖违。”至日，果到，升堂拜饮，尽欢而别。后以“范张”喻生死之交。

④苏轼《将之湖州戏赠莘老》（《诗集》卷八）：“湖中橘林新著霜，溪上苕花正浮雪。”

⑤《庄子·则阳》：“惠子曰：‘夫吹管也，犹有嗃也；吹剑首者，映而已矣。尧、舜，人之所誉也。道尧、舜于戴晋人之前，譬犹一映也。’”陆德明《释文》引司马彪云：“剑首，谓剑环头小孔也。映，映然如风过。”

谒金门

秋　夜①

秋帷里②。长漏伴人无寐。低玉枕凉轻绣被③。一番秋气味。　　晓色又侵窗纸④。窗外鸡声初起。声断几声还到耳。已明声未已⑤。

【题解】

朱本、龙本、石唐本、曹本、邹王本未编年。孔《谱》未载。薛本谓此词与丁丑年作于儋耳的《谒金门》（今夜雨）同意而又同韵，应视为一时之作，故编于丁丑年（1097）。

【注释】

①傅本、元本无题。

②《周礼·天官·幕人》:"幕人掌帷、幕、幄、帟、绶之事。"郑玄注:"在旁曰帷,在上曰幕。"

③傅注:"晏元献诗:'老觉腰金重,慵便枕玉凉。'"按据欧阳修《归田录》卷二记载,此诗为晏殊评他人诗,非晏殊之作。

④白居易《晓寝》:"纸窗明觉晓,布被暖知春。"

⑤李白《代别情人》:"哀哀长鸡鸣,夜夜达五晓。"

千秋岁

次韵少游

岛边天外。未老身先退①。珠泪溅,丹衷碎②。声摇苍玉佩③。色重黄金带。一万里④。料阳正与长安对。　　道远谁云会。罪大天能盖。君命重⑤,臣节在。新恩犹可觊。旧学终难改⑥。吾已矣。乘桴且恁浮于海⑦。

【题解】

此词诸本不载,《全宋词》据《能改斋漫录》卷十七补。曹本云:"《能改斋漫录》卷一七云:'秦少游所作《千秋岁》词,予尝见诸公唱和亲笔,乃知在衡阳时作也。少游云:至衡阳,呈孔毅甫使君……其后东坡在儋耳,侄孙苏元老因赵秀才还自京师,以少游、毅甫所赠酬者寄之。东坡乃次韵,录示元老,且云:便见其超然自得,不改其度之意。'考孔毅甫名平仲,新喻人,绍圣中,知衡州,与吴曾所传词题适相符合。而少游原唱同调'水边天外',亦具见《全宋词》本,韵叶全同,确而有征。今酌增编元符二年己卯(1099)。"孔《谱》、邹王本均编是年。薛本则云:"《能改斋漫录》述苏词作意时引东坡语:'便见其超然自得、不改其度之意.'考此语出东坡与侄孙元老书.《文集》卷六十《与侄孙元老四首》其一云:'然胸中亦超然自得,不改其度,知之,免忧.'此函《总案》系于元符元年戊寅十二月,谓:'陈浩赴京师,托致侄孙元老书.'函中亦云:'今有一书与许下诸子,又恐陈浩秀才不过许,只令送与侄孙,切速为求便寄达.'则知《总案》所载不妥.准此,则此词必作于陈浩赴京托致元老书时,故编戊寅(1098)."

【注释】

①《老子》卷上:"功成名遂身退,天之道."《礼记·曲礼上》:"人生十年曰幼,学.二十曰弱,冠.三十曰壮,有室.四十曰强,而仕.五十曰艾,服官政.六十曰耆,指使.七十曰老,而传.八十九十曰耄,七年曰悼.悼与耄,虽有罪,不加刑焉.百年曰期颐.大夫七十而致仕."

②戴叔伦《曾游》:"绝粒感楚囚,丹衷犹照耀."

③《礼记·玉藻》:"天子佩白玉而玄组绶,公侯佩山玄玉而朱组绶,大夫佩水苍玉而纯组绶."杜甫《更题》:"群公苍玉佩,天子翠云裘."

④《元丰九域志》卷九《广南西路》谓琼州距东京"八千五百八十里".

⑤《左传·僖公二十四年》:"君命无二,古之制也."《论语·乡党》:"君命召,不俟驾行矣."郑玄曰:"急趋君命,行出而车驾随之."

⑥《苏轼诗集》卷七《游径山》:"嗟余老矣百事废,却寻旧学心茫然."王文诰案:"时新学盛行,故自以为旧学."

⑦《论语·公冶长》:"子曰:'道不行,乘桴浮于海.'"岑参《酬成少尹骆谷行见呈》:"浮名何足道,海上堪乘桴."

【汇评】

朱熹《朱子大全·文集》卷四十五《答廖子晦书》引此词曰:情真词挚,决为真事.

减字木兰花

立 春①

春牛春杖②。无限春风来海上。便与春工③。染得桃红似肉红④。　　春幡春胜⑤。一阵春风吹酒醒。不似天涯。卷起杨花似雪花⑥。

【题解】

傅藻《东坡纪年录》:"元符二年己卯,公在儋州,立春日作《减字木兰花》。"王文诰《苏诗总案》卷四十二:"绍圣五年戊寅,正月立春日作《减字木兰花》词。"朱本云:"云戊寅者误也。"据傅本及元本题可知《纪年录》所云为是,诸编年本皆从之。

【注释】

①傅本、元本题作"己卯儋耳春词"。此据紫本、百本、毛本。

②傅注:"今立春前五日,郡邑并造土牛、耕夫、犁具于门外之东。是日质明,有司为坛以祭先农,而官吏各具缕杖环击牛者三,所以示劝耕之意。"《隋书》卷七《礼仪志》二:"立春前五日,于州大门外之东,造土牛两头,耕夫犁具。立春,有司迎春于东郊,竖青幡于青牛之傍焉。"

③与:元本作"丏"。

④梁简文帝《和萧侍中子显春别》之四:"桃红李白若朝妆,羞持憔悴比新芳。"

⑤吴自牧《梦粱录》卷一《立春》:"立春前一日……街市以花装栏,坐乘小春牛,及春幡春胜,各相献遗于贵家宅舍,示丰稔之兆。宰臣以下,皆赐金银幡胜,悬于幞头上,入朝称贺。"

⑥傅注:"桃红杨花,每见仲春之时,南海地暖,方春已盛。"

踏青游

　　□火初晴①,绿遍禁池芳草。斗锦绣、火城驰道②。踏青游,拾翠惜③,袜罗弓小④。莲步袅。腰支佩兰轻妙。行过上林春好。　　今困天涯,何限旧情相恼。念摇落、玉京寒早⑤。任刘郎、目断蓬山难到⑥。仙梦杳。良宵又过了。楼台万家清晓。

【题解】

　　此词诸本未收。《全宋词》据《全芳备祖后集》卷十"草门"补。薛本未编年。邹王本云:"细玩词意,显然为忆昔伤今之作。词上片写'禁池'、'驰道'、'上林'等全系帝京景物,又写'拾翠惜'、'袜罗弓小'、'莲步袅'、'腰支轻妙'、'踏青游'、'春好'等,显为宫嫔仕女、王公少妇春游之景象。而能于上林禁苑亲眼目睹此景象者,绝非一般下层人物。词下片写'今困天涯'、'旧情相恼',又感叹'玉京寒早'、'蓬山难到'、'仙梦杳'、'良宵过了',也显然是遥念失落了的京都繁华生活,抚今追昔而无限懊恼。此情此景,与苏轼特殊的身世遭遇,飘泊天涯的思想感情及贬官儋州时期所写作品的基调,极为合拍,因可断定此词作于作者一再遭贬之绍圣、元符年间。暂编元符二年己卯(1099),以俟详考。"

【注释】

　　①□:原缺,《词谱》卷二一作"改"。改火:见《南歌子》(日薄花房绽)注⑤。

　　②火城:李肇《唐国史补》卷下:"每元日、冬至立仗,大官皆备坷伞,列烛有至五六百炬者,谓之'火城'。宰相火城将至,则众少皆扑灭以避之。"驰道:《礼记·曲礼下》:"驰道不除"疏:"驰道,正道,如今御路也。是君驰

走车马之处，故曰驰道也。"

③曹植《洛神赋》："踟蹰怜拾翠，顾步惜遗簪。"

④曹植《洛神赋》："陵波微步，罗袜生尘。"

⑤孔稚珪《褚先生百玉碑》："凤吹金阙，箫歌玉京。"

⑥见《减字木兰花》（天台旧路）注②。

减字木兰花

以大琉璃杯劝王仲翁①

海南奇宝②。铸出团团如栲栳③。曾到昆仑④，乞得山头玉女盆⑤。　　绛州王老⑥。百岁痴顽推不倒⑦。海口如门⑧。一派黄流已电奔⑨。

【题解】

紫本、百本、傅本、明刊全集、外集、二妙集、毛本不载，据元本录入。朱本、龙本、曹本未编年。薛本、邹王本俱编元符三年庚辰（1100）四月，作于儋州。邹王本云："据首句'海南奇宝'，词当作于流放儋州时。后片'百岁痴顽推不倒'，言王仲翁时年百岁左右仍甚健壮。查王象之《舆地纪胜》卷一二五《广南西路·昌化军·人物》载：王公辅，俗呼王六公，居儋城，东坡甚重之，一百单三岁卒，号百岁翁。王仲翁盖指王公辅。《总案》卷四三：'元符三年庚辰，四月，访王公辅。'此词当为访王公辅时所作。"

【注释】

①琉璃：《汉书》卷九十六《西域传》："罽宾地平，温和……出封午、水牛、象、大狗、沐猴、孔爵、珠玑、珊瑚、虎魄、璧琉璃。"注："孟康曰：'琉璃青色如玉。'"师古曰："《魏略》云：大秦国出赤、白、黑、黄、青、绿、缥、绀、红、紫十种流离。孟言青色，不博通也。此盖自然之物，采泽光润，逾于众玉，其

色不恒。"王仲翁:孔《谱》卷三十九引康熙《儋州志》卷二"王肱"条云:"字公辅。居城东,童颜鹤发,寿一百四岁……与苏文忠公最友善。"

②《世说新语》下卷下《排调》:"王公(王导)与朝士共饮酒,举瑠璃盌谓伯仁曰:'此盌腹殊空,谓之宝器,何邪?'答曰:'此盌英英,诚为清徹,所以为宝耳。'"

③《正字通》:"栲栳,盛物器,即古之籔,屈竹为之。"

④《山海经》卷一六《大荒西经》:"西海之南,流沙之滨,赤水之后,黑水之前,有大山名曰昆仑之丘。"注:"为西王母所居。"杜甫《同诸公登慈恩寺塔》:"惜哉瑶池饮,日宴昆仑丘。"

⑤《太平广记》卷五十九引《集仙录》:"明星玉女,居华山,服玉浆,白日升天……祠前有五石曰,号玉女洗头盆。"杜甫《望岳》:"安得仙人九节杖,拄到玉女洗头盆。"

⑥《左传·襄公三十年》:"三月癸未,晋悼夫人食舆之城杞者,绛县人或年长矣,无子而往,与于食。有与疑年,使之年。曰:'臣小人也,不知纪年。臣生之岁,正月甲子朔,四百有四十五甲子矣,其季于今三之一也。'吏走问诸朝,师旷曰:'七十三年矣。'史赵曰:'亥有二首六身,下二如身,是其日数也。'士文伯曰:'然则二万六千六百有六旬也。'"

⑦赵翼《陔余丛考》卷三十三"不倒翁":"儿童嬉戏有不倒翁,糊纸作醉汉状,虚其中而实其底,虽按捺旋转不倒也。"

⑧《诗经·大雅·生民》:"鸟乃去矣,后稷呱矣。"疏:"谓有奇表异相,若孔子河目海口。"

⑨黄流:《诗经·大雅·旱麓》:"瑟彼玉瓒,黄流在中。"疏:"流,即酒。"电奔:李白《西岳云台歌送丹丘子》:"黄河万里触山动,盘涡谷转秦地雷……巨灵咆哮擘两山,洪波喷流射东海。"

鹧鸪天

公自序云:陈公密出侍儿素娘,歌紫玉箫曲,劝老人酒。

老人饮尽,因为赋此词①

笑捻红梅亸翠翘②。扬州十里最妖饶③。夜来绮席亲曾见,撮得精神滴滴娇④。　　娇后眼,舞时腰。刘郎几度欲魂消⑤。明朝酒醒知何处⑥,肠断云间紫玉箫。

【题解】

王文诰《苏诗总案》卷四十四云:"元符三年庚辰(1100),五月遇赦,六月由儋耳渡海北归,十二月抵韶州,陈公密出素娘佐酒,为赋《鹧鸪天》词。"薛本、邹王本从之。

【注释】

①元本题首无"公自序云"四字。元本"娘"作"姐","为"前无"因"字。紫玉箫:陈旸《乐书·玉箫》:"唐咸宁中,张毅冢中得紫玉箫,古有《紫玉箫曲》,是也。"

②亸:下垂貌。岑参《送郭乂杂言》:"朝歌城边柳亸地,邯郸道上花扑人。"翠翘:彭大翼《山堂肆考》卷二三五:"翡翠鸟尾上长毛曰翘,美人首饰如之,因名翠翘。"白居易《长恨歌》:"翠翘金雀玉搔头。"

③杜牧《赠别二首》:"春风十里扬州路,卷上珠帘总不如。"

④《京本通俗小说·碾玉观音》:"莲步半折小弓弓,莺啭一声娇滴滴。"

⑤见《减字木兰花》(天台旧路)注②。

⑥柳永《雨霖铃》:"今宵酒醒何处,杨柳岸晓风残月。"

【汇评】

王若虚《滹南遗老集》卷三九《诗话》中:东坡"赠陈公密侍儿云:'夜来绮席亲曾见',此本即席所赋,而下'夜来'字,却是隔一日"。

蝶恋花

同安生日放鱼，取金光明经救鱼事①

泛泛东风初破五②。江柳微黄，万万千千缕③。佳气郁葱来绣户。当年江上生奇女④。　　一盏寿觞谁与举⑤。三个明珠⑥，膝上王文度⑦，放尽穷鳞看圉圉⑧。天公为下曼陀雨⑨。

【题解】

朱本、龙本未编年。曹本云："考同安君于元祐八年癸酉八月一日殁于京师。同年九月杪，东坡即赴定州任所。翌年闰四月，奉命落两学士职，赴英州途中，嗣复改赴惠州贬所。绍圣二年八月一日过在惠州书《金光明经》，以资母福。东坡为之作跋，见本集《书金光明经后》。又案本集《与程正辅提刑》二十四首之第十五及十六，东坡向程氏及子由缘化，合力购建惠州海惠寺院旁之放生池，见王案（卷三十九）。以时考之，正在此词前数月。似此放生池完成之日，即东坡放鱼为同安君生日资福之时。今移编绍圣三年丙子（1096）。"邹王本从之。薛本据词中"膝上王文度"典编元祐六年辛未（1091）正月。李小龙《东坡词补考》认为两种编法均似有未安，因为元祐六年、绍圣元年末到四年初苏轼并未与三子相处。作者认为，从词意揣测，词当写于同安君逝世之后。而从元祐八年八月一日其妻亡至建中靖国元年东坡去世，其父子四人于正月同处者，惟绍圣元年和建中靖国元年（1101）两次而已。而绍圣元年苏轼正出帅定州，即今河北定州市，本年正月初五为阳历 1 月 23 日，正在大寒之时，词云"泛泛东风"，又云"江柳微黄，万万千千缕"，此时之北地，绝无此等风光；又其云"江柳"；亦与定州地貌不合，故知非作于此也。而苏氏父子在元符三年九月相会于广州，并一路北上，建中靖国元年正月五日至南安，值王氏之生日，故为其放生资福。词中"放尽穷鳞看圉圉"意味深长，盖东坡此时犹如放出之"穷鳞"，而他在历尽艰难之后，也已作"圉圉"状了。今暂从李说。

【注释】

①傅本、元本不载。题原无"君"字，据朱本补。苏辙《东坡先生墓志铭》："公娶王氏，追封通义郡君，继室以其女弟，封同安郡君，亦先公而卒。"《苏轼文集》卷六十六《书金光明经后》："同安郡君王氏讳闰之，字季章，享年四十有六，以元祐八年八月一日，卒于京师。"

②《庄子·秋水》："泛泛乎其若四方之无穷，其无所畛域。"富察敦崇《燕京岁时记》："初五日谓之破五。破五之内，不得以生米为炊，妇女不得出门。至初六日，则王妃贵主以及各宦室等，冠帔往来，互相道贺。新嫁女子，亦于是时归宁。春日融和，春泥滑挞，香车绣幰，塞巷填衢，而阛阓诸商，亦渐次开张贸易矣。"

③牛峤《杨柳枝》："吴王宫里色偏深，一簇纤条万缕金。"

④《后汉书》卷一《光武帝纪论》："望气者苏伯阿为王莽使至南阳，遥望见春陵郭，唶曰：'气佳哉！郁郁葱葱然。'"《汉书·钩弋赵婕仔传》："孝武钩弋赵婕仔，昭帝母也，家在河间。武帝巡狩过河间，望气者言此有奇女，天子亟使使召之。"

⑤《文选》卷一六潘安仁《闲居赋》："寿觞举，慈颜和。"

⑥《梁书》卷四十一《刘孺传》："孺幼聪敏，七岁能属文……叔父瑱为义兴郡，携以之官，常置坐侧，谓宾客曰：'此儿吾家之明珠也。'"《苏轼文集》卷六十三《祭亡妻同安郡君文》："（同安郡）妇职既修，母仪甚敦。三子如一，爱出于天。"

⑦《晋书》卷七十五《王述传》："（述子）坦之为桓温长史。温欲为子求婚于坦之。及还家省父，而述爱坦之，虽长大，犹抱置膝上。"

⑧《孟子·万章》上："昔者有馈生鱼于郑子产，子产使校人畜之池。校人烹之，反命曰：'始舍之，圉圉焉；少则洋洋焉；攸然而逝。'"赵歧注："圉圉，鱼在水羸劣之貌。"

⑨《阿弥陀经》："彼佛国土常作天乐，黄金为地，昼夜六时，天雨曼陀罗华。"

作年不详词及残句

西江月

闻道双衔风带①,不妨单著鲛绡②。夜香知与阿谁烧。怅望水沉烟袅③。　　云鬟风前绿卷,玉颜醉里红潮④。莫教空度可怜宵⑤。月与佳人共僚⑥。

【题解】

此词诸本均未编年。邹王本云:"本词写一女子于窗前月下待其所爱,而其所爱已'双衔风带',另有他顾,故久待而不至,惟怅望水沈袅袅,空对明月皎皎。"

【注释】

①李商隐《饮席代官妓赠两从事》:"新人桥上著春衫,旧主江边侧帽檐。愿得化为红绶带,许教双凤一时衔。"

②干宝《搜神记》卷一二《鲛人》:"南海之外,有鲛人,水居如鱼,不废织绩。其眼泣则能出珠。"

③《南史》卷七十八《夷貊上·海南诸国》:"林邑国,本汉日南郡象林县,古越裳界也……沈木香者,土人斫断,积以岁年,朽烂而心节独在,置水中则沈,故名曰沈香,次浮者为栈香。"沈水香为香中绝品。

④傅注:"旧注:'此二句梦中得之。'"李群玉《同郑相并歌姬小饮戏赠》:"裙拖六幅湘江水,鬟耸巫山一段云。风格只应天上有,歌声岂合世间闻。胸前瑞雪灯斜照,眼底桃花酒半醺。不是相如怜赋客,争教容易见文君。"

⑤傅注引沈玄机《感异记》云:"徘徊花上月,空度可怜宵。"

⑥《诗·陈风·月出》:"月出皎兮,佼人僚兮。"毛传:"僚,好貌。"

【汇评】

潘游龙《精选古今诗余醉》卷一二:"'可怜宵'三字妙甚。"

定风波

感　旧①

　　莫怪鸳鸯绣带长②。轻腰不胜舞衣裳③。薄倖只贪游冶去。何处。垂杨系马恣轻狂④。　　花谢絮飞春又尽。堪恨。断弦尘管伴啼妆⑤。不信归来但自看。怕见。为郎憔悴却羞郎⑥。

【题解】

　　此词诸本均未编年。曹本云："按此词系女流口吻,意境与东坡词不类,断非东坡作。今移列误入词。"此词诸本均收,仅以意境不类即断为伪作,证据不足。

【注释】

　　①傅本、元本、朱本、龙本、曹本无题。

　　②徐彦伯《拟古三首》之三:"赠君鸳鸯带,因以鹔鹴裘。"

　　③梁简文帝《舞赋》:"信身轻而钗重,亦腰羸而带急。"苏鹗《杜阳杂编》卷上载:唐人元载纳薛瑶英为妾,处金丝之帐,却尘之被,衣龙绡之衣,一袭无一二两,抟之不盈一握。载以瑶英体轻,不胜重衣,故于异国以求是服也。贾至因赠诗曰:"舞怯铢衣重,笑疑桃脸开。方知汉武帝,虚筑避风台。"

　　④王维《少年行四首》之一:"新丰美酒斗十千,咸阳游侠多少年。相逢意气为君饮,系马高楼垂柳边。"傅注:"苏少卿答双渐诗:'青骢马系绿杨阴,低鬟便与迎相见。'"

　　⑤《后汉书》卷一三《五行志》二:"桓帝元嘉中,京都妇女作愁眉、啼妆……所谓愁眉者,细而曲折。啼妆者,薄拭目下若啼处。"

⑥元稹《莺莺传》载崔莺莺赠张生诗："自从消瘦减容光，万转千回懒下床。不为傍人羞不起，为郎憔悴却羞郎。"

南乡子

集　句

寒玉细凝肤（吴融）①。清歌一曲倒金壶（郑谷）②。冶叶倡条遍相识（李商隐）③，争如。豆蔻花梢二月初（杜牧）④。

年少即须臾（白居易）⑤。芳时偷得醉工夫（白居易）⑥。罗帐细垂银烛背（韩偓）⑦，欢娱。豁得平生俊气无（杜牧）⑧。

【题解】

元本句下不注诗人名。此词及以下两首集句词薛本、邹王本等均未编年。邹王本云："本词上片写一年若豆蔻的娼女，凝肤善歌，艳冶风流。下片写年少须臾，当及时欢娱，莫负芳时。此阕与下两阕，都连缀巧妙，自然浑成，不是强记多识，博学宏才的人不易做到。"然朱饶本云：《南乡子》约作于宋仁宗至和元年（1054）二月或二月以后。东坡时年19岁，自称'年少'。当年娶王弗为妻，王时年16岁，正是'豆蔻'年华。此词为新婚时的纪念之作。也许是东坡填词的最早试笔。"以"寒玉细凝肤"、"冶叶倡条"来写自己的新婚妻子，东坡无乃太浪滥乎？以"欢娱，豁得平生俊气无"写夫妻生活，东坡无乃太无礼乎？况且填写集句词甚难，绝非初学词者所能为。今以邹王说为是，暂不编年。

【注释】

①见吴融《即席十韵》。

②见郑谷《席上贻歌者》。

③见李商隐《燕台四首》之一《春》。冶叶倡条：傅本、二妙集、毛本作

"杏叶菖条"。

④见杜牧《赠别二首》其一。花梢:诗作"梢头"。

⑤见白居易《东南行一百韵寄通州元九侍御……窦七校书》。即:诗作"取"。

⑥此非白居易诗,乃郑遨《招友人游春》。《全唐诗》又收入杜光庭卷。

⑦见韩偓《闻雨》。细:诗作"四"。银:诗作"红"。

⑧见杜牧《寄杜子二首》之一。

【汇评】

王若虚《滹南遗老集》卷三九《诗话》中:山谷最不爱集句,目为百家衣,且曰:正堪一笑。予谓词人滑稽,未足深诮也。山谷知恶此等,则药名之作,建除之体,八音列宿之类,犹不可一笑也。

沈际飞《草堂诗余别集》卷二:二词(按指"寒玉细凝肤"及"怅望送春杯")遇镀堪铸,不露一痕。

又:是词非诗而实诗,尊诗贬词者合作何解?

潘游龙《精选古今诗余醉》卷七:二词熔铸之妙,几夺神工。

卓人月《古今词统》卷八:集句有六难,属对一也,合韵二也,不失粘三也,切题四也,意思接续五也,句句精美六也,其谁兼之?

张德瀛《词徵》卷一:集诗句入词,惟朱竹垞《蕃锦集》篇帙最富,然苏子瞻、赵介庵均列是体,盖宋人已有为之者。其集前人词句,则石次仲《金谷遗音》载之。

沈雄《古今词话·词品》卷上:词则佳矣,但取其义之吻合,不求其句之割切也。

南乡子

集 句

怅望送春杯(杜牧)①。渐老逢春能几回(杜甫)②。花满楚城愁远别(许浑)③,伤怀。何况清丝急管催(刘禹锡)④。 吟断望乡台(李商隐)⑤。万里归心独上来(许浑)⑥。景物登临闲始见(杜牧)⑦,徘徊。一寸相思一寸灰(李商隐)⑧。

【题解】

同前首。

【注释】

①见杜牧《惜春》。杯:紫本、百本、毛本作"杯",傅本作"社"。冯集梧《樊川诗集注》(上海古籍出版社 1998 年版)及缪钺《杜牧诗选》(河北教育出版社 2004 年版)中,《惜春》诗均作"怅望送春杯"。冯集梧在此句下注云:"白居易诗:'一杯浊酒送残春。'"胡可先《杜牧诗真伪考》(《杜牧研究丛稿》,人民文学出版社 1993 年版)则考证《惜春》诗是混入杜牧集中的许浑的诗作。

②见杜甫《绝句漫兴》九首之四。

③见许浑《竹林寺别友人》。楚:诗作"谢"。远:诗一作"共"。

④见刘禹锡《洛中送韩七中丞之吴兴口号》五首之三。丝:诗作"弦"。

⑤见李商隐《晋昌晚归马上赠》。杜甫《云山》:"力尽望乡台。"蔡梦弼注引《成都记》:"有望乡台,隋蜀王秀所筑。"

⑥见许浑《冬日登越王台怀归》。

⑦见杜牧《八月十二日得替后移居雪溪馆因题长句四韵》。

⑧见李商隐《无题》(飒飒东风细雨来)。

南乡子

集 句

何处倚阑干(杜牧)①。弦管高楼月正圆(杜牧)②。胡蝶梦中家万里(崔涂)③,依然。老去愁来强自宽(杜甫)④。　　明镜借红颜(李商隐)⑤。须著人间比梦间(韩愈)⑥。蜡烛半笼金翡翠(李商隐)⑦,更阑。绣被焚香独自眠(许浑)⑧。

【题解】

同前首。

【注释】

①见杜牧《初春有感寄歙州邢员外》。

②见杜牧《怀钟陵旧游四首》之一。弦:诗作"丝"。楼:诗作"台"。

③见崔涂《春夕》。

④见杜甫《九日蓝田崔氏庄》。愁来:傅本作"秋来"。

⑤见李商隐《戏赠张书记》。

⑥见韩愈《遣兴》。

⑦见李商隐《无题》(来是空言去绝踪)。烛:诗作"照"。

⑧此句实为李商隐《碧城》三首之二。

菩萨蛮

娟娟侵鬓妆痕浅。双鬟相媚弯如翦。一瞬百般宜。无论笑与啼。　　酒阑思翠被①。特故腾腾地②。生怕促归轮。微波先注人③。

【题解】

傅本、元本不载,诸编年本未编年。此词曾慥《东坡词拾遗》收,黄昇《唐宋诸贤绝妙词选》卷二则作谢绛词。《全宋词》即编为互见词。曹本云:"谢绛词无非侧艳之作。此词意境,与谢词相合,故断定非东坡词,今移列误入类。"邹王本则云:"曾慥《东坡词拾遗》,系据张宾老所编本并载于蜀本者收录,张编本成书于大观三年(1109)以前。故知此词于北宋后期已传为苏轼作。作谢绛词者,始于黄昇《唐宋诸贤绝妙词选》,该书始刻于南宋淳祐九年己酉(1249),较曾慥本《东坡词拾遗》晚出近百年,其可靠性,当不及曾慥《拾遗》。"

【注释】

①《左传·昭公十二年》:"翠被,豹舄,执鞭以出。"注:"以翠羽饰被,以豹皮为舄。"

②韩偓《过汉口》:"联翩半世腾腾过,不在渔船即酒楼。"

③微波:曹植《洛神赋》:"无良媒以接欢兮,托微波而通辞。"注:紫本作"注",百本作"住",二妙集、明刊全集、毛本作"泥"。韩偓《无题》:"锦囊霞彩烂,罗袜砑光匀。羞涩佯牵伴,娇饶欲泥人。"

菩萨蛮

咏　足

涂香莫惜莲承步①。长愁罗袜凌波去②。只见舞回风③,都无行处踪。　　偷穿宫样稳④,并立双趺困⑤。纤妙说应难⑥。须从掌上看⑦。

【题解】

傅本、元本无此词。诸本均未编年。曹本云此词意境与东坡词不类,而与谢绛同调咏足词相类,故列误入词。邹王本云,此词曾慥本《东坡词拾遗》收录。曾本《拾遗》系据张宾老所编并载于蜀本者补录,张宾老所编本成书于大观三年(1109)以前,故知此词于北宋后期已定为苏轼所作,曹本仅以意境而归为谢绛词,不可信。

①《南史》卷五《齐本纪下·废帝东昏侯》：东昏侯"凿金为莲华以帖地，令潘妃行其上，曰：'此步步生莲华也。'涂壁皆以麝香，锦幔珠帘，穷极绮丽。"

②曹植《洛神赋》："陵波微步，罗袜生尘。"《文选》注："陵波而罗袜生尘，言神人异也。"

③《尔雅》卷中《释天》："回风为飘。"杜甫《对雪》："乱云低薄暮，急雪舞回风。"

④韩偓《忍笑》："宫样衣裳浅画眉，晚来梳洗更相宜。水精鹦鹉钗头颤，举袂佯羞忍笑时。"

⑤《广韵》："跗，足趾也，与跌同。"

⑥马融《长笛赋》："微风纤妙，若存若亡。"

⑦《南史》卷六十三《羊侃传》："儛人张净琬腰围一尺六寸，时人咸推能掌上儛。"

菩萨蛮

玉环坠耳黄金饰①。轻衫罩体香罗碧。缓步困春醪②。春融脸上桃③。　　花钿从委地④。谁与郎为意。长爱月华清。此时憎月明⑤。

【题解】

傅本、元本未载此词。诸本均未编年。曹本以词的意境与东坡词不类，故列误入词。邹王本云，曾慥《东坡词拾遗》已收此词，仅凭意境不合而断为误入词，不足信。

【注释】

①张载《拟四愁诗四首》之三："佳人遗我双角端，何以赠之雕玉环。"

②陶渊明《和刘柴桑》:"谷风转凄薄,春醪解饥劬。"

③李白《山人劝酒》:"秀眉霜雪桃花貌,骨青髓绿长美好。"

④白居易《长恨歌》:"花钿委地无人收,翠翘金雀玉搔头。"

⑤欧阳修《踏莎行》:"照人无奈月华明,潜身却恨花深浅。"

浣溪沙

新　秋①

风卷珠帘自上钩②。萧萧乱叶报新秋③。独携纤手上高楼。　　缺月向人舒窈窕④,三星当户照绸缪⑤。香生雾縠见纤柔⑥。

【题解】

此词诸本均未编年。邹王本云此词写新秋月夜,男女幽会于高楼,期待婚嫁之时。

【注释】

①傅本存目缺词。元本无题。

②杜甫《月》:"尘匣开元镜,风帘自上钩。"

③孟棨《本事诗·情感第一》载韩翃姬柳氏答韩翃诗,有"一叶随风忽报秋,纵使君来岂堪折"句。

④《诗经·陈风·月出》:"月出皎兮,佼人僚兮,舒窈纠兮,劳心悄兮。"毛传:"舒,迟也。窈纠,舒之姿也。"陈奂疏:"舒训徐。此舒训迟者,舒迟以双声得义。"

⑤《诗经·唐风·绸缪》:"绸缪束薪,三星在天。"传:"绸缪,犹缠绵也。三星,参也。在天,谓始见东方也。男女待礼而成,若薪刍待人事而后束也。三星在天,可以嫁娶矣。"

⑥《汉书》卷二二《礼乐志》:"《郊祀歌》十九章,其诗曰:'……被华文,厕雾縠,曳阿锡,佩珠玉。'"师古注:"厕,杂也。雾縠,言其轻细若云雾也。"

浣溪沙

方　响①

花满银塘水漫流。犀槌玉板奏凉州②。顺风环佩过秦楼③。　　远汉碧云轻漠漠,今宵人在鹊桥头④。一声敲彻绛河秋⑤。

【题解】

此词诸本均未编年。邹王本云:"此词咏一歌女在秋夜楼头奏方响、歌新曲的情景。"

【注释】

①紫本、百本、傅本、元本、百本均未收此词,至明刊全集、二妙集、毛本等始见此词。方响:《通典》卷一四四《乐四》:"方响,梁有铜磬,盖今方响之类也。方响以铁为之,修九寸,广二寸,圆上方下,架如磬而不设业,倚于架上以代钟磬。人间所用者,才三四寸。"白居易《偶饮》:"千声方响敲相续,一曲云和戛未终。"

②犀槌玉板:苏鹗《杜阳杂编》卷中:"上(唐文宗)于内殿前看牡丹……时有宫人沈阿翘,为上舞《河满子》,调声风态,率皆宛畅。曲罢,上赐金臂环,即问其从来,阿翘曰:'妾本吴元济之妓女,济败,因以声得为宫人。'俄遂进白玉方响,云本吴元济所与也。光明皎洁,可照十数步。言其犀槌,即响犀也。方物有声,乃响应其中焉。"凉州:《新唐书》卷二二《礼乐志》十二:"开元二十四年,升胡部于堂上,而天宝乐曲,皆以边地名,若《凉州》《伊州》《甘州》之类。""《凉州曲》,本西凉所献也,其声本宫调,有大遍、小遍。贞元

458

初,乐工康昆仑寓其声于琵琶,奏于玉宸殿,因号《玉宸宫调》。"

③环佩:《礼记·经解》:"行步则有环佩之声,升车则有鸾和之音。"

④《白孔六帖》卷九十五:"《淮南子》:乌鹊填河成桥,渡织女。"

⑤王逵《蠡海集·天文类》:"河汉,曰银河可也,而曰绛河,盖观天者以北极为标准,所仰视而见者,皆在于北极之南,故称之曰丹、曰绛,借南之色以为喻也。而《初学记》卷六引《拾遗记》:'绛河去日南十万里,波如绛色。'"

【汇评】

沈雄《古今词话·词品》下卷:方响,苏东坡有《浣溪沙》词,专咏方响者,"犀槌玉板奏凉州。一声敲彻绛河秋"是也。按梁始为方响,以代磬,用铁为之。廉郊弹琵琶,池内跃出方响一片,物类相感如此。

浣溪沙

春　情①

风压轻云贴水飞。乍晴池馆燕争泥。沈郎多病不胜衣②。　　沙上不闻鸿雁信③,竹间时听鹧鸪啼④。此情惟有落花知。

【题解】

毛本、朱本未收,毛本云此阕为李后主作。龙本云:"世共传为南唐中主词,或为傅氏误收,录以备考。"曹本以上片末句断非东坡口吻,列为误入词。明以后诸本《南唐二主词》源自南宋初辑本,均不载此词,可见南宋初开始即不被视为二主词,而却见载于东坡词集,故《全宋词》、邹王本都以此词为东坡所作。作年则暂未见考。

【注释】

①傅本、元本无题。

②《南史》卷五十七《沈约传》："（沈约）既而流寓孤贫,笃志好学,昼夜不释卷。母恐其以劳生疾,常遣减油灭火。""约久处端揆,有志台司,论者咸谓为宜。而帝终不用,乃求外出,又不见许。与徐勉素善,遂以书陈情于勉言己老病:'百日数旬,革带常应移孔,以手握臂,率计月小半分。'欲谢事,求归老之秩。"

③《汉书》卷五十四《苏建传》附苏武传:"汉求武等,匈奴诡言武死。后汉使复至匈奴,常惠请其守者与俱,得夜见汉使,具自陈道。教使者谓单于,言天子射上林中,得雁,足有系帛书,言武等在某泽中。使者大喜,如惠语以让单于。"

④李白《山鹧鸪词》:"苦竹岭头秋月辉,苦竹南枝鹧鸪飞。"李涉《鹧鸪词二首》:"鹧鸪啼别处,相对泪沾衣。"

【汇评】

沈际飞《草堂诗余正集》卷一:首句化腐为新。

李廷机《新刻注释草堂诗余评林》卷三:古诗云:"乍晴乍雨花自落,闲愁闲闷日偏长。"可以为此评。

李攀龙:上是惜郎病,深情最隐;下是假落花,知己难言。(唐圭璋《南唐二主词汇笺》引)

黄苏《蓼园词选》:按此作在其被谪时乎。首尾取喻。"燕争泥",喻别人得意。"沈郎",自比。"未闻鸿雁",无佳信也。"鹧鸪啼",声凄切也。通首婉恻。

江城子

腻红匀脸衬檀唇①。晚妆新②,暗伤春。手捻花枝③,谁会两眉颦④。连理带头双□□⑤,留得与、个中人。　　　淡烟笼月绣帘阴⑥。画堂深。夜沉沉。谁道□□,□系得人心。一自绿窗偷见后,便憔悴、到如今。

紫本、百本、傅本、元本、明刊全集不载,见外集、二妙集、毛本、朱本、龙本、《全宋词》。曹本云:"按此词系女流口吻,意境与东坡词不类,断非东坡所作。今移列误入词。"邹王本亦列入存疑词。薛本未编年。

【注释】

①腻红:韩偓《惜花》:"皱白离情高处切,腻香愁态静中深。眼随片片沿流去,恨满枝枝被雨淋。"檀唇:韩偓《余作探使以缭绫手帛子寄贺因而有诗》:"黛眉印在微微绿,檀口消来薄薄红。"

②司空图《偶书五首》之三:"晚妆留拜月,卷上水精帘。"

③秦观《画堂春》:"柳外画楼独上,凭阑手捻花枝。放花无语对斜晖,此恨谁知。"

④《晋书》卷九十四《戴逵传》:"是犹美西施而学其颦眉,慕有道而折其巾角。"骆宾王《王昭君》:"妆镜菱花暗,愁眉柳叶颦。"

⑤班固《白虎通德论》卷三《封禅》:"德至草木,朱草生,木连理。"白居易《长恨歌》:"在天愿作比翼鸟,在地愿为连理枝。"

⑥杜牧《泊秦淮》:"烟笼寒水月笼沙,夜泊秦淮近酒家。"

蝶恋花

记得画屏初会遇。好梦惊回,望断高唐路①。燕子双飞来又去,纱窗几度春光暮。　　那日绣帘相见处。低眼佯行,笑整香云缕②。敛尽春山羞不语③,人前深意难轻诉。

【题解】

紫本、百本、傅本、元本、明刊全集不载。见外集、二妙集、毛本、朱本、龙本、《全宋词》。曹本云:"按此词意境,与东坡词不类,断非东坡所作。今移列误入词。"邹王本列存疑词。薛本未编年。

【注释】

①见《祝英台近》(挂轻帆)注④。

②诗经·鄘风·君子偕老》:"鬒发如云,不屑髢也。"

③《西京杂记》:"文君姣好,眉色如望远山。"李商隐《代赠二首》之二:
"总把春山扫眉黛,不知供得几多愁。"

蝶恋花

蝶懒莺慵春过半。花落狂风,小院残红满。午醉未醒红日晚,黄昏帘幕无人卷。　　云鬓鬅松眉黛浅①。总是愁媒②,欲诉谁消遣③。未信此情难系绊。杨花犹有东风管。

【题解】

紫本、百本、傅本、元本、明刊全集不载,见外集、二妙集、毛本、朱本、龙本、《全宋词》。曹本云此词意境不类东坡词,故移列误入词。邹王本列存疑词。薛本未编年。

【注释】

①《广韵》:"鬅松,发乱貌。"

②李白《崔相百忧章》:"金瑟玉壶,尽为愁媒。"李咸用《途中逢友人》:
"霄汉何年征赋客,烟花随处作愁媒。"

③王禹偁《黄州新建小竹楼记》:"焚香默坐,消遣世虑。"

减字木兰花

花①

玉房金蕊②。宜在玉人纤手里③。淡月朦胧④。更有微微弄袖风⑤。　　温香熟美⑥。醉慢云鬟垂两耳⑦。多谢春工。不是花红是玉红⑧。

【题解】

此词咏牡丹花。诸本均未编年。

【注释】

①除紫本、百本外别本均无题。欧阳修《洛阳牡丹记·花品序》："（洛阳人）曰某花某花，至牡丹则不名，直曰花，其意谓天下真花独牡丹，其名之著，不假曰牡丹而可知也。"

②白居易《牡丹芳》："牡丹芳，牡丹芳，黄金蕊绽红玉房。"

③《诗经·召南·野有死麕》："有女如玉。"

④贺铸《蝶恋花》："数点雨声风约住，朦胧淡月云来去。"

⑤杜牧《长安杂题长句》六首之二："晴云似絮惹低空，紫陌微微弄袖风。"

⑥《宋书》卷四十三《檀道济传》："将废之夜，道济入领军府就谢晦宿，晦其夕竦动不得眠，道济就寝便熟。"

⑦慢：傅本作"幔"。

⑧刘歆《西京杂记》："赵后（飞燕）体轻腰弱，善行步进退，女弟昭仪不能及也。但昭仪弱骨丰肌，尤工笑语，二人并色如红玉，为当时第一，皆擅宠后宫。"

减字木兰花①

莺初解语②。最是一年春好处。微雨如酥。草色遥看近却无③。　　休辞醉倒。花不看开人易老。莫待春回。颠倒红英间绿苔。

【题解】
此词诸本均未编年。写作者伤春、惜春之情。

【注释】
①傅本、元本不载。
②杜甫《伤春五首》之二："莺入新年语，花开满故枝。"
③韩愈《早春呈水部张十八员外二首》之一："天街小雨润如酥，草色遥看近却无。最是一年春好处，绝胜烟柳满皇都。"

点绛唇

红杏飘香，柳含烟翠拖轻缕①。水边朱户。尽卷黄昏雨。烛影摇风，一枕伤春绪。归不去。凤楼何处②。芳草迷归路③。

【题解】
此词亦作贺铸、李清照词，然曾慥《东坡词拾遗》及南宋人编《外集》卷八十五已收录，应为东坡词。诸编年本未编年。词写暮春之景及伤春情怀。

【注释】

①顾云《咏柳二首》之一："带露含烟处处垂,绽黄摇绿嫩参差。长堤未见风飘絮,广陌初怜日映丝。"

②江总《箫史曲》："来时兔月满,去后凤楼空。"

③淮南小山《楚辞·招隐士》："王孙游兮不归,春草生兮萋萋。"

【汇评】

沈际飞《草堂诗余正集》卷一:有态。

李廷机《新刻注释草堂诗余评林》卷三:暮春景物最是愁人,此作得之矣。

点绛唇

　　醉漾轻舟①,信流引到花深处②。尘缘相误③,无计花间住。　　烟水茫茫,千里斜阳暮。山无数,乱红如雨④。不记来时路。

【题解】

　　调名下原有注云:"此后二词,洪甫云:亲见东坡手迹于潮阳吴子野家。"毛本于调名下注云:"旧刻七首,考'醉漾轻舟'又'月转乌啼'俱秦淮海作。或云此二词东坡有手迹流传于世,遂编入东坡词。然亦安知非秦词苏字耶? 今依宋本删去。"朱本亦依毛本删。龙本则从傅注及元本补录。《全宋词》列为互见词,"录以备考"。

　　此词今传秦观词诸本均录,而今传诸本苏轼词除外集、毛本、朱本外也均收。曹本云:"细玩此二首之意境,确为秦词所具有,而与东坡词不类。且秦词题桃源,似非泛指,或即妓院名称,或其所迷恋之妓女即以桃花为名。今并将此二首移列误入词。"徐培均校注《淮海居士长短句》卷下亦云"应从宋刊作秦观词为是"。邹王本云自南宋起既作秦词又作苏词,属秦属苏,难以断言,故从《全宋词》列互见词。

至于此词主旨,傅本卷八云:"此词全用刘晨事。"邹王本则云:"此词说一个人荡舟到陌生的花溪深处,不愿留下,但却迷失了归路,与刘晨、阮肇入天台山采药迷路有某些相似之处,但情节不尽相同,并非'全用刘晨事'。"

【注释】

①傅本注引郑獬《渔父》:"醉漾轻丝信慢流。"

②刘长卿《寻张逸人山居》:"桃源定在深处,洞水浮来落花。"

③韦应物《春月观省属城始憩东西林精舍》:"佳士亦栖息,善身绝尘缘。"

④李贺《将进酒》:"况是青春日将暮,桃花乱落如红雨。"

【汇评】

沈际飞《草堂诗余正集》卷一:如画。

黄苏《廖园词选》:按东坡有《点绛唇》词咏天台云:"……"盖全用刘阮天台事也。

俞陛云《唐五代两宋词选释》:作此题隐括本意,凡手皆能。此词擅胜处,在笔轻而韵秀,如初写黄庭,恰到好处。

点绛唇

离　恨①

月转乌啼②,画堂宫徵生离恨③。美人愁闷,不管罗衣褪。

清泪斑斑④,挥断柔肠寸⑤。嗔人问。背灯偷揾,拭尽残妆粉。

见前首。

【注释】

①傅本、元本无题。

②张继《枫桥夜泊》:"月落乌啼霜满天,江枫渔火对愁眠。"

③《汉书》卷二一《律历志上》:"声者,宫、商、角、徵、羽也。""宫,中也,居中央,畅四方,唱始施生,为四声纲也。徵,祉也,物盛大而繁祉也。"后代指音乐。杜甫《听杨氏歌》:"玉杯久寂寞,金管迷宫徵。"

④李白《闺情》:"织锦心草草,挑灯泪斑斑。"

⑤韦庄《上行杯》:"满楼弦管,一曲离声肠寸断。"欧阳修《踏莎行》:"寸寸柔肠,盈盈粉泪。"

虞美人

冰肌自是生来瘦①。那更分飞后②。日长帘暮望黄昏。及至黄昏时候、转销魂③。　　君还知道相思苦。怎忍抛奴去。不辞迢递过关山④。只恐别郎容易、见郎难⑤。

【题解】

紫本、百本、傅本、元本、外集不载,明刊全集、二妙集、毛本、朱本、龙本、《全宋词》收。曹本云:"按此词系女流口吻,意境与东坡词不类,断非东坡所作。今移列误入词。"邹王本云:"此词宋元诸本东坡词未收,始见于明刊全集,未详所本。"故列入存疑词类。薛本未编年。

【注释】

①见《南乡子》(冰雪透香肌)注②。

②《东飞伯劳歌》:"东飞伯劳西飞燕。"李白《忆旧游寄谯郡元参军》:

"星离雨散不终朝,分飞楚关山水遥。"孟浩然《送从弟邕下第后寻会稽》:"向来共欢娱,日夕成楚越。落羽更分飞,谁能不惊骨。"

③江淹《别赋》:"黯然销魂者,唯别而已矣。"

④孟浩然《赴京途中逢雪》:"迢递秦京道,苍茫岁暮天。"

⑤李煜《浪淘沙》:"别时容易见时难。"

虞美人

深深庭院清明过①。桃李初红破。柳丝搭在玉阑干。帘外潇潇微雨、做轻寒。　　晚晴台榭增明媚。已拼花前醉②。更阑人静月侵廊。独自行来行去、好思量③。

【题解】

紫本、百本、傅本、元本、外集不载,明刊全集、二妙集、毛本、朱本、龙本、《全宋词》收。《全宋词》后注云:"按此首《乐府雅词拾遗》卷下(实为卷上)不著撰人姓名(按秦恩复《享帚精舍词学丛书》本、《粤雅堂丛书》本《乐府雅词拾遗》卷上俱署名苏轼,《四部丛刊》影旧抄本不署撰人姓名),疑非苏轼作。"曹本云:"按东坡步月之见于诗文者,率有友伴。如此词下片末句之意境,殆非东坡所有。今移列误入词。"邹王本列存疑词。薛本未编年。

【注释】

①欧阳修《蝶恋花》:"庭院深深深几许。"

②晏几道《鹧鸪天》:"彩袖殷勤捧玉钟,当年拼却醉颜红。"

③晏殊《浣溪沙》:"小园香径独徘徊。"

虞美人

持杯遥劝天边月①。愿月圆无缺。持杯复更劝花枝。且愿花枝长在、莫离披②。　　持杯月下花前醉。休问荣枯事③。此欢能有几人知。对酒逢花不饮、待何时。

【题解】

此词傅本、元本不载。诸编年本均未编年。

【注释】

①李白《月下独酌四首》之一："花间一壶酒，独酌无相亲。举杯邀明月，对影成三人。"

②宋玉《九辩》："白露既下百草兮，奄离披此梧楸。"

③杜甫《自京赴奉先县咏怀五百字》："荣枯咫尺异，惆怅难再述。"

【汇评】

沈际飞《草堂诗余别集》卷一：道氏曲，佛氏赞。

潘游龙《精选古今诗余醉》卷一五："劝""愿"字，甚奇特。欧公"把酒祝东风，且共从容"，即此意。

卓人月《古今词统》卷八：三句持杯，章法妙。

诉衷情

海　棠①

海棠珠缀一重重。清晓近帘栊②。胭脂谁与匀淡③，偏向脸边浓。　　看叶嫩，惜花红。意无穷。如花似叶，岁岁年年④,共占春风⑤。

【题解】

此词又作晏殊《珠玉词》。《全宋词》作互见词两收,然唐圭璋先生《宋词互见考》又以作苏词为是。曹本则云:"细玩此词富贵气氛太浓,与东坡词气象不侔。又按晏词《渔家傲》(荷叶初开犹半卷)下片云:'美酒一杯留客宴。拈花摘叶情无限。争奈世人多聚散。频祝愿。如花似叶长相见。'与此词下片之意境类似,故断定此系晏词。"邹王本列互见词。

【注释】

①傅本、元本无题。

②元稹《会真诗》:"微月透帘栊,莹光度碧空。"

③郑谷《海棠》:"春风用意匀颜色,消得携觞与赋诗。"

④刘希夷《代悲白头翁》:"年年岁岁花相似,岁岁年年人不同。"

⑤共占:傅本作"占取",元本作"共占"。

翻香令

金炉犹暖麝煤残①。惜香更把宝钗翻。重闻处,余熏在,这一番、气味胜从前。　　背人偷盖小蓬山②。更将沉水暗同然③。且图得,氤氲久,为情深、嫌怕断头烟④。

【题解】

傅本、元本调下注云:"此词苏次言传于伯固家,云老人自制腔名。"诸编年本均未编年。

【注释】

①韩偓《横塘》:"秋寒洒背入帘霜,风胫灯清照洞房。蜀纸麝煤沾笔

470

兴,越瓯犀液发茶香。"

②傅注:"蓬山,金博山香炉也,镂作蓬瀛之状,故谓之蓬山。"虞世南《北堂书钞》卷一三五引李尤《熏炉铭》:"上似蓬莱,吐气委蛇。"

③傅注:"沈水,盖香之名品者。"

④龙笺:"今苏、皖、赣各地,谓情好中断,犹有'烧断头香'之语,未知所出。"

【汇评】

沈际飞《草堂诗余别集》卷二:遮遮掩掩。孰谓坡老不解作儿女语?

卓人月《古今词统》卷八:元曲所谓"生前烧了断头香"者,宋时先有此说也。

桃园忆故人

暮 春①

华胥梦断人何处②。听得莺啼红树。几点蔷薇香雨③。寂寞闲庭户。 暖风不解留花住。片片著人无数④。楼上望春归去。芳草迷归路。

【题解】

此词诸本均未编年。

【注释】

①傅本、元本无题。毛本调作《虞美人影》。

②《列子》卷上《黄帝》:"(黄帝)昼寝,而梦游于华胥氏之国……其国无帅长,自然而已;其民无嗜欲,自然而已;不知乐生,不知恶死,故无夭殇;不知疏物,故无爱憎;不知背逆,不知向顺,故无利害。"

③李贺《河南府试十二月乐词·四月》:"依微香雨青氛氲,腻叶蟠花照

曲门。"王琦注:"香雨,雨自花间而坠者,故有香。"

④杜甫《城上》:"风吹花片片,春动水茫茫。"

鹧鸪天

佳　人

罗带双垂画不成①。殢人娇态最轻盈。酥胸斜抱天边月②,玉手轻弹水面冰。　　无限事,许多情。四弦丝竹苦丁宁。饶君拨尽相思调,待听梧桐叶落声③。

【题解】

此词诸本《东坡词》不载,《全宋词》据《词林万选》卷四录,注云:"疑非苏轼作。"曹本以为此词"可削而不论"。邹王本列为存疑词。薛本未编年。

【注释】

①王安石《明妃曲》:"意态由来画不成,当时枉杀毛延寿。"

②李洞《赠庞链师》:"两脸酒酽红杏妒,半胸酥嫩白云饶。"

③何逊《铜雀妓》:"秋风木叶落,萧瑟管弦清。"

西江月

佳　人

碧雾轻笼两凤①,寒烟淡拂双鸦②。为谁流睇不归家。错认门前过马。　　有意偷回笑眼③,无言强整衣纱。刘郎一见武陵花④。从此春心荡也⑤。

此词诸本东坡词未收。《全宋词》据杨金本《草堂诗余后集》卷上录。并注:"按此二首(按指此首与前一首)疑非苏轼作。"曹本云此词"可削而不论",邹王本列存疑词。

【注释】

①梁武帝《七夕》:"瑶台含碧雾,罗幕生紫烟。"

②苏轼《杂诗》之二:"昔日双鸦照浅眉,如今婀娜绿云重。"

③晏几道《木兰花》:"生习繁杏绿阴时,正碍粉墙偷眼觑。"

④见《减字木兰花》(天台旧路)注②。

⑤李白《江夏行》:"忆昔娇小姿,春心亦自持。"

醉落魄

述　怀①

醉醒醒醉。凭君会取这滋味。浓斟琥珀香浮蚁②。一到愁肠,别有阳春意③。　　须将幕席为天地④。歌前起舞花前睡。从他落魄陶陶里⑤。犹胜醒醒,惹得闲憔悴。

【题解】

吴曾《能改斋漫录》卷十七云:"豫章云:醉醒醒醉一曲,乃《醉落魄》也。其词云:'(词略。)'此词亦有佳句,而多斧凿痕,又语高下不甚入律,或传是东坡语,非也。与'蜗角虚名,解下痴条'之曲相似,疑是王仲父作。"此词宋元诸本均载,毛本始据黄庭坚语删去,朱本、龙本、曹本均从毛本。《全宋词》、邹王本列互见词,薛本未编年。

【注释】

①傅本、元本无题。

②琥珀:见《南歌子》(琥珀装腰佩)注②。浮蚁:张衡《南都赋》:"膠醷
径寸,浮蚁若萍。"刘良注:"酒膏径寸,布于酒上,亦有浮蚁如水萍也。"

③白居易《咏家酝十韵》:"捧疑明水从空化,饮似阳和满腹春。"

④刘伶《酒德颂》:"行无辙迹,居无室庐,幕天席地,纵意所如。"

⑤刘伶《酒德颂》:"无思无虑,其乐陶陶。"

减字木兰花

凭谁妙笔。横扫素缣三百尺。天下应无。此是钱塘湖
上图(苏轼)。　　　一般奇绝。云淡天高秋夜月。费尽丹青。
只这些儿画不成(仲殊)。

【题解】

紫本、百本、傅本、元本、二妙集、明刊全集、毛本、朱本、龙本不载。《全
宋词》录自《苕溪渔隐丛话》后集卷三十七引《古今词话》。《丛话》引《古今
词话》云:"东坡守钱塘,刘巨济赴处州,道过钱塘,东坡留饮于中和堂,僧仲
殊与焉。时堂之屏,有《西湖图》,东坡遽索笺管作《减字木兰花》曰:'凭谁
妙笔……'以后叠属巨济,辞逊再三,遂以属仲殊,继曰:'一般奇绝……'东
坡大称赏之。"胡仔驳云:"此词首句云:'凭谁妙笔。横扫素缣三百尺',则
是初无此《西湖图》,故言之耳。《词话》乃云'中和堂屏有《西湖图》',可见
其附会为说,全与词意不合。以此验之,其以为东坡作,亦必妄言。当以
《复斋》为正也。"《丛话》又引《复斋漫录》云:"元丰末,张诜枢言龙图之守杭
也,一日,宴客湖上,刘泾巨济、僧仲殊在焉,枢言命即席赋诗曲,巨济先唱
云:'凭谁妙笔……',仲殊遽云:'一般奇绝……。'"《全宋词》、邹王本列互
见词。曹本云"此词上片意境口吻,确出东坡"。

沁园春

情若连环^①，恨如流水，甚时是休。也不须惊怪，沈郎易瘦^②。也不须惊怪，潘鬓先愁^③。总是难禁，许多魔难，奈好事教人不自由。空追想，念前欢杳杳，后会悠悠。　　凝眸。悔上层楼。谩惹起、新愁压旧愁。向彩笺写遍，相思字了，重重封卷，密寄书邮。料到伊行，时时开看，一看一回和泪收。须知道，□这般病染，两处心头。

【题解】

此词紫本、百本、傅本、元本、毛本、朱本、龙本、曹本不载，孔凡礼《全宋词补辑》谓"见明万历刊《重编东坡先生外集》卷八十三"。诸编年本均未编年。词以铺叙手法反复表现相思之情。朱饶本"姑编于婚后至京师的宋仁宗嘉祐元年(1056)六月后"。

【注释】

①《战国策·齐策》卷六："秦始皇尝使使者遗君王后玉连环曰：'齐多智，而解此环不？'君王后以示群臣，群臣不知解。君王后引椎，椎破之，谢秦使曰：'谨以解矣。'"

②见《临江仙》(谁道东阳都瘦损)注②。

③潘岳《秋兴赋序》："余春秋三十有二，始见二毛。"

踏莎行

这个秃奴，修行忒煞。灵山顶上空持戒。一从迷恋玉楼人，鹑衣百结浑无奈^①。　　毒手伤人，花容粉碎。空空色色今何在^②。臂间刺道苦相思，这回还了相思债。

【题解】

《全宋词》据《事林广记癸集》卷十三录，并注云："按事林广记所载，多出傅会或虚构，此首未必为苏轼作。"曹树铭《东坡词集著录》云："案此首意境之荒诞，无与伦比。此书（《全宋词》）仅云'未必为苏轼作'，实则可以绝对肯定此非东坡所作。"邹王本亦云："宋人话本小说所载诗词，多出依托，极不可信，今列存疑词类。"然《北窗琐语》、《绿窗新话》卷上、《醉翁谈录》庚集卷二、《花草粹编》卷六、《草堂诗余续集》卷下、《尧山堂外纪》卷五二、《情史》卷一八均载此词为苏轼作。遽然删去，恐亦不甚妥当。

至于此词本事，皇都风月主人《绿窗新话》卷上载：灵景寺有僧名了然，不遵戒行，常宿娼妓李秀奴，往来日久，衣钵为之一空。秀奴属绝之，僧迷恋不已。一夕，僧乘醉往，秀奴不纳，因击秀奴，随手而毙。县官得其实，具申府司。时内翰苏子瞻治郡，一见，大骂曰："秃奴有此横为！"送狱院推勘，则见僧臂上刺字云"但愿同生极乐国，免教今世苦相思"之句。及见欵状招伏，即行结断，举笔判成一词，名《踏莎行》云："……"判讫，押赴市曹处死。

至其作年，薛本云：此词无年月可考。《北窗琐语》既谓公守杭时作，故附于元祐五年(1090)。

【注释】

①《荀子》卷下《大略》："子夏贫，衣若县鹑。"

②玄奘译《般若波罗密多心经》："色不异空，空不异色；色即是空，空即是色。"陈子昂《感遇》之八："空色皆寂灭，缘业亦何成。"

南乡子

有　感①

冰雪透香肌。姑射仙人不似伊②。濯锦江头新样锦③，非宜。故著寻常淡薄衣④。　　暖日下重帏。春睡香凝索起迟⑤。曼倩风流缘底事，当时。爱被西真唤作儿⑥。

【题解】

《年谱》、《纪年录》、《总案》失载，朱本、龙本、邹王本未编年。薛本推断此词是苏轼写给继室王闰之的作品，然具体创作时间无可考，暂系于作于元祐六年(1091)的《蝶恋花》(泛泛东风初破五)之后。薛本认为，词用姑射仙人与西王母典，云"姑射仙人不似伊"，"爱著寻常淡薄衣"，与王闰之好佛而淡薄于衣饰之性格极相类。而西王母事，唐宋以来引以为喻所爱之人或夫人者则比比皆是。至于为何不是写给元配王弗，是因为王弗嫁给苏轼十一年后卒，正是苏轼开始染指词之时，量即少而又未至化境，非此词之蹊径笔墨所能比也。陈永正《东坡词笺注补正》云"爱被西真换作儿"挑挞轻薄，当为赠妓者，并且词中"故著寻常淡薄衣"全袭张籍《倡女词》可为确证。

【注释】

①傅本、元本无题。

②《庄子·逍遥游》："藐姑射之山，有神人居焉，肌肤若冰雪，绰约若处子，不食五谷，吸风饮露，乘云气，御飞龙，而游乎四海之外。"

③濯锦江：傅注引《成都记》："濯锦江，秦相张仪所作。土人言：此水濯锦则鲜明，他水则否。"新样锦：唐代益州每岁贡锦，因花样翻新，故称"新样锦"。张文成《游仙窟》："下官辞谢讫，因遣左右取'益州新样锦'一匹，直奉五嫂。"王建《宫词》第三十首："遥索剑南新样锦，东宫先钓得鱼多。"

④张籍《倡女词》："轻鬓丛梳阔扫眉,为嫌风日下楼稀。画罗金缕难相称,故著寻常淡薄衣。"

⑤白居易《江州赴忠州至江陵已来舟中示舍弟五十韵》："卧稳贪春睡,行迟带酒醒。"

⑥傅注:"《汉武帝故事》:西王母尝见帝于承华殿,东方朔从青琐窥之。王母笑指朔曰:'仙桃三熟,此儿已三偷之矣。'曼倩,方朔字。西真,西王母。"

【汇评】

李调元《雨村词话》卷一:人谓东坡长短句,不工媚词,少谐音律,非也,特才大不肯受束缚而然。间作媚词,却洗尽铅华,非少游女娘语所及。如有感《南乡子》词云:(词略)。"唤作儿"三字出之先生笔,却如此大雅。

残　句

高安更过几重山。

【题解】

《全宋词》据《雪山集》卷七《东坡先生祠堂记》录。

过湖携手屡沾襟。

【题解】

《全宋词》据《雪山集》卷七《东坡先生祠堂记》录。

王质《雪山集》卷七《东坡先生祠堂记》云:"先生以元丰七年别黄……自临皋渡武昌,见诗'清风渡水月衔山'者是,今载集;见词'高安更过几重山'者是,今藏磁湖陈氏……先生自富川趣高安,与元素浓醉解别,不及石田,已暮,见诗'惟见孤萤自开阖'者是,今载集;见词'过湖携手屡沾襟'者是,今传富川。"

谁教幽梦里,插他花。

【题解】

《全宋词》据翁文纲《苏诗补注》卷二引施注苏诗录。施注《次韵李邦直感旧》云:邦直初娶韩。东坡谓欲得佳婿,无易邦直。杨巨源于是首肯,卒以归之。故此感旧诗,有"入梦""还乡"之戏。东坡又为长短句云:"谁教幽梦里,插他花。"亦此意也。

拼沉醉、金荷须满。怕年年此际,趁归禁御,待黄柑宴。

【题解】

《全宋词》据《岁时广记》卷十一录。陈元靓《岁时广记》卷一一"传黄柑"云:"《诗话》:上元夜登楼,贵戚宫人,以黄柑遗近臣,谓之传柑。东坡《上元侍饭端楼诗》云:'归来一盏残灯在,犹有传柑遗细君。'又《上元夜有感》云:'搔首凄凉十年事,传柑归遗满朝衣。'又《答晋卿传柑》云:'侍史传柑玉座傍,人间草木尽天浆。'又上元词云:'拼沉醉,金荷须满。怕年年此际,催归禁御,待黄柑宴。'"

寂寂珠帘蛛网满。
闲卧藤床观社柳。
子瞻书困点新茶。
唤起离情,慵推孤枕。
山头望,波光泼眼。
我歌月徘徊,我舞影凌乱。

【题解】

以上六则,《全宋词》据《断肠诗集注》补,并注云:"以上苏轼词断句,或有非苏作者,姑录于此。"最后一句并注云:"按此李白诗句,疑苏轼或以之入词。"

揭起裙儿,一阵油盐酱醋香。

【题解】

陶宗仪《南村辍耕录》卷十五云:"苏东坡咏婢谑词有'揭起裙儿,一阵油盐酱醋香'之句。"《全宋词》据此录入。

十五年前,我是风流帅。花枝缺处留名字。

【题解】

孔凡礼《全宋词补辑》据《侯鲭录》卷一录。

图书在版编目（CIP）数据

苏轼词全集／谭新红编著． -- 2版． -- 武汉：崇
文书局，2015.8（2025.3重印）
　（中国古典诗词校注评丛书）
　ISBN 978-7-5403-3162-7

　Ⅰ．①苏… Ⅱ．①谭… Ⅲ．①宋词－选集 Ⅳ.
① I222.844

中国版本图书馆 CIP 数据核字 (2015) 第 094114 号

选题策划　王重阳
项目统筹　程可嘉
责任编辑　程可嘉
责任印刷　李佳超

苏轼词全集
SU SHI CI QUANJI

出版发行　长江出版传媒｜崇文书局
地　　址　武汉市雄楚大街 268 号 C 座 11 层
电　　话　（027）87679712 邮政编码　430070
印　　刷　中印南方印刷有限公司
开　　本　880mm×1230mm　1/32
印　　张　16.125
字　　数　500 千字
版　　次　2015 年 8 月第 2 版
印　　次　2025 年 3 月第 19 次印刷
定　　价　69.00 元
（如发现印装质量问题，影响阅读，由本社负责调换）

CHONGWENGUAN

中国古典诗词校注评丛书

（已出书目）